Maxim Gorki · Klim Samgin · Buch 3

# Maxim Gorki
# Klim Samgin
Vierzig Jahre

Buch 3

Deutscher Taschenbuch Verlag

Aus dem Russischen übersetzt von Hans Ruoff.
Dem Text der Vollständigen Gorki-Ausgabe, Moskau 1974/75,
entsprechend bearbeitet und mit Anmerkungen versehen
von Eva Kosing. Mit einem Nachwort von
Helene Imendörffer.
Titel der Originalausgabe:
»Žizn' Klima Samgina« (Moskau 1927-1937)

Von Maxim Gorki
sind im Deutschen Taschenbuch Verlag erschienen:
Autobiographische Romane (2007)
Drei Menschen · Die Mutter (2017)
Foma Gordejew · Eine Beichte · Das Werk
der Artamonows (2029)
Konowalow und andere Erzählungen (2035)
Der Vagabund und andere Erzählungen (2052)

April 1982
Deutscher Taschenbuch Verlag GmbH & Co. KG, München
© 1980 Winkler Verlag, München
ISBN 3-538-05260-3
Übersetzungsrechte beim Aufbau-Verlag, Berlin und Weimar
Umschlaggestaltung: Celestino Piatti unter Verwendung
einer »Klim-Samgin«-Illustration von 1934.
Gesamtherstellung: Friedrich Pustet,
Graphischer Großbetrieb, Regensburg
Printed in Germany · ISBN 3-423-02100-4

# DRITTES BUCH

Zu Hause schleppte die Anfimjewna ihren abgerackerten Körper schwerfällig durch die Zimmer.

»Habt ihr begraben? Na also«, brummte sie unbestimmt, als sie ins Schlafzimmer verschwand, und von dort hörte Samgin die farblose Stimme der Alten: »Ich weiß nicht, was ich mit Jegor machen soll: er trinkt und trinkt. Die Zarenfamilie tut ihm leid – sie hat sich die Zügel aus der Hand nehmen lassen.«

Samgin bat um Tee, schloß die Tür seines Arbeitszimmers und lauschte: Vor dem Fenster stapften und schlurrten die Schritte von Menschen. Dieses ununterbrochene Geräusch machte den Eindruck, als ob irgendeine Maschine arbeitete, die das Pflaster ebnete und an die Hauswände stieß, als erweiterte sie die Straße. Die Laterne gegenüber dem Haus war zerschlagen, brannte nicht – das Haus schien von dem Platz weggerückt, auf dem es gestanden hatte.

Es ist vollbracht, dachte Samgin mit geschlossenen Augen und sah diese Worte als Überschrift seines künftigen Artikels; die Worte endeten sogar mit einem Ausrufungszeichen, aber es stand schief und ähnelte einem Fragezeichen. Im vorliegenden Fall bedeutete die Beerdigung gleichsam die Auferstehung des normalen Lebens...

Sein Denken war träge und ohne Trost, ihn störten Mitrofanow, Ljutow, die Erinnerung an die Nikonowa störte.

Sollte sie wirklich Mitrofanow denunziert haben?

Dann erinnerte er sich, wie unbequem es war, neben ihr im Bett zu liegen – sie hatte zuviel Platz eingenommen, und das Bett war schmal gewesen. Und dann diese Gewohnheit von ihr, die Brüste sorgsam im Leibchen zu verstauen...

Das mehrstündige Umhergehen in den Straßen machte sich bemerkbar – Samgin schlief bereits, als die Anfimjewna ihm ein Glas Tee brachte. Er wurde von Warwara geweckt, die ihn so stark am Arm zog, als wollte sie ihn auf den Boden werfen.

»Wach doch auf! Hörst du? An der Universität wurde geschossen...«

Sie war im Pelzmantel, von ihr strömten Kälte und Parfümgeruch aus, am Pelz glitzerten Tröpfchen geschmolzenen Schnees; sie griff sich mit den Händen an die Kehle und rief: »Entsetzlich! Eine Unmenge Toter! Einen Jungen...«

»Einen Jungen?« wiederholte Samgin. »Es kann aber sein...«
»Was kann sein? Ach, zum Teufel!«

Es gelang ihr endlich, einen störrischen Haken zu öffnen, und nachdem sie den kalten Pelzmantel Klim auf den Schoß geworfen hatte, riß sie den Hut vom Kopf, lief im Zimmer umher und schrie hysterisch: »Und überhaupt: Man hat beschlossen, Erschießungen vorzunehmen! Diese Beerdigung! Wahrhaftig – überlege mal selber –, wir leben doch nicht in Frankreich! Wie kann man nur solche Kundgebungen veranstalten!«

Im Speisezimmer sagte Kumows Stimme: »Welch ein ... Wahnsinn!«

»Wer hat geschossen?« fragte Samgin ungläubig.

»Aus der Manege. Das Militär. Stratonow hat recht: Den Juden wird diese Beerdigung teuer zu stehen kommen! Aber – ich begreife das alles nicht!« rief sie, den Hut schwenkend. »Erst gestattet man, dann wird geschossen! Was soll das bedeuten? Warum schweigst du?«

Und sie lief weg und entband Klim von der Pflicht, etwas zu sagen.

Das ist wahrscheinlich übertrieben, überlegte er, als er dasaß und zuhörte, wie seine Frau abgehackt ausrief: »Jaja ... entsetzlich!«

Die Schritte auf der Straße schienen sich zu beschleunigen. Samgin betrat bedrückt das Speisezimmer – und von diesem Augenblick an verwandelte sich sein Leben auf lange Zeit in einen ununterbrochenen Alptraum. Er prallte mit Kumow zusammen; der glättete blinzelnd mit roten Händen sein Haar und schüttelte den Kopf, aber das Haar geriet wieder in Unordnung und fiel ihm ins Gesicht.

»Wahn-sinn«, sagte er durch die Zähne und trat ans Telefon, nahm den Hörer ab und hielt ihn unterhalb des Ohrs an die Wange.

»Das Telefon geht ja nicht«, rief Warwara.

»Ich kann und kann es nicht glauben, daß Petersburg wieder von Deutschland kommandiert wird, wie das nach dem 1. März unter Alexander III. war«, murmelte Kumow, den Blick auf den Hörer gerichtet.

»Ich lasse Sie nirgendshin fort, Kumow! Warum meinen Sie, daß er auf der Nikitskaja mitgegangen ist? Auch sind ja nicht alle, die auf der Nikitskaja gingen...«

Ins Speisezimmer flatterte wie ein Vogel Ljubascha Somowa herein; am Boden schleifte ein Plaid hinter ihr her, dem Umfallen nahe, tappte sie wie eine Blinde zum Tisch und sagte, wobei sie mit der Faust aufschlug, ganz außer Atem und unglaublich schnell: »Turobojew ist getötet ... er liegt verwundet im Krankenhaus auf dem Strastnoi-Boulevard. Wir müssen uns wehren – was denn sonst?

Man muß Sanitätspunkte errichten! Es gibt viele Verwundete, Verprügelte. Hört mal – ihr müßt auch einen Sanitätspunkt einrichten! Natürlich wird es einen Aufstand geben . . . Die Sozialrevolutionäre in der Prochorowschen Manufaktur . . .«

Warwara unterbrach sie grob und anscheinend sogar erbost durch Fragen. Die Anfimjewna kam herein und begann schweigend, Ljubascha auszuziehen, doch sie entwand sich ihren Händen und rief: »Lassen Sie mich? Ich gehe gleich wieder . . . Ach, mein Gott, so lassen Sie mich doch . . .«

»Keinerlei Punkte!« raunte Warwara erregt ihrem Mann ins Ohr. »Unter keinen Umständen! Ich kann nicht, werde das nicht dulden . . .«

Ljubascha hüpfte, als wollte sie auf den Tisch hinaufspringen, und rief hastig: »Gogins organisieren schon einen Punkt, und man muß Ljutow bitten, Klim! Er hat ein leeres Haus. Und dort ist so ein Stadtviertel, wo es notwendig ist! Geh zu ihm hin, Klim. Geh sofort . . .«

»Jaja, geh hin, Klim«, wiederholte Warwara inständig, während die Somowa zornig rief: »Geben Sie mir meine Jacke und das Plaid zurück!«

»Na, wohin, wohin willst du denn gehen?« sagte die Anfimjewna aus unerfindlichem Grund mit Baßstimme, aber Ljubascha schlug mit ihrem Fäustchen, das wie ein Rosenbrötchen aussah, auf den Tisch und schrie sie an: »Sie begreifen nichts! Sie sind . . . ein Fisch! Alexej Gogin wurde von irgendwelchen verfolgt . . . sie schossen . . .«

Die Anfimjewna führte Ljubascha hinaus, Warwara raunte wieder ihrem Mann zu: »Geh, überrede Ljutow, er ist ein gutsituierter Mann, aber bei uns – nein, ich danke!«

Klim ging sich anziehen, nicht weil er die Sanitätspunkte für notwendig gehalten hätte, sondern um aus dem Haus zu kommen, seine Gedanken zu sammeln. Er fühlte sich vor den Kopf gestoßen, betrogen, und wollte das, was er gehört hatte, nicht glauben. Aber offenbar war doch etwas Abscheuliches und gleichsam gegen ihn persönlich Gerichtetes vorgefallen.

Wir müssen uns wehren. Es wird einen Aufstand geben, wiederholte er innerlich Ljubaschas Ausrufe, als er die Straße betreten hatte. So eine Idiotin.

Doch nachdem er die Somowa beschimpft hatte, kam er darauf, daß diese schmalen, krummen Straßen für Barrikaden gut geeignet sein müßten. Und danach kam ihm unangenehm in Erinnerung, wie die Arbeiter am 8. Oktober die Stadt mit den Augen von Fremden besichtigt hatten, und darauf fühlte er plötzlich, daß diese chaotische Riesenstadt auch ihm fremd, nicht das Moskau war, das es mehrere Stunden zuvor gewesen war. Kalte Dunkelheit war über sie hereingebrochen, hatte die Menschen in die Häuser und Häuschen getrieben und alles Licht in den Straßen und Fenstern gelöscht. Nur ganz selten blinkten gelbe Flecken armselig, kläglich hinter dem plüschartigen Rauhreifbelag der Fensterscheiben. In der Finsternis tanzte und rieselte scharfer, stechender Staub. Die Stadt war irreal geworden, wie in der Finsternis alles außer ihr selbst irreal ist.

Und wie jeder Mensch in der Dunkelheit empfand Samgin mit unangenehmer Schärfe seine Realität. Die Menschen gingen sehr schnell, in kleinen Gruppen, und wahrscheinlich wußten die einen von ihnen, wohin sie gingen, die übrigen liefen wie Verirrte umher – Samgin hatte schon ein- bis zweimal bemerkt, daß sie, wenn sie in eine Gasse eingebogen waren, gleich wieder zurückkehrten. Unwillkürlich folgte auch er ihrem Beispiel. Ihn überholte eine kleine Gruppe, vielleicht fünf Personen; der eine von ihnen rauchte, die Zigarette glühte wie im Takt zu den Schritten oft auf; eine Frauenstimme fragte in gekränktem Ton: »Herrschaften, ist das denn wirklich ernst?« Dann rief sie: »So werfen Sie doch die Zigarette weg!«

Samgin zuckte zusammen und dachte, daß Moskau in dieser Nacht unheimlicher sei als Petersburg in der Nacht zum 10. Januar. Er lauschte gespannt, erwartete, das wohlbekannte Knacken von Schüssen zu hören. Aber das Gehör fing nur irgendwelche Schläge auf, wie das Zuschlagen von Toren oder Türen, und aus der Ferne ein unerklärliches Knistern – wie Holz knistert, wenn es vom Frost birst. Zuweilen schien es, als gingen Leute über ein Blechdach, zuweilen knarrte etwas und fiel um, als wäre plötzlich ein Zaun umgestürzt. Als Samgin in der Dunkelheit, die immer dichter wurde, durch die Schlingen der Straßen und Gassen irrte, kam ihm der Gedanke, daß es sehr unangenehm sein würde, Ljutow zu sehen, und entschied endgültig: Die Sanitätspunkte sind ein kindischer Einfall.

Im Grunde habe ich unbedacht das Haus verlassen, überlegte er und verlangsamte seine Schritte. Dieses Schießen war sicherlich ein Mißverständnis.

Als er sich aber erinnerte, daß er das Verbrechen des 9. Januar auch als ein Mißverständnis hatte betrachten wollen, verwarf er die Vermutungen über das heute Vorgefallene und beschloß heimzugehen. Alina wußte natürlich davon, und so hatte es keinen Sinn, zu ihr zu gehen. Turobojew mußte ja so enden. Im Grunde war er ein

Abenteurer. Solche Menschen enden im Selbstmord oder im Gefängnis wegen eines Verbrechens. Überbleibsel eines verrotteten Standes. Möglicherweise liebte ihn Alina immer noch. Irgendwer hatte gesagt, die Frau liebe ihr ganzes Leben lang den ersten Mann, aber in der Erinnerung, nicht fleischlich. Er bog in eine Gasse ein; nach ein paar Schritten rief ihm jemand zu: »Wer da?«

Ein hochgewachsener Mann trat ihm in den Weg, zündete ein Streichholz an, leuchtete ihm ins Gesicht und fragte streng: »Wohnen Sie in dieser Gasse?«

»Nein.«

»Der Durchgang ist hier gesperrt.«

Samgin fragte nicht, weshalb. Im Hintergrund der Gasse machten sich mit Ächzen und halblautem Sprechen Leute zu schaffen, die etwas Schweres am Boden schleiften.

Natürlich Studenten. Diese Bengel, dachte er mit gezwungenem Lächeln und entfernte sich schnell von dem Mann im langen Mantel und mit sibirischer Pelzmütze auf dem Kopf. Die kalte Dunkelheit preßte ihm den Körper zusammen und machte ihn matt, schläfrig. Kleine Gedanken bemächtigten sich seiner, sie schienen sich wie Schuppen vom Hirn zu lösen. Samgin dachte unwillkürlich, daß er sich an Tagen großer Ereignisse fast immer der Macht gerade kleiner Gedanken, der Macht der Details ergebe; sie kreisten über dem Haupteindruck wie Funken über der Asche eines Lagerfeuers.

Das ist eine Künstlereigenschaft, dachte er, klappte den Mantelkragen hoch, vergrub die Hände in den Taschen und ging langsamer. Künstler denken sicherlich so, wenn sie aus dem Wesentlichen das Charakteristischste heraussuchen. Doch möglicherweise ist das ein eigenartiger Ausdruck für das Gefühl der Selbstverteidigung gegen vernichtende Schläge des Unsinnigen.

Er bog um die Ecke, in seine Straße ein und wäre fast gegen eine kleine Menschengruppe geprallt. Die Leute hatten sich zwischen zwei Vorgärten zusammengedrängt, und einer von ihnen sagte gedämpft, rasch: »Glaube – Zar – Vaterland ...«

Die drei Worte sprach er wie eins. Samgin sah nur Rücken und Nacken der Leute; er ging mit beschleunigten Schritten eilig an ihnen vorbei, aber ihn erreichten dennoch die hastigen und in der frostigen Stille sehr deutlich hörbaren Worte: »Die Streikenden sind von den Juden bestochen, das ist klar, und wen haben sie nun beerdigt? Und wie? So hat man im vergangenen Jahr nicht einmal General Keller zu Grabe getragen, und der war ein Held!«

Auch ein »erklärender Herr«, dachte Klim, während er rasch auf die Tür seines Hauses zuging und sich umsah. Als er im Speisezimmer eine Kerze anzündete, erblickte er seine Frau; sie schlief in Kleidern auf der Chaiselongue im Besuchszimmer, zeigte die Zähne, die eine Hand hielt sie an der Brust, die andere am Kopf.

»Ljutow ist dagewesen«, sagte sie, als sie erwachte, und verzog das Gesicht. »Er bat, du möchtest ins Krankenhaus kommen. Alina gerät dort ganz von Sinnen. Mein Gott, was für Kopfschmerzen ich habe! Und wie ... abscheulich ist doch das alles!« kreischte sie plötzlich und stampfte mit dem Fuß auf. »Und dann noch – du! Gehst in der Nacht herum ... Gott weiß wo, während hier ... Du bist doch kein Student mehr ...«

Sie knöpfte nervös ihr Jäckchen auf, nahm die Kerze und ging.

»Du vergißt, daß ich mit deiner Genehmigung weggegangen war«, sagte er hinter ihr her und dachte: Sie ist zerzaust wie eine ...

Das für eine Frau schmähliche Wort verschluckte er, dann setzte er sich in der Dunkelheit auf den warmen Diwan, begann zu rauchen und lauschte der Stille. Er fühlte sich von neuem und nun bereits schmerzend scharf betrogen, einsam und dazu verurteilt, über alles nachzudenken.

Ist gerade das meine Funktion? fragte er sich. Nach Lamarck schafft die Funktion ein Organ. Das Organ welcher Funktion ist der Mensch, wenn man ihm den Geschlechtstrieb nimmt? Tolstoi hat recht mit seinem Haß gegen den Verstand.

Die Zigarette war erloschen. Die Streichhölzer waren irgendwohin verschwunden. Er suchte eine Weile träge nach ihnen, fand sie nicht und begann die Schuhe auszuziehen, da er beschlossen hatte, nicht ins Schlafzimmer zu gehen: Warwara war sicherlich noch nicht eingeschlafen, und es war widerlich, ihre Dummheiten anzuhören. Als er den einen Schuh in der Hand hielt, erinnerte er sich, daß genau so an diesem Platz Kutusow gesessen hatte.

Er schürt jetzt natürlich irgendwo die Leidenschaften ... Da hatte Samgin auf einmal das Gefühl, in ihm wäre ein Geschwür geplatzt, und als rännen kleine, kalte Zornesströme durch seinen ganzen Körper.

Und er hat recht! schrie er innerlich. Mögen die Leidenschaften aufflammen, mag alles zum Teufel gehen, all diese Häuschen, kleinen Wohnungen, die vollgestopft sind mit Sich-um-das-Volk-Sorgenden, mit Buchstabengelehrten, Kritikern, Analytikern ...

»Warum gehst du nicht zu Bett?« fragte streng Warwara, die mit einer Kerze in der Tür erschienen war und ihn unter der vorgehaltenen Hand anblickte. »Komm bitte! Ich schäme mich, es zu gestehen, aber ich habe Angst! Dieser Junge ... Der Sohn eines Arztes ... Er stöhnte so ...«

In dem langen Nachthemd, mit einem Häubchen und in Pantoffeln, sah sie wie eine Karikatur von Busch aus.

»Du benimmst dich sonderbar«, sagte sie, als sie ans Bett trat. »Ich weiß doch, daß dir das alles nicht gefallen kann, aber du ...«

»Schweig!« schrie er halblaut, aber so, daß sie zurückfuhr. »Untersteh dich, zu sagen, du wüßtest es!« fuhr er, die Kleider abwerfend, fort. Er schrie seine Frau zum erstenmal an, und dieses Revoltieren tat ihm wohl.

»Du bist verrückt«, murmelte Warwara, und er sah, daß der Leuchter in ihrer Hand zitterte und daß sie mit schlurrenden Pantoffeln immer weiter vor ihm zurückwich.

»Was weißt du? Vielleicht geht es schon morgen los mit Gemetzel, Pogromen ...«

Warwara legte sich irgendwie schwerfällig, linkisch mit dem Rücken zu ihm; er löschte das Licht und legte sich auch hin, wartete, was sie noch sagen würde, und bereitete sich darauf vor, ihr sehr viel kränkende Wahrheit zu sagen. In der Dunkelheit drehten sich eigentümliche rauchgraue Flecken und Kreise langsam unter der Zimmerdecke. Er mußte lange warten, bis in der Stille die leisen Worte erklangen: »Ich begreife nicht, weshalb du auf mich böse zu sein brauchst. Nicht ich mache doch Revolutionen ...«

Er hatte irgendwelche anderen Worte erwartet. Diese waren zu töricht, um auf sie zu antworten, und so zog er die Decke über den Kopf und wandte seiner Frau auch den Rücken zu.

Sie anzuschreien wäre zwecklos. Und töricht. Ich müßte jemand anderen anschreien. Vielleicht sogar mich selbst.

Sich selber aber tat er leid, doch seine Gedanken wurden fieberartig. Warwara schien zu weinen, sie schneuzte sich immerfort und hinderte ihn am Einschlafen.

Sie haßt mich wahrscheinlich. Aber ich selbst werde mich, wie mir scheint, auch bald hassen. Und dieser Gedanke steigerte sein Mitleid mit sich selbst.

Er schlief erst gegen Morgen ein, doch als er erwachte und sich des Auftritts mit seiner Frau erinnerte, brachte er sich rasch in Ordnung, und nachdem er Tee getrunken hatte, beeilte er sich, der unvermeidlichen Auseinandersetzung aus dem Wege zu gehen.

Moskau hat die Arme sinken lassen, dachte er, als er auf den Boulevards der sonderbar stillen Stadt dahinschritt. Es war Mittag, doch in den Straßen befanden sich wenig Menschen, meist nur Kleinbürger, bekümmert, mißmutig. Sie standen in kleinen Gruppen vor den Toren oder gingen auch zu dritt, zu fünft und noch mehreren irgendwohin. Studenten waren nicht zu bemerken, einzelne Passanten waren selten. Man sah weder Droschken noch Polizei, aber überall standen und liefen Jungen herum, die irgend etwas erwarteten.

Der Eingang zu der Gasse, in die man Samgin gestern nicht hineingelassen hatte, war mit einem Wagen ohne Räder, mit Kisten, einer Matratze, einem Zeitungskiosk und einem Torflügel verbarrikadiert. Vor diesem Aufbau saß auf einem Zementfaß ein rotbärtiger Mann mit einer Zigarette zwischen den Zähnen; zwischen seinen Knien ragte ein Gewehr, angezogen war er, als wollte er auf die Jagd gehen. Hinter der Barrikade machten sich drei Männer zu schaffen: Der eine befestigte mit Draht ein dickes Brett an dem Wagen, die zwei anderen schleppten aus einem Hof Ziegel herbei. Das alles erweckte in Samgin den Eindruck mutwilligen Spießerunfugs.

Im Wartezimmer des Petrowsker Krankenhauses stürzte sich Ljutow gierig auf Klim, zerzaust, stark mitgenommen, mit entzündeten Augen und Flecken im verzerrten Gesicht.

»Ach, wie ich auf dich gewartet habe!« zischte er, packte Samgin und zog ihn mit in den Korridor, wo er mit ihm in eine Fensternische trat. »Nun, er ist gestorben, um elf Uhr siebenunddreißig. Zwei Kugeln, beide in den Bauch. Er hat Qualen ausgestanden. Hör mal, mein Lieber«, fuhr er mit heiserer Stimme fort, indem er ganz dicht an Samgin herantrat und ihm unmittelbar ins Gesicht sprach: »Alina hat sich in den Kopf gesetzt, ihn unbedingt auf dem Wwedensker Friedhof zu beerdigen, das ist doch Unsinn! Der ist ja weiß der Teufel wo, der Wwedensker! Und überhaupt – was für eine Beerdigung? Der Pope hat sich geweigert, ihn zu bestatten. So ein Idiot. Er sagt, hier läge Mord, ein Kriminalverbrechen vor. Wieso denn ein Verbrechen? sage ich. Die Soldaten schossen nicht aus eigenem Antrieb, sondern selbstverständlich auf Befehl ihrer Vorgesetzten, also handelt es sich um Tötung durch Militär, das sich in Notwehr gegen die Wut der Gymnasiasten befand!« Ljutow erstickte schier an seinen Worten, begann zu husten und fuhr dann, mit der Hand auf Samgins Schulter gestützt, fort: »Versuch doch, ihr diese Zeremonie auszureden, mein Lieber!«

Ihm zitterten die Beine, er knickte immerfort eigentümlich in den Knien ein und wankte. Samgin hörte ihm schweigend zu und riet hin und her, was diesen Mann so tief verletzt haben mochte. Ljutow schob Klim mit der Schulter beiseite, lehnte sich an seiner Statt an die Wand und breitete die Arme weit von sich. »Eine nette Geschichte hat da begonnen, wie? Nun hat sich's was mit dem Hihi! Ich ging doch mit ihm, aber mich hat an der Ecke der Dolgorukowgasse ein Sozialrevolutionär angehalten, und auf einmal krachte es

– bum, bum! Diese Hundsfötter! Sie kamen nicht einmal, um zu sehen, wen, wie viele sie getötet hatten. Sie schossen und versteckten sich in der Manege. Red ihr das also aus, Samgin! Ich kann es nicht! Das kommt für mich überraschend, mein Lieber ... ist mir unbegreiflich! Ich dachte, für die Seele – habe sie Makarow ... Sie kommt!« flüsterte er und trat möglichst weit in die Ecke zurück.

Von weitem kam Alina langsam durch den Korridor geschwebt. Im offenen Pelzmantel, mit einem Schal um die Schultern und zerzauster Frisur, wirkte sie unnatürlich groß. Als sie herangekommen war, spürte Samgin, daß es zwecklos sei, ihr zuzureden: Ihr Gesicht war erstarrt, die Augen tief in die dunklen Höhlen eingesunken, und die vor Wut funkelnden Pupillen schienen zu glühen.

»Na, jetzt hat sich wenigstens ein vernünftiger Mensch gefunden«, sagte sie mit tiefer Stimme durch die Zähne. »Du, Klim, wirst mich zum Friedhof begleiten. Und du, Ljutow, gehst nicht mit! Klim und Makarow werden mitgehen. Hörst du?«

Ljutow zupfte sich am Spitzbart, und sein Kopf neigte sich unterwürfig.

»Ich habe sechs Männer gedungen, sie werden den Sarg tragen«, fuhr sie fort, stampfte plötzlich mit dem Fuß auf und sagte mit ganz tiefer Stimme: »Nirgends ist auch nur eine einzige Blume aufzutreiben, so ein Pack!«

Sie ging weiter, und Ljutow flüsterte mit vorwurfsvollem Kopfschütteln: »Was hast du denn, Samgin? Ach, mein Lieber ... Man kann sie doch nicht mitgehen lassen ... Ach!«

Und mit den Stiefelspitzen auftretend, folgte er Alina.

In was für dumme Lagen ich gerate, dachte Samgin und schaute sich um. Türen öffneten sich geräuschlos, eilig liefen die weißen Figuren der Krankenwärterinnen umher, die Wand strömte den Geruch von Medikamenten aus, an den Fensterscheiben rüttelte der Wind. Aus einem Krankensaal kam Makarow heraus, knotete im Gehen die Schnürbänder seines Kittels auf, warf einen Blick auf Klim und fragte nachdenklich: »Du?«

Dann nahm er ihn beim Arm und führte ihn in ein dunkles, einfenstriges Zimmerchen mit einer Unmenge Glasgeschirr auf Regalen und in Schränken.

»Rauch nur, hier ist es erlaubt«, sagte er, während er den Kittel auszog. »Er ist tapfer gestorben, ohne Klagen, obwohl Bauchwunden qualvoll sind.«

Er setzte sich auf die Tischecke und lächelte. »Zu mir sagte er: ›Ich wäre zufrieden, wenn ich wüßte, daß ich redlich sterbe.‹ Das klingt, als wäre es aus einem englischen Roman. Was heißt das, redlich sterben? Alle sterben redlich, leben aber ...«

Samgin rauchte, hörte zu und überlegte: Warum war ihm dieser vorzeitig ergraute Mann in irgendeiner Hinsicht besonders unangenehm?

»Haben wir nun Revolution, Samgin?« fragte Makarow mit zusammengezogenen Brauen und sah das rauchende Ende seiner Zigarette an.

»Offensichtlich.«

»Freut dich das?«

»Revolution ist Tragödie«, antwortete Klim nach kurzem Zögern.

»Du hast mir nicht geantwortet.«

»Tragödien freuen einen nicht.«

»Bist du Bolschewik?«

»Natürlich nicht«, antwortete Klim und dachte sofort, daß er zu hastig geantwortet habe.

»Also kein Revolutionär«, sagte Makarow leise, aber sehr einfach und überzeugt. Er benahm sich und sprach überhaupt in einer neuen, Samgin fremden Weise, was bei diesem Besorgnis erregte und ihn veranlaßte, auf der Hut zu sein.

»Revolutionäre, das sind die Bolschewiki«, sagte Makarow immer noch ebenso einfach. »Sie schlagen direkt zu: mit dem Kopf gegen die Wand. Wahrscheinlich muß man das tun, aber anscheinend mag ich sie nicht. Ich habe ihnen geholfen, mit Geld und überhaupt ... habe jemanden und etwas versteckt. Hast du ihnen geholfen?«

»Manchmal«, antwortete Klim vorsichtig.

»Warum? Weshalb?«

Samgin zuckte stumm mit den Achseln, denn er fühlte, daß Makarows Fragen immer unangenehmer wurden. Dieser aber fuhr fort: »Weil die Avantgarde nicht siege, sondern zugrunde gehe, wie Ljutow gesagt hat? Den feindlichen Truppen den ersten Schlag versetze – und zugrunde gehe? Das stimmt nicht. Erstens geht sie nicht immer zugrunde, sondern nur dann, wenn der Angriff nicht geschickt genug vorbereitet ist, und zweitens versetzt sie trotz allem einen Schlag. Das ist die Frage für mich, Samgin: Ich will keinen Bürgerkrieg, habe aber den Leuten geholfen, die ihn beginnen, und werde ihnen, glaube ich, weiterhin helfen. Da stimmt bei mir etwas nicht. Ich bin mit ihnen nicht einverstanden, ich mag sie nicht, doch, stell dir vor, ich achte sie irgendwie und ...«

Er lächelte, schnippte mit den Fingern und fuhr fort: »Du kennst dich in der Politik aus, sag mir also ...«

Die Tür ging weit auf, Alina trat ein. Samgin warf den Zigarettenrest auf den Boden und atmete erleichtert auf, doch Makarow sagte: »Wir werden unser Gespräch nachher wieder aufnehmen...«

Wohl kaum, hätte Klim gern gesagt, nickte aber statt dessen bejahend.

»Worüber?« fragte Alina und wischte sich mit dem Taschentuch große Schweißtropfen vom Gesicht.

»Über die Politik«, sagte Makarow. »Sie sollten den Pelzmantel ablegen, sonst erkälten Sie sich!«

Alina setzte sich auf einen Stuhl neben der Tür, von dem sie vorher ein paar Bücher hinunterwarf.

»Störe ich euch denn?« fragte sie und sah die Männer an. »Ich habe angefangen, die Politik zu begreifen, ich möchte auch irgend jemanden töten ... einen Minister etwa.«

»Sie müssen sich ausschlafen«, murmelte Makarow, ohne sie anzusehen, während sie ohne Übereilung fortfuhr, die Worte zwischen den Zähnen hervorstoßend: »Schick doch mich, Klim! Ich bin schön, eine schöne Frau wird man zum Minister vorlassen, und ich werde ihn...«

Sie streckte die Hand aus und knipste mit den Fingern – ihr Gesicht blieb immer noch ebenso starr. Makarow zündete sich vorgebeugt wieder eine Zigarette an, doch Samgin fragte lächelnd: »Du denkst, ich sei einer, der Leute zum Töten ausschickt?«

»Irgend jemand schickt sie doch«, antwortete sie mit einem lauten Seufzer. »Wahrscheinlich Kaltblütige, und du – bist kaltblütig. In der Nacht, dort«, sie deutete mit der Hand irgendwohin nach oben, »erinnerte ich mich, wie du mir von Igor erzähltest, wie ein Soldat ihn habe niedersäbeln wollen ... Du hast alles gut bemerkt, also bist du kaltblütig!«

Sie schwieg eine Weile, bedeckte den Kopf mit dem Schal und fügte etwas leiser hinzu, als spräche sie mit sich selbst: »Übrigens kommt das vielleicht daher, weil die Angst große Augen hat, die gut sehen. Ach, wie ich euch alle...«

Sie blickte Makarow an und verstummte, dann sagte sie halblaut: »In Jalta weinte ich nach einer durchzechten Nacht und beklagte mich: Gott, warum hast du mir Schönheit geschenkt und mich in den Schmutz gestoßen! Irgend so etwas Ähnliches habe ich geschrien. Da umarmte mich Igor und sagte so ... wunderbar zärtlich: ›Das war ein echter menschlicher Klageschrei!‹ Er sprach manchmal, als steckte in ihm der Teufel...«

Das letzte Wort übertönte Ljutow, der die Tür aufgemacht hatte.

»Nun also, es ist soweit«, sagte er mit sehr mutloser Stimme. »Gehen wir.«

Eine Stunde später schritt Samgin neben ihm auf dem Gehsteig, während mitten auf der Straße Alina am Arm Makarows hinter dem Sarg herging; ihnen folgte ein schnurrbärtiger Mann, der wie ein Militär im Ruhestand aussah, unrasiert, wie mit einer Plüschmaske auf den graublauen Wangen, mit einem dicken Stock in der Hand, sehr schäbig; neben ihm schritt, die Hände in den Taschen des zerrissenen Rocks vergraben, den Kopf geneigt, ohne Mütze, ein hochgewachsener Bursche, kraushaarig und ganz in irgendwelchen theatralisch krausen Lumpen; er spuckte sich immerzu durch die Zähne vor die Füße. Den Sarg trugen eilig zwei Bauern in halblangen Pelzen, beide wohl gerade erst aus dem Dorf gekommen: der eine in grauen ausgetretenen Filzstiefeln mit einem Bettelsack auf dem Rücken, der andere in Bastschuhen und hanfleinener Hose, mit einem schwarzen Flicken auf der rechten Schulter. Am Kopfende des Sarges ein kahlköpfiger dicker Mann, mit zwei Mänteln bekleidet, einem langen Sommermantel und einem kurzen bis zum Knie darüber; sein Gegenüber war ein typischer Moskauer Kleinbürger, dürr, in langem Überrock, mit zerzaustem Bart und eiförmigem Kopf. Sie gingen rasch und alle vier sinnlos nach vorn gebeugt, als zögen sie einen Wagen. Der Schnurrbärtige rief ihnen hin und wieder heiser zu: »He, ihr – haltet Schritt!«

Auf dem gelben Deckel des Krankenhaussarges lagen zwei Fächerpalmenblätter und noch ein paar Zweige von Zimmerblumen; Alina, monumental, im Pelzmantel, einen schweren Schal um die Schultern, ging, das Kinn auf die Brust gestützt; der Wind zauste ihr kastanienbraunes Haar; sie berührte öfters, mit schroffer Handgebärde, den Sarg, als stieße sie ihn vorwärts, stolperte über die Pflastersteine und stieß dabei an Makarow; er schritt mit aufwärts und in die Ferne gerichtetem Blick, seine Schuhe trappten besonders deutlich hörbar auf den Steinen.

»Sie wird natürlich nicht bis zum Friedhof kommen«, brummte Ljutow, zu Alina hinüberschielend.

Samgin war bereit zu denken, diese ganze Dürftigkeit – der trübe Oktobertag, der kalte Wind, der bleierne Himmel, die sechs ärmlichen Menschen, der kümmerliche Sarg –, alles sei von Ljutow absichtlich in Szene gesetzt.

Ein paar Minuten später aber überlegte er bereits mechanisch: »Gewesene Menschen«, die von modernen Schriftstellern und vom modernen Theater verherrlicht wurden, tragen den Körper des Nachkommen einer uralten Adelsfamilie, der von Soldaten des ohnmächtigen, unfähigen Zaren getötet wurde, auf den Friedhof. Darin lag etwas Schadenfrohes und zugleich Empörtes.

Was von beidem kommt vom Verstand? fragte sich Klim. Die Schadenfreude oder die Empörung?

Ljutow störte ihn. Er ging ungleichmäßig wie ein Betrunkener – bald überholte er Samgin, bald blieb er hinter ihm zurück, entschloß sich aber nicht, Alina zu überholen, da er offensichtlich Angst hatte, ihr vor die Augen zu kommen. Er ging und warf kläglich mit raschen Worten um sich: »Wir beerdigen ihn unter Beteiligung aller Stände. Ich versuchte einen Lastfuhrmann zu überreden: ›Bring ihn fort!‹ – ›Lassen Sie mich in Frieden mit Ihren Toten!‹ sagte er. Und der Pope auch – ein Kriminalverbrechen! So ein Rindvieh! Tja, eine komplizierte Sache! Alina wird natürlich nicht bis zum Friedhof kommen ... Welch ein Herz, Samgin! Sie hat ein unerbitttlich ehrliches Herz. Du vertrockneter Intelligenzler kannst das nicht würdigen. Du verstehst es nicht. Intelligenzler – auch so ein Wörtchen! Ach, ihr ... Töl ...«

»Hör auf«, sagte Samgin und überlegte, unter welchem Vorwand er es am besten ablehnen könnte, an der weiteren Wanderung durch die trübseligen, menschenleeren Gassen teilzunehmen.

»Walerij Brjussow verfaßt Verschen wie dieses:

... euch, die ihr mich vernichten werdet,
Empfang ich mit einem Begrüßungshymnus.

Er lügt! Er fürchtet sich und haßt die nahenden Hunnen! Und nicht einen Hymnus hat er geschrieben, sondern eine Totenmesse. Nicht wahr?«

»Nein«, sagte Samgin zornig. »Und du bist überhaupt ...« Er hatte etwas für Ljutow Kränkendes sagen wollen, murmelte aber: »Ich habe mich anscheinend erkältet, ich fühle mich sehr schlecht. Vielleicht sollte ich ...«

Aus einer Seitengasse stürzten lärmend etwa zwanzig erregte und angeheiterte Männer hervor. Der vorderste, ein kräftiger junger Kerl mit roter Visage, einer Mütze mit Ohrenklappen und weit offenem Fuchspelz, den er über einem gürtellosen Kittelhemd trug, stellte sich mit breit gespreizten Beinen, die bis über die Knie in hohen Filzstiefeln steckten, vor den Sarg, schwang die Arme hoch, daß sein Kittelhemd hinaufrutschte und der stark vorgewölbte, fettig glänzende Bauch sichtbar wurde, und schrie mit schriller Weiberstimme: »Halt! Wen begrabt ihr da? Welchen Missetäter?«

»Na, da haben wir's!« rief Ljutow wehmütig aus. Er stapfte auf der Stelle herum, als wollte er gleich vom Gehsteig auf die Straße springen, könnte es aber nicht, und er betastete sich dabei mit den Händen und murmelte: »Oh, sie hat mir den Revolver herausgenommen, ach, daß dich doch . . . Begreifst du?« flüsterte er und stieß Samgin an. »Sie hat den Revolver!«

Samgin begriff, daß sich gleich etwas Scheußliches abspielen werde, aber ihm war es dennoch angenehm, Ljutow in Angstkrämpfen zu sehen, und Ljutow war so erschrocken, daß seine unruhigen Schielaugen hervorquollen und die Brauen sich unnatürlich zu den Schläfen verschoben. Er versuchte den Männern, die den Sarg dicht umringten, etwas zu sagen, fuchtelte aber nur mit den Armen vor ihnen. Samgin kam nicht mehr dazu, Ljutow zu beobachten, rings um den Sarg hatte bereits etwas Unheimliches begonnen, wovon ihm ein kalter Schauer über den Rücken lief.

Die Träger hatten den Sarg auf das Pflaster gestellt und sich unter die Menge gemischt; der schnurrbärtige Mann war auf den Gehsteig hinübergelaufen und entfernte sich eilig mit an den Leib gedrücktem Stock; vor Alina stand der krausköpfige Bursche und stieß sie zurück, während sie ihm mit den Fäusten auf die Arme schlug, Makarow griff nach ihren Händen und rief: »Weg von hier! Was wollen Sie?«

Alina rief auch irgend etwas, aber ihre Stimme wurde vom Kreischen des Burschen im Fuchspelz und vom Geschrei seiner Kameraden übertönt. Der Bursche im Pelz schüttelte den Kopf, daß die Ohrenklappen seiner Mütze flatterten, und kreischte: »Warum ohne Popen? Ihr beerdigt wohl einen Juden, wie? Wieder einen Juden? Wollt ihr Gott beleidigen? Nein, wartet! Wassja – wie gehört es sich?«

Unter seinem linken Arm hervor tauchte ein dürres Männlein in einer wattierten Frauenjacke auf, mit Schlappschuhen an den bloßen Füßen, es hüpfte umher und brüllte heiser: »Dem Juden macht das Leben Spaß, doch uns – ihn zu verdreschen! Ach, Ignascha! Unterstützt ihn, Jungens! Du bist unsere Zier, Ignat Petrow! Unser Schutz!«

Und noch etwa fünf Mann brüllten wie toll durcheinander: »Kommandiere, Ignat! Wir werden dir beistehen! Ho . . .«

In der Menge wirbelte Ljutow herum; er hatte die Mütze abgenommen, schwang sie und schrie auch irgend etwas, aber der Bursche im Pelz, der ihn mit seiner Betrunkenenhand zu packen suchte, übertönte alle Stimmen durch schrille Kreischer hysterischen Entzückens.

»Ein Herr? Ein Fürst? Ich lasse es nicht zu – du lügst! Wo ist der Pope? Der Priester, he? Fürsten werden mit Musik beerdigt, ihr Pack! Man hat ihn getötet? Brüder – habt ihr gehört? Wen tötet man?«

»Juden, Streikende!« wurde ihm geantwortet.

Der krausköpfige Bursche und Makarow zerrten, stießen Alina zum Gehsteig – sie wehrte sich in ihren Händen, und Samgin hörte ihre dumpfe Stimme: »Lassen Sie mich! Ich werde ihn schlagen ... ich verprügele ihn ...«

Auf einmal wurde es still, ein großer dicker Mann in halblangem Schafpelz hatte sich der Menge genähert, und fast alle wandten sich ihm zu.

»Warum krakeelt ihr?« sagte er. »Alles unnötig! Ihr seht doch: Keine roten Schleifen, also ist es kein Streikender, na? Und ihn begleitet eine Frau ... eine dementsprechende, eine Kaufmannsfrau offenbar. Der Herr ist auch Kaufmann, ich kenne ihn, er handelt in der Innenstadt mit Daunen, seinen Namen habe ich vergessen. Nun? Man beerdigt anscheinend einen Angestellten ...«

»Du lügst!« schrie der Bursche; der Mann mit den Schlappschuhen unterstützte ihn. »Er lügt, die dicke Schnauze! Ignascha, unser Schutz – glaub ihm nicht. Sie stecken alle unter einer Decke, die Dicken, die Räuber, die Hurensöhne ...«

»Gib nicht nach, Ignat!« wurde aus der Menge gerufen.

»Mach den Sarg auf! Sie beerdigen einen Juden, einen von denen, die man gestern totgeschossen hat ...«

Der Mann im halblangen Pelz schlug Ignat mit der Hand auf die Schulter.

»Was bist du denn? Ein Rowdy etwa? Ein Streikender?« fragte er laut, vorwurfsvoll.

»Brüder – wer bin ich?« kreischte Ignat und schlang sich die Arme um den Hals. »Sagt es rasch, sonst bring ich mich um! Auf der Stelle bring ich mich um! Brüder, ach ...«

Er schwang die Arme hoch, warf den Pelz ab und hämmerte sich mit den Fäusten auf den Kopf; Samgin sah, daß dem Burschen Tränen über das Gesicht strömten, er sah, daß die meisten in der Menge sich an dem jungen Kerl wie an einem Zauberkünstler ergötzten, und hörte die begeistert erbosten Ausrufe des Männleins in den Schlappschuhen: »Ignascha! Gib Port Arthur nicht auf, biet dem Teufel die Stirn! Du mein Schutz! Du meine Zier!«

Wohl fünf Männer hatten Ljutow dicht umringt, hörten ihm zu und schauten, wie er seine kostbare Mütze schwang, und einer von ihnen sagte: »Moskau ist verrückt geworden, das stimmt!«

Jetzt ist es vorüber, dachte Samgin. Er nahm die Brille ab, steckte sie in die Tasche und ging auf die andere Straßenseite, wo der krausköpfige Bursche und Makarow Alina an die Wand gedrängt hatten und sie zurückhielten, während Alina sie von sich wegstieß. In diesem Augenblick bückte sich Ignat, faßte den Sarg am Ende, hob ihn mühelos in die Höhe und kreischte, als er den Sarg aufgerichtet hatte: »Ich werde ihn selbst tragen! In den Moskwafluß!«

Ljutow sah, wie zwei weitere Männer den Sarg auf Ignats Schultern heben wollten, aber der Mann im halblangen Pelz stieß sie beiseite, und vor Ignat stand plötzlich Alina; mit beiden zu Fäusten geballten Händen versetzte sie Ignat einen Schlag ins Gesicht, er schüttelte den Kopf, wankte und ließ den Sarg langsam auf die Erde. Für einen Augenblick verstummten die Männer. An Samgin vorbei lief Makarow, der sich einen Schlagring auf die Finger der rechten Hand steckte.

»Führe sie weg ... begreifst du denn nicht?« rief er. Und vor Ignat trat der krausköpfige Bursche hin und fragte ihn: »Wollen wir raufen?«

»Haut ihn, Jungens!« brüllte der Mann im halblangen schwarzen Pelz und drängte die Männer zu dem Krausköpfigen hin. »Haut ihn! Das ist Saschka Sudakow, ein Dieb!« Samgin sah, wie Saschka Ignat zu Boden schlug, und hörte, wie er spöttisch rief: »Los, ihr Pack! Tapfer – na!«

Das Männlein in den Schlappschuhen wirbelte herum und schrie verzweifelt: »Ignat, du Held! Gibst du wirklich nach? Oje!« Dann rannte er auf Makarow zu, rammte ihm den Kopf in die Seite und packte ihn am Kragen, aber der Doktor befreite sich und warf ihn mit einem Fußtritt um. Der Mann schrie: »Alle werdet ihr nicht niederschlagen, ihr Gesindel! Henker ihr!«

Makarow schubste Alina auf Samgin zu und sagte: »Zweite Gasse rechts, Haus neun, Wohnung Sossimow – rasch! Ich werde Wolodka aus der Patsche helfen ...«

Samgin faßte Alina unter und führte sie schnell weg; sie ging gehorsam, stumm mit, schaute sich nicht um, wickelte sich den Schal um den Kopf und blickte vor ihre Füße, doch sie schritt schwerfällig, schleifte mit den Sohlen, wankte, und Samgin schleppte sie fast hinter sich her.

Der Schreck, den der widerliche Vorfall Klim verursacht hatte, verwandelte sich in kalte Wut gegen Alina, hatten sie doch durch ihr Verschulden so unheimliche Minuten überstehen müssen. Zum erstenmal empfand er solch eine starke Wut – er hatte Lust, die Frau zu stoßen, sie gegen die Zäune, gegen die Hauswände zu schleudern, sie in einer engen, öden Gasse in der Dunkelheit des Abends im Stich zu lassen und wegzugehen.

Mit Mühe nur bezähmte er dieses Verlangen und schwieg, keuchte, denn er fühlte, daß er, wenn er zu sprechen begönne, grob beleidigende Worte zu ihr sagen würde, und davor scheute er sich trotz allem.

»Was für ... Helden«, murmelte Alina mit lautem Seufzer und fragte: »Ob sie Wolodka verprügeln werden?«

Samgin antwortete nicht. Ihn wunderte es nicht, daß die Tür der von Makarow angegebenen Wohnung von Dunjascha geöffnet wurde.

»O Gott! Was für Gäste!« rief sie vergnügt. »Und ich habe gerade den Samowar zum Kochen gebracht – die Dienstboten streiken ja! Was ... was hast du, meine Liebe?«

Ihr bestürzter Ausruf war dadurch hervorgerufen, daß Alina den Pelzmantel auf den Boden geworfen und sich an die Wand gelehnt hatte, das Gesicht mit den Händen bedeckte und durch die Finger einen dumpfen, aber hörbaren unflätigen Fluch ausstieß. Samgin lächelte – das gefiel ihm, das entwürdigte diese Frau noch mehr in seinen Augen.

»Führ mich weg ... irgendwohin«, bat Alina.

Klim legte ab, ging auf den Lichtschein zu in ein unaufgeräumtes Zimmer; dort brannten auf dem Tisch zwei Kerzen, der Samowar brodelte so stürmisch, daß das Wasser unter dem Deckel hervorsprudelte und den Samowar begoß, ungespültes Geschirr stand herum, Teller mit Imbißresten, Flaschen, und ein Buch lag aufgeschlagen da. Klim deckte das Abzugsrohr des Samowars zu, und als er sich ein Glas Tee einschenkte, merkte er, daß seine Hände zitterten. Er wärmte sie am Glas, schritt im Zimmer umher und sah sich darin um. Auf einem kleinen Flügel lagen verstreut Noten und Stearinkerzen, daneben Dunjaschas Hut; auf der Chaiselongue – eine zerknüllte Reisedecke und Apfelsinenschalen; alle Möbel waren von ihren Plätzen gerückt, und das Zimmer erinnerte an ein Chambre séparée im Hotel nach einem Zechgelage zu zweit. Samgin verzog angeekelt das Gesicht und erinnerte sich: Was hatte Makarow im Krankenhaus sagen wollen?

Dann erschien Dunjascha und begann, obwohl ihre Augen verweint waren, damit, daß sie Klim umhalste, ihn auf den Mund küßte und ihm zuraunte: »Oh, ich bin froh, daß du gekommen bist!«

Aber gleich danach stürzte sie zum Tisch und fragte ihn, während sie eine Tasse Tee einschenkte, hastig und mit halblauter Stimme, was vorgefallen sei.

»Sie ist wie versteinert, liegt da und schweigt – schrecklich!«

Während Samgin ihr alles trocken erzählte, sah er, daß sie jetzt, da sie ein einfaches dunkles Kleid trug, ihr mit Sommersprossen gesprenkeltes Gesicht ungeschminkt und das rote Haar zu einem Zopf geflochten war, jünger und netter wirkte, obwohl sie stark an ein Stubenmädchen erinnerte. Sie lief weg, ohne ihm bis zu Ende zugehört zu haben, und nahm die Tasse Tee und eine Flasche Wein mit. Samgin trat ans Fenster; man konnte noch erkennen, daß sich bläuliche Wolken am Himmel türmten, aber auf der Straße war es schon dunkel.

Es wäre schön, hier zu übernachten . . .

An der Wohnungstür wurde kräftig geklopft; er wartete, ob Dunjascha nicht gelaufen käme, als aber nochmals geklopft wurde, öffnete er selber. Als erster stürzte Ljutow herein, ihm folgten Makarow und noch ein dritter. Ljutow fragte sofort: »Was macht sie? Weint sie? Oder was?«

Makarow schob ihn beiseite und ging ins Zimmer, hinter ihm kam der krausköpfige Bursche zum Vorschein und fragte: »Wo kann man sich waschen?«

»Komm«, sagte Ljutow, ihm auf die Schulter klopfend, und wandte sich an Samgin: »Wenn er nicht gewesen wäre, hätten sie mich verprügelt. Komm, mein Lieber! Ein Handtuch? Gleich, warte ein bißchen . . .«

Er verschwand. Der Bursche trat an den Tisch, wog eine Flasche, dann eine andere, schenkte sich Wein in ein Glas ein, trank ihn aus, räusperte sich laut und sah sich um, wohin er ausspucken könnte. Sein Gesicht war geschwollen, das linke Auge halb verquollen, Kinn und Hals waren mit Blut beschmutzt. Er war jetzt noch krausköpfiger, sein zerzaustes Haar stand zu Berge, und er war noch zerlumpter, sein Rock und das Hemd waren von der Achselhöhle bis zum unteren Saum aufgerissen, und als der Bursche den Wein trank, entblößte sich seine ganze Seite.

»Hat man Sie sehr mißhandelt?« fragte Samgin leise und entfernte sich von ihm in eine Zimmerecke. Der Bursche antwortete, während er sich nochmals Wein einschenkte, ruhig und heiser: »Wenn sehr, stände ich nicht auf den Beinen.«

Dann kamen Arm in Arm Dunjascha und Ljutow herein, Dunjascha prallte beim Anblick des Gastes zurück, er verneigte sich höflich vor ihr, indem er den Schlitz an seiner Seite mit den Fingern zuzog und mit der anderen Hand den zerrissenen Kragen zuhielt.

»Entschuldigen Sie . . .«

»Ich werde gleich Wäsche für Sie beschaffen, kommen Sie«, sagte Dunjascha rasch.

»Pah!« stieß Ljutow hervor, wankte und kniff die Augen fest zu, griff aber zugleich nach einer Flasche auf dem Tisch. »Das war . . . ein Vorfall! Bei Gott – wir sind billig davongekommen! Meine

Mütze habe ich verloren, sie haben sie natürlich gestohlen! Ins Genick habe ich was bekommen, nun, das war nicht schlimm.«

Er trank von dem Wein, ließ sich auf die Chaiselongue fallen und fuhr hastig, zusammenhanglos fort: »Den Sarg haben wir in einen Schuppen gestellt . . . Morgen wird man ihn dorthin tragen, wo er hingehört. Es haben sich Leute gefunden. Hundert Rubel. Tja! Alina scheint wieder zu sich zu kommen. Sie hat nie hysterische Anfälle! Makarow . . .« Er sprang von der Chaiselongue auf, setzte sich wieder und zog verblüfft die Brauen hoch. »Wie er sich schlägt! Potz Blitz, ausgezeichnet schlägt er sich! Aber auch dieser . . . Nein, wie findest du diesen Ignat?« rief er und lief zum Tisch. »Hast du bemerkt, begriffen?«

Während er mit der einen Hand Tee einschenkte und mit der anderen an der Krawatte herumzupfte, um sie aufzubinden, fuhr er bis zu den Ohren schmunzelnd fort: »Die Straße schafft sich ihren Führer – das ist es! Sie bläst und pumpt ihn auf, verstehst du? Und dieser Barfüßler, der ›Schutz‹ und ›Zier‹ rief, das ist doch das ›Moskauer Blättchen‹! Ach, zum Teufel . . . Ausgezeichnet, wie?«

»Du schneidest furchtbar auf«, sagte Samgin.

»Und du siehst schlecht, die Brille stört! Und dieser Hundsfott glaubte doch bereits, er sei ein Führer! Nein, das ist . . . ausgezeichnet! Er kann kommandieren, darf jeden schlagen, wie?«

Samgin hörte zu und überlegte: Er sieht das gleiche wie ich, aber anders. Natürlich entstellt er die Wirklichkeit, nicht ich. Er hat sich in eine Kokotte verliebt, das ist charakteristisch für ihn. Erfundene Liebe, und alles an ihm ist erfunden.

Ljutow sagte unterdessen mit sinnloser Freude: »Sie finden sich noch nicht zurecht, begreifen nicht, wen sie schlagen müssen.«

Alina und Dunjascha traten ein. Alinas Gesicht war noch genauso erstarrt, nur noch magerer; die Augen unter den gerunzelten Brauen blickten schuldbewußt. Dunjascha brachte ein paar Pakete mit, legte sie auf den Tisch und setzte sich zum Samowar. Alina trat auf Ljutow zu, streichelte sein spärliches Haar und fragte leise: »Haben sie dich verprügelt?«

»Ach was! Kleinigkeit!« schrie er hell auf, beugte sich vor und küßte ihre Hand.

»Ach du, mein kleiner Dummkopf«, sagte sie; nach einem Seufzer fügte sie hinzu: »Mein kluger« und setzte sich neben Dunjascha.

Und Ljutow bewegte sich unnatürlich, mit dem ganzen Körper, als liefen ihm unter den Kleidern Mäuse über Rücken und Schultern. Samgin kam diese Episode widerlich vor, und in ihm entbrannte von neuem, aber noch stärker, eine Wut auf Alina, sie dehnte sich auf alle in diesem engen, unordentlichen, kärglich von zwei Kerzenflammen beleuchteten Zimmer aus.

Unangenehm war auch Dunjascha, die mit geschmeidiger und spöttischer Stimme erzählte: »Mein trauter Gatte ist nach Petersburg geeilt, um sich über die Revolution zu beklagen und darauf hinzuwirken, daß man sie beende ...«

Dann erschien Makarow mit Zigarette, hinter ihm schritt mit verbundenem Auge der krausköpfige Bursche und blieb stehen; Alina streckte ihm die Hand entgegen und sagte: »Bitte ...«

Er verneigte sich, ohne ihr die Hand zu reichen. »Alexander Sudakow ...«

»Es gibt einen Holzhändler dieses Namens!« rief Ljutow, aus unerfindlichem Grund erfreut.

»Mein Onkel«, antwortete Sudakow nach kurzem Zögern.

»O-onkel?« fragte Ljutow ungläubig.

»Mein leiblicher. Ich ähnle ihm wohl nicht?«

Sudakow nahm den Frauen gegenüber am Tisch Platz, er hatte ein großes, grünliches und unfreundliches Auge, der vom schwarzen Kragen einer hochgeschlossenen Joppe beschattete Hals war irgendwie zu weiß. Das Teeglas, das Alina ihm hinschob, ergriff er mit der linken Hand.

»Linkshänder?« fragte Ljutow, der ihn eingehend betrachtete.

»Die rechte habe ich mir verletzt ...«

Samgin saß in der Ecke auf der Chaiselongue, kaute Brot mit Schinken und beobachtete aufmerksam. Er sah, daß Makarow sich hier wie der Herr des Hauses bewegte, er nahm eine Kerze vom Klavier, zündete sie an, bat Dunjascha um Papier und Tinte und ging mit ihr weg. Alina hustete, holte tief Atem, als wollte sie etwas Schweres heben und könnte es nicht. Die Ellenbogen auf den Tisch und die Backenknochen auf die Hände gestützt, fragte sie Sudakow: »Wieso entschlossen Sie sich dazu?«

Sudakow neigte sich über sein Glas, rührte im Tee herum und antwortete nicht; aber sie ergänzte beharrlich die Frage: »Einer gegen alle?«

»Was gibt es denn da zu entschließen?« sagte Sudakow mürrisch und warf den Kopf hoch, so daß die Hälfte des Haars, die nicht durch das Tuch festgehalten wurde, emporflog. »Ich möchte die Menschen immer schlagen.«

»Weswegen?« schrie Ljutow, sich ereifernd.

»Wegen ihrer Dummheit. Wegen ihrer Gemeinheit.«

Er macht Theater, urteilte Samgin. Er fühlt sich als Held. Ein Schürzenjäger natürlich. Wahrscheinlich ein Zuhälter.

Sudakow trank den Tee in zwei Zügen aus und sagte herausfordernd, wobei er über Alinas Kopf hinwegblickte und die geschwollene Unterlippe schwerfällig bewegte: »Das Raufen dürfen Sie mir nicht als Verdienst anrechnen, zu etwas anderem bin ich nicht fähig...«

»Haben Sie denn etwas gegen die Herren?« fragte Ljutow lächelnd.

Sudakow sagte, ohne ihn anzublicken: »Ich bin kein Bauer, die Herren haben mir nichts Böses zugefügt, wenn Sie mit Herren die Gutsbesitzer meinen. Die Kaufherren aber, die würde ich vernichten. Und zwar mit Vergnügen.«

Für einen Augenblick verstummten alle, während Samgin leise lachte und Sudakow veranlaßte, ihn mit seinem entzündeten Auge anzublicken.

»Welche Schule haben Sie besucht?« fragte leise Alina, die ihn aufmerksam betrachtete.

»Die Handelsschule. Ich habe sie nicht beendet, mein Onkel nahm mich als Handelsgehilfen in sein Holzlager. Ich unterschlug Geld, an die sechshundert Rubel. Eine Zeitlang war ich Droschkenkutscher. Zweimal stand ich wegen groben Unfugs vor Gericht.«

Sudakow sprach in herausforderndem Ton, wobei er ununterbrochen mit den Fingern der linken Hand eine Brotrinde knetete und zerkrümelte.

»Ich passe also nicht in Ihre Gesellschaft«, schloß er und stand auf, wobei er den Stuhl geräuschvoll zurückschob. »Geben Sie mir... ein paar Rubel, meine Herrschaften, dann gehe ich...«

Ljutow griff sofort in seine Brusttasche. Alina sagte: »Bleiben Sie doch etwas bei uns sitzen. Wie alt sind Sie?«

»Zwanzig.«

Als er von Ljutow das Geld entgegengenommen hatte, bedankte er sich nicht, als aber Makarow kam und ihm ein Rezept reichte, schielte er auf den Zettel und sagte: »Danke. Nicht notwendig, es wird auch so vergehen.«

Samgin verabschiedete sich auch und ging schnell hinaus, weil er es für sicherer hielt, mit diesem Burschen zu gehen. Auf der Straße tanzte in der Dunkelheit der Wind, und von seinen Stößen angetrieben, holte Samgin Sudakow bald ein, dieser ging gemächlich, hielt die eine Hand hinter dem Brustaufschlag der Joppe, die andere in der Hosentasche, dann ging er schnell und versuchte zu pfeifen, doch er pfiff schlecht, ihn störte wahrscheinlich die zerschlagene Lippe.

»Sind Sie Revolutionär?« fragte er plötzlich und unangenehm laut, was Samgin veranlaßte, sich in der schmalen Gasse umzusehen und erst nach einer Weile halblaut, schulmeisterlich zu antworten: »Wen halten Sie für einen Revolutionär? Das ist ein dehnbarer Begriff, besonders bei uns Russen.«

»Und ich dachte, als Sie vorhin lachten, nachdem ich das von den Kaufherren gesagt hatte: Das ist sicherlich ein Revolutionär!«

»Selbstverständlich bin ich . . .«

Aber Sudakow, der ihm nicht zuhörte, murmelte: »Ihr versteckt euch, der Teufel soll euch holen! Bei Baumanns Beerdigung hat man mich für einen Spitzel gehalten. Ihr seid sehr vorsichtig. Was soll es denn jetzt für Spitzel geben?«

Plötzlich blieb er stehen, als wäre er auf ein Hindernis gestoßen und sagte: »Na, hau ab, Kleiner, sonst schmier ich dir eine!«

Halunke, dachte Samgin entrüstet, als er hastig davonschritt und horchte, ob der Bursche nicht hinter ihm herkomme. Ein typischer Rowdy.

Aber in der Gasse war es abscheulich still, nur der Wind scharrte am Boden, am Blech der Dächer, und aus diesem scharrenden Geräusch erklärte sich gut die Öde der Gasse: Die Menschen waren in die Häuser gefegt worden.

Samgin hatte sich vorgebeugt und lief beinahe, ihm war, als zitterte alles in ihm, selbst seine Gedanken zitterten.

Er drückte sich im Laufen in die Vertiefung eines Tors, denn hinter einer Ecke kamen eilig vier Männer hervor, und einer von ihnen brummte: »Eine Prozession aus allen Kirchen, das ist es, was notwendig wäre.«

Ein kleiner rundlicher Mann sagte, als er an Samgin vorbeikam: »Die Geistlichkeit könnte natürlich eine Rolle spielen.«

»Sie überlegt noch, wessen Happen fetter ist . . .«

Als die Worte verhallt waren, ging Samgin mit schnellen Schritten weiter, bemühte sich aber, nicht zu laut aufzutreten. Hier und da standen Einwohner vor den Toren, und jeder Gruppe entriß der Wind beunruhigende Worte.

»Nikolka Baranow bewaffnet die Arbeiter.«

»Welcher Baranow?«

»Asafs Sohn.«

»Märchen!«

»Wenn beispielsweise der Ochotnyj Rjad . . .«

In einer anderen Gruppe sagte jemand überzeugt: »Ihr werdet sehen, sie werden anfangen, etwas anzustecken!«

Doch von einer Bank auf dem Boulevard schallte ein fröhliches, trostreiches Stimmchen herüber: »Hören Sie auf! Wann hat Moskau je rebelliert? Gegen Moskau wohl, aber es selbst – nie!«

»Und die Studenten?«

»Na, das sind mir Rebellen!«

»Wohin, ihr Frauen?«

»Erstens sind wir junge Mädchen!«

»Ach, verzeihen Sie! Wohin also?«

»Zuschauen, wie die Bäcker eine Barrikade bauen ...«

»Nun, das ist doch kein Zeitvertreib!«

Aber trotz der Stimmen aus der Dunkelheit erweckte die Riesenstadt den Eindruck, als wäre sie leer, stumm. Die Fenster waren erblindet, die Tore geschlossen, zugesperrt, die Gassen waren noch enger und verzwickter geworden. Das scharf angespannte Gehör erhaschte fernes Schußknacken, obwohl Samgin begriff, daß es nur in seiner Erinnerung ertönte. Da klirrte der Riegel eines Pförtchens. Samgin blieb stehen. Vor ihm sagte eine bekannte Stimme: »Wie die Petersburger sich verhalten werden ...«

Das Pförtchen schlug laut zu, ein Mann ging auf die andere Straßenseite.

Pojarkow – erkannte Samgin, als er seine Straße betrat. Sie empfing ihn mit Arbeitslärm, demselben, den er gestern gehört hatte. Samgin verlangsamte seine Schritte, ließ die Einwohner dieser Straße in der Erinnerung an sich vorüberziehen und überlegte: Wer von ihnen mag da wohl eine Barrikade bauen? Hinter einer Ecke trat ein Student vor, der Neffe der Hebamme, die früher in Warwaras Haus und jetzt nebenan wohnte.

»Ah, Sie sind das«, sagte der Student. »Sind keine Soldaten oder Polizisten auf dem Boulevard?«

Samgin schüttelte verneinend den Kopf und horchte. Im Hintergrund der Straße kommandierte jemand: »Quer legen! Steiler!«

»Eine Barrikade?« fragte Samgin.

»Zwei«, sagte der Student und verbarg sich hinter der Ecke.

Samgin trat neben einen Laternenpfahl, lehnte sich an und sah der Arbeit zu. In der Straße war es dunkel wie in einem Ofenrohr, und es schien, als entstünde die Dunkelheit durch das Durcheinander der zwanzig oder dreißig Menschen. Tief ächzend schlug jemand mit einem Brecheisen auf die Pflastersteine, und er war es wahrscheinlich, auf den eine weiche Baßstimme einredete: »Genug! Genug, Genosse!«

Ein schwarzer Menschenhaufen versperrte die Straße; in der Gasse hinter der Ecke wurde auch gearbeitet, man rollte dort etwas Schweres über das Pflaster. Die Fensterläden aller Häuser waren geschlossen und die an Warwaras Haus auch, aber beide Torflügel standen weit offen. Eine Säge schnarrte, weiche, schwere Gegenstände plumpsten zu Boden. Die Menschenstimmen klangen nicht sehr laut, aber fröhlich, diese Fröhlichkeit schien fehl am Platz und unecht. Unermüdlich und selbstzufrieden erklang ein Tenorstimmchen: »Was denn? Mit Wasser begießen? Das darf man auf keinen Fall. Schlägt eine Kugel ins Eis, treffen uns die Eissplitter. Das kenne ich. Als wir auf dem Sankt-Nikolaus-Berg den Schipkapaß verteidigten, fügten uns die Türken durch das Eis viel Schaden zu. Halt! Warum legst du einfach das Faß hin? Erst muß man allerhand Plunder reinstopfen. Lawruschka, komm her!«

Klim erkannte, daß der Kupferschmied kommandierte, der Kochtöpfe und Samoware verzinnte und zweimal erschienen war, um sich über die Anfimjewna zu beklagen, weil sie ihn prellte. Er war dürr, knochig, mit schwarzen Zahnstummeln im Mund unter grauem Schnurrbart. Geschwätzig und dumm. Lawruschka war sein Lehrling und Adoptivkind. Er machte den Laufburschen bei der Hebamme, die früher in Warwaras Haus gewohnt hatte. Ein wilder Bengel.

Nachdem Samgin sich eine Zigarette angezündet hatte, begab er sich in das Reich automatischer unbedeutender Gedanken und vernahm: »Wirst du auch schießen, Großvater?«

»Zum Schießen habe ich zu schlechte Augen! Mich müßte man in das Faß stecken, dann würden die Kugeln das Faß nicht durchschlagen.«

Der Kupferschmied erinnerte unangenehm an den alten Maurer, der den kräftigen Mischa oder Mitja ermuntert hatte, die Mauer zu zertrümmern. Auf der anderen Straßenseite gingen zwei Männer – der Student und noch jemand; der Student sagte ziemlich laut: »Sie gehen leider alleine, Genosse Jakow, ohne Deckung umher.«

Der Arbeitslärm setzte aus; man sah, daß die Barrikadenbauer sich zu einem dunklen Haufen zusammendrängten, und dann ertönte in der Stille Pojarkows Stimme: »Ihr werdet in einer Falle sitzen. Falls es zu einem Rückzug kommt, muß man Durchgänge von Hof zu Hof haben. Reißt die Zäune nieder...«

»Richtig!« rief der Kupferschmied.

Samgin fühlte, daß er kalte Füße bekam und heimgehen mußte, aber er wollte hören, was Pojarkow noch sagen würde.

Weshalb aber machen die verdammten alten Männer mit? Das sind auch, in ihrer Art, Kropotkins und Tolstois...

Diese Gleichstellung machte ihn so stutzig, daß er sogar aufhustete, als hätte er Staub geschluckt, dann jedoch erinnerte er sich noch eines alten Mannes – des Historikers Koslow. Er begriff, daß die Idee der Revolution vor seinen Augen reale Formen annahm, daß vielleicht morgen schon, vor den Fenstern seines Zimmers, Menschen einander töten würden, aber er wollte dennoch nicht daran glauben, konnte das nicht zugeben. Sein Verstand klammerte sich hartnäckig an das Unbedeutende, Lächerliche, an alles, was der nächtlichen Arbeit im Dienst des Todes den Anstrich einer Vorstellung von Liebhabern dramatischer Kunst verlieh. Dieser Vergleich kam ihm sehr treffend vor und ermutigte ihn sogar ein wenig. Er wußte, wie Revolutionen gemacht werden, er hatte davon gelesen. Was hier geschah, erinnerte nicht an das, was er über die Revolutionen in Paris und Dresden gelesen hatte. Hier verschanzten sich Menschen im Spiel gegen etwas, das wahrscheinlich nicht eintreten würde. Wenn es aber einträte, so würden Soldaten kommen, ein halbes Hundert Soldaten, und dieses ganze kindliche Bauwerk zerstören. Mit solchen halb zornigen, halb verächtlichen Gedanken trat Samgin näher und warf einen Blick in den Hof; die Tür des Schuppens über dem Keller war auch geöffnet, vor ihr stand wie eine Glocke die Anfimjewna mit einer Laterne in der Hand und sagte: »Nehmt das Sofa und die Matratze, die Bottiche aber gebe ich nicht her! Die Truhe könnt ihr auch nehmen, sie ist mit Eisen beschlagen.«

Samgin nahm aus unerfindlichem Grund die Mütze ab, trat auf die Wirtschafterin zu und fragte: »Was tun Sie denn da?«

Er fragte nicht so streng, wie er gewollt hatte; die Anfimjewna hob die Laterne, leuchtete ihm ins Gesicht und sagte: »Wir suchen Gerümpel aus – für unsere Barrikade.« Sie sagte das ganz einfach, als handelte es sich um etwas Gewohntes, Alltägliches, und fügte, zur Seite gewandt, vorwurfsvoll hinzu: »Sie sollten nicht allein spazierengehen, Warjuscha beunruhigt sich . . .«

In dem Schuppen hantierten an einem Haufen veralteten Hausrats der Hausknecht Nikolai, ein schweigsamer, vernünftiger Mann, und mit ihm noch irgendein Fremder.

»Alle geben etwas her«, sagte die Anfimjewna, doch aus dem Schuppen wurden ihre Worte von irgendeiner fremden Stimme übertönt: »Gibt man uns nicht, dann nehmen wir!«

Unsere Barrikade, überlegte Samgin, als er durch die Küche das Haus betrat. Die Anfimjewna – der typische ideale »Mensch nur für die anderen«, den er bewunderte – half auch eine Barrikade aus Dingen bauen, die ebenso wie sie, wie ihre Zeit, ausgedient hatten; Samgin konnte nicht umhin, hierin etwas sehr Rührendes, ein wenig Komisches und irgendwie mit der Notwendigkeit der Barrikade Versöhnendes zu spüren, letzteres vielleicht nur, weil er sehr müde war. Als er aber ablegte, dachte er: Trotzdem ist das irgendwelche Belletristik, nicht aber Geschichte! Slatowratskij, Omulewskij ... »Goldene Herzen«. Sentimentaler Unsinn.

Seine Frau saß mit einem feuchten Umschlag um die Stirn in ihrem Zimmer am Tisch und schrieb.

Daraus, wie sie den Federhalter auf den Tisch warf und sich vom Stuhl erhob, erkannte er, daß es gleich zu einem Streit kommen werde, und fragte spöttisch: »Hast du der Anfimjewna erlaubt, unsere Barrikade zu bauen?«

»Unsere« betonte er. Warwara trat, die eine Hand am Kopf und mit der anderen gestikulierend, dicht auf ihn zu und sprach mit zischender Stimme: »Sie hat vor Alter den Verstand verloren, doch du, du? Was willst du, was?«

Sie hatte offenbar viel geweint, ihre Augenlider waren geschwollen, das Augenweiß gerötet, ihr Kinn zitterte, die Hand zupfte auf der Brust an der Bluse herum; sie riß den Umschlag von der Stirn herunter und schwang ihn, als wolle sie Samgin damit ins Gesicht schlagen, könne sich aber nicht dazu entschließen.

»Du bist unmenschlich«, keuchte sie. »Mitglied des Parlaments willst du werden? Du wirst keine Karriere machen, weil du unbegabt bist und ... und ...«

Sie kreischte immer schriller. Samgin kehrte ihr, ohne ein Wort zu sagen, schroff den Rücken, ging in sein Zimmer und schloß hinter sich die Tür ab. Während er die Kerze auf dem Tisch anzündete, erwog er, wie tief Warwaras wütender Angriff ihn gekränkt habe. Er setzte sich an den Tisch, rieb sich kräftig mit den Händen die Wangen und dachte: Sie ist vor Angst wahnsinnig geworden, die Spießerin.

Er konnte nüchtern und sogar befriedigt denken – diese ihm längst fremde Frau so jämmerlich zu sehen war fast angenehm. Und angenehm war es, ihr hysterisches Kreischen zu hören, es drang durch die Tür. Samgin hatte nie ernsthaft daran gedacht, sich von Warwara zu trennen; jetzt schien ihm diese brüchig gewordene Verbindung gerissen. Er fragte sich, wie das zu regeln sei: gleich morgen in ein Gasthaus ziehen? Aber überall wird ja gestreikt ...

Auf dem Hof und in der Straße herrschte Lärm, man schleppte Lasten. Das störte ihn nicht. Samgin dachte lächelnd, daß sicherlich Tausende Warwaras mit Entsetzen solchen Lärm vernahmen, Tausende, in verschiedenen Straßen Moskaus, in großen und kleinen behaglichen Heimen. Ihm fielen Makarows Worte von der nicht drückenden, aber verderblichen Herrschaft der Frauen ein.

Darin liegt ein Körnchen Wahrheit – sie tragen allzu viele banale

Kleinigkeiten ins Leben hinein. Für mich reicht ein einziges Zimmer. Ich bin satt durch mich selbst und brauche keine Menschen, keine Empfänge, kein Geschwätz über Bücher und Theater. Auch habe ich genug Unsinn aller Art gesehen, ich habe das Recht, ihn nicht zu beachten. Ich werde in die Provinz fahren . . .

Er fühlte, daß diese Gedanken ihn ernüchterten und beruhigten. Die Szene mit seiner Frau schien nicht nur die Beziehungen zu ihr, sondern noch etwas, etwas Wichtigeres geklärt zu haben. Auf dem Hof krachte es, als wäre eine Kiste hingefallen und zerbrochen, Samgin zuckte zusammen, gleichzeitig trommelte Warwara an die Tür seines Zimmers und sagte dumpf: »Schließ auf! Ich kann nicht allein sein, ich habe Angst! Hörst du?«

»Ich höre, aber ich schließe nicht auf«, antwortete er sehr laut.

Warwara verstummte, dann klopfte sie wieder an die Tür.

»Laß mich in Ruhe«, sagte Samgin streng und ging rasch ins Schlafzimmer, um sich Bettwäsche zu holen; ihm gelang dies, ohne mit seiner Frau zusammenzutreffen, und am Morgen teilte ihm die Anfimjewna seufzend mit: »Warjuscha hat gesagt, sie werde sich diese Tage bei Rjachins auf der Wolchonka aufhalten, hier fürchte sie sich. Sie meint, auf der Wolchonka sei es ruhiger . . .«

Von diesem Tag an erlangte die mit unglaublichen Ereignissen überladene Zeit für Samgin eine Geschwindigkeit, die ihn an die Physikstunden im Gymnasium erinnerte: Alles, Kleines wie Großes, eilte gleich schnell dahin, wie Gegenstände verschiedenen Gewichts im luftleeren Raum gleich schnell fallen. Es schien, als spitzte sich der Ablauf der Ereignisse mit jedem Tag zu und als flögen sie alle eilig irgendwohin, wobei sie in der Erinnerung nur pfeifende und gleichsam leuchtende Wortverbindungen hinterließen, nur Sätze, kurz wie Schlagzeilen von Zeitungsartikeln. Die Zeitungen schrien betäubend, dreist pfiffen die satirischen Zeitschriften, schrien ihre Verkäufer, der Einwohner schrie, und jeder Tag betitelte sich selbst.

»Matrosenaufstand« verkündete der eine, und der nächste gab feierlich bekannt: »Kampf um den Achtstundentag.«

Bevor noch Samgin diese zwei Tatsachen zu verbinden und zu begreifen vermochte, hörte er bereits: »Der Petersburger Sowjet der Arbeiterdeputierten hat den Kampf um den Achtstundentag eingestellt, ein Proteststreik gegen die Hinrichtung der Kronstädter Matrosen ist ausgerufen worden, die Schwarzmeerflotte befindet sich im Aufstand.« Und täglich schrie irgend jemand entsetzt oder erfreut, daß die Bauern Haus und Hof von Gutsbesitzern verwüstet hätten. Nachts entrollte sich vor Samgin das Bild der flaumweichen

Wintererde, deren Weiß von Riesenbränden gefärbt war; die Feuerwirbel brachen gleichsam aus der Tiefe der Erde hervor, und überall bewegten sich über die blendendweißen Felder von Vulkan zu Vulkan mit wütendem Lärm Ströme schwarzer Lava – die aufständischen Bauernmassen. Samgin war überzeugt, dieses phantastische und düstere, aber schöne Bild sei vor ihm von selbst entstanden, fast ohne Anstrengungen seiner Einbildungskraft zu erfordern, und es sei unabhängig von dem Bild, das der Diakon ihm vor drei Jahren eingegeben hatte. Dieses Bild besagte mehr, eine andere Kraft malte es mit feurigem Pinsel, nicht jene Kraft des aufständischen Bauern, von der die Zeitungen täglich schrieben und die sie nach außen hin bewunderten, insgeheim aber sicherlich fürchteten. Nein, hier wirkte eine übermenschliche spontane Kraft: Nachdem sie die Menschen mit Zerstörungswut infiziert hatte, machte sie sich jetzt über sie lustig.

Zuweilen hatte Samgin das Gefühl, dicht vor der Entdeckung einer neuen, der eigenen geschichtsphilosophischen Wahrheit zu stehen, die ihn umwandeln, ihn fest über die Wirklichkeit und außerhalb aller alten Buchweisheiten stellen werde. Er war ständig gehindert worden, sich selbst und das Seine bis ans Ende zu durchdenken und mit dem Gefühl zu durchdringen. Stets kam ihm der eine oder andere zuvor, formte mit seinen Worten Samgins Stimmung. Ein liberaler Professor schrieb in einer einflußreichen Zeitung: »Die Menschen werden von Tag zu Tag bedeutungsloser bei der Wucht der von ihnen entfesselten spontanen Kraft, und schon begreifen viele nicht, daß nicht sie die Geschehnisse lenken, sondern daß sie von den Geschehnissen mitgerissen werden.«

Als Samgin diese Worte las, war er betrübt – das hätte er so sagen müssen. Er gab sich damit zufrieden, daß der Sinn dieser Worte seine Stimmung gefestigt hatte, und bemühte sich, die Worte zu vergessen, was ihm auch ebenso leicht gelang, wie man den Verlust von Kleingeld vergißt.

Ihn störte Kumow, ein Mensch, den er für unbegabt und aufrichtiger verzückt zu halten gewohnt war als den schlauen, ehrgeizigen Diomidow. Kumow kam oft, doch auf die Fragen, wo er gewesen sei, was er gesehen habe, konnte er nichts Vernünftiges erzählen.

»Ich war in der Schanjawskij-Universität – eine Menge Menschen! Schrecklich viele! Aber es ist alles nicht das, wissen Sie, sie reden nicht davon!«

Er pendelte eigentümlich schlaksig umher, nickte mit dem Kopf, ließ die Arme baumeln, schnalzte bedauernd mit den Lippen, und dann blieb er auf einmal wie versteinert mitten im Zimmer stehen, sah zu Boden und sagte mit dumpfer, farbloser Stimme: »Lauter Programme, Streit über Programme, während man den Weg zur letzten Freiheit suchen muß. Man muß sich vor den zersetzenden Einflüssen des Seins retten, sich tief in die kosmische Vernunft, den Gestalter des Weltalls, versenken. Ob diese Vernunft Gott oder der Teufel ist, entscheide ich nicht; aber ich fühle, daß sie nicht Zahl, nicht Gewicht und Maß ist, nein, nein! Ich weiß, daß der Mensch nur im Makrokosmos den wirklichen Wert seines Ichs erlangen wird und nicht im Mikrokosmos, nicht inmitten der Dinge, Erscheinungen und Verhältnisse, die er selbst geschaffen hat und schafft ...«

Diese Philosophie kam Klim sehr nebelhaft, schwerfällig und unangenehm vor. Aber auch an ihr war etwas, das mit seiner Stimmung in Einklang stand. Er hörte Kumow schweigend zu, stellte nur zuweilen kurze Fragen und wurde noch gereizter, wenn er sich überzeugte, daß die Worte dieses zerfahrenen Menschen in irgend etwas mit seinen Gedanken übereinstimmten. Das war fast erniedrigend.

Die Ereignisse, die sich wie Eisschollen beim Eisgang türmten, verlangten nicht nur Erklärung, sondern zwangen Samgin auch, an ihrem Verlauf physisch teilzunehmen. Es gab eine ganze Reihe von Gründen, mit denen Samgin sich die Unvermeidlichkeit dieser Teilnahme am Wirrwarr der Tage erklärte, und es fehlte ihm der Wille, es fehlte der Mut, sich diesem Wirrwarr fernzuhalten. Er begriff selber, daß die Beweggründe seines Verhaltens nicht ernst genug waren, um den Widerspruch zwischen seiner Stimmung und seinem Verhalten auszugleichen. Er bewies sich, daß nicht jeder fähig sei, sich bloß zur Befriedigung seiner Neugier selbstlos Gefahren auszusetzen. Doch er war gezwungen, sich dies zu beweisen, nachdem er Verlegenheit gegenüber der geschäftigen Anfimjewna und den Verteidigern der Barrikade empfunden hatte, denen sie in der Küche Obdach gewährte, so wie das noch einige Einwohner der Straße taten. Ihm war es peinlich, zu Hause zu sitzen und durch die Fenster auf die Barrikade zu schauen; die Einwohner hatten sich an sie gewöhnt, sie halfen sie mit Schnee verkleiden und mit Wasser begießen. Die Wirklichkeit verlangte überhaupt beharrlich, rücksichtslos, daß er sich an ihren Angelegenheiten beteilige. Als Abgesandte der Wirklichkeit erschien bei ihm häufer als andere Ljubascha Somowa, die stets von Freude beschwingt war. In ihrem abgetragenen leichten Fehmäntelchen, einen zerrissenen Schal umgebunden, rollte sie wie ein großer Wattebausch herein und blähte ihre kältegeröteten Wangen.

»Hurra!« rief sie. »Klim, Liebling, denk dir: Bei uns hat sich auch ein Sowjet der Arbeiterdeputierten gebildet!« Und stets bat oder befahl sie: »Lauf ins Technikum und sag Gogin, daß ich nach Kolomna gefahren bin; dann in die Schanjawskij-Universität, dort findest du Pojarkow und gibst ihm diese Zettel hier! Sieh nur bitte zu, daß du bis vier Uhr in der Universität bist.«

Sie drückte ihm die Zettel in die Hand, band sich den Schal noch fester um den Leib und erzählte: »Was für Leute aufgetaucht sind, Klim! Erinnerst du dich noch an Dunajew? Ach . . .«

Dummerchen, dachte Samgin herablassend. Ein paar Tage später traf er sie auf der Straße. Ljubascha saß im Schlitten eines heruntergekommenen Droschkenkutschers, der Schlitten war mit Zeitungsbündeln und Päckchen bunter Broschüren beladen; die Somowa erhob sich und rief, auf die Schulter des Kutschers gestützt: »Der Petersburger Sowjet ist aufgelöst worden!«

Dummerchen.

Aber er gab dem »Dummerchen« nach, ging los, suchte allerhand Leute auf und überbrachte ihnen irgendwelche Pakete, doch wenn er sich darüber Rechenschaft zu geben versuchte, weshalb er das alles tat, so schien ihm, daß er, indem er gerade Ljubaschas Aufträge ausführte, sich besonders deutlich von der Unernsthaftigkeit all dessen überzeugte, was ihre Genossen taten. Oft sah er Alexej Gogin. Obwohl Gogin sein geckenhaftes Äußeres verloren hatte und abgemagert war, glich er einem Bankbeamten und schwatzte immer noch verdreht. »Nach Kolomna ist sie durchgebrannt, sagen Sie?« fragte er und kniff ein Auge zu. »Diese entlaufene Zuchthäuslerin! Wir haben schon jemanden dorthin geschickt. Na, schon gut! Pojarkow brauchen Sie nicht zu suchen, sondern fahren Sie . . .« Er nannte eine Adresse, und einige Zeit später saß Samgin im Haus der Russischen Versicherungsgesellschaft, gegenüber der Manege, in einer Wohnung, in der die Luft aus unerfindlichem Grund mit Petroleumgeruch geschwängert war. Auf dem Schreibtisch lag eine Zündschnur, im Nebenzimmer erzählte ein langnasiger brünetter Mann irgendwelchen Kaukasiern von der japanischen Schimose, während ein Mann mit schönem, aber reglosem Gesicht, der wie ein dispensierter Pope aussah, nachdem er Gogins Zettel gelesen hatte, kommandierte: »Fahren Sie auf die Samotjoka . . . Fragen Sie nach Genosse Teufel.«

Samgin begab sich zum Genossen Teufel und lächelte innerlich: Teufel! Sie spielen, wie Kinder.

Auf der Samotjoka fragte ihn ein pockennarbiger, lustiger junger Mann: »Und wo sind die Hanteln?«

»Hanteln?«

»Na ja, die Hanteln! Soll ich die Bomben etwa aus Zigarettenschachteln machen?«

Als Samgin wieder ging, war er noch mehr davon überzeugt, daß Geschehnisse, die von Dutzenden solcher einzelner herbeigeführt wurden, nicht lange währen, den Lauf der Geschichte nicht ändern könnten. Er sah bunt zusammengewürfelte Menschen Barrikaden bauen, die offensichtlich niemanden störten, da niemand sie zu beseitigen versuchte, er sah, daß die Bürger sich mit den Barrikaden abgefunden und sich schon gewöhnt hatten, sie geschickt zu umgehen; er wußte, daß die Arbeiter Moskaus sich bewaffneten, hörte, daß es zu Zusammenstößen zwischen Arbeitern und Soldaten gekommen sei, glaubte aber nicht daran und begegnete auf der Straße keinen Soldaten, wie er auch keinen Polizisten traf. Die Einwohner Moskaus schienen ihrem Schicksal überlassen, aber darüber nicht beunruhigt zu sein, im Gegenteil, sie waren sogar fröhlicher und mutiger geworden.

Irgendeine Kraft hatte Menschen verschiedenster Art aus den Häusern auf die Straße getrieben, sie bewegten sich schnell, nicht nach Moskauer Art, munter, blieben stehen, sammelten sich zu Gruppen, hörten jemandem zu, stritten, applaudierten, gingen auf den Boulevards spazieren, und man konnte denken, sie warteten auf ein Fest. Samgin sah sie an, machte ein mürrisches Gesicht, dachte an den Leichtsinn der Menschen und an die Naivität jener, die ihnen eine vernünftige Einstellung zum Leben beibringen wollten. Nachts erstand vor ihm wieder das Bild der mit roten Brandflecken bedeckten weißen Erde und der schwarzen Bauernströme.

»Ja, die Sozialrevolutionäre haben eine schöne Suppe eingebrockt«, sagte ihm düster Pojarkow – ein Skelett in einem Mantel, der an einer Seite zerrissen war; aus den Löchern ragten Wattefetzen heraus und steigerten Pojarkows Ähnlichkeit mit einem Skelett. Die Knochen seines Gesichts schienen die graue Haut sprengen zu wollen. Er sprach wie immer mürrisch und etwas grob, aber seine Augen blickten weicher und aufmerksam; Samgin erklärte sich das damit, daß die Augen tief in ihre Höhlen eingesunken und die früher stets gerunzelten Brauen hochgezogen, gerade waren.

»Große, gepflegte Gutshöfe scheint der Bauer nicht viele zu zerstören, aber wir werden trotzdem ungeheuren Schaden erleiden«, sagte Pojarkow und betrachtete eine mitten durchgebrochene Zigarette. »Das ist natürlich nicht zu vermeiden«, fügte er hinzu und nahm eine andere, ebenfalls ramponierte Zigarette aus der Tasche.

Von allem, was er gesagt, hatte Samgin nur das Wörtchen »wir« unangenehm berührt. Wer war das – wir? Auf Klims Frage, wo er arbeite, antwortete Pojarkow, als ob er verwundert wäre: »Bei der Revolution . . . das heißt – im Sowjet! Aus der Verbannung bin ich geflohen, man hatte mich ja weiß der Teufel wohin verschickt! O nein, dachte ich, dafür danke ich! Und – kehrte zurück.«

»Und wo ist Kutusow?« fragte Klim.

»Er ist in Petersburg gewesen. Jetzt ist er wahrscheinlich im Süden«.

»Wir!« wiederholte Samgin ironisch, als er sich von Pojarkow entfernte. Er suchte lange nach einem komischen, erniedrigenden Vergleich, fand aber keinen.

Eines Abends stieß Samgin auf dem Heimweg an der Ecke seiner Straße mit Mitrofanow zusammen. Iwan Petrowitsch sprang ohne Gruß zur Seite.

Er muß sich recht schlecht fühlen, dachte Samgin, den die Unhöflichkeit des Mannes mit »gesundem Menschenverstand« etwas verwirrte. Als er sich umblickte, sah er, daß Mitrofanow ebenfalls stehengeblieben war und sich umschaute. Klim hätte ihm gern tröstend zugerufen: Das alles wird nicht lange dauern!

Aber Mitrofanow drehte sich blitzschnell um und ging rasch davon.

Ein paarmal kam Warwara, begrüßte Klim kühl, indem sie den Kopf zurückwarf und Klim über die Schulter anblickte, ging in ihr Zimmer und suchte sich Wäsche heraus.

Das erstemal begleitete sie Rjachin, der demokratisch einen kurzen Schafpelz und Filzstiefel trug und einem Hausknecht glich.

»Die Menschen beginnen sich in den Geschehnissen zurechtzufinden – es ist ein ›Verband vom 17. Oktober‹ gebildet worden«, teilte er mit, doch nicht sehr überzeugt, als zweifelte er, ob er die richtigen Worte wähle und ob sie in diesem Ton auszusprechen seien. »Hierbei tut sich Stratonow hervor, eine sehr, sehr starke Persönlichkeit!«

Er schwieg eine Weile, strich sich zart mit der Hand über sein rotes, geschwollenes Gesicht, das auf seinem kleinen Köpfchen direkt fremd wirkte, und fuhr fort: »Einige Kadetten haben sich ihm angeschlossen . . . ja! Bei ihnen rebelliert dieser Miljukow-Anhänger – der Advokat, der Jude, wie heißt er doch? Ja – Preiß! Giftig . . . hm! Wissen Sie, dieser hysterische Anfall der Semiten, dieser entwurzelten und von unserem Nihilismus angesteckten Menschen . . .«

Über die Juden konnte er sehr lange reden. Beim Sprechen leckte er sich mit lila Zunge die Lippen, und in seinen stumpfen Augen blinkte etwas Spitzes und gleichsam Dreikantiges wie das Ende eines Zirkels. Wie immer schloß er seine Rede in der gewohnten Weise:

»Aber ich bin Optimist. Ich weiß: Wir werden eine Weile schreien und wieder aufhören, sobald wir nur eine beruhigende Mittellinie zwischen zwei Extremen gefunden haben.«

Diesmal jedoch fragte er Samgin mit tiefem Seufzer: »Wie denken Sie darüber?«

Samgin war zufrieden, daß Warwara ihn am Antworten hinderte. Sie betrat das Speisezimmer mit hochgezogenen Schultern, als hätte man sie auf den Kopf geschlagen. Dadurch war ihr langer Hals normaler, kürzer geworden, aber das Gesicht war rot, und in den Augen funkelte grüner Zorn.

»Hast du der Anfimjewna erlaubt, die Wäsche dem Roten Kreuz zu geben?« fragte sie Klim mit unheilverkündendem Hüsteln.

»Ich habe nichts erlaubt, sie hat mich nach nichts gefragt...«

»Sie hat alle Bettlaken, Handtücher und sonstiges hergegeben... Weiß der Teufel, was das ist!«

»Lauter altes Zeug, Warja, altes, geflicktes – laß es dir nicht leid tun!« sagte die Anfimjewna, zur Tür hereinblickend.

Warwara wandte sich schroff zu ihr um, aber das große welke Gesicht der Alten war schon verschwunden, und mit dem Fuß aufstampfend, befahl sie Rjachin: »Gehen wir!«

Samgin rief sie in sein Zimmer und sagte: »Du verstehst natürlich, daß ich nicht umziehen kann...«

Sie hörte ihn nicht zu Ende an und sagte mit einer wegwerfenden Handbewegung: »Ach laß mich! Was kümmert mich das, wo vielleicht...«

Sie drückte das Taschentuch an die Lippen und entfernte sich eilig.

Menschen erschienen, verschwanden, als versänken sie in eine Grube, und tauchten wieder auf. Häufiger als andere zeigte sich Bragin. Er war heruntergekommen, schlaff geworden, schaute Samgin mit kläglichem, vorwurfsvollem Blick an und sagte fragend: »In der Zeitung ›Der Kampf‹ steht... Sind Sie damit einverstanden? Die ›Russischen Nachrichten‹ weisen darauf hin... Stimmt das?«

Samgin fühlte sich an Onkel Chrysanths unauffälligen Gast Mischa Sujew und seine traurigen Berichte erinnert: Verhaftungen in Marjina Roschtscha. In Nishnij. In Twer...

Wie ein Zeitungsausträger, der von Hunger und Müdigkeit zermürbt ist und die letzten Nummern verkauft, rief Bragin: »Die Soldaten des Rostower Regiments sind in den Aufstand getreten. Man beabsichtigt, die Brücken der Nikolai-Bahn zu sprengen. In Saratow haben Arbeiter das Radischtschew-Museum gesprengt. In Orechowo-Sujewo werden Fabriken demoliert.«

Seine Nachrichten erwiesen sich alle als falsch, und Samgin wußte das schon vorher, weil Bragin, nachdem er seine erschütternden Neuigkeiten mitgeteilt hatte, fragte: »Wird man wirklich die Brükken sprengen? Ich kann es nicht recht glauben, daß das Museum zerstört worden ist . . .«

»Glauben Sie es doch nicht«, riet ihm Samgin. »Das alles ist erfunden.«

Darauf sah Bragin Klim in die Augen und suchte zu erraten: »Wer erfindet das denn?«

Sicherlich du selbst, dachte Samgin.

Ihm fiel auf, daß das schwarze Haar dieses langen Mannes, wenn er erschütternde Neuigkeiten mitbrachte, dem Kopf glatt anlag und eine Haarsträhne die Beule auf der Stirn gut verdeckte, daß aber, wenn er weniger Schreckliches mitteilte, sein Haar zerzaust und die Beule sichtbar war. Lang, einer Marionette ähnlich, geschwätzig und, früher selbstzufrieden, jetzt aber verzagt, war er Samgin schon immer unangenehm gewesen und wurde es jetzt noch mehr, weil er in ihm irgendeinen unbestimmten Verdacht weckte. Er schien mehr zu begreifen, als er sagte, und seine Besorgnisse und seine Dummheit bewußt zu übertreiben, als äffte er jemanden nach.

»Wie denken Sie denn: Gehen wir dem Sozialismus entgegen?«

»Nun, wir sind nicht allzu weit.«

»Aber – die Bolschewiki?«

Samgin blickte ihm in sein langes Gesicht, in die zusammengekniffenen Äugelchen und antwortete: »In der Politik ist es wie im Handel: Eine Nachfrage steckt man nicht erst in die Tasche.«

»Ja, das stimmt natürlich!« sagte Bragin kopfnickend und fuhr mit einem Seufzer fort: »Dieses Sprichwort habe ich gestern in einem Flugblatt gelesen.« Dann drückte er Samgin die Hand und schloß: »Sie verläßt man immer beruhigt. Sie haben einen klaren, ruhigen Verstand, Ehrenwort!«

Er macht sich ja über mich lustig, dieser Hornochse, mutmaßte Klim. Weiß der Teufel, ob er nicht ein Spion ist.

Doch eine noch unangenehmere halbe Stunde verbrachte er mit Makarow. Dieser erschien am frühen Morgen, als Samgin Kaffee trank und Anfimjewnas gerührten Erzählungen über die Verteidiger der Barrikade zuhörte. Sie wärmten sich nachts abwechselnd bei ihr in der Küche, die Alte bewirtete sie mit Tee und hielt überhaupt Freundschaft mit ihnen.

Aus Dummheit und Langeweile, erklärte sich das Samgin. Er hatte sich auch früher nicht als Herr des Hauses betrachtet, obwohl er sich als solcher benahm; auch hielt er sich nicht für berechtigt, der

Anfimjewna Verweise zu machen, vergaß das aber und tat es dennoch. An diesem Morgen war er schlecht gelaunt.

»Wissen Sie, Anfimjewna, es ist nicht sehr angenehm«, begann er halblaut und ohne sie anzusehen; die Alte fiel ihm ins Wort: »Na, wie sollte es Leuten, die das nicht gewohnt sind, angenehm sein, nachts in der Kälte Wache zu halten.«

»Sie haben mich mißverstanden, ich spreche nicht davon . . .«

Doch die Anfimjewna hörte nicht zu und fuhr bekümmert und leiser fort: »Was soll ich nur mit Jegor anfangen? Er trinkt und trinkt und will kein Essen kochen. ›Mögt ihr doch alle verhungern‹, sagt er, ›wenn man den Zaren . . .‹«

Gerade in diesem Augenblick erschien aus der Küche Makarow und fragte lächelnd: »Hast du da in der Küche – einen Insurgentenstab?«

Er stand im Mantel da, mit Mütze und mit hohen Filzüberschuhen an den Füßen, hielt den Stock unter dem Arm und zog die Handschuhe aus. Wie sich herausstellte, hatte er die Nacht in der gleichen Straße bei einer Wöchnerin verbracht.

»Bei ihr ist vor Schreck eine Fehlgeburt eingetreten; sie war gestern von ein paar Strolchen verfolgt worden. Ich sah eine Barrikade. Dann eine zweite. Da erinnerte ich mich, daß du hier wohnst . . .«

Während er sprach, legte er den Mantel auf einen Stuhl, warf die Mütze in die Ecke auf den Diwan, vergaß aber die Überschuhe auszuziehen und steigerte dadurch das unangenehme Gefühl, das Samgin ihm gegenüber empfand.

»Verteidigst du, oder verteidigt man dich?« fragte er, sich an den Tisch setzend.

Samgin fragte: »Möchtest du Kaffee?«

»Gern.«

Und als hätten sie sich erst gestern gesehen, begann Makarow sofort von dem zu sprechen, was er im Krankenhaus nicht mehr hatte sagen können.

»Erinnerst du dich, ich sagte im Krankenhaus . . .«

»Ja«, sagte Klim mit ungeduldigem Kopfnicken und dachte mit Verdruß an Leute, die annahmen, er müsse sich aller von ihnen gesagten Dummheiten erinnern. Seine Laune verschlechterte sich immer mehr; da er an seine Angelegenheiten dachte, hörte er unaufmerksam der ruhigen, gemessenen Rede Makarows zu.

»Wenn dieser Zufall mit der Wöchnerin nicht gewesen wäre, hätte ich dich ohnehin besucht. Man muß einmal sein Herz ausschütten, es gibt so ein Bedürfnis. Dir, Klim, traue ich . . . und traue ich auch nicht, ebenso wie mir . . .«

Diese Worte klangen sehr warm, freundschaftlich. Samgin hob den Kopf und sah mißtrauisch das hochstirnige Gesicht an, das von zweifarbigen Haarschöpfen und einem dunklen, aber schon sehr auffällig ergrauten, keilförmigen Bart umrahmt war. Es war unangenehm einzugestehen, daß Makarows Schönheit immer imposanter wurde. Die von dichten Wimpern bedeckten Augen waren schön, unangenehm aber war ihr gerader, strenger Blick. Ihm fiel Alinas sonderbare und wohl zweideutige Äußerung ein: »Kostja ist ehrlich schön – für sich, nicht für Weiber.«

»Weißt du, bei mir übernachten oder wohnen manchmal Bolschewiki. Nun, für sie existiert meine Frage nicht. Zuweilen kommt Genosse Borodin, ein bewundernswerter Mensch, ein Mensch, mathematisch vereinfacht, möchte ich sagen . . .«

Makarow beschrieb mit beiden Händen in der Luft einen Kreis.

»Ein sphärischer Mensch. Wie eine große Kugel – man kann ihn nicht greifen, nicht umfassen.«

»Ein stämmiger, mit großem Bart, spöttischen Augen?« fragte Klim.

»Ja, so ungefähr. Aber er rasiert sich.«

Wahrscheinlich Kutusow, sagte sich Samgin und begann aufmerksamer zuzuhören.

»Für ihn . . . ja und für sie überhaupt, gibt es keine Moralprobleme. Sie haben ihre eigene Moral . . .«

Er trank den Kaffee aus, blickte über Samgins Kopf hinweg zum Fenster hinaus und fuhr fort: »Im Grunde genommen ist das keine Moral, sondern sozusagen ein System biosozialer Hygiene. Möglicherweise haben sie recht, wenn sie sich weit mehr für Menschen halten als ich, du und überhaupt Leute unseres Schlages. Aber mit ihnen vom Menschen, vom Individuum zu sprechen ist ganz zwecklos. Borodin sagte zu mir: ›Mensch, das kommt erst später.‹ – ›Wann denn?‹ – ›Wenn der Boden für sein freies Wachstum gepflügt sein wird.‹ Ein anderer, eine recht griesgrämige Persönlichkeit, sagt: ›Den Menschen gibt es noch nicht, sondern nur zutiefst ergebene Diener. Mit diesem Ihrem Menschen‹, sagt er, ›verdecken Sie das Licht. Mensch, Moral und Gesellschaft, das sind die drei Bäume, hinter denen Sie den Wald nicht sehen.‹ Das sind Leute, mein Lieber, die sehr gut aufeinander abgestimmt sind.«

Er schob Samgin die leere Tasse hin und zündete sich eine Zigarette an, und die Langsamkeit seiner Bewegungen ließ Klim denken: Das wird lange dauern.

Makarow stieß einen langen Rauchschwaden aus und kniff die Augen zusammen.

»Ich bin also ein zutiefst ergebener Diener«, seufzte er. »Aus diesem Grunde«, er suchte nach Worten, stützte die Ellenbogen auf den Tisch und blickte Samgin aufmerksam ins Gesicht. »Ich diene der Wissenschaft, konkreter gesagt – den Frauen. Ich behandle sie, helfe ihnen bei den Geburten. All das füllt mich nicht mehr ganz aus. Und so helfe ich Borodin und seinen Genossen, wobei ich mir eines gewissen Risikos bewußt bin und vor diesem nicht die geringste Angst habe. Ich helfe sogar mit Vergnügen. Daran aber, daß sie Revolution machen, glaube ich nicht. Auch glaube ich überhaupt nicht, daß dies«, er deutete mit der Hand aufs Fenster, »Revolution ist und daß sie unserem Land etwas geben kann.«

Er lehnte sich auf dem Stuhl zurück, schaukelte mit ihm und fuhr lächelnd fort: »Begreifst du, um was es sich handelt? Den Menschen glaube ich und achte sie sehr, an die Sache aber, für die sie arbeiten, glaube ich nicht. Vielleicht glaube ich nur mit dem Verstand nicht? Wie steht es mit dir?«

»Was?« fragte Samgin, der fühlte, daß das Gespräch zu einer Folter für ihn wurde.

»Weshalb hilfst du ihnen?« fragte Makarow.

»Ich halte es für notwendig«, sagte Samgin achselzuckend.

»Von diesem Punkt an verstehe ich dich ebensowenig wie mich«, sagte Makarow leise und nachdenklich. »Dich verstehe ich wahrscheinlich noch weniger. Du hältst zu ihnen, gleichst ihnen aber nicht«, fuhr Makarow ohne ihn anzusehen fort. »Ich denke, wir sind beide zutiefst ergebene Diener, aber wessen? Das ist es, was ich gern begreifen würde. Mir ist die Rolle des zutiefst ergebenen Dieners zuwider. Entsinnst du dich noch, wie wir als Gymnasiasten den Schriftsteller Katin besuchten – den Volkstümler? Schon damals begriff ich, daß ich kein zutiefst ergebener Diener sein kann. Dann aber, allmählich, wurde ich trotzdem . . .«

Vor dem Fenster ertönte ein schrilles Pfeifen.

»Ein Polizeipfiff?« fragte Makarow verwundert.

Klim sprang rasch ans Fenster und sagte: »Es ist etwas passiert, sie laufen . . .«

Ins Zimmer stürzte der rothaarige, zerzauste Lawruschka, schwang die Mütze und rief freudig, aber nicht ohne Besorgnis: »Die Soldaten sind im Anmarsch! Die Anfimjewna fragt, ob man die Fensterläden schließen soll.«

Makarow sprang auch auf. »Hol's der Teufel . . .«

»Schließen?« rief Lawruschka. Samgin winkte ihm ab und wartete, was Makarow tun würde. Dieser zog sich rasch an und murmelte: »Die ärztliche Pflicht . . .«

Er lief hinter dem Lehrling des Kupferschmieds hinaus. Samgin rieb die angelaufene Fensterscheibe ab und erwartete, das bekannte Geräusch von Schüssen zu hören. Die Fensterläden schlugen krachend zu – er zuckte zusammen und prallte zurück. Er hätte sehr gern seine Ruhe bewahrt, aber daran hinderte ihn eine Menge kleiner Gedanken; sie flackerten auf und erloschen sofort wieder, nur einer von ihnen flackerte, nachdem er erloschen, von neuem auf:

Wegen jener, in der Küche, werde ich mich zu verantworten haben ...

In der Küche war es still, auf der Straße wurde nicht geschossen, aber selbst durch die Fensterläden drang dumpfes, erregtes Stimmengewirr. Samgin bemühte sich angestrengt, die sehr unangenehme Nervenspannung zu unterdrücken, und begann sich gemächlich anzuziehen. Die linke Hand fand nicht in den Mantelärmel hinein.

Ich beobachte mich selbst, wie meinen Feind, entrüstete er sich, setzte mit einem Ruck die Mütze auf, steckte die Füße zornig in die Gummiüberschuhe, trat vor den Küchenausgang, blieb eine Weile stehen, lauschte dem Stimmenlärm vor dem Tor und begab sich entschlossen auf die Straße.

Die fahle, trübe Sonne stak tot zwischen grauen Lämmerwolken und schien auf etwa fünfzehn verschieden gekleidete Menschen neben der schneebestäubten Barrikade; die Sonne warf auf sie weißliche Kälteflecken, und die Menschen schienen ebenso durchfroren, wie Samgin sich fühlte. Der Wind sprang hin und her, fegte den Leuten den Schnee vor die Füße, raufte mit dem Schnee auf den Dächern und warf ihn auf die Köpfe. Makarow stand neben Lawruschka auf den Stufen vor der Haustür des Feldschers Winokurow und hörte lachend der brüchigen Stimme des Rothaarigen zu. Hinter der Barrikade machte sich jemand zu schaffen, der einen Diwan umzudrehen versuchte, aus dem Diwan quoll die Polsterfüllung hervor, und das war widerlich, als erbräche sich der Diwan. Klim trat auf die Leute zu. In ihrer Mitte stand ein Mann mit einem Baschlyk um den Kopf, in seinem kleinen Gesicht bewegte sich ein heller Schnurrbart, ein Bursche mit sibirischer zerrissener Pelzmütze sagte zu ihm mit klangvoller Stimme: »Eine gemischte Abteilung, etwa vierzig Mann, ohne Offizier ...«

»Sind Zivilisten darunter?« fragte der Hellbärtige.

»Ungefähr sieben ...«

»Man muß genau zählen und nicht ungefähr.«

»Sie gehen getrennt, nicht in einem Haufen ...«

»Sie fürchten Bomben!« rief der Kupferschmied freudig.

Der Mann mit dem Baschlyk kratzte sich an der Nasenwurzel und sagte: »Die vom Rostower Regiment haben also nicht gelogen, man wird die Freiwilligen gegen uns vorgehen lassen. Sind Betrunkene unter ihnen?«

»Darauf habe ich nicht geachtet.«

»Sie hätten darauf achten müssen, man hat Sie doch nicht zu einem Spaziergang ausgeschickt, Genosse.«

Der Mann mit dem Baschlyk sprach ruhig, aber eigentümlich deutlich.

»Lawrentij«, rief er, an den Enden des Baschlyks zupfend. »Du warst es also, der gepfiffen hat?«

»Genosse Jakow, mir hatte der Student aus der Gasse gesagt, daß sie kommen...«

»Dir sollte man die Ohren langziehen, mein Lieber! Nehmen Sie ihm die Signalpfeife weg, Genosse Baljasnyj. Er darf nicht mehr zum Wachdienst eingeteilt werden.«

»Das ist also blinder Alarm gewesen«, sagte Makarow, trat auf Samgin zu und blickte auf die Taschenuhr. »Für mich ist es Zeit, zur Arbeit zu gehen, auf Wiedersehen! Ich besuche dich noch dieser Tage. Hör mal«, fuhr er mit gesenkter Stimme fort, »richte dein Augenmerk auf den rothaarigen Jungen – er ist erstaunlich interessant!«

Ein bärtiger Mann stieß Makarow beiseite.

»Auf Wiedersehen«, rief der Doktor aus unerfindlichem Grund sehr vergnügt.

Samgin nickte ihm nicht einmal zu und beobachtete aufmerksam die Verteidiger der Barrikade. Einige hatte er schon vorher in der Küche gesehen, sie grüßten ihn, wenn er an ihnen vorbeikam, er lächelte ihnen herablassend zu. Einer von ihnen, ein rotwangiger, stupsnasiger Bursche, Wassja, den die Anfimjewna Holz bringen und in der Küche den Ofen heizen ließ, trat ihm besonders ehrerbietig aus dem Wege. Alles in allem hatte er schon etwa zehn Mann gesehen, jetzt aber waren es neunzehn: elf mit Gewehren und Mauserpistolen bewaffnet, die übrigen unbewaffnet. Es war klar, daß der Mann mit dem Baschlyk, der Genosse Jakow, dürr und leicht, sie kommandierte; sein heller Schnurrbart schien unter der schmalen, gleichsam nüsternlosen Nase angeklebt, seine scharfen, bläulichen Augen schauten aufmerksam und wach. Sein Gesicht war im allgemeinen grau, ältlich, er hatte sicherlich lange im Gefängnis gesessen und war dort verdorrt. Man konnte ihn auf fünfundzwanzig, aber auch auf vierzig Jahre schätzen.

»Nun, Genossen, jetzt dürfen wir die Barrikaden nicht verlassen«, sagte er, und alle hörten ihm schweigend zu, ohne ihn zu unterbrechen. »Auf beiden Barrikaden müssen sich fünfunddreißig Mann befinden, auf dieser hier zwanzig. Bitte an die Plätze.«

Fünf Mann sonderten sich ab und gingen in die Gasse. Ohne die Stimme zu heben, sagte er hinter ihnen her: »Heute wird man euch noch zwei Gewehre und eine Mauserpistole geben. Vielleicht bekommen wir auch Bomben.«

Hinter der Barrikade trat der Hausknecht Nikolai vor.

»Ich müßte auch ein liebes Gewehr haben . . .«

»Wir werden eins beschaffen, Genosse, unbedingt!« Jakow hustete, räusperte sich und fuhr fort: »Habt ihr die Wand im Schuppen durchbrochen? So. Liegt die Leiter auf dem Dach des Eckhauses? Wunderbar. Sind die Bomben dort? Nun also, das wäre alles. Die Genossen Baljasnyj und Kalitin sind für die Ordnung verantwortlich. Hört jetzt zu, unsere Nachrichten lauten: Ausgerückt sind sieben gemischte Abteilungen, Soldaten und Schwarzhunderter, Gesamtstärke dreihundertfünfzig bis vierhundert Mann, möglicherweise auch mehr. Von der Schwarzhundertschaft sind etwa hundertfünfzig Mann dabei. Sie haben anscheinend hübsche Kanonen, Dreizöller. Im großen und ganzen ist das nicht sehr viel! Aber sie können natürlich Zuwachs bekommen. Die vom Rostower Regiment rücken nicht aus, das steht fest!«

Wahrscheinlich ist er Handelsgehilfe, sagte sich Samgin und betrachtete die buntscheckige Kriegerschar ebenso, wie es die anderen Hausbesitzer taten, der Feldscher und Hühneraugenoperateur Winokurow, der Stabskapitän außer Dienst Satjossow, ein hochgewachsener Greis mit einer Höckernase, oder der schwerhörige Ingenieur Drogunow, Besitzer einer sehr schönen Taubenzucht. Auf der Straße befanden sich sonderbarerweise wenig Studenten und überhaupt niemand von den kleinen Leuten, die in den Häuschen dieser Straße wohnten, Samoware, Gummiüberschuhe und Fahrräder reparierten und sich überhaupt durch Groschenarbeit ihr Stück Brot verdienten.

Wen verteidigt man denn? fragte sich Samgin. Unter den Verteidigern erkannte er den mürrischen Klempner, der mitunter bei Warwara arbeitete, einen Studenten – den Sohn der Heiratsvermittlerin und Hausbesitzerin Uspenskaja – und außer dem Neffen der Hebamme noch zwei Studenten, die ihm als Gymnasiasten in Erinnerung waren. Vorwiegend waren es junge Leute, offensichtlich Handwerker, es befanden sich aber, den Hausknecht Nikolai nicht mitgerechnet, etwa fünf Bärtige darunter. Bei einem der Bärtigen ragten leicht ergraute Haarzotteln unter der tief ins Gesicht gedrückten Mütze hervor, und in seine Ohren war Watte gestopft.

Alles war unnatürlich und ebenso unangenehm wie dieser trübe Tag, die farblose Sonne, der scharfe Wind. Unnatürlich war die hohe und ziemlich dichte Mauer von ausgedientem Gerümpel. Besonders drängte sich dem Auge der aufgeschlitzte Bauch des Diwans auf, aus dem Sprungfedern und Fetzen der Polsterfüllung herausragten. An der Lehne des Diwans war ein Besenstiel befestigt, an dem eine rote Fahne flatterte. Die Einwohner dieser Straße waren auch lauter Menschen, die im Leben ausgedient hatten. Samgin, der sich vor Kälte krümmte und zusah, wie der Hausknecht Nikolai mit bloßen Händen einen wahrscheinlich beißend kalten Telegrafendraht entwirrte, überlegte: Was hat der hier zu suchen?

Der Mann mit der Watte in den Ohren trat neben ihn, rieb mit dem Ärmel am Gewehrlauf herum und sagte dankbar: »Ein schöner, freundlicher Tag heute.«

Samgin blickte ihn mißtrauisch an – war das Hohn?

»Wohnen Sie in dieser Straße?« fragte er.

»Nein, ich bin von der Blaguscha hierher zugeteilt«, antwortete der Mann, wobei er immer noch am Gewehr herumrieb, und seufzte: »Wir haben recht wenig Patronen.«

»Was verteidigt diese Barrikade?« fragte Klim und wurde sogar verlegen, so streng und dumm klang seine Frage. Der Mann blickte ihm verwundert ins Gesicht und sagte: »Sie verteidigt die Revolution, das Arbeitervolk – wen denn sonst?«

Dann fuchtelte er mit den Händen und erläuterte: »Dort ist der Karetnyj Rjad, und dort stehen also auch die Unseren – wir sind eine Art dritte Linie ...«

»Aha«, sagte Samgin und trat zur Seite, da er fürchtete, er könnte noch mal etwas Unpassendes sagen. Er fühlte sich nicht wohl – ihm war körperlich unbehaglich zumute, als würde er krank, wie vor zwei Monaten, als der Arzt bei ihm eine Übersäuerung des Magens festgestellt hatte.

Ein zutiefst ergebener Diener ... Wer hat das doch gesagt: Der Intellektuelle ist ein an den Karren der Geschichte geschmiedeter Sträfling. Der Wagen des Jagannâtha. Das alles ist Unsinn. Auch die Barrikaden sind Unsinn. Damit versuchte er die Erinnerungen an Makarow abzubrechen und beschleunigte sogar seine Schritte. Aber das nützte nichts.

Aus dem Verstand oder aus dem Herzen? Wie sagte er doch? Er erfindet aus Unvermögen, das ist es. Ein unbegabter Mensch ...

Die Erinnerungen an Makarow soufflierte er sich selber, doch hinter ihnen brach etwas anderes hervor:

Das sind natürlich Dilettanten. Die wahren Künstler des Aufruhrs findet man in den Dörfern. Sie sind stets dort gewesen – Rasin, Pugatschow. Dieser Genosse Jakow aber – was ist er? Ohne es zu merken, erreichte Samgin den Boulevard, blieb stehen und betrachtete die kahlen Bäume, die so armselig aussahen, als würden sie sich nie mit Laub bedecken. Heimzugehen hatte er keine Lust. Er hätte überhaupt gleich nach der beleidigenden Ausschreitung Warwaras ausziehen sollen. Samgin sah auf die Uhr und begab sich zu Gogins, einen Auftrag Ljubaschas zu erledigen. Um sich zu erwärmen und nicht zu denken, ging er sehr schnell. Er wünschte sich, daß alles schneller seinem Ende entgegenging. Ihm fielen Sätze von Kumow ein: Das Verhältnis des Menschen zum Leben hängt von seiner Fortbewegung im Raum ab. Unser irdischer Raum ist durch Grenzen beschränkt, die für unseren Geist beleidigend sind, aber selbst in ihm ... Weiter hatte Kumow etwas Unverständliches über die Normannen in England, Rußland und Sizilien gesagt.

Als Samgin sich auf dem Boulevard dem Arbat näherte, hörte er rechts in der Ferne das bekannte Knacken eines Schusses, dann eines zweiten. Die Schüsse klangen sehr bescheiden und wunderten ihn nicht, denn wenn schon Barrikaden errichtet waren, so mußte selbstverständlich geschossen werden. Als sich aber der Platz vor ihm ausbreitete, sah er, daß die nicht zahlreichen Passanten nach allen Seiten auseinanderliefen oder sich im Hof einer Kutscherschenke versteckten, nur ein hochgewachsener Greis schritt, einen Stock in der Hand, auf die Schulter eines Jungen gestützt, langsam und würdig mitten über den Platz zum Arbat. Die Gestalt des Greises kam ihm bekannt vor – wenn der Junge und diese Gangart nicht gewesen wären, hätte man ihn für den Diakon halten können, doch der ging schwerfällig und geneigten Kopfes, während dieser ihn stolz und aufrecht hielt wie ein Blinder.

Aus der Richtung der Powarskaja rief jemand gedehnt ein unklares Wort, und gleich danach stürzte eine beleibte Frau hinter der Kirche hervor Klim entgegen; sie schüttelte den Kopf wie ein Pferd und zischte: »O Gott, oh ...«

Nach ihr stürmte ein Mann in einem schwarzen, kurzen Schafpelz heraus, packte sie mit unflätigem Schimpfen von hinten an dem um den Kopf gewickelten Schal und zerrte sie zurück, wobei er sie anknurrte: »Stell dich hinter die Kirche, du Närrin, du Teufel, auf eine Kirche wird man nicht schießen ...«

»Auseinanderge-hen!« hörte Samgin jemanden wehmütig rufen, stürzte hinter die Ecke der Kirche und stellte sich auch an ihre Wand, neben die Frau und den Mann.

»Schweig«, befahl mit halblauter Stimme der Mann und drängte mit seinem Rücken die Frau an die Wand. »Keinen Laut! Wir müssen abwarten, wohin sie gehen ... Ach, mußten wir das noch erleben«, er stieß einen noch kräftigeren Fluch aus, seine Stimme klang erregt. Samgin schaute vorsichtig um die Ecke; auf dem Platz trieben sich immer noch drei Menschen herum, der Junge hatte sich vom Alten losgerissen und lief zur Alexanderschule, während der Greis stehengeblieben war, mit dem Stock auf dem Boden herumtastete und etwas sagte, sein Bart zitterte. Aus der Powarskaja kam ein hochgewachsener Soldat heraus, der das Gewehr mit beiden Händen hielt, hinter ihm her bewegten sich gemächlich und verstreut, etwa zehn Schritt voneinander entfernt, kleine Soldaten und vielleicht zehn Zivilisten mit Gewehren; in der Mitte der Abteilung fuhr ein kleines Geschütz von der Dicke eines Abflußrohres; sein etwas geneigter Rüssel beschnupperte gleichsam die Pflastersteine des Platzes, die mit Schnee bestreut waren wie Hühnereier mit Spreu. Neben dem Geschütz wiegte sich träge auf einem rotbraunen Pferd mit weißen, wie in Strümpfen steckenden Fesseln ein zinnerner Offizier mit einem Bärtchen, wie es Zar Nikolai trug. Er hielt eine Reitgerte in der weiß behandschuhten Rechten, führte sie zu dem weißen Gesicht unter schwarzer Mütze und stieß Zigarettenrauch aus. Die Soldaten, außer dem vordersten, machten auch den Eindruck, als wären sie aus Zinn; sie alle waren schäbig, uneinheitlich, wie aus mehreren Spielen zusammengesuchte Karten.

Die Frau hinter Samgin schrie heiser auf und stieß ihn nach vorn, es ertönte ein leiser Fluch, dann ein Schlag auf etwas Weiches, doch Samgin sah gebannt zu, wie der vorderste Soldat und noch zwei das Gewehr anlegten und zu schießen begannen. Zuerst warf ein Mann, der zur Wosdwishenka lief, ein Bein hoch und fiel um, nach ihm brach wuchtig mit eingeknickten Knien der Greis zusammen und kroch, mit der einen Hand aufs Pflaster gestützt, den Stock über die Steine zerrend, weiter; die zottige Mütze fiel von ihm zu Boden, und Samgin erkannte: Es war der Diakon.

Die Soldaten schossen achtmal; man hörte, wie eine Kugel irgendwo eine Fensterscheibe zerschlug. Der vorderste Soldat ging an dem Diakon vorbei, ohne sein heiseres Schreien zu beachten, ja als hätte er ihn nicht einmal bemerkt; ebenso gleichgültig gingen noch viele vorüber – sie gingen qualvoll langsam. Das Geschütz fuhr vorbei und hätte den Diakon beinahe mit dem einen Rad gestreift. Der Diakon schlug unaufhörlich mit dem Stock auf den Boden und schrie, aber als das Geschütz vorbeigefahren war, stieß ihn ein faulig-schmutzig-grüner kleiner Soldat mit dem Gewehrkolben wie mit einer Mörserkeule in den Rücken; der Diakon krümmte sich unnatürlich zusammen, warf sich auf die Knie, packte den Stock mit beiden Händen und schwang ihn; da sprang ein Mann in einem riemenumgürteten Zivilmantel auf ihn zu und schrie mit blecherner Stimme: »Ach, dieser Schurke! Da ist er . . .«

Er beugte sich vor und stieß dem Diakon das Bajonett in den Leib wie eine Ofengabel in den Ofen; der Greis brach zusammen, der Stock fiel dem Zivilisten vor die Füße, der stand da und zog das Bajonett heraus. Das alles geschah erstaunlich rasch, doch die Soldaten gingen ebenso gemächlich weiter, und das Geschütz fuhr ebenso langsam – in einer ungewöhnlichen Stille; es schien, als ob die Stille nichts in sich aufnähme, nichts aufsaugen wollte: weder das trippelnde und träge Geräusch der Soldatenschritte noch das eiserne Poltern des Geschützes, noch den gleichmäßigen Hufschlag des Pferdes auf dem Pflaster und das gedämpfte Schreien eines Verwundeten – er kroch an einem Zaun entlang und schlug mit der Faust an das geschlossene Tor des Kutscherhofs. Samgin hörte ganz deutlich, wie der faulig aussehende kleine Soldat sagte: »Du kannst es nicht richtig.«

Hinter Samgin brummte dumpf der Mann: »Einen Bettler haben sie getötet, einen Blinden, dieses Gesindel – schau nur!«

Die Frau keuchte: »O Gott! Laß uns um Himmels willen gehen, Jegorscha! Die Kanone . . .«

Nachdem der Zivilist das Bajonett herausgezogen und den Diakon ein wenig gerüttelt hatte, stellte er das Gewehr neben sich, nahm ein Läppchen oder einen Fausthandschuh aus der Tasche, wischte damit das Bajonett von unten nach oben ab, dann steckte er das Läppchen wieder ein und strich sich mit der Hand über den Hintern. Der kleine Soldat hüpfte, als wäre er aus Gummi, stach mit dem Bajonett in die Luft und sagte deutlich: »So mußt du das machen – eins, zwei! Dann einen Angriff abwehren – wie macht man das?«

Der Zivilist nahm die Mütze ab, bekreuzigte sich in Richtung der Kirche und wischte mit der Mütze sein bärtiges Gesicht ab.

»Diesen Alten kennen wir schon lange, er ist es«, begann der Zivilist, aber da ertönten ein paar Schüsse, der Soldat lief davon, der Zivilist schulterte das Gewehr und lief auch auf die Schüsse zu. Dann dröhnte von einer Kugel getroffenes Eisen, und irgendwo in der Nähe rieselte Stuck herunter.

»Wie – auf uns?« flüsterte der Mann im kurzen Schafpelz, packte Samgin an der Schulter und zerrte ihn zurück. »Sie gehen zur Wosdwishenka! Los, Herr, kehrtgemacht! Rasch!«

Er stieß die Frau in den Rücken, zerrte Samgin mit der anderen

Hand hinter die Kirche und seufzte erregt: »O weh! Was müssen wir alles ausstehen!«

»Gott sei Dank schießt die Kanone nicht«, schluchzte, stöhnte die Frau.

»Sie schießen auf Bettler, was? Bei hellichtem Tage! Was soll das werden, Herr?« fragte der Mann streng und fügte noch strenger hinzu: »Sie müßten das wissen! Wozu haben Sie die Schule besucht?«

»Sie wissen doch selbst – das Volk ist unzufrieden«, antwortete Samgin durch die Zähne, aber das befriedigte den Mann nicht.

»Das Volk ist immer unzufrieden, das wissen wir. Man hat aber doch die Freiheit verkündet, das heißt: Versammelt euch, besprechen wir die Dinge ... so fasse ich das auf – habe ich recht?«

»So komm doch, Jegorscha«, bat die Frau.

»Wart, Schwester, wart! Sie sind weg ...«

Jegorscha nahm die Mütze ab und wischte sich damit das schweißbedeckte Gesicht ab, das satt war, in weichem, rötlichem Flaum krausen Haars auf Wangen und Kinn – er wischte es ab und blickte mit schmalen, hellen Augen erwartungsvoll Samgin unter die Brille.

»Wer treibt denn da Unfug, wie? Im vorletzten Jahr haben bei uns in Sibirien die Soldaten Unfug getrieben, nun, und jetzt?«

Samgin schwieg, schaute auf den Platz und empfand Angst vor dem offenen Raum. Seine Füße waren bleischwer geworden, schienen sogar wie am Boden festgefroren. Jegorscha sprach immerzu leise, aber erregt, und fächelte sich mit der Mütze ins Gesicht.

»Das ist sinnlos wie ein Pelz im Sommer ...«

Samgin stieß sich mit einem Schulterruck von der Wand ab und ging mit zusammengebissenen Zähnen, durch die Nase atmend zum Arbat – er ging und hörte, daß seine schwer gewordenen Füße übermäßig laut trappten. Rücken und Brust schwitzten reichlich; er fühlte sich wie eine leere Flasche, in ihren Hals blies der Wind hinein, und sie heulte: O-u-u.

Als er etwa zwanzig Schritt entfernt an dem Diakon vorbeikam, warf er unter der Brille hervor einen Blick auf ihn – der alte Mann lag mit gekrümmten Beinen auf einem roten zerrissenen Teppich; die Fetzen des Teppichs sahen von weitem dick und flockig aus.

Wieviel Blut ein Mensch in sich hat, dachte Samgin, und das war sein einziger klarer Gedanke in der ganzen Zeit bis zur Wohnung der Gogins.

In Alexejs Zimmer saßen und standen gegen zwanzig Personen, und das erste, was Samgin hörte, war die Stimme Kutusows, eine dumpfe, heisere Stimme, aber seine. Klim konnte ihn hinter den Rücken und Köpfen der Anwesenden nicht sehen, stellte sich aber deutlich die etwas schwerfällige Gestalt vor, das breite, hartnäckige Gesicht mit den spöttischen Augen, den dicken Ellenbogen des auf dem Tisch ruhenden linken Armes und die sicher kommandierenden Gesten des rechten.

»Erlauben Sie, Genosse«, vernahm Samgin. »Es ist unvernünftig, unhistorisch, aus einzelnen Mißerfolgen der Arbeiterbewegung ...«

»Aus verbrecherischen Fehlern von Pseudoführern!« rief Samgins Nachbar, ein kräftiger Mann mit schwarzem Bärtchen und einem Zwicker auf der Höckernase.

»Es ist vernünftiger, sie als Lehren der Geschichte aufzufassen ...«

Der Mann mit dem Zwicker stieß Samgin und die Leute vor ihm und drängte sich erfolglos nach vorn, aber niemand machte ihm Platz, und so schrie er über die Köpfe hinweg: »Wieviel Arbeiter werden Sie zugrunde richten?«

»Weniger als täglich im Kampf mit dem Kapital zugrunde gehen«, antwortete Kutusow rasch und irgendwie nachlässig. »Also, Genossen ...«

Aber seine Stimme wurde von dem tiefen und düsteren Baß eines großen Mannes mit langem Hals übertönt: »Ihre beiden Fraktionen zersplittern die gesellschaftliche Bewegung, die Befehlsgewalt; der Aufstand muß von einer Einheitspartei geleitet werden, das ist das Abc.«

»Gehen Sie hin und lehren Sie die Kinder dieses Abc«, entgegnete unverzüglich Kutusow.

Danach ertönte Pojarkows grobe Stimme: »Zur Sache, Genossen!«

Aber das bändigte die Leute nicht, und obwohl Samgin sehr bedrückt war, merkte er dennoch, daß erbitterter geschrien wurde als sonst in Versammlungen.

Natürlich, er muß hier sein, dachte Samgin träge von Kutusow und empfand die Notwendigkeit, sich zu erleichtern und von dem zu erzählen, was er auf dem Platz gesehen hatte. Er knöpfte den Mantel auf, nahm aus irgendeinem Grund die Brille ab, steckte sie in die Tasche und begann laut zu rufen: »Soeben ist auf dem Arbatplatz ...« Er hatte im festen Glauben begonnen, daß er lange reden, alle zum Schweigen bringen und etwas Erschütterndes sagen werde, stieß aber nur dreißig Worte hervor, dann versagte ihm die Stimme, das letzte Wort dröhnte schrill, und gleich danach vernahm er den wütenden Ausruf Pojarkows: »Ich bitte, mit dem hysterischen Geschrei aufzuhören! Was soll hier ein Diakon, zum Teufel noch mal? Hier werden keine Totenmessen zelebriert. Zur Sache!«

Klim merkte, daß ihm schwarz vor den Augen wurde, daß seine Beine einknickten. Dann befand er sich in der Ecke eines kleinen Zimmers, vor ihm stand mit einem Glas Wasser in der einen Hand Gogin und legte ihm mit der anderen ein sehr kaltes und nasses Handtuch aufs Gesicht. »Was fehlt Ihnen? Sie haben Nasenbluten. Hier, trinken Sie mal ... Von was für einem Diakon haben Sie da geschrien?«

Das eiskalte Wasser, dem etwas Saures beigemengt war, erfrischte Klim, er brachte Alexej mit ein paar Worten in Erinnerung, wer der Diakon war.

»Aha, ich entsinne mich, der alte Mann, der sich mit der Agrarfrage beschäftigte, jaja! Man hat ihn getötet? Hm ... Die machen nicht viel Umstände. Gestern ist ihnen mein Schwesterchen in die Hände geraten – sie haben sie verprügelt.« Gogin sprach hastig, zerstreut, fügte aber plötzlich zornig hinzu: »Und mit Recht, sie soll nicht mit ihrer Tapferkeit kokettieren, soll keine Dummheiten machen!«

Er setzte sich auf den Diwan und begann wieder rasch und sachlich zu sprechen: »Nun, wie fühlen Sie sich? Haben Sie sich erholt? Wollen Sie heimgehen? Hören Sie mal, dort in Ihrer Gegend gibt es Barrikaden, und bei ihnen muß sich der Genosse Jakow befinden, solch ein ...«

Gogin schnippte mit den Fingern und legte das Gesicht in Falten.

»Es ist schwer zu sagen, wie er ist, aber Sie werden ihn schon finden. Geben Sie ihm also dieses Zettelchen. Verstecken Sie es im Mundstück einer Zigarette, zünden Sie die Zigarette an und löschen Sie sie wieder aus. Falls Ihnen etwas zustoßen sollte – wenn man Sie zum Beispiel festnimmt –, so beißen Sie das Mundstück ab und zerkauen es. Nicht wahr? Der Zettel darf nicht in fremde Hände gelangen – verstehen Sie? Na also! Guten Erfolg!«

Er drückte Samgin die Hand und verschwand.

Samgin trat auf die Treppe hinaus, sah sich um, horchte, – es war öde und still, nur irgendwo in einem Hof wurde Holz gehackt. Der Tag ging schon zur Neige, am Himmel waren rote Wolkenstreifen verteilt, wie eine Riesentreppe vom Horizont zum Zenit. Das erinnerte an den menschenleeren Platz und die Gestalt des Diakons in roten Blutlumpen auf dem Pflaster rundherum.

Samgin ging behutsam, wie man im Frühjahr über brüchiges Flußeis geht, und schaute zur Seite auf die verschlossenen Türen und

Tore und auf die kleinen verstummten Kirchen. Moskau war sehr verschwiegen, die Boulevards und Straßen waren kürzer geworden.

Kürzer, weil ich rasch gehe, sagte er sich. Er dachte daran, daß in der Stadt mehr als eine Million Menschen lebten, von denen sechshunderttausend Männer waren, daß in ihr mehrere Regimenter Soldaten lagen, während es wohl weniger als hunderttausend Arbeiter in ihr gab, von denen, wie es hieß, nicht mehr als fünfhundert bewaffnet waren. Und diese fünfhundert hielten die ganze Stadt in Angst. Ihn machte der Gedanke traurig, daß Klim Samgin, ein Mensch, der nichts brauchte, niemandem Leid zugefügt hatte, rasch durch die Straßen schritt und wußte, daß man ihn töten konnte. Jeden Augenblick. Ungestraft...

Die Arbeiter haben die Arme sinken lassen – und das Leben ist ins Stocken geraten. Ja, die Kraft, die das Leben in Gang hält, ist die Kraft der Arbeiter... In Petersburg arbeiten eine Anzahl von Studenten und noch irgendwelche Leute bei der Post als Ersatz für die Streikenden...

Diese Gedanken erweckten in Samgin ein immer erschreckenderes Bewußtsein von der Ohnmacht der Staatsgewalt und ein drückendes Gefühl persönlicher Schutzlosigkeit.

Die Ohnmacht des Staates besteht darin, daß er die Bedeutung der Persönlichkeit nicht begreift...

Das war keine Schlußfolgerung des Verstandes aus dem Chaos der Empfindungen Samgins, sondern kam von selbst, irgendwoher von außen, und veränderte seine Stimmung nicht. Er ging immer schneller, um die Dämmerung zu überholen.

Gleich werde ich diesen Jakow sehen... Ich beteilige mich an der Revolution aus eigenem Willen, ungebunden, ohne darauf zu hoffen, etwas zu profitieren, und nicht als Politiker. Ich weiß, daß die Zeiten Gideons vorbei sind und daß dreihundert Krieger nicht imstande sind, das Jericho des Kapitalismus zu zerstören.

Das biblische Beispiel erinnerte ihn nochmals an Abrahams Opfer. Nun ja, natürlich: Die Arbeiterklasse ist der Isaak, den man opfert. Das ist der Grund, warum ich mich nicht entschieden auf die Seite derer stellen kann, die das Opfer bringen.

Ihm schien, er habe sich endlich sein Verhalten erklärt, und er bedauerte, daß ihm dieser Gedanke nicht am Morgen gekommen war, als Makarow da war.

Nein, ich bin kein zutiefst ergebener Diener!

Als er in seine Straße kam, fühlte er sich zu Hause und ging langsamer. Bald darauf vertrat ihm ein Mann mit einer Zigarette zwischen den Zähnen und einer Mauserpistole in der Hand den Weg.

»Das bin ich, Samgin.«

Der Mann trat wortlos zur Seite und pfiff zweimal halblaut durch die Finger. Die Luft über der Barrikade war rötlich und flimmerte wie heißer Dunst, Rauchgeruch kitzelte die Nase. Jenseits der Barrikade saß auf einer Kiste an einem kleinen Lagerfeuer Genosse Jakow und sagte deutlich: »Unsere Arbeiter haben also folgende Aufgaben: Die Selbstherrschaft zu vernichten – eins! Alle Genossen unverzüglich aus den Gefängnissen, aus der Verbannung zu befreien – zwei! Eine eigene Arbeiterregierung zu bilden – drei!« Beim Zählen schlug er mit der Hand auf die Kiste und stampfte mit dem Filzstiefel auf den Schnee; diese Geräusche erinnerten an die Tätigkeit eines Ruders, sein Anschlagen an die Rudergabel und ein sanftes Plätschern. Jakow hörten etwa sieben Personen zu, darunter zwei Studenten, Lawruschka und Wassja mit seinem runden Gesicht – der hörte mit zusammengezogenen Brauen, verkniffenen Augen und herabhängender Unterlippe zu, so daß seine zusammengepreßten Zähne sichtbar waren.

»Nun: Gegen den Zaren sind nicht allein wir, sondern auch alle anderen, hernach aber sind wir allein, und alle sind gegen uns. Weshalb?«

Samgin trat in den Lichtkreis des Feuers und reichte ihm die Zigarette. »Innen befindet sich ein Zettel.«

Jakow rollte langsam und vorsichtig das Mundstück und den Zettel auf; zum Feuer vorgebeugt, las er lange, dann warf er das Papierchen ins Feuer und sagte: »So!«

Samgin hielt die Hände in die warme Luft, rieb sie, obwohl sie nicht kalt waren, und fragte: »Fürchten Sie nicht, daß man aufs Feuer schießen wird?«

»Nachts werden sie sich hier nicht zeigen«, antwortete Jakow überzeugt. »Nachts ist es ihnen nicht erlaubt, zu kämpfen«, fügte er hinzu, und seine sanfte Stimme klang spöttisch.

Nun mischte sich Lawruschka ein, er sagte stolz: »Heute hat man sie auf der Kalantschowskaja wie Hunde auseinandergetrieben . . .«

Samgin setzte sich auf einen Vorsprung der Barrikade, erzählte von dem, was er gesehen hatte, auch vom Diakon, und erwähnte den Namen Dunajews.

»Dunajew?« fragte Jakob lebhaft. »Wie sieht er aus?«

Als er Klims Beschreibung angehört hatte, nickte er lächelnd. »Das ist er! Er war bei uns in Tschita tätig.«

Wenn sie einander kennen, sind es nicht viele, stellte Samgin fest.

Da ertönte wieder zweimal ein halblauter Pfiff.

»Unsere«, sagte Lawruschka.

Es erschienen zwei Gestalten: Ein Mann, der eine Pelzmütze aufhatte – er hieß Kalitin –, und mit ihm, in Jagdstiefeln und kurzem Schafpelz, irgendein Schnurrbärtiger; er sagte halblaut, schuldbewußt: »Er ist weg.«

»Ach«, seufzte Jakow, spie ins Feuer und zog Lawruschka zu sich heran. »Du sagst ihm also morgen, daß du dich scheust, an einem offenen Platz mit ihm zu sprechen – du scheust dich, dann werden wir sehen, nicht wahr?«

»Ich weiß.«

»Und forderst ihn auf, ins Wärterhäuschen zu kommen. Und ihr, Genosse Burundukow und Mischa, werdet dort sein. Na, ich mache einen Rundgang. Panfilow und Trepatschow, kommt mit. Nehmt Mauserpistolen mit – keine Gewehre!«

Der Student Panfilow übergab sein Gewehr Kalitin, dieser nahm es mit den Worten: »Das liebe Gewehr, die Stütze des Arbeiters!«

Samgin begab sich nach Hause, er hatte fast Leibschmerzen vor Hunger. In der Küche brannte auf dem Tisch eine billige Blechlampe, am Tisch saß der Kupferschmied, ihm gegenüber der Koch, am Herd schlief jemand auf dem Boden, im Zimmer der Anfimjewna waren zwei oder drei verhaltene Stimmen zu hören.

Der Kupferschmied sprach schnell und zornig, wobei er mit den Händen auf dem Tisch herumfuhr: »Ich habe eine Medaille, du Vogelscheuche, und das Georgskreuz, aber ich . . .«

»Dummkopf«, sagte der Koch mit gedämpfter Stimme.

Er pflegte sonst, selbst wenn er betrunken war, Samgin ehrerbietig zu grüßen, sobald er ihn erblickte, diesmal aber rührte er sich nicht, sondern starrte ihn nur mit weißen, unheimlich aufgerissenen Augen an.

Die Lampe beleuchtete dürftig die geräumige Küche und verzerrte die Formen der Gegenstände: das Kupfergeschirr auf den Wandbrettern gewann Ähnlichkeit mit Waffen, und die weiße Masse des Herdes sah aus wie ein Grabmal. Die alten Männer saßen so in dem trüben Lichtkreis, daß sie nur durch die Tischecke getrennt waren. Die Fingernägel des Kupferschmieds waren grünlich, und er schien insgesamt von Grünspan durchsetzt. Der Koch, im Mantel, der bis zum Kinn hinauf zugeknöpft war, saß aufrecht und stolz da, gar nicht wie ein alter Mann; er hatte die Mütze übers Knie gestülpt, drückte sie mit der einen Hand an und zupfte mit der anderen an seinem spärlichen Schnurrbart.

»Sehen Sie, Genosse Samgin, ich streite hier mit diesem Judas«, sagte der Kupferschmied und schlug mit den Händen auf den Tisch.

»Du bist selbst ein Judas und ein Hund«, antwortete der Koch und wandte sich an Samgin: »Befehlen Sie der alten Närrin, mich zu entlohnen.«

Der Kupferschmied sprang auf, bleckte seine schwarzen Zahnstummel und schrie: »Erschießen sollte man dich – dann hättest du deinen Lohn! Verstehen Sie«, er sprang auf Samgin zu, »er verteidigt den Mörder, den Zaren! Er habe, sagt er, das Recht, uns zu unterdrücken!«

»Er hat es«, sagte der Koch, seine Augen quollen noch mehr vor, sein Kinn zitterte.

»Ich bin Soldat! Verstehst du?« schrie der Kupferschmied verwegen, schlug sich mit der Faust an die Brust wie an ein Brett und fuhr wütend fort: »Ich habe ihm die doppelte Dienstzeit gedient, bin Unteroffizier – na? So werde ich ihm . . . werde ich ihn . . .«

»Scher dich fort«, schnarrte der Koch, warf die Mütze auf den Boden und trampelte auf ihr herum.

Samgin beobachtete schweigend die alten Männer. Er sah gut die komische Seite der Szene, sah, spürte aber auch etwas anderes, das ihn bedrückte. Die alten Männer waren gleichen Wuchses, beide waren dürr, von langjähriger Arbeit ausgemergelt. Der Kupferschmied keuchte dermaßen heiser, als knirschte seine ganze Haut. Das kleine, stets rote Gesicht des Kochs hatte eine dunkle Erdfarbe angenommen – es wurde von Zuckungen verzerrt, seine Augen hatten einen irren Blick, die verkniffenen Augen des Kupferschmieds strömten Haß aus; er stand, beide Fäuste ans Herz gedrückt, dem Koch gegenüber, und es schien, als wollte er den Koch schlagen.

Samgin trat zwischen sie und sagte so nachdrücklich, wie er konnte: »Ich bitte, mit dem Streit aufzuhören. Sie, Jegor, werden entlassen. Heute noch. Wo ist die Anfimjewna?«

Der Koch wandte sich von ihm ab, setzte sich, und nachdem er die Mütze vom Boden aufgehoben und sich damit aufs Knie geschlagen hatte, setzte er sie auf. Der Kupferschmied antwortete mürrisch: »Die Anfimjewna bringt auf einem Handschlitten Sachen zur gnädigen Frau. Der Samowar steht für Sie bereit. Auch das Essen.«

»Danke«, sagte Samgin. »Aber ich bitte, keinen Spektakel mehr zu machen!«

»Gut«, versprach der Kupferschmied mit müder Stimme.

Sie sind kindisch geworden, stellte Samgin fest, als er das Speisezimmer betrat, er stellte das fest und verzog das Gesicht, der Streit der alten Männer ließ sich in diesen leichten Worten nicht unterbringen.

Ljubascha hätte natürlich gesagt: Da sieht man, wie tief . . . und so weiter. Irgend etwas in dieser Art, über die Tiefe . . .

Er stand mitten im Zimmer und sah zu, wie aus dem Samowar der Dampf herauswallte und die Teekanne auf dem Rohraufsatz einhüllte, er betrachtete die reglose Flamme der Lampe, das einsame Glas und die zwei Teller, die mit Servietten bedeckt waren, er stand da, ließ die Geschehnisse und die Menschen dieses Tages an sich vorüberziehen und erwartete von dem Verstand irgendeine Entscheidung, eine Erklärung. Es war äußerst schwierig, alles heute Erlebte in dieses oder jenes System von Sätzen einzuordnen. Er hätte sehr gern etwas gegessen, hatte aber keine Lust, sich von der Stelle zu rühren. In der Küche gluckerte die Stimme des Kupferschmieds, dann ertönten weiche Schritte, in der Tür erschien der Kupferschmied und sagte: »Entlassen Sie ihn nicht, Genosse Samgin. Wo sollte er unterkommen? Wo wird in solchen Zeiten noch gekocht? Es gibt nichts zu kochen. Er ist natürlich ein Fanatiker und sogar ein Idiot, aber trotzdem ein Arbeitermensch...«

»Hat er Sie gebeten, mir das zu sagen?« erkundigte sich Samgin leise und sah die ausgetretenen Filzstiefel des Alten an.

»Er?« rief der Kupferschmied ironisch. »Der und mich bitten, dieser Schuft? Er würde lieber krepieren als nachgeben. Wie lange schon plage ich mich mit ihm herum! Nein, das ist Kupfer, man beißt sich daran die Zähne aus!«

»Gut«, sagte Samgin, da er fühlte, daß der Alte noch lange von der unerschütterlichen Standhaftigkeit seines Gegners erzählen könnte. Die Filzstiefel des Kupferschmiedes schlurften über den Boden und verschwanden, Samgin hob vorsichtig den Kopf und warf einen Blick auf seinen gebeugten Rücken. Dann aß er das kalte, fad schmeckende Kalbfleisch, trank den abgestandenen, etwas bitteren Tee und versuchte sich der Worte des Chronisten Pimen zu erinnern: »Nicht umsonst... hat Gott als Zeugen mich bestellt«, und konnte sich nicht entsinnen: als Zeugen wovon? Wie lautete dort die Stelle? Das Buch aus seinem Arbeitszimmer zu holen, hinderte ihn die Trägheit, die hervorgerufen war durch Müdigkeit, die Wärme und die ungewöhnliche Stille; diese schien in alle Poren seines Körpers einzudringen und war heute nicht nur für das Gehör, sondern auch für den Geschmack wahrnehmbar – herb und etwas bitter. Er saß lange in dieser Stille, saß regungslos, denn er fürchtete, den Verstand aus seinem Dämmerschlaf aufzuscheuchen, und beobachtete vorsichtig, wie alle Eindrücke des Tages in dieser Stille versanken, die langsam den Tag zudeckte wie Schnee ein gepflügtes Feld oder einen holprigen Weg. Aber die zwei verrückten alten Männer störten ihre Arbeit. Samgin nahm die Lampe, ging ins Schlafzimmer und dachte beim Ausziehen, daß er fürs Junggesellendasein geschaffen und seine Verbindung mit Warwara ein Fehler, ein höchst unangenehmer Zufall sei.

Wenn das nicht wäre, so wäre ich höchstwahrscheinlich Literat geworden. Ich sehe viel und ausgezeichnet. Aber ich gestalte schlecht, mein Wortschatz ist zu gering. Wer hat doch gesagt: Die Wilden und die Künstler denken in Bildern? Man sollte diese alten Männer schildern ...

Die alten Männer beunruhigten ihn. Klim ging in sein Arbeitszimmer, griff tastend ein Buch heraus, kehrte zurück und legte sich hin. Es stellte sich heraus, daß er sich geirrt hatte, das Buch war nicht Puschkin, sondern die »Geschichte Napoleons«. Er begann die Zeichnungen Horace Vernets zu betrachten, aber vor seinen Augen erstanden die schimpfenden zwei alten Männer.

Meine Unfähigkeit zu starken Gefühlen ist natürlich, das ist eine Eigenschaft des kultivierten Menschen, entgegnete Samgin irgendwem und warf das Buch auf Warwaras Bett, dann löschte er die Lampe und steckte den Kopf unter die Decke.

Er wurde geweckt durch das aufpeitschende Geräusch von Schüssen irgendwo so nahe, daß die Fensterscheiben jeden Schuß mit einem widerlichen, klagenden Zittern beantworteten, und dieses Zittern übermittelte sich Samgins Rückenhaut und Beinen. Er sprang auf, griff nach der Hose und lief an das vereiste Fenster, auf der Straße sprangen irgendwelche grauen Gestalten in den schrägen Strahlen der Morgensonne.

Man hat vergessen, die Fensterläden zu schließen, stellte Samgin mit Unwillen fest. Er begann auch auf einem Bein zu springen und bemühte sich, das andere in die erschrockene Hose zu stecken, aber sie entschlüpfte immer wieder seinen Händen, und vor dem Fenster knallte und knatterte es. Durch das Eisblumenmuster am Fenster war zu sehen, daß vier Männer mit vorgestrecktem Gewehr wie Riesensterlette auf dem Straßenpflaster lagen; hinter einem von ihnen schoß aus dem Kniestand ein fünfter, und nach jedem Schuß sprangen die aufgepflanzten Bajonette hoch, als beschnupperten sie die Luft und als verfolgten sie, wohin die Kugeln flögen. Samgin stürzte nur mit einem Hosenbein bekleidet zum Bett, riß seinen Browning aus dem Nachttischchen, warf ihn aber aufs Bett, zog Hose, Pantoffeln und Rock an und lief wieder ans Fenster; der Soldat, der aus dem Kniestand geschossen hatte, wälzte sich von einer Seite zur anderen und rollte über das Pflaster zum Gehsteig; der, welcher vor ihm gelegen hatte, war verschwunden, während drei immer noch lagen und schossen. Samgin hörte deutlich, daß von links häufiger und schärfer geschossen wurde als von rechts, von der Barrikade.

Sie werden natürlich alle töten!

Er packte den Revolver, und lief ins Vorzimmer, steckte die Füße in die Überschuhe, zog den Mantel an, und als er auf die Stufen des Mücheneingangs hinausgestürzt war, blieb er stehen. Sie verstecken sich ... sie fliehen ...

Über den Hof rannten, einer nach dem anderen, sich stoßend, sich überholend, Kalitin, Panfilow und noch drei, in den Schuppen; am Torpförtchen stand mit einem Brecheisen in den Händen der Hausknecht Nikolai und blickte durch eine Ritze auf die Straße, und mitten auf dem Hof bekreuzigte sich die Anfimjewna in Richtung des bunten Himmels.

»Was ist?« fragte Samgin leise, nachdem er zu Nikolai hingelaufen war.

»Gleich ... Sie fallen ihnen in den Rücken«, antwortete Nikolai flüsternd.

Hier im Freien knallten die Schüsse laut, und nach jedem hätte man gern den Kopf geschüttelt, um den trockenen, aufdringlichen Ton aus dem Ohr zu bringen. Man hörte auch das winselnde Heulen der fliegenden Kugeln. Samgin sah sich um – die Türflügel des Schuppens standen offen, seine Rückwand war auseinandergenommen; vor dem breiten Loch hob sich ein kahler Baum vom bläulichen Himmel ab, im Schuppen befand sich niemand.

»Jetzt«, rief der Hausknecht gedämpft, stieß das Pförtchen weit auf und sprang auf die Straße, dort schrien nicht sehr weit weg mehrere Stimmen durcheinander: »Hur-ra-a!«

Samgin warf es auch auf die Straße hinaus, als wäre er an den Hausknecht angeseilt. Er sah, wie Nikolai mit dem Brecheisen ausholte und es dem nächsten Soldaten vor die Füße warf, dann plötzlich neben diesem stand, sein Gewehr packte und brüllte: »Gib es her, du Hundsfott!«

Samgin schien es, als höbe Nikolai den Soldaten hoch und schüttelte ihn vom Gewehr ab, und als der Soldat ihm den Rücken kehrte, warf er ihn mit einem Kolbenstoß um und schrie: »Gib die Kugeln her!«

Der kleine Soldat war mit dem Gesicht nach unten gefallen, drehte sich auf die Seite um und betastete krampfhaft seinen Leib. Schräg gegenüber stand an einem Tor ein ebensolcher kleiner, grünlicher Soldat, rührte mit dem Bajonett in der Luft herum, knackte mit dem Gewehrschloß, aber sein Gewehr schoß nicht. Nikolai schwang das Gewehr wie einen Stock und lief auf ihn zu; der Soldat stellte den linken Fuß vor, hielt das Gewehr nach vorn, wurde noch kleiner und rief: »Geh weg!«

Nikolai schlug ihm fluchend das Gewehr aus seinen Händen, packte es, hob beide Gewehre hoch in die Luft und brüllte: »So, jetzt gib die Kugeln her!«

Der kleine Soldat riß den Mund auf, rutschte langsam am Tor hinab, bis er am Boden saß, bedeckte das Gesicht mit dem Mantelärmel und begann auch nach irgend etwas an seinem Leib herumzusuchen. Nikolai versetzte ihm einen Fußtritt und ging zur Barrikade; hinter ihr hervor sprangen ihm ein paar Leute entgegen, an ihrer Spitze rannte Lawruschka und schrie: »Nimm ihnen die Patronen weg!«

Samgin sah, wie er auf den Soldaten beim Tor zusprang, ihm etwas zurief, der Soldat packte ihn am Bein und zog daran, Lawruschka fiel auf ihn, aber der Soldat hatte ihn sofort unter sich. Lawruschka kreischte verzweifelt auf: »Onkel Nikol . . .«

Der Hausknecht warf das eine Gewehr hin und stürzte in großen Sätzen zu ihm. Samgin schloß die Augen . . .

Er hörte nicht, wann das Schießen eingestellt wurde, in seinen Ohren ertönte immer noch das trockene, böse Knacken, aber er begriff, daß alles schon zu Ende war. Aus der Gasse und vom Boulevard kamen zur Barrikade ihre Verteidiger gelaufen, es ging sehr laut und vergnügt zu, alle sprachen zugleich.

»Das ist uns nicht übel geglückt, Genossen!«

»Nach und nach werden wir es lernen . . .«

»Jakow hat alles richtig berechnet!«

Der Student Panfilow und der Kupferschmied führten einen Soldaten in den Hof, er schluchzte, und der Kupferschmied sagte zornig zu ihm: »Das ist eine Lehre für dich, mein Lieber! Drängle dich nicht dorthin, wo du nicht hingehörst!«

Der kleine Soldat am Tor lag mit dem Rücken nach oben, mit zur Seite gewandtem Gesicht in einer Blutlache, von der leichter Dampf aufstieg. Hinkend, gebeugt und sich das Knie reibend, kam Jakow hinter der Barrikade hervor und rief schroff: »Ich bitte, mit dem Lärm aufzuhören, Genossen! Schafft den Soldaten und Wassja in den Garten! Rasch . . .«

Der Hausknecht lachte wie ein Betrunkener; Klim hatte ihn nie lachen hören, und er hatte noch nie ein so hysterisch kreischendes Männerlachen gehört.

»Zwei Gewehre habe ich erbeutet«, rief er. »Fein, Brüder, wie?«

Er belästigte alle, indem er aufdringlich bald »Brüder«, bald »Genossen« rief.

Als fragte er, ob sie Genossen oder Brüder sind.

Das Benehmen des Hausknechts wunderte Samgin besonders; dieser Mann besuchte an jedem Sonnabend und Sonntag die Kirche, und nun freute er sich, daß er ungestraft töten durfte. Man lobte Nikolai, klopfte ihm auf die Schulter, er schmunzelte und kreischte: »Wär ich nicht gewesen, wär's aus mit dem Bürschchen!«

Aus den Toren schauten vorsichtig Einwohner heraus, einige von ihnen unterhielten sich mit den Verteidigern der Barrikade – Samgin sah das zum erstenmal, und ihm schien, sie lächelten mit der gleichen unbestimmbaren und verlegenen Freude, die auch ihn beunruhigte und ihm zugleich wohltat.

Jakow trat auf ihn zu, nahm ihm den Browning aus der Hand, hielt ihn sich dicht ans Gesicht, als beröche er ihn, und sagte: »Solche muß man auseinandernehmen und mit Petroleum reinigen. Dieser hier ist feucht aufbewahrt worden.«

Er ließ den Revolver in Samgins Manteltasche fallen und verstummte, sah seinen Genossen zu, wobei er das Schnurrbärtchen bewegte.

»Sind Sie verwundet?«

»Ich habe mich am Knie gestoßen«, antwortete Jakow und ergriff lächelnd Lawruschka an der Schulter. »Bist du noch am Leben, du Hundsfott? Dennoch werde ich dir die Ohren stutzen, damit du auf mich hörst . . .«

»Genosse Jakow!« flehte Lawruschka. »Geben Sie mir doch ein Gewehr, Nikolai hat zwei! Ich muß doch üben! Ich würde nicht auf Menschen schießen, sondern auf Laternen am Boulevard, abends, wenn es dunkel ist.«

Jakow schob ihm wortlos die Mütze über die Augen, stieß ihn beiseite und rief streng: »Ruhe, Genossen! Zum Tanzen ist es noch zu früh! An die Plätze!«

An Samgin vorbei trug man den toten Soldaten in den Hof, an den Armen hielt ihn der Mann mit der Watte im Ohr, an den Beinen der Student Panfilow.

»In der Nacht tragt ihr ihn auf den Boulevard hinaus. Und Wassja auch«, sagte Jakow, als er sie an sich vorbeiließ, halblaut durch die Nase und ging in den Hof.

Samgin nahm die Uhr aus der Hosentasche, sie zeigte elf Uhr zweiunddreißig. Es war angenehm, in der Hand die gewichtige Wärme der Uhr zu fühlen. Und überhaupt alles war irgendwie ungewöhnlich, angenehm, aufregend. Am Himmel gleißte die flockige, honiggelbe Sonne. Auf der Straße erschien der Feldscher Winokurow mit einem verbeulten Eimer und einem Schabeisen, streute Asche auf die Blutlache und schippte sie wieder in den Eimer. Er machte das ebenso rasch und einfach, wie sich alles Ungewöhnliche und Schreckliche auf diesem Stück Straße einfach und rasch abgespielt hatte.

Samgin zuckte zusammen und ging in den Hof. Auf den Stufen zur Küche saß ein magerer, kleiner Soldat mit einem gelben Greisengesicht, mit dunklen Äuglein, nur aus Pupillen; er wiegte seinen kleinen Kopf, lächelte schief mit den schmalen Lippen und sagte halblaut mit spöttischem Tenorstimmchen zu Kalitin und dem Klempner: »Daß ich zum Reservebataillon gehöre, macht keinen Unterschied und ist einerlei. Auf einen Soldaten darf man nicht schießen . . .«

»Aber du darfst auf mich?« fragte dumpf der mürrische Klempner.

Jakow saß neben den Eingangsstufen auf einem Holzstoß, blickte zur Seite, zum Tor, und rauchte schweigend.

»Ich darf auf dich schießen, ich bin Soldat, habe den Eid geleistet, gegen die inneren Feinde zu kämpfen . . .«

Der Klempner nahm das Gewehr in die linke Hand und stupste den Gefangenen mit der rechten an die Stirn. »Und wenn ich auch Soldat bin?«

»Na – da lügst du.«

»Ich und lügen?«

»Laß ihn, Timofejew, rühr ihn nicht an«, sagte Kalitin, der den Gefangenen betrachtete.

Aber Timofejew sprang zurück und begann Gewehrgriffe zu machen, wobei er nach jedem grimmig fragte: »Hast du's gesehen? Hast du's gesehen, du Schurke? Hast du's gesehen?«

Dann machte er einen Bajonettausfall gegen den Soldaten und schrie ihm ins Gesicht: »Vom Tenginsker Regiment, vierte Kompanie, Sachar . . .«

Jakow stand rasch auf, stieß ihn mit der Schulter beiseite und sagte: »Geben Sie ihm auch noch Ihre Adresse.« Dann wandte er sich an den Soldaten: »Auf solche Dummköpfe wie du stützt sich das ganze Übel . . .«

Der Soldat schüttelte den Kopf und sagte mit einem Seufzer: »Soldaten sind keine Dummköpfe. Ihr aber seid Verrräter an Zar und Vaterland, und euer Los . . .«

Der Klempner hatte mit der linken Hand gegen ihn ausgeholt, aber Jakow versetzte ihm einen Hieb unter den Ellenbogen und lenkte dadurch den Schlag ab. »Man muß doch Disziplin halten, Genosse!«

Der Soldat richtete seine dunklen Augen unter dem Mützenschirm hervor auf Jakow und sagte schon einfacher, ohne Herausforderung, sogar herablassend: »Auf Gewehrgriffe verstehen sich auch Zivilisten gut. Der dort«, er deutete mit der Hand hinter seine Schulter, »den man ins Haus geführt hat, der kann alles, was du willst!«

»Zivilist?« fragte Kalitin und schob sich die Pelzmütze in die Stirn.

»Na ja.«

»Freiwilliger?« fragte Jakow ruhig.

»Ein Verkäufer, er handelt mit Pilzen.«

»Ich frage: Ist er Freiwilliger in der Abteilung?«

»Wir sind alle Freiwillige«, begriff der Soldat, seufzte wieder und fügte hinzu: »Nach Aufforderung – wer es wünscht.«

Die drei traten gleichzeitig näher an den Soldaten heran.

Sie werden ihn töten, entschied Samgin, nahm mit zwei Schritten die fünf Stufen und ging in die Küche.

Dort saß am Tisch ein Bursche in kariertem Rock und gestreifter Hose; seine prallen Wangen waren mit dichtem gelbem Flaum bedeckt, aus den großen hellgrauen Augen rannen Tränen und benetzten den Flaum, mit der einen Hand hielt er sich am Tisch, mit der anderen am Stuhlsitz fest; sein nacktes und oberhalb des Knies mit einem Handtuch verbundenes linkes Bein lag auf einem Holzstuhl.

»Schauen Sie, gnädiger Herr, man hat mir das Bein kaputt gemacht«, sagte er weinerlich zu Samgin.

»Er weint und weint!« rief verwundert, vergnügt Nikolai, der mit dem Messer an einem langen Stock herumhobelte. »Selbst ein Weibsbild kann nicht soviel weinen!«

»Ich bitte Sie, gnädiger Herr, nehmen Sie mich in Schutz!« flehte mit schluchzender Stimme der Bursche. »Sie sind doch Advokat...«

»Er hat uns immer geräucherten Fisch gebracht«, mischte sich Nikolai ein und begann hastig, noch etwas zu sagen, aber Samgin hörte ihm nicht zu.

Er kennt mich! Wenn alles vorüber sein wird und er am Leben bleibt...

Diese Vermutung bedurfte keiner weiteren Worte, sie erweckte ein sehr bedrückendes Gefühl.

Aus Anfimjewnas Zimmer traten der Student Panfilow mit einer Binde in der Hand und das Stubenmädchen Nastja mit einem Waschbecken voll Wasser; der Student kniete sich hin, entfernte den Verband vom Bein des Burschen, und dieser begann mit fest zugekniffenen Augen zu jaulen.

»Uh-uh! Herr Advokat, seien Sie Zeuge... Ich werde eine Klage einreichen...«

»So ein Tölpel!« rief der Student. »Weshalb schreit er denn? Der Knochen ist unversehrt. Hör auf, Dummkopf! In einer Woche wirst du tanzen können...«

Aber der Bursche jaulte und kreischte unermüdlich, die Küche füllte sich mit Anschnauzern des Studenten, zornigen Ausrufen Nastjas und dem ununterbrochenen Geschwätz des Hausknechts. Samgin stand fest an die Wand gelehnt und sah auf ein Gewehr; es lag auf dem Herd, das Bajonett ragte über den Herd hinaus und war vom Dampf des unter ihm stehenden Samowars angelaufen, von der Bajonettspitze fielen helle Tropfen herab.

»Geben Sie mir den Stock«, sagte der Student zu Nikolai und befahl dem Burschen: »Steh auf! Los, halt dich an mir fest, nimm den Stock! Kannst du stehen? Na also! Und du hast geschrien!«

Der Bursche stand mit verzerrtem Mund da und murmelte: »Ach, du mein Gott...«

Die Tür zum Hof ging auf, einer nach dem anderen kamen Jakow, der Soldat und der Klempner herein; der Soldat sah sich in der Küche um und sagte: »Gebt mir das Gewehr zurück – da ist es!«

Jakow trat zu dem Burschen, deutete auf den Soldaten und fragte sehr sanft: »Hat er eure Abteilung befehligt?«

»Ja«, sagte der Bursche und betastete sein Bein.

»Er allein?«

»Es war noch ein Vorgesetzter da, aber der ist davongelaufen.«

»Ihr könnt nicht über mich richten, meine Herrschaften«, sagte der Soldat ernst. »Ihr dürft mir nichts tun, weil ich einen Befehl ausführte...«

»Vorwärts, Genossen«, wandte sich Jakow an den Klempner.

Samgin entfernte sich ins Speisezimmer.

Ich muß Jakow sagen, daß dieser Idiot mich kennt, weil...

Doch eine Begründung für die Mitteilung an Jakow fand er nicht.

Wie... dumm ist doch das alles! entschied er und setzte sich ans Fenster. Hoffnungslos, unverbesserlich dumm.

Lawruschka brachte den Samowar herein, setzte ihn in vollem Anlauf dröhnend auf den Tisch, dann zog er den Mund bis an die Ohren auseinander und starrte Samgin an, als wartete er auf etwas. Samgin beobachtete ihn mürrisch über die Brille hinweg. Da das Warten erfolglos blieb, sagte Lawruschka leise: »Bei Gott, sie werden den Soldaten unbedingt erschießen.«

»Den einen?« fragte Samgin ganz gleichmütig.

»Ich würde beide erschießen! Zum Teufel! Sie sind viele, wir aber nur eine Handvoll...«

»Ja«, entgegnete Samgin unbestimmt.

Lawruschka lief zur Tür, wandte sich aber um und teilte begeistert mit: »Eine Kugel spaltete ein Brett weg, und das Brett knallte den Genossen Jakow so gegen das Bein, daß er sich im Kreise drehte. Und ich schlug mit dem Kopf gegen die Truhe, als Wassja getötet wurde. Das machte ich aus Angst. Und wie Kossarew gestöhnt hat, als er verwundet wurde, der Student . . .«

Er verschwand. Als Samgin den Tee aufbrühte und zusah, wie der heiße Wasserstrahl aus dem Hahn floß, fühlte er es kalt unter seiner Haut rieseln.

Der Junge hat recht, man muß erbarmungslos kämpfen . . .

Aus der Küche tönte sonderbar deutlich Jakows Stimme.

Samgin stand unschlüssig auf, betrat das halbdunkle Zimmerchen vor der Küche, nahm den Revolver aus der Manteltasche und schaute in die Küche, dort sagte Jakow zu Nastja: »Das Arbeitervolk leidet also auch aus eigener Dummheit . . .«

»Möchten Sie nicht Tee trinken?« bot Samgin ihm an.

»Danke, ich habe keine Zeit.«

Darauf zeigte Samgin ihm den Revolver.

»Würden Sie mich nicht unterweisen, wie man ihn reinigen muß?«

Jakow nahm den Browning und steckte ihn in die Manteltasche.

»Wir haben hier einen Meister auf diesem Gebiet, er wird es machen.«

Samgin wollte die Tür schließen, aber Jakow stellte den Fuß dagegen und fragte ihn: »Man sagte mir, der Verwundete kenne Sie?«

»Ja, stellen Sie sich vor . . .«

Die Baschlykenden auf der Brust zusammenbindend, sagte Jakow nachdenklich: »Das könnte zu Unannehmlichkeiten für Sie führen . . .«

»Kann sein. Natürlich wenn der Aufstand mißlingt«, sagte Samgin und dachte, er habe diesen Worten anscheinend den Sinn und Ton einer Frage verliehen. Jakow sah ihn an, lächelte und sagte, während er sich der Tür zum Hof näherte, deutlich: »Wenn nicht diesmal, dann ein andermal . . .«

Als Klim ins Speisezimmer zurückgekehrt war, trat er trübsinnig ans Fenster. Am rötlichen Himmel flog ein Dohlenschwarm umher. Auf der Straße war es leer. Ein Student mit einem Gewehr in der Hand lief vorbei. Unter einem Tor kroch eine Katze hervor. Eine weiße mit schwarzen Flecken. Samgin setzte sich an den Tisch und schenkte sich ein Glas Tee ein. Irgendwo sehr tief in seinem Inneren fühlte er so etwas wie ein Geschwür: Es war nicht schmerzhaft, aber schwer, und wuchs und wuchs. Es durch Worte zu öffnen, hatte er keine Lust.

Dieser Soldat ist natürlich dumm, aber ein treuer Diener. Wie der Koch. Die Anfimjewna. Tanja Kulikowa. Und auch Ljubascha. Im Grunde stützt sich die Gesellschaft gerade auf solche. Sie opfern selbstlos ihr Leben, alle Kräfte. Ohne solche Menschen ist keinerlei Organisation möglich. Nikolai ist ein Mensch anderen Schlags ... Auch der Verwundete, der sonst mit geräuchertem Fisch handelt ...

Gerade an diesen Mann mochte er nicht denken, denn an ihn zu denken, war erniedrigend. Das Geschwür begann zu schmerzen und erweckte ein Gefühl, das dem Brechreiz ähnelte. Klim Samgin stützte die Ellenbogen auf den Tisch und preßte die Hände an die Schläfen.

Wie sinnlos das Leben ist ...

Da trat die Anfimjewna ein und setzte sich, ohne die Türklinke aus der Hand zu lassen, auf einen Stuhl.

»Jegor ist verschwunden«, sagte sie dumpf, mit fremder Stimme, hob die bläulichen Lider und starrte Klim mit ihren trüben, glasigen Pupillen in einem Netz blutroter Äderchen an. »Er ist verschwunden«, wiederholte sie.

Unheimliche Augen! stellte Samgin fest und fragte leise: »Wie hat man sich denn wegen dieser ... Soldaten entschieden?«

Die Anfimjewna erhob sich schwerfällig, ging zum Büfett und fragte von dort, während sie mit dem Geschirr klirrte: »Was soll man denn mit ihnen anfangen?« Dann kam sie mit einer Tasse in der Hand auf den Tisch zu und sagte: »Man wird sie nachts wegführen, irgendwohin, möglichst weit, und sie dort erschießen.«

Samgin richtete sich auf dem Stuhl auf, wartend, was sie noch sagen würde, aber die Alte atmete schwer, schnaufte durch die Nase und goß sich langsam Tee in die Tasse, ihre Hände zitterten, die Finger brauchten eine Weile, bis sie ein Zuckerstück fassen konnten.

»Jedem tut es um sich selbst leid«, sagte sie, sich an den Tisch setzend. »So ist das Leben.«

Samgin war des Wartens müde und fragte entschieden, sogar streng: »Den einen als auch den anderen?«

Die Anfimjewna zerbröckelte den Zucker in kleine Stücke und begann gemächlich, brummig und gleichmütig zu erzählen: »Ich sage zu Jakow, dem Genossen: man sollte den Soldaten laufen lassen, ist er denn böse? Ein Dummkopf ist er, wozu aber soll man Dummköpfe töten? Bei Michailo ist das was anderes, er kennt hier rundherum alle – den Winokurow und den Neffen von Lisaweta Konstantinowna, und die Satjossows, alle kennt er! Er ist doch des seligen Mitrij Petrowitsch Sohn, Sie erinnern sich wohl, der Glatzköpfige, der bei Raspopows im Seitenbau wohnte, hieß er nicht Borissow? Er war ein Trunkenbold, aber ein gescheiter und guter Mensch.«

Während sie sprach, trank sie schluckweise Tee, und als sie ihn ausgetrunken hatte, klopfte sie mit dem Fingernagel an die Tasse.

»Na, sehen Sie, sie hat einen Sprung, dabei ist sie vom neuen Service! Ach, Nastassja, du hast Bärenpratzen ...«

Samgin hörte ihren schwerfälligen Worten zu, und in ihm wuchs, wallte ein ihn erwärmendes Gefühl der Achtung, der Dankbarkeit diesem Menschen gegenüber; er genoß dieses Gefühl und fand nicht einmal Worte, es zum Ausdruck zu bringen.

»Zudem ist Michailo auch verwundet, sage ich. Ein guter Mensch ist dieser Genosse, der Jakow. Ein strenger. Er versteht alles. Alles. Den Jegor beschimpfen alle, er aber spricht auch mit Jegor einfach ... Wohin ist Jegor nur gegangen? Ich stehe vor einem Rätsel ...«

»Sie haben sich so oft mit ihm gestritten«, erinnerte Samgin sie freundlich.

Die Anfimjewna, die immer noch die Tasse betrachtete und mit ihrem blauen Fingernagel an sie klopfte, sagte: »Mein Mann.«

»Wie?« fragte Samgin, überzeugt, daß sie sich versprochen habe, aber die Alte seufzte und wiederholte die gleichen Worte: »Mein Mann. Mein Schicksal.«

Ihre Pupillen schienen aufzuflackern und sich für eine Sekunde zu erhellen, wurden aber von einer grauen Träne sofort wieder trüb und verschwommen. Sie blickte wie eine Blinde auf den Tisch, tastete mit zitternder Hand auf ihm herum und verfehlte mit der Tasse die Untertasse.

»Elf Jahre habe ich mit ihm gelebt. Wir sind getraut. Seit siebenunddreißig Jahren lebe ich nicht mehr mit ihm zusammen. Begegnen wir uns irgendwo, so ist er mir fremd. Vor der letzten Begegnung hatte ich ihn neun Jahre nicht mehr gesehen. Ich dachte, er sei gestorben. Er aber fütterte auf dem Sucharewmarkt die Diebe mit Piroggen. Dabei ist er ... solch ein Meister, ach!«

Sie wischte sich die Augen mit einem Schürzenzipfel ab, schluchzte auf und stöhnte wie ein Junge.

Samgin stand auf und sagte erregt und ganz aufrichtig: »Anfimjewna, Sie sind eine wunderbare Frau! Sie sind im Grunde ein großer Mensch! Das Leben stützt sich auf die sanfte und unerschöpfliche Kraft solcher Menschen wie Sie! Ja, das ist so ...«

Er hätte sie gern mit Vor- und Vatersnamen angeredet, wußte aber ihren Vornamen nicht. Die Alte aber nutzte die Pause und sagte: »Na wennschon ... Sehen Sie, wenn ich an Warjuscha denke ... Ich liebe sie wie eine Tochter, die Nonnen arbeiten nicht so für Gott wie ich für sie, doch sie hat mich wegen ein paar zerrissener Bettlaken für eine Diebin gehalten. Sie schrie, stampfte mit den Füßen, dort – bei den Schwarzhundertern, bei diesem Stier. Wie mir da zumute war! Die Laken waren doch für die Verwundeten. Die Dienstboten streikten, aber ich arbeitete, mein Lieber! Meinst du, ich hätte mich nicht geschämt? Dann wiederum du – du bist hier, wo der Tod umgeht, sie dagegen ist weggegangen, ja!«

Samgin mochte jetzt nicht mehr sprechen, auch war es ihm peinlich, die Alte anzusehen.

»Na, schon gut«, sie erhob sich. »Was soll ich dir zu essen geben? Wir haben nichts im Haus, man kann nirgends etwas bekommen. Die Jungens sind auch hungrig. Tag und Nacht in der Kälte. Ich habe mein ganzes Geld für ihre Ernährung verbraucht. Nastenka auch. Wenn du mir Geld gäbest ...«

»Natürlich!« sagte Samgin hastig. »Selbstverständlich. Hier ...«

»Nun, ich werde Spiegeleier machen. Die Hühner der Hebamme legen noch ...«

Als die Anfimjewna gegangen war, atmete er erleichtert auf. Er schritt im Zimmer umher und dachte, daß er wie auf einer Schaukel lebe: auf und ab.

Erstaunlich wahr ist das bei Sologub beschrieben.

Er hätte gern eigene, noch von niemandem ausgesprochene Worte ersonnen, aber solche Worte fanden sich nicht, auf seine Zunge fielen immer nur alte, längst bekannte Worte.

In der Tat – ein geheimnisvolles Volk. Ein Volk, das vor allem das Problem der Moral zu lösen versucht. Die Marxisten irren sich sehr ... Wie einfach hat sie doch über diesen Michailo entschieden ...

Er empfand wieder eine Aufwallung von Dankbarkeit dieser alten Sklavin gegenüber. Aber jetzt mischte sich in diese Dankbarkeit eine Verlegenheit, die sehr viel Ähnlichkeit mit Scham hatte. Ihm war es aus irgendeinem Grund peinlich, mit sich allein zu bleiben. Samgin zog sich an und ging auf den Hof.

Nikolai machte das Torpförtchen auf und zu, es knarrte durchdringend; er hob es mit dem Brecheisen hoch und schlug mit dem Beilrücken einen Nagel in die Angel, aus seinem Mund ragten noch zwei Nägel. Er arbeitete wie immer, und daran, daß er den Soldaten getötet hatte, mochte man nicht denken, ja es schien sogar unglaubhaft, daß das geschehen war. Auf der Straße sah auch alles alltäglich aus, neu war nur der rötliche Fleck am Tor gegenüber, der Feldscher Winokurow hatte ihn doch nicht ganz weggekratzt. Die Sonne war auch trübrot; einzelne Schneeflocken flogen herum, und auch sie waren in ihren Strahlen rötlich, wie das im Winter bei grellen Sonnenuntergängen nicht selten vorkommt.

Auf den Eingangsstufen des Nachbarhauses saß Lawruschka neben einem schmierigen Burschen; der Bursche war mit einem grünen Riemen umgürtet und trug an der Seite eine Mauserpistole in hölzernem Futteral. Er rauchte genießerisch eine Zigarette, und Lawruschka sagte zu ihm: »Ich fürchte mich gern; es ist spaßig, wenn einem vor Angst ein kalter Schauer über den Rücken läuft.«

Der Bursche spie aus, fing mit der Hand eine große Schneeflocke, als wäre sie eine Fliege, öffnete die Hand – in ihr war nichts. Er lächelte und sagte: »Mir hat mein Herr das Fürchten beigebracht, ich lebte bei einem Kaminkehrer, weil ich eine Waise bin. Manchmal brüllte er: ›Klettre hinauf, du Schurke, du Hundsfott!‹ Da mußte man an einer steinernen Mauer hinaufklettern. Er war auch Ofensetzer. Ihm kam es komisch vor, daß ich mich fürchtete.«

»War er böse?«

»Wenn er nüchtern war, war er lustig. Er fragte dann immer: ›Na, du Tropf, ist noch heil dein Kopf?‹ Nur war er selten nüchtern.«

Das Bürschchen hatte kleine, aber sehr grelle Augen, die bis in die Tiefe mit blauem Leuchten gefüllt waren.

Zwei Frauen gingen vorbei, als die eine von ihnen über den Blutfleck hinweggeschritten war, wandte sie sich um und sagte zu der anderen: »Schau, als hätte jemand ein Pferd hingezeichnet!«

Die andere hüllte sich ohne hinzusehen fest in ihren Schal, doch als sie am Hauseingang des Feldschers stehenblieben, schaute sie sich um und sagte: »In unserer Straße kann man schlecht aus einer Kanone schießen, sie ist krumm, die Kugel würde in die Häuser hinein fliegen.«

Vor der Barrikade ging, leise vor sich hin pfeifend, Kalitin umher, mit ihm hielt ein dürrer, scharfäugiger Mann Schritt, dessen Bärtchen sehr viel Ähnlichkeit mit einem Rasierpinsel hatte, er sagte: »Sie schießen nicht besonders gut. Diese Freiwilligenabteilungen sind überhaupt nur Theater. Das Kosakenvölkchen hingegen – das säbelt jeden erstbesten nieder. Als wir auf der Presnja bei der Schmittschen Fabrik kämpften . . .«

Kalitin blieb stehen, nahm eine schwarze Uhr aus der Brusttasche und rief: »Lawrentij – komm! Es ist Zeit! Komm, Mokejew.«

Samgin hätte gern mit Kalitin gesprochen und überhaupt diese Leute näher kennengelernt, um zu erfahren, wieweit sie das, was sie taten, begriffen. Er spürte, daß die Studenten sich zu ihm aus irgendeinem Grund ablehnend, anscheinend sogar ironisch verhielten und daß alle übrigen Leute dieses Trupps, die von der Küche und von der Fürsorge der Anfimjewna Gebrauch machten, ihn irgendwie nicht bemerkten. Jetzt dachte Klim, daß er den Arbeitern schon längst näherstände, wenn ihn das Verhalten der Studenten nicht stutzig gemacht hätte.

Lawruschka und der Mann mit dem Bärtchen gingen weg. Es wurde dunkel. Jenseits der Barrikade machten sich Leute zu schaffen; die vertraute mürrische Stimme des Klempners sagte: »Hier, ganz in der Nähe.«

»Wird ihn der Vater zu sich nehmen?«

»Der Bruder.«

»Mir tut es leid um Wassja.«

Kalitin schritt an der Barrikade entlang und zündete sich im Gehen eine Zigarette an. Samgin schloß sich ihm an und fragte: »Hat der Genosse sehr gelitten?«

»Er hat nicht gejammert«, sagte Kalitin und stieß ein langes Rauchwölkchen aus. »Die Kugel traf ihn ins Auge.«

»Wo hat er gearbeitet?«

»Er war Bäcker.«

»Ist noch jemand verwundet worden?«

»Drei. Nicht schwer.«

Kalitins knappe Antworten ermunterten nicht besonders zur Fortführung des Gesprächs, aber Samgin fragte dennoch nach kurzem Schweigen: »Was hoffen Sie denn zu erreichen?«

Kalitin blieb stehen und sagte: »Das liegt klar auf der Hand: Freiheit für die Arbeiterklasse!«

Und gleich danach fragte er selbst, anscheinend mit Bedauern: »Was sind Sie denn, so ein kleiner Menschewik? Für ein Bündnis mit den Kadetten? Gemäß Plechanow: bis Twer gemeinsam?«

Weniger aus den Worten als am Ton erkannte Samgin, daß dieser Mann wußte, was er wollte. Samgin beschloß, zu erwidern, zu streiten, und begann: »Denken Sie denn . . .«

Aber Kalitin blieb lauschend stehen und brummte: »Warten Sie mal . . .«

In der Ferne hörte man Leute rasch durch die Straßen gehen und etwas Schweres schleppen. Im Vorgefühl eines neuen Dramas ging Samgin zum Tor von Warwaras Haus; an ihm huschte Lawruschka vorbei und raunte ihm freudig zu: »Sie haben ihn erwischt!«

Samgin blieb in der Vertiefung des Torpförtchens stehen und hörte eine Stimme ganz außer Atem: »Wir haben ihn erwischt, Genosse Kalitin! Wie er sich gewehrt hat! Ein kräftiger Kerl! Wir haben ihm sogar einen Fäustling in den Mund stopfen müssen . . .«

»Führt ihn in den Schuppen«, rief Kalitin.

Klim trat rasch in den Hof und stellte sich in eine Ecke; zwei Männer zerrten einen dritten zum Pförtchen herein; der stemmte sich mit den Füßen dagegen, wühlte den Schnee auf, fiel auf die Knie und gab unartikulierte Laute von sich. Man schlug ihn, jemand zischte durch die Zähne: »Komm schon ...«

Samgin wollte bereits in die Küche gehen, doch da begann im Schuppen mit schluchzendem Auflachen Iwan Petrowitsch Mitrofanow zu sprechen.

»Uff ... Herr Jesus! Was für einen Schreck ihr mir eingejagt habt ...« Unnatürlich schnell und stotternd sprach er.

Dann schluchzte er auf, als hätte er sich die Lippen an kochend heißem Wasser verbrannt, und murmelte noch rascher: »B-bitte, b-bitte. Ich widersetze mich nicht ... Nun – die Ausweispapiere ... Ich gehöre auch zu den Arbeitenden. Die Uhr. Hier ist das Geld. Das ist alles, Sie können mir aufs Wort glauben ...«

Kalitin und der Klempner gingen über den Hof zum Schuppen und machten dort Licht. Samgin begab sich leise auch dorthin, obwohl er sich sagte, daß er das nicht tun sollte. Er stellte sich hinter die geschlossene Türhälfte des Schuppens; durch eine Ritze fiel ein Lichtstreif auf seinen Mantel und teilte ihn in zwei Hälften; er versuchte, diesen gelben Strich mit der Hand wegzuwischen, sah durch die Ritze und horchte.

»Das ist doch nicht Ihr Ernst«, sprach Mitrofanow immer lauter und hastiger. »Das geht doch nicht, meine Herrschaften ... Genossen ... Wir leben in einem Staat ...«

»Schweig!« sagte man dumpf zu ihm.

»Aber nein! Wie kann man nur! Was wollen Sie ... was ... Nun ... mein Gott ...« Und plötzlich schrie er unheimlich, mit fremder Stimme: »Hilfe ... Erlauben Sie, was tun Sie? Halt!«

Ein Schuß knallte ungewöhnlich kurz und dumpf, und gleich danach erlosch das Licht.

Samgin hatte das Gefühl, als fiele eine weiche Last auf ihn und drückte ihn so zu Boden, daß ihm die Knie einknickten.

Nach ein paar Sekunden Stille flammte das Licht wieder auf, und es ertönte Kalitins Stimme: »Das war unbesonnen von dir! Das geht doch nicht, Genosse.«

»Wieso denn? Da ist er ja – der Ausweis!«

»Wir hätten auf Jakow warten müssen ...«

Irgendwer begann ebenso hastig zu sprechen wie Mitrofanow.

»Er hat Lawruschka gefragt, wie jeder von uns heißt, na? Hat mich gefragt. Nach dem Advokaten, was er leite. Und wie überhaupt ...«

»Tragt ihn in den Garten hinaus«, sagte Kalitin. »Gib mir mal das Büchlein und alles andere . . .«

Samgin trat in die Tür und sagte: »Er war Kriminaldetektiv . . .«

Aber Mokejew fuhr ihn wütend mit tiefer Stimme an: »Ochranamann! Ganz genau wie aus der Apotheke! Seien Sie unbesorgt . . .«

Er sagte noch etwas, aber Samgin hörte nicht auf ihn, sondern sah zu, wie der Klempner Mitrofanow unter den Armen packte und ihn zu der Bresche in der Wand schleifte. Mitrofanows Kopf war auf die Brust gesunken, sein Gesicht war nicht zu sehen; sein Mantel und sein Rock waren aufgeknöpft, das Hemd war aus der Hose gerutscht, die Füße schleiften mit auswärts gerichteten Spitzen über den Boden.

Kalitin kauerte vor einer Laterne, betrachtete irgendwelche Zettel und brummte: »Zu tun haben wir heute . . . offensichtlich der Ausweis eines Ochranamannes . . .«

»Da ist auch sein Revolver«, Mokejew fuchtelte Samgin mit einem schwarzen Metallstück vor dem Gesicht herum. »Er hätte mich beinahe niedergeknallt, und jetzt habe ich ihn damit erschossen.«

Samgin stand mit geschlossenen Augen da.

»Nun, Schluß mit der Schererei!« sagte Kalitin streng. »Gehen wir zu Jakow, Mokejew. Trotz allem, mein Lieber, ist das keine Sache . . . wenn jeder das so machen wollte . . .«

»He, ihr Teufel, helft mir«, rief der Klempner aus dem Garten.

Aber Kalitin und Mokejew verließen den Hof. Samgin begab sich ins Haus, er empfand einen widerlichen Geruch und spürte einen quälenden Anfall von Übelkeit. Die Entfernung vom Schuppen bis zum Speisezimmer hatte sich unglaublich vergrößert; bevor er diesen Weg zurückgelegt hatte, fand er Zeit, sich an Mitrofanow in der Schankwirtschaft zu erinnern, an dem Tag, als die Arbeiter zum Denkmal des Zaren im Kreml marschierten; der Mann »mit dem gesunden Menschenverstand« hatte sich hastig bekreuzigt und leidenschaftlich geflüstert: »Ich bin von ganzer Seele bereit! Ehrenwort: Ich hatte Sie nur aus Liebe und Ergebenheit belogen.«

Wie einfach sie töten. Obwohl, er war natürlich ein Spion, ein Feind . . .

An Mitrofanow ließ es sich ohne Bedauern, ohne Entrüstung denken, doch an dessen Stelle war ein anderer Feind getreten, ein listiger, furchtbarer, namenloser und ungreifbarer.

Wer macht mich mein ganzes Leben lang zum Zeugen qualvoll bedrückender Vorfälle und Geschehnisse? dachte er, als er mit dem Rücken an den warmen Ofenkacheln lehnte. Und plötzlich war ihm, als raunte ihm jemand zu: Du mußt ins Ausland reisen. In ein kleines, stilles Städtchen.

Er schaute in die zweifarbige Flamme der Kerze und sagte sich: Wieso ist mir das nicht schon früher in den Kopf gekommen? Ich werde meine Mutter wiedersehen.

Die Mutter lebte in der Nähe von Paris, sie schrieb selten, aber wortreich und verdrossen. Sie beklagte sich über die Kälte in den Häusern während des Winters, über allerhand Unbequemlichkeiten des Lebens, über die Russen, die »nicht im Ausland zu leben verstehen«, und ihrem egoistischen, kleinlichen Geschwätz war der lächerliche Patriotismus einer alten Provinzlerin anzumerken ...

Die Tür ging langsam auf, und noch langsamer zwängte sich Anfimjewnas Riesenleib ins Zimmer, schleppte sich in der Dunkelheit schwerfällig zum Büfett und sagte schlüsselklirrend sehr langsam, eigentümlich singend: »Jegor Wassiljitsch hat sich erhängt ...«

»Ach, du mein Gott«, rief Samgin halblaut voller Ärger aus, der an Verzweiflung grenzte.

»Er hängt auf dem Dachboden«, sagte die Alte, während sie sich irgend etwas aus einer Flasche eingoß. Samgin hörte, wie die Flüssigkeit im Flaschenhals gluckerte.

Gleich wird sie flennen.

Aber die Anfimjewna räusperte sich laut und fuhr ebenso nachdenklich und singend fort: »Ich versuchte ihn herunterzunehmen, doch ich hatte nicht genug Kraft. Nikolai hat sich geweigert, er hat Angst vor Erhängten. Dabei hat er, heißt es, selbst einen Soldaten getötet.«

»Was soll man da tun?« fragte Samgin.

»Was man tun soll? Sie – brauchen gar nichts zu tun, ich selbst ... Ich werde alles selber machen. Der Kupferschmied wird mir helfen. Es ist nicht gut, man wird Sie fragen, warum Ihr Diener sich erhängt hat.«

Sie verstummte, dann klirrte wieder Glas, und es gluckerte im Flaschenhals.

Sie trinkt Wodka, sagte sich Samgin.

»Und es sind keine Lebensmittel da«, seufzte die Alte. »Ach, ach. Ich weiß nicht, was ich Ihnen zu essen geben soll.«

»Ich brauche nichts«, sagte Samgin, der sie am liebsten angeschrien hätte und sich nur mit Mühe beherrschte. »Machen Sie ... sich keine Sorge ...«

»Na wenn schon«, entgegnete die Anfimjewna im Weggehen; sie ging wie gegen starken Wind.

»Nun – ich nehme ihn herunter, doch wohin soll ich ihn tun?« fragte sie in der Tür.

Samgin bedeckte das Gesicht mit den Händen. Die Ofenkacheln, die immer heißer wurden, brannten ihn am Rücken, es war bereits unangenehm, aber ihm fehlte die Kraft, vom Ofen wegzutreten. Als die Anfimjewna gegangen war, wurde die Stille in den Zimmern noch tiefer und bedrückender, doch gleichsam nur, damit Jakows Stimme noch deutlicher hörbar wurde, die zusammen mit irgendeinem scharfen, bitteren Geruch aus der Küche herüberdrang: »Wann wir nicht lernen ...«

Samgin stellte fest: Er versteht nicht zu reden, er hätte wenn sagen müssen, nicht wann.

»... organisiert zu handeln, wird bei uns rein gar nichts herauskommen. Du hast es nicht geschafft, sagst du? Du hättest es schaffen müssen, Genosse Kalitin ... Solche Mißerfolge ...«

Samgin prallte vom Ofen weg und ging in sein Arbeitszimmer, dessen Tür er fest hinter sich schloß.

Die Tage verstrichen langsamer, obwohl jeder von ihnen wie vorher unwahrscheinliche Gerüchte und phantastische Erzählungen mit sich brachte. Aber die Menschen waren offensichtlich an die Unruhe und den Lärm des zusammenbrechenden Lebens schon ebenso gewöhnt, wie die Dohlen und Krähen daran gewöhnt waren, vom Morgen bis zum Abend über der Stadt umherzufliegen. Samgin betrachtete sie vom Fenster aus und fühlte, daß seine Müdigkeit zunahm, schwerer wurde und ihn in einen Zustand von Unzurechnungsfähigkeit versenkte. Er beobachtete schon nicht mehr so aufmerksam, und alles, was die Menschen taten und sprachen, reflektierte sich in ihm wie an der Oberfläche eines Spiegels.

Ihn bediente das Stubenmädchen Nastja, ein mageres Mädchen mit großen Augen; die Augen waren grau mit einem goldenen Funken in den Pupillen und blickten so, als lauschte Nastja stets auf etwas, das nur sie allein hörte. Sie kümmerte sich noch mehr als die Anfimjewna darum, die Verteidiger der Barrikade mit Tee und Essen zu versorgen. Sie verwandelte die Küche endgültig in eine Schankwirtschaft.

Die Anfimjewna hatte sich erkältet und war bettlägerig geworden. Samgin sah sie zum letztenmal auf den Beinen spät am Abend, einen Tag nachdem der Koch sich erhängt hatte.

In der Küche war niemand, fast alle Leute von der Barrikade, außer den Wachhabenden, berieten sich im Schuppen. Samgin beunruhigte ein schwerfälliges Rumoren auf dem Dachboden; er nahm die Lampe, trat auf die Stufen des Kücheneingangs hinaus und sah, daß die Alte, die den Koch von hinten unter den Achseln umfaßt hatte, seine kleine Gestalt von Stufe zu Stufe hinabstellte. Der Koch, dessen Kopf an die linke Schulter gedrückt war und dessen Zunge heraushing, war steif, seine Beine waren fest aneinandergepreßt; es schien, als hätte er nur ein Bein, es stieß fest wie das Bein eines Lebenden auf die Stufen, und er stemmte sich mit ihm, als wollte er nicht hinuntergehen. Nachdem Samgin die Arme der Anfimjewna angeleuchtet hatte, die auf der Brust des Kochs angeschwollen waren, beleuchtete er auch ihr Gesicht, das rund wie eine Wassermelone und ebenso wie ihre Arme lila angelaufen war, während das kleine Gesicht des Kochs dunkel war und einer großen Kartoffel glich.

»Wohin wollen Sie mit ihm, wohin?« raunte Samgin ihr zu. Die Alte antwortete ächzend und keuchend: »Schon gut, beunruhigen Sie sich nicht. Ich habe mir einen Handschlitten beschafft. Der Kupferschmied wird ihn fortbringen. Er ist ein gefälliger Mann ...«

Als sie die Treppe hinunter war, faßte sie den Koch um den Leib und versuchte, ihn auf die Schulter zu heben, legte ihn aber, da dies nicht gelang, vor sich hin. Samgin entfernte sich und dachte: Zu anderer Zeit hätte ich ihr geholfen.

Er war bereits so abgestumpft, daß ihn das Geschehene nicht mehr aufregte. Jetzt lag die Anfimjewna keuchend in ihrem Zimmer; sie wurde von dem unrasierten, greisen Feldscher Winokurow gepflegt, einem stets nüchternen, sehr geschwätzigen, aber in der ganzen Straße geachteten Menschen.

»Eine wegen ihrer Gerechtigkeit rühmlich bekannte, ganz hervorragende Frau«, sagte er heiser. »Aber sie wird es nicht überstehen. Lungenentzündung. Schade. Die alten Leute sterben, die jungen randalieren. Ach, krank bist du, Rußland ...«

Zweimal kamen Soldaten, aber sie schossen von weitem, wenig; sie schossen, ohne Schaden anzurichten, und gingen wieder. Die Barrikade antwortete ihnen nicht, und der Kupferschmied spottete: »Sie vergeuden umsonst die Patronen, die Hundsfötter ...«

Dann prahlte er: »In alten Zeiten hätte es geheißen: Jungens, Sturmangriff! Und unsere Seelen wären in fünf Minuten zur ewigen Ruhe eingegangen ...«

Lawruschka fand: »Die Kugeln knacken, als schlüge man mit einem Löffel an die Stirn.«

Eines Tages begann auf der Boulevardseite ein sehr erbittertes und häufiges Schießen. Man schickte Lawruschka mit seinem schmuddeligen Kameraden aus, nachzusehen, was dort los sei. Etwa zwanzig Minuten später führte ihn der Schmuddelige blutüberströmt in die Küche, sein linker Arm oberhalb des Ellenbogens war durchschossen. Nackt bis zu den Hüften, saß er auf einem Hocker, seine ganze Seite war blutig, es schien, die Haut sei von ihr heruntergerissen. Über Lawruschkas bleiches Gesicht strömten Tränen, das Kinn zitterte, die Zähne klapperten. Der Student Panfilow verband die Wunde und redete ihm zu: »Zittre nicht. Du solltest dich schämen.«

Aber Lawruschka zitterte und wölbte verblüfft die Augen vor, schluchzte und stammelte: »Au, das tut weh! O Gott, wie das weh tut! Rühren Sie es doch nicht an... Wie soll ich denn ohne Arm leben?« fragte er entsetzt und griff mit der gesunden Hand nach der Schulter des Studenten; er streichelte und betastete die Schulter, schielte mit den feuchten Augen nach seinem Arm und murmelte: »Was ist man schon für ein Revolutionär mit einem Arm? Genosse Panfilow – wird man den Arm abschneiden?«

Am Abend jedoch saß er mit verbundenem Arm am Tisch, trank Tee und klagte Jakow: »Wir siegen allzu lange nicht, Genosse! Wir sollten nicht warten, sondern alle zugleich, soviel Tausende, als wir sind, uns auf sie stürzen und sie gefangennehmen.«

Jakow sagte ganz ernst zu ihm: »So wird es auch kommen. Wir stürzen uns unbedingt auf sie, und dann ist es aus mit ihnen! Nur muß erst dein Arm heilen, Herzchen!«

Zum erstenmal sah Samgin diesen Mann ohne Baschlyk und staunte, daß Jakow keinerlei besondere Merkmale besaß. Ein alltägliches Gesicht, wie man es sehr häufig bei Personenzugschaffnern antrifft, nur die Augen blickten irgendwie besonders eindringlich. Das Gesicht Kalitins und die vieler anderer Arbeiter waren bedeutend ausdrucksvoller.

Warum kommandiert denn der? dachte Samgin, suchte aber nicht nach einer Antwort. Er fühlte sich beiseite geschoben und wie ein Gefangener in dem unwohnlichen Haus.

Jetzt, da die Anfimjewna wie ein glimmendes Holzscheit weder aufflackern noch erlöschen konnte, sondern Tag und Nacht röchelte und sich auf dem knarrenden Holzbett hin und her wälzte – jetzt brachte Nastja ihm nicht rechtzeitig den Tee, verpflegte ihn immer schlechter, räumte die Zimmer nicht auf und machte ihm nicht das Bett. Er sah ein, daß sie keine Zeit hatte, ihn zu bedienen, aber es war dennoch kränkend und unangenehm.

Es wurde kälter. Abends versammelten sich in der Küche bis zu zehn Personen, um sich zu wärmen; sie stritten laut, zankten sich, sprachen von den Ereignissen in der Provinz, schimpften auf die Petersburger Arbeiter, beklagten sich über die ungenügend klare Parteileitung. Samgin hörte ihren Reden nicht zu, dachte aber, wenn er die Gesichter dieser Leute ansah, sie seien von einem Glauben an Unmögliches angesteckt, einem Glauben, den er nur als Wahnsinn auffassen konnte. Sie benahmen sich ihm gegenüber nach wie vor wie zu einem Menschen, den sie nicht brauchten, der sie aber auch nicht störte.

Schon lange hatte ihn niemand besucht, Warwaras Freunde fürchteten sich wahrscheinlich, in eine Straße zu gehen, in der sich eine Barrikade befand. Ljubascha Somowa war auch verschwunden. Er fühlte sich mit jedem Tag stumpfer werden, Müdigkeit zermürbte ihn. Spätabends ging er auf die Straße und lauschte der ungewöhnlichen, unfaßbaren Stille, es schien, als verdichtete sie sich von Tag zu Tag, würde immer kompakter – nun mußte sie doch explodieren! Sonst würde man verrückt. Beide Barrikaden, sowohl die in der Straße als auch die in der Seitengasse, hatten sich mit Schnee bedeckt; trotz der Proteste des Kupferschmieds übergoß man sie dennoch mit Wasser. Jetzt waren sie Eisblöcke und glichen kielaufwärts liegenden Booten. Das Begießen besorgten die Einwohner; in der Seitengasse hatte man zweimal Spülwasser auf die Barrikade geschüttet.

Eines Abends kamen fünf Männer mit Gewehren und begannen halblaut zu sprechen, worauf Lawruschka, der ihnen eine Weile zugehört hatte, plötzlich betrübt rief: »Nein, das gibt's nicht! Das ist unsere Barrikade, wir verlassen sie nicht! Was fällt euch ein!«

Und am Morgen sagte Nastja, als sie den Tee brachte: »Anfimjewna ist dahin ... ist gestorben.«

Samgin hob wortlos die Arme, und das Dienstmädchen fragte: »Was soll man mit ihr tun? Nachts werde ich mich vor ihr fürchten, auch kann man sie nicht in der Wärme liegenlassen. Erlauben Sie, daß man sie in den Schuppen hinausbringt?«

»Sehr gut«, sagte er. Ihm kam es vor, als spräche das Mädchen störrisch, doch als er sich über den Tisch neigte, vernahm er ein leises Schluchzen.

»Warum denn weinen?« begann er, ohne sie anzusehen. »Die Anfimjewna ... war sehr alt! Sie war eine äußerst vorbildliche Frau ...«

»Klim Iwanowitsch«, hörte er einen kummervollen Ausruf, »unsere Leute sagen, man habe aus Petersburg die Garde hergeschickt mit großen Kanonen ...«

Samgin hob den Kopf. Nastja hatte den Mund mit der Schürze bedeckt und sagte halblaut, kläglich schluchzend: »Sie werden mit den Kanonen alle Unseren totschießen. Sie streiten sich, ob sie abziehen oder kämpfen sollen, die ganze Nacht lang haben sie gestritten. Genosse Jakow ist dafür, an eine andere Stelle zu gehen, wo mehr von unseren Leuten sind . . . Sagen Sie ihnen doch, sie sollen gehen. Sagen Sie es Kalitin, Mokejew und . . . allen!«

»Ja, natürlich, ich werde es sagen!« versprach Samgin in sehr munterem Ton, der ihn sogar wunderte. »Jaja, gegen Kanonen – wenn das wahr ist . . .«

»Es ist wahr! Gestern sind auf dem Nikolai-Bahnhof Lokomotivführer erschossen worden«, klagte Nastja.

»Na, weshalb denn Lokomotivführer?« sagte Samgin nachdenklich. »Das von den Lokomotivführern stimmt natürlich nicht. Aber von hier müssen sie weg. Gehen Sie, ich werde mit den Leuten reden . . .«

Er trank rasch das Glas Tee, steckte sich eine Zigarette an und ging ins Wohnzimmer, das ungemütlich und unaufgeräumt war. Der Spiegel zeigte ihm im Vorübergehen die ziemlich stattliche Gestalt eines Mannes über dreißig, mit blassem Gesicht, halb ergrauten Schläfen und spärlichem Spitzbärtchen. Ein recht interessantes und sogar irgendwie neues Gesicht. Samgin zog sich an und ging in die Küche, dort saß Genosse Jakow und betrachtete den blauen Nagel am großen Zeh seines nackten Fußes.

»Lawruschka hat mir aus Versehen mit dem Gewehrkolben draufgeschlagen«, antwortete er auf Klims Frage, wobei er den Nagel befühlte und das Gesicht verzog. »Es sind Gäste eingetroffen, das Semjonowsche Regiment«, teilte er halblaut mit. »Was wir tun werden, fragen Sie? Wir werden kämpfen.«

»Gegen Kanonen«, erinnerte Nastja, die auf dem Tisch einen gefrorenen Kohlkopf zerschnitt.

»Die Kanone ist ein Werkzeug, wer es in die Hand nimmt, dem dient es auch«, belehrte sie Jakow, der sich auf die Lippe biß, als er den Stiefel anzog; er stand auf, stellte den Fuß vor und sah ihn kritisch an. »Man läßt also die Zarengarde gegen uns ausrücken, eine pri-vi-le-gierte Truppe«, zerstückelte er das lange Wort und sah Klim spöttisch an. »Also . . .«, hier verschluckte Jakow ein Wort, »also lieber Hausherr, haben Sie Dank und machen Sie sich keine Sorgen: Wir gehen heute noch von hier weg.«

»Ich bin nicht besorgt«, erklärte Samgin.

»Na wieso denn? Alle sind besorgt.«

»Wohin wollen Sie denn?« fragte Klim.

»Auf die Presnja. Dort werden wir losbrechen. Oder – wir zerbrechen dort.«

Er schloß das eine Auge und starrte mit dem anderen nachdenklich Nastjas Nacken an. Samgin begriff, daß er hier überflüssig war, und ging auf den Hof. Nikolai fegte ihn gerade sorgsam mit einem neuen Besen; das hatte er schon lange nicht mehr getan. In der Straße war es still, nur Lawruschkas Stimme erschallte betrübt in der Frostluft: »Ich habe doch gesagt: Die Kanonen stehen auf der Chodynka, wir hätten dorthin gehen sollen, um ihnen alles zu verpatzen, statt dessen haben wir hier gehockt.«

Aus dem Tor des Nachbarhauses trat Panfilow in halblangem Pelz und einer für seinen Kopf zu großen Mütze. »Hast du dir die Adresse gemerkt? Na also. Und dort bleibst du ruhig sitzen. Die Frau ist Ärztin, sie wird deinen Arm ganz gesund machen. Leb wohl.«

Lawruschka ging schnell auf die Barrikade zu und verschwand hinter ihr; der Student rückte die Mütze zurecht, sah hinter ihm her und ging, vor sich hin pfeifend, in den Hof zurück.

Es war ein grauer, kalter und verschwiegener Tag. Die silbrigen, rauh vereisten Fensterscheiben der Häuser blinzelten sich an, es schien, als hätten alle Häuser mürrisch erwartungsvolle Gesichter. Samgin schritt langsam zum Boulevard, er unterdrückte irgendwelche formlosen, aber beunruhigenden Gedanken, indem er sie abbrach.

Lawruschka versteckt man offensichtlich ... Eine sonderbare Figur, dieser Jakow ...

Als er an einer Straßenbiegung angelangt war, vernahm er vorn irgendwessen muntere, befriedigt klingende Stimme: »Lauter stramme Burschen. Vierzig Mann, ein berittener Offizier.«

Samgin kehrte um, heimwärts, und hörte, als er sich dem Tor näherte, den ersten Kanonenschuß, er klang dumpf und wenig eindrucksvoll, als wäre ein Torflügel von einem Windstoß zugeschlagen worden. Samgin blieb sogar stehen, da er zweifelte, ob das eine Kanone gewesen sei. Aber da knallte es wieder weich und fremd. Er zog die Schultern hoch und betrat die Küche. Nastja, die am Herd arbeitete, wandte sich fragend mit offenem Mund nach ihm um.

»Ja, man schießt aus einer Kanone«, sagte er, in die Zimmer gehend. Im Speisezimmer dröhnten unangenehm die noch nicht vereisten oberen Fensterscheiben, das Ofenrohr brummte, in der Ferne kreisten Dohlen und Krähen wie flimmerndes Herbstlaub über den Dächern.

Meine indirekte ... und unwillkürliche Teilnahme an diesem Wahnsinn wird als direkte ausgelegt werden, dachte Samgin, während er das schwarze Netz auf den Wolken betrachtete und in einen Schlummerzustand versank.

»Entlassen Sie mich, Klim Iwanowitsch«, weckte ihn die bekannt ehrerbietige Stimme des Hausknechts; er stand im Sonntagsrock aufrecht wie ein Soldat an der Tür, über seine Weste wand sich eine doppelte silberne Uhrkette, das Haar war sorgfältig gekämmt und glänzte ebenso wie die blankgeputzten Stiefel.

»Wohin wollen Sie?« fragte Samgin schläfrig.

»Ins Dorf.«

Gutshöfe in Brand stecken, dachte Samgin gleichmütig wie von einer für Nikolai gewohnten Sache, doch dieser sagte mit strenger Stimme: »Man schießt auf das Volk. Dort«, er streckte hölzern den Arm vor und deutete mit dem Finger zum Fenster hinaus, »hat man einen Passanten direkt in die Augen geschossen. Schrecklich.«

Aber du hast ja auch einen getötet, wollte Samgin sagen, schwieg jedoch und betrachtete aufmerksam das würdige, früher wohlgenährte und straffe, jetzt jedoch eingefallene Gesicht Nikolais; das Haar seines nicht üppigen, aber früher gewellten Bartes hing eigentümlich schlaff herab und war irgendwie glatt geworden. Und mit gleicher strenger Stimme sagte er: »Die Anfimjewna sollten Sie möglichst bald auf den Friedhof bringen lassen, denn die Ratten richten sie schlimm zu. Sie haben ihr die Wangen angenagt, geradezu schrecklich sieht sie aus. Den Spitzel haben die Genossen schon längst aus dem Garten fortgeschafft, aber Jegor Wassiljewitsch liegt noch im Schuppen. Die Schuppenwand habe ich ausgebessert. Es ist also alles in Ordnung. Keinerlei Spuren.«

Als er seinen Ausweis und das Geld erhalten hatte, sagte er kurz mit einer Verneigung: »Leben Sie wohl« und ging.

Ein unheimlicher Mensch, dachte Samgin, der wieder am Fenster stand und horchte. Es war, als schlüge jemand mit einem unsichtbaren Kissen an die Scheiben. Er wußte ganz sicher, daß zu dieser Stunde Tausende von Menschen ebenso wie er am Fenster standen und horchten, auf das Ende warteten. Anders konnte es nicht sein. Sie standen und warteten. Im Haus blieb es lange Zeit ungewohnt still. Das Haus schien von sanften Luftstößen zu wanken und der Schnee auf dem Dach zu rascheln wie im Frühling, wenn er taut und auf dem Blech hinabgleitet.

Die Kanonen schossen nicht oft, ohne Hast und wahrscheinlich an verschiedenen Stadtenden. Die Pausen zwischen den Schüssen waren bedrückender als die Schüsse selbst, und man wünschte sich, daß öfter, kontinuierlicher geschossen und die Menschen nicht gequält würden, die auf das Ende warteten. Samgin wurde müde und setzte sich an den Tisch, er trank Tee, der unangenehm lau war, und ging im Zimmer umher, dann trat er wieder an seinen Beobachtungsposten am Fenster. Plötzlich stürzte Ljubascha Somowa wie von der Decke herabgefallen ins Zimmer, und beunruhigt, empört erklang ihre Stimme, prasselten die wirren Worte: »Was geht denn bei euch vor? Wie konntet ihr das zulassen? Warum sind die Brücken der Nikolai-Bahn nicht gesprengt?« fragte sie. Ihr Gesicht sah fremd, alt und grau aus, die Lippen waren auch grau, unter den Augen lagen tiefe Schatten, sie blinzelte geblendet.

»Man verläßt die Barrikaden? Hat das Exekutivkomitee das befohlen, ja? Du weißt es nicht?«

Samgin tat dieses abgerackerte junge Mädchen ein wenig leid, das einen fremden, ihr zu langen Pelzmantel und schwere graue Überschuhe trug, unter ihrem Kopftuch quollen zerzauste Strähnen von offenbar lange nicht mehr gewaschenem Haar heraus.

»Oh, wenn du wüßtest, was in der Provinz vorgeht! Ich bin in sechs Städten gewesen. In Tula ... Es hieß, dort habe man siebenhundert Gewehre, auch Patronen, dabei ... ist nichts vorhanden! In Kolomna hätte man mich fast ... hätte ich fast nicht mehr fliehen können ... Dort sind Soldaten eingetroffen ... schrecklich! Gib mir einen Happen zu essen ...«

Sie nahm sich eine Scheibe Brot, biß davon ein Stückchen ab, dann warf sie den Happen auf den Tisch und schüttelte mit geschlossenen Augen den Kopf.

»Dennoch ... Das kann nicht sein! Wir werden siegen! Mein Lieber, ich muß ganz unbedingt jemanden vom Komitee sehen ... Und ich muß sofort zu zwei Stellen. Zu der einen gehst du, zu Gogins, gut?«

Samgin konnte sich nicht weigern und nickte, während sie Brot kauend murmelte: »In Miussy schießen sie aus einer Kanone. Es sind schrecklich wenig Menschen in den Straßen. Mich hielt man hier an der Ecke an, irgendwelche Rüpel. Sie beschimpften mich. Laß uns zusammen hinausgehen, einverstanden?«

»Fürchtest du dich?« fragte Samgin sie und sich selber.

»Ich habe einen kleinen Browning«, sagte sie, »ich habe schießen gelernt, aber es sind nur noch drei Patronen übrig. Hast du einen Browning?«

»Nein, ich habe ihn zum Reinigen gegeben ...«

»Gehen wir, Klimuscha, es wird dunkel ...«

Ja, die Fensterscheiben waren brokaten geworden. Auf der Straße blickte Ljubascha zum Himmel, horchte und begann wieder zu reden: »Es wird nicht geschossen. Vielleicht ... Ach, wie wenig Waffen wir haben! Aber die Arbeiter werden dennoch siegen, Klim, du wirst schon sehen! Was für Menschen das sind! Bist du Kutusow begegnet?«

Sie hob den Kopf und blickte Samgin unter die Brille, lächelte so, daß sie, sofort verjüngt, wieder die alte, rotwangige Ljubascha war, und sagte: »Weißt du, ich habe mit ihm . . . wir werden wahrscheinlich . . .«

Sie kam nicht mehr dazu, den Satz zu beenden. Hinter einer Ecke kamen drei Männer hervor, an ihrer Spitze ein hochgewachsener, in schwarzem Mantel, mit einem Stock in der Hand; er packte Samgin am Kragen und sagte halblaut: »Durchsucht ihn.«

Samgin sah etwas oberhalb seiner Augen ein pausbackiges Gesicht mit schwarzem Schnurrbart, stark von Blatternarben zerfurcht, und darin häßlich kleine, schwarze Äugelchen, rund und glänzend wie Knöpfe. Er sah, wie Ljubascha mit einem Schrei an ein Fenster sprang und mit der Faust die Scheibe einschlug.

»Halte das Mädel«, kommandierte der Schwarzbärtige und schüttelte Samgin.

Samgin bekam keine Luft, keuchte; geschickte Hände knöpften ihm Mantel und Rock auf, wühlten in den Taschen, rissen ihm die Brille herunter, und eine schwere Pratze betäubte ihn durch eine wuchtige Ohrfeige.

»Keine Waffen«, sagte eine lustige und über irgend etwas befriedigte Tenorstimme, während eine dritte, heisere, erschreckt und wütend rief: »Laß das, gemeines Frauenzimmer! Sascha!«

Der Blatternarbige stieß Samgin beiseite, stieß ihn mit dem Kopf an die Wand, holte mit dem Stock aus und hieb ihm zweimal rasch auf den Arm und auf die Schulter. Samgin fiel fast bewußtlos um, hörte aber noch einen Schuß und den dumpfen Ausruf: »Sascha, schlag zu!«

Irgend jemand ächzte sonderbar auf, als rülpste er, der Blatternarbige stieß einen wilden Fluch aus, gab Samgin einen Fußtritt in die Seite und lief davon; ein anderer stürzte ihm wie sein Schatten nach.

Als Samgin die Augen öffnete, sah er wie durch einen Nebelschleier, daß an einem Prellstein, versteckt, wie ein kleines Tier, Ljubaschas grauer Überschuh lehnte und daß an den Prellstein gelehnt ein kurzes Männchen in zottigem Mantel, mit zottigem Gesicht saß, die Hände am Leib hielt, an den er die Mütze drückte, und das in einem schwarzen Filzstiefel steckende Bein bewegte; sein Gesicht zuckte, drehte sich im Kreise, er sagte deutlich und betrübt: »Sie hat mich getötet, die Närrin . . . Ich bin verloren . . .«

Er ließ sich auf die Seite fallen und griff, während er immer noch mit einer Hand die Mütze an den Leib drückte, mit der anderen nach dem Prellstein, stand auf und ging, indem er rief: »Sasch-scha!

Wassil ...« Dann kreischte er schrill mit Weiberstimme: »Ach Gott!«

Als er um die Ecke eines grünen, einstöckigen Hauses bog, wankte das Haus, und aus ihm fielen Menschen auf die Straße heraus. Samgin schloß wieder die Augen. Wie Wasser aus einem Traufenrohr strömten Stimmen: »Du mischst dich umsonst ein, Lisa ...«

»Schweigen Sie! Bis zum Morgen wird sie bei uns liegenbleiben.«

»Sind Sie verwundet?«

»Du müßtest doch wissen, wie gefährlich das jetzt ist ...«

»Können Sie aufstehen?«

Samgin wußte nicht, ob er es konnte, sagte aber: »Gut.«

Zu seiner Verwunderung kam er leicht auf die Beine, ging wankend und sich an den Wänden haltend von den Leuten weg und hatte das Gefühl, als bewegte sich das grüne, einstöckige Haus mit den vier Fenstern immerfort vor ihm her und versperrte ihm den Weg. Samgin erinnerte sich nicht, wie er nach Hause gelangte, er kam erst auf dem Diwan in seinem Arbeitszimmer wieder zur Besinnung; vor ihm stand der Feldscher Winokurow und wand über einem emaillierten Waschbecken ein Handtuch aus.

»Was für Beschwerden haben Sie?« fragte er; seine Stimme kam wie aus weiter Ferne, dumpf. Samgin antwortete nicht, er überlegte: Sollte ich taub geworden sein?

»Gestatten Sie nachzusehen, was für Verletzungen Sie haben« sagte der Feldscher, indem er sich zu ihm auf den Diwan setzte, und begann ihm Brust und Hüften abzutasten; seine Finger waren unerträglich kalt, hart wie Eisen und spitz.

»Sind Sie gefallen oder sozusagen von lieben Nächsten überfallen worden?«

»Lassen Sie mich in Ruhe«, bat Samgin, aber der Feldscher fuhr fort, seinen Kopf zu betasten, und murmelte: »Oh, diese lieben Nächsten ... Tut das weh?«

Samgin preßte die Zähne fest zusammen und schwieg, er hätte der Feldscher gern mit dem Fuß in den Bauch getreten, aber dieser erhob sich und sagte: »Es scheint alles in Ordnung zu sein.«

»Lassen Sie mich«, bat Samgin.

»Richtig«, stimmte der Feldscher bei. »Sie brauchen Ruhe. Das Dienstmädchen habe ich nach Ihrer Gemahlin geschickt.«

Er ging, und das Zimmer füllte sich mit Stille. Auf dem Rauchtischchen an der Wand brannte eine Kerze, sie beleuchtete ein Porträt Schtschedrins im Plaid; das strenge, bärtige Gesicht verzog sich zornig, die Brauen bewegten sich, ja überhaupt alles, alle Gegenstände im Zimmer bewegten sich, wankten geräuschlos. Samgin hatte das Gefühl, als liefe er schnell und als wogte alles in ihm wie Wasser in einem Gefäß, als wogte es, stieße ihn dabei von innen und brächte ihn dadurch noch mehr ins Wanken.

Die Somowa hätte auf den Blatternarbigen schießen sollen, überlegte er. Wie unheimlich dieser Zottige Gott anrief, als die Menschen sein Schreien nicht hörten. Der Blatternarbige hätte mich töten können.

Auf dem Diwan war es unbequem, hart, ihm schmerzten die Hüfte und die Schulterblätter. Samgin beschloß, ins Schlafzimmer umzusiedeln, und versuchte, vorsichtig aufzustehen, ein scharfer Schmerz durchfuhr seine Schulter, die Beine knickten ein. Er hielt sich am Türpfosten fest und wartete, bis der Schmerz nachließ, dann ging er ins Schlafzimmer und blickte in den Spiegel: Die linke Wange war widerlich angeschwollen und verdeckte das Auge, das Gesicht sah betrunken aus, und da es irgendwie verändert war, ähnelte es beleidigend dem Gesicht des Registrators im Kreisgericht, eines Mannes, der häufig an Zahngeschwüren litt.

Dann kam Nastja und sagte: »Die gnädige Frau wird morgen kommen.« Und mit veränderter Stimme fügte sie hinzu: »Oh, wie man Sie zugerichtet hat...«

Da sie ihn anscheinend trösten wollte, setzte sie hinzu: »Sie haben angefangen, alle zu schlagen.«

»Bereiten Sie mir ein Bad«, befahl Samgin zornig.

Als er eine Stunde später im wohltuenden, warmen Wasser saß, suchte er sich zu entsinnen, ob Ljubascha geschrien hatte oder nicht. Aber er erinnerte sich nur, daß sie ein Fenster des grünen Hauses eingeschlagen hatte. Die Bewohner dieses Hauses hatten ihr wahrscheinlich auch geholfen.

Wenn sie auf den Blatternarbigen geschossen hätte, wäre nichts passiert. Der Blatternarbige war natürlich kein Rowdy, kein Dieb, sondern ein Rächer.

Die kleinen Gedanken kamen wie ein Dohlenschwarm angeflogen.

Am nächsten Tag erwachte er zeitig und blieb lange im Bett liegen, rauchte Zigaretten und träumte von einer Auslandsreise. Der Schmerz war nicht mehr so stark, vielleicht, weil er sich an ihn gewöhnt hatte, während die Stille in der Küche und auf der Straße ungewohnt war und ihn beunruhigte. Aber bald darauf wurde sie erschüttert durch Stöße gegen die rosa Fensterscheiben von der Straße her, und auf jeden Stoß folgte ein dumpfes, starkes Dröhnen, das nicht wie Donner klang. Man konnte meinen, der Himmel wäre statt mit Wolken straff mit einer Haut überspannt und nun schlüge jemand, wie auf eine Trommel, mit einer Riesenfaust dagegen.

Das sind sehr große Kanonen, überlegte Samgin und sagte protestierend mit halber Stimme: »Das ist eine Gemeinheit!«

Er sprang aus dem Bett und hätte vor Schmerz fast aufgeschrien, er begann sich anzuziehen, legte sich aber wieder hin und wickelte sich bis zum Kinn ein.

Das ist Wahnsinn und Feigheit, mit Kanonen zu schießen, Häuser und Städte zu zerstören. Hunderttausende sind für das Tun etlicher Dutzend Menschen nicht verantwortlich.

Die zornigen Gedanken machten ihn sonderbar munter, und seine Munterkeit wunderte ihn. Beim Nachdenken störten ihn die Schüsse, der Schmerz an Schulter und Hüfte, auch wollte er essen. Er mußte mehrmals klingeln, bis Nastja ärgerlich aus dem Speisezimmer rief: »Ich trage ja schon auf!«

Als er das Speisezimmer betrat, schnitt Nastja auf dem Büfettbrett mit ebensolchem Grimm Brot, wie die Anfimjewna einstmals ein Huhn geschlachtet hatte: das Messer war stumpf gewesen, das Huhn hatte nicht sterben wollen, es hatte geröchelt, gezappelt.

»Gott befohlen!« hatte die Anfimjewna gerufen und dem Huhn den Kopf abgehackt.

»Wo wird geschossen?« fragte Samgin.

»Auf der Presnja.«

Nastja hatte schrill geantwortet, ihr Gesicht war geschwollen, ihre Augen rot.

»Dort tötet man Menschen, und hier fegen sie die Straße ... Wie vor einem Feiertag, ganz einerlei«, sagte sie im Weggehen und trat laut mit den Absätzen auf.

Samgin hatte schon im Schlafzimmer ein Scharren gehört, jetzt schaute er durchs Fenster hinaus und sah, daß der Feldscher Winokurow, der sich einen blauen Schal um die Ohren gebunden hatte, mit einem Schabeisen den Gehsteig säuberte, während ein Junge mit Gymnasiastenmütze den Schnee mit dem Besen zu kleinen Haufen zusammenkehrte; links von ihnen, näher zur Barrikade hin, arbeitete noch jemand. Sie arbeiteten, als hörten sie die dröhnenden Schüsse nicht. Aber da setzte das Schießen aus, das Scharren auf der Straße wurde deutlicher, und die Schulterblätter begannen stärker zu schmerzen.

Ist das etwa alles?

Die Uhr im Speisezimmer zeigte Mittag. Es knallte noch zweimal, aber nicht so stark und irgendwo anders.

Winokurow und überhaupt diese ... Schweine werden natürlich

auf die Nachbarn hinweisen, die . . . bei denen die Arbeiter sich gewärmt haben.

Wie ein Gummiball, den man in einen Bach geworfen hat, schwamm und drehte sich in seiner Erinnerung ein Knäuel verworrener Gedanken und Worte.

Die Kugeln knacken, als schlüge man mit einem Löffel an die Stirn, hatte Lawruschka gesagt. Wenn nicht jetzt, dann ein andermal, versprach Jakow, und Ljubascha behauptete: Wir werden siegen.

Vor dem Tor seines Hauses stand der ehemalige Finanzbeamte Iwkow, ein geheimer Wucherer und Ränkeschmied, er stand da und blickte zum Himmel, als beschnupperte er die Luft. Am Himmel kreisten heute bedeutend mehr Dohlen und Krähen. Iwkow deutete mit dem Finger auf die Barrikade, rief etwas und lachte, sein Rufen galt dem Stabskapitän Satjossow, der beobachtete, wie sein Hausknecht, ein alter Mann mit krummem Rücken, eine abgerissene Zaunlatte befestigte.

Die sind überzeugt, alles sei schon zu Ende.

Die Kanonen schweigen, aber die Stille schien verdächtig, sie ging auf die Nerven wie ein reifendes Geschwür. Und es war ungewöhnlich, daß es in der Küche still war.

Samgin war fast erfreut, als gegen Abend die rotwangige, lebhafte Warwara kam. Nach einem Blick auf sein Gesicht war sie gemäßigt und nicht kränkend entsetzt, bekreuzigte sich und bestürmte Klim mit Fragen.

»Oh, mein Gott . . . Das ist ja entsetzlich! Hast du jemanden weggeschickt, der sich erkundigt, wie die Somowa sich fühlt?«

»Es war niemand zum Wegschicken da.«

»Hättest du doch den Feldscher geschickt. Na, einerlei. Ich werde selbst hingehen. Ach, lieber Klim . . . was für Zeiten!«

Sie benahm sich, als hätte es zwischen ihnen keinen Streit gegeben, ja, sie liebkoste ihn sogar, zärtlich und stürmisch, sprang aber gleich wieder auf, begann rasch im Zimmer umherzugehen, wobei sie in alle Winkel schaute und murmelte, indem sie das Gesicht voller Ekel verzog: »Mein Gott, welche Unordnung, Staub, Schmutz! Übrigens, bei Rjachins auch.«

Sie errötete, betastete ihre Blusenknöpfe und trat mit unschön weit geöffneten grünen Augen auf Samgin zu.

»Weiß der Teufel, was bei ihnen los ist! Alle lassen sich plötzlich dermaßen gehen, sind wild geworden – schrecklich! Du weißt, ich bin nicht sentimental, und diese . . . diese . . .«

Sie holte Atem und schloß mit gesenkter Stimme: ». . . Revolution ist mir fremd, aber sie übertreiben! Man weiß ja noch nicht, wer der

Stärkere ist, sie aber schreien schon: schlagen, erschießen, ins Zuchthaus! Solche ... Rächer, weißt du! Und dieser Stratonow ist ein Rüpel, ein Grobian, eine ganz unmögliche Gestalt! Ein Stier ...«

Vor Erregung in Schweiß geraten, warf sie sich auf den Diwan, schloß die Augen und fächelte sich mit dem Taschentuch das Gesicht. Samgin begriff, daß ihre Worte ziemlich abgeschmackt waren, er glaubte nicht an die Aufrichtigkeit ihrer Entrüstung, hörte aber aufmerksam zu.

»Und dieser Preiß, entsinnst du dich, der kleine Jude?«

»Jaja«, sagte Klim.

»Ach, diese Juden!« rief sie und drohte mit dem Finger. »Denen traue ich nicht! Ein rachsüchtiges Volk, sie können die Pogrome durchaus nicht vergessen! Übrigens spricht er trotz allem hervorragend leidenschaftlich, dieser Preiß, er ist ein vortrefflicher Redner! ›Wir müssen der Regierung dankbar sein‹, sagt er, ›daß sie uns mit Bajonetten vor der Volkswut schützt‹, verstehst du? Dann noch Tagilskij, der stellvertretende Staatsanwalt, ein Zyniker, scheint es, und wahrscheinlich geschlechtskrank, schrecklich parfümiert, riecht aber dennoch nach Jodoform ... ›Ein Mittelding zwischen Clown und Henker‹, sagte von ihm Rjachins Schwester, die jüngere, die kleine, häßliche ...«

Sie wühlte in ihrer Rocktasche und holte ein kleines Buch hervor.

»Da habe ich sogar ein paar Paradoxe von ihm notiert, zum Beispiel: Der Triumph der sozialen Gerechtigkeit wird der Anfang des geistigen Todes der Menschen sein. Wie gefällt dir das? Oder: Anfang und Ende des Lebens liegen in der Persönlichkeit, da aber die Persönlichkeit unwiederholbar ist, wiederholt sich die Geschichte nicht. Langweilt dich das?« fragte sie plötzlich.

»Nein, im Gegenteil«, antwortete Klim.

Doch sie lief schon wieder durch das Zimmer.

»Alles ist schrecklich verwahrlost! Die arme Anfimjewna! Sie ist also doch gestorben. Obwohl – das ist besser für sie. Sie war schon so gebrechlich. Und eigensinnig. Es wäre beschwerlich gewesen, sie im Hause zu behalten, und peinlich, sie ins Krankenhaus zu schaffen. Ich will mal einen Blick auf sie werfen.«

Sie ging. Ungeachtet des Schmerzes in der Schulter schüttelte Samgin den Kopf, als wollte er Staub aus ihm herausschütteln.

Nein, sie ist unmöglich! Ich halte es mit ihr nicht aus.

Ein paar Minuten später kehrte Warwara zurück, blaß, mit schmerzlicher Grimasse auf ihrem langen Gesicht.

»Wie die Ratten sie benagt haben, hu!« sagte sie und sank auf den Diwan. »Hast du sie gesehen? Sieh sie dir mal an! Entsetzlich!«

Sie schauderte und schüttelte den Kopf.
»Auf der Straße wird irgend etwas gerufen ...«
Sie rückte an Samgin heran und legte ihm die Hand aufs Knie.
»Weißt du, ich möchte ins Ausland reisen. Ich bin so müde, Klim, so müde!«
»Kein übler Gedanke«, sagte er horchend und dachte: Wie bedauernswert ist sie trotz allem! Und wie verlogen. Sie tut zärtlich, weil sie wahrscheinlich mit einem Liebhaber ins Ausland reist.
»Ich bin nicht mehr jung«, gestand Warwara mit einem Seufzer.
»Warte mal!«
Samgin stand auf und trat ans Fenster, durch die Straße gingen ungeordnet Soldaten; der vorderste schwang das Gewehr und rief etwas. Samgin hörte aufmerksam hin – und verstand: »Türen, Tore, Fenster schließen, he ihr! Zumachen – sonst schießen wir!«
Samgin trat hinter den Fensterstock. Es waren vielleicht zwanzig Soldaten; in ihrer Mitte gingen in geschlossener Gruppe Feuerwehrleute, drei schwarze mit Helmen und noch etwa zehn graue mit Mützen und mit Äxten im Gürtel. Ein grüner Wagen kam gefahren, die dicken Pferde nickten mit den Köpfen.
»Wohin gehen sie?« flüsterte Warwara, die sich an Samgin schmiegte; er trat zur Seite und sah zu, wie die Feuerwehrleute Brecheisen von dem Wagen herunternahmen und zur Barrikade gingen. Es ertönten schnell hintereinander Schläge, Holz knarrte und krachte.
»Ach so!« rief Warwara.
Samgin sah, wie Eisstücke wegsplitterten und das Gerippe der Barrikade entblößten, wie zwei Feuerwehrleute, nachdem sie die Sofalehne weggebrochen hatten, die Seegrasfüllung herauszureißen begannen und sie in Büscheln einem dritten zuwarfen, der kniend Streichhölzer an seinem Jackenärmel anzündete; die Streichhölzer erloschen immer wieder, aber da leuchtete eines von ihnen auf, der Feuerwehrmann steckte es in das Seegras, und rasch liefen, sich kräuselnd, listige Flämmchen nach allen Seiten, verschwanden und vereinten sich plötzlich zu einem roten Federbusch; darauf hob ein Feuerwehrmann ein Faß über das Feuer und schüttelte Stroh und Holzspäne aus ihm heraus; dichter grauer Rauch stieg auf – der Feuerwehrmann stellte das Faß mitten in ihn hinein, der Rauch verdichtete sich noch mehr, und dann schlug aus dem Faß eine tiefrote Flamme hoch. Auf der Straße ging es jetzt lustig und laut zu, das Haus gegenüber wurde rot und jung, die Feuerwehrleute und Soldaten wurden auch jünger, sie waren ranker, schlanker geworden. Wie mit Öl übergossen glänzten die rotäugigen Bronzegäule. Erstaunlich

leicht wurden aus dem Eishügel ein Sessel, eine Truhe, irgendeine Tür, ein Droschkenschlitten und ein großes Stück von einem Telegrafenmast herausgebrochen und ins Feuer geworfen. Etwa fünf Soldaten hatten ihre Gewehre den Kameraden übergeben und zerbrachen und zertrümmerten auch die ausgedienten Dinge, während die übrigen Soldaten dem Feuer immer näher rückten; in der zweifarbigen, rauchgrauen und purpurroten Luft leuchteten die Bajonette wie verlängerte Kerzenflammen und züngelten ebenso aufwärts. Einige Soldaten hielten zwei Gewehre in den Händen, bei dem einen schienen die rötlichen Bajonette aus dem Kopf zu ragen, und ein anderer, sehr großer, sprang vor dem Feuer herum, fuchtelte mit den Armen und schrie.

Die Feuerwehrleute mit Helmen und in schwarzen Jacken standen am Hoftor Winokurows und beteiligten sich nicht an der Arbeit; ihre Bronzeknöpfe schienen zu schmelzen, und es war etwas sehr Würdiges an den schwarzen, unbeweglichen Gestalten mit den Köpfen römischer Legionäre.

»Wie schön«, bemerkte Samgin leise.

Warwara stieß ihn mit der Schulter an und fragte: »Ja?«

Gleich danach prallte sie zurück und sagte gekränkt: »Vom Fensterbrett rinnt Wasser – pfui!«

Samgin entfernte sich lächelnd und dachte, daß sie ihm oft Gleichgültigkeit gegen alles Schöne vorgeworfen habe, aber selbst nicht sah, wie prächtig dieses Bild war. Er fühlte sich gerührt, ihm war, als täte ihm die Barrikade leid, und gleichzeitig war er jemandem wegen etwas dankbar. Er ging in sein Arbeitszimmer, stand auch dort lange am Fenster und sah gedankenlos zu, wie der Scheiterhaufen brannte, während sich rings um ihn und über ihm die Abenddämmerung verdichtete und mit dem schweren, grauen Rauch verschmolz, und wie unter dem Feuer hervor pechschwarze Bäche über das Pflaster rannen. Der Scheiterhaufen brannte jetzt weniger grell; darauf gingen die Feuerwehrleute in die Höfe, brachten von dort Holzscheite, legten sie ins Feuer – der Rauch verdichtete sich für einen Augenblick, dann durchbrach ihn wütend das Feuer, und der Widerschein der Flammen ließ die Häuser erzittern, sich zusammenkrümmen. Dann verdunkelten sich die Häuser, die glühenden Bajonette und Helme erkalteten, ein hochgewachsener Feuerwehrmann nahm einen Anlauf und sprang über die Glut in die Dunkelheit.

Am Morgen begannen Geschütze gleichmäßig zu schießen. Die Schläge schienen jetzt noch wuchtiger, als triebe man mit einer gußeisernen Ramme einen riesengroßen Pfahl in die gefrorene Erde.

Eine zweifelhafte Methode, die Zarenmacht zu festigen, dachte Samgin sehr ruhig, als er sich anzog, und wunderte sich selber, daß er ruhig dachte. Im Speisezimmer klirrte Warwara energisch mit Geschirr.

»Unglaublich!« rief sie ihm entgegen. »Weiß der Teufel! Eine Unmenge Geschirr ist zerschlagen.«

Mit dem weißen Tuch um den Kopf, der vorgebundenen Schürze und dem abgespannten Gesicht glich sie einem Dienstmädchen.

»Ach, Anfimjewna«, seufzte sie, in die Küche laufend und wiederkehrend.

Sie schien das erschreckte Dröhnen der Fensterscheiben, die Luftstöße gegen die Wände und das gedämpfte, schwere Seufzen im Ofenrohr nicht zu hören. Mit ungewöhnlicher Hast, als erwartete sie vornehme und anspruchsvolle Gäste, wischte sie Staub, zählte das Geschirr und betastete aus unerfindlichem Grund die Möbel. Samgin dachte, sie verberge vielleicht hinter dieser geräuschvollen Tätigkeit das Bewußtsein ihrer Schuld ihm gegenüber. Aber an ihre Schuld und überhaupt an sie mochte er nicht denken, er stellte sich ganz deutlich Tausende von Hausfrauen vor, die heute wahrscheinlich ebenso geschäftig waren.

»Nastassja kommt und kommt nicht!« entrüstete sich Warwara. »Ich werde ihr den Laufpaß geben. Warum hast du diesen Tölpel, den Hausknecht, entlassen? Wir behandeln die Dienstboten falsch, Klim, wir erlauben ihnen, mit uns familiär und ohne Respekt umzugehen. Ich bin nicht gegen Demokratisierung, aber trotzdem müssen die Leute eine gebieterische und starke Hand über sich fühlen ...«

Auch das sagen heute Tausende, stellte Samgin fest und strich über seine kranke Schulter.

Gegen Abend hatte sie es fertiggebracht, einen kleinen alten Mann zu finden, der es übernahm, die Beerdigung der Anfimjewna zu regeln. Der kleine Alte war unnatürlich lebhaft, behende; er hatte ein spitzes, rosa Mäulchen, das von einem sorgfältig gestutzten, grauen Bart umrahmt war, hatte Mausäugelchen und eine Vogelnase. Seine Hände flatterten nach allen Seiten, berührten und betasteten alles: Türen, Wände, den Schlitten und das Geschirr des trübseligen alten Gauls. Der kleine Alte sah wie ein geschminkter Halbwüchsiger aus, er hatte etwas Abstoßendes, Unechtes an sich.

»Man sucht sie mit Kanonen zu überreden«, sagte er fragend zu Samgin einen Satz, der diesem bekannt vorkam, sagte ihn und zwinkerte zum Himmel hinauf, als schösse man von dort.

Die Geschütze feuerten besonders hartnäckig. Die dröhnenden

Schläge schienen einen fauligen Geruch in der nebligen Luft zu verbreiten, als platzten riesengroße faule Eier.

»Gib ihr bis zur Kirche das Geleit«, bat Warwara, die den breiten Sarg auf dem Schlitten ansah und ihre Wangen mit dem Taschentuch abwischte.

»Ich glaube nicht, daß sie das braucht«, murmelte er und ging mit.

Warwara hakte sich bei ihm ein; er sah Tränen in ihren Augen, sah, daß sie die Lippen bewegte und sich darauf biß, und glaubte ihr nicht. Der kleine Alte ging neben dem Schlitten, streichelte mit blauer Hand den gelben Krankenhaussarg und sagte zu dem Kutscher: »Wir werden alle sterben, Onkel ... wie die Vögel!«

Hinter Samgin schritt der Feldscher Winokurow, der sich zweimal laut erinnerte: »Sie war eine gerechte alte Frau ... Eine hervorragende Frau!«

Der kleine Alte blieb stehen, wartete, bis der Feldscher neben ihm war, und sagte, wie ein Kücken mit kleinen Schritten trippelnd, hastig und halblaut: »Was läßt sich da machen? Das Volk will nichts, wünscht nichts! Der Zar hat sich selbst vor ihm verneigt, als hätte er damit sagen wollen: ›Verzeih mir, den Krieg habe ich tatsächlich gegen eine kleine Nation verloren und schäme mich!‹ Aber das Volk hat kein Mitgefühl ...«

»Wer sind Sie eigentlich?« fragte der Feldscher streng.

»Ich? Der Kirchendiener. Warum?«

»Du sprichst ungebildet, darum!« antwortete der Feldscher mit Baßstimme.

»Aber was ich sage, ist trotzdem wahr«, sagte händefuchtelnd der kleine Alte und wiederholte den Satz, der ihm anscheinend gefiel: »Sehen Sie, man sucht das Volk mit Kanonen zu überreden – verhalte dich still! Hat es das jemals in Moskau gegeben? Daß man in Moskau, wo die Zaren gekrönt werden, mit Kanonen schießt, wie?« rief er verblüfft aus, wobei er die Hand, in der er die Mütze hielt, hochwarf, und sagte nach kurzem Schweigen: »Das muß man begreifen!«

Samgin wandte sich um und sah das rosige Gesichtchen an – es strahlte vor Begeisterung.

»Verzeihen Sie«, sagte der kleine Alte und nickte mit dem gelben Schädel voller Haarbüschel, die wie Watte aussahen. »Ich schwatze natürlich, weil meine Seele erschreckt ist.«

»Weiter gehe ich nicht«, flüsterte Samgin, als sie bei der Ecke angelangt waren, hinter der man ihn geschlagen hatte. Warwara ging weiter, während er stehenblieb und eine Weile horchte, wie die

Schlittenkufen auf den entblößten Steinen knirschten. Dann dachte er daran, daß er in das kleine grüne Haus gehen und sich nach Ljubascha erkundigen sollte, ging aber nach Hause.

Warwara wird nachfragen.

Die Geschütze verstummten. Der graue Himmel schmückte sich mit zwei Feuerscheinen, der eine war dort, wo die Sonne unterging, der andere in Richtung der Presnja. Wie stets gegen Abend kreiste ein Schwarm von Dohlen und Krähen. Aus einer Seitengasse preschte ein Gaul heraus, im Schlitten saß zusammengekrümmt Ljutow.

»Halt«, kreischte er auf, und bevor noch der Kutscher den Gaul angehalten hatte, sprang er behende aufs Pflaster und lief auf Samgin zu, so daß der eine Schoß seines weit aufgeschlagenen Pelzmantels sich um Klims Beine schlang.

»Nein, wie verändert du bist!« rief er sehr merkwürdig, anscheinend sogar achtungsvoll aus. »Und was macht der Arm?«

Nach Klims kurzem Bericht verstummte er und fragte erst im Vorzimmer, nachdem er den Mantel abgeworfen hatte: »Schlagen wir die eigenen Japaner nicht gut?«

Samgin fragte ebenfalls: »Ist das Ironie oder Triumph?«

Ihm war es angenehm, Ljutow zu sehen, er wollte aber nicht, daß Ljutow das merke, begriff auch selbst nicht, warum es ihm angenehm war. Ljutow rieb sich die Hände und sagte: »Wir rammen Pfähle in den russischen Sumpf, bauen ein Brückchen für einen neuen Weg...«

Er sah ungewöhnlich solide, sogar würdig aus – in strengem Rock, mit einem Brillanten an schwarzer Krawatte, gestutzt und geschniegelt. Selbst seine geschäftigen Augen waren jetzt ruhiger und schienen größer geworden.

»Heute hörte ich ... einen guten Satz: Man sucht mit Kanonen zu überreden«, sagte Samgin.

»Nicht übel!« stimmte Ljutow bei, der ihn aufmerksam musterte. »Was ... schaust du so?«

»Ich erkenne dich nicht wieder«, antwortete Ljutow, seufzte laut auf und nahm eine bessere, sicherere Haltung auf dem Stuhl an. »Ich wurde von der Stadthauptmannschaft vorgeladen, mein Lieber, wegen Einrichtung einer Sammelstelle für Geschlagene, Verwundete in meiner Wohnung. Das war natürlich Alina, mein Lieber, sie hat...«

Ljutow stülpte seine Bibermütze über die Faust und begann sie herumzuwirbeln.

»Bei mir zu Hause ist in der Tat der Teufel los! Alina hat sich einen

Anarchisten zugelegt . . . Dieser Monachow oder Inokow ist solch eine Bestie, man darf ihm nicht zu nahe kommen!«

»Wenn er Inokow heißt, dann kenne ich ihn«, sagte Samgin gleichmütig.

»Ein alter Bekannten von ihr. Dann ist da noch dieser Sudakow, man hat ihn auch angeschossen.«

Er seufzte wieder und schüttelte den Kopf.

»Uff!«

»Nun, was war denn in der Stadthauptmannschaft?« fragte Samgin.

»Man fragte mich: ›Haben Sie eine Sammelstelle eingerichtet?‹ – ›Ja.‹ – ›Warum denn?‹ – ›Um Ihre Abscheulichkeiten zu decken . . .‹«

Er lügt wahrscheinlich, dachte Samgin.

»Wir stritten uns ein wenig. Man ließ mich einen Revers unterschreiben, daß ich das Land nicht verlassen würde, dabei wollte ich doch Alina ins Ausland lotsen.«

Plötzlich krachte ein Kanonenschuß, als wäre es über dem Dach, er krachte so heftig, daß beide aufsprangen und Ljutow mit verzerrtem Gesicht die Mütze zu Boden fallen ließ und ausrief: »So ein Gesindel! Ist es etwa in Stücke gerissen worden?«

Der Schuß wiederholte sich. Beide verstummten in Erwartung eines dritten. Samgin steckte sich eine Zigarette an, denn er fühlte, daß in ihm etwas ebenso dröhnte wie die Fensterscheiben. Sie schwiegen ein bis zwei Minuten. Ljutow stülpte die Mütze übers Knie und fuhr etwas leiser, besorgt fort: »Dort, in der Stadthauptmannschaft, befindet sich ein Schuft, der sich mir gegenüber redlich verhält und mir allerhand Auskünfte erteilt, die stets stimmen. So weiß man beispielsweise von dir, daß du Barrikaden gebaut hast . . .«

Er verstummte und sah Samgin fragend an, doch Klim hüllte sein Gesicht in Rauch und sagte: »Unsinn.«

»Nein, nimm das ernst!« riet Ljutow. »Hier werden nicht viel Umstände gemacht! Bei einem Arzt – ich habe den Namen vergessen, er heißt, glaube ich, Winogradow – hielt man Haussuchung, und der Revieraufseher erschoß ihn. Genickschuß. Tja. Und Kostja Makarow scheint man festgenommen zu haben, er hat dort bei uns Leute geflickt und wohnte bei uns, aber nun ist er schon seit drei Tagen nicht mehr da. Hast du den Möbelfabrikanten Schmitt gekannt?«

»Ich bin ihm begegnet.«

»Er ist verhaftet worden, nachdem man an die zwanzig Arbeiter vor seinen Augen erschossen hat. So ist das! In Kolomna ging es weiß der Teufel wie zu, in Ljuberzy – das weißt du wohl? Man schlägt die Leute auf der Straße tot wie Mäuse.«

Ljutow sprach ruhig, in eigentümlich nachdenklichem Ton, und musterte Samgin immerzu mit blinzelnden Augen, wodurch er ihn ganz unruhig machte und irgendeine unsinnige Extravaganz erwarten ließ. Und so kam es auch, Ljutows Gesicht erglühte plötzlich in roten Flecken, er schlug mit der Mütze auf den Boden und brüllte: »Dieses wahnsinnige, feige Schwein! Dieser Heizer ... er schürt mit Menschen, wie?«

Er begann zynisch, rasend zu fluchen, wobei er mit der Faust auf die Armlehne des Sofas schlug, tat das aber alles, als wütete nur eine Hälfte von ihm, denn Samgin sah: mit einem Auge blinzelnd, sah ihn Ljutow mit dem anderen an.

»Wir haben noch keine so niederträchtige Regierung gehabt!« kreischte und zischte er. »Iwan, der Schreckliche, Peter – die hatten Ziele ... sie hatten ein Ziel, aber dieser? Wozu ist dieser da? Ein unbegabtes Vieh ...«

»Schreien ist zwecklos«, murmelte Samgin, als Ljutow an seinen Worten erstickte.

»Also – amen!« rief Ljutow, nachdem er aufgesprungen war, und setzte die Mütze auf. »Doch du – reiß aus! Auch Dunjascha bittet dich darum. Fahr weg, mein Lieber! Sie werden dir den Garaus machen.«

Er ergriff Samgins Hand und verstummte, wobei er an ihr zerrte und ihm hinter die Brille blickte; dann fragte er plötzlich leise, boshaft: »Und wenn man ihnen nun die Kanonen wegnimmt! Wenn nun die Prochorowschen Arbeiter die Oberhand gewinnen, wie? Was kommt dann?«

Samgin sagte lächelnd: »Du kannst die Faxen nicht lassen!«

»Nein, stell dir mal vor, was dann kommt, wie?« flüsterte Ljutow, den Pelzmantel anziehend.

Dann preßte er mit sehr heißer Hand Samgins Rechte und verschwand.

Klim blieb mit einem Gefühl zurück, als könne er nicht begreifen, ob man ihn mit kochend heißem oder mit kaltem Wasser überschüttet habe. Er schritt im Zimmer umher und suchte alle Worte, alle Schreie Ljutows zu einem einzigen Satz zusammenzufassen. Das gelang ihm nicht, obwohl die Worte »reiß aus« und »fahr weg« überzeugender als alle anderen klangen. Er trat ans Fenster und lehnte die Stirn an die kalte Scheibe. Die Straße war verödet, nur eine Frau ging gebückt auf dem schwarzen, runden Fleck an der Stelle des Scheiterhaufens herum und sammelte Kohlen in einen Korb.

Es war auf besondere Art still. Lange schon hatte Samgin keine so sanfte Stille erlebt. Und er dachte ohne Worte: Wahrscheinlich ist es zu Ende ...

Die Stille nahm zu, sie wurde immer tiefer und erweckte ein unangenehmes Gefühl, als senkte sich der Boden und schwände unter den Füßen. In der Westentasche tickte verlangsamt die Uhr, aus der Küche drang der scharfe Geruch von Salzfisch. Samgin öffnete das Lüftungsfenster, und zusammen mit der Kälte drang ins Zimmer das heulende Kommando: »Stillgesta-anden!«

In der trüben Luft wankten die Bajonette wie Eiszapfen, eine Soldatengruppe erstarrte wie angewurzelt auf dem Pflaster; auf sie zu bewegten sich gemächlich kleine, böse Kosakenpferdchen; in der Mitte schritt, die Vorderbeine hoch erhebend, mit gebleckten Zähnen ein schwerer Fuchs, auf seinem Rücken ragte feierlich ein dicker schnauzbärtiger Krieger mit rotem, straff aufgeblasenem Gesicht mit Orden auf der Brust; in der weißbehandschuhten Faust hielt er eine Nagaika, er hielt sie in Brusthöhe, wie die Priester das Kreuz zu halten pflegen. Er ritt vorbei, ohne die Soldaten anzusehen, die auf der Straße verstreut waren, hinter ihm her zogen, in den Sätteln hüpfend, wieder Kosaken; einer der letzten, ein bärtiger, beugte sich im Sattel vor, zog unter der Achsel eines Soldaten ein Bündel hervor und das Bündel verwandelte sich in die dicke Schlange einer Pelzboa; der Soldat holte mit dem Gewehr aus; aber der bärtige Kosak und noch zwei andere ließen ihre Gäule springen und sich drehen, worauf die Soldaten auseinanderstoben und sich an die Hausmauern drückten. Mit wuchtigen Sprüngen galoppierte der Fuchs heran, bleckte die Zähne noch mehr und wieherte: »Was sind das für nichtswürdige Kerle? Wer hat das Kommando?«

Samgin, der hinter dem Vorhang hervorblickte, lächelte sogar, so sehr sah es aus, als fragte das Pferd und nicht der Reiter.

Im Speisezimmer rief Warwara: »Diese Schurken! Und das sind die Beschützer!«

Samgin sah durch die Tür, wie sie im Speisezimmer umherlief, den Pelzmantel von den Schultern warf, das Hütchen vom Kopf riß und über die Stühle stolperte wie eine Blinde.

»Verstehst du? Sie haben mich gepackt, durchsucht ... du kannst dir nicht vorstellen, wie! Den Muff, die Boa haben sie mir weggenommen ... Das ist doch Raub!«

Sie warf sich in vollem Lauf auf das Sofa und begann schluchzend mit den Füßen zu trampeln, erstaunlich schnell. Samgin warf einen Seitenblick auf den geöffneten Kragen ihrer Bluse und ging mit einem Seufzer Wasser holen.

Erstaunlich still und langsam verstrichen mehrere leere Tage. Samgin hatte Grund zu denken, er habe schon alle Aufregungen hinter sich und ein Anrecht auf Ausspannung, die er notwendig brauchte. Es zeigte sich aber, daß Ausspannung nicht so notwendig war und daß es noch eine Unruhe gab, die er nicht erlebt hatte und die ihn durch ihre Neuheit krankhaft erregte. Diese neue Unruhe forderte Verkehr mit Menschen, forderte Ereignisse, aber Menschen erschienen nicht, und aus dem Hause zu gehen, scheute sich Samgin, auch war es peinlich, mit zerschlagenem Gesicht herumzulaufen. Ereignisse fanden selbstverständlich statt, nachts und sogar tags knallten zuweilen Gewehr- und Revolverschüsse, aber es war klar, daß damit nur noch die letzten Punkte gesetzt wurden. An den Fenstern ritten Kosakenpatrouillen vorbei, es kamen kleine Abteilungen der lange nicht mehr gesehenen Polizei vorüber, Warwara lärmte zurückhaltend und sah Samgin mit einem Blick an, der etwas forderte.

»Das ist keine Revolution, sondern Lausbüberei«, sagte sie zu jemanden im Speisezimmer. »Mit Pistolen gegen Kanonen!«

Samgin fühlte, daß sie streiten, sich zanken wollte, und so schwieg er und blieb in seinem Arbeitszimmer sitzen.

Aber das alles füllte die Leere der langsamen Tage nicht aus und konnte die Gewohnheit, sich aufzuregen, nicht befriedigen, eine ermüdende, aber hartnäckige Gewohnheit. Die Zeitungen brummten etwas Unbestimmtes, greisenhaft Verdrießliches; die Zeitungen flüsterten einem nichts ein, auch gab es nur wenige. Anfimjewnas Stelle hatte eine dürre, flachbrüstige Frau unbestimmten Alters eingenommen; schweigsam wie ein Gefängniswärter bewegte sie sich hölzern und sah einem unangenehm gerade ins Gesicht, ihre Augen waren glasigtrüb; wenn Warwara ihr etwas befahl, öffnete sie mit sichtlicher Anstrengung die schmalen, stets fest zusammengepreßten Lippen und antwortete mit zwei Worten: »Jawohl. Verstehe.«

Samgin dachte mit Befremden, mit Selbstironie, daß es ihm angenehm wäre, im Haus und auch auf der Straße wieder die Verteidiger der Barrikade zu sehen, die deutliche, weiche Stimme des Genossen Jakow zu hören. Ihm fehlte die Anfimjewna, und es war für ihn peinlich und beschämend, sich zu erinnern, daß ihr gütiges Gesicht von Ratten angenagt worden war. Ihm fehlten überhaupt Menschen, sogar jene, die ihm früher unangenehm, überflüssig vorgekommen waren. Tag und Nacht jagte durch die Straße und über die Dächer ein nicht starker, aber aufdringlicher Wind und richtete zwischen Häusern und Menschen Mauern der Entfremdung auf; diese Mauern waren unsichtbar, machten sich aber dadurch fühlbar, wie schweigsam die Einwohner geworden waren, wie mißtrauisch und finster sie sich musterten und wie eilig sie bei Begegnungen nach verschiedenen Seiten auswichen. Ein paarmal betrat Samgin abends die Straße, um Luft zu schöpfen, und es schien ihm, daß ihn nicht alle Einwohner grüßten, die ihn kannten, daß sie es nicht so ehrbietig taten wie früher und daß sie ihn mit solcher Feindseligkeit ansahen, als hätte er ihnen beim Preferencespiel fürchterlich viel Geld abgewonnen.

Wenn man mich verhaftet, werden sie natürlich nicht den Mund halten, überlegte Samgin und sagte sich, daß es besser sei, diesen Leuten nicht vor die Augen zu kommen.

Er verzichtete auf diese Spaziergänge auch deshalb, weil die Einwohner mit irgendwelchem besonderem Eifer die Straße fegten und mit eisernen Schaufeln die Gehsteige sauberschabten. Es war klar, daß auch Warwara von Langerweile geplagt wurde. Warwara machte sich tagelang in den Rumpelkammern und im Schuppen zu schaffen, stapfte auf dem Dachboden herum und sagte beim Mittagessen oder beim Tee kläglich durch die Zähne: »Das sind Zeiten, Man fürchtet sich, die Straße zu betreten. Bald kommt das Weihnachtsfest, ich stelle mir vor, wie fröhlich es sein wird . . . Wenn du wüßtest, was für eine Anarchie die Anfimjewna im Haushalt hat einreißen lassen . . .«

Samgin schwieg, doch weil das Schweigen unhöflich, peinlich wurde, stimmte er bei: »Ja, sie hat sich sonderbar benommen . . .«

Er hatte das Gefühl, als sickerte die Leere der Tage in ihn hinein, als blähte sie ihn physisch auf und machte die Gedanken plump. Gleich nach dem Morgentee schloß er sich in seinem Arbeitszimmer ein und suchte alles von ihm in diesen zwei Monaten Erlebte in einfache Worte zu fassen. Und mit Verdruß überzeugte er sich, daß die Worte ihm nicht das zeigten, was er hätte sehen wollen, daß sie ihm nicht zeigten, weshalb ein Soldat alten Schlages, der redlich seine Pflicht erfüllte, ebenso unsympathisch war wie der Hausknecht Nikolai, während Genosse Jakow oder Kalitin keine Antipathie erweckten.

Dabei müßten sie das, denn sie haben ja auch getötet . . .

Eines Tages, als er Niedergeschriebenes ausstrich, vernahm er im Speisezimmer fremde Stimmen; er trat, die Brille mit dem Taschentuch putzend, aus seinem Zimmer und erblickte auf dem Diwan Bragin neben Warwara, während am Ofen ein hochgewachsener Mann in langem Rock und Filzstiefeln stand und mit den Händen über die Kacheln strich.

»Depsames«, sagte er, Samgin die rote Hand reichend.

Gewöhnlich sprechen Menschen solchen Wuchses im Baß, doch dieser sprach in fast kindlichem Diskant. Auf dem Kopf hatte er eine zerzauste Kappe halbergrauten Haars, die linke Gesichtshälfte war von einer tiefen Schramme durchfurcht, die Schramme zog das untere Augenlid herab, und davon sah das linke Auge größer aus als das rechte. Von den Wangen wallte in zwei Strähnen ein grauer Bart herab, der das Kinn und die dicke Unterlippe fast frei ließ. Als er seinen Familiennamen genannt hatte, sah er Klim aufmerksam, mit ungleichen Augen an und begann wieder die Kacheln zu streicheln. Die Augen waren schwarz und glänzten stark.

Bragin erzählte Warwara entrüstet, wie man ihn und Depsames zweimal angehalten und durchsucht habe, sie entrüstete sich auch: »Schreckliche Zeiten! Diese unbegreifliche Doppelzüngigkeit der Regierung...«

»Darauf schlug ich Sachar Borissowitsch vor, Sie zu besuchen...«

Depsames beugte sich vor und sagte mit dem Akzent des Juden aus einer Anekdote: »Das habe ich gesagt, besuchen, weil ich schon genug geschlagen bin, danke schön!«

Sein krummnasiges, mattblasses Gesicht errötete, er neigte den Kopf zur rechten Schulter und fragte Klim mit gutmütiger Ironie: »Werden diese rauflustigen Zeiten bei Ihnen noch lange dauern? Sie wissen es nicht? Na, wer weiß es denn?«

Er fingerte rasch durch die Bartsträhnen.

»Oh, Sie haben Pogrome sehr gern!«

Bragin, der Warwara Geschirr und Flaschen aus dem Büfett auf den Tisch stellen half, bemerkte schulmeisterlich, die Intelligenz veranstalte keine Pogrome.

»Keine, sagen Sie? Haben denn Ihre Nihilisten, Ihre Pissarew-Anhänger keinen Puschkin-Pogrom veranstaltet? Das ist doch soviel wie auf die Sonne spucken!«

»Saschar Borissowitsch begeistert sich übertrieben für Puschkin«, teilte Bragin mit, diesmal verlegen.

»Nun ja, ich übertreibe!« gab Depsames mit wegwerfender Handbewegung in Richtung Bragins zu. »Sie sollen recht behalten! Aber ich sage Ihnen, die Mäuse lieben die russische Literatur mehr als Sie. Sie dagegen lieben Feuersbrünste, Eisgang, Schneestürme, Sie laufen in jede Straße, wo Tumult ist. Das stimmt nicht? Das stimmt! Sie brauchen, um leben zu können, eine Zeit der Wirren. Sie sind das schrecklichste Volk auf Erden...«

Samgin kam es vor, als spräche dieser Mann absichtlich mit scharfem Akzent und als wäre an ihm tatsächlich etwas Übertriebenes.

»Sie sehen sich im Theater die Barfüßler an und meinen, im Dreck Gold zu finden, dort ist aber kein Gold, dort ist Kies, aus ihm wird Schwefelsäure gemacht, damit eifersüchtige Frauen sie ihren Gegenbuhlerinnen in die Augen spritzen ...«

»Nebenbuhlerinnen«, verbesserte Bragin.

»Und Ihre Bolschewiki, ist das kein Pogrom?«

Er brach plötzlich in ein nicht besonders lautes, weiches Gelächter aus, wodurch er in Samgin den Gedanken weckte: Er müßte eigentlich schrill lachen.

Und die Tatsache, daß Depsames' Lachen nicht mit seiner dünnen Stimme in Einklang stand, steigerte Samgins Mißtrauen gegen ihn. Depsames zwinkerte mit dem rechten Auge und fuhr lächelnd fort: »Bolschewiki sind Leute, die der Geschichte um hundert Werst vorauslaufen wollen – nun, vernünftige Menschen werden ihnen nicht nachlaufen. Wer sind die Vernünftigen? Das sind Leute, die keine Revolution wollen, sie leben für sich, und für sich wünscht keiner Revolution. Wenn aber nun doch ein wenig Revolution gemacht werden muß, dann wird er etwas Geld geben und sagen: Macht mir bitte Revolution ... für fünfundvierzig Rubel!«

Er kniff die Augen zu und lachte unerwartet weich, was wiederum nicht zu ihm paßte.

»Sind Sie Sozialist?« fragte Samgin.

»Ich bin Jude!« sagte Depsames. »Nach Renan sind alle Juden Sozialisten. Nun, das ist nicht sehr ein Kompliment, weil ja alle Menschen Sozialisten sind; das macht sie nicht schlechter als alle anderen.«

»Sachar Borrissowitsch ist, glaube ich, Zionist«, fügte Bragin ein.

»Ich danke Sie!« entgegnete Depsames, und nun war schon ganz klar, daß er absichtlich falsch gesprochen hatte – das stimmte wieder nicht mit seinem entstellten Gesicht und dem grauen Haar überein. »Herr Bragin kennt den Zionismus nur als netten Witz: Zionismus – das ist, wenn ein Jude einen anderen Juden auf Kosten eines dritten Juden nach Palästina schickt. Viele scherzen lieber, statt zu denken ...«

Warwara bat zu Tisch. Als Samgin dem Juden gegenübersaß, erinnerte er sich der Worte Tagilskijs: »Eine der widerlichsten Erscheinungen unseres Lebens ist der vom russischen Nihilismus angesteckte Jude.« Dieser hier war kein Nihilist. Und – kein Preiß.

Die Juden waren Samgin unsympathisch, da er aber wußte, daß diese Antipathie schmählich war, verbarg er sie wie viele hinter einem System von Sätzen, das Philosemitismus genannt wird. Er empfand den Juden als einen Menschen, der ihm fremder war als ein

Deutscher oder ein Finne, und argwöhnte in jedem Juden einen besonders ausgebildeten Scharfblick, der es dem Juden ermögliche, seine, des Russen, offenkundigen und geheimen Mängel feinfühliger und klarer zu erkennen, als das Menschen anderer Rassen tun. Da er begriff, wie tragisch das Los des Judentums in Rußland war, hegte er den Verdacht, die Seele des Juden müsse angesteckt und belastet sein von einem Gefühl organischer Feindschaft gegen den Russen, von dem Wunsch, sich für die Erniedrigungen und Leiden zu rächen. Er erwartete, der geschwätzige, dünnstimmige Schreihals werde gerade dieses Gefühl an den Tag legen.

»Sie haben ein wenig Revolution gewollt? Nun, Sie werden sehr viel Revolution haben, wenn Sie die Bauern auf die Beine stellen und sie bis zum äußersten Extrem laufen und Ihnen und auch sich das Genick brechen.«

»Ich glaube nicht an Prophezeiungen«, murmelte Bragin, während Warwara, die aufmunternd mit dem Kopf nickte, sagte: »Nein, das ist sehr, sehr richtig!«

Depsames wandte sich an sie; in seiner einen Hand blinkte die Gabel, in der anderen hielt er ein Stück Brot, er hielt es schon lange, da er keine Zeit fand, es aufzuessen.

»Jeder Jude ist ein wenig Prophet, weil er ein Gegner des Blutvergießens ist, aber die Unvermeidlichkeit von Kampf und Blut einsieht, jawohl!«

Samgin merkte, daß der Jude väterlich freundlich, schon ohne Ironie sprechen wollte – das war an dem weichen, schwarzen Glanz seiner traurigen Augen zu erkennen –, aber die dünne Stimme gehorchte nicht dem Gefühl und verletzte das Ohr.

»Und es ist sehr einfach, in Ihrem doppelköpfigen Staat Prophet zu sein. Merken Sie denn nicht, daß bei Ihrem Adler der riesengroße Bauernkopf nach rechts schaut, während nach links nur der kleine Kopf der Revolutionäre blickt? Nun, wenn Sie den Kopf des Bauern nach links drehen werden, so werden Sie sehen, zu was für einem Zaren über Sie er sich machen wird!«

Allerweltsschlauköpfe, dachte Samgin, als er den Reden zuhörte, die ärgerlich mit einigen seiner Gedanken übereinstimmten. Sie kritisieren, lehren, kraft des Rechtes von Fremden ... diese Heine, Marx ...

Als Samgin auf die Worte »Recht von Fremden« stieß, hörte er nicht weiter zu.

»Wenn die Gesellschaft die Persönlichkeit nicht schätzt, verleiht sie ihr das Recht auf ein feindliches Verhalten zur Gesellschaft ...«

Zu vielen Worten entfaltet, offenbarten die drei Worte den in ihnen verborgenen Anarchismus. Das war unangenehm. Depsames sagte, mit der Hand, in der er das Brotstück hielt, fuchtelnd, zu Warwara: »Die Juden sind Menschen, die für alle arbeiten. Rothschild wie auch Marx arbeiten für alle – nicht wahr? Aber fegt denn Rothschild nicht wie ein Hausknecht das Geld von der Straße auf einen Haufen zusammen, damit es nicht in die Augen staubt? Und Sie meinen, wenn es keinen Rothschild gäbe, so gäbe es trotzdem einen Marx, meinen Sie das?«

Warwara fand das sehr geistreich und lachte, während Bragin mit verlegenem Lächeln Samgin ansah und seinen langen Körper unruhig auf dem Stuhl hin und her wiegte; er schien sogar zu zwinkern und fragte schließlich: »Dürfte ich Sie mal kurz sprechen?«

Sie gingen ins Arbeitszimmer hinüber, und dort begann Bragin hastig mit gedämpfter Stimme: »Verzeihen Sie, daß ich ihn mitgebracht habe, ich mußte Sie sehen, und er fürchtete sich, allein herumzugehen. Im Grunde ist er ein recht interessanter und lieber Mensch, aber – Sie sehen ja – er redet gern! Über alle Dinge und soviel er will ...«

Samgin hatte Bragin schon lange nicht mehr so selbstzufrieden, geschniegelt und gestriegelt gesehen.

»Ich bin gekommen, um Sie zu warnen, Sie sollten Moskau verlassen. Das bleibt unter uns, denn ich möchte Warwara Kirillowna nicht beunruhigen, aber – in gewissen Kreisen stehen Sie in dem Ruf ...«

Er verstummte, als ob er erwartete, daß Samgin ihn nach etwas fragen würde; aber Samgin zündete sich eine Zigarette an und fragte nicht. Darauf fuhr Bragin noch leiser fort: »Depsames täuscht sich nicht: Die Sozialisten spielten den Rechtsradikalen in die Hand – das ist Tatsache!«

Depsames rief im Speisezimmer: »Na, das wäre soviel wie an dem einen Fuß ein neuer Stiefel, am anderen ein alter Bastschuh ...«

»Sie können sich nicht vorstellen, was für eine Stimmung in Moskau entstanden ist«, flüsterte Bragin. »Barrikaden in Moskau ... wer wäre darüber nicht empört! Sogar das einfache Volk – zum Beispiel die Droschkenkutscher ...«

»Ich verstehe«, sagte Samgin lächelnd. »Die Barrikaden müssen besonders die Droschkenkutscher empören ...«

»Nein, nehmen Sie das ernst«, bat Bragin, sich auf den Beinen wiegend. »Leute, die Sie kennen, zum Beispiel Rjachin, Tagilskij Preiß, insbesondere Stratonow, eine sehr starke Persönlichkeit und – glauben Sie mir – mit großer Zukunft, ein Politiker ...«

»Vor denen muß ich mich verstecken?« fragte Klim und sah in das dumme und plötzlich errötete Gesicht Bragins. Dieser zog die Schultern hoch und sagte gekränkt und etwas lauter: »Ich hielt es für meine Pflicht, aus Sympathie, aus Achtung . . .«

»Aufrichtigen Dank«, sagte Samgin hastig und drückte ihm die Hand, während Bragin, der seine Rechte mit beiden Händen ergriffen hatte und heftig schüttelte, erregt flüsterte: »Sie können sich nicht vorstellen, wie schwer es heute ein Mensch hat, der für alle nur Gutes will . . . Glauben Sie mir«, fügte er noch leiser hinzu, »sie ahnen Ihre Bedeutung . . .«

Mit seinem kleinen Natternkopf nickend, schlüpfte er hinaus ins Speisezimmer, während Samgin seinen langen, geschmeidigen Rükken ansah und dachte: Er weiß nicht, mit wem er gehen, wem er dienen soll.

Das erinnerte ihn an Makarow und an das unangenehme Gespräch mit ihm. Im Speisezimmer lachte weich Depsames, und Warwara wiederholte begeistert: »Erstaunlich richtig, vollkommen richtig!«

Samgin blickte zum Fenster hinaus, am Himmel, der von Kirchtürmen unterbrochen wurde, loderte das Abendrot und jagten ungestüm Vögel umher, ein verworrenes Muster schwarz auf das Rot stickend. Samgin betrachtete die Vögel und suchte aus ihrer Unrast Worte unbestreitbarer Sätze zu bilden. Über die Straße ging Warwara Arm in Arm mit Bragin, hinter ihnen her schritt der sonderbare Jude.

Nach Einbruch der Dunkelheit erschien Alexej Gogin im kurzen Schafpelz und in Filzstiefeln; beim Aufknöpfen des Pelzes brummte er: »Was für ein unsympathisches Dienstmädchen Sie haben, sie hat Augen wie ein Spitzel.«

Erkältet hustend, setzte er sich an den Tisch und fragte: »Hätten Sie vielleicht Wodka?«

Als er ein Gläschen getrunken hatte, bestreute er eine Brotscheibe stark mit Salz und schenkte sich nochmals ein.

Wie in einem Wirtshaus, stellte Samgin fest.

Gogin, der noch Brot kaute, begann: »Wir bitten Sie, mein Lieber, nach Rusgorod zu fahren und dort von einer Tante Geld in Empfang zu nehmen – nebenbei gesagt: eine bemerkenswerte Tante! Von seltener Schönheit und auch nicht dumm. Das Geld ist beim Gericht hinterlegt, und es sind einige juristische Laufereien zu erledigen. Könnten Sie das?«

»Und – Näheres?« fragte Samgin; Alexej zuckte ratlos mit den Achseln. »Näheres? Darüber weiß ich nichts. Die Dame heißt Sotowa, hier ist ihre Adresse. Sie scheint eine Verwandte oder Freundin Stepan Kutusows zu sein.«

Eine günstige Gelegenheit, von hier wegzufahren, dachte Samgin. Und mag das der letzte Auftrag sein.

»Ist es wahr, daß Ljubascha, als Sie von Rowdys überfallen wurden, einen von ihnen abgeknallt hat?« fragte Gogin, als Klim ihm gesagt hatte, daß er fahren werde.

Es war unangenehm, sich des Überfalls zu erinnern.

»Ja, sie hat geschossen«, antwortete Samgin trocken.

»Er stand auf und ging. Ich hatte vergessen, den Revolver mitzunehmen.«

Als Samgin das gesagt hatte, erinnerte er sich, daß Jakow seinen Revolver genommen hatte, und ärgerte sich über sich selbst. Warum hatte er das gesagt?

»Na, sehen Sie, das haben Sie büßen müssen«, sagte Gogin gleichmütig. »Ljubascha ist bei uns und gefühlsmäßig vollständig zerrüttet«, fuhr er müde fort. »Sie hat einen Armbruch und ist überhaupt stark mitgenommen. Sie kam nachts zu uns, ganz bedrückt von ihrer Heldentat, und schwatzt bis jetzt dummes Zeug über das Recht zur Tötung bewußt und unbewußt Handelnder. Daraus geht hervor, daß man sie, Ljubascha töten dürfe, denn sie handle bewußt, sie selbst jedoch habe als solche kein Recht, Gesindel zu töten, von dem sie überfallen werde. Sie ist ein guter Kamerad, eine wertvolle Arbeitskraft, kann aber Volkstümlerveranlagung, christliche Gefühle nicht loswerden. Sie führt dort mit meinem Schwesterchen derartige Wortgefechte, daß man davonlaufen könnte! Überhaupt – ein Theater, wie Kutusow sagt.«

Er stand auf, trat vor den Spiegel, streckte die Zunge heraus, sah sie an und murmelte: »Zum Teufel, ich werde krank! Ich habe Fieber, mir brummt der Schädel. Wie, wenn ich plötzlich umfalle?«

Er trat wieder an den Tisch, trank noch ein Gläschen Wodka und begann die Haken des Schafpelzes zu schließen. Klim fragte: »Was wird denn die Partei jetzt tun?«

»Dasselbe natürlich«, sagte Gogin erstaunt. »Das Moskauer Auftreten der Arbeiter hat gezeigt, daß der Kleinbürger sich dem Starken anschließt, wie das auch zu erwarten war. Das Proletariat muß sich zu neuem Aufstand rüsten. Wir müssen uns bewaffnen, die Propaganda unter den Truppen verstärken. Wir brauchen Geld – und – Waffen, Waffen!«

Er begann Kampfhandlungen der Arbeiter in der Provinz, Fälle von Terror, Zusammenstöße mit der Schwarzhundertschaft und Ausbrüche der Agrarbewegung aufzuzählen; er sprach von dem allen, als brächte er es sich selbst in Erinnerung, und klopfte, Punkte setzend, leise mit der Faust auf den Tisch. Samgin wollte fragen, wohin das alles führen werde. Doch fühlte er plötzlich ganz deutlich, daß er gleichgültig fragen würde, nur um die Pflicht eines gesund denkenden Menschen zu erfüllen. Irgendwelche anderen Gründe für diese Frage fand er nicht in sich.

»Der Form nach ist das, wenn Sie wollen, ein wenig Anarchie, im Grunde aber Erziehung von Revolutionären, die ja erforderlich ist. Geld brauchen wir, Geld für Waffen, das ist es«, wiederholte Gogin seufzend und ging, während Samgin, nachdem er ihn begleitet hatte, im Zimmer umherzuschreiten begann, zu den Fenstern hinaussah und sich fragte:

Sollte denn die Gogins oder Kutusows nur die Macht einer eingelernten Theorie bewegen? Nein, ihr Wille wird von etwas beherrscht, das offenkundig ihrer Überzeugung von der Unerschütterlichkeit der Klassenpsyche widerspricht. Die Arbeiter kann man verstehen, die Kutusows sind unverständlich . . .

Die Laterne gegenüber hatte man repariert, sie brannte grell und beleuchtete das ihm bis zum kleinsten Riß am Fassadenputz vertraute Haus.

In solchen Häusern wohnen Millionen Menschen, die bereit sind, sich jeder Macht zu unterwerfen. Darin erschöpft sich ihr ganzer Wert . . .

Einen Tag später geriet er von neuem in einen Bereich ungewöhnlicher Ereignisse. Es begann damit, daß er nachts im Eisenbahnwagen durch einen sehr starken Ruck vom Polstersitz geschleudert wurde, und als er verblüfft aufsprang, schrie ihm jemand heiser ins Gesicht: »Was ist das? Ein Eisenbahnunglück?« und brüllte, nachdem er ihn durch einen Schulterstoß wieder auf den Sitz geworfen hatte: »Streichhölzer . . . zum Teufel! He, Sie, wer ist hier? Streichhölzer!«

Der Wagen bebte, wankte, die Lokomotive zischte, Menschen schrien; Klims im Dunkeln unsichtbarer Nachbar riß den Vorhang vom Fenster und entblößte dadurch ein hellblaues Himmelsviereck mit zwei Sternen darin; Samgin zündete ein Streichholz an und erblickte vor sich einen breiten Rücken, einen fleischigen Hals und einen feisten Nacken; der Besitzer dieser Qualitäten hatte die Stirn an die Scheibe gedrückt und sagte in herausforderndem Ton: »Na, was ist denn? Wir halten vor einem Signalmast. Nun?«

Die Abteiltür öffnete sich, der Schaffner leuchtete mit einer Laterne herein und fragte: »Alles in Ordnung? Keiner verletzt?«

»Ihr Maulaffen«, sagte der Mitreisende, ihm die Laterne aus der Hand reißend, leuchtete Samgin an, sah ihm ein paar Sekunden lang aufmerksam ins Gesicht, dann räusperte er sich laut, spuckte unter das Tischchen und erklärte: »Jetzt wird man nicht mehr einschlafen können!«

Der schwache und unruhige Laternenschein beleuchtete ein dickes, dunkles Gesicht mit runden Nachtvogelaugen; unter der breiten, wuchtigen Nase spreizte sich ein dichter, grauer Schnurrbart, der gleichmäßig runde Schädel war dicht mit Waschbärpelz bewachsen. Dieser Mann saß, die Hände auf das Polster gestützt, den Rücken an die Wand gelehnt, blickte zur Decke hinauf und prustete rhythmisch durch die Nase. Er trug eine dicke wollene Strickjacke, Pumphosen mit Biesen und an den Füßen gestreifte Socken; in der Abteilecke hingen ein grauer Mantel, ein Rock, ein Portepee, ein Offizierssäbel, ein Revolver und eine strohumflochtene Feldflasche.

»Warum, zum Teufel, halten wir denn?« fragte er, ohne sich zu rühren. »Wir sind am Leben, also müßte man weiterfahren. Würden Sie hingehen und sich erkundigen . . .«

»Sie als Militär könnten das eher«, sagte Samgin.

»Als Militär!« wiederholte der Offizier ungehalten. »Ich müßte erst die Stiefel anziehen, doch mir schmerzt der Fuß. Man muß höflich sein . . .«

Er nahm die Feldflasche herunter, schraubte den Verschluß ab und tat einen Schluck, wonach er schwer seufzte. Da Samgin fürchtete, der Offizier könnte grob werden, zog er sich rasch an und ging aus dem Wagen in die blaue Kälte hinaus. Es war eine klare und helle Nacht – sehr hoch oben, fast im Zenit des an Sternen armen Himmels, glänzte kalt und hell der ungewöhnlich kleine Mond, und alles ringsum war ohnegleichen: eine dichte Wand aus Schnee modellierter Bäume, eine Menge kleiner schwarzer Menschen bei der Lokomotive, etwas größere Gestalten sprangen schwerfällig aus einem Wagen in den Schnee und in der Ferne flauschige Lichter einer Station, die wie goldene Spinnen aussahen.

Samgin begab sich zur Lokomotive, Reisende überholten ihn, etwa fünf lustige Soldaten liefen vorüber; im Mittelpunkt der Menschenmenge bei der Lokomotive standen ein hochgewachsener bebrillter Gendarm und zwei Soldaten mit Gewehren, vom Tender beugte sich, eine kaukasische Pelzmütze auf dem Kopf, der Lokomotivführer zu ihnen herab. Sie sprachen leise, und obwohl die Worte deutlich klangen, fühlte Samgin, daß alle irgend etwas befürchteten.

»Könntest du noch bis zur Station kommen?« fragte der Gendarm.

»Unmöglich«, sagte der Lokomotivführer.

Jemand seufzte.

»Diese Teufel! Sie werden uns umbringen, bevor wir noch einen Laut von uns geben.«

Samgin fragte leise den einen Soldaten: »Was ist passiert?«

»Irgendwas an der Lokomotive«, antwortete widerstrebend der Soldat, aber ein anderer widersprach ihm: »Ach wo! An der Weiche ist eine Schiene geborsten.«

Hinter Samgin drängte sich ein stämmiger Soldat vor, warf einen Blick auf sein Gesicht und sagte ziemlich laut: »Gewisse Bösewichte wollten uns, die sie bezähmen sollen, zum Entgleisen bringen!«

Nach einer Pause setzte er hinzu: »Sie trugen Brillen.«

Der erste Soldat mischte sich friedliebend ein: »Man weiß nichts Bestimmtes.«

Aber der Stämmige gab nicht nach. »Der Gendarm hat gesagt: ›Ein Attentat...‹«

Der stämmige Soldat sprach immer lauter, seine Stimme näselte ein wenig und klang bissig.

Solche Stimmen wiegeln zu Radauszenen auf, entschied Samgin und entfernte sich in Richtung der Station, auf einem Pfad neben den Schienen, unter dem Schutzdach schwer mit Schnee beladener Fichten.

Vor ihm schritt schwerfällig ein Mann, der einen Pelzmantel mit Fuchskragen anhatte und eine Mütze mit Ohrenklappen trug – auf den Schwellen gingen auch Reisende; der Mann mit der Mütze sagte zurückhaltend: »Bei uns gibt es nur noch wenig Ordnung.«

»Verstandesverwirrung«, unterstützte ihn eine Stimme hinter Samgin.

»Niemand fürchtet jemanden«, sagte der Mann im Pelzmantel, wandte sich um und blickte Klim ins Gesicht, dann trat er ihm aus dem Weg und ging auf die Schwellen hinüber.

Bei der Lokomotive schrie jemand zornig: »Wo ist euer Kommandeur?«

»Das geht dich nichts an. Du bist für uns kein Vorgesetzter.«

»Nimm dich in acht.«

Eine näselnde Stimme kreischte: »Wozu sollte ich dich beachten, bist du denn ein Mädel? Ich pfeife auf deine Brille!«

Das sagt er zu dem Gendarmen, dachte sich Samgin, nahm die Brille ab und steckte sie in die Manteltasche.

»Nicht genügend Ordnung«, sagte der Mann im Fuchspelz und gähnte ausgiebig.

Samgin, der sich wie ein Träumender vorkam, schaute in die Ferne, wo inmitten bläulicher Schneeballen schwarze Hügelchen von Bauernhütten zu sehen waren und wo ein Lagerfeuer brannte, das eine weiße Kirchenwand und rote Fensterflecken beleuchtete und die goldene Kuppel eines Kirchturms tanzen ließ. Auf dem Bahnsteig der Station drängten sich etwa zwanzig Reisende, sie hatten sich um drei Soldaten mit Gewehren zusammengeschart und fragten leise: »Na, und habt ihr sie geprügelt?«

»Was denn sonst?«

»Wenn es befohlen wird, werden wir euch auch durchprügeln...«

»Habt ihr auch Weiber prügeln müssen?« fragte der Mann mit der Ohrenklappenmütze und sagte, ohne eine Antwort abzuwarten, belehrend und überzeugt: »Die Weiber muß man besonders einschüchtern, das Weib ist gieriger auf Fremdes als der Mann...«

Dem Bahnsteig näherte sich noch eine Gruppe von Reisenden; an der Spitze schritt hinkend der Offizier, in feldmarschmäßiger Uniform war er noch dicker und runder.

»Na, was gibt's?« rief er schroff; der Mann mit der Mütze schloß seinen Pelzmantel, nahm Haltung an und sagte liebedienerisch: »Es besteht der Verdacht, daß man ein Unglück organisieren wollte...«

»Ich frage nicht Sie«, raunzte wütend der Offizier. »Wo ist der Stationsvorsteher?«

Der Gendarm mit der Brille kam herbeigelaufen, stieß die Leute auseinander und meldete ganz außer Atem, der Vorstand der Ausweichstation telegrafiere gerade, daß die Strecke beschädigt sei, er fordere Arbeiter an.

»Ich vermute böswillige Absicht, Euer Wohlgeboren, die Weichenschienen...«

»Und wo hast du deine Augen gehabt, Maulaffe?« fragte der Offizier, strich sich mit der einen Hand über den Schnurrbart und streifte mit der anderen den Revolver an seiner Hüfte, die Leute wichen vor ihm zurück, einige gingen rasch wieder zum Zug; der Gendarm sagte gekränkt: »Euer Wohlgeboren, ich bin gestern hierher abkommandiert...«

»Wenn du abkommandiert bist, mußt du nicht schlafen!«

Der Offizier kehrte ihm den Rücken. »Was für Soldaten sind das?«

»Vom Busuluker Reservebataillon, aus der Abteilung, die in dem rebellierenden Dorf einquartiert ist«, meldete flott ein baumlanger Soldat mit weichem Weibergesicht.

»In dem rebellierenden, du Esel! Hau ab...«

Der Offizier nahm eine Zigarettenschachtel aus der Tasche, sah hinter dem Soldaten her und rief: »Ihr lauft wie Truthähne...« Er schloß mit einem unflätigen Fluch, blickte sich dann um und ging auf Samgin zu und sagte: »Sie gestatten . . .«

Als er sich an Klims Zigarette Feuer geholt hatte, stellte er sich vor: »Oberleutnant Trifonow.«

»Samgin.«

»Lehrer?«

»Jurist.«

»Advokat«, sagte der Oberleutnant nach kurzem Nachdenken und nickte. »Einer von den kleineren«, fuhr er lächelnd fort. »Die großen sind dick, während Sie einer von denen sind, die Revolutionen und Konstitutionen schüren, stimmt's?«

Samgin versuchte sich zu entfernen, aber der Oberleutnant hakte sich bei ihm ein und zog ihn mit, wobei er unbequem weite Schritte machte, auf dem linken Bein hinkte und damit ausholte. Er sprach etwas heiser, atmete häufig und schwer und hauchte lange Dampfschwaden aus, die mit dem Geruch von Wein und Tabak durchsetzt waren.

»Einer von den Pechvögeln«, sagte er, Samgin stoßend. »Nicht das geringste werdet ihr erreichen, mein Lieber, abknallen werden wir euch alle, zerscheppern wie Eier . . .«

Du Vieh, beschimpfte ihn Samgin innerlich und fragte zornig: »Weshalb denken Sie, daß ich . . .«

»Ich denke nicht, sondern mache Spaß«, sagte der Oberleutnant und spuckte aus. Er wurde vom Vorsteher der Ausweichstation eingeholt. »Sie ließen mich rufen?«

Der Oberleutnant blieb stehen, blickte ihn an, schwieg eine Weile und winkte dann ab.

»Ich brauche Sie nicht.«

Samgins Arm fest mit dem Ellenbogen an sich pressend, fuhr er griesgrämig, mit undeutlichen Worten, die er nicht voll aussprach, fort: »Ich bin selbst ein Pechvogel. Bin dreimal verwundet, habe einen Orden, aber nichts zu leben. Ich wohne bei dem schlafmützigen Götzen . . . dem mit dem Fuchspelz. Er hat mich auf Zahlung von hundertfünfzig Rubel verklagt. Auf dem Bahnhof hat man mir das goldene Zigarettenetui gestohlen, ein Geschenk meiner Kameraden . . .«

Sie hatten sich dem Zug genähert, der Offizier blieb vor dem Trittbrett des Wagens stehen, musterte aufmerksam Samgins Gesicht und murmelte: »Nebenbei bemerkt, ich habe es im Pfandhaus versetzt, das Zigarettenetui. Meiner Schwester werde ich sagen, man habe es mir gestohlen!«

Die vorquellenden Krebsaugen verliehen seinem straff gedunsenen Gesicht ein groteskes Aussehen. Er ergriff mit der behandschuhten Rechten die Messingklinke und fragte: »Möchten Sie Kognak? Es ist französischer ...«

Samgin lehnte ab. Oberleutnant Trifonow erstarrte, den einen Fuß auf dem Trittbrett. Es war sehr still, nur der Schnee knirschte unter den Füßen der Menschen, die Telegrafenleitungen surrten, und der Oberleutnant keuchte. Plötzlich wurde die Stille von einer hohen, kräftigen Stimme aufgewühlt und durchschnitten, die ihr deutlich die verzweifelten Worte aufprägte:

»Den letzten Tag, ihr Freunde ...
Ich mit euch bummle heute.«

»Das ist der Hundsfott Denissow«, sagte der Oberleutnant und schloß die Augen. »Ein Chorist von der Operette. Als Soldat taugt er gar nichts! Ein Lotterbube, Säufer. Doch wie er singt, hören Sie?«

Es sangen zwei Stimmen, die zweite klang baßähnlich und düster, aber die erste schwang sich immer höher empor.

»O nein! Der ist nicht zu übertreffen«, murmelte der Oberleutnant und verschwand.

Am Himmel, nicht weit vom Mond entfernt, funkelte ein großer Stern, als fiele er auf die Erde herab. Samgin, der langsam zum Zugende ging, empfand erstmals so scharf die quälende Schwermut des einfachen russischen Liedes. Es wurde von ihm als etwas ganz Natürliches in der bläulichen, kalten Stille aufgenommen, die so tief war, wie sie nur in Träumen zu sein pflegt. Ihn holte der Gendarm ein, aber sowohl er als auch sein schwarzer Schatten - alles war märchenhaft, so wie die Bäume, die wie aus Schnee modelliert waren, der Mond vom Ausmaß eines Teeschälchens, der große Stern neben ihm und der Himmel, bläulich wie Eis, hoch über den weißen Hügeln und über dem roten Fleck des Lagerfeuers im Dorf bei der Kirche; es war nicht zu glauben, daß dort Rebellen wohnten.

Aber das Lied brach plötzlich ab, und sogleich begannen ein paar Stimmen laut zu streiten, scharf ertönte der Anschnauzer eines Vorgesetzten: »Und du – wer bist du?«

Es erklang lautes, einmütiges Gelächter und mitten heraus der zornige Ausruf: »Ach so-o?«

Irgend jemand pfiff laut, aus der Ferne antwortete das dumpfe Pfeifen einer Lokomotive. Samgin blieb stehen, lauschte, aber dort, vorn, wurde immer lauter gelacht und gepfiffen, und irgendwer rief: »Los, hol ihn, hol sie alle her ...«

Der Gendarm sonderte sich von den anderen ab und kam auf Samgin zu, seine Brille blinkte; in der einen Hand hielt er irgendwelche Papiere, die Finger der anderen zupften an der Revolverschnur auf seiner Brust, aber neben dem Gendarmen und einen Schritt vor ihm, näher an dem Wagen, ging Sudakow, der sich mit beiden Händen die Mütze über den zottigen Kopf zog; der Mond beleuchtete hell sein hageres, keckes Gesicht und die Messingschnalle seines Leibriemens; Samgin hörte ihn mürrisch sagen: »Du solltest keine Dummheiten machen, Alter!«

»Geh nur, geh!« rief der Gendarm streng.

Samgin, der nicht wollte, daß Sudakow ihn erkenne, sprang auf das Trittbrett des Wagens und warf über die Schulter einen Seitenblick auf den sich nähernden Sudakow, während dieser schnell mit beiden Händen die Schulter und Hüfte des Gendarmen berührte und ihm einen Stroß gab; der Gendarm sprang zur Seite, schrie laut auf, aber sein Schrei wurde vom Zischen und Pfeifen einer Lokomotive übertönt, sie rollte wuchtig aufs Nachbargleis und schnitt mit zwei rötlichen Strahlenbüscheln den Gendarmen von Sudakow ab, der aufs Trittbrett sprang und Samgin mit etwas Hartem in die Seite stieß.

Samgin verlor das Gleichgewicht, sprang in den schmalen Durchgang zwischen den Wagen und der Lokomotive hinunter und geriet in eine Menge von Arbeitern, auch sie, die von der Lokomotive und vom Tender heradsprangen, stießen Samgin, während auf der anderen Seite der Lokomotive der Gendarm schrie und junge Stimmen riefen: »Stör nicht, Onkel!«

»Rebelliere nicht, Alter, das ist untersagt!«

»Wer ist davongelaufen?«

Die Lokomotive, die rückwärts fuhr, zischte und streute brennende Kohlen auf das Gleis, ein Hammer schlug klingend gegen die Radreifen, das Eisen der Kupplungen klirrte; Samgin rieb sich die Hüfte und ging langsam zu seinem Wagen, wobei er sich Sudakow in Erinnerung rief, wie er ihn in Moskau auf dem Bahnhof gesehen hatte: Dort hatte er gestanden, an die Wand gelehnt, den Kopf vorgeneigt, und er hatte Silbermünzen auf der Hand gezählt; er hatte einen schwarzen Mantel angehabt, umgürtet von einem Riemen mit Messingschnalle, unter dem Arm hielt er ein kleines Bündel, die Mütze auf seinem Kopf vermochte sein Haar nicht zu verdecken, es stand nach allen Seiten ab und hing ihm wie Holzwolle über die Wangen.

Ein ungehobelter Kerl, hatte Samgin damals gedacht, und jetzt dachte er an die tierische Geschicklichkeit dieses Burschen: Hätte er den Gendarmen ein paar Sekunden später gestoßen, so wäre der Gendarm unter die Räder der Lokomotive geraten...

»He, Herr, lauf muntrer!« rief jemand hinter ihm. Samgin setzte sich, ohne sich umzusehen, in Trab. Auf der Ausweichstelle ging es sehr laut zu, es schien jedoch, als habe der eiserne Lärm Eile, sich in der kalten, überwältigenden Stille zu verlieren. Im Gang des Wagens standen der Zugführer und der Gendarm, die Abteiltür hatte der Oberleutnant Trifonow mit seinem Körper versperrt.

»Ein Zivilist?« fragte er halblaut, verblüfft und heiser. »Den Revolver abgeschnitten?«

»Jawohl«, antwortete der Gendarm leise; er stand nicht so, wie man vor einem Offizier hätte stehen müssen, sondern mit hängenden Schultern und geneigtem Kopf, aber die Hände waren an der Hosennaht.

»Er hat dich entwaffnet? Und ist durchgebrannt?«

»Jawohl. Er muß in dem Zug sein.«

»Die Soldaten suchen ihn«, fügte der Zugführer ein.

Der Oberleutnant lachte dreimal gedämpft und abgehackt auf: »Hohoho! Ein toller Streich!« sagte er blinzelnd und schmatzte mit den Lippen. »Ach, du Maulaffe! Nun wirst du einen tüchtigen Rüffel bekommen! Hast ihn auch verdient! Na, was willst du denn, wie?«

»Euer Wohlgeboren . . .«

»Daß ich meine Leute herumjage? Das täte dir so passen! Sei froh, daß man dir nicht eine Kugel in die Schnauze gepfeffert hat . . . Hohoho! Hau ab! Marsch!«

Der Gendarm hob schwerfällig die Hand zur Ehrenbezeigung und entfernte sich wankend, der Zugführer folgte ihm auch, während der Oberleutnant Samgin am Arm ergriff, ihn ins Abteil zerrte, auf den Polstersitz stieß und, nachdem er die Tür geschlossen, lachend Knie an Knie Klim gegenüber Platz nahm.

»Verstehen Sie, ein Gauner hat dem Gendarmen den Revolver abgeschnitten und ist durchgebrannt, wie? Nein, stellen Sie sich das vor: die privilegierte Truppe, zum Schutze der Ordnung . . .« Er stieß einen unflätigen Fluch aus. »Mäuse können sie fangen, aber keine Revolutionäre! Das ist doch eine Komödie! Oh . . .«

Er erstickte schier vor Lachen, keuchte, seine runden Augen quollen noch mehr vor, sein Gesicht wurde knallrot und blähte sich auf, er schlug sich mit der einen Faust aufs Knie und griff mit der anderen Hand nach der Feldflasche, nahm einen Schluck aus ihr und drückte sie Samgin in die Hand. Klim, der am ganzen Leibe fror, trank auch mit Genuß.

»Ein famoser Witz! Die R–revolution, wissen Sie. Der Spitzbube wird den Revolver verkaufen oder wird jemanden abknallen . . . aus

Neugier könnte er es tun. Bei Gott! Es ist doch interessant, auf einen Menschen zu feuern...«

Er ist bestrunken, stellte Samgin fest und musterte den Oberleutnant durch die Brille, während dieser leise, fast im Flüsterton und sehr schnell zu sprechen begann: »Ich bin unterwegs, um das Gut und die Fabrik eines Senators oder Administrators, kurzum einer einflußreichen Persönlichkeit, zu bewachen. Zum viertenmal in diesem Jahr. Ich bin ein kleiner Mann, na und so schubst man mich dorthin, wohin man einen anderen nicht schubsen würde. Die vom Semjonow-Regiment – Min, Riemann und überhaupt die Deutschen – werden für die Zähmung Rußlands ein Trinkgeldchen bekommen ... ein hübsches werden sie bekommen! Ich aber bekomme wahrscheinlich eins mit dem Knüppel auf den Kopf. Oder – mit einem Ziegel ... Trinken Sie, es ist französischer ...«

Er senkte mit lautem Seufzer die schweren, bläulichen Lider über die Augen und schüttelte den Kopf.

»Schlaflosigkeit! Anderthalb Monate. Mein Kopf ist mit Schrot gefüllt, wissen Sie – ich sehe es fast, wie die Kügelchen darin herumrollen, bei Gott! Warum schweigen Sie? Sie brauchen keine Angst zu haben, ich bin ein sanfter Mensch! Es ist doch ganz klar! Sie wiegeln auf, ich bezähme. ›Wir leben, um zu leben‹, wie ein gewisser Makarij, ein Dichter, gesagt hat. Ich mag die Dichter, die Schriftsteller und alle Leute Ihresgleichen nicht – ich mag sie nicht!«

Er nahm wieder einen Schluck aus der Flasche, hielt sich die Ohren zu und schob den Kognak lange im Munde umher. Dann legte er die Hände in den Nacken, riß die Augen auf und begann lauter zu sprechen: »Ich bezähme, und mich bezähmt man auch. Da steht vor mir so ein prächtiger Alter, eine kluge, ehrliche Schnauze – ein Aar! Ich habe ihn am Bart gepackt und halte ihm den Naganrevolver vor die Nase. Verstehst du? sage ich. Jawohl, Euer Wohlgeboren, ich verstehe, sagt er, bin selber im Türkenkrieg Soldat gewesen, habe ein Ordenskreuz und Medaillen, bin zum Bezähmen ausgezogen, habe Bauern geprügelt, erschießen Sie mich, ich verdiene es! Nur, sagt er, wird das nichts nützen, Euer Wohlgeboren, die Bauern können so nicht leben, sie werden immer wieder rebellieren, man kann sie nicht alle erschießen. Tja ... So eine Schnauze, wie?«

Während er erzählte, schüttelte er immerfort den Kopf, als kröche eine Fliege auf seinem Waschbärhaar umher. Als er verstummt war, sah er Samgin aufmerksam ins Gesicht, suchte mit der einen Hand auf dem Polstersitz nach der Flasche, strich sich mit der anderen über den Hals und warf die Flasche, als er sie gefunden hatte, Samgin auf den Schoß.

»Trinken Sie doch, zum Teufel noch mal!«

Möglicherweise ist er nicht normal, überlegte Samgin, als er einen Schluck Kognak trank, und schielte, nachdem er die Flasche neben sich gelegt, nach dem Revolver in der Diwanecke.

»Ein vortrefflicher Alter! Dorfschulze. Ein Grenadier. Der Teufel hatte mich geritten, in seiner Hütte einen Krug Milch zu trinken, na – begreiflich: es war heiß, ich war müde! Der Unteroffizier, dieser Hundsfott, erzählte dem Adjutanten irgendwas; der Adjutant hieß Vogel, Regimentskommandeur war Baron Zille, sehen Sie, hier hab ich ihn sitzen, diesen Krug!«

Oberleutnant Trifonow patschte sich mit der Hand an den Hals. Der Wagen machte einen Ruck, der Oberleutnant wankte und rief: »So ein Gesindel! Kommen Sie – trinken wir! Warum schweigen Sie denn?«

»Ich denke über Ihr Drama nach«, sagte Samgin.

»Drama«, wiederholte der Oberleutnant, der die Flasche am Riemen pendeln ließ. »Das ist kein Drama, sondern Dienst! Ich vertrage kein Theater. Zirkus ist eine andere Sache, dort handelt es sich um Geschicklichkeit, um Kraft. Sie denken wohl, ich begreife nicht, was ein Revolutionär ist?« fragte er unerwartet, sich mit der Faust aufs Knie schlagend, und sein Gesicht wurde geradezu blau vor Anstrengung. »Schert euch alle zum Teufel, ich habe euch lange genug gedient, das heißt Revolutionär, verstehen Sie? Ein Streiken-der . . .«

»Natürlich«, sagte Samgin friedfertig, aber das beruhigte den Oberleutnant nicht; er umklammerte mit den Fingern Klims Knie und flüsterte heiser: »Sie als Zivilist denken, das sei einfach: Man verprügelt . . . siebzehn oder neun Personen oder vier – einerlei – und dann ist Schluß, man legt sich schlafen und schläft bis zur nächsten Abkommandierung, nicht wahr? Nein, entschuldigen Sie, das ist nicht so einfach. Man muß vorher etwas trinken und hinterher trinken! Und zwar lange und viel! Für Min, Riemann und Rennenkampf ist es einfach, sie sind – wie sagt man doch? – Prätorianer, sie stehen im Dienste Neros, wir von der Infanterie dagegen . . . Hauptmann Tatarnikow – haben Sie gelesen? – hat die Bauern erschossen, hat Meldung erstattet und sich auf der Stelle eine Kugel in den Kopf gejagt. Das nennt man Skandal! Man fragte sich: Soll man ihn mit oder ohne Musik zu Grabe tragen? Dabei hat er im Japanischen Krieg ein Bataillon befehligt und zwei Georgskreuze erhalten, war ein kluger Kopf, ein fideles Haus, spielte göttlich Billard . . .«

Der Wagen machte wieder einen Ruck, der Oberleutnant kippte schwerfällig nach der Seite und fragte: »Fahren wir?«

Als der Zug am Stationsgebäude vorbeikam, blickte er zum Fenster hinaus und sagte mit sichtlichem Vergnügen: »Da steht er, der Gendarm, dieser Maulaffe! Man wird ihm die Hölle heiß machen wegen des Revolvers.«

Jetzt, im eisernen Lärm des Zuges, klang seine heisere Stimme noch leiser, waren seine Worte nicht mehr zu verstehen. Er zündete sich eine Zigarette an, legte sich auf den Rücken, sein runder Bauch wabbelte, und die Worte schienen darin zu bullern: »Die Infanterie ... ist Schwerarbeiterkraft, sie wird Ihnen einmal so-o-olch ein Spanien zeigen, so-o-olch ein Prronunzia-mento ...«

Samgin hörte nicht mehr zu, denn er fand, der Oberleutnant werde nicht mehr sagen, als er schon gesagt hatte.

Eine Stütze der Autokratie, dachte er schläfrig und beobachtete, wie die Kerzenflamme sich in des Oberleutnants rechtem Auge spiegelte und ihm Ähnlichkeit mit einem Käferflügel verlieh.

Sicher ist er nicht der einzige dieser Art. Und er wird natürlich prügeln, erschießen. Ebenso erfüllen die meisten Menschen ihre Pflichten, ohne an deren Sinn zu glauben.

Das war ein sehr unangenehmer Gedanke. Samgin wickelte sich in die Reisedecke und überließ seinen Körper der beruhigenden Trägheit der Stöße und Schwankungen. Ihn weckte der Schaffner, der die Tür geöffnet hatte. »Rusgorod.«

Der Oberleutnant war nicht mehr im Abteil, an ihn erinnerte der Kognakgeruch, die verbogene Messingstange und der Vorhang unter dem Tischchen.

Zum Fenster blickte die silberne Sonne herein, der Himmel war ebenso eisig blau wie in der Nacht, und alles ringsum war ebenso beruhigend traurig wie gestern, nur heller in den Farben. Auf einem fernen Hügel, der üppig in Silberbrokat gehüllt war, rauchten rosa die Schornsteine von Häusern, über den Schnee auf den Dächern krochen Rauchschatten, am Himmel blinkten die Kreuze und Kuppeln von Kirchen, auf dem weißen Feld bewegte sich ein Schlittenzug, die dunklen, kleinen Pferde nickten mit den Köpfen, dicke Bauern gingen in Schafpelzen, alles war klein wie Spielzeug und angenehm für die Augen.

Ein munteres, rotbraunes Pferdchen brachte Samgin rasch und leicht vom Bahnhof in die Stadt; die Menschen auf den Straßen, auch dick und stumm, gingen in eiliger, winterlicher Gangart aufeinander zu; die Häuser, niedergedrückt von Daunendecken aus Schnee und durch Zäune verbunden, waren dauerhaft zusammengefroren und standen fest da; auf rosa Plakaten an den Zäunen stachen die schwarzen Worte ins Auge: »Verstand bringt Leiden« – weiße Plakate ebenfalls mit schwarzen Worten kündigten das zweite Konzert von Jewdokija Streschnewa an.

Dieser Name sagte Samgin nichts, doch als er durch den Korridor des Gasthofs schritt, ging die Tür eines Zimmers weit auf, und eine kleine Frau in glockenförmigem Pelzmantel und einem Pelzmützchen schrie freudig, aber gedämpft auf: »Ach Gottchen! Sie? Hier?«

Samgin trat einen Schritt zurück und erblickte das spitze Fuchsschnäuzchen Dunjaschas, ihre unsteten, untermalten Augen und den Glanz der kleinen Zähne; sie stand vor ihm mit hängenden Armen, die sie so hielt, als wollte sie sie hochwerfen und ihn umarmen. Samgin beeilte sich, ihr die Hand zu küssen, sie gab ihm einen Schmatz auf die Stirn und stammelte komisch: »L-lieb . . .«

Dann sagte sie hastig, freudig: »Es ist also wahr, wenn man Vögel im Traum sieht, bedeutet das eine unerwartete Begegnung! Ich komme bald wieder . . .«

Samgin war sehr geschmeichelt, daß er von Dunjascha wie ein Geliebter begrüßt worden war, den sie schon lange und sehnsüchtig erwartet hatte. Eine Stunde später saßen sie vor dem Samowar, und sie sagte hastig, während sie Tee einschenkte: »Warum ich Streschnewa heiße? Das ist mein Mädchenname, mein Vater heißt Pawel Streschnew, er ist Theatertischler. Von meinem trauten Gemahl habe ich mich getrennt. Das ist kein Mensch, sondern so etwas wie ein Glaubenslehrer, und kein Advokat, sondern ein Arzt, er redet immerfort von Gesundheit, sogar nachts – von Gesundheit, das ist langweilig! Ich kann sehr gut von meiner Kehle leben . . .«

Samgin betrachtete sie mit Vergnügen und Verlangen, wobei er so gutmütig lächelte, wie er nur konnte. Sie war in einem aschgrauen Samtkleid, rundlich, mollig. Ihr glattfrisiertes, rotblondes Haar glänzte wie rötliches Dukatengold; die frostgeröteten Wangen, die kleinen, rosigen Ohren, die untermalten, leuchtenden Augen und die gewandten, leichten Bewegungen – das alles machte sie zu einem neckischen Mädchen, das sich selbst sehr gefällt und sich über die Begegnung mit einem Mann aufrichtig freut.

»Weißt du, Klimtschik, ich habe Erfolg! Erfolg über Erfolg!« wiederholte sie verwundert und anscheinend sogar beängstigt. »Und das alles dank Alina, Gott gebe ihr Glück, sie bringt mich auf die Beine! Sie und Ljutow haben mich vieles gelehrt. ›Na‹, sagt sie, ›genug, Dunka, fahr in die Provinz gute Kritiken holen.‹ Sie selbst ist nicht talentiert, versteht aber alles, alles bis ins letzte Tüttelchen, wie man sich anzuziehen und auszuziehen hat. Sie hat viel für Talent übrig, auch mit Ljutow lebt sie wegen seiner Talentiertheit.«

In dem sauberen Gasthofzimmer war es warm, gemütlich, der Samowar summte wohlwollend, der leckere Duft des Tees und Dunjaschas Parfüm kitzelten angenehm die Nase. Dunjascha knabberte, während sie sprach, Biskuits und trank Portwein aus einem schweren, grünen Glas.

»Ich habe hier eine Bekannte, eine Geschäftsfrau, sie hat mir auch sehr geholfen; das ist eine Schönheit, Klim, noch schöner als Alina! In sie ist die ganze Stadt verliebt.«

Sie hob die Arme, ballte die kleinen Fäuste und schüttelte sie über ihrem goldenen Kopf. »Ach, wenn ich doch schön wäre! Dann würde ich mich satt spielen ...«

Sie sprang auf Klims Schoß, umhalste ihn und fragte: »Wir bleiben eine Zeitlang zusammen hier, ja?«

»Selbstverständlich«, sagte Samgin großmütig.

An der Tür wurde geklopft.

»Wahrscheinlich jemand von der Zeitung«, flüsterte Dunjascha ärgerlich, und als sie die Tür ein wenig geöffnet hatte, fragte sie ungehalten: »Wer? Ach – ich komme...«

Sie warf Klim ein Kußhändchen zu und verschwand, er aber stand auf, steckte die Hände in die Taschen und machte einen Gang durchs Zimmer, dann betrachtete er sich im Spiegel, zündete sich eine Zigarette an und lächelte bei dem Gedanken, wie leicht diese Frau ihm geholfen hatte, den gräßlichen Offizier zu vergessen. An den Oberleutnant Trifonow erinnerte die Bronzegestalt Alexanders II. – sie erhob sich vor dem Fenster, in der Mitte eines kleinen Platzes, Mütze, Schnurrbart und Schultern des Zaren waren mit Schnee überpudert, von links schien die Sonne auf ihn, und sein vereistes, vorgewölbtes Auge glänzte unangenehm. Das Denkmal war umgeben von Kanonen, die, wie Prellpfosten in die Erde gerammt, durch Ketten verbunden waren, und von gleichförmig beschnittenen kleinen Bäumen, die wie Sträuße weißer Blumen aussahen.

»Na, Großväterchen?« fragte Samgin halblaut, zuckte zusammen, erstaunt über diese ihm fremde Extravaganz, und sah das tote Auge des Zaren nicht weiter an.

Die Nerven ...

Im Korridor wurde es laut, die Tür ging auf, und mit Dunjascha trat eine große schwarzgekleidete Frau ins Zimmer, blieb im Gegenlicht der Sonne stehen und sagte mit tiefer und klangvoller Stimme zu Dunjascha: »Er erkennt mich nicht.«

Aber Klim hatte sie erkannt, es war Marina Premirowa, ebenso monumental wie als Mädchen; jetzt war sie nur größer, schlanker.

»Du bist mehr als nötig gealtert«, sagte sie, die Worte melodisch, träge dehnend; dann drückte sie mit ihren heißen Fingern voller

Ringe Samgin kräftig die Hand und sagte, nachdem sie ihn von sich geschoben und von Kopf bis Fuß gemustert hatte: »Na, trotzdem bist du ein richtiger Mann! Wieviel Jahre haben wir uns nicht gesehen? Ach, rechnen wir lieber nicht nach!«

Sie lächelte nicht mehr so sinnlich und erschreckend breit wie in Petersburg und bewegte sich weich und lautlos mit jener Grazie, die nur die Kraft verleiht.

Die typische Geschäftsfrau, beeilte sich Samgin sie zu kennzeichnen, während er ihre Fragen beantwortete.

»Na und Dmitrij?« fragte Marina. »Du weißt nicht? Schau mal an. Jaja. Turobojew ist erschossen worden. Nun hat er ausgetanzt«, fügte sie gleichmütig hinzu. »Erinnerst du dich noch an die Nechajewa?«

Ihre Wimpern zuckten in schöner Weise und verliehen den Augen den Ausdruck angestrengten Nachdenkens. Samgin fühlte, daß sie ihn maß und wog. Sie seufzte und sagte: »Was für Bekannte haben wir noch?«

»Kutusow«, erinnerte Klim.

»Den sehe ich hin und wieder. Was schweigst du denn?« fragte Marina Dunjascha und strich ihr über das straff gekämmte Haar, Dunjascha hatte sich an sie geschmiegt wie eine halbwüchsige Tochter an ihre Mutter. Marina verlegte sich wieder aufs Ausfragen: »Bist du mit deinem Bruder wegen der Politik auseinander?«

Samgin mißfiel es, daß sie ihn duzte; er antwortete etwas trocken: »Nein, nur so . . . Wir wohnen weit voneinander entfernt, sehen uns selten.«

»Bist du Sozialdemokrat?«

»Ja.«

»Doch nicht etwa Bolschewik?«

»Ich bin nicht in der Partei.«

»Na, das ist schon besser. Verheiratet?«

»Gewesen«, antwortete Samgin nach kurzem Zögern. »Und wie geht es dir?«

»Ich bin seit mehr als drei Jahren verwitwet.«

Sie zog ihre dichten Brauen zusammen und sagte wie eine Bauersfrau: »Mein Mann hat mir keine Kinder hinterlassen, er hinterließ mir nur die Trauer um ihn . . .«

Sie senkte den Kopf, dachte eine Weile nach und erhob sich.

»Nun, komm doch bitte gegen fünf Uhr zu mir, wir trinken dann Tee und reden ein wenig miteinander . . .«

Die Frauen gingen, die Streschnewa voran, Marina, die sie mit ihrer Figur vollständig verdeckte, hinterher.

Die Zigarette zwischen den Zähnen, schritt Samgin im Zimmer umher, putzte seine Brille und dachte über Marina nach. Die Bewegungen ihres kräftigen Körpers, das schöne Vibrieren der Stimme, der sanfte, aber etwas schwermütige Blick der goldbraunen Augen – alles an ihr war gut abgestimmt, wirkte natürlich.

Sie flößt Achtung ein ... Bestimmt, das tut sie.

Aber Klim Samgin war es gewohnt und fühlte sich sogar gleichsam verpflichtet, nach Widersprüchen zu suchen, das war bereits ein Bedürfnis seines zügellosen Denkens. Er hätte an Marina gern etwas Gekünsteltes, Unechtes gefunden.

Sie hat politische Fragen gestellt. Sie trifft sich mit Kutusow, zählte er zusammen.

Kutusow lenkte das ganze Denken Samgins in eine bestimmte Bahn, und mit Kutusow mußte er stets im stillen streiten.

Ein simpler, beschränkter Mensch, wie alle Leute mit seiner geistigen Einstellung. Sie sind es, die die politisch denkenden Kräfte des Landes gleich in zehn Parteien gespalten haben. Nehmen wir mal an, nur sie stützten sich bei ihrem Vorgehen nicht auf ihren Selbsterhaltungstrieb, sondern auf den Klasseninstinkt der Arbeitermasse. Aber die Sozialisten Europas machen einen daran zweifeln, daß solch ein Instinkt existiert. Klassenbewußtsein besitzt nur die Oberschicht der Bourgeoisie ... Bei uns gibt es vielleicht fünfhundert oder tausend solcher Menschen wie den Genossen Jakow ... Selbstverständlich ist das eine zersetzende Macht ... Aber was bedaure ich denn? fragte er sich plötzlich, nachdem er diese Gedanken von sich gewiesen hatte, die er mehr als zehnmal durchdacht hatte, und erinnerte sich, daß er von dem Gipfel, auf dem er sich zu sehen gewohnt war, in letzter Zeit unwillkürlich immer häufiger zu dieser Frage hinabgeglitten war.

Ich bin an niemanden und an nichts gebunden, rief er sich in Erinnerung. Die Wirklichkeit ist mir feind. Ich bewege mich über ihr wie auf einem Seil.

Der Vergleich mit dem Seiltänzer überraschte und kränkte ihn.

Ich habe nichts zu bedauern, wiederholte er halb fragend, indem er seine Gedanken wie aus der Ferne, von der Seite und mit den Augen irgendeines neuen Gedankens betrachtete, der nicht in Worte gefaßt war. Und daß hinter all seinen alten Gedanken noch ein anderer lebte und wachte, der zwar nicht klar, aber vielleicht der stärkste war, erweckte in Samgin das angenehme Bewußtsein seiner Kompliziertheit und Originalität, das Gefühl seines inneren Reichtums. Mitten im Zimmer stehend, rauchte er, sah auf den rosa Lichtfleck vor seinen Füßen und erinnerte sich plötzlich des orientalischen

Gleichnisses von dem Menschen, der, an einer Kreuzung in der Sonne sitzend, bitter weinte und, als ein Vorbeikommender ihn fragte, weshalb er Tränen vergieße, diesem antwortete: »Mein Schatten ist verschwunden, aber nur er hat gewußt, wohin ich zu gehen habe.« Der weinerliche Mann war in dem Gleichnis als Dummkopf bezeichnet. Samgin warf den Zigarettenstummel in die Ecke und sah nach der Uhr – sie zeigte auf vier. Die Sonne ging unter, der Schnee auf dem Zarendenkmal glänzte wie Rubine, Schülerinnen und Schüler des Gymnasiums mit Schlittschuhen in der Hand kamen eilig daher; ein Schlitten fuhr vorbei, vor den zwei graue Pferde gespannt waren; die Pferde waren mit einem blauen Netz bedeckt, im Schlitten saß ein hoher Offizier, hinter ihm galoppierten zwei Polizisten, ihre Rappen glänzten, als wären sie mit Schuhwichse blankgeputzt. Durch die Doppelfenster drang von der Straße kein Laut herein, und es schien, als wäre alles auf dem Platz nicht lebendige Wirklichkeit, sondern nur Erinnerung.

Dann kam Dunjascha hereingelaufen und drängte zur Eile.
»Komm, komm, die Sotowa wartet...«
»Die Sotowa?« fragte Samgin. Dunjascha, die ihre Lippen mit dem Stift nachzog, nickte bestätigend, doch er machte ein mürrisches Gesicht. Offensichtlich war Marina die Frau, die Gogin ihm genannt hatte. Dadurch vereinfachte sich der Auftrag, aber es war etwas Unangenehmes daran.

Sollte diese Geschäftsfrau sich die Zeit mit Konspirationen vertreiben?

In den Straßen war ihm alles von Kind auf vertraut, sie lagen friedlich da, und alles existierte gleichsam ebenfalls nicht in Wirklichkeit, sondern erstand aus der Erinnerung an Vergangenes.

Dunjascha schmiegte sich dicht an seine Seite und sagte: »Hier ist alles zu Ende, man streitet nur darüber, wer in der Duma sitzen soll. Es gibt hier sehr nette Menschen, du wirst sehen, wie man mich empfängt! Ich wiederhole jedes Lied dreimal. Die Leute sehnen sich nach Liedern...«

Sie blieben vor dem Schaufenster eines hell erleuchteten Ladens stehen. Hinter der Scheibe, inmitten von Evangelien in vergoldeten Einbänden mit Schmelzverzierung und Edelsteinen, ragte auf schwarzem Samt unter einem Glassturz eine Mitra, lagen Altarkreuze und standen zwei- und dreiarmige Kirchenleuchter.

»Das gehört ihr!« sagte Dunjascha. »Sie ist sehr reich«, flüsterte sie und öffnete die schwere Tür des Ladens, der dicht mit Kirchengerät angefüllt war. Grell funkelte das Silber der Leuchter, hinter den Scheiben eines Schrankes strahlten vergoldete Monstranzen, von der

Decke hingen Weihrauchfässer herab; in dem weißen und gelben Glanz stand eine hochgewachsene Frau in straff anliegendem, schwarzseidenem Kleid.

»Hierher bitte«, sagte sie, sich geschickt zwischen Leuchtern und Taufbecken durchschlängelnd. »Schließ den Laden ab und geh heim!« befahl sie einem bildschönen, blondlockigen Jungen, der Samgin an Diomidow erinnerte.

Hinter dem Laden in einem kleinen Zimmer brannten zwei Lampen und füllten es mit rosa Dämmerlicht; auf dem Boden lag ein dikker Teppich, die Wände waren auch mit Teppichen behängt, hoch an der Wand befand sich ein Porträt in einem schwarzen, mit Silberlaub verzierten Rahmen; in einer Ecke stand ein breites, halbkreisförmiges Sofa, auf dem Tisch davor brodelte ein Samowar aus rotem Kupfer und glänzte matt Glas und Porzellan. Es schien, als läge der Laden mit seinem groben Silber- und Goldglanz weit von hier entfernt.

»Ich bin vom Morgen bis zum Abend hier, manchmal auch über Nacht; bei mir im Haus ist es etwas leer, auch ist es dort allzu traurig«, sagte Marina im Ton eines alten, zutraulichen Freundes, aber Samgin, der sich erinnerte, wie gefühllos, wie energisch sie war, glaubte ihr nicht.

»Nun, erzähle, wie ist es dir ergangen, was treibst du?« forderte sie ihn auf; Klim antwortete: »Das ist eine lange und uninteressante Geschichte.«

»Tu nicht so bescheiden, ich weiß einiges über dich. Ich habe gehört, daß du den Menschen gegenüber noch ebenso unnachgiebig geblieben bist wie früher. Du betrachtest das Porträt? Das ist mein Mann.«

Marina nahm den Schirm von der Lampe und hob sie zum Porträt hoch.

Ein ziemlich geschickter Meister hatte mit breiten Pinselstrichen einen großen Glatzkopf auf unverhältnismäßig schmalen Schultern, ein gelbes Gesicht mit starker Nase, leuchtend blaue Augen und dicke rote Lippen gemalt, es war das Gesicht eines kränklichen Mannes, der wahrscheinlich einen schwierigen Charakter hatte.

»Ein interessantes Gesicht«, sagte Samgin, fühlte aber, daß dies zu wenig war, und fügte hinzu: »Ein sehr originelles Gesicht.«

»Er stammt aus der Familie Lordugin«, sagte Marina und lächelte. »Du hast so einen Namen noch nicht gehört? Na freilich! Mit wem ein beliebter Literat, Slawophile oder Dekabrist verwandt war – das wißt ihr Intellektuellen bis aufs Tüpfelchen, die geistigen Führer aber, die das Volk selbst außerhalb der Universität hervorgebracht hat, die kennt ihr nicht!«

»Lordugin?« fragte Klim nochmals, da sein Interesse durch ihre Ironie geweckt worden war.

»Versuche dich nicht an etwas zu erinnern, das du nicht weißt«, antwortete sie und wandte sich an Dunjascha: »Langweilst du dich, Dunja?«

Diese saß hölzern aufrecht, wie eine arme Verwandte, im Lehnstuhl und schaute in die Ecke, in der die Pelzmäntel am Kleiderständer wie kopflose Wächter aussahen.

»Was denkst du«, sagte sie zusammenzuckend. »Ich kann mich nicht langweilen . . .«

»Das macht nichts, langweile dich nur ein wenig«, gestattete ihr Marina und streichelte sie wie eine Katze. »Dmitrij ist wahrscheinlich ganz von Büchern verschlungen?« fragte sie und zeigte ihre großen, weißen Zähne. »Ich entsinne mich noch sehr gut, wie er mir den Hof machte. Jetzt kommt mir das komisch vor, aber damals ärgerte ich mich. Ein junges Mädchen brennt darauf, geheiratet zu werden, er jedoch erzählte ihm immerzu von irgendwelchen unbekannten Menschen, von Tiwerzen und Uglitschanen und vom Einfluß des Ostens auf das westeuropäische Epos! Manchmal hätte ich ihm am liebsten einen Schlag gegen die Stirn versetzt, mitten zwischen die Augen . . .«

Sie sprach die Worte des leckeren Russisch so genießerisch aus, daß Samgin der Verdacht kam, die Worte seien ihr unabhängig von ihrer Bedeutung angenehm und sie spiele gern mit ihnen. Ihr gefiel die Rolle der Geschäftsfrau, der wohlgenährten, gesunden Frau. Natürlich hatte sie Liebhaber und wechselte sie sicherlich oft.

Marina hatte unterdessen den Arm fest um Dunjascha gelegt und sagte: »Damals schwebte mir der Mann als etwas Unheimliches und als ein Doppelwesen vor, bald Fleisch, bald Geist. Ich redete wie alle – das gewöhnliche, dachte aber ungewöhnlich und konnte meine wirklichen Gedanken nicht in Worten ausdrücken . . .«

Sie schwindelt, stellte Samgin fest, der den erstaunlich schmackhaften Fladen eifrig zusprach und sich der Szene zwischen Marina und Kutusow erinnerte. Und beeilt sich, sich originell zu zeigen.

Im Halbdunkel inmitten der Teppiche und Polstermöbel erinnerte Marina an eine Odaliske, gemalt vom Ölpinsel irgendeines Franzosen. Auch der Duft rings um sie war orientalisch: Es roch nach Zypressen, Weihrauch und Teppichen.

»Erinnerst du dich noch an Lisa Spiwak? Sie war eine so ruhige, unbeschwingte Seele. Sie riet mir, singen zu lernen. Ich sehe – in allen Liedern beklagen sich die Frauen über ihre Natur ...«

»Immer über die Natur beklagen sie sich, und die Musik handelt auch davon«, sagte Dunjascha mit einem Seufzer, lächelte aber gleich danach. »Übrigens singen Männer gern: ›Dort weit hinter dem Gewitter liegt ein glückselig Land ...‹ «

Marina lächelte ebenfalls und sagte träge: »Das singen Politiker, solche Leute wie Samgin. Sie haben sich wie die Altgläubigen ein ›Oponisches Reich‹ erdacht, aus Lebensangst.«

»Wie sonderbar du sprichst«, bemerkte Samgin und sah sie neugierig an. »Es scheint, wir leben in reichlich furchtlosen Zeiten, das heißt – wir leben reichlich furchtlos.«

Marina fuhr mit der Hand durch die Luft, als verscheuchte sie eine Mücke.

»Ein angeheirateter Verwandter meines Mannes hat im Japanischen Krieg zwei Georgskreuze erhalten, er ist ein Säufer, aber ein sehr kluger Kerl. Nun, er sagt: Man hat sie mir für Feigheit verliehen, ich hatte Angst, zu fliehen – man hätte mich erschossen, und so kroch ich nach vorn!«

Sie trank einen Schluck Wein, dann etwas Tee und fuhr gemächlich fort, indem sie sich mit der Zungenspitze die Lippen leckte: »So stürzt auch ihr Intellektuellen, ihr Außenseiter euch aus Angst in die Politik. Als wolltet ihr das Volk retten, doch was ist das Volk? Das Volk ist für euch ein sehr ferner Verwandter, und es sieht euch kleine Leute gar nicht. Wie auch immer ihr es zu retten sucht, mit eurem Atheismus werdet ihr unbedingt durchfallen. Die Volkstümlerbewegung muß religiös sein. Land hin, Land her, Land wird das Volk sich auch selbst erkämpfen, aber außerdem will es noch ein Wunder auf Erden, es fahndet nach der lichten Stadt Zion ...«

Sie sagte das alles gedämpft, ohne Samgin anzusehen, und fächelte sich dabei mit einem kleinen Taschentuch das stark gerötete Gesicht. Klim spürte: Sie hofft nicht darauf, daß ihre Worte verstanden werden. Er merkte, daß Dunjascha ihn über Marinas Schulter hinweg mit flehendem Blick ansah, sie langweilte sich.

»So denkst du also?« sagte er lächelnd. »Kennt Kutusow diese Gedanken?«

»Für diese Gedanken ist Stepan nicht zugänglich«, antwortete Marina träge und mit leicht zusammengezogenen Brauen. »Aber sie liegen ihm näher als anderen. Er braucht keine Verfassung.«

Sie verstummte. Samgin empfand auch kein Verlangen, zu sprechen. Hinter Marinas Belehrungen vermutete er Ironie, die Absicht, ihn zu reizen, daß er gesprächig werde. Mit ihr in Gegenwart Dunjaschas über Gogins Auftrag zu sprechen, hielt er für unmöglich. Eine halbe Stunde später ging er Arm in Arm mit Dunjascha durch eine breite Straße, die in grellem Mondschein lag, und hörte Dunjaschas hastigem Geplapper zu.

»Ich mag sie nicht, aber weißt du, es zieht mich zu ihr hin wie aus der Kälte in die Wärme oder – wie in den Schatten, wenn es heiß ist. Merkwürdig, nicht wahr? Sie hat etwas Männliches, kommt es dir nicht so vor?«

»Sie sagt Banalitäten«, bemerkte Samgin ärgerlich. »Ihr Gemahl, der Kaufmann, hat ihr diese Dummheiten in den Kopf gesetzt. Wo hast du sie kennengelernt?«

Dunjascha sagte, ihr Mann habe beim Obergerichtshof für Marina einen Prozeß geführt und diese sei öfters bei ihm in Moskau gewesen. »Er war sehr von ihr entzückt und umtanzte sie immerzu wie ein Gockel, weißt du ...«

Vorn wurde gelacht, ungeordnet hurra gerufen; aus einem Haustor trat eine Gruppe von Leuten, und ein weicher Bariton stimmte ein Lied an:

»Der Zar, gleich einst dem Mucius,
Dem Mucius Scaevola«,

der Chor ergänzte und sang ziemlich harmonisch:

»Uns gab die Constitutio ...
Weil er es so gewollt.«

»Doch wozu?« fragte der Bariton – der Chor antwortete:

»Damit das Volk hinfort
Einmütig schreite fort!«

»Sie singen nett«, sagte Dunjascha und verlangsamte den Schritt.

»Beschnitten hat er seine Macht«,

sang der Bariton – der Chor fiel ein:

»Erhebt nur kein Gejohl!
Und sich zum Vorbehalt gemacht
Das Branntweinmonopol.«

»Doch w-wozu?« fragte wieder der Bariton – der Chor antwortete:

»Daß unser großes Volk hinläuft
Und sein letztes Geld versäuft!«

»Oh, wie interessant!« rief Dunjascha leise aus und ging noch langsamer, während der Bariton von neuem sang:

> »Aus diesem Grunde werden
> All unsre Alkoholisten«,

der Chor fuhr fort:

> »Versammeln sich in Herden
> Und zum Festgelage rüsten.«

»Und wozu?«

> »Zu trinken auf des Volkes Wohl,
> Auf die heilige Fortschrittsparol!«

Dunjascha lachte. Die Leute gingen dicht gedrängt auf dem Trottoir, vorneweg schritt ein hochgewachsener Student mit einer Schafsfellmütze, neben ihm tanzte und sprang wie ein Ball ein dikker, kleiner Mann; als er neben Dunjascha und Klim gekommen war, begann er mit meckernder Stimme zu singen, wobei er sich am Adamsapfel zupfte:

> »Ein jeder folgt der Lieb auf Erden . . .«

Mehrere Männer- und Frauenstimmen schrien zugleich: »Bringt ihn zur Ruhe!«

»Mach keinen Krach, Mischka!«

»Wie abscheulich!«

Ein rundliches junges Mädchen mit einem Käppchen auf dem krausen Haar verkündete freudig und anscheinend sogar erschreckt: »Herrschaften, das ist die Streschnewa, Ehrenwort!«

Der hochgewachsene Student zog die Mütze und entschuldigte sich: »Er ist ein netter Kerl, verzeihen Sie ihm . . .«

Der nette Kerl lag nasaufwärts zu Dunjaschas Füßen, schlug sich mit den Fäusten auf die Brust und stammelte: »So wurde Michailo Krylow zu Fall gebracht durch seine eigene Nichtswürdigkeit.«

Die jungen Damen erboten sich, Dunjascha zu begleiten, aber sie lehnte mit freundlichem Lächeln ab; ein junges Mädchen mit einem langen und dicken Zopf rief: »Bürger! Ich fordere Sie auf, zur Vernunft zu kommen!«

Dunjascha entschlüpfte dem Ring der jungen Leute, sie zog Klim mit, blickte sich um und sagte freudig: »Wie nett sie sind, nicht? Wie witzig die Schwarzäugige gesagt hat: Ich fordere Sie auf, zur Vernunft zu kommen – hast du gehört?«

»Eine zeitgemäße Aufforderung«, entgegnete Samgin brummig.
Der hochgewachsene Student sang wieder:

>»Aus diesem Grunde haben
>Unsere Liberalen«,

und der Chor fiel einmütig ein.
 Dieses Lied erinnerte Samgin daran, wie junge Leute nach einem Beerdigungsmotiv den Vers gesungen hatten: »Nieder mit der Rechtlosigkeit! Es lebe die Freiheit!«
 »Ich bin so froh, daß ich bei der Jugend wegen meiner einfacher Lieder beliebt bin. Weißt du, mein Leben war . . .«
 »Sie spielen Revolution und machen sich selbst über sie lustig«, murmelte Samgin.
 »Damals hatte ich es sehr schwer, aber alles war einfacher als jetzt, auch die Trauer und die Freude waren einfacher.«
 »Sprich nicht, sonst verkühlst du dir den Hals«, riet Samgin Dunjascha und lauschte dem Lied.

>»Doch meinten sie, daß es mehr fromme,
>Wenn das Volk herunterkomme . . .«

 »Unsere Journalisten . . .«, sang der Bariton, aber da fiel die Gasthoftür zu, und das Lied brach ab.
 Dunjascha schlug vor, in den Speiseraum zu gehen und zu Abend zu essen; er stimmte zu, da er sich aber von Marinas Fladen vergiftet fühlte, aß er wenig und veranlaßte dadurch Dunjascha zu der beunruhigten Frage: »Fühlst du dich nicht wohl?«
 Nach dem Abendessen kam sie zu ihm ins Zimmer – und eine Stunde später flüsterte sie leidenschaftlich: »Ich liebe dich deswegen, weil du alles weißt, aber schweigst.«
 Samgin erinnerte sich, daß sie nicht als erste diese Worte sagte, Warwara hatte auch etwas dieser Art gesagt. Er lag im Bett, Dunjascha beugte sich halb entkleidet über ihn und streichelte ihm mit leichter, warmer Hand Stirn und Wangen. Im Viereck der oberen Fensterscheibe leuchtete das verwischte Gesicht des Mondes – das gelbe Flammenpinselchen der Kerze auf dem Tisch sah wie steifgefroren aus.
 »Wie viel und erbarmungslos reden doch alle Gebildeten«, sagte Dunjascha. »Einen Gott gebe es nicht, einen Zaren brauche man nicht, die Menschen seien einander feind, alles sei nicht so, wie es sein sollte! Aber was gibt es denn, und was ist so, wie es sein sollte?«
 Samgin war müde und lächelte, diese Frau belustigte ihn durch ihr Geschwätz, obwohl sie ihn am Ausruhen hinderte.

»Was ist denn das Wahre?« fragte sie.

»Für die Frau – Kinder«, sagte er träge und nur, um etwas zu sagen.

»Kinder?« wiederholte Dunjascha erschrocken. »Das könnte ich mir gar nicht vorstellen, Kinder zu haben! Es wäre mir schrecklich unbequem, welche zu haben. Ich entsinne mich noch sehr gut, wie ich als Kind war. Ich würde mich schämen ... ich könnte ja den Kindern gar nichts von mir erzählen, aber sie würden mich doch fragen!«

Auch die philosophiert, stellte Samgin gleichmütig fest.

Und sie fuhr fort, nachdem sie ihre Haltung geändert hatte, so daß der Mond ihr auf den Kopf und ins Gesicht schien, in ihren unsteten Augen goldene Funken aufleuchten ließ und sie Marinas Augen ähnlich machte: »Nein Kinder – das ist schwer und schrecklich! Das ist nichts für mich. Ich werde nicht lange leben! Mit mir wird irgend etwas passieren, etwas Dummes ... etwas schrecklich Dummes!«

Samgin schloß die Augen und fragte sich: Was ist Marina?

»Ich meine, wahr ist alles, was einem gefällt, was man gern hat. Sowohl Gott als auch der Zar und alles. Heute das eine, morgen das andere. Du möchtest schlafen? Na, dann schlaf!«

Sie gab ihm einen Kuß, sprang vom Bett, löschte die Kerze und verschwand. Es hinterblieb der Duft ihres Parfüms und auf dem Nachttisch ein Armband mit roten Steinen. Samgin schob mit dem Finger das Armband in die Schublade und zündete sich eine Zigarette an, darauf begann er, seine Tageseindrücke zu ordnen, und überzeugte sich sofort, daß Dunjascha unter ihnen einen ganz geringfügigen Platz einnahm. Es war ihm sogar peinlich, sich hiervon zu überzeugen, er empfand die Notwendigkeit, sich mit sich selbst auseinanderzusetzen.

Die Laune eines leeren und verdrehten kleinen Frauenzimmers ...

Schon lange hatte er, ohne es selbst zu merken, aus seiner Erfahrung und aus gelesenen Romanen eine Schlußfolgerung gezogen, die für Frauen nicht schmeichelhaft war: Überall, außer im Schlafzimmer störten sie im Leben, und auch im Schlafzimmer waren sie nicht lange angenehm. Er hatte Schopenhauer, Nietzsche und Weininger gelesen und wußte, daß es nicht üblich war, ihren Ansichten über die Frau zuzustimmen. Makarow nannte die Einstellung dieser Deutschen zur Frau »eine der schlimmsten Abscheulichkeiten des indogermanischen Pessimismus«. Aber nach Makarows eigenem »System von Sätzen« sah die Frau auf den Mann wie auf einen Verkäufer in einem Laden mit Modeartikeln, er mußte ihr die besten

Gefühle und Gedanken vorweisen, und sie zahlte ihm für alles stets mit ein und demselben, mit Kindern.

In dieser Nacht, in dem banalen Gasthofzimmer einer fremden Stadt, fühlte Samgin, daß die Gedanken über die Frau ihn ungewöhnlich hartnäckig belästigten. Er stand auf, ging zur Tür, drehte den Schlüssel im Schloß um, warf einen Blick auf den Mond; da er das Zimmer hell erleuchtete, war er ganz fehl am Platz, und Klim hätte ihn gern ausgelöscht. Schon halb entkleidet, begann er sich für die Nacht auszuziehen mit jenem Gefühl, das er einmal im Sprechzimmer eines Arztes empfunden, als er gefürchtet hatte, der Arzt werde bei ihm eine ernste Krankheit feststellen. Er legte die Kissen so, daß er das unverschämt helle Gesicht des Mondes nicht sehen mußte, zündete sich eine Zigarette an und versenkte sich in den graublauen Rauch von Vermutungen, Selbstrechtfertigungen, Widersprüchen und Vorwürfen.

Makarow behauptet, die Beziehungen zu einer Frau erforderten grenzenlose Aufrichtigkeit von seiten des Mannes, dachte er, der Wand zugekehrt, mit geschlossenen Augen und konnte sich nicht vorstellen, wie man Dunjascha oder Warwara gegenüber grenzenlos aufrichtig sein könne. Die einzige Frau, bei der er offenherziger als bei den anderen gewesen, war die Nikonowa, aber das deshalb, weil sie ihn nie nach etwas ausgefragt hatte.

Ihr Dienst bei der Ochrana – der war natürlich erzwungen, man hatte sie gewaltsam dazu gebracht. Die Gendarmen schlagen ja jedermann vor, in ihre Dienst zu treten, auch mir haben sie es vorgeschlagen.

Er erinnerte sich sehr lebhaft, mit allen Sinnen an die Nikonowa, verglich sie mit Dunjascha und fand, daß jene bequemer gewesen war, während diese sich besser als alle anderen auf die Kunst des fleischlichen Genusses verstand.

Ich bin ein wenig verdorben – gestand er sich ein.

Da er sich für einen sinnlichen Menschen hielt, hegte er in Augenblicken voller Offenherzigkeit gegen sich selbst sogar den Verdacht, nicht wenig kalte sexuelle Neugier zu besitzen. Das mußte er irgendwie erklären, und so hatte er sich eingeredet, daß dies immerhin sauberer, intellektueller sei als unverhüllt animalisches Verlangen nach dem Weibchen. In dieser Nacht fand Samgin eine andere, weniger falsche, aber traurigere Erklärung.

Das Alter läßt das Gefühl erkalten. Ich habe zu viel Kräfte im Kampf gegen fremde Gedanken, gegen Schablonen vergeudet, dachte er, ein Streichholz anzündend, um sich eine neue Zigarette anzustecken. In letzter Zeit merkte er immer öfter, daß fast jeder

Gedanke von ihm seinen Schatten, sein Echo hatte, daß aber das eine wie das andere ihm feind zu sein schien. So war es auch diesmal.

Über Gedanken läßt es sich leichter und einfacher nachdenken als über Tatsachen.

Diese unangenehme Berichtigung bedurfte einer Erklärung, Samgin fand sie sofort: Das ist eine Eigenschaft der Intelligenz überhaupt. Richtiger, eine Eigenschaft des Intellekts ... der nicht von Eindrücken des Daseins getrübt, nicht von ihnen erdrückt ist.

Zugleich dachte er: Ich bin müde und verfange mich stümperhaft in irgendwelchen Kleinigkeiten. Welche Bedeutung können für mich die zufälligen Begegnungen mit einem betrunkenen Offizier, mit Dunjascha oder Marina haben?

Die monumentale Gestalt Marinas lenkte seine Gedanken schroff in eine andere Richtung: Ist diese Frau wirklich religiös? Ich glaube nicht, daß solch ein gewaltiger Körper einen Gott aufrichtig braucht.

Es entstand das beharrliche Bedürfnis, das Bild Marinas zu umreißen. Er betrachtete sie lange und angestrengt, verglich sie mit dem jungen Mädchen, das sie in Petersburg gewesen, und erinnerte sich plötzlich des Leskowschen Helden Achilla Desnizyn und seines Gebrülls: »Ich bin gepeinigt, gepeinigt ...«

Diese unangebrachte Erinnerung erregte Samgin.

Im Alter wird sie ebenso unheimlich sein wie Anfimjewna ... Und ebenso bedauernswert ...

Damit hatte er die Inhaberin des Kirchengerätladens nicht getilgt. Im Glanze von Gold und Silber, inmitten einer Unmenge von Leuchtern, Rauchfässern und Taufbecken erwachte ein altertümlicher, goldäugiger Götze. Und neben ihr – ein cherubgleicher Knabe, der Diomidow ähnelte wie ein Sohn.

Die sonderbarste und albernste von allen Maskeraden, die ich gesehen habe, versuchte Samgin sich zu beruhigen, aber in seiner Erinnerung schrie Diomidow hysterisch: Ihr glaubt an nichts, doch weswegen glaubt ihr nicht? Ihr fürchtet euch, zu glauben, aus Angst glaubt ihr nicht! Ihr habt alles verspottet, seid nackt und zerlumpt wie betrunkene Bettler ...

Diese nächtliche Erinnerungsparade wurde zu einem drückenden Alptraum. Mit stürmischer Geschwindigkeit, wie sie nur in Träumen möglich ist, sah Samgin sich auf einer menschenleeren, ausgefahrenen Straße zwischen zwei Reihen alter Birken, neben ihm schritt noch ein Klim Samgin. Es war ein sonniger Tag, die Sonne brannte ihm heiß auf den Rücken, aber weder Klim noch sein Doppelgänger, noch die Bäume warfen Schatten, und das war sehr beunruhigend. Der Doppelgänger schwieg, er stieß Samgin mit der

Schulter in die Gruben und Furchen der Straße, stieß ihn gegen die Bäume, er störte Klim so beim Gehen, daß er ihm auch einen Stoß versetzte; daraufhin fiel er Klim vor die Füße, umschlang sie und begann wild zu schreien. Da Samgin merkte, daß auch er fiel, packte er den Weggefährten, hob ihn auf und fühlte, daß er gewichtslos war wie ein Schatten. Aber er war ebenso gekleidet wie der wirkliche, lebendige Samgin, und darum mußte er, mußte er irgendwelches Gewicht haben! Samgin hob ihn hoch empor und schleuderte ihn von sich fort, auf die Erde, er zerbarst in Stücke und vervielfältigte sich sofort rings um Samgin in Dutzende von Gestalten, die ihm vollkommen glichen; sie umringten ihn, liefen alle eilig mit ihm, und obwohl sie alle gewichtslos, durchsichtig waren wie ein Schatten, bedrängten sie ihn entsetzlich, stießen ihn, schlugen ihn von der Straße und trieben ihn vorwärts, es wurden ihrer immer mehr, sie waren alle heiß, und Samgin bekam keine Luft inmitten ihrer stummen, lautlosen Menge. Er schleuderte sie von sich, quetschte sie, zerriß sie mit den Händen, die Leute platzten in seinen Händen wie Seifenblasen; eine Sekunde lang sah Samgin sich als Sieger, doch in der nächsten hatten seine Doppelgänger sich zahllos vermehrt, umringten ihn von neuem und trieben ihn durch den schattenlosen Raum zu dem rauchfarbenen Himmel, der sich mit einer dichten, dunkelblauen Wolkenmasse auf die Erde stützte, und im Mittelpunkt der Wolken loderte eine andere Sonne, ohne Strahlen, riesengroß, mit einer unrichtigen, abgeplatteten Form, wie ein Ofenschlund – auf dieser Sonne hüpften schwarze Kügelchen.

Als ein hartnäckiges Klopfen an der Tür Samgin weckte, tanzten die schwarzen Kügelchen immer noch vor seinen Augen, das Zimmer war gefüllt mit dem kalten, unerträglich grellen Licht eines Wintertages – es war darin so viel Licht, daß es schien, es hätte das Fenster erweitert und die Wände auseinandergeschoben. Samgin nahm die Bettdecke um die Schultern, öffnete die Tür und sagte als Antwort auf Dunjaschas Begrüßung: »Ich glaube, ich werde krank ...«

»Ich klopfe schon zum drittenmal ... Was hast du?«

»Ich erwachte in Schweiß gebadet.«

Sie fragte, ob sie nicht einen Arzt holen solle; Samgin antwortete ihr abrupt, lässig, wie er mit Warwara zu sprechen gewohnt war. Er fühlte sich physisch zermürbt durch den Kampf gegen die Menge seiner Doppelgänger; dumpf schmerzte das Kreuz und zogen die Beinmuskeln, als wäre er tatsächlich lange gelaufen. Dunjascha ging Aspirin holen, und er trat vor den Spiegel und betrachtete eine ganze Weile das fast fremde, hagere und lange Gesicht mit gelblicher Haut, mit trüben Augen, in ihnen war ein unschöner, unbestimmter Ausdruck, sei es der Fassungslosigkeit, sei es des Schrecks, erstarrt. Er betastete mit einem Finger die leicht ergrauten Schläfenhaare, berührte die Schatten in den Augenhöhlen, las den mit einem Diamanten ins Glas geritzten Zweizeiler:

»Innokentij Kablukow
Wohnte hier und ist nun fort.«

Inokentij schreibt man mit einem n. Oder vielleicht doch mit zweien? Einerlei, eine Banalität.

Vor dem Fenster glitzerten blendend Millionen von Schneefunken, irgendwo in der Nähe dröhnte und lärmte eine Militärkapelle, zu ihr gingen und fuhren Bürger, rannten Jungen, die einander überholten, und das alles war fremd, unnötig, auch Dunjascha brauchte er nicht. Sie kam wie ein Vogel ins Zimmer hereingeflattert, bestand darauf, daß er Aspirin einnehme, schleppte aus ihrem Zimmer Imbiß, Wein, Konfekt und Blumen herbei und deckte schön den Tisch. Als sie dann im bunten Kimono Samgin gegenübersaß, den straff frisierten Kopf wiegend und mit den Schultern zuckend, sagte sie halblaut, sehr lebhaft, mit überraschenden und spaßigen Intonationen: »Heute singe ich! Oh, Klim, ich habe Angst! Wirst du kommen? Hast du schon Ansprachen ans Volk gehalten? Hat man dabei auch Angst? Das muß beängstigender sein, als zu singen! Wenn ich vors Publikum trete, fühle ich meine Beine nicht, es läuft mir eiskalt den Rücken hinunter, und in der Herzgrube fühle ich Beklemmung! Augen, Augen, Augen«, sagte sie und stach dazu mit dem Finger in die Luft. »Die Frauen sind böse, sie scheinen mich zu verwünschen, sie warten darauf, daß mir die Stimme versagt oder daß ich wie ein Hahn krähe – das tun sie, weil jeder Mann mich vergewaltigen möchte und weil sie mich beneiden!«

Sie lachte leise und nervös. »Rede ich dummes Zeug?«

»Ja, dummes Zeug«, bestätigte Samgin und sah ihren herausfordernd üppigen Busen und die lüsternen Lippen an.

»Es ist schwierig, klüger zu werden«, seufzte Dunjascha. »Früher, als Choristin, bin ich klüger gewesen, Ehrenwort! Ich bin durch meinen Mann verdummt. Er ist unmöglich! Sagst du ihm drei Worte, so antwortet er dir mit dreihundertundvierzig! Einmal hat er nachts so auf mich eingeredet, daß ich ihn unflätig beschimpfte . . .«

Dunjascha errötete und brach in ein so ansteckendes Gelächter aus, daß Samgin, der mit seinem Lachen geizte, auch ein wenig lachte, als er sich vorstellte, wie verblüfft wohl ihr Mann gewesen war.

»Nein, bei Gott, denk dir nur, da liegt ein Mann mit seiner Frau im Bett und macht ihr Vorwürfe, warum sie sich nicht für die französische Revolution interessiere! Dort gab es eine Madame, die sich dafür interessierte, deshalb hackte man ihr den Kopf ab, eine schöne Karriere, wie? Damals gab es so eine Pariser Mode, Köpfe abzuhacken, und er hat sie alle zusammengerechnet und erzählt, erzählt . . . Mir schien es, als wollte er mich einschüchtern mit dieser . . . Kopfabhackmaschine, wie nennt man sie doch?«

»Guillotine«, half Klim nach.

»Und es lief bei ihm darauf hinaus, als wäre die Revolution ausgebrochen, weil die Französinnen sich unzüchtig benommen hatten.«

Sie warf die Serviette auf den Boden und sprang auf, dann neigte sie den Kopf zur rechten Schulter, legte die Hände auf den Rücken und sagte, während sie mit Soldatenschritten umherging und durch die Nase schnaubte, mit gedehnter, trauriger Stimme: »Jetzt muß es dir klar sein, inwieweit Marie-Antoinette zum Untergang der Monarchie beigetragen hat . . .«

Sie war sehr drollig, ihre fröhliche Ausgelassenheit zerstreute Samgin, der weit aufgegangene Kimono zeigte die wohlgeformten Beine in schwarzen Strümpfen und ein kurzes blaues Hemd, das die Brüste fast gar nicht verdeckte. Das alles erweckte in Samgin den großmütigen Wunsch, sich Dunjascha dankbar zu zeigen, doch als er sie an sich zog, entglitt sie geschickt seinen Armen.

»Vor dem Konzert kann ich das nicht«, sagte sie fest. »Dort, vor dem Publikum, muß ich sein wie ein Stückchen Glas!«

»So ein Unsinn«, entgegnete Samgin, ohne zu zürnen, aber verwundert.

»Das darf ich nicht«, wiederholte sie achselzuckend. »Siehst du . . .«

Sie blickte zur Zimmerdecke und überlegte einen Augenblick.

»Aufgeblasene Frauen, unverschämte Männer, das stimmt, aber das sind nur die ersten Reihen. Sie ärgern sich vielleicht sogar, daß sie irgend so einem lächerlichen Ding, das der Teufel holen soll, zuhören müssen. Aber es sind immer auch andere Leute da, und für sie muß man gut, ehrlich singen. Verstehst du?«

»Nicht ganz«, sagte Samgin. »Was heißt das: ehrlich singen?«

Sie dachte wieder etwas nach und strich sich mit den Händen über die Wangen, dann sagte sie rasch: »Mein Vater hatte kein Glück beim Kartenspiel, und wenn er verloren hatte, befahl er Mama, die Milch mit Wasser zu verdünnen, wir hatten zwei Kühe. Mama verkaufte die Milch, sie war ehrlich, alle hatten sie gern und vertrauten ihr

Wenn du wüßtest, wie sie sich gequält hat, wie sie weinte, wenn sie die Milch verdünnen mußte. Nun, siehst du, ebenso schäme ich mich, wenn ich schlecht singe, hast du verstanden?«

Samgin klopfte ihr beifällig auf den Rücken und sagte sogar: »Das ist bei dir sehr kindlich herausgekommen . . .«

»Ja, ich bin ein Dummchen, ein Dummchen«, gab sie hastig zu und küßte ihn auf die Stirn. »Wir sehen uns nach dem Konzert, ja?«

Sie hatte ihn ein wenig zerstreut, doch kaum war sie hinter der Tür verschwunden, vergaß Samgin sie, da er wieder in sich hineinlauschte und eine unbestimmte Unruhe aufsteigen fühlte.

Ich bin müde. Ich werde krank.

Er nahm die Zeitung und legte sich auf den Diwan. Der Leitartikel der Zeitung »Unser Wort« zeterte in großer, aber gedrängter Schrift mit einer Menge von Frage- und Ausrufezeichen zornig über die Menschen, die »kein Verantwortungsgefühl dem Land und der Geschichte gegenüber haben«.

»Wir sind aufrichtige Demokraten, das ist bewiesen durch unseren langjährigen, unermüdlichen Kampf gegen den Absolutismus, bewiesen durch unsere kulturelle Arbeit. Wir sind gegen das versteckte Predigen von Anarchie, gegen den Wahnsinn der ›Sprünge aus dem Reich der Notwendigkeit ins Reich der Freiheit‹, wir sind für kulturelle Evolution! Und wie kann man, ohne in unversöhnliche Widersprüche zu verfallen, die Willensfreiheit leugnen und zugleich unwissende Menschen belehren – springt!«

In der Provinz wird stets einfacher gedacht; das mag uns manchmal komisch vorkommen, aber für Provinzler muß man eben so schreiben, stellte Samgin fest, dann fragte er sich: Uns – wer soll das sein? und erstickte diese Frage durch das Rascheln des Papiers. Auf der Rückseite war der Nekrolog auf einen Mann abgedruckt, der den sonderbaren Familiennamen Upowajew hatte. Von ihm war gesagt: »Als hochkultivierter Mann verfügte Iwan Kallistratowitsch über die Objektivität eines wahren Humanisten, über jenes seltene Einfühlungsvermögen in das Wesen der Lebenswidersprüche, das ihm die Kraft verlieh, Widersprüche zu versöhnen, die scheinbar unversöhnlich sind.«

In der Theaterrubrik schrieb ein gewisser Idron: »Heute werden wir nochmals Volkslieder in dem idealen Vortrag von J. W. Streschnewa hören. Sie wird wieder freigebig die regenbogenfarbenen Blumen der Töne in den Saal des Kaufmannsklubs werfen, wird uns wieder durch lyrische Stoßseufzer und verwegene Aufschreie erregen, die sie an der unerschöpflichen Quelle echten Volksschaffens einfühlig erlauscht hat.«

Samgin schmiß die Zeitung auf den Boden, schloß die Augen, und sofort erstand vor ihm das Bild des nächtlichen Alptraums, der Reigen seiner Doppelgänger begann zu kreisen, aber jetzt waren es schon nicht mehr Schatten, sondern Menschen, ebenso gekleidet wie er, sie kreisten langsam und ohne ihn zu streifen; es war sehr unangenehm zu sehen, daß sie keine Gesichter hatten, an Stelle des Gesichts hatte jeder so etwas wie eine Handfläche, sie schienen daher wie dreihändig. Dieser Halbschlaf erschreckte ihn, er öffnete die Augen, stand auf und schaute sich um. Meine Phantasie entfaltet sich krankhaft.

Er beschloß, sich zu erfrischen, und ging auf die Straße; aus der Ferne kam ihm ein Leichenzug entgegen.

Wahrscheinlich wird Upowajew beerdigt, kombinierte er, bog in eine Seitengasse ein und ging irgendwohin bergab, wo die Gasse von dem buckligen, grünen Dach einer Kirche mit drei Kuppeln darüber abgeschlossen wurde. Zu ihr hinunter liefen zwei Reihen untersetzter, bauchiger Häuschen, die mit dicken Schneehauben bedeckt waren. Samgin fand, daß sie einige Ähnlichkeit mit Menschen in Pelzmänteln hatten und daß die Fenster und Türen der Häuser Taschen glichen. Eine dicke Schicht grauer, kalter Langeweile hing über der Stadt. Aus der Ferne drang trübsinniger Kirchenchorgesang.

Wie vertraut, eintönig ist doch das alles. Und – wie dauerhaft. Es ist fest in der Erde verwurzelt.

Ebenso gleichmütig dachte er daran, daß er, wenn er beschlösse, sich mit literarischer Arbeit zu befassen, von dem stillen Triumph der bösen Langenweile des Lebens nicht schlechter als Tschechow schreiben würde und selbstverständlich schärfer als Leonid Andrejew.

Hinter der Kirche, an der Ecke eines kleinen Platzes, wölbte sich über dem Eingang eines einstöckigen Hauses ein gelblich-grünes Schild: »Restaurant Peking«. Er betrat die kleine warme Gaststube und setzte sich in die Ecke an der Tür unter einen riesengroßen alten Gummibaum; ein Spiegel zeigte ihm sieben Personen, sie saßen an zwei Tischen beim Büfett, und zu ihm drangen die Worte: »Du solltest diese gewandten Leutchen etwas – hem – mutiger entlarven, Iwan Wassiljewitsch, sonst – hem – überflügeln sie uns bei den Wahlen!«

Die Stimme war fett, brummig; zugleich erklang ein dünnes und zorniges Stimmchen: »Was ist er denn, zum Teufel, für ein Sozialrevolutionär, wenn er von jung auf sein ganzes Leben lang mit Zitronen handelt?«

»Sie verkleiden sich hier alle als Proletarier«, sagte ein dritter.

Als Samgin im Spiegel die trüben Abbilder dieser Leute betrachtete, erblickte er unter ihnen Iwan Dronows langohrigen Kopf. Er wollte aufstehen und gehen, aber da brachte der Kellner den Kaffee; Samgin beugte sich über die Tasse und hörte zu. »Da haben sie nun so lange gelebt und sind auf einmal alle Sozialrevolutionäre, seht mal an!«

»Der verstorbene Upowajew war ein Jesuit, hat ihnen aber tüchtig die Meinung gesagt! Entsinnt ihr euch, im Stadtpark, he?«

»Na und ob! ›Haben wir nicht genug Licht? Ist es nicht Zeit, meine Herrschaften, die Brandfeuer der kultivierten Gutshöfe zu löschen? Es ist doch ganz klar! Alle sehen die Zerstörungsarbeit der spontanen Kräfte Gier, Neid und Haß – das Wirken von Kräften, die Sie wachgerufen haben!‹«

»Was für ein gutes Gedächtnis du hast, Grischa!«

»Für treffende Worte ...«

»Der Verstorbene ist doch ein Halunke gewesen!«

»Wir alle sind Sünder vor Gott.«

Die Gesellschaft brach in einmütiges Gelächter aus, während Samgin bei diesem Lachen mit dem Löffel an die Untertasse klopfte, weil er rasch gehen, Dronow nicht begegnen wollte. Aber Dronow sagte: »Nun, ich muß zur Redaktion«, und trat auf seinen kurzen Beinen mit kleinen Schritten an Samgins Tisch, als der Kellner ihm gerade herausgab.

»P-pah! Woher?«

Er gab Samgin nicht die Hand, was wohl daher kam, weil er einen Rausch hatte. Mit beiden Händen auf den Tisch gestützt, betrachtete er Klim unverfroren, mit zugekniffenen Augen, schnaufte durch die Nase, fragte ihn laut aus und erzählte: »Du wohnst im ›Wolga‹? Ich werde dich besuchen. Dort wohnt die Streschnewa, eine Sängerin – sie ist wunderbar! Und ich, mein Lieber, vertrete hier den Redakteur von ›Unser Wort‹. ›Unser Land‹, ›Unser Wort‹ – alles ist hier unser, mein Lieber!«

Ganz neu gekleidet, glich er einem Verkäufer aus einem Konfektionsgeschäft. Er war dick geworden, sein wohlgenährtes Gesicht glänzte, das kleine Näschen verschwamm auf den roten Wangen, die Nüstern hatten sich geweitet.

»Du bist wohl zum Agitieren hergereist, ja? Für die Sozialdemokraten?«

Samgin sagte trocken, er habe beim Gericht zu tun, aber Dronow lächelte hämisch, zwinkerte und eilte davon, nachdem er wiederholt hatte: »Ich werde dich besuchen.«

Samgin blickte über die Brille hinweg hinter ihm her, verzog schmerzlich das Gesicht und dachte: Wie oft gibt es doch unnötige und unangenehme Begegnungen mit der Vergangenheit ...

Er ging zu Fuß ins Konzert, verspätete sich und mußte an der Eingangstür zum Saal stehen. Der lange, durch zwei Reihen dicker Säulen beengte Saal war dicht mit Publikum gefüllt; die feste Masse wurde gleichsam zusammengepreßt und durch den Andrang der Leute, die dicht hinter den Säulen, hinter den Stuhlreihen und sogar auf den türengroßen Fenstersimsen standen, zum Podium vorgeschoben. Von der Empore hingen gleich Trauben die Köpfe der Jugend herab, die von den Kandelabern an den Säulen von unten her beleuchteten Gesichter sahen ungewöhnlich großäugig aus. Dunjascha wiegte sich auf dem Podium, als schwebte sie in der Luft, hinter ihr ragte in einem Goldrahmen Zar Alexander II., das rasierte Kinn auf Dunjaschas goldenen Kopf gestützt. Am Flügel saß ein dicker, kahlköpfiger Mann, der langsam und sparsam den Tasten gedämpfte Akkorde entlockte.

In bescheidenem, schwarzem Kleid mit Spitzenkragen, eine rote Rose am Gürtel und klein wie ein Backfisch, füllte Dunjascha den Saal mit Worten, die ebenso einfach waren wie sie selbst. Ihr nicht starkes, aber geschmeidiges und klares Stimmchen klang unerschöpflich und schuf eine angespannte Stille. Samgin, der die einförmigen Modulationen des Liedes nicht weiter beachtete, spürte in dieser Stille etwas Angenehmes und suchte, was das war. Er fand es leicht heraus: Mehrere hundert Menschen hörten stumm und wahrscheinlich sogar dankbar der Stimme der Frau zu, über die er verfügen konnte, wie er wollte. Er lächelte, nahm die Brille ab und dachte, während er sie putzte, nicht ohne Stolz, daß Dunjascha begabt sei. Die Stille wurde plötzlich durch einmütiges Händeklatschen und Rufen gesprengt und aufgehoben, besonders stürmisch rief die Jugend auf der Empore, und irgendwo in der Nähe sagte, mit seiner Stärke prunkend, ein sehr tiefer Baß: »Dan-ke!«

Dunjascha wiegte sich komisch, schwenkte die Arme und nickte mit ihrem kupferroten Kopf; ihr sommersprossiges Gesicht strahlte vor Freude; sie ballte beide Hände zu einer kleinen Faust, schüttelte sie vor ihrem Gesicht, dann küßte sie diese kleine Faust, löste die Hände voneinander und warf den Kuß dem Publikum zu. Diese Gebärde rief noch stürmischeres Rufen, ein frohes Lachen im Saal und auf der Empore hervor. Samgin lächelte auch und blickte die Leute neben sich an, besonders einen dicken Mann in der Uniform des Verkehrsministeriums, dieser betrachtete Dunjascha durchs Opernglas und sagte laut mit genießerischem Schmatzen: »Wie lieb sie ist, das Kätzchen! Verderblich lieb ...«

Man ließ sie eine ganze Weile nicht zum Singen kommen, dann sagte sie etwas zum Publikum und begann in der Stille wieder erstaunlich leicht zu singen. Samgin fühlte plötzlich, daß ihn das alles kränkte. Er zog sich sogar vom Publikum auf einen Absatz zwischen zwei Marmortreppen zurück, schloß sich von diesen Hunderten von Menschen aus. Er erinnerte sich lebhaft Dunjaschas im Bett, nackt, mit zerzaustem Haar, die Zähne lüstern zeigend. Und dieses sinnliche, hemmungslose kleine Frauenzimmer zwang nun ein paar hundert Menschen, ihr zuzuhören, über sie in Entzücken zu geraten, nur weil sie dumme Lieder zu singen verstand, weil sie die Fähigkeit besaß, das Gejammer der Bauernweiber und Bauernmädchen, die Sehnsucht der Weibchen nach den Männchen wiederzugeben.

Es gibt Menschen, die in ihrem Leben die mannigfaltig schweren Eindrücke des Daseins unermüdlich zermahlen wie die Mühlsteine Körner, um in ihnen etwas zu entdecken oder um sie zunichte zu machen. Solche Menschen existieren für diese Idiotenmenge nicht. Sie – existiert.

Während er nachdachte, hörte Samgin der reizvollen Melodie eines schwermütigen Liedes zu und wurde immer erbitterter Dunjascha gegenüber, und als die Stille wieder gesprengt wurde, fuhr er zusammen und wiederholte: Diese Idioten!

Es klang im Saal, als schlügen viele hundert Hühner mit den Flügeln; von der Empore herab rief jemand: »Ein ukrainisches!«

Zwei junge Leute kamen mit einem Blumenkorb die Treppe heraufgelaufen, ihnen entgegen bewegte sich das Publikum, ein Mann mit breitem, grauem Bart, in langschößigem Überrock, sagte: »Bezaubernd! Das ist etwas von uns! Das ist Rußland!«

Auf Samgin kam in dunkelrotem Kleid, einen bunten Schal über der Brust, Marina zu: »Laß uns hinuntergehen, dort kann man Tee trinken«, schlug sie vor und seufzte laut, als sie die Treppe hinuntergingen. »Wie reizend sie sich mit den Liedern schmückt, und wie rein ihre Stimme ist, da kann man wirklich sagen: ein lichtbringendes Stimmchen!«

Wenn sie sprach, zuckten ihre Brauen, mit erhabenem Kopfnicken erwiderte sie ehrfürchtige Verneigungen.

»Ich bin ein schlechter Kenner von Volksliedern«, sagte Samgin trocken.

»Das Lied ist das eine, der Gesang etwas anderes.«

Samgin war es peinlich, neben Marina zu gehen, die Städter betasteten ihn unverfroren mit neugierigen Blicken, stießen ihn, ohne sich zu entschuldigen. Unten in dem großen Raum drängten sie sich wie in einem Bahnhof, gingen in dichter Masse zum Büfett; es funkelte vom verschiedenfarbigen Glas der Flaschen, und inmitten der Flaschen erhob sich über einer kleinen Tür zwischen zwei Schränken ein schwerer Heiligenschrein mit goldenen Weinstöcken, worin sich eine Ikone mit dunklem Antlitz befand; vor der Ikone flackerte in einer Kristallampel ein Flämmchen, und das verlieh dem Büfett eine sonderbare Ähnlichkeit mit dem Ikonostas einer Kapelle. Und wenn die Leute die Gläser erhoben, schien es, als bekreuzigten sie sich. Irgendwo in der Nähe klapperten Billardkugeln, als setzten sie Punkte hinter die belehrenden Worte des bärtigen Mannes im langschößigen Überrock: »In unserer Zeit an altvertraute, liebe Schönheit zu erinnern – das ist ein Verdienst!«

Links spielten gesetzte Männer bei offenen Türen an drei Tischen Karten. Vielleicht sprachen sie miteinander, doch der Lärm übertönte ihre Stimmen, und die Handbewegungen waren so einförmig, als wären alle zwölf Gestalten Automaten.

Marina, die halblaut die Sängerin lobte und sich nachdenklich an ein Tischchen in der Ecke setzte, bestellte Tee und berührte Samgin mit den Fingern am Ellenbogen. »Warum bist du so mürrisch?«

»Ich sehe und höre zu.«

»Aha – dem dort? Das ist der hiesige Don Juan...«

Zwei Schritte von Klim entfernt stand, mit dem Rücken zu ihm, ein schmaler, wohlgebauter Mann im Frack und sagte, sich selbst mit der Hand in einem breiten Ärmelaufschlag dirigierend, schallend zu zwei dicken Männern: »Ja, die Revolution ist beendet! Aber wir wollen uns nicht über sie beklagen, uns, der Intelligenz, hat sie großen Nutzen gebracht. Sie hat uns gesäubert, hat all das Überflüssige, Lebensfremde abgeworfen, das uns zu leben hinderte, wie Muscheln und Algen am Kiel ein Schiff bei der Fahrt behindern...«

»Er hat den Dienst hinter sich und – demaskiert sich«, fügte Marina mit leisem, spöttischem Lachen ein.

»Jetzt steht uns eine lebendige, praktische Sache bevor...«

»Das Söhnchen des Kreisadelsmarschalls«, raunte Marina.

»Die Staatsordnung...«

»Halt's Maul!« brüllte eine heisere Stimme. Samgin zuckte zusammen, erhob sich, alle Köpfe wandten sich dem Büfett zu, das Stimmengewirr wurde leiser, das Klappern der Billardkugeln lauter, und als es ganz still geworden war, sagte jemand trübsinnig: »Na was denn? Wir spielen Treff.«

Am Büfett stand Oberleutnant Trifonow, die Rechte hielt er am Degengriff, mit der Linken hatte er einen kahlköpfigen Mann, der um einen Kopf größer war als er, am Kragen gepackt; er zog den

Kahlköpfigen zu sich heran, stieß ihn wieder von sich und krächzte: »So ein Pack in Schutz zu nehmen, dabei hat es ...«

Der Kahlköpfige gab wankend, die Hände an der Hosennaht, einige unartikulierte Laute von sich.

»Rufen Sie den diensthabenden Obmann!« rief der Mann im Frack und lief in das Zimmer der Kartenspieler.

»Was für ein Gesichtchen er macht – hu!« sagte Marina ziemlich gleichmütig.

Samgin blickte unverwandt das krebsrote, häßlich aufgedunsene Gesicht und die Brust des Oberleutnants an; der Oberleutnant atmete so stürmisch und rasch, daß das weiße Ordenskreuz an seiner Brust hüpfte. Das Publikum zog sich eilig zurück, der Mann im Überrock trat mit breiten Schritten auf den Oberleutnant zu, verbarg die Hand mit der Zigarette auf dem Rücken und fragte: »Entschuldigen Sie, worum geht es?«

»Scher dich weg«, sagte der Oberleutnant müde, er stieß den Kahlköpfigen von sich, dann wollte er ein Glas vom Tablett nehmen, warf es aber um, schlug mit der Faust auf die Theke und kreischte auf. »Warum hast du dich denn als Bauer kostümiert, du Tölpel?« schrie er den Mann im Überrock an. »Ich – prügle die Bauern! Verstehst du? Ihr hört euch Liederchen an, spielt Karten und Billard, während meine Leute sich die Glieder abfrieren, der Teufel soll euch holen! Und ich bin für sie verantwortlich.«

Der Oberleutnant holte weit mit der Hand aus, schlug sich an die Brust und stieß einen Fluch aus, der sich nicht wiedergeben läßt ...

»Rufen Sie den Kommandanten an«, rief der bärtige Mann, ergriff einen Stuhl und stellte ihn als Schutz zwischen sich und den Oberleutnant, der am Degengriff zog, ohne die Säbelscheide mit der Linken festzuhalten.

»Na, gehen wir«, schlug Marina vor. Samgin schüttelte ablehnend den Kopf, aber sie hakte sich bei ihm ein und führte ihn weg. Aus dem Billardzimmer stürzte, die Hände mit dem Taschentuch abwischend, ein hochgewachsener, dünnbeiniger Offizier heraus, er lief mit so kleinen Schritten zum Büfett, daß Marina bemerkte: »Er rennt – aber beeilt sich nicht.«

»Sie machen Revolution, diese Schufte, und dann brüllen sie: Schütze uns!« rief der Oberleutnant; der Offizier trat dicht an ihn heran und schneuzte bedrohlich, als wollte er das rasende Geschrei übertönen.

»Du machst ein gräßliches Gesicht, was hast du?« raunte Marina Samgin ins Ohr, er murmelte: »Ich bin mit ihm in ein und demselben

Abteil gereist. Er fuhr zur Unterdrückung eines Aufstandes. Er ist nicht ganz normal ...«

»Hu, so gefällst du mir nicht, nein«, sagte Marina, als sie die Treppe betraten.

Eine Klingel rasselte, irgendwer rief verzweifelt: »Meine Herrschaften! Der zweite Teil des Konzerts beginnt ...«

Auf der Treppe ließ Marina Samgins Arm los, er ging sofort in die Garderobe hinunter, zog sich an und begab sich nach Hause. Der Schnee fiel in dichten Flocken, der Wind säuselte leise und steigerte dadurch die Stille.

Worüber bin ich erschrocken? überlegte Samgin, während er langsam dahinschritt. Ich gefiele ihr nicht, hat sie gesagt ... Was bedeutet das? Eine gleichgültige Kuh, beschimpfte er Marina, fühlte aber sofort, daß seine Erregung nicht diese Frau betraf.

Der Oberleutnant ist betrunken, oder er ist verrückt, aber er hat recht! Möglicherweise werde ich auch schreien. Jeder vernünftige Mensch muß schreien: Untersteht euch, mir Gewalt anzutun!

Zugleich mit dem betrunkenen Gebrüll des Oberleutnants erklangen in seinem Gedächtnis die Worte von der lieben, altvertrauten Schönheit, von den Muscheln und Algen am Schiffskiel und davon, daß die Revolution beendet sei.

Das ist Lüge! rief Samgin innerlich. Sie ist nicht beendet. Sie kann nicht beendet sein, solange man nicht aufhört, mein Ich zu martern ...

Er erkannte die plumpe Naivität seiner Gedanken, und das verstimmte und kränkte ihn noch mehr. In dieser Stimmung des Gekränktseins über sich selbst und über die Menschen, in der Stimmung erbitterter Betrübnis, die sich durch Nachdenken weder erschöpfen noch auslöschen ließ, kam er heim, zündete die Lampe an, setzte sich möglichst weit weg von ihr auf einen Sessel in der Ecke und saß, sich auf etwas vorbereitend, lange im Halbdunkel. Er saß da und erinnerte sich gewohnheitsmäßig an alles, was ihm begegnet war und ihn – so oder so – doch stets schmerzlich berührt hatte. Er brachte sich in Erinnerung, daß es solche zur Einsamkeit verurteilte Menschen wie er wahrscheinlich zu Tausenden und aber Tausenden gebe und daß er vielleicht unter ihnen derjenige sei, der am tiefsten leide. Die mit Erinnerungen schwer beladene Zeit schleppte sich äußerst langsam hin; die Uhr zeigte schon längst auf Mitternacht, und Samgin dachte einen Augenblick: Die Verehrer der lieben alten Zeiten bewirten sie jetzt in irgendeiner Gastwirtschaft.

Es war unangenehm, sich einzugestehen, daß er auf Dunjascha wartete.

Sie ist es nicht, auf die ich warte. Ich bin kein Verliebter. Bin kein Diener.

Doch als es im Korridor raschelte, als huschte der Wind vorbei, und als Dunjascha hereingelaufen kam, mit kalten Pfötchen seine Wangen umfaßte und ihn auf die Stirn küßte, empfand Samgin eine kleine Freude.

»Du wartest?« fragte sie mit raschem Geflüster. »Liebster! Ich ahnte es doch: sicherlich wartet er! Schnell, gehen wir zu mir hinüber. Neben dir hat sich ein recht widerlicher Mensch eingenistet, und scheinbar ein Bekannter. Er schläft noch nicht, er steckte eben den Kopf zur Tür heraus«, flüsterte sie und zog ihn hinter sich her; er ging mit und fühlte eine sonderbare, herbkühle Freude in sich aufsteigen.

»Tritt nicht so laut auf«, bat Dunjascha im Korridor. »Sie hatten mich natürlich zum Abendessen mitgenommen, das ist immer so! Sie sind sehr liebenswürdig, na und überhaupt ... Trotzdem ist das ein Gesindel«, sagte sie seufzend, als sie ihr Zimmer betreten hatte und die Oberkleidung ablegte. »Ich fühle das doch: Für sie sind Sängerin, Barmherzige Schwester oder Stubenmädchen – gleichermaßen Dienerin.«

»Gestern sprachst du anders«, erinnerte sie Samgin.

»Muß man denn jeden Tag ein und dasselbe sagen? So würde man ja nur sich selbst und den Mitmenschen zuwider werden.«

Auf dem Tisch brodelte der Samowar, blakte eine unförmige Lampe, Samgin verkleinerte sachkundig die Flamme.

»Ach, sie ist so niederträchtig«, sagte Dunjascha mit wegwerfender Handgebärde in Richtung der Lampe. »Nun, sag: Wie singe ich? Nein, warte – ich wasche mir erst die Hände, sie haben sie mit Küssen bedeckt, sie besudelt, diese Teufel ...«

Sie verschwand hinter dem Wandschirm, polterte dort mit dem Eisen des Waschtischs und schimpfte: »Hu, der Teufel ...«

Die Lampe blakte wieder. Samgin zündete zwei Kerzen an und löschte die Lampe aus.

»So ist es gemütlicher«, stimmte Dunjascha zu, als sie im pelzbesetzten Morgenkleid hinter dem Wandschirm hervortrat; sie hatte ihren Zopf gelöst, das rötliche Haar hing üppig über Rücken und Schultern herab, ihr Gesicht hatte sich zugespitzt und gewann in Klims Augen Ähnlichkeit mit einem Fuchsschnäuzchen. Obwohl Dunjascha nicht lächelte, glühten ihre unsteten, veränderlichen Augen vor Freude und schienen sich um das Doppelte vergrößert zu haben. Sie setzte sich auf den Diwan und schmiegte den Kopf an Samgins Schulter.

»Liebster, ich bin froh! So froh, daß ich wie berauscht bin und sogar weinen möchte! Oh, Klim, wie wunderbar ist das, wenn man fühlt, daß man seine Sache gut kann! Bedenke, was bin ich denn? Eine Choristin, meine Mutter ist eine Kuhmagd, mein Vater ist Zimmermann, und auf einmal – kann ich das! Da habe ich solche Schnauzen und Dickwänste vor Augen, doch ich singe, und jetzt gleich – wird mir das Herz brechen, daß ich sterbe! Das ist . . . herrlich!«

Nach Wein roch sie nicht, nur nach Parfüm. Ihre Begeisterung erinnerte Klim daran, mit welcher Erbitterung er im Konzert an sie und an sich gedacht hatte. Ihre Begeisterung war unangenehm. Dunjascha aber setzte sich zu ihm auf die Knie, nahm ihm die Brille ab und warf sie auf den Tisch, dann blickte sie ihm in die Augen.

»Nun sag: Habe ich dir gefallen?«

Samgin streckte die Hand nach der Brille aus und beugte sich dabei so weit vor, daß Dunjascha ihm vom Schoß glitt; darauf erhob er sich und begann, während er mit dem Weinglas in der Hand im Zimmer umherging, zu sprechen, ohne noch zu wissen, was er sagen werde:

»Ich hatte mich verspätet und mußte an der Tür stehen, dort hört man schlecht, und in der Pause . . .«

Er erzählte ausführlich von seiner unfreiwilligen Bekanntschaft mit dem Oberleutnant, davon, wie hart der Oberleutnant sich gegen den Gendarmen benommen hatte. Aber Dunjascha rührte das Mißgeschick des Gendarmen nicht, und als Samgin erzählte, wie der Rowdy den Revolver geraubt hatte, hörte er Dunjascha flüstern:

»Ein tüchtiger Bursche . . .«

Samgin warf einen verärgerten Seitenblick auf sie und sprach weiter von dem rebellischen Oberleutnant im Klubhaus. Dunjascha hörte mit kindlich halbgeöffnetem Mund zu, blinzelte, hatte ihr Haar in die Hände genommen und strich sich damit langsam über die Wangen.

»Nach dem Skandal ging ich und dachte über dich nach«, sagte Samgin halblaut, wobei er den Zigarettenrauch betrachtete und mit ihm Achten in die Luft malte. »Du singst dort oben, bildest dir ein, deine Stimme veredle diese Viecher, während unten diese Viecher . . .«

»Warum soll denn der Offizier ein Vieh sein?« fragte Dunjascha verwundert, mit zusammengezogenen Brauen. »Er ist bloß dumm und unentschlossen. Er sollte zu den Revolutionären gehen und sagen: ich geh mit euch! Das ist alles.«

Sie schenkte sich ein Glas Madeira ein und sagte: »Ich bilde mir überhaupt nichts ein.«

»Der Oberleutnant interessiert mich selbstverständlich nicht, sondern deine Zukunft...«

Und dann blieb er vor Dunjascha stehen und begann ihre Zukunft auszumalen.

»Du hast keine große Stimme, und sie wird nicht lange vorhalten. Das Künstlermilieu ist ein Milieu vom Publikum verwöhnter Menschen, die ungebildet, zügellos sind und eine simple Moral haben. Einiges an ihnen – zum Beispiel an Alina – hat vielleicht auch dich schon angesteckt.«

Er sah Dunjaschas Gesicht immer länger werden, es verlor die lebhafte Farbe, wurde scheckig, die Sommersprossen traten hervor, und sie kniff die Augen zu.

»Öffentliche Hanswurste sind das, sie sind nur zur Belustigung der Satten da...«

»Ach, mein Gott!« schrie Dunjascha auf und schlug verwundert die Hände zusammen. »Das hätte ich nicht erwartet! Du redest ja genau wie mein Mann...«

»Wenn er so redete, hat er nicht dumm geredet«, sagte Samgin, beiseite tretend, während sie bis zu den Schultern errötete, das Haar in den Rücken warf und fortfuhr: »Nein, dumm! Er ist ein hohler Mensch. Für ihn gibt es nur Gesetze, er hat alles aus Büchern, und im Herzen hat er nichts, sein Herz ist gänzlich leer! Nein, warte!« schrie sie auf und ließ Samgin nicht zu Wort kommen. »Er ist geizig wie ein Bettler. Er liebt niemanden, weder Menschen noch Hunde, noch Katzen, nur Kalbshirn. Ich dagegen lebe so: Hast du etwas, das erfreuen kann? Dann gib es hin, teile es mit jemandem! Ich möchte leben, um Freude zu bereiten... Ich weiß, daß ich das kann!«

Doch nun rannen ihr Tränen aus den Augen, und Samgin dachte: Sie versteht nicht richtig zu weinen – ihre Augen sind geöffnet und funkeln grell, der Mund lächelt, sie schlägt sich mit den Fäusten auf die Knie und ist überhaupt kriegerisch lebhaft. Ihre Tränen sind nicht echt, unnötig, das sind keine Tränen des Schmerzes oder der Kränkung. Sie sagte mit tiefer Stimme: »Er ist ein Dummkopf. Jederzeit ein Dummkopf: stehend, sitzend, liegend. Siehst du, solche Leute sollte man prügeln... sogar erschießen sollte man sie – mach keinen Rauch, keinen Gestank, du Dummkopf!«

Samgin hörte zu und fühlte, daß er sich ärgerte. Er drückte die Zigarette an einer Zitronenscheibe aus und sagte durch die Zähne: »Warte ein wenig, wüte nicht so...«

Sie wartete nicht. Auf dem Diwan zurückgelehnt, die Hände auf den Sitz gestützt, betrachtete sie Samgin verwundert und sagte: »Ich begreife gar nicht, wie du in das gleiche Horn stoßen kannst! Du kennst ihn nicht einmal. Und plötzlich beginnst du, der du so klug bist ... weiß der Teufel, was das ist!«

Samgin zuckte mit den Achseln und sagte: »Du singst süße Liedchen, und diese Idioten kommen zu der Überzeugung, alles sei in bester Ordnung ...«

Er sah ein, daß er schlecht sprach und daß seine Worte nicht zu ihr gelangten. Er hätte gern geschrien, gestrampelt und überhaupt diese kleine Frau erschreckt, damit sie andere Tränen weine. Das feindselige Gefühl gegen sie berauschte ihn, erregte seine Sinnlichkeit und erweckte Rachsucht. Er schritt vor ihr umher und malte sich ein Bild zynischer Abrechnung mit ihr aus, bereitete sich vor, sie zu packen und zu quetschen, ihr Schmerz zuzufügen, sie zum Weinen und Stöhnen zu bringen; er hörte schon nicht mehr, was Dunjascha sagte, sondern blickte ihre fast entblößten Brüste an und wußte, daß jetzt gleich ...

Aber sie selbst nahm ihn beim Arm, zwang ihn, sich neben sie zu setzen, dann umschlang sie fest seinen Kopf und fragte mit raschem, beunruhigtem Flüstern: »Was hast du, Liebster? Wer hat dir was zuleide getan? Nun, sag es mir doch! Mein Gott, du hast solche verrückten, solche kläglichen Augen ...«

Das war dumm, lächerlich und erniedrigend. Das hatte er nicht erwartet, er hätte sich nicht einmal vorstellen können, daß Dunjascha oder eine andere Frau in solchem Ton mit ihm sprechen würde. Betäubt, als hätte man ihn mit etwas Weichem, aber Schwerem auf den Kopf geschlagen, versuchte er sich aus ihren kräftigen Armen zu befreien, aber sie leistete Widerstand, drückte ihn noch fester an sich und raunte ihm leidenschaftlich ins Ohr: »Ich weiß, daß du es schwer hast, aber das wird ja nicht lange dauern, die Revolution wird kommen, sie wird kommen!«

»Erlaube mal«, murmelte er und wollte ihr etwas Böses, Ironisches, Vernichtendes sagen, sagte aber nur: »Das ist unbequem.«

Es war tatsächlich unbequem: Dunjascha schaukelte seinen Kopf hin und her, der steife Hemdkragen rieb ihn am Hals, Dunjaschas Armreif drückte ihn schmerzhaft am Ohr.

»Du bist ein kluger Mann«, flüsterte sie. »Ich weiß doch vieles über dich, ich habe gehört, wie Alina es Ljutow erzählte, und Makarow redete auch davon, und Ljutow selbst sprach auch gut von dir ...«

Klim hatte endlich seinen Kopf befreit, ordnete sein Haar und sprang auf.

»Ljutow hat von mir nicht gut sprechen können, noch überhaupt von sonst jemandem.«

Er fühlte, daß er nicht das Richtige sagte, sich nicht richtig benahm, und wahrscheinlich lächerlich war.

»Nein, nein, das stimmt nicht!« rief Dunjascha hastig und mit Nachdruck. »Er sagte in meinem Beisein zu Makarow: ›Samgin schaut vom Dachboden auf die Straße und wartet auf seinen Tag, sammelt Kräfte, und wenn es soweit ist, wird er ins Licht hinaustreten – und da werden wir alle nur so staunen!‹ Nur sagen sie, du seist sehr selbstsüchtig und verschlossen.«

Sie stand, die Arme auf seinen Schultern, vor ihm – die Arme waren schwer, doch ihr Augen glänzten betörend.

Eine höchst banale Szene, suchte Samgin sich einzureden, hörte aber zu.

»Ljutow ist großartig! Er ist wie Akim Alexandrowitsch Nikitin – der Zirkusdirektor, weißt du, der alle Artisten, Tiere und Menschen durchschaut.«

Er hatte ihre Taille umfaßt, aber ihre Arme schienen immer schwerer zu werden und machten seine grausamen Absichten zunichte, kühlten seine rachsüchtig erregte Sinnlichkeit. Aber trotz alledem mußte die Frau zurechtgewiesen werden.

»Nun, genug!« sagte er, packte sie absichtlich fest, ja grob und hob sie hoch, aber sie entwand sich seinen Armen und sprang hinter den Tisch.

»Nein, warte! Du meinst wohl, ich sei eine arme Irre, so etwas wie ein kleines, dummes Straßenmädchen? Du meinst, ich kennte die Menschen nicht? Gestern hat ein hiesiger Journalist, so ein stupsnasiges, fettes Ferkel ... Nun, es lohnt nicht, davon zu reden!«

Sie schlug das Morgenkleid über der Brust zusammen und sagte laut: »Nicht das Abscheuliche soll man mit anderen teilen, sondern das Erfreuliche ...«

»Genug«, wiederholte Samgin und trat auf sie zu.

»Laß das, du hast mich verstimmt, und ich bin müde!«

Sie seufzte und blickte gelangweilt hinter seine Schulter, an seinem Gesicht vorbei.

»Ich hatte gehofft, mit dir feiern zu können! Doch es ist nicht geglückt ... Geh jetzt. Ich bin sehr schlechter Laune! Auch ist es schon spät. Geh bitte!«

Klim ging, ohne ein Wort zu sagen, und hoffte sie damit zu kränken oder ihr begreiflich zu machen, daß er beleidigt sei. Er fühlte sich tatsächlich durch sich selbst beleidigt, weil er bei dieser sonderbaren Szene eine dumme Rolle gespielt hatte.

Der Teufel hat mich geritten, mit ihr zu reden! Sie ist gar nicht für Gespräche geeignet. Ein ganz banales kleines Frauenzimmer, dachte er zornig, als er sich auszog, und legte sich zu Bett mit der festen Absicht, morgen mit Marina wegen des Geldes zu sprechen und morgen noch auf die Krim zu fahren.

Als er jedoch am Morgen Tee trank, erschien Dronow.

Sein ganzes Wesen drückte Freude aus, er lächelte breit, so daß seine mit Gold reparierten Zähne sichtbar wurden, fuhr behende mit seinen Augäpfeln über Samgins Gesicht und Gestalt, zappelte mit den Beinen wie eine Fliege und rieb sich die Hände so kräftig, daß die Haut knirschte. Sein verschwommenes Gesicht erinnerte Klim an die Gestalten seines Traumes, die statt Gesichtern Handflächen hatten.

»Du bist alt geworden, Samgin, wirst grau und hast spärliches Haar«, stellte er fest und fügte mit freundschaftlichem Vorwurf hinzu: »Etwas früh! Obwohl die Zeiten so sind, daß man sogar grün anlaufen könnte.«

Samgin bot ihm Tee an, aber Dronow bat um Wein.

»Hier gibt es Weißwein, Graves, er ist sehr leicht und lieblich! Verlange etwas Käse, und dann bestellen wir ein Kaffeechen«, riet er flott. »Entschuldige, ich habe nachts fast gar nicht geschlafen, nach dem Konzert fand ein Essen statt, danach gab es ein Drama: Ein Offizier war übergeschnappt, hieb mit dem Säbel auf einen Polizisten ein, verwundete einen Droschkenkutscher und einen Nachtwächter und benahm sich überhaupt – recht kriegerisch!«

»Du erzählst lustig«, stellte Samgin lächelnd fest; Dronow blickte ihn mit zugekniffenem Auge von der Seite an und sagte, während er sich das rasierte Kinn rieb, sehr einfach: »Ich werde Zyniker, mein Lieber. Das Leben lehrt einen am erfolgreichsten den Zynismus.«

Er schnupperte mit der Nase und fügte ebenfalls lächelnd hinzu: »Jetzt, nachdem man es durcheinandergeschüttelt hat, riecht es nach Moder. Spürst du es nicht?«

»Nein«, antwortete Samgin und dachte, wenn er ihm erzählte, wie der Oberleutnant sich im Zug benommen, was er dort gesagt hatte, so würde Dronow darüber schreiben und alles banalisieren.

»Du spürst es nicht?« wiederholte Dronow, bestellte beim Kellner freundschaftlich Wein, Käse und Kaffee und – gähnte.

»Weißt du schon, Lidija Warawka lebt hier, sie hat sich ein Haus gekauft. Wie sich herausstellt, war sie verheiratet, ist verwitwet und – kannst du dir das vorstellen – ist eine Frömmlerin geworden, sie befaßt sich mit der religiös-sittlichen Wiedergeburt des Volkes, das ist – die Tochter Warawkas und einer Zigeunerin! Ein Witz, mein Lieber, nicht wahr? Sie ist eine wohlhabende Dame. Hier wird sie von der Sotowa, einer Geschäftsfrau, bearbeitet, die mit Kirchengerät handelt, sie soll auch Sektiererin sein, ist aber ein sehr schönes Weibsbild ...«

Samgin war es unangenehm, zu hören, daß Lidija in dieser Stadt lebte, und er hätte gern Näheres über Marina erfahren.

»In welchem Sinn bearbeitet sie Lidija – im sektiererischen?«

»Weiß der Teufel! Sie hat Lidija dazu gebracht, ihr ein Haus abzukaufen«, sagte Dronow widerstrebend und mit neuem Gähnen, streckte die Beine aus, steckte die Hände in die Hosentaschen und begann hastig zu fragen: »Nun, was tut sich dort bei euch, im Zentrum? Aus den Zeitungen wird man nicht klug. Herrscht nun immer noch Revolution oder schon Reaktion? Ich meine natürlich nicht, was gesprochen und geschrieben wird, sondern was man denkt. Von dem, was geschrieben wird, verdummt man nur. Die einen befehlen: Schürt das Feuer; die anderen: Löscht es! Und die dritten schlagen vor, das Feuer mit Stroh zu löschen ...«

»Und was meinst du selber?« fragte Klim; er wollte nicht über Politik sprechen und bemühte sich zu erraten, warum Marina, als sie die gemeinsamen Bekannten aufzählte, Lidija nicht erwähnt hatte.

»Was ich meine?« fragte Dronow zurück, schenkte sich Wein ein, trank ihn aus, wischte sich hastig die Lippen mit dem Taschentuch ab, und alle Anzeichen von Freude waren von seinem flachen Gesicht verschwunden; mit einem mürrischen Blick auf Klim kaute er an den Lippen und machte Schluckbewegungen, als wäre ihm übel. Samgin nützte die Pause aus.

»Immerhin: Was ist eigentlich diese ... Sotowa?«

»Nun ... was willst du denn von ihr?«

Klim sagte, er sei in Sachen seines Vollmachtgebers und der Sotowa hergekommen.

»Oje«, entgegnete Dronow. »Da hat dein Vollmachtgeber sich gerade den richtigen Zeitpunkt zum Prozeß ausgesucht! Stoßen wir an!«

Dronow schlürfte den Wein mit wonnig geschlossenen Augen aus und seufzte: »Die Sotowa? Sie ist schön, reich, man sagt, sie ist klug und angeblich fleischlichen Gelüsten unzugänglich, sie genießt Achtung in der Stadt, ist aber im allgemeinen eine undurchsichtige Frau! Ihr Mann war, wie es heißt, irgendein hausbackener Philosoph, Sektierer und Wucherer, hat jemanden vollständig ruiniert, worauf dieser sich erschoß. Frag doch Lidija nach ihr«, sagte er und zog die Schultern hoch, als fröre ihn. »Sie rupft Lidija sicherlich gehörig. Lidija ist doch reich – hu-hu! Ich habe sie um Geld für einen Verlag gebeten! Es ist doch mein Traum, Bücher herauszugeben! Sie willigte ein, versprach es mir, aber die Sotowa hat es ihr anscheinend verboten. Na – der Teufel soll sie beide holen! Ich werde mir schon Geld verschaffen. Nein, sag mir mal: Werden wir eine Verfassung bekommen?«

»Wir werden sie bekommen«, versprach Samgin, ohne ihn anzusehen.

»So . . .«

Dronow erhob sich ein wenig, schlug das eine Bein unter, setzte sich darauf und sah Samgin ein paar Sekunden ins Gesicht, wobei er sich auf die Lippen biß und mit der Uhrkette spielte; dann fragte er: »Brauchst du sie denn? Die Verfassung?«

»Eine sonderbare Frage.«

»Nein – im Ernst!«

»Ein Schritt vorwärts«, sagte Samgin widerstrebend und achselzuckend.

»Und – weit vorwärts?« fragte Dronow beharrlich. Klim, der gerade Wein einschenkte, antwortete nicht sofort.

»Wir werden sehen.«

»Das war vorsichtig gesagt«, seufzte Dronow. »Ich glaube nicht recht an das Ruhigsein, mein Lieber. Rußland ist ein un-ru-hi-ges Land«, sagte er, hierdurch an Turgenjews Pigassow erinnernd. »Ein durch und durch unruhiges. Und es regieren in ihm nicht die Romanows, sondern die Karamasows. Die Dämonen regieren. ›Es kreisen allerhand Dämonen.‹«

Er wird betrunken, stellte Samgin fest.

Dronows Gesicht quoll auf, er schnaufte, die Nasenflügel bebten, die Ohren wurden blutrot und schwollen an.

»Entsinnst du dich Tomilins? Ein prophetischer Mensch. Er kam hierher, um einen Vortrag über ›Ideal, Wirklichkeit und Dostojewskijs »Dämonen«‹ zu halten. Er wurde einmütig ausgepfiffen. Und in Tula oder Orjol wollte man ihn sogar verprügeln. Warum schneidest du Grimassen?«

»Ich habe Kopfschmerzen.«

»Bolschewik oder Menschewik?«

»Ich befasse mich nicht mehr mit Politik.«

Samgins Antwort oder die Gleichgültigkeit, mit der er antwortete, schien Dronow zu ernüchtern, er nahm seine goldene Uhr aus der Tasche und sagte, während er auf sie blickte, sehr einfach und nüchtern: »Ja, du gehörst nicht zu den Fischen, die sich mit einem Blinkköder fangen lassen! Ich auch nicht. Tomilin ist natürlich ein Katalog von Büchern, die niemand liest, und ein selbstzufriedener Idiot. Er prophezeit – aus Angst, wie alle Propheten. Na – der Teufel soll ihn holen!«

Er ließ die Uhr an der Kette pendeln, sah Samgin nachdenklich ins Gesicht und fuhr fort: »Jedoch – in welcher Strömung soll man schwimmen? Das ist, offen gesagt, mein Problem. Ich traue niemandem, mein Lieber. Auch dir nicht. Du befaßt dich mit Politik, alle Brillenträger befassen sich mit Politik. Ferner bist du Advokat, und jeder Advokat will ein Gambetta oder ein Jules Favre werden.«

»Das ist geistreich«, sagte Samgin, da er fand, daß er etwas sagen müsse.

Dronow erhob sich und blickte auf seine Füße mit Gamaschen.

»Ich sehe, daß du nicht aufgelegt bist, dich offen auszusprechen«, sagte er mit spöttischem Lächeln. »Und ich habe keine Zeit, dich aufzurütteln. Ich begreife natürlich: Das ist Konspiration! Vorgestern traf ich Inokow auf der Straße, ich rief ihm sogar etwas zu, aber er tat so, als kennte er mich nicht. Tja. Unter uns gesagt: Er war es, der den Oberst Wassiljew niedergeknallt hat, das steht fest! Na ja – leb wohl, Klim Iwanowitsch! Viel Erfolg! Ich wünsche dir viel Erfolg.«

Es schien, als wäre Dronow nicht gegangen, sondern als hätte er sich in der Luft in dicken, grauen Rauch aufgelöst.

Dieser kleine Halunke möchte gern groß sein, hat aber vor irgend etwas Angst, entschied Samgin, stieß den Stuhl, auf dem Dronow gesessen hatte, mit dem Knie beiseite und begann sich sorgfältig anzuziehen, weil er Marina besuchen wollte.

Sie hat auch von Lebensangst gesprochen, erinnerte er sich, als er unter der silbernen Sonne dahinschritt. Die Stadt, die sich in der Nacht mit Schnee geschmückt hatte, war erstaunlich sauber und ungewöhnlich, freundlich langweilig.

In Marinas Laden herrschte diesmal ein noch grellerer Glanz, als hätte man all das Kirchengerät eifrig mit Kreide blankgeputzt. Besonders stach ein Christus ins Auge, der, großzügig und lustig von der Sonne beschienen, vergoldet, kokett an ein schwarzes Marmorkreuz geschlagen war. Marina verkaufte gerade einem alten Mann im halblangen Schafpelz goldene Brustkreuzchen, er schüttete sie nachdenklich aus einer Hand in die andere, und sie sagte freundlich und eindringlich zu ihm: »Um heilige Gegenstände lange zu feilschen ist nicht schön!«

»Aber der Käufer, der wird doch mit mir feilschen?« fragte kopfschüttelnd der Alte. »Er möchte ja auch gern den heiligen Gegenstand so billig wie möglich kaufen ...«

Im selben freundlichen Ton, in dem sie mit dem Käufer sprach, sagte Marina zu Samgin: »Gehen Sie bitte dorthin!«

Das Zimmer hinter dem Laden schien Klim schon lange und bis

in die kleinsten Einzelheiten bekannt. Das war so sonderbar, daß es nach einer Erklärung verlangte, doch Samgin fand sie nicht.

Mein visuelles Gedächtnis ist gar nicht so gut, dachte er.

Der Junge mit dem bildhübschen Gesicht schloß fest die Tür zum Laden, das verlieh dem Zimmer eine noch unangenehmere Abgeschiedenheit. Das warme, etwas gespenstische Halbdunkel war auch unangenehm.

Eine undurchsichtige Frau, erinnerte sich Klim an Dronows Urteil und dachte verächtlich: Wie eine Fliege, auf allem hinterläßt sie ihre schmutzige Spur.

Dann erschien schlüsselklirrend Marina; er erzählte ihr sofort, weswegen er gekommen sei, und nachdem sie ihn aufmerksam angehört hatte, sagte sie träge: »Aljoscha Gogin weiß wahrscheinlich nicht, daß ich das Geld auf Kutusows Bitte hin sperren ließ. Schon gut, ich werde das regeln, und du wirst mir dabei helfen – an meinen Anwalt möchte ich mich in dieser Sache nicht wenden. Wie ist das denn, ziehst du mit Stepan am gleichen Strang?«

»Nicht ganz«, sagte Samgin. »Ich helfe, soweit ich kann.«

»Du sympathisierst«, sagte sie, als schriebe sie das Wort mit großer Handschrift, und erklärte es sich selber: »Sympathisieren, mitempfinden, bedeutet – nur halb empfinden. Trinken wir Tee?«

Sie fühlte die Seite des Samowars an, drückte auf einen Klingelknopf, und als der Junge zur Tür hereinblickte, sagte sie: »Wärme ihn auf, Mischa!«

Dann wandte sie sich wieder an Samgin: »An welcher Wahrheit wärmst du dich denn? Du bist doch Marxist?«

»Seine ökonomische Lehre erkenne ich an . . .«

»Stepan behauptet, man müsse Marx ganz anerkennen oder ihn lieber in Frieden lassen.«

Samgin fragte lächelnd: »Läßt du ihn in Frieden?«

Sie kam nicht zum Antworten, im Laden klirrte stürmisch die Glocke. Samgin setzte sich fester in den Sessel und dachte bei sich: Sie will mich ausforschen, Weiberneugier . . .

Er zwang sich wieder, an Marina als an ein energisches junges Mädchen in gelbem Jersey zu denken und sich ihrer dummen Worte zu erinnern: »Ich trage Jersey, weil ich Tolstois Predigten nicht ausstehen kann.« Kutusow pflegte sie »Kosakensturm« zu nennen. Und Samgin mußte wider Willen zugeben, daß diese Frau irgendeine angenehm bedrückende, warme Schwere an sich hatte.

Offenherzigkeit? Aufrichtigkeit? Ein interessanter Typ. Merkwürdig, daß sie gute Beziehungen zu Kutusow aufrechterhalten hat.

Im Laden sagte eine weiche Baßstimme einschmeichelnd melodisch: »Welch strahlenden Tag hat Gott uns beschieden, und wie schön harmoniert die Natur mit der Fröhlichkeit der Bürger, die vom Freiheitsgeist belebt sind...«

Dann begann die Baßstimme leiser zu sprechen, doch Marina sagte unnachgiebig: »Hundertfünfunddreißig, für weniger – das kann ich nicht.«

»Unser Städchen, Ehrenwerteste, ist klein, die Gemeindemitglieder sind nicht reich, rundum leben Heiden, Mordwinen.«

»Das kann ich nicht«, wiederholte Marina.

»Oh, hundert Rubel – das ist ja so viel Geld!«

Samgin horchte und lächelte. Der hübsche Mischa brachte den wütend kochenden Samowar herein und sah den Gast mit zornigem Blick unter seinen schwarzen Brauen hervor an, es schien, als wollte er nach etwas fragen oder schimpfen, doch da erschien Marina und sagte: »Die Popen feilschen erbarmungslos! Er kommt schon zum viertenmal, dabei wohnt er in einem entlegenen Landkreis. Wieviel Geld er schon allein fürs Essen ausgibt, wenn er sich hier aufhält!«

Während sie Tee aufbrühte, fuhr sie fort: »Ich hätte große Lust, mich mit dir mal, weißt du, so richtig offen ohne Auslassungspunkte zu unterhalten, ich brauche das sehr, aber du siehst ja, man stört mich immerfort! Nimm dir doch einen Abend und komm zu mir, hierher oder nach Hause.«

»Mit Vergnügen«, sagte Samgin.

»Zum Beispiel morgen. Da ist Sonntag, ich handle bis zwei. Ich habe dich als einen Menschen in Erinnerung, der mit vielem nicht einverstanden ist, und gerade das sind die interessantesten.«

Samgin hielt es für notwendig, sie darauf aufmerksam zu machen, daß er ihr wohl kaum interessant vorkommen werde.

»Na, wieso denn?« entgegnete sie freundlich. »Da hat ein Mensch sein halbes Leben hinter sich...«

»Das Leben läuft im Grunde darauf hinaus, daß der Mensch mit sich selbst seine liebe Not hat«, sagte Samgin fast zornig, unerwartet für sich selber, und das ärgerte ihn noch mehr.

»Das ist wahr«, stimmte Marina leicht und einfach bei, als hätte sie ganz gewöhnliche Worte vernommen.

Sie hat es nicht verstanden, dachte er mit mürrischer Miene und zupfte sich am Bärtchen, zufrieden darüber, daß sie sein unwillkürliches Eingeständnis so einfach hingenommen hatte. Aber Marina fuhr fort: »›Achtzigtausend Werst rund um sich selber herum‹, wie Gleb Iwanowitsch Uspenskij von Lew Tolstoi gesagt hat. Doch das ist wohl für immer so festgesetzt, daß die Erde sich rund um die Sonne dreht und der Mensch – rund um seinen Geist.«

Samgin blickte sie fragend an und erwartete irgendeine Hinterlist, sie schob ihm eine Tasse Tee hin und seufzte: »Ein prächtiger Mensch war Gleb Iwanowitsch! Ich habe ihn gesehen, als er geistig schon ganz verfiel, doch mein Mann hat ihn gut gekannt, sie tranken zusammen, Uspenskij schickte ihm seine Erzählungen, doch später stimmten sie im Verstand nicht mehr überein.«

Sie glättete mit den Händen den Rock auf ihren Knien und lächelte. »Auf ein Exemplar der Erzählung ›Es kam ihm in den Sinn‹ schrieb er für meinen Mann: ›Nach Gleichgewicht hast du getrachtet und bist vom Irrsinn jetzt umnachtet.‹«

»Was bedeutet das: Sie stimmten im Verstand nicht mehr überein?« fragte Samgin, als sie verstummt war und Tee zu trinken begann.

»Nun – in den Denkgewohnheiten, in seiner Richtung«, sagte Marina, und ihre Brauen zuckten, ein Schatten huschte ihr über die Augen. »Uspenskij war doch, wie du weißt, ein Märtyrer und fühlte sich als Opfer der Welt, während mein Mann Hedonist war, jedoch nicht im Sinne nur des fleischlichen Lebensgenusses, sondern der geistigen Genüsse.«

Klim blickte in ihre umflorten Augen und sagte anmaßend: »Das verstehe ich nicht ...«

»Ja, für dich ist das schwer verständlich«, gab Marina zu. »Du hast nicht umsonst auch im Gesicht etwas Ähnlichkeit mit Uspenskij.«

»Ich?« fragte Samgin verwundert. »Auch im Gesicht? Warum – auch? Meinst du denn, ich sei auch ein Opfer der Welt?«

»Nun, wer wäre nicht ihr Opfer?« fragte Marina und lachte plötzlich herzhaft, wobei sie den Kopf schüttelte, daß ihr üppiges, kastanienbraunes Haar wie Rauch wallte. Immer noch lachend, sagte sie: »Ja – worüber bist du denn erschrocken? Du darfst in mir nicht mehr jene kleine Närrin sehen, als die du mich in Petersburg gekannt hast, ich bin jetzt auf andere Art eine kleine Närrin.«

»Ich bin nicht erschrocken«, murmelte er, von ihr abrückend, »aber du wirst zugeben müssen, daß ...«

Marina stand auf und reichte ihm die Hand. »Also – bis morgen! Um zwei. Nun – leb wohl!«

Als sie ihn hinausbegleitete, sagte sie im Laden: »Hast du gehört – ein Offizier hat ein paar Leute niedergesäbelt! Wie entsetzlich!«

»Ja«, stimmte Samgin bei.

Tatsächlich – eine undurchsichtige Frau, dachte er, als er im abendlichen kalten Halbdunkel durch die Straße schritt. Er dachte ärgerlich nach und fühlte, daß die feindselige Neugier sich in ein ernsthaftes und beunruhigendes Interesse für diese Frau verwandelte. Er rechtfertigte vor irgendwem: Sie würde jeden interessieren. Hedonismus. Irgend so ein Unsinn. Sie hat offenbar viel gelesen. Spricht in der Manier der Heldinnen Leskows. An den Oberleutnant erinnerte sie sich erst nach allem und gleichmütig. Eine andere wäre lange entsetzt gewesen. Und – in sentimentaler Weise ... Intellektuelle Entsetzen sind überhaupt und immer sentimental ... Ich neige anscheinend nicht dazu, entsetzt zu sein. Ich verstehe mich nicht darauf. Ist das ein Vorzug oder ein Mangel?

Da er Dunjascha nicht sehen wollte, ging er in eine Gaststätte und aß dort Mittag, dann saß er lange beim Kaffee, rauchte und dachte über Marina nach, stellte Betrachtungen über sie an, aber sie wurde ihm nicht verständlicher. Zu Hause fand er einen Brief von Dunjascha vor, sie teilte ihm mit, daß sie in eine Geschirrfabrik fahre, um dort zu singen, und in einem Tag zurückkehre. In einer Ecke des Briefes befand sich der sehr klein geschriebene Zusatz: »Neben Dir wohnt ein verdächtiger Mann, und ihn besuchte heute Sudakow. Entsinnst Du Dich Sudakows?«

Samgin zerriß den Zettel in kleine Fetzen, verbrannte sie im Aschenbecher, trat an die Wand und lauschte, im Nebenzimmer war es still. Sudakow und der »verdächtige Mann« störten ihn beim Nachdenken über Marina, er läutete, woraufhin der Zimmerkellner erschien, ein kleiner Alter, ganz in Weiß und grauhaarig.

Wie ... irreal er ist, stellte Samgin fest. »Den Samowar und ein Fläschchen Rotwein, bitte! Wohnt jemand neben mir?«

»Der Herr beliebte mittags zum Bahnhof zu fahren«, antwortete höflich der kleine Alte.

Das war angenehm zu hören, und Samgin wandte sich sofort wieder Marina zu.

Eine kleine Närrin – auf andere Art? Sie glaubt an Gott. Und scheint sich selber zu ironisieren. Sollte sie wirklich an den kirchlichen Gott glauben? Im Grunde ist sie trotz ihres Umfangs auch irreal. Sie ist ungewöhnlich, gab er jemandem zu, der ihm widersprechen wollte.

Der Geruch des verbrannten Papiers zwang ihn, das Lüftungsfensterchen zu öffnen. An verschiedenen Stellen in der Stadt heulten die Hunde und bellten den Mond an. Der Mond stand über dem Feuerwachtturm. Wie der Punkt über dem i, erinnerte sich Samgin einer Verszeile von Musset – und stellte sich sofort ganz deutlich vor, wie dieses strahlende Kügelchen rund um die Erde kreist und wie die Erde sich in einer Spirale um die Sonne dreht, die ungestüm – und ebenfalls spiralenförmig – in den unermeßlichen Raum fällt; und auf der Erde, auf einem winzigen Punkt von ihr, in einer kleinen Stadt, wo die Hunde heulen, in einer öden Straße, steht in einem Holzkäfig ein gewisser Klim Samgin und blickt das tote Gesicht des Mondes an.

Es wurde kalt, er fuhr zusammen und schloß das Lüftungsfensterchen. Das kleine kosmologische Bild verschwand, doch Klim Samgin blieb, und es war ganz klar, daß dies auch irgendein irrealer Mensch war, ein sehr unangenehmer und sogar irgendwie ganz fremd jenem, der in einer unbekannten, hölzernen Stadt bei trübsinnigem, erschrecktem Hundegeheul an ihn dachte.

Die Sache ist die, daß ich im Leben den Punkt nicht finden kann, der mich voll und ganz anzöge.

Er tat sich selbst leid, und so dachte er: Das ist eine Eigenschaft ausnehmend begabter, vielseitig talentierter Menschen.

Doch vielleicht – auch eine Eigenschaft von Leuten ... die unter den Schlägen der Wirklichkeit zerbrochen sind.

Von Unbegabten? Nein. Unbegabtheit, das ist Formlosigkeit, ist Unbestimmtheit. Ich bin hinreichend bestimmt.

Der andere Samgin entgegnete ihm ebenfalls mürrisch, aber streng und fast grob: Du hättest solche Dummheiten wie diese Reise hierher unterlassen können. Du führst den Auftrag einer Gruppe von Leuten aus, die von sozialer Revolution träumen. Du brauchst überhaupt keinerlei Revolution, und du glaubst nicht an die Notwendigkeit einer sozialen Revolution. Was könnte es Unsinnigeres, Lächerlicheres geben als einen Atheisten, der in die Kirche geht und das Abendmahl empfängt?

Der Streit bekam rasch einen erbitterten Charakter; es mischte sich ein dritter Samgin ein – der Samgin kleiner Gedanken: Vom Abendmahl hat Dunjascha gesprochen ...

Samgin der Erste vertiefte die Gedanken.

Das Abendmahl empfangen – bedeutet, sich als Teil eines Ganzen anzuerkennen und zu fühlen, es bedeutet, auf sich selbst zu verzichten. Es ist möglich, daß man sich das vorstellt, aber man fühlt es wohl kaum. Es ist ein Selbstbetrug wie die »Liebe zum Volk« oder »Klassensolidarität«.

Und Stepan Kutusow?

Er hat selbst behauptet, die kapitalistische Gesellschaft zerstöre den sozialen Instinkt.

Er handelt, »der Handelnde ist ein Glaubender«.

Er tut nicht das, was alle tun, sondern handelt gegen alle. Du handelst, ohne zu glauben. Du trachtest vermutlich nicht einmal nach Selbstlosigkeit. Hinter dem ganzen Wirrwarr deiner Betrachtungen verbirgt sich Lebensangst, eine kindliche Angst vor der Dunkelheit, die du nicht aufzuhellen vermagst. Und auch deine Gedanken sind nicht deine. Finde und nenne auch nur einen, der von dir stammte, der vor dir von niemandem ausgesprochen worden wäre!

Dieser neue Samgin begann sichtlich überlegen zu werden, und jener, der sich selbst als wirklich, als real sah, widersetzte sich ihm fast nicht mehr, sondern dachte nur noch müde: Werde ich krank oder genese ich?

Der lautlose Streit ging weiter. Es herrschte eine unerschütterliche Stille, und die Stille verlangte gleichsam, daß der Mensch über sich selbst nachdenke. Und er dachte auch nach. Er trank Wein, Tee, rauchte eine Zigarette nach der anderen, ging im Zimmer umher, setzte sich an den Tisch, stand wieder auf und ging umher; nach und nach zog er sich aus, legte Rock und Weste ab, band die Krawatte auf, knöpfte den Hemdkragen auf, zog die Schuhe aus.

Die Gedanken wiederholten sich eintönig und wurden immer matter, sie schwirrten wie kleine Fliegen und wählten für ihr Spiel eine gewisse Leere, die jedoch eng begrenzt und nicht unbesetzt war. Dann löschte Samgin die Lampe aus und legte sich ins Bett, darauf wurde es rings um ihn noch stiller, leerer und kränkender. Die Kränkung nahm zu und verwandelte sich in ein anderes Gefühl, das der Angst vor irgend etwas ähnelte. Unangenehm, in Wellen, befiel ihn Schläfrigkeit, aber es gelang ihm nicht einzuschlafen, ihn hinderten Stöße von innen, die den Körper zum Zittern brachten. Unendlich lange zog sich diese öde, stumme Nacht hin, dann ertönte das Läuten zur Frühmesse, das Kupfer der Glocken sang so laut, daß die Fensterscheiben mit einem dumpfen Laut antworteten, der an beginnenden Zahnschmerz erinnerte.

Bis zwei Uhr warten – das sind sieben Stunden, rechnete Samgin zornig aus. Es war noch dunkel, als er aufstand und sich zu waschen und anzuziehen begann; er bemühte sich, alles ohne Übereilung zu tun, und ertappte sich dabei, daß er doch eilte. Das ärgerte ihn sehr. Dann ärgerte ihn der zu heiße Tee, und es gab noch einen, den Hauptgrund allen Ärgers: er wollte ihn nicht gern nennen, aber als er sich einen Finger mit kochendheißem Wasser verbrühte, dachte er unwillkürlich und erbittert:

Ich benehme mich wie vor dem Examen. Oder – wie ein Verliebter.

Als Samgin die Zeit bis Mittag mit Mühe hingebracht hatte, zog er sich an und verließ das Haus.

Ihn empfing ein weicher, silberner Tag. In der Luft glitzerte Schneestaub und lagerte sich als Reif auf den Telegrafen- und Telefonleitungen ab – durch diesen Staub hindurch leuchtete die etwas trübe Sonne. Dann überholte ihn ein Mann in einem nagelneuen hellgrauen Mantel und grauem Filzhut, den er so tief übergestülpt hatte, daß die Ohren unschön abstanden.

Er ging sehr schnell, hatte den Kopf vorgeneigt und die Hände in die Taschen gesteckt, und sein Gang erinnerte Samgin daran, daß er diesen Mann schon im Korridor des Gasthofs gesehen hatte, wo ihm sein gebeugter Rücken und der steil abgeschrägte Hinterkopf mit dem glatt daran klebenden schwarzen Haar aufgefallen waren.

Das ist wahrscheinlich Dunjaschas »verdächtiger Mann«. Er sieht nicht wie ein Spitzel aus. »Der verdächtige Mann« ist ja schon gestern abgereist ...

Der Mann ging bis zur Ecke, blieb stehen und begann vorgebeugt den Gummiüberschuh am erhobenen Fuß zurechtzuschieben; als er damit fertig war, zog er den Hut noch fester über den Kopf und verschwand hinter der Ecke.

Die öde Straße führte Samgin auf die Hauptstraße, beide mündeten im rechten Winkel auf einen Platz; von dem Platz preschte ein graues Zweigespann herbei, das mit einem blauen Netz bedeckt war; die Pferde glänzten in der Sonne, als wären sie eingeölt, und warfen die Beine so stolz und schön hoch, daß Samgin stehenblieb und ihren schnellen Paradelauf betrachtete. Auf dem Bock saß mit ausgestreckten Armen ein Riesenkutscher, der eine Pelzmütze mit quadratischem hellblauem Oberteil aufhatte, im Schlitten saß ein General in einem ungeheuer weiten Mantel; er hatte den Kopf, der von dem blauen Kreis der Mütze bedeckt war, in dem Biberkragen versteckt und glich einer aus Blei gegossenen Glocke. Hinter dem Schlitten sprangen schwerfällig auf Füchsen zwei Polizisten in schwarzen Mänteln und weißen Handschuhen her.

Samgin sah, wie hinter dem Schlitten eine Flammengarbe hochschlug, die einem Besen glich, sie durchschnitt die Luft mit einem kurzen Donnerschlag und wirbelte eine Wolke aus Schnee und grünlichem Rauch auf; alles rundum erbebte, die Fensterscheiben klirrten – Samgin wankte von dem Luftstoß gegen Brust und Gesicht und wurde fest an eine Mauer der Straßenecke gedrückt. Er sah, wie in der durchsichtigen Rauch- und Schneewolke eine Mütze Purzelbäume schlug; sie fiel als erste zu Boden, und nach ihr fielen, einander überholend, Holzspäne, graue und rote Stoffetzen herab; zwei von diesen waren besondes hoch in die Luft geflogen und fielen, da sie leicht waren, schrecklich langsam, als täten sie das, um für immer im Gedächtnis zu bleiben. Samgin sah, wie auf dem Schnee hie und da rote Tropfen auftauchten, einer von ihnen fiel dicht neben ihm auf die Spitze eines mit Schnee überpuderten Ecksteins, und das war so abscheulich, daß Samgin sich noch dichter an die Hauswand drückte.

Er merkte nicht, von wo ein schmalfesseliger Rappe herausgesprengt kam und mitten im Lauf an der Ecke stehenblieb, das Pferd wurde von Sudakow angehalten, der sich auf dem Bock zurückgelehnt und die Arme scharf zur Seite gekrümmt hatte; hinter der Ecke schoß der Mann im grauen Mantel hervor und sprang in den Schlitten, das Pferd jagte an Samgin vorbei, er sah, wie der graue Mann sich einen Pelz um die Schultern warf und eine zottige Mütze aufsetzte.

Das graue Zweigespann lief schon weit entfernt, hinter ihm her rollte der Kutscher über den Schnee; der eine Fuchs lief mit unnatürlich gestrecktem Hals auf drei Beinen und schnaufte, statt des vierten Beins stützte sich ein dicker Blutstrahl auf den Schnee; der andere Fuchs galoppierte hinter den grauen Pferden her, der Reiter hatte seinen Hals umschlungen und schrie; als der Gaul eine Plakatsäule streifte, fiel der Reiter herunter, während der Gaul sich an die Säule schmiegte und knarrend wieherte.

Der zweite Polizist, glatzköpfig, ohne Mütze, saß im Schnee; auf seinen Beinen lag eine Seitenwand des Schlittens, er fuchtelte mit einem Arm ohne Handschuh und Hand – aus dem Arm spritzte Blut –, mit dem anderen Arm bedeckte er das Gesicht und schrie mit unmenschlicher Stimme, die wie das Blöken eines Schafes klang.

Samgin stand betäubt auf zitternden Beinen da, er wäre gern gegangen, konnte es aber nicht, als wäre der Mantelrücken an der Hauswand festgefroren und erlaubte ihm nicht, sich zu rühren. Er vermochte auch nicht die Augen zu schließen, es fielen immer noch durch die Explosion hochgewirbelter weißer Staub und Fellfetzen herab; der verwundete Polizist hatte den Arm vom Gesicht genommen und zog die Schlittendecke aus Bärenfell über sich; Menschen huschten umher, aus unerfindlichem Grund lauter kleine, sie sprangen aus den Toren, aus den Haustüren und stellten sich im Halbkreis auf; ein paar Leute standen neben Samgin, und einer von ihnen sagte leise: »Nun auch bei uns . . .«

Niemand entschloß sich, an den formlosen Haufen grauer und roter Fetzen heranzugehen, aus ihm sickerte Blut, und von dem Blut stieg leichter Dampf auf. Es war schrecklich, dieses zerfetzte und kleine Etwas anzusehen, das keinerlei Ähnlichkeit mit einem Menschen hatte. Die Augen suchten in dem Haufen Stoffetzen angestrengt nach etwas Menschlichem, und Samgin schloß die Augen erst, als er unter dem Fell eine Schlittendecke, eine gelbe Wange, ein Ohr und neben diesem eine geöffnete Hand unterschieden hatte. Die

Stimmen der Menschen erklangen lauter, zwei von ihnen traten zu dem Polizisten und beugten sich über ihn. Eine hochgewachsene junge Dame mit Schlittschuhen in der Hand fragte Samgin: »Sind Sie verletzt?«

Er schüttelte den Kopf, riß sich von der Wand los und ging; das Gehen fiel schwer, als träte er auf Sand, und die Leute störten; neben ihm schritt ein Mann mit einem schmalen Riemen um den Kopf, er hatte eine Schürze umgebunden und trug auch eine Brille, aber eine rauchgraue.

»Aus ist's mit der Exzellenz«, sagte er leise, faßte Samgin am Ellenbogen unter und raunte ihm zu: »Wischen Sie sich doch das Blut von der Wange, sonst zieht man Sie noch als Zeugen heran.«

Samgin holte rasch das Taschentuch hervor, drückte es an die rechte Wange und klappte, als er einen scharfen, stechenden Schmerz empfand, erschrocken den Mantelkragen hoch. Der Schmerz an der Wange war nicht stark, breitete sich aber im ganzen Körper aus und schwächte Klim. Er blieb an der Ecke stehen und sah sich um: An der Plakatsäule lag das Pferd mit dem abgerissenen Bein und stand der eine Polizist, der sich mit dem Handschuh den Schnee vom Mantel schüttelte, den anderen führte man untergefaßt davon, und mitten auf der Straße lag der zertrümmerte Schlitten und ein rotgrauer Lumpenhaufen, auf den die Sonne schien und mit ihren Strahlen immer mehr Blut aus ihm herauspreßte, daß es aussah, als taue er; Samgin kam es vor, als leuchteten sowohl der Himmel und der Schnee als auch die Fensterscheiben greller, als leuchtete alles blendend und sogar schamlos grell. Er ging vorsichtig, wie über Eis, ihm kam es vor, als würde er hinfallen, wenn er rascher ginge. Wahrscheinlich wäre er an Marinas Laden vorbeigegangen, doch sie stand auf dem Bürgersteig.

»Den Gouverneur?« fragte sie leise und stieß Samgin, den sie am Mantelärmel ergriffen hatte, zur Ladentür hinein. »Oh, was ist denn mit deinem Gesicht? Klim, solltest du etwa...?«

An ihrem sonoren Flüstern und den Stößen in den Rücken erriet Samgin, daß sie erschrocken war und ihn anscheinend in Verdacht hatte. Er murmelte rasch ein paar Worte, und Marina, die ihn in das Zimmer gestoßen hatte, begann lauter, sachlich zu sprechen: »Nun, zeig einmal! In der kleinen Wunde steckt etwas... Setz dich!«

Sie lief in eine Ecke des Zimmers und fragte: »Hat man den, der die Bombe geworfen hat, gefaßt? Nein?«

Dann rieb sie ihm die Wange mit beißendem Kölnischwasser ab, stocherte schmerzhaft mit dem spitzen Fingernagel an ihr herum und sagte bereits ganz ruhig: »Ein kleiner Eisensplitter hatte sich hineingebohrt – eine Lappalie! Doch wenn er das Auge getroffen hätte ... Nun, erzähle!«

Aber er konnte nicht sprechen, in seiner Kehle bewegte sich ein heißer, trockener Knäuel, der ihn am Atmen hinderte; ihn hinderte auch Marina, die mit einem runden Stückchen Heftpflaster die Wunde an der Wange zuklebte. Samgin stieß sie von sich und sprang auf, er hätte gern geschrien, er fürchtete, daß er wie eine Frau zu schluchzen begänne. Während er im Zimmer umherschritt, hörte er sie sagen: »Oh, wie dich das erschüttert hat! Da, trink rasch ... Und nimm dich mal zusammen ... Gut, daß der Schwatzkopf Mischa nicht da ist, er ist hingelaufen, denn sonst ... Er hat Phantasie. Na, genug, Klim, setz dich!«

Samgin setzte sich gehorsam, schloß die Augen, kam zu Atem und begann zu erzählen, wobei er krampfhaft Tee trank und mit dem Glas an die Zähne stieß. Er erzählte hastig, zusammenhanglos, fühlte, daß er Überflüssiges sagte, und hielt sich zu spät zurück.

Ich hätte Sudakow nicht nennen sollen.

Marina hörte mit hochgezogenen Brauen zu, sie hatte die bernsteinfarbenen Pupillen ihrer geweiteten Augen auf ihn geheftet und leckte sich mit der Zungenspitze die Lippen, auf ihr rotwangiges Gesicht fiel gleichsam von innen ein kalter Schatten.

»Wenn das Bürschchen zurückkommt, mußt du aufhören, davon zu sprechen«, warnte sie ihn.

Und ohne die Augen von seinem Gesicht abzuwenden, ordnete sie mit beiden Händen die schwere Masse ihres kastanienbraunen Haars und fuhr halblaut fort: »Aber – wie überreizt du bist! Das hätte ich nicht erwartet! Du warst so ... ausgeglichen. Was wird denn mit dir, wenn du so weitermachst?«

Samgin zuckte mit den Achseln, ihr Ton war ihm angenehm, doch sie begann ihn ein wenig streng, wie eine Ältere, ins Verhör zu nehmen: »Hast du mit deiner Frau ganz gebrochen? Ist das mit Dunjascha etwas Ernstes? Wie und wo gedenkst du denn zu leben?« Er antwortete ihr knapp, offen, und selbst über diese Offenheit etwas verwundert, beruhigte er sich allmählich.

»Schwimmst du denn in deinem eigenen Fluß?« fragte sie nachdenklich und sagte gleich danach lächelnd: »So – es ist nur ein Haufen Fetzen von ihm übriggeblieben? Er war ein ganz ... gemeiner Kerl. Es sind ihrer drei: er, der Kreisadelsmarschall und der Gutsverwalter – sie vergriffen sich gern an halbwüchsigen Mädchen. Der Bischof erstattete gegen sie Anzeige nach Petersburg, sie hatten ihm ein kleines Mädchen seiner Eparchie abspenstig gemacht, das er für sich reserviert hatte. Jetzt ist sie hier das teuerste liederliche Frauenzimmer. So, jetzt ist der Nichtsnutz wieder da.«

Sie stand auf, ging in den Laden hinaus, und dort ertönten wuchtig ihre strengen Fragen: »Du hast wohl vergessen, du Tölpel, daß der Laden abgeschlossen werden muß? Was geht dich das an? Nun ja – man hat ihn nicht erwischt, doch was braucht dich das zu kümmern?«

Als sie zurückkehrte, sagte sie halblaut: »Man hat niemanden erwischt. Hör mal, Klim Iwanowitsch, geh in deinen Gasthof und zeige dich dort ...«

Samgin erhob sich und fragte verblüfft: »Denkst du wirklich ...«

»Ich denke gar nichts, aber – ich will nicht, daß andere sich etwas denken! Warte mal, ich will dir die kleine Wunde überpudern ...«

Und während sie den Puder mit heißem Finger auf seine Wange auftrug, sagte sie: »Wenn du dich langweilst, dann komm gegen sechs Uhr zu mir in die Wohnung. Einverstanden?«

Und seufzte.

»Unser liebes Leben geht von oben bis unten aus den Fugen.«

Sie schwieg eine Weile, als lauschte sie auf etwas, und nestelte mit den Fingern an der Uhrkette auf der Brust, dann sagte sie fest: »Nun – das macht nichts! Wenn wir es satt haben, schlecht zu leben – werden wir gut zu leben beginnen! Mögen sie rebellieren, mögen alle Leidenschaften zutage treten! Weißt du, wie die alten Leute zu sagen pflegten? ›Wer nicht sündigt, kann nicht bereuen, wer nicht bereut, wird nicht erlöst.‹ Hierin, mein Freund, liegt eine tiefe Weisheit verborgen. Und – eine solche Menschlichkeit, gleich der sich wohl keine andere finden läßt ... Also – bis heute abend?«

Samgin schritt gemächlich wie ein Spaziergänger heimwärts und dachte über diese Frau nach.

Es kann nicht sein, daß sie meint, ich sei an dem Terror beteiligt. Das ist entweder eine Äußerung der Sorge um mich oder die Befürchtung, sich zu kompromittieren, eine Befürchtung, hervorgerufen durch das, was ich von Sudakow gesagt habe. Doch wie gelassen sie den Mord hingenommen hat! dachte er verwundert und fühlte, daß Marinas Ruhe sich auch ihm mitgeteilt hatte.

In der Stadt war es unfeiertäglich still, auf der Eisbahn spielte keine Musik, Fußgängern begegnete man selten, weit öfter Lohnschlitten und »Privatgespannen«; sie brachten würdige und besorgte Menschen nach allen Richtungen, und Samgin stellte fest, daß fast alle Fahrgäste zusammengekauert dasaßen und das Gesicht mit dem Pelz- oder Mantelkragen verdeckt hatten, obwohl es nicht kalt war. An dem Haus gegenüber der Stelle, wo man den Gouverneur in die

Luft gesprengt hatte, war ein Fenster mit einem blauen Kissen zugestopft, ein Stück der Fensterverkleidung war weggerissen, und das rote Fleisch der Ziegel trat unangenehm zutage, während in der Mitte der Straße keinerlei Anzeichen der Explosion mehr zu bemerken waren, nur die Schneedecke war frischer, weißer geworden und bildete eine kleine Erhöhung. Samgin warf einen Seitenblick auf diese Erhöhung und ging rascher.

Im Vestibül des Gasthofs umfing ihn der sehr anheimelnde, beruhigende Geruch von Äpfeln und getrockneten Pilzen, und die Wirtin, eine treuherzige, angenehme Alte, sagte jammernd und schuldbewußt: »Haben Sie schon gehört, welch entsetzliches Ereignis? Was geht jetzt nur auf Erden vor? Unsere Stadt ist so ruhig gewesen, wir lebten, ohne jemandem etwas zuleide zu tun...«

»Ja, eine schwere Zeit«, gab Samgin zu. In seinem Zimmer legte er sich auf den Diwan, begann zu rauchen und wieder über Marina nachzudenken. Ihm war sehr sonderbar zumute; es kam ihm vor, als wäre sein Kopf mit warmem Nebel gefüllt und als vergiftete der Nebel den Körper mit Schwäche, wie nach einem heißen Bad. Marina sah er so deutlich vor sich, als säße sie in dem Sessel am Tisch.

Warum hat sie keine Kinder? Sie sieht gar nicht wie eine Frau aus, deren Gefühl vom Verstand unterdrückt ist, ja gibt es überhaupt solche Frauen? Will sie sich die Figur nicht verderben, verzichtet sie aus Angst vor dem Schmerz? Sie spricht eigenartig, aber das bedeutet noch nicht, daß sie auch ebenso denkt. Man kann sagen, daß sie nicht einer von den Frauen gleicht, die ich kenne.

Durch alles, was er dachte, wurde Marina nicht verständlicher, und am unbegreiflichsten blieb, daß sie den terroristischen Akt so gelassen hingenommen hatte.

An dem mondklaren Abend ging er eine steile Straße hinauf zwischen zwei Reihen einstöckiger Häuschen, die durch lange Zäune getrennt waren; dichte Gruppen schneebeladener Bäume trennten diese Häuschen, die gleichsam hinter Schneehügeln versteckt waren, noch mehr. Das Haus der Sotowa war auch einstöckig, seine fünf Fenster waren mit Läden geschlossen, durch die Ritzen von zweien sickerten Lichtstreifen, die wie Bänder auf dem dichten Hausschatten lagen. Ein Hausaufgang war nicht vorhanden. Samgin zog am Glockengriff des Hoftors und fuhr zusammen: Die Glocke war groß und empfindlich, sie schlug viermal, zu laut für diese gefrorene Stille. Das Pförtchen wurde von einem breitschultrigen Mann mit Weste und einer schwarzen Haarkappe auf dem Kopf geöffnet; sein Gesicht war dicht von einem breiten Bart umhüllt, und er roch nach Rauch. Er trat stumm zur Seite und ließ den Gast über einen Brettersteg zu den zwei Stufen des Hauseingangs gehen, der wie ein an die Hauswand gestellter Schrank aussah. Ein schwarzer Hund von der Größe eines kräftigen Hammels schlug kettenklirrend an. Im Vorzimmer, das voller Truhen stand, half eine großäugige, hochgewachsene und dürre Frau Samgin beim Ablegen.

»Du bist pünktlich«, sagte Marina, die aus dem erleuchteten Viereck der Tür wie aus einem Rahmen herausblickte. »Du bringst den Samowar, Glafiruschka.«

In dem großen Zimmer lagen über Kreuz auf dem gestrichenen Fußboden dunkle Teppichläufer, standen krummbeinige, altertümliche Stühle und zwei ebensolche Tische; auf dem einen von ihnen hielt ein Bronzebär einen Lampenfuß in den Tatzen; auf dem anderen erhob sich der schwarze Kasten einer Spieluhr; an der Tür schmiegte sich ein Harmonium an die Wand, in einer Ecke stand ein bunter Ofen aus Kusnezowschen Kacheln, neben dem Ofen befand sich eine weiße, zweiflügelige Tür; Samgin dachte, sie müsse in die Kälte, auf eine dick verschneite Terrasse hinausführen. Das dunkelrot mit Goldverbrämung tapezierte Zimmer wirkte feierlich, aber leer, die Wände waren kahl, nur in der vorderen Ecke glänzte die silberne Einfassung einer kleinen Ikone, und zwischen den Fenstern ragten unangenehm die dreizehigen Tatzen von Bronzekonsolen vor.

»Ein langweiliges Zimmer – wie?« fragte Marina, die aus dem Vorzimmer hereingeschwebt kam und an der Kreuzungsstelle der Läufer stehenblieb; in dem Hauskleid aus Kaschmirschals sah sie noch größer, höher und breiter aus, auf ihrer Brust ruhten zwei dicke Zöpfe. »Der Geschmack meines Mannes, er liebte die Geräumigkeit und nicht die Dinge«, sagte sie, die Wände betrachtend. »Er liebte die Musik, er besaß sieben solcher Spieluhren wie diese hier, manchmal stand er sogar nachts auf und setzte sie in Gang. Er spielte auf dem Harmonium. Grammophone und Ziehharmonikas dagegen konnte er nicht ausstehen. Er begeisterte sich sehr für ›Chowanschtschina‹, fuhr eigens in die Hauptstadt, um diese Oper zu hören.«

Samgin stellte fest, daß sie von ihrem Mann im Tone eines jungen Mädchens aus begüterter, kleinbürgerlicher Familie sprach, als hätte sie vor der Ehe in einem entlegenen Landkreis gelebt, durch Glückszufall einen reichen, interessanten Kaufherrn in der Gouvernementsstadt geheiratet und erinnerte sich nun dankbar und mit Stolz ihres Glücks. Er lauschte aufmerksam, ob in ihren Worten nicht versteckte Ironie klänge.

Die weiße Tür führte in ein kleines Zimmer mit Fenstern auf die Straße und in den Garten. Hier wohnte die Frau. In einer Ecke stand auf einer Staffelei, von Blumen umgeben, ein großer, ungerahmter Spiegel, ihn umfaßte von oben ein Drache aus Holz mit braunen Tatzen. Am Tisch drei tiefe Sessel, hinter der Tür eine breite Ottomane mit einer Menge bunter Kissen, darüber an der Wand ein kostbarer seidener Teppich, weiter hinten ein dicht mit Büchern gefüllter Schrank und neben ihm eine gute Kopie des Bildes »Beim Zauberer« von Nesterow.

Auf dem nicht großen, ovalen Tisch brodelte lebhaft ein vernikkelter Samowar; unter dem breiten, roten Lampenschirm prangte das Porzellan des Geschirrs, das Glas von Schälchen und Karaffen.

»Das ist meine Tageshöhle, und dort ist das Schlafzimmer«, deutete Marina mit der Hand auf eine unauffällige, schmale Tür neben dem Schrank. »Meine kaufmännischen Angelegenheiten erledige ich im Laden, und hier lebe ich als Dame. Intellektuell.« Sie lächelte träge und fuhr mit gleichmäßiger Stimme fort: »Auch gesellschaftlicher Verpflichtung komme ich dort in der Stadt nach, während ich hier nur zu Neujahr Besuch habe, auch zu Ostern und natürlich an meinem Namenstag.«

Samgin erkundigte sich, was sie als gesellschaftliche Verpflichtung bezeichne.

»Ja, siehst du, ich bin Vizepräsidentin des ›Vereins zur Unterstützung von Waisenmädchen‹, wir haben eine Schule, eine ganz gute Schule, wir erteilen Unterricht in feinen Handarbeiten, verheiraten die Mädchen, bewahren sie vor Versuchungen. Ich bin Mitglied des Gefängniskomitees, die Frauenabteilung befindet sich ganz in meinen Händen.« Sie zog die dichten Brauen hoch und lächelte wieder, diesmal bereits spitzer.

»Solche Leute wie du, wie Kutusow und Aljoscha Gogin bemühen sich, den Staat zu zerstören, während ich die Risse in ihm verkitte, folglich sind wir beide Antagonisten und gehen verschiedene Wege.«

Nur um etwas zu sagen, erinnerte Samgin: »Alle Wege führen nach Rom. Darf man rauchen?«

»Rauche ruhig. Ich rauche auch, wenn ich lese.«

Sie schwieg eine Weile und schenkte Tee ein, dann fragte sie plötzlich: »Nach welchem Rom denn?«

»In die Zukunft«, antwortete Samgin achselzuckend.

»Nun, das ist ziemlich unbestimmt! Ich hatte gedacht, du würdest sagen: auf den Friedhof. Nach deinen Augen zu urteilen bist du Pessimist.«

Samgin wartete, wann sie beginnen würde, ihn auszufragen, dann würde er sie auch fragen: Was ist der Sinn deines Lebens?

Ich bin fünfunddreißig, sie ist drei bis vier Jahre jünger als ich, rechnete er aus, während Marina mit sichtlichem Vergnügen den sehr aromatischen Tee trank, Hausgebäck knabberte und ihre leuchtenden Lippen oft mit der Serviette abwischte, wovon die Lippen noch leuchtender zu werden und die Augen noch stärker zu glänzen schienen.

»Fürchtest du dich nicht, so allein am Stadtrand zu wohnen?«

»Wieso ist hier Stadtrand? Nebenan befindet sich das Internat der adeligen Fräulein, dann – auf dem Berg – sind Militärdepots, dort stehen Wachtposten. Auch bin ich nicht allein, es sind ein Hausknecht, ein Dienstmädchen und eine Köchin da. Im Seitenbau wohnen Silberschmiede, zwei Brüder, der eine ist verheiratet, und seine Frau ist bei mir als Stubenmädchen angestellt. Aber als Frau bin ich allein«, fügte Marina unerwartet und sehr einfach hinzu.

»Langweilst du dich nicht?« fragte Samgin, ohne sie anzublicken.

»Noch nicht. Es halten viele um meine Hand an, da ich eine Dame mit Kapital und nicht ohne andere Vorzüge bin. Siehst du, daß sie um mich anhalten – das ist langweilig! Doch im allgemeinen geht es! Ich lese. Lerne Englisch, denn ich möchte gern mal nach England reisen...«

»Weshalb gerade nach England?«

Sie lächelte, ihre großen, dichten Zähne blinkten auf, und in den Augen zeigten sich humoristische Fünkchen.

»Ja, siehst du, mein Mann ist zweimal dort gewesen, er hat über fünf Jahre dort zugebracht und erzählte sehr interessant von den Engländern. Ich habe die Vorstellung gewonnen, daß sie das komischste, naivste und vertrauensseligste Volk sind. Sie haben der Blavatsky und Anni Besant geglaubt, aber siehst du, Fürst Pjotr Kropotkin, der Altadlige, und Friedrich Nietzsche haben die Briten nicht in Erstaunen versetzt, obwohl man Nietzsche bei uns sogar noch nach Dostojewskij für einen Propheten hielt. Und ihre Gelehrten, Crookes beispielsweise, Oliver Logde – ja sind es denn nur diese zwei? –, leben an die sechzig Jahre als Atheisten und glauben plötzlich an Gott. Obwohl hier sicherlich die Ordnungsliebe wirkt, und wo wäre denn mehr Ordnung als bei Gott in der Kirche? Nicht wahr?«

»Du scherzt sonderbar«, sagte Samgin, der verärgert war, sich aber zugleich unwillkürlich an ihrer Koketterie und Belesenheit weidete.

»Warum sonderbar?« entgegnete sie sofort mit hochgezogenen Brauen. »Und ich scherze auch nicht, das ist eben mein Stil, ich habe mir angewöhnt, von hochweisen Dingen einfach zu reden wie von häuslichen Angelegenheiten. Mich beschäftigen sehr ernsthaft die Leute, die immerzu nach Geistesfreiheit trachteten und sie auch gefunden zu haben schienen, doch die Freiheit erwies sich als Ziellosigkeit, als eine Art überirdischer Leere. Eine Leere, und – es gibt darin keinen anderen Stützpunkt für den Menschen außer seiner Erfindung.«

»Bist du denn . . . ich hatte gedacht, du seist gläubig«, sagte Samgin und blickte ihr mißtrauisch ins Gesicht, in die umflorten Augen. Sie fuhr fort, indem sie die Worte leicht aneinanderreihte: »Es ist traurig, wenn der Mensch sich nur auf sein fleischliches Wesen und auf den Verstand konzentriert, seinen Geist jedoch, das Element des Alls, beiseite schiebt oder unterdrückt. Aristoteles hat in der ›Politik‹ gesagt, der Mensch sei außerhalb der Gesellschaft entweder ein Gott oder ein Tier. Göttergleichen Menschen bin ich noch nicht begegnet, wohl aber Tieren unter ihnen – kleinen Nagetieren oder Dachsen, die ihr Leben und ihre Höhle durch Gestank schützen.«

An der Leichtigkeit, mit der sie sprach, erriet Samgin, daß sie oft solche Reden führte, und spürte in ihren Worten etwas, das ihn mißtrauisch aufhorchen ließ.

»Liest du viel?« fragte er.

»Ich lese viel«, antwortete sie und lächelte breit, wobei ihre Bernsteinaugen heller erglühten. »Aber ich bin mit Aristoteles ebenso wie mit Marx nicht einverstanden. Den Druck der Gesellschaft auf den Verstand und des Seins auf das Bewußtsein leugne ich nicht, aber mein Geist ist nicht begrenzt, der Geist ist keine irdische Macht, sondern – sagen wir mal – eine kosmische.«

Sie sprach ruhig und nicht wie eine Predigerin, sondern in dem freundschaftlichen Ton eines Menschen, der sich für erfahrener hält als den Zuhörer, aber nicht daran interessiert ist, daß der Zuhörer ihm beistimme. Die Züge ihres schönen, aber etwas massigen Gesichts waren feiner, deutlicher geworden.

»Unsere Aristotelesse in den Zeitungen und Zeitschriften, diese kleinen Despoten und Gewaltmenschen, vergöttlichen fast die Gesellschaft und verlangen, daß ich deren Recht, über mich zu herrschen, bedingungslos anerkenne«, vernahm Samgin.

Das war ihm schon lange bekannt und hätte ihn an vieles erinnern können, aber er verscheuchte die Erinnerungen und schwieg, da er wartete, bis Marina den Endsinn ihrer Reden zu erkennen geben würde. Ihre gleichmäßige dunkle Stimme versetzte ihn in einen Zustand gleich einer leichten Schläfrigkeit, die einen festen Schlaf, einen angenehmen Traum verheißt, doch ab und zu empfand er trotzdem kleine Stöße von Mißtrauen. Und es war merkwürdig, daß sie sich irgendwie beeilte, alles, was sie selbst anging, zu erzählen.

Sie spricht gern und versteht es, dachte er, als sie verstummt war, die Beine ausstreckte und die Arme auf der hohen Brust kreuzte. Er schwieg auch eine Weile und überlegte: Was hat sie denn gesagt? Im Grunde nichts Originelles.

Dann fragte er: »Was verstehst du denn unter dem Wort ›Geist‹?«

»Das kann ich einem, in dem er noch nicht erwacht ist, nicht erklären«, sagte sie mit gesenkten Lidern. »Und wenn er erwacht ist, sind keine Erklärungen mehr notwendig.«

Er kam nicht dazu, sie noch etwas zu fragen, Marina begann wieder zu sprechen: »Weißt du, daß Lidija Warawka hier lebt? Nein? Sie hat doch – entsinnst du dich? – in Petersburg bei meiner Tante gewohnt, wir besuchten gemeinsam Vorträge in der Philosophischen Gesellschaft, dort lehrten Bischöfe und Popen Literaten den Cäsaropapismus, es hat da so eine religiös-humoristische Gesellschaft gegeben. Dort lernte ich meinen Mann, Michail Stepanowitsch, kennen . . .«

Zum erstenmal nannte sie den Namen ihres Mannes und war nun wieder die Geschäftsfrau aus der Provinz.

»Nun – und was ist mit Lidija?« fragte Samgin.

»Sie ist heute von Petersburg gekommen und wäre fast unter die Bombe geraten; sie sagte, sie habe einen Terroristen gesehen, er fuhr mit einem grauen Pferd, trug einen Pelzmantel, hatte eine sibirische Pelzmütze auf. Aber das war sicherlich Einbildung und kein Terrorist. Auch stimmt es zeitlich nicht, daß sie hätte auf die Explosion stoßen können. Der Gouverneur war ein Onkel ihres Mannes. Ich habe sie besucht, sie liegt, fühlt sich nicht wohl, ist müde.«

Marina ergriff das Glas Portwein, trank etwas daraus und fuhr, mit den Fingernägeln ans Glas klopfend, fort: »Sie ist kein schlechter Mensch, aber sie ist zerschlagen, und alles an ihr klirrt. Sie lebt melancholisch und befaßt sich aus Schwermut mit der religiös-sittlichen Erziehung des Volkes, sie hat einen Zirkel organisiert. Man beschwindelt sie. Heiraten sollte sie. In einer traurigen Stunde erzählte sie mir von dem Roman mit dir.«

»Ich kann mir vorstellen, wie sie davon erzählt hat«, murmelte Samgin.

»Sehr gut, du irrst dich«, erwiderte Marina etwas streng. »Ein rührender Roman, und ohne Schuldige. Niemand ist schuld außer eurer Jugend, das begreift sie gut.«

»Sonderbar, daß weder sie Kinder hat noch du«, sagte Samgin zu seiner eigenen Überraschung und herausfordernd. Marina setzte sofort hinzu: »Und du hast auch keine.«

Sie schwiegen eine Weile. Dann fragte sie: »Kommt es dir nicht vor, Klim Iwanowitsch, daß Kinder ihren Eltern am fremdesten sind?«

Von Lidija hatte sie ohne Anzeichen von Mitgefühl gesprochen, ebenso teilnahmslos hatte sie den Satz von den Kindern gesagt, dabei verlangte doch dieser Satz irgendein Gefühl: Verwunderung, Trauer oder Ironie.

»Siehst du, meine Nachbarn und Bekannten sagen mir nicht, ich lebte nicht so, wie ich sollte, Kinder aber hätten es mir sicherlich gesagt. Du hörst ja, wie die Kinder heutzutage die Väter anschreien, es sei alles nicht so, wie es sein sollte! Und wie haben die Marxisten die Volkstümler verdrängt! Na – das ist Politik! Und die Dekadenten? Das ist schon Alltag, die Dekadenten! Sie schreien schon die Väter an: Ihr wohnt nicht in den richtigen Häusern, ihr sitzt nicht auf den richtigen Stühlen, ihr lest nicht die richtigen Bücher! Und es ist auffallend, daß die Kinder atheistischer Eltern kirchlich denken...«

Samgin dachte bei sich, dies alles müßte mit einer gewissen Heftigkeit oder Gekränktheit, mit Unruhe gesagt werden, doch sie sagte es, als neckte sie jemanden ohne rechte Lust, und nachdem sie es gesagt hatte, gähnte sie.

»Oh, entschuldige!«

Samgin erhob sich, rieb nervös die Hände und knackte mit den Fingern.

»Du bist ein interessanter Mensch...«

»Danke«, sagte sie lächelnd.

»Aber – ich verstehe dich nicht...«

»Wenn wir erst etwas mehr miteinander geredet haben – wirst du mich verstehen! Besuche Lidija doch einmal, ich habe ihr gesagt, daß du hier bist. Leb wohl...«

Im durchdringend kalten Mondschein, in der knirschenden Stille knackte das Holz der Zäune und Wände, als stellten sich die kleinen, stillen Häuschen fester auf die Erde, schmiegten sich dichter an sie. Der Frost zwickte im Gesicht, erschwerte das Atmen, zwang den Körper, sich zusammenzuducken, zu verkürzen. Samgin schritt rasch aus und zählte zusammen: Sie handelt mit Kirchengerät und ist Freidenkerin. Renommiert mit Belesenheit. Ißt und trinkt mit Wollust. Ist etwas derb. Sie lügt, daß sie »als Frau allein sei«, wahrscheinlich hat sie einen Geliebten...

Sonst fand er nichts, vielleicht, weil er zu hastig suchte. Aber auch das schmälerte weder die Frau noch seinen Ärger; dieser nahm zu und flüsterte ihm ein: er hatte in zwanzig Jahren eine riesengroße Sphäre des Lebens durchdacht, eine Menge verschiedenartiger Eindrücke gehabt, natürlich mehr Menschen gesehen und Bücher gelesen als sie; aber er hatte nicht jene Sicherheit im Urteil, jenes innere Gleichgewicht erreicht, worüber offensichtlich diese große, satte Frau verfügte.

Wenn sie andere Bücher gelesen hat als ich, so erklärt sich dadurch noch gar nichts. Ihre Worte vom Geist sind irgendein naiver Unsinn ...

Letzten Endes mußte er zugeben, daß Marina sein Interesse erweckte wie noch keine andere Frau, und das war ein Interesse, das ihn unangenehm erregte.

Am nächsten Tag ging er zu Lidija.

Sie wohnte an der Ecke zweier Straßen in einem zweistöckigen Haus, die Hausecke war durch eine uralte Kapelle mit abblätterndem Verputz abgeschnitten; in dieser schwankte vor einem Betpult eine Nonne, über ihrer kleinen, schwarzen Gestalt, die wie aus Holz geschnitzt aussah, flackerte in einer silbernen Ampel ein rötliches Flämmchen. Die Kapelle stieß an eine Wand des Hauses von Lidija, in seinem Erdgeschoß befand sich eine »Papier-, Schreib- und Heimindustriewarenhandlung«; neben der Ladentür sprangen drei Steinstufen zum Gehsteig vor, über ihnen war eine Tür aus dunkler Eiche ohne Griff, ohne Klinke, in der Mitte der Tür – ein Messingschildchen mit schwarzen Buchstaben: »L. T. Muromskaja«.

Samgin klingelte und fragte sich: Weshalb verstopfe ich mir den Kopf mit Kleinigkeiten?

Die Tür öffnete ein bejahrtes Dienstmädchen mit weißem Häubchen und gestärkter Schürze; ihr Gesicht war gelb, lang, und die Lippen waren so schmal, als wäre der Mund zugenäht, aber als sie fragte: »Wen wünschen Sie?«, stellte sich heraus, daß sie einen Riesenmund voll großer Zähne hatte.

Im Treppenhaus war es ziemlich dunkel, das Dienstmädchen wurde bei jedem Schritt aufwärts immer länger, und Samgin kam es vor, als ginge er nicht hinauf, sondern hinunter.

Wie in der Darjal-Schlucht ...

Das Halbdunkel war im Vorzimmer noch dichter; das Dienstmädchen nahm ihm den Mantel ab und sagte streng: »Gehen Sie rechts hinein.«

Samgin betrat ein kleines, einfenstriges Zimmer; in der Fensterdraperie stak, zerrann die dunkel himbeerrote Sonne, in einer Ecke hielten zwei goldene Amoretten einen runden Spiegel, der Spiegel gab verschwommen Samgins Gesicht wieder.

Es mag schon stimmen: Ich habe Ähnlichkeit mit Gleb Uspenskij, dachte er, nahm die Brille ab und strich sich mit der Hand über das Gesicht. Die Ähnlichkeit mit Uspenskij erweckte einen trübsinnigen Gedanken: Unter solchen Menschen kann man leicht den Verstand verlieren.

Links öffnete sich eine Draperie, die er vorher nicht bemerkt hatte, Licht fiel herein, und lautlos trat eine Frau in schwarzem Kleid heraus, das einer Nonnenkutte ähnelte, mit weißem Spitzenkragen; sie trug eine rauchgraue Brille, die Kappe krausen Haars auf ihrem Kopf war mit einem Perlennetz bedeckt, aber der Kopf war trotzdem im Vergleich zu den Schultern unverhältnismäßig groß. Samgin erkannte nur an der Stimme, daß dies Lidija war.

»Mein Gott – so eine Überraschung! Obwohl Marina mir gesagt hat, daß du hier bist...«

Sie warf die Handschuhe auf den Stuhl und drückte Samgin mit heißen, dünnen Fingern kräftig die Hand.

»Ich war gerade im Begriff, zur Seelenmesse für den Gouverneur zu gehen. Aber ich habe noch Zeit. Setzen wir uns. Hör mal, Klim: Ich begreife nichts! Wir haben doch eine Verfassung bekommen, was brauchen wir also noch? Du bist ein wenig gealtert, hast weiße Schläfen und ein sehr verquältes Gesicht. Das ist begreiflich – was haben wir für Zeiten! Gewiß, er hatte die Arbeiter grausam bestraft, aber – was soll man tun, was denn?«

Sie sprach ununterbrochen, halblaut und durch die Nase, und die einzelnen Worte brachen schrill und etwas näselnd hinter ihren drei Goldzähnen hervor. Samgin dachte, sie spräche wie eine Provinzschauspielerin in der Rolle einer Weltdame.

Hinter den Gläsern ihrer Brille sah er die Augen nicht, aber er fand, daß ihr Gesicht jetzt ausgeprägter zigeunerhaft war, die Haut hatte die Farbe sonnenvergilbten Papiers; die feinen, einer Federzeichnung gleichenden Fältchen an den Augen verliehen ihrem Gesicht einen verschmitzten und lächelnden Ausdruck; das paßte nicht zu ihren klagenden Worten.

»Er ist ein Liberaler gewesen, ja noch mehr, aber wegen seines Märtyrertodes wird Gott ihm den Verrat an der Idee des Monarchismus vergeben.«

Samgin verbarg ein unwillkürliches Lächeln, indem er sich vorbeugte und Zigaretten herausholte. Auf dem Boden – ein dicker, himbeerroter Teppich, rundum – viel Möbel aus karelischer Birke, matt glänzte Bronze; an den Wänden – alte Lithographien, im Zimmer herrschte ein unangenehmer, süßlicher Geruch. Lidija war so dünn, als preßte alles ringsum sie zusammen und zwänge sie, sich zur Decke zu strecken.

»Du bist natürlich auch für die Verfassung?«

Samgin nickte und wartete, ob ihr Redestrom nicht bald versiegen werde.

»Ich – verstehe, du bist Atheist! Monarchist kann nur ein Gläubiger sein. Die sittliche Lenkung des Volkes ist eine religiöse Handlung...«

Nein, sie dachte gar nicht daran, zu verstummen. Darauf zündete sich Samgin eine Zigarette an und schaute sich nach einem Aschenbecher um. Und er legte sich das Streichholz so auf die flache Hand, daß Lidija es sähe. Aber sie ließ auch das unbeachtet und fuhr fort, vom Monarchismus zu erzählen. Samgin ließ die Zigarettenasche demonstrativ auf den Teppich fallen und fragte fast zornig: »Weshalb beeilst du dich so, mir deine politischen Ansichten darzulegen?«

»Es ist eine Klarheit notwendig, Klim!« antwortete sie sofort, nahm eine silbergefaßte Perlmuschel von der Etagere und stellte sie auf den Tisch. »Hier ist ein Aschenbecher.«

»Halte ich dich nicht auf?«

»Nein, nein! Ich sprach nur deshalb von der Seelenmesse, weil mich das alles erregt. Dort werden viele Leute zugegen sein, die ihn gehaßt haben. Aber er ist so lustig gewesen, so geistreich und so...«

Da sie das richtige Wort nicht fand, schnippte sie mit den Fingern, dann nahm sie die Brille ab, um das Haarnetz auf dem Kopf zurechtzurücken; ihre dunklen Pupillen waren geweitet, ihr Blick unruhig, aber das machte sie bedeutend jünger. Samgin nutzte die Pause und fragte: »Bist du mit der Sotowa sehr eng befreundet?«

»Gerade ihretwegen beschloß ich, hier zu leben – damit ist alles gesagt!« antwortete Lidija feierlich und räusperte sich, als hätte sie etwas Überflüssiges gesagt.

»Was ist sie für ein Mensch?«

»Der klügste von allen, die ich kenne, ein wirklich freier Mensch und von erstaunlicher geistiger Kraft«, sagte Lidija im gleichen feierlichen Ton. »Sie fand auch dieses Haus für mich – es ist wohnlich, nicht wahr? Sie hat auch die ganze Einrichtung beschafft, es ist alles so solide, behaglich. Ich vertrage keine neuen Sachen, sie knacken in den Nächten. Ich liebe die Stille. Erinnerst du dich an Diomidow? ›Der Mensch findet nur in vollkommener Stille zu sich selbst.‹ Weißt du nichts von Diomidow?«

»Nein«, antwortete Samgin trocken und begann, da er noch etwas über Marina hören wollte, wieder von ihr zu sprechen.

»Du hast sie aber doch fast zur selben Zeit kennengelernt wie ich«, sagte Lidija gleichsam verwundert und setzte die Brille auf. »Meiner Ansicht nach hat sie sich seitdem nicht sehr verändert.«

Der Ton ihrer Worte kam Klim unecht vor, und sie saß so angespannt aufrecht da, als wäre sie im Begriff, zu streiten und irgend etwas zu leugnen.

Sie hat sich ihre Rolle dumm ausgedacht und ist an fremde Gedanken gekettet, entschied Samgin, während sie seufzend sagte: »Ja, sie ist die gleiche, die sie als junges Mädchen gewesen ist – klug, aufrichtig, ganz und gar für sich. Ich spreche von ihrer inneren Freiheit«, fügte sie sehr eilig hinzu, da sie offenbar sein skeptisches Lächeln bemerkt hatte; dann fragte sie: »Möchtest du mir nicht die Bücher meines Vaters abnehmen? Ich weiß nicht, was ich damit anfangen soll. Sie sind sehr schön gebunden; sie der Stadtbibliothek zu geben wäre zu schade und – unmöglich! Er hatte die Angewohnheit, Randbemerkungen zu machen, und er dachte so erbarmungslos über Rußland, über Religion ... und überhaupt. Mein Tochtergefühl zwang mich, viele Eintragungen wegzuradieren ...«

»Sieh an, so schlimm?« rief Samgin ironisch aus.

»Du bist auch ein Skeptiker, dich kann das nicht beunruhigen«, sagte sie, und er bekam Lust, ihr eine scharfe Antwort zu geben, doch während er noch überlegte, welche, begann sie von neuem: »Auf der Krim traf ich Ljubow Somowa, bei der Zahnärztin – einer Jüdin natürlich. Sie sieht so jämmerlich, angegriffen aus, wahrscheinlich hat sie Abtreibungen machen lassen.«

»Sie ist in Moskau von Rowdys verprügelt worden«, sagte Samgin zornig.

»Ja? Darum ist sie wohl so erbost über alles. Sie besuchte mich im Landhaus, aber wir hätten uns beinahe verzankt.«

Samgin hatte auch das Gefühl, wenn er nicht ginge, würde er sich mit der Hausherrin entzweien. Er erhob sich. »Nun, es ist Zeit, du mußt jetzt zur Seelenmesse.«

»Ja, leider. Aber du wirst mich doch noch mal besuchen?«

»Wenn ich nicht abreise.«

»Besuche mich, besuche mich«, sagte sie und schüttelte ihm kräftig die Hand.

Er nahm ein Gefühl scharfer Gereiztheit auf die Straße mit, das ihn sogar wunderte.

Was habe ich denn, weshalb? Nun – sie ist widerlich, dumm und falsch, doch was geht mich das an?

Während er nach dem Grund seiner Gereiztheit suchte, ging er gemächlich weiter, zwang sich, allen Entgegenkommenden gerade in die Augen zu sehen, und stritt in Gedanken mit jedem. Es waren viele Menschen in den Straßen, die meisten gingen und fuhren schnell in Richtung des Platzes, auf dem sich das Gouverneurspalais befand.

»Sie sind durch den Mord belebt«, erinnerte er sich der Worte Mitrofanows, des Mannes »mit gesundem Menschenverstand«, der Worte, die der Detektiv anläßlich der Freude äußerte, mit der Moskau den Tod des Ministers Plehwe begrüßt hatte. Dann dachte er wieder über Lidija nach. Sie hat von der Sotowa nicht sprechen wollen – das ist klar! Weshalb nicht?

Zu Hause, kaum hatte er abgelegt, kam Dunjascha hereingelaufen, umhalste ihn und drückte wortlos ihr Gesicht an seine Brust, er wankte, legte ihr die Hand auf den Kopf, dann auf die Schulter, versuchte sie vorsichtig von sich zu schieben und dachte lächelnd: Was für Weibertage!

Aber Dunjascha zu sehen war angenehm, er fragte fast zärtlich: »Nun, hast du die Widerspenstigen erfolgreich gezähmt?«

Sie prallte zurück und warf sich auf den Diwan, ihr scheckiges Gesicht wurde sofort naß von Tränen; sie rang nach Atem, schluchzte, schwang in der einen Hand das Taschentuch, schlug sich mit der anderen an die Brust und stöhnte, sich dabei die Lippen beißend.

Ist sie betrunken? dachte Samgin, kehrte ihr den Rücken und füllte aus der Karaffe Wasser in ein Glas, während Dunjascha hastig und zusammenhanglos mit gedämpfter Stimme zu sprechen begann: »Du hast kein Recht, dich über mich lustig zu machen, du solltest dich schämen, du gescheiter Mann! Ich hatte doch nicht gewußt . . .«

Er schaute sie über die Schulter an – nein, sie war nüchtern, ihre tränenbenetzten Augen funkelten klar, und ihre Worte klangen bereits sicher.

»Doch selbst wenn ich es gewußt hätte, einerlei, was hätte ich tun können?«

»Ich verstehe nicht«, sagte Samgin, ihr das Wasser reichend. »Was ist passiert?«

»Sie haben dort – weiß der Teufel was angerichtet«, begann Dunjascha und stieß seine Hand zurück. »Einem Schmied haben sie die Rückenwirbel zerschlagen, so daß ihm die Beine gelähmt sind, vier haben sie erschossen, neun sind verwundet. Und ich Närrin singe! Wie sie da gepfiffen haben!« sagte sie entsetzt, mit weit geöffneten Augen, und kniff sie kopfschüttelnd zu. »Nun, weißt du, mir war, als versänke ich im Boden – ich kann das alles nicht verstehen! Du hast damals recht gehabt, ein Gesindel sind sie! Du hast mir das ja prophezeit! Dort waren Soldaten, irgendein Hauptmann. In der Arbeiterkaserne sind die Fensterscheiben eingeschlagen, aus den Fenstern ragen Kissen heraus ... Mit roten Überzügen wie Fleisch. Ich traf abends ein und konnte nichts sehen ...«

Samgin rauchte, verzog das Gesicht und sah sich plötzlich dünn und lang wie ein Faden, der Faden zog sich verworren über die Erde, und irgend jemandes unsichtbare, böse Hand knüpfte feste Knoten hinein.

»Beruhige dich«, murmelte er, aus Schonung gegen sich selbst, aber Dunjascha fächelte sich mit dem nassen Taschentuch das gerötete Gesicht, schüttelte die zur Faust geballte andere Hand und sagte: »Ich sage zu ihm, diesem glotzäugigen Vieh – wie heißt er doch? – die betrunkene Visage! ›Ihr habt doch‹, sage ich, ›die Versammlungsfreiheit verkündet, wieso erschießt ihr dann?‹ Da fletscht er die Zähne, der Hundsfott. ›Sie ist ja‹, sagte er, ›dazu verkündet worden, um bequem erschießen zu können!‹ Verstehst du? Stratonow, so heißt er. Seine Frau ist ein Ekel, eine Kuh – einen Busen hat sie: so groß!«

Dunjascha zeigte den Umfang des Busens, indem sie die Arme ausstreckte, sie zu einem Kreis formte und die Fingerspitzen nur leicht aneinanderlegte.

»›Mein Vater‹, sagte er, ›war der Sohn eines Bauern und lief in Bastschuhen herum, doch gestorben ist er als Kommerzienrat, er hat‹, sagte er, ›die Arbeiter eigenhändig geschlagen, doch sie haben ihn geachtet.‹ Ach, dachte ich mir, du ...« Sie stieß ein derbes Schimpfwort aus. »Entschuldige bitte, Klim!«

Sie begann wieder leise zu weinen, und Samgin fühlte mit mürrischer Spannung, wie sich ein neuer Knoten von Eindrücken knüpfte. Mit verblüffender Realität erstanden vor ihm das Haus Marinas und das Haus Lidijas, die Straße in Moskau, die Barrikade, der Schuppen, in dem man Mitrofanow erschossen hatte – die Mütze des Gouverneurs wirbelte durch die Luft, es funkelte der Laden mit Kirchengerät.

»Nun, hör doch auf, hör auf«, redete er Dunjascha mechanisch zu, obwohl sie ihn nicht störte, auch sah er sie nur weit von sich entfernt hinter einer Wolke von Tabakrauch. Er fühlte sich unbehaglich, müde, zerschlagen und dachte wieder: Man kann den Verstand verlieren ...

Dunjascha unterbrach ihre wütenden Klagen, indem sie erklärte: »Ich will essen, betrinken will ich mich!«

Samgin ging gehorsam zur Klingel und streichelte Dunjascha, als er an ihr vorbeikam, sacht die Schulter, das rief ihren Zorn von neuem wach. »Die dort hatten sich betrunken, brüllten hurra wie die Japaner, solche siegreichen Napoleone, weißt du, während im Schuppen Leute eingesperrt waren, siebenundzwanzig Mann, es herrschte schrecklicher Frost, alles knackte, dabei befanden sich dort im Schuppen auch Verwundete. Das alles hat mir ein Bekannter Alinas erzählt – Inokow.«

»Inokow? Weshalb ist er dort?« fragte Samgin und blieb mitten im Zimmer stehen.

»Ich weiß nicht. Es scheint, er ist dort angestellt. Ein unangenehmer Mensch. Kennst du ihn denn?«

»Das ist ein anderer«, sagte Samgin.

»Er war in der Stadt, als der Gouverneur getötet wurde ...«

»Leiser«, warnte Samgin. »Hast du dort nicht Sudakow gesehen?«

»Nein.«

Samgin verstummte, er stellte fest, daß gewissermaßen nicht er nach Inokow und Sudakow gefragt hatte und daß ihn diese Leute nicht interessierten.

»Warum schweigst du denn?« fragte Dunjascha sehr gebieterisch; in diesem Augenblick sagte der Zimmerkellner, das Essen sei im Zimmer der gnädigen Frau serviert, und so brauchte Samgin nicht zu antworten.

»Servieren Sie es hier!« rief Dunjascha zornig, und als man das Essen und Wein gebracht hatte, trank sie sofort ein Gläschen Wodka, schaute mit mürrischer Miene um sich und sagte brummig: »Weiß der Teufel! Vielleicht wäre es besser, ich nähte Hemden oder Totenkittel für Krankenhäuser ... Sag, wäre das nicht vielleicht besser?«

»Iß«, sagte Samgin. »Es ist zwecklos, sich zu beklagen. Es ist nun mal so, daß alles seine Ursache hat, immer eines auf dem anderen beruht ...«

»Beruht«, wiederholte sie mit einer Grimasse. »Welch ein unschönes Wort. Es klingt wie beschuht. Es gibt ein Wortspiel: ›Fedka sich mit Bast beschuhte, Fedul machte eine Schnute, diese Bastschuh wollt ich haben, dazu Fedkas Hosen tragen und ihn selbst zum Knechte haben!‹ «

Das spöttische Wortspiel rief wieder Tränen hervor; sie schnippte sie mit den Fingern von den Wangen und schlug übermütig vor: »Stoßen wir an! Und betrinken wir uns!«

Samgin blickte sie mit belustigtem Lächeln an.

»Nun? Was ist?« fragte sie, schwang die Serviette gegen ihn und schrie fast: »So nimm doch die Brille ab! Sie ist dir wie auf die Seele aufgesetzt – wahrhaftig! Du musterst mich, lächelst . . . Paß auf, daß man nicht über dich lächelt! Laß dich doch wenigstens heute von der Kette. Morgen verreise ich, wann wir uns wieder treffen – ja, ob wir uns überhaupt noch begegnen? In Moskau hast du deine Frau, dort bin ich für dich überflüssig.«

Sie möchte mir eine Szene machen, überlegte Samgin und nahm die Brille ab. Ich hätte nicht gedacht, daß sie hysterisch ist.

Er zwang sich zu einem liebenswürdigen Lächeln, betrachtete Dunjascha mit Unruhe und sah: Ihre Wangen waren erblaßt, die Brauen lagen in Falten; sie biß sich auf die Lippe und blickte mit verkniffenen Augen in die Lampenflamme, aus ihren Augen rannen Tränentröpfchen. Sie klopfte krampfhaft mit dem Teelöffel an die Flasche.

Was für ein böses Gesicht, dachte Samgin und schenkte seufzend Wein in die Gläser ein. Dunjascha schickte sich an, mit den kurzen Fingern ihrer zitternden Hand die Bluse aufzuknöpfen, er wollte ihr behilflich sein, aber Dunjascha schob seine Hand beiseite.

»Ich bekomme keine Luft.«

Dann blickte sie ihm ins Gesicht und sagte leise: »Du hast mich damals gekränkt, nach dem Konzert.«

Samgin rückte von ihr ab und fragte: »Wodurch?«

»Nein, nicht gekränkt, sondern in Verwunderung versetzt. Du warst plötzlich so ganz anders und sprachst wie mein Mann.«

Sie sagte das tatsächlich mit Verwunderung, zog die Schultern hoch, als fröre sie, ballte die Fäuste und schlug sie aneinander.

»Als ich der Sotowa von meinem Mann erzählte, verstand sie ihn sofort, und zwar richtig. ›Er ist‹, sagte sie, ›Revolutionär aus . . . Melancholie!‹ Nein, aus etwas anderem. Wie heißt das doch? Wenn man jedermann haßt?«

Jetzt hämmerte sie mit der Faust – und zwar schmerzhaft – an Samgins Schulter; er soufflierte: »Aus Misanthropie?«

»Ja, dadurch! Ich kann verstehen, wenn man die Polizei, die Popen, na – die Beamten haßt, er aber haßte alle! Sogar Motja, das Zimmermädchen, haßte er; wir waren wie Freundinnen miteinander, doch er sagte: ›Dienstboten sind lästig, man sollte sie durch Maschinen ersetzen.‹ Ich dagegen meine, lästig ist nur das, was man nicht begreift, wenn man es aber begreift, ist es nicht mehr lästig.«

Sie sprang auf, ging hastig im Zimmer umher und fuhr mit einem halb zornigen Lächeln fort: »Motja hatte einen Freund, er war Schlosser, besuchte die Schanjawskij-Schule, so ein griesgrämiger, ungeschliffener, der mich verächtlich ansah. Und plötzlich begriff ich, daß er ... daß er sogar eine zarte Seele hatte und sich dessen schämte. Und so sagte ich: ›Sie verstellen sich umsonst als wildes Tier, Pachomow, ich durchschaue Sie!‹ Zuerst wurde er zornig. ›Sie sehen gar nichts‹, sagte er, ›und können auch gar nichts sehen!‹ Und dann gestand er: ›Es ist wahr, ich habe ein weiches Herz, das mit dem Verstand sehr wenig in Einklang steht, denn der Verstand lehrt mich etwas anderes.‹ Er war tatsächlich klug, gebildet, und er ist wirklich ein Revolutionär aus Liebe zu seinem Arbeiterbruder! Er hat auf dem Kalantschowskij-Platz und im Karetnyj Rjad gekämpft, dort hat ihm ein Offizier die Schulter durchschossen, Motja versteckte ihn bei mir, doch mein Mann ...«

Sie blieb stehen, blickte mit zusammengekniffenen Augen in die Ecke, dann trat sie an den Tisch, trank einen Schluck Wein und strich sich über die Wangen.

»Nun, der Teufel soll meinen Mann holen! Ich habe ihn gekostet und – ausgespuckt.«

Sie erzählte wieder hastig und zusammenhanglos weiter, von einem lustigen Kameraden des Schlossers, von einem Revolutionär, der den verwundeten Schlosser irgendwohin weggebracht hatte. Samgin hörte mit gespitzten Ohren zu und erwartete einen neuen Ausbruch; es war ganz klar, daß sie, die immer schneller sprach, sich beeilte, zu irgend etwas Wichtigem zu gelangen, das sie sagen wollte. Samgin trat vor Spannung sogar der Schweiß auf die Schläfen.

»Meiner Ansicht nach lebt der Mensch, solange er liebt, doch wenn er die Menschen nicht liebt – wozu braucht man ihn dann?«

Sie beugte sich zu Samgin vor, ergriff seinen Kopf mit beiden Händen und sagte ihm, wobei sie seinen Kopf hin und her wiegte, leidenschaftlich ins Gesicht: »Auch du liebst insgeheim alle Menschen, aber du schämst dich dessen und stellst dich streng, unzufrieden, du schweigst und bedauerst alle wortlos, so einer bist du! Da hast du's ...«

Samgin hatte nicht das erwartet; zum zweitenmal schon betäubte sie ihn gleichsam, warf sie ihn um. In seine Augen blickten sehr lebhafte, glühende Augen; sie küßte seine Stirn und sprach weiter von irgend etwas, er hielt ihre Taille umfaßt und hörte ihre Worte nicht. Er fühlte, daß seine Hände zusammen mit der physischen Wärme ihres Körpers noch eine andere Wärme in sich aufnahmen. Sie erwärmte auch, verwirrte aber zugleich und erweckte ein Gefühl, das der Scham ähnelte – war es etwa ein Schuldgefühl? Es veranlaßte ihn zu flüstern: »Ach was, du täuscht dich ...«

»Nein, ich weiß ebensogut wie ein Hund, was für ein Mensch jeder ist. Ich bin zwar nicht klug, aber ich weiß es.« Samgin preßte seine Wange fester an ihre Brust. »Mein Lieber, Liebster – ich weiß es! Ich kann es nicht sagen, aber – ich fühle es ...«

Eine Stunde später saß Samgin müde im Sessel, rauchte und trank schluckweise Wein. Von dem dummen Zeug, das Dunjascha ihm im Laufe dieser Stunde erzählt hatte, war Samgin nur eins in Erinnerung geblieben: »Nun bin ich erst richtig zur Frau geworden«, hatte sie gesagt, nachdem sie fünf Minuten in einem Zustand von Schlaftrunkenheit oder halber Ohnmacht dagelegen hatte. Er hatte auch ein paarmal den Wunsch erwachen fühlen, ihr irgendwelche ungewöhnlichen Worte zu sagen, aber – er hatte keine gefunden.

Jetzt betrachtete er ihre entblößte Schulter und das auf dem Kissen verstreute rötliche Haar und überlegte: Wie bringt sie es fertig, eine solche Menge Haar glattzukämmen? Übrigens ist das ihre wunderbar fein.

An ihr ist tatsächlich viel Einfaches, Frauliches. Viel Gutes, freundschaftlich Frauliches, fand er die passenden Worte. Morgen reist sie ab, dachte er mißgestimmt, trank den Wein aus, stand auf und trat ans Fenster. Über der Stadt standen kupferrote Wolken, sehr langweilig und schwer. Klim Samgin mußte sich gestehen, daß noch keine der Frauen ihn so erregt hatte wie diese rothaarige. Es lag etwas Kränkendes darin, daß die ungekannte Erregung von einer Frau erweckt worden war, über die er nicht schmeichelhaft dachte.

Weibertage, wiederholte er. Komisch ...

Dunjascha stöhnte und drehte sich auf die andere Seite, Samgin fragte leise: »Möchtest du vielleicht zu dir hinübergehen?«

»Ich bin bei mir«, antwortete sie im Schlaf.

Samgin lächelte und schenkte sich noch Wein ein.

So ist das: Sie ist überall bei sich, in jedem beliebigen Bett.

Das war auch ein kränkender Gedanke, doch als Samgin ihn erwog, konnte er nicht entscheiden: für wen von beiden kränkender? Er legte sich auf den kurzen, schmalen Diwan; das war sehr unbequem, und diese Unbequemlichkeit steigerte sein Mitleid mit sich selbst.

Sie ist überall bei sich, und ich bin mir überall im Weg – so ist das. Weshalb? »Achtzigtausend Werst rund um sich selber?« Das ist spaßig, stimmt aber nicht. »Der Mensch kreist rund um seinen Geist wie die Erde um die Sonne.« Wenn Marina nur halb so offenherzig wäre wie diese hier ...

Er schlummerte ein, dann weckte ihn ein Geräusch – es rührte von Dunjascha her, die ihre Schuhe anzog und dabei den Stuhl verschob. Mit halbgeschlossenen Augen beobachtete er, wie diese Frau ihre Sachen zu einem Häufchen zusammenlegte, sie unter die Achsel preßte, die Kerze auslöschte und zur Tür ging. Eine Sekunde lang blieb sie stehen, und Samgin erriet, daß sie ihn ansah; wahrscheinlich wird sie auf ihn zutreten. Aber sie trat nicht auf ihn zu, sondern öffnete lautlos die Tür und verschwand.

Das war gut, denn von der unbequemen Lage schmerzten Samgin die Muskeln. Nachdem er gewartet hatte, bis das Schloß ihrer Tür schnappte, wechselte er ins Bett hinüber, streckte sich mit Genuß aus, zündete die Kerze an und blickte auf die Uhr, es war schon kurz vor Mitternacht. Auf dem Nachttischchen lag eine kleine, lederne Brieftasche, aus ihr ragte ein Zettel heraus, Samgin griff mechanisch danach und las die mit großer und runder Kinderhandschrift geschriebenen Worte:

... ach, Alinotschka, sie sind alle ein solches Gesindel, und ich geriet mitten in die Menge hinein, doch am widerlichsten war so ein großer, unverschämter Tölpel.

Samgin las nicht weiter, er legte den Brief auf die Brieftasche, löschte die Kerze aus und dachte: Sie wird in irgendeine Geschichte hineingeraten. Sie ist so vertrauensselig. Letzten Endes ist sie lieb ...

Als er sich am Morgen wusch, trat Dunjascha – reisefertig angezogen – ins Zimmer.

»Und ich habe schon gepackt.«

Ihr Gesicht war verschlossen, ihre Brauen lagen in Falten, die Augen waren umflort.

»Nun ... solltest du mich einmal wiedersehen wollen – Ljutows wissen stets, wo ich bin ...«

»Natürlich werde ich es wollen!«

»Zum Teetrinken habe ich keine Zeit mehr, du hast verschlafen«, sagte sie seufzend und biß sich auf die Lippen, dann fragte sie zornig: »Fürchtest du nicht, man könnte dich verhaften?«

»Mich? Weswegen?« fragte Samgin verwundert.

»Na – deswegen! Verstell dich nicht! Meiner Ansicht nach wird man euch alle erschießen.«

»Ach, hör doch auf«, sagte Samgin, ihr die Hand küssend, und fragte unwillkürlich: »Hast du der Sotowa alles von dir erzählt?«

»Ihr – erzählt man alles, was sie wissen will, sie ist ja so eine ... Pumpe!«

Sie trat dicht an ihn heran, nahm ihm die Brille von der Nase und sagte, ihm in die Augen blickend, brummig und leise: »Nimm es mir nicht übel, aber – du tust mir leid, wirklich – das ist nicht kränkend! Ich weiß nicht, wie ich es sagen soll! Du bist einsam, ja? Sehr einsam?«

Samgin geriet in Verwirrung, zum erstenmal sagte man ihm Worte voll solchen Gefühls. Mit einer unwillkürlichen Armbewegung umschlang er kräftig die Frau und murmelte: »Na, was hast du denn? Weshalb?«

Dann verstummte er, da er nicht wußte, was besser wäre: wenn sie spräche, oder wenn er sie küßte – und damit zum Schweigen brächte. Unterdessen raunte sie leidenschaftlich: »Du darfst nicht meinen, ich wollte mich dir als Geliebte für zehn Jahre aufdrängen, das kommt bei mir einfach so, von Herzen. Meinst du denn, ich wüßte nicht, was Schweigen bedeutet? Der eine schweigt, weil er nichts zu sagen hat, und der andere, weil er niemanden hat, zu dem er sprechen kann.«

Sie preßte ihre Hände fest an seine Schläfen und sagte noch leiser: »Dann – noch etwas: Du solltest mit der Sotowa nicht allzu sehr . . .«

Ist sie eifersüchtig? vermutete Samgin plötzlich, und alles wurde einfacher, verständlicher.

»Laß dich in keine vertraulichen Gespräche mit ihr ein.«

Er strich ihr lächelnd mit der Hand über den Kopf und fragte: »Weshalb?«

»Man spricht hier nicht gut von ihr.«

»Wer?«

»Viele.«

An der Tür wurde geklopft, der alte Kellner steckte den Kopf herein und sagte: »Es sind Leute gekommen, Sie zu begleiten!«

»Nun, leb wohl«, sagte Dunjascha. Samgin spürte, daß sie ihn nicht so küßte wie immer, zärtlicher vielleicht . . . Er flüsterte auch: »Danke! Das werde ich nicht vergessen.«

Sie fächelte sich mit dem Taschentuch die Tränen weg und ging. Samgin trat an das beschlagene Fenster, wischte die Scheibe ab, preßte die Stirn daran, suchte sich zu erinnern: Wann war er noch so aufgeregt gewesen? Als Warwara die Abtreibung hatte machen lassen?

Doch damals hatte ich Angst und – jetzt?

Es war klar: Ihm tat es leid, daß Dunjascha abreiste.

»Eifersüchtig« – es war dumm von mir, das zu denken.

Vor dem Eingang des Gasthofs standen drei Troikas. Ein Militär mit grauem Schnurrbart half Dunjascha in den Schlitten, um den sich noch etwa fünf würdig aussehende Leute drängten. Mit grauem Traber fuhr Marina vor. Nachdem Samgin gewartet hatte, bis die Troikas weggefahren waren, beschloß er, auch zum Bahnhof zu fahren und dort gleich zu frühstücken.

Als er im Bahnhofsrestaurant am Fenster stand, schaute er hinter dem Fensterpfeiler hervor auf den Bahnsteig. Dunjascha war in der Menge, von der sie umgeben war, nicht zu sehen. Samgin zählte mechanisch die Begleiter: siebenunddreißig Personen, Männer und Frauen. Marina fiel am meisten auf.

Siebenunddreißig, wiederholte er für sich. Eine Ehre!

Der grauhaarige Militär schwang Dunjascha geschickt aufs Trittbrett des Wagens, und es sah aus, als versetzte er ihm zugleich einen Stoß, die Begleiter klatschten in die Hände, Dunjascha warf ihnen Blumen zu.

Während Samgin sie mit den Augen verfolgte, fiel ihm der übliche Satz ein: »Und wieder ist im Lebensbuch gelesen eine Seite.« Ihm war sehr traurig zumute – und er mußte sich selber den Vorwurf machen: Und ich bin dennoch ein bißchen sentimental!

Er nahm, um Kaffee zu trinken, gegenüber von einem Spiegel Platz und sah in dessen unbegreiflicher Tiefe sein sehr erschöpftes, bleiches Gesicht und hinter seiner Schulter – einen großen, breitstirnigen Kopf mit hellen Haarbüscheln, die Wergflocken glichen; der Kopf war tief über den Tisch gebeugt, eine schwammige, rote Hand machte sich mit der Gabel auf dem Teller zu schaffen und beförderte Bratenstücke in den Mund. Eine sehr widerliche Hand.

Als in der Tür des Restaurants Marinas dunkle Stimme erklang, schnellte der zerzauste Kopf hoch und zeigte ein komisches, flaches Gesicht mit breiter Nase und ungewöhnlichen Augen, das Weiße der Augen war sehr groß, die himmelblauen Pupillen klein. Der Besitzer dieses Gesichts erhob sich eilig ein wenig, warf einen Blick in den Spiegel, versuchte mit einer Hand das Haar zu glätten und fuhr sich mit der Serviette in der anderen wie mit einem Taschentuch übers Gesicht – über Wangen, Stirn und Schläfen. Dann setzte er sich, unruhig blinzelnd; seine Brauen waren weißlich, ebenso wie der kleine Schnurrbart, und diese Behaarung war auf der gelblichen Haut des flachen, schwammigen Gesichts fast gar nicht zu merken. Marina trat auf ihn zu, er stand auf, stieß dabei linkisch den Stuhl um; sie konnte den fallenden Stuhl gerade noch auffangen, klopfte mit der Hand an seine Lehne und sagte unhörbar etwas zu dem zerzausten Mann; er schüttelte zur Antwort den Kopf und hustete heiser, während Marina auf Samgin zutrat.

»Du bist wohl zu spät gekommen, Dunjascha zu begleiten?« fragte sie, ihn aufmerksam musternd. »Es herrscht Frost, doch du taust immer noch. Komm doch einmal wegen des Geldes zu mir.«

»Wann paßt es dir?«

Sie sagte, daß sie in einer halben Stunde im Laden sein werde, und ging fort. Samgin kam es vor, als hätte sie etwas trocken mit ihm gesprochen und als hätten auch ihre Augen hart geblickt.

Im Spiegel sah er, daß der zerzauste Mann ihn auch mißgünstig beobachtete und anscheinend im Begriff war, zu ihm zu kommen. Das alles war sehr langweilig.

Noch ein, zwei Tage, und ich reise von hier ab, beschloß er, vergegenwärtigte sich aber sofort Warwara. Ich reise auf die Krim.

Als er Marinas Laden betrat, deutete der hübsche Mischa mit tiefer Verbeugung wortlos auf die Zimmertür. Marina saß auf dem Sofa beim Samowar, in der Hand hielt sie ein silbernes Kruzifix, stocherte mit einer Haarnadel daran herum und rieb es mit einem Stück Wildleder. Sie schenkte ihm Tee ein, ohne zu fragen, ob er welchen wünsche, dann erkundigte sie sich: »Du warst nicht zur Beerdigung der Reste des Gouverneurs?«

»Nein. Ich glaube, man sagt: der sterblichen Überreste?«

»Richtig, der sterblichen Überreste! Der Staatsanwalt hielt eine bedrohliche Rede gegen euch. Sag mal – sympathisierst du insgeheim mit dem Terror?«

»Weder mit dem roten noch mit dem weißen.«

»Gestern hat sich ein Gymnasiast erschossen, der einzige Sohn eines reichen Kaufherrn. Der Vater ist ein einfältiger Mann, ein echter Russe, die Mutter eine Deutsche, und der Sohn, heißt es, war einer von denen, die Bomben werfen. So ist das«, erzählte sie, ohne Klim anzublicken, und stocherte eifrig an dem Kruzifix herum. Er fragte: »Was machst du denn da?«

»Ein Pope hat mir das Kreuz verkauft, ein schönes Stück, alter deutscher Guß. Er sagt, er habe es in der Erde gefunden. Ich glaube, er schwindelt. Wahrscheinlich haben es die Bauern auf irgendeinem Gutshof von der Wand genommen.«

»Ich bin bei Lidija gewesen«, sagte Samgin, und die Worte klangen gegen seinen Willen herausfordernd.

»Ich weiß. Du hast sie über mich ausgefragt.«

Samgin merkte, daß ihre Ohren sich gerötet hatten, und sagte weicher: »Glaub mir, das war keine simple Neugier.«

»Ich glaube dir. Sehr schmeichelhaft, wenn es keine simple war.«

Sie verstummte. Samgin wartete eine Weile und sagte dann bereits ganz versöhnlich: »Sei nicht böse, du bist selbst schuld! Du hüllst dich in eine gewisse Heimlichkeit.«

»Hör auf, sonst sagst du noch Dummheiten und müßtest dich schämen«, warnte sie ihn und betrachtete das Kreuz. »Ich bin nicht böse, ich verstehe: Das ist interessant! Da hat ein Mädchen sich zur Bühnensängerin ausbilden lassen, hat mit Ästhetik herumgespielt und – springt plötzlich in die Ehe mit einem Kaufmann, handelt mit Kirchengerät. Hieran mag sogar etwas Komisches sein ...«

»Etwas nicht Gewöhnliches«, fügte Samgin ein, während sie träge und gleichmütig fortfuhr: »Ich kann mir vorstellen, daß du aus seelischem Bedürfnis neugierig bist ... Aber es wäre doch einfacher gewesen, geradeheraus zu fragen: Woran glaubst du?«

Sie richtete sich auf, horchte, trat, nachdem sie das Kreuz auf das Sofa geworfen hatte, lautlos an die Tür zum Laden und sagte streng: »Was machst du? He? Schließ den Laden ab und geh nach Hause. Wa-as?«

Sie verschwand im Laden, und während sie dort dem hübschen Jungen eine Strafpredigt hielt, stand Samgin auf und fragte sich: Was will ich eigentlich von ihr?

In einer Ecke standen auf einem kleinen Wandbord etwa zwanzig Bücher in einheitlichen Ledereinbänden. Er las auf den Buchrücken: Bulwer-Lytton »Kenelm Chillingly«, Musset »Bekenntnisse eines Kindes seiner Zeit«, Sienkiewicz »Ohne Dogma«, Bourget »Der Schüler«, Lichtenberger »Nietzsches Philosophie«, Tschechow »Eine langweilige Geschichte«. Samgin zuckte die Achseln. Sonderbar!

»Du interessierst dich für die Bücher?« fragte Marina, und ihre Stimme klang offenkundig spöttisch. »Sind sie nicht interessant? Sie handeln alle vom gleichen – von den Armen im Geiste, von jenen, deren ›angeborne Farbe der Entschließung von des Gedankens Blässe angekränkelt wird‹, wie es bei Shakespeare heißt. Mein Mann hatte Bulwer und die ›Langweilige Geschichte‹ besonders gern.«

»Du liest, wie es scheint, über Fragen der Religion, der Philosophie?«

»Ich las einige, aber das ist langweilig«, sagte sie, sich wieder auf das Sofa setzend und sich mit der Haarnadel bewaffnend, und fügte hinzu: »Die Literaten philosophieren klarer als die Theologen und Philosophen, bei ihnen sind die Gedanken in Personen verkörpert, und die Dürftigkeit der Gedanken ist deutlicher sichtbar.«

Mit der Haarnadel hantierend, fuhr sie mit einem leichten Seufzer fort: »Du möchtest gern wissen, ob ich an Gott glaube? Ja. Aber an jenen, den man im Altertum Propator, Proarch, Äon nannte – sind dir die Gnostiker bekannt?«

»Nein, das heißt ...«

»Nicht bekannt. Nun, dann höre zu ... Sie lehrten, Äon sei zeitlos, aber einige behaupteten, daß sein Ursprung in der Gemeinsamkeit des Denkens an ihn, in dem Streben, ihn zu erkennen, liege, und daß aus diesem Streben das dem Äon eigene Denken, die Ennoia, hervorgegangen sei ... Das ist nicht der Verstand, sondern eine Kraft, welche den Verstand aus der Tiefe des reinsten Geistes heraus bewegt, der von der Erde und dem Fleisch gelöst ist ...«

Im Samowar sangen gleichsam die Mücken. Marina sprach halblaut wie mit sich selber, sie blickte Samgin nicht an und stocherte eifrig an dem Kruzifix herum; Samgin hörte befremdet, ungläubig zu, erwartete aber irgendwelche sehr einfachen, ernsten Worte und fand, daß zu ihrer schönen, stattlichen Gestalt das bescheidene, dunkle Händlerinnenkleid nicht passe. Sie nannte die Namen von Häretikern, Orthodoxen, Apologeten des Christentums und von Philosophen, sie waren Samgin alle wenig bekannt oder überhaupt fremd, und ihre Meinungsverschiedenheiten interessierten ihn nicht. Sie sprach lange, aber Samgin hörte unaufmerksam zu, ihre hochweisen Worte vom Geist glitten an ihm ab, sie verwehten zusammen mit dem Zigarettenrauch, das Gedächtnis nahm nur einzelne Sätze auf.

»Die Seele ist an den Leidenschaften des Fleisches mit beteiligt, der Geist jedoch ist leidenschaftslos, und sein Ziel ist die Reinigung, Vergeistigung der Seele, denn die Welt ist voller unvergeistigter Seelen ...«

Sie steckte das Kruzifix in eine Ecke des Sofas, wischte sich die Finger mit einer Teeserviette ab und sprach noch langsamer, noch gleichmütiger weiter, und dieser Gleichmut weckte in Samgin das Gefühl von Ärger.

Wozu braucht diese gesunde, vollbusige und gewiß sinnliche Frau sich gerade in solche Worte zu hüllen? überlegte Samgin. Es wäre natürlicher und glaubwürdiger, wenn sie mit ihrer leckeren Stimme vom kirchlichen Gott, vom Gott der Popen, der Mönche und Bauernweiber spräche ...

Er sah, daß das Kruzifix kopfabwärts in der Sofaecke steckte und daß Marina, die verstummt war, ein Biskuit sorgfältig mit Konfitüre bestrich. Diese Kleinigkeiten verursachten, daß Samgin sich enttäuscht fühlte, als hätte Marina ihn irgendeiner unbestimmten Hoffnung beraubt.

»Das alles ist mir zu hoch und ... liegt mir zu fern«, sagte er und wollte lächeln, aber das Lächeln gelang ihm nicht, während Marina herablassend lächelte.

»Ich sehe, du langweilst dich.«

»Und im Grunde, was hast du denn von dir selbst gesagt?«

»Ich habe alles gesagt, was notwendig war ...«

Er hatte sie geringschätzig und spöttisch gefragt, weil er sie dadurch ärgern wollte, doch sie hatte ihm im Ton eines Menschen geantwortet, der nicht streiten und überzeugen will, weil er träge ist. Samgin fühlte, daß sie mehr Geringschätzung in ihre Worte gelegt hatte als er in seine Frage und daß sie bei ihr natürlicher wirkte. Als sie das Biskuit aufgegessen hatte, leckte sie sich die Lippen ab, und wieder begann der Rauch ihrer Rede zu wallen.

»Ihr Intellektuellen glaubt fest an die Statistik: Zahl, Maß, Gewicht! Das ist dasselbe, als wollte man sich vor den kleinen Teufeln verneigen und dabei den Satan vergessen ...«

»Wer ist denn der Satan?«

»Der Verstand natürlich.«

»Ach, Marina, wie abgedroschen und platt ist das doch«, sagte Samgin seufzend.

»Es ist etwas ureigen Russisches, Volkstümliches. Und ihr – was habt ihr ausgedacht? Die Verfassung? Wie denn und wodurch könnte dir die Verfassung gegen deine tödliche Langeweile helfen?«

»Ich denke gar nicht an den Tod.«

»Langeweile ist ja der Tod. Du denkst ja darum nicht, weil du zu leben aufgehört hast.«

Als sie das gesagt hatte, nahm sie das Kruzifix und ging in den Laden hinaus.

Sie lebt natürlich nicht für diesen Unsinn, entschied Samgin zornig, nachdem er ihre stattliche Gestalt mit den Blicken verfolgt hatte. Er betrachtete ihre behagliche Höhle, die mit Eisenbändern beschlagene Tür zum Hof und stellte sich lebhaft vor, wie Marina, wenn sie hier übernachtete, ihrem Geliebten die Tür öffnen mochte.

Ja, das – ist glaubwürdig!

Dann beschloß er, morgen nach Moskau und danach auf die Krim zu reisen.

»Hör mal zu, was ich dir sagen werde«, begann Marina, die schlüsselklirrend eingetreten war und sich vor ihn hingestellt hatte. Und ihn mit jedem Wort in Verwunderung versetzend, schlug sie ihm sachlich vor, ob er nicht Lust hätte, sich hier, in dieser Stadt, niederzulassen. Sie sei überzeugt, daß es ihm gleichgültig sei, wo er lebe ...

»Warum meinst du das?«

»Es ist ein stilles, ruhiges Städtchen«, fuhr sie fort, ohne ihm zu antworten. »Man lebt hier billig. Ich würde dir einige von meinen kleinen Angelegenheiten beim Gericht übertragen, mich nach einer Praxis für dich umsehen, dir eine Wohnung einrichten. Nun – was meinst du?«

»Das Angebot überrascht mich und ... Ich muß es mir erst überlegen«, sagte Samgin und fühlte, daß seine Verwunderung nach Freude auszusehen begann.

»Überlege es dir. Und jetzt laß mich gehen, ich will zur Gouverneurin fahren, um sie zu trösten. Unsere Gouverneurin ist die Schwester des Gouverneurs, er ist Witwer gewesen, und sie hat ihn wie eine Spindel herumgewirbelt.«

Während sie sprach, zog sie sich an. Sie betraten den Hof. Marina schloß die eiserne Tür mit einem großen, altertümlichen Schlüssel ab und steckte ihn in den Muff. Der Hof war klein, eng, von überall blickten Fenster auf ihn und machten Samgin merkwürdig verlegen.

»Überleg es dir also! Wenn du eine Weile hier lebst, wirst du dich erholen, auf andere Gedanken kommen.«

Sie gingen nach verschiedenen Seiten auseinander. Samgin schritt gemächlich dahin und erwog Marinas Angebot, obwohl er schon eingesehen hatte, daß ihm damit nicht übel gedient wäre.

Ich werde still, ganz für mich allein leben ...

Als er sich aber erinnerte, daß sein einziger Gesellschafter schon immer er selbst gewesen war, strich er die Einsamkeit aus.

Dunjascha wird mich besuchen. Ab und zu. Sie ist ein ausgelassenes Kind. Das Leben schafft doch hochinteressante Gestalten. Und dann diese Sotowa mit ihrem Propator. Seltsam hat sie ihren Vortrag beendet. Ich habe mich unnütz über sie erregt.

Am nächsten Tag schon teilte er ihr seine Entscheidung mit.

»Na – alles Gute!« wünschte Samgin, schritt auf eine Kutsche zu. »Grüße Aljoscha Gogin.«

»Kennst du ihn denn?«

»Ja, natürlich! Er ist hier gewesen, zwei Monate etwa, und hat sich betätigt. Unsere Stadt ist doch sozialrevolutionär, und so hat man Aljoscha gepiesackt.«

»Du bist ein interessanter Mensch!« wunderte sich Klim aufrichtig. »Wie vereinbarst du bloß Mystik, und ...«

»Erstens ist der Gnostizismus gar keine Mystik, und zweitens gibt es ein Sprichwort: ›Ein großer Sack ist kein irdener Krug, was auch immer darin du verwahrest geschickt, wird nicht zerdrückt, so du ihn vorsichtig trägst und ihn nicht zu heftig bewegst.‹«

»Ist das die Neugier Evas?«

Marina antwortete lächelnd: »Eva hat sich nur für eine Sünde interessiert, ich aber interessiere mich vielleicht für alle ...«

»Mit Neugier kommt man nicht weit«, sagte Samgin seufzend, und Marina fragte: »Hast du es probiert?«

Danach lachten sie beide eine Weile.

In Moskau spielte sich alles sehr einfach ab. Warwara empfing ihn wie einen alten Bekannten, der auch hätte nicht kommen können, den zu sehen aber immerhin interessant war. Im Laufe der zwei Wochen war sie abgemagert und blaß geworden, die Augen waren von Schatten umgeben, glänzten unruhig und fragend. Das schwarze, schmucklose Kleid verlieh ihr das Aussehen einer verzagten Witwe. Als Samgin ihr sagte, daß er in der Provinz zu leben gedenke, senkte sie den Kopf und antwortete nicht sofort, wodurch sie in ihm den Gedanken weckte: Gleich beginnt etwas Unangenehmes, Unechtes! Aber er hatte sich getäuscht. Warwara sagte seufzend: »Ich verstehe dich. Zusammen zu leben hat keinen Sinn mehr. Und überhaupt könnte ich nicht in der Provinz leben, ich bin fest mit Moskau verwachsen! Und jetzt, nachdem es solch eine Tragödie durchgemacht hat, steht es mir noch näher.«

Von ihrer Anhänglichkeit an Moskau sprach Warwara lange, lyrisch, wie im Buch, Samgin hörte ihr nicht zu und dachte: »Die Liebe freudlos ist gewesen«, aber ich hatte nicht erwartet, daß »Die Trennung sein wird sonder Trauer«.

Und er fühlte, daß es »sonder Trauer« immerhin etwas kränkend war, um so kränkender, da Warwara sachlich zu sprechen begann und ihre Augen ruhig schauten.

»Ich gedenke, ins Ausland zu reisen, bis zum Frühjahr dort zu bleiben, mich eine Zeitlang ärztlich behandeln zu lassen und mich überhaupt in Ordnung zu bringen. Ich glaube daran, daß die Duma breite Möglichkeiten für kulturelle Arbeit schaffen wird. Wenn wir das Kulturniveau des Volkes nicht heben, werden wir die Geisteskräfte fruchtlos vergeuden, das ist es, was das verflossene Jahr mich gelehrt hat, ich verzeihe ihm alle Schrecknisse und danke ihm.«

Samgin stellte ironisch fest: Sie spricht glatt. Man hat sie geschult, sie ist dümmer geworden.

Er wünschte sich, ihre Rede, die monoton war wie Herbstregen, möchte zu tönen aufhören, aber Warwara schmückte sich wohl noch zwanzig Minuten lang mit Worten, und Samgin erhaschte unter ihnen keinen einzigen Gedanken, der ihm nicht bekannt gewesen wäre. Schließlich ging sie und hinterließ auf dem Tisch ein Taschentuch, von dem ein scharfer Parfümgeruch ausging, während Samgin sich in sein Arbeitszimmer begab, um die Bücher, seinen einzigen Reichtum, zu sichten.

Er fand die Mappe mit der Sammlung illegaler Ansichtskarten, Epigramme und von der Zensur verbotener Gedichte und begann mit mürrischer Miene diese Zettel durchzusehen. Es war unangenehm, sich davon zu überzeugen, daß sie alle fade, nichtig und talentlos waren im Vergleich zu dem, was jetzt in Witzblättern veröffentlicht wurde.

Vergangenheit, dachte er und begann, ohne das »Meine« hinzuzufügen, die Denkmale seiner billigen Freigeistigkeit und jugendlichen Begeisterung in kleine Fetzen zu reißen.

> »Cäsarewitsch Nikolai!
> Wenn du Zar geworden bist,
> So vergiß doch nicht dabei,
> Daß uns schlägt der Polizist!«

las Samgin und verzog das Gesicht, jetzt glichen solche Sachen einem Anzug, der so abgetragen ist, daß man sich schämen müßte, ihn selbst nur einem Bettler zu schenken.

Hunderte hatten sich für so etwas begeistert, versuchte er sich zu trösten, während er die Zettel immer hastiger und kleiner zerriß, und als er diese Verbindung zu seiner Vergangenheit vernichtet hatte, stampfte er die Papierfetzen mit dem Fuß im Papierkorb fest und zündete sich mit Vergnügen eine Zigarette an.

Eine Stunde später saß er in Gogins Wohnung Tatjana gegenüber. Er war diesem jungen Mädchen selten begegnet und erinnerte sich ihrer als eines lustigen Geschöpfs mit närrischer Sprache und scharfem Glanz bläulicher, kecker Augen. Sie war spöttisch, ihm unsympathisch gewesen, hatte nie den Wunsch geweckt, sie näher kennenzulernen. Jetzt waren ihre Augen müde von den Wimpern verdeckt, das Gesicht war schmal und lang geworden, und auf den Wangen glühte ungesunde Röte, sie lag hüstelnd auf dem Sofa und hatte die ausgestreckten Beine mit einem karierten Plaid bedeckt. Es schien, als wäre sie um zehn Jahre gealtert. Mit der dumpfen, farblosen Stimme einer Schwindsüchtigen sagte sie: »Das Geld ist zu spät gekommen. Alexej ist in Rostow verhaftet worden und mit ihm Ljubascha Somowa. Haben Sie die Spiwak gekannt? Sie wurde auch verhaftet, mit der Druckerei, bevor sie diese aufstellen konnte. Ihr Sohn, Arkadij, ist bei uns.«

»Sind Sie krank?« fragte Samgin.

»Wie Sie sehen. Ferner gab es noch einen Pjotr Ussow, er war blind; in einer Versammlung hielt er eine Rede, und auf dem Heimweg hat man ihn erschlagen, buchstäblich mit den Füßen zertrampelt. Es müssen Kampfabteilungen aufgestellt werden, und dann – Auge um Auge, Zahn um Zahn. Bei den Sozialrevolutionären wird es in der Terrorfrage zu einer Spaltung kommen.«

Sie sprach zusammenhanglos, ihre Augen glänzten unerträglich.

»Ihre Temperatur steigt offensichtlich.«

»Das hat nichts zu sagen, bleiben Sie sitzen!«

Samgin sagte, er habe keine Zeit, Tatjana reichte ihm die Hand und fragte: »Was gedenken Sie zutun?«

»Ich habe mich noch nicht entschieden«, antwortete Samgin trocken und beeilte sich zu gehen.

Sie ist irgendwo abseits von der Wirklichkeit verblieben, zehrt von einer Wahnvergangenheit, dachte er, als er die Straße betrat. Mit Verwunderung und sogar Mißtrauen gegen sich selbst fühlte er plötzlich, daß die zehn Tage, die er außerhalb Moskaus verbracht hatte, ihn von dieser Stadt und solchen Leuten wie Tatjana sehr weit abgerückt hatten. Das war sonderbar und verlangte nach einer Analyse. Es deutete gleichsam an, daß man bei einiger Willensanspannung dem Circulus vitiosus der Wirklichkeit entrinnen könne.

»Aus dem Reich der kleinen Notwendigkeiten ins Reich der Freiheit«, er lächelte innerlich und entsann sich, daß er den Willen für einen solchen Sprung gar nicht angespannt hatte.

Das war noch sonderbarer. Ein Mißtrauensgefühl gegen die Dauerhaftigkeit seiner Stimmung erregte ihn.

Alles in der Welt strebt nach einem mehr oder weniger stabilen Gleichgewicht, brachte er sich in Erinnerung. Der Wirklichkeit ist ein revolutionärer Stoß versetzt worden, sie geriet ins Wanken, rückte voran und jetzt . . .

»Guten Tag, Genosse Samgin!«

Der ihn halblaut begrüßte und mit ihm Schritt hielt, ihm ins Gesicht blickte und lächelte, war Lawruschka, in einem langen und zu weiten bläulichen Mantel, mit einer bis zu kahlen Stellen abgeschabten Persianermütze auf dem Kopf und in Filzstiefeln.

Samgin maß ihn zweimal mit den Augen, dann schlug er den Mantelkragen hoch, schaute sich um und beschleunigte den Schritt, während Lawruschka, als gäbe er Rechenschaft, rasch, halblaut und freudig sagte: »Der Arm ist verheilt, es ist nur ein kleiner Fleck geblieben, als hätte man mich gegen Pocken geimpft. Jetzt bin ich in der Lehre. Und Pawel Michailowitsch ist gestorben.«

»Wer ist das?« fragte Samgin.

»Der Kupferschmied doch! Haben Sie denn den Kupferschmied vergessen?«

»Aha . . .«

»Er hat sich erkältet und – aus war es mit ihm!«

»Na – alles Gute!« wünschte Samgin, schritt auf einen Kutscher zu, blieb aber stehen und fragte plötzlich leise: »Und – Jakow?«

»Es ge-eht!« antwortete Lawruschka auch leise und voller Freude.

»Nichts passiert. Er ist jetzt nicht mehr Jakow. Sehen Sie – er hat wirklich ...«

»Na, leb wohl!«

Als Samgin im Schlitten saß, überlegte er: Weshalb habe ich nach Jakow gefragt? Eine sonderbare Gedächtnislaune ... Selbstverständlich – das kann nichts anderes sein als eben eine Laune ... Dann dachte er sofort: Ich scheine mir wohl – etwas einzureden?

Darauf klappte er den Mantelkragen herunter und sagte streng zu dem Kutscher: »Rascher!«

Er bekam Lust, heute noch, sofort von Moskau abzureisen. Es herrschte Tauwetter, das Straßenpflaster hatte sich braun verfärbt, in der feuchten Luft lag der Geruch von Pferdemist, die Häuser schienen zu schwitzen, die Stimmen der Menschen klangen brummig, und das Knirschen der Schlittenkufen auf den entblößten Pflastersteinen schnitt unangenehm ins Ohr. Um Gespräche mit Warwara und Begegnungen mit ihren Freunden zu vermeiden, ging Samgin tags in Museen und besuchte abends Theater; endlich waren die Bücher und Sachen in den bestellten Kisten verpackt. Er küßte Warwara fast dankbar die Hand, sie wandte sich ab und drückte das Taschentuch an die Augen.

Und nun, nachdem er die Verbindung mit der Frau schmerzlos abgebrochen, einen Lebensabschnitt abgeschlossen hatte, saß er, sich frei fühlend, lyrisch weich gestimmt – zum wievielten Mal schon? – in einem Wagen zweiter Klasse mitten unter längst bekannten, alltäglichen Menschen, aber heute wurde an ihnen etwas Neues bemerkbar, und sie erweckten nicht ganz alltägliche Gedanken. Neben ihm, am Fenster, las ein kleiner Mann, rotwangig, stupsnasig, mit runden und sehr blauen Augen von der Größe eines Westenknopfes eine satirische Zeitschrift. Er war von der Krawatte bis zu den Schuhen ganz neu gekleidet, und wenn er sich bewegte, knisterte irgend etwas an ihm, wahrscheinlich das gestärkte Hemd oder das Futter des blauen Rocks. Auf der anderen Seite saß eine wollig gekleidete dicke Frau mit runder Brille und runder Hutschachtel aus Sperrholz; in der Schachtel rumorten und miauten junge Kätzchen. Gegenüber saß ein rothaariger Mann mit einem zerzausten Bärtchen im blatternarbigen Gesicht, mit lustigem Blick dunkler Augen, die Augen waren irgendwie fremd in seinem ausgemergelten und schmuddelig-gelben Gesicht; neben sich hatte er offensichtlich seine Frau, groß, schwanger, in schwarzer Samtbluse, mit einer langen Goldkette um den Hals und auf der Brust; sie hatte ein breites, gütiges Gesicht, graue, freundliche Augen. In der Diwanecke kauerte, die Hände in den Manteltaschen, die Augen geschlossen, ein spitznasiger Mann in einer Sealskinmütze, der durch nichts interessant war.

Samgin dachte daran, daß er solche Menschen nicht zum erstenmal sah, sie waren im Eisenbahnwagen ebenso gewöhnlich, wie das Vorbeihuschen der Telegrafenmasten vor dem Wagenfenster unvermeidlich war, wie der von den Drähten linierte Himmel, das Kreisen der schneeverhüllten Erde und auf dem Schnee, wie Warzen, die Hütten der Dörfer. Alles war bekannt, alles alltäglich, und wie immer rauchten die Leute viel und kauten irgend etwas.

Eigentlich kann man mit gutem Grund der Ansicht sein, daß gerade diese Leute das Hauptmaterial der Geschichte, der Rohstoff sind, aus dem alles übrige Menschliche, Kulturelle geschaffen wird. Sie und – die Bauernschaft. Das ist die Demokratie, der echte Demos – eine hervorragend lebensfähige, unerschöpfliche Kraft. Sie übersteht alle sozialen und spontanen Katastrophen und webt demütig, unermüdlich das Spinngewebe des Lebens. Die Sozialisten unterschätzen die Bedeutung der Demokratie.

Diese neuen Gedanken entstanden sehr leicht und einfach wie etwas schon längst Empfundenes. Verführerisch leicht. Aber das Stimmengewirr ringsum störte beim Denken. Hinter Samgin, im Nachbarabteil, hatte bereits ein Reisegespräch begonnen, sprachen gleichzeitig mehrere Stimmen, und jede schien sich zu bemühen, ein boshaft süßliches, kreischendes Stimmchen zu übertönen, das schnell in Wjatkaer Dialekt sagte: »Na – was haben wir denn zu erwarten? Die Teilung der Macht – was bedeutet sie? Das bedeutet Vielherrschaft. Sind denn die jüdischen Advokaten, unsere künftigen Herrscher, klüger als der Stammadel und die Kaufmannschaft, die gestern noch in Bastschuhen einherstolzierte und durch deren Hände heute Millionenbeträge gehen?«

Zwei Minuten lang etwa vermochte niemand diese Stimme zu übertönen, sie klang wie Schellengeklingel, dann wurde sie von einem tiefen und feuchten Baß übertrumpft: »Die Macht hat tatsächlich nachgelassen, und das kommt daher, weil der Geistlichkeit die Predigtfreiheit genommen ist. Der hochwürdige Bischof Antonin hat aufrichtig und mutig gesagt: ›Das Wort Gottes ist in dem wahnsinnigen, fremdsprachigen Chaos des Zeitungslärms nicht zu hören, und das ist das Hauptübel . . .‹«

»Da-as ist es! Man hat Rußland zerschwatzt, hat es wackelig gemacht!«

»Richtig!« rief sehr lustig der blatternarbige Mann, kopfnickend und mit zugekniffenen Augen, dann öffnete er sie und sagte, Samgin ebenso lustig ins Gesicht blickend: »Nebenbei bemerkt – das

Volk ist auffallend kühn geworden, was es denkt, das sagt es auch . . .«

Die Frau kratzte sich mit der einen Hand unter der Achsel, nahm mit der anderen einen in grelles Papier gewickelten Bonbon aus der Tasche und gab ihn ihrem Mann.

»Da, lutsche das mal! Sicherlich möchtest du schon wieder rauchen? Schau, wie sie qualmen, wie in einer Schenke.«

»Das ist keine Schenke, sondern ein Sieb«, raunte ihr der spitznasige Mann ins Ohr. »In das Sieb sind die Menschen geschüttet, und ihre Dummheit wird abgesiebt.«

Während er sprach sah er auch Samgin an, und seine Nachbarin, die sich einen Bonbon hinter die Backe gesteckt hatte, sagte friedfertig: »Ohne Dummheit kommt man im Leben auch nicht aus . . .«

»Damit fangen wir an«, unterstützte sie ihr Mann.

Im Nachbarabteil erklangen die Stimmen immer lauter, hastiger, als wollten sie sich im Rhythmus dem Rasseln und Dröhnen des Zuges anpassen. Samgins Interesse richtete sich auf den Spitznasigen; sein gelbliches Gesicht war mit kleinen Runzeln wie mit einem Netz aus feinen Fäden überzogen, es war ein sehr bewegliches Gesicht, bald gallig und spöttisch, bald griesgrämig. Der Mund war schief, die trockenen Lippen rechts leicht geöffnet, als steckte in ihnen eine unsichtbare Zigarette. Aus den knochigen Augenhöhlen unter dunklen Brauen glänzten menschenscheu bläuliche Augen.

Ein Mensch mit solch einem Gesicht sollte schweigen, entschied Samgin. Aber dieser Mann konnte oder wollte nicht schweigen. Er antwortete unaufgefordert und herausfordernd auf alle Reden in dem lärmenden Wagen. Seine farblose, etwas trockene Stimme, das boshaft süßliche Stimmchen im Nachbarabteil und der Baß obsiegten über alle anderen Stimmen. Im Durchgang sagte jemand: »Das Leben ist kurz, man schafft es nicht, ein Haus zu bauen, da braucht man schon einen Sarg!«

Der Spitznasige entgegnete sofort: »Sie sollten nicht an Särge denken, Kaufherr, sondern an den Handelsvertrag mit Deutschland, der für uns schmählich und nachteilig ist, da haben Sie einen Sarg!«

Hinter Klim dröhnte gekränkt der Baß: »Unsere Denker gleichen einer jungen Dame. Man trat ihr bei der Kirchenprozession auf den Fuß, worauf sie hysterisch aufschrie: Ach, das ist eine Gemeinheit! Ebenso steht es mit dem berühmten Schriftsteller Leonid Andrejew. Das russische Volk strebt nach einem Zugang zum Stillen Ozean, doch dieser Schriftsteller schreit in die ganze ehrbare Welt: Ach, einem Offizier hat man die Beine abgerissen!«

Der Spitznasige stand auf und rief über Samgins Kopf hinweg:

»Für ›Das rote Lachen‹ wird viel Geld geboten. Andrejew hat sogar einen Priester als Atheisten dargestellt ...«

Die Lokomotive pfiff, stockte ein wenig und blieb nach einem Ruck des Wagens, der die Leute zum Wanken brachte, zischend in einer dichten Schneewolke stehen, während die Stimme des Spitznasigen hörbarer zu schnattern begann. Dieser Mann hatte die Mütze abgenommen und unter die Achsel geklemmt, wahrscheinlich, um mit dem linken Arm nicht zu fuchteln, und schüttete, den rechten schwingend, die Worte wie Nägel in einen Holzkasten: »Dort, in den Hauptstädten, wünschen sich die Schriftsteller, die Barfüßler, Nachtasylleute, Alkoholiker, Syphilitiker und überhaupt allerhand ... Intelli-genz, Abschaum und Aussatz die Freiheit, sie haben die Verfassung erreicht und werden über unser Schicksal entscheiden, während wir hier mit Worten spielen, Sprichwörter erfinden und gemütlich Tee trinken – ja-ja-ja! Wie sie reden«, wandte er sich an die Frau mit den jungen Kätzchen, »es ist eine Freude zuzuhören, wie sie reden! Sie reden von allem, können aber nichts!«

Der Redner riß die Mütze unter der Achsel hervor, stülpte sie über die Faust und schlug sich mit der Faust an die Brust.

»Ich habe ganz Rußland nicht nur einmal bereist, sowohl rundherum als auch kreuz und quer, der Länge und der Breite nach, bin in vielen Ländern jenseits der Grenze gewesen ...«

Die Lokomotive pfiff wieder, zog den Wagen an und schleppte ihn weiter durch den Schnee, aber das Dröhnen des Zuges schien schwächer, dumpfer zu werden, und der Spitznasige hatte gesiegt. Die Leute sahen ihn schweigend über die Polstersitzlehnen hinweg an, standen im Durchgang und qualmten mit Zigaretten. Samgin sah, wie das Runzelnetz, indem es sich bald erweiterte, bald zusammenzog, das spitznasige Gesicht veränderte und wie sich auf dem runden, kleinen Kopf die grauen, starren Haarborsten rührten, wie die Brauen sich bewegten. Seine Gesichtshaut rötete sich nicht, aber Stirn und Schläfen bedeckten sich reichlich mit Schweiß, der Mann wischte ihn mit der Mütze weg und redete, redete.

»Alles haben sie in Verruf gebracht, alles bemäkelt! Die Schriftsteller haben Rußland wie ein Haustor mit Teer beschmiert ...«

»V-ver-leumdung!« rief stotternd der kleine Leser satirischer Zeitschriften.

Der Redner machte mit seiner haarigen Faust eine wegwerfende Bewegung zu ihm hinüber.

»Gedankenfreiheit! Denke, du Teufel, aber schweig, verführe nicht andere ...«

»Richtig!« wurde aus dem Durchgang gerufen, aber irgend jenand lachte, irgendwer pfiff, während der kleine Stupsnasige das Gesicht mit der Zeitschrift verdeckte und entrüstet stammelte: »S-so ein U-un-sinn!«

»Er spricht rechtschaffen«, sagte der Blatternarbige zu Samgin. »Benimm dich wie ein Samowar: Koche innerlich, aber spritze nicht mit kochendem Wasser um dich! Ich beispielsweise habe gespritzt...«

»Und bist ins Irrenhaus geraten, für drei Monate«, fügte seine Frau hinzu und legte ihm zärtlich noch einen Bonbon in die hingehaltene Hand, während der Redner, der sein schweißbedecktes, aber sich nicht rötendes Gesicht immer öfter mit der Mütze abwischte, mit großem Eifer fortfuhr: »Das Volk fordert keine Freiheit, unser Volk ist der Bauer, er braucht nur eine Freiheit: reich zu werden, sein Fell wachsen zu lassen...«

»Z-zur Sch-schur?« fragte der Leser satirischer Zeitschriften, darauf beugte sich der Spitznasige zu ihm vor und schrie erbittert und schrill: »Jaja, gerade dazu! Schert denn der Staat von solchen Leuten wie Ihnen viel herunter? Ihr eßt und trinkt ihn bloß arm. Was kostet es, euch das Lesen und Schreiben zu lehren? Ihr lernt zehn Jahre lang, zettelt mit Staatsgeldern Aufstände an, erschießt Gouverneure und Minister...«

»Da hast du ja nun jemanden zum Bedauern«, wurde im Durchgang laut gesagt, und wieder pfiff jemand.

»Ich bedaure sie nicht, ich spreche von der Zwecklosigkeit! Wir haben genug zu tun, wir müssen die Blamage des Japanischen Kriegs wiedergutmachen, doch was tun wir?«

Samgin dachte daran, daß diese Leute noch vor zwei Jahren nicht gewagt hätten, so offen und über solche Dinge zu reden. Er stellte fest, daß sie viel Banales sagten, daß dies aber an der Form und nicht am Sinn liege.

Natürlich ist auch der Sinn... abstoßend, aber wichtig ist daran, daß die Leute begonnen haben, politisch zu denken, daß sich das Interesse fürs Leben erweitert hat. Das Leben wird zu gegebener Zeit die Fehler korrigieren...

Die Lokomotive pfiff wieder und bereits toll, und prallte gleichsam gegen irgend etwas, die Bremsen kreischten, die Pufferscheiben klirrten, die stehenden Leute wankten und hielten sich aneinander fest, die Frau sprang vom Polstersitz hoch, stützte sich mit den Händen auf Samgins Knie und rief: »Au, was war das?«

»Der Lokomotivführer ist betrunken«, erklärte griesgrämig der Spitznasige und nahm einen Korb aus dem Gepäcknetz.

Unsichtbare Weber webten vor dem Fenster einen sehr dichten, weißen Schleier, als wollten sie das Soldatenspalier auf dem Bahnsteig der Station verbergen.

»Man empfängt jemanden«, sagte der Spitznasige; der Schaffner, der hinter ihm herging, verbesserte: »Es wird niemand empfangen, wir werden Verhaftete aufnehmen ...«

Die Frau atmete beruhigt auf und lächelte. »Die Bajonette dort, wie ein Kamm! Die lieben Soldaten kämmen die Rebellenläuslein aus, Gott sei Dank, sie kämmen sie aus!«

Sie bekreuzigte sich und schlug ihrem Mann vor: »Komm, hier gibt es ein Bahnhofsrestaurant!«

Die schweigsame Frau mit den jungen Kätzchen seufzte tief, erhob sich und ging auch.

»Sch-schreckliche Menschen«, zischte der Stotterer; offenbar wollte er auch gerne sprechen, er rutschte unruhig auf dem Polstersitz hin und her, rollte die Zeitschriften zu einer Röhre zusammen und fuchtelte damit vor sich herum, er hatte schmollend die Lippen aufgeworfen, seine blauen Äugelchen glänzten gekränkt.

»Vor s-solchen Leuten m-möchte man ins Kloster fliehen«, beklagte er sich.

Samgin nickte, er hatte Verständnis für den großen Kraftaufwand, mit dem der Stotterer die Worte aussprach, während dieser den rosigen Mund aufsperrte und lächelnd hinzufügte: »Oder wie ein Dachs einsam in einer Höhle hausen ...«

Hinter dem Polstersitz erhob sich ein schnurrbärtiges, unrasiertes Gesicht und sagte durch den Schnurrbart: »Mit dem Dachs haust oft ein Fuchs in der Höhle.«

Sagte es vorwurfsvoll und – verschwand, während der Stotterer sich ängstlich zusammenkauerte.

Der Zug hielt ermüdend lange; vom Bahnhofsgebäude kamen der Blatternarbige und seine Frau, man hatte ihr die Uhr von der Kette geschnitten; sie fauchte gereizt und pulte mit dem Finger kärgliche Tränen aus den geröteten Augen.

»Es ist ein ziemlich altes Ührchen gewesen, war nicht wertvoll, aber mir hatte es die Großmutter geschenkt, als ich noch Braut war.«

Dann stellte sich heraus, daß am anderen Wagenende ein Koffer abhanden gekommen war und eine Klarinette im Futteral; darauf erdröhnte hinter Samgin triumphierend der Baß: »Glauben Sie mir aufs Wort: Dieser Schwätzer ist ein gewöhnlicher Dieb, und er hat hier Helfer gehabt; er hat den Leuten blauen Dunst vorgemacht, und die anderen haben unterdessen gearbeitet.«

»Ein altbekannter Trick«, stimmte der Blatternarbige lustig bei und brachte dadurch den Mann mit Baßstimme zur Raserei.

»Urteilen Sie doch selber: Weshalb hat dieser Mann mir nichts, dir nichts sein Inneres nach außen gekehrt?«

»Sie selbst, Väterchen, haben ja auch geredet!«

»Ich bin eine geistliche Person!«

In das Abteil, wo Samgin saß, zwängte sich schwerfällig ein großer Mann mit einem schweren, schwarzen Koffer in der einen Hand, einem Bücherbündel in der anderen und zwei Bündeln auf der Brust, an Riemen, die um den Hals gelegt waren. Er verstaute ächzend den Koffer im Gepäcknetz, legte auch die zwei Bündel dorthin, das dritte indessen löste sich auf, und zwei gebundene Bücher fielen dem kleinen Stotterer auf den Schoß.

»V-vorsicht!« rief er, schüttelte die Bücher auf den Boden hinunter und drückte sich in die Ecke.

Der neue Fahrgast zog die buschigen grauen Brauen hoch, sah den Stotterer ein paar Sekunden lang an und fragte mit sonderbar heller Stimme unter Betonung des O: »Weshalb werfen Sie die Bücher auf den Boden? Heben Sie sie mal auf!«

»Ich b-bin nicht Ihr Diener...«

»Das stimmt nicht: Der Mensch ist stets des Menschen Diener, so oder so. Heben Sie sie mal auf!«

Der Stotterer drückte sich noch fester in die Ecke, aber der Buchbesitzer legte ihm die Hand auf die Schulter und sagte zum drittenmal, sehr ruhig: »Heben Sie sie auf.«

In den Nachbarabteilen hatten sich alle erhoben, blickten stumm über die Polstersitzlehnen und erwarteten einen Skandal.

»Ich f-füge mich der Gewalt«, sagte der Stotterer, erbleichend und blinzelnd, beugte sich vor, hob die Bücher auf und warf sie auf den Polstersitz.

»Na eben«, sagte befriedigt der Mann mit den grauen Brauen und nahm neben ihm Platz. »Darf man denn Bücher mit Füßen treten? Um so mehr, da das Mills ›System der Logik‹ in Wolffs Ausgabe vom Jahre fünfundsechzig ist. Sie haben das Buch sicherlich nicht gelesen, aber – treten es mit Füßen!«

Er hatte ein rundes Gesicht in grauen, kurz gestutzten Borsten, die auf der Oberlippe länger waren als an Kinn und Wangen, dicke Lippen und ebenso dicke Ohren, die durch die dicke Mütze zur Seite gespreizt waren. Unter dichten Brauen hatte er mattgraue Augen. Er blickte Samgin aufmerksam ins Gesicht, musterte den Blatternarbigen, dann dessen Frau, nahm ein Papierpäckchen aus der Tasche seines dicken Mantels, öffnete es, betastete mürrisch mit den Fingern ein belegtes Brötchen und sagte: »Der Dummkopf! Ich hatte um Schinkenbrot gebeten, er aber hat mir eins mit Wurst gegeben!«

Er knüllte mit seinen dicken Fingern das Papier mit dem Brot zusammen und warf das Knäuel ins Gepäcknetz.

Die Leute schwiegen noch immer und musterten ihn. Als erster wurde der Blatternarbige des Wartens müde.

»Handeln Sie mit Büchern?«

»Ich kaufe welche.«

»Zum Lesen?«

»Um das Dach zu decken.«

Der Blatternarbige errötete und lächelte.

»Es wird doch auch mit Büchern gehandelt!«

»So?«

»Wie verroht das Volk ist«, sagte seufzend die Frau. »Früher – wie liebenswürdig hat man da gesprochen ...«

Ohne sie zu beachten, holte der Bücherfreund eine Holzschachtel aus der Brusttasche hervor und begann sich eine Zigarette zu drehen. Die sich langweilenden Leute musterten ihn immer mißgünstiger, und der Blatternarbige sagte streitsüchtig: »Machorka darf hier nicht geraucht werden!«

»Wer hat es verboten?« erkundigte sich der Bücherfreund.

»Niemand hat es verboten, doch die Höflichkeit erfordert es ...«

»Milde Tabaksorten rauche ich nicht, doch Rauch ist Rauch! Machorkatabak ist gesünder, er enthält weniger Nikotin ... So ist das ...«

»Sie sind jedoch kein Doktor«, ließ ihn der Blatternarbige nicht in Ruhe; seine Frau gab ihm einen Bonbon und sagte: »Laß doch, streite nicht! Da, lutsche das rasch!«

Die mürrischen Gesichter der Leute ließen Samgin mit Gewißheit einen unliebsamen Auftritt erwarten. Der kleine Stotterer lächelte boshaft, kniff die Äugelchen zusammen und bewegte, sich offenkundig auf ein Wortgefecht vorbereitend, die Lippen. Der Bücherfreund hüllte sein Gesicht in grünlichen Rauch und antwortete dem Blatternarbigen: »Das stimmt, ich bin kein Menschendoktor, sondern einer fürs Vieh, ich bin Veterinär.«

»Das sieht man auch, daß Sie einer fürs Vieh sind«, ertönte die Baßstimme über Samgins Kopf, und es wurde sehr still, doch ein paar Sekunden später sagte der Veterinär mit einem lauten Seufzer: »Die Bauern haben den Landkreis mit feurigem Besen ausgefegt ...«

Er sagte das so klangvoll und überzeugt, als wüßte er ganz bestimmt, daß all diese Leute von ihm eben eine Erzählung über die Bauern erwarteten.

»Vom Gutshof der Soimonows sind nur halbverkohlte Holzreste

übriggeblieben und Asche und zerstörte Öfen, dabei war das ein vorzüglicher Gutshof und eine sehr kultivierte Wirtschaft.«

Er sprach gutmütig, nachdenklich, und seine sonore Stimme führte Stille herbei.

»Aber diese Kultur, die dem Bauern nicht zugänglich ist, erbittert ihn natürlich nur, obwohl der Bauer hier ein guter, kluger Kerl ist, ich kenne ihn durch und durch, ich habe acht Jahre lang hier gearbeitet. Der Bauer ist nun mal so: je klüger, desto böser! Das ist seine Lebensregel.«

»Man prügelt ihn zu wenig«, erinnerte jemand halblaut.

»Nicht ihn müßte man prügeln, sondern Sie, Bürger«, antwortete ruhig der Veterinär, ohne den Sprecher oder sonst jemanden anzublicken. »Die Bauernschaft ist überhaupt zu einer solchen Erbitterung gebracht, daß man sich nicht wundern darf, wenn bei uns ein Bauernkrieg ausbricht, wie einstmals in Deutschland.«

»Nein, das wäre doch, was wäre denn das!« rief rasch und schrill der Blatternarbige. »Ich bitte Sie, warum soll man denn die Leute reizen – und sie beunruhigen? Auch stimmt das alles nicht, weil das unmöglich ist! Für einen Krieg braucht man Gewehre, doch in den Dörfern gibt es keine Gewehre!«

»Der Bauer wird sich bäuchlings auf seine Gegner werfen, wie Mitka bei Alexej Tolstoi«, sagte der Veterinär mit breitem Lächeln und sichtlich erfreut über die Möglichkeit, ein wenig zu streiten.

»Tolstois Werken glaubt niemand, das ist doch nicht der Kalender von Brjus, sondern es sind Romane, jawohl«, sagte zischend der Blatternarbige, und sein Gesicht bedeckte sich dicht mit flammendroten Flecken.

»Ich meine doch nicht Lew Tolstoi...«

»Das ist uns einerlei! Und gestatten Sie mir zu sagen, daß es in Deutschland überhaupt gar keinen Bauernkrieg gegeben hat und auch nicht geben kann, die Deutschen sind gedrillte Menschen, wir kennen sie, und diesen Krieg haben Sie selbst erfunden, um geistige Verwirrung anzurichten, um uns, die wir ungeschult sind, einzuschüchtern...«

Er hatte schon hysterisch zu schreien begonnen, hatte die Fäuste an die Brust gepreßt und neigte sich immer mehr vor, als wollte er den Veterinär mit dem Kopf vor den Leib stoßen, doch dieser lachte, den Kopf zurückgeworfen und den borstigen Adamsapfel vorgewölbt, und aus seinem runden Mund schallte betäubend, klingend: »O-cho-o-cho-o-o!«

»Herr du mein Gott, so höre doch auf!« redete die Frau erregt auf ihren Mann ein, wobei sie mit der Faust gegen seine Schulter und

Seite stieß. »Lassen Sie ihn doch in Ruhe, Herr, warum reizen Sie ihn!« schrie sie nun auch, sich an den Veterinär wendend, der immer noch lachte und sich die Tränen aus den Augen wischte.

Samgin trat in den Durchgang hinaus, hinter ihm her ertönte die Klage der Frau: »Und Sie, meine Herrschaften, haben die Hähne aufeinandergehetzt und ergötzen sich, schämen sollten Sie sich!«

Im Durchgang wurde auch gestritten, jemand sagte: »Unsere Generation hat an die Idee des Fortschritts geglaubt . . . Doch die Materialisten haben sie beschnitten, sie auf die Idee des technischen Fortschritts eingeschränkt.«

Samgin blieb eine Weile an der Plattformtür stehen, hörte sich eine Rede über die Zerstörung des patriarchalischen Dorflebens durch die Fabrik an, dann irgendwessen unheilverkündende Erwähnung der Gogolschen Troika und trat auf die Plattform hinaus in das kalte Knarren und Knirschen des Zuges. In der Ferne erglühte über dem Schneefeld ein unangenehm orangefarbenes Abendrot, und der Zug fuhr im Bogen darauf zu. Die Gespräche im Wagen hatten ihn ermüdet, ihm die Stimmung vermiest, irgend etwas verdorben. Er gewann den Eindruck, als brächte ihn der Zug weit in die Vergangenheit zurück, zu den Streiten seines Vaters, Warawkas und der gestrengen Marja Romanowna.

Ich habe schrecklich schlechte Nerven . . .

Dann dachte er unvermittelt, jeder Mensch im Wagen, im Zug und in der Welt sei in einem Käfig wirtschaftlicher, im Grunde jedoch animalischer Interessen eingesperrt; jeder von ihnen sehe die Welt durch die Käfigstäbe gleichmäßig liniert, und wenn irgendeine Kraft von außen die Linien der Stäbe verbiege, so werde die Welt verzerrt wahrgenommen. Daher komme auch das Drama. Aber das war ein fremder Gedanke. »Zeisige in Käfigen«, erinnerte er sich der Worte Marinas, und es war ihm unangenehm, daß er das von den Käfigen nicht selber erfunden hatte.

Das Abendrot änderte schnell seine Farbe, es verlieh jetzt dem Himmel den Ton eines alten, billigen Öldrucks, der Schnee bedeckte sich wie mit Asche und glitzerte nicht mehr.

Ich kann ja im Selbstmord enden, fiel Klim plötzlich ein, aber auch das klang so, als hätte ein Fremder es ihm eingeflüstert.

Marina sitzt natürlich auch in einem Käfig, dachte er hastig. Ist auch umgittert. Während ich nicht umgittert bin . . .

Aber er wußte nicht, ob er fragte oder behauptete. Es war sehr kalt, doch in den rauchigen Wagen zurückzukehren, wo alle stritten, hatte er keine Lust. Auf einer Station bat er den Schaffner, ihn in der ersten Klasse unterzubringen. Dort legte er sich auf den Polstersitz und begann, um nicht zu denken, Verse im Rhythmus zu den Räderstößen an den Schienenfugen zusammenzustellen; das gelang ihm nicht sofort, aber er fand sie doch ziemlich bald:

>Sie hält das – Roß im Ga – lopp an
>Und tritt in – die brennende – Hütte ...

Und ist vielleicht die Frau des Protopopen Awwakum, dachte er, sich eine Zigarette anzündend.

Marinas Stadt empfing ihn auch mit Tauwetter, in der Luft hatte sich eine Art von Molke ausgebreitet, von den Dächern fielen träg große Tropfen herab; es schien, als wollte jeder von ihnen auf den nassen Telegrafendraht fallen, und das erregte, so wie ein Kragen- oder Rockknopf aufregt, der sich nicht zuknöpfen lassen will. Samgin saß am Fenster, in demselben banalen Gasthofzimmer, beobachtete, wie die glasklaren Tropfen durch die trübe Luft fielen, und erinnerte sich an die Begegnung mit Marina. Diese Begegnung hatte etwas allzu Sachliches und Kränkendes gehabt.

»Du bist zurückgekehrt?« hatte sie gefragt, als wäre sie verwundert, und hatte gleich danach ganz nüchtern davon zu sprechen begonnen, daß man sofort eine Wohnung für ihn ausfindig machen müsse und daß sie eine wisse, die für ihn wohl passend genug sein werde.

»Gegen zwei Uhr hole ich dich ab, und wir sehen sie uns an, einverstanden?«

Sie begegnete ihm überhaupt so sachlich wie eine Chefin ihrem Angestellten und hatte ihn nicht in das Zimmer hinter dem Laden gerufen.

Jetzt war es schon halb drei, und sie war immer noch nicht da. Aber gerade in diesem Augenblick öffnete der Zimmerkellner die Tür und sagte: »Marina Petrowna Sotowa bittet Sie, in die Droschke zu kommen.«

Samgin fiel auf, daß sie sich wegen ihrer Verspätung nicht entschuldigte.

»Hast du mit Moskau ganz Schluß gemacht?«

»Ja.«

»Na, das ist ja sehr schön.«

Sie fuhren vorsichtig und langsam durch den Nebel und hielten vor einem einstöckigen Haus mit vier Fenstern und vornehmem Haupteingang; unter dem nagelneuen eisernen Vordach befanden sich in Rosetten zwischen den Fenstern sonderbar aussehende, aus Gips modellierte Vögel, und die ganze Fassade war mit plumpen Reliefs verziert, die Blumengirlanden darstellten. Sie gingen in den

Hof; dort schloß sich an das Haus ein dreifenstriger Seitenbau aus Holz mit einem Dachgeschoß an; im Hintergrund des Hofes, der mit Schneehaufen ausgefüllt war, ragten die verschneiten Bäume eines Gartens. Die Tür des Seitenbaus wurde von einer kleinen bebrillten Alten in braunem Kleid geöffnet.

»Guten Tag, Felizata Nasarowna! Ich habe hier einen Mieter mitgebracht. Wo ist Walentin?« rief Marina laut; die Alte deutete wortlos und geheimnisvoll mit grauem Finger nach oben.

»Rufe ihn. Sie ist taub«, erklärte Marina halblaut, als sie Samgin in ein nicht großes, sehr helles Zimmer führte. Es waren drei solche Zimmer vorhanden, und Marina sagte, das eine von ihnen sei das Empfangszimmer, das zweite das Arbeitszimmer und dahinter befinde sich das Schlafzimmer.

»Die Fenster gehen, wie du siehst, zum Garten hin. Hier hat ein Arzt gewohnt, jetzt wird ein Anwalt darin wohnen.«

Sie hat schon entschieden, dachte Samgin. Ihm mißfiel das Gesicht des Hauses, mißfielen die allzu hellen Zimmer, und er war empört über Marina. Und schon ganz unbehaglich wurde ihm zumute, als ein hochgewachsener Mann vorgeneigten Kopfes, wie ein Stier, angerannt kam, der einen warmen, mit breitem Riemen umgürteten Rock und Filzstiefel trug und von Kopf bis Fuß mit Federn und Heustaub behaftet war. Er ergriff Marinas Hände, vergrub darin seinen zerzausten Kopf und gab, während er ihr die Hände küßte, unartikulierte Laute von sich.

»Besbedow, Walentin Wassiljewitsch«, stellte ihn Marina vor und stieß ihn mit erstaunlicher Leichtigkeit von sich. Besbedow richtete sich auf, und Samgin erblickte vor sich ein breitstirniges Gesicht, Augäpfel mit unangenehm entblößtem Weiß und kleine, sehr blaue Pupillen, die wie Eisstückchen aussahen. Marina sagte nachdrücklich, Besbedow könne Möbel zur Verfügung stellen, und speisen könne man auch bei ihm, er werde nicht viel dafür verlangen.

»Kostenlos!« sagte Besbedow mit der Stimme eines an Kehlkopfentzündung Leidenden. »Kostenlos – wollen Sie?«

»Warum denn?« fragte Samgin trocken, doch Besbedow blitzte mit den Pupillen, breitete die Arme weit von sich und antwortete: »So. Der Originalität halber.«

»Reiß keine Possen, Walentin«, riet ihm Marina streng und sagte ein paar Minuten später zu Besbedow: »Ich schicke morgen Mischutka zu dir, und du richtest mit ihm alles ein, reichen zwei Tage?«

Besbedow nahm wieder ihre Hand, küßte sie und sagte heiser: »Ich kann bis morgen abend fertig werden ...«

Er drückte Samgin so kräftig die Hand, daß Klim vor Schmerz sogar mit dem Fuß aufstampfte. Marina fuhr ihn zu sich in den Laden, dort brodelte wie immer der Samowar und war es wie immer behaglich, wie im Bett, vor einem festen, aber leisen Schlaf.

»Walentin hat dich wohl bestürzt gemacht?« fragte sie lächelnd. »Er benimmt sich etwas wunderlich, wird dich aber nicht stören. Er hat eine kleine Leidenschaft: Tauben. Wegen der Tauben hat er seine Frau verloren, sie ist mit dem Mieter, dem Arzt, fortgegangen. Er ist darüber etwas unglücklich und tut damit ein wenig wichtig, in einen Kreisen verlassen die Frauen selten ihre Männer, und ein Skandal hebt dort einen Menschen sehr hervor.«

Nachdem sie eine Weile geschwiegen hatte, bat sie ihn, gleich morgen von ihrem Anwalt die Angelegenheiten zu übernehmen, dann rückte sie dicht an ihn heran, beugte sich vor, nahm sein Gesicht fest zwischen ihre warmen Hände und fragte, ihm in die Augen blickend, leise, sehr zärtlich, aber gebieterisch: »Nun – was ist? Weshalb verziehst du das Gesicht? Tut das weh? Schreie doch, dann wird es leichter.«

Er hatte keine Lust, das Gesicht aus ihren kräftigen Händen zu befreien, obwohl es unbequem war, mit gekrümmtem Hals dazusitzen, und obwohl der Glanz ihrer Augen ihn ungemein verwirrte. Noch keine Frau war mit ihm so umgegangen, und er konnte sich nicht entsinnen, ob Warwara ihn jemals mit so erregendem Blick angesehen habe. Sie nahm die Hände von seinem Gesicht, setzte sich neben ihn und wiederholte, nachdem sie ihre Frisur in Ordnung gebracht hatte: »Nun, sprich! Du möchtest doch alles von dir selbst erzählen – weshalb schweigst du also?«

Er wollte gar nicht »alles von sich selbst erzählen«, er dachte sogar, selbst wenn ihn danach verlangte, würde er es wohl nicht so tun können, daß diese Frau alles das verstände, was ihm unklar war. Und so verbarg er seine Erregung hinter einem ironischen Lächeln und fragte: »Du wünschst, daß ich beichte? Ein sonderbarer Wunsch. Wozu brauchst du das?«

Er zuckte mit den Schultern, doch Marina legte ihm die Hand auf die Schulter und sagte mit leisem Seufzer: »Wenn du nicht magst – so laß es bleiben. Aber wir Weiber helfen manchmal, eine Bürde von den Schultern zu werfen . . .«

»Um ihnen eine andere aufzubürden«, fügte er ein, worauf Marina ihm in die Augen blickte und lächelnd antwortete: »Ich habe nicht die Absicht, dich zu heiraten, und dränge mich nicht als Geliebte auf.«

Ihre weiche, tiefe Stimme klang bezaubernd, das Lächeln des

schönen Gesichts war hübsch, und die goldschimmernden Augen leuchteten warm.

»Es ist schwer, von sich selbst zu sprechen«, machte Samgin sie aufmerksam.

»Wovon sprechen wir denn?« fragte sie. »Wir sprechen ja, auch wenn wir vom Wetter reden, von uns selbst.«

»Du siehst die Dinge zu einfach ...«

»So?«

Samgin warf einen Seitenblick auf ihr Gesicht und begann vorsichtig: »Man kann nur von Tatsachen, von Episoden sprechen, aber sie sind noch nicht das Ich«, begann er leise und vorsichtig. »Das Leben ist eine endlose Reihe dummer, banaler, im allgemeinen jedoch trotzdem dramatischer Episoden, sie brechen gewaltsam über uns herein, beunruhigen uns, bürden dem Gedächtnis unnötigen Ballast auf, und der mit ihnen überhäufte, von ihnen bedrückte Mensch hört auf, sich selber, sein Wesen, zu fühlen, er empfindet das Leben als Schmerz ...«

Marina streichelte ihm wortlos die Schulter, aber er blickte sie nicht mehr an und sagte: »Ich glaube, daß die meisten Intellektuellen sich so fühlen, ich halte mich natürlich für einen typischen Intellektuellen, bin aber nicht fähig, mir selbst Gewalt anzutun. Ich kann mich nicht zwingen, an die Heilsamkeit des Sozialismus und .. dergleichen zu glauben. Als Mensch ohne Ehrgeiz – achte ich meine innere Freiheit ...«

Er schwieg ein paar Sekunden lang und erwog die Worte »innere Freiheit«, dann erhob er sich und fuhr, von einer Zimmerecke zur anderen schreitend, hastiger fort: »Darum bin ich ein Fremder unter Leuten, die sich Parteien oder Gruppen anschließen, sich überhaupt anschließen oder zusammenschließen ...«

Er fühlte, daß er ungewöhnlich und sogar unangenehm leicht sprach, als erinnerte er sich eines mehr als einmal gelesenen und ihn bereits langweilenden Buches.

»Zu guter Letzt – läuft alles auf dieses oder jenes System von Sätzen hinaus, aber die Tatsachen lassen sich in keinem von ihnen unterbringen. Und – was kann man von sich selbst sagen außer: ›Ich habe dies gesehen, ich habe das gesehen‹.«

Er blieb mitten im Zimmer stehen, blickte in den Rauch seiner Zigarette und ließ eine Reihe von Episoden an sich vorüberziehen: den Tod Boris Warawkas, den Selbstmordversuch Makarows, die Bauern, die als »geschlossene Gemeinde« die Glocke hochzogen, die anderen, die das Schloß vom Getreidespeicher heruntergerissen, den Neunten Januar, die Moskauer Barrikaden – alles, was er erlebt hatte, bis einschließlich zur Ermordung des Gouverneurs. Und plötzlich fühlte er: Es liegt etwas Tröstliches darin, daß das Gedächtnis all diese Tatsachen in einer winzigen Zeiteinheit unterbringt, etwas Tröstliches und sogar anscheinend etwas Ironisches. Mit einer unwillkürlichen Bewegung holte er die Uhr hervor, steckte sie aber, ohne das Zifferblatt angeblickt zu haben, sofort wieder ein. Und als er merkte, daß Marina ihn mit einem fordernd erwartungsvollen Blick ansah, fuhr er mechanisch, ungern fort: »Vor Leuten vom Typ Kutusows habe ich Achtung ... wie beispielsweise vor Chirurgen. Aber ich habe keine gebrochenen Knochen und keinerlei bösartigen Geschwüre ...«

Er schritt wieder durch das weiche, warme Halbdunkel, und als er sich seines nächtlichen Alptraumes erinnerte, verteilte er das Erlebte auf seine Doppelgänger – sie umringten ihn gleichsam von neuem. Der eine von ihnen beobachtete, wie der Dragoner sich bemühte, Turobojew mit dem Säbel zu treffen, aber ein ganz anderer Mensch war der Geliebte der Nikonowa; ein dritter, der keinerlei Ähnlichkeit mit den ersten beiden hatte, hörte aufmerksam und mit Vergnügen den Reden des Historikers Koslow zu. Es gab noch viel mehr Doppelgänger, und alle waren sie zu dieser Stunde Klim Samgin gleichermaßen fremd. Man konnte sie Gewalttäter nennen.

Ein Alptraum, dachte er und blickte Marina über den Brillenrand hinweg an. Weshalb spreche ich so offenherzig mit ihr? Ich verstehe sie nicht, empfinde an ihr irgend etwas Unangenehmes. Weshalb nur? Er war verstummt, und Marina, die ihre Arme über der hohen Brust gekreuzt hatte, sagte gedämpft: »Über Stepan urteilst du falsch, ich kenne ihn besser als du. Und nicht, weil ich mit ihm gelebt habe, sondern ...«

Aber sie vollendete den Satz nicht, wahrscheinlich weil sie kein treffendes Wort fand, und sagte in neuem Ton: »Du hast dich anscheinend überlesen, hast in den Gedanken Schimmel angesetzt ...«

»Ich lese gar nicht viel.«

»Du bist zu lange auf einem Fleck stehengeblieben. Du müßtest in einen anderen Winkel rücken ...«

»Weshalb – in einen Winkel?«

»Eine Zeitlang unter einfachen Leuten leben.«

»Meinst du damit Arbeiter, Bauern?«

Ohne seine Frage zu beachten, fragte sie: »Hast du mit deiner Frau ganz Schluß gemacht?«

»Ja.«

»Na, das ist ja schön! Also bist du für einige Zeit frei.«

Sie spricht mit mir wie ... eine ältere Schwester.

Marina leckte sich mit der Zungenspitze die Lippen und blickt mit zusammengekniffenen Augen zur Zimmerdecke; er neigte sich zu ihr vor und wollte sie nach Kutusow fragen, aber sie schüttelt sich und sagte: »Laß uns also gleich morgen das Geschäftliche in Angriff nehmen! Besuche meinen Anwalt, rede mit ihm, ich habe ihn unterrichtet...«

Sie sagte das weich, aber so, daß Samgin begriff: er muß gehen. Und er ging, nachdem er ihr schweigend die feste, sehr warme Hand gedrückt hatte.

Ein schlaues Weib. Es ist nicht einfach, sie zu entlarven. Doch muß ich das denn? fragte er sich.

Die Beziehung zu dieser Frau klärte sich nicht. Ihn erregte ihre unangenehme Selbstsicherheit und Herrschsucht, es erregte ihn auch, daß sie ihn gezwungen hatte, sich auszusprechen. Letztere war besonders ärgerlich. Samgin wußte, daß er noch nie und mit niemandem so gesprochen hatte wie mit ihr.

Am nächsten Tag saß er morgens in einem großen, hellen Herrenzimmer, das mit schwarzen Möbeln eingerichtet war; in Riesenschränken glänzte elegant das Gold der Bucheinbände, zwischen Klim und dem Hausherrn stand ein schwerer Schreibtisch mit dicken und bauchigen Beinen wie die eines Flügels. Der Hausherr hatte schwarze Brauen, einen kahlen Kopf, sein rundes, gelbliches Gesicht war aufgeblüht wie eine Ochsenblase für den Schwimmunterricht, es endete in einem schwarzen, halbergrauten Spitzbart, in dem bläulichen Augenweiß glänzten stechend schwarze Pupillen. Sein Stimmchen war hell, eigensinnig, er sprach die Worte unrussisch deutlich aus und fügte sie sehr dicht aneinander.

»Meine Mandantin«, sagte er ehrerbietig, ohne die Mandantin beim Namen zu nennen. »Wenn man in Betracht zieht ... Wenn man von der Tatsache ausgeht ... Auf Grund des Dargelegten ...«

Es war, als spräche er absichtlich in den Redewendungen einer Appellationsklage, seine Ehrerbietigkeit wurde von einem leichten Zucken der dicken Lippen und einem etwas spitzen Lächeln der stechenden Augen begleitet. Mit knapper Geste der linken Hand stieß er gleichsam irgend etwas von sich weg. Seine Gebärden ließen Samgin spüren, daß dieser Mann von Marina gekränkt worden war und sie anscheinend haßte, aber auch ein wenig fürchtete. Seine Beziehungen zu ihr übertrug er auch auf ihn, Samgin.

»Kol-lege«, sagte er, als setze er bewußt ein Komma zwischen die zwei L.

»Ferner: Die Klagesache der Verwandten des Kaufmanns Potaow, der wegen Zugehörigkeit zur Chlystensekte zu Strafansiedlung verurteilt worden ist. Das Vermögen des Verurteilten ist zum Teil zugunsten der Staatskasse beschlagnahmt. Die Rechtsansprüche meiner ehrenwerten Mandantin auf das Vermögen sind nicht hinreichend begründet, aber sie hat versprochen, noch ein weiteres Dokument vorzulegen. Die Mandantin ist hier, wie mir scheint, nicht materiell, sondern sozusagen humanitär interessiert, und ihr Ziel besteht, wenn ich nicht irre, darin – eine Revision des Falles zu erreichen. Übrigens werden Sie selber sehen . . .«

Das vom humanitären Interesse Marinas hatte er mit sichtlichem Bedauern gesagt, während seine Charakterisierungen der Rechtssachen Marinas im allgemeinen immer bissiger wurden, und Samgin fühlte bereits, daß der Kollege Volz ihn nicht mit den Angelegenheiten vertraut machte, sondern ihn mit seiner ehrenwerten Mandantin bekannt machen wollte. In dem schwarzen Herrenzimmer herrschte ein unangenehmer Geruch, der zum Niesen reizte; vor den Fenstern rauschte, heulte der Wind, jagten Wolken von Schnee umher. Nachdem Samgin etwa zwei Stunden dagesessen hatte, stürzte er sich fast mit Genuß in den weißen Sturm auf der Straße, er wurde gestoßen, umhergeschüttelt, schwarze Gestalten brachen aus dem weißen Wirbel heraus, prallten gegen ihn oder überholten ihn; er ging und fühlte: Ja, es beginnt ein neuer Lebensabschnitt. Mit Marina sollte man vorsichtig sein. Und man muß sich zusammennehmen. »Sich ins Zentrum eines Kreises unerschütterlicher Schlußfolgerungen stellen«, entsann er sich eines Satzes von Bragin und war empört, wie vollgestopft sein Gedächtnis war.

Ein paar Tage später ging er in Begleitung Besbedows in den Zimmern seiner Wohnung umher. Die Zimmer waren mit alten und soliden Möbeln ausgestattet, die wahrscheinlich von einem herrschaftlichen Gutshof gekauft waren. Als Walentin Besbedow Klim in den Besitz dieser Habe einführte, sagte er geringschätzig mit heiserer Stimme: »Sollte das zu wenig sein, so gehen Sie in den Schuppen, dort steht verteufelt viel Gerümpel aller Art! Es ist ein Bücherschrank vorhanden, ein Klavizimbel. Möchten Sie Blumen haben? Im Seitenbau habe ich eine Menge davon, es riecht dort nach Erde wie auf einem Friedhof.«

Er rauchte eine deutsche Porzellanpfeife, der Rauch quoll aus den Nüstern seiner breiten Nase und aus dem Mund, die Pfeife hing ihm zwischen den Revers des modischen dicken Rockes auf die Brust herab, und von dort quoll auch Rauch. Aber Besbedow sah nicht wie ein Deutscher aus, sondern wie ein plötzlich zu Wohlstand gelangter russischer Lastfuhrmann, der es noch nicht gewöhnt ist, modische

Anzüge zu tragen. Zerzaust, mit aufgedunsenem Gesicht, ging er neben Klim einher und blickte ihm mit seinen entblößten Augen ungeniert ins Gesicht, seine Schuhe knarrten abscheulich, er hustete, krächzte, strömte Rauch aus, stieß Samgin mit dem Ellenbogen an und fragte plötzlich: »Haben Sie den Witz gelesen?«

»Welchen?«

»Zum Zaren kam eine Abordnung treuergebener Arbeiter aus Iwanowo-Wosnessensk, und er sagte zu ihnen buchstäblich folgendes: ›Meine Selbstherrschaft wird so bleiben, wie sie in alten Zeiten gewesen ist.‹ Ist er etwa übergeschnappt?«

»Ja, sonderbar«, entgegnete Samgin.

Besbedow drückte ihm fest den Ellenbogen.

»Nun, richten Sie sich ein!«

Dann ging er qualmend und knarrend weg, doch als er die Tür geschlossen hatte, riß er sie sofort wieder weit auf und krächzte: »Der Zar fährt nach Moskau!«

Samgin verscheuchte den dicken Rauch und fragte sich: Befaßt sich dieses Tier etwa auch mit Politik?

Wie alle ungewöhnlichen Menschen erweckte Besbedow Samgins Neugier, im vorliegenden Fall wurde die Neugier noch durch irgendein unbestimmtes, aber unangenehmes Gefühl gesteigert. Samgin nahm seine Mahlzeiten im Seitenbau bei Besbedow ein, in einem Zimmer, das dicht mit verschiedenen Pflanzen und Bücherborden gefüllt war, die fast durchweg Übersetzungen aus fremden Sprachen enthielten: es waren hundertvierundvierzig Bände der Pantelejewschen Ausgabe ausländischer Autoren wie Mayne Reid, Brehm, Gustave Aimard, Cooper, Dickens und die »Weltgeographie« von E. Reclus – die meisten Bücher waren ungebunden, zerfleddert und staken nachlässig in den Fächern.

Die Bibliothek eines Gymnasiasten, stellte Samgin innerlich fest. Besbedow säumte nicht, dies zu bestätigen.

»In meiner Gymnasialzeit angesammelt«, sagte er und blickte die Bücher feindselig an. »Lauter dummes Zeug. Ihretwegen habe ich auch das Gymnasium nicht absolviert.«

Alles um ihn war unordentlich, ganz wie er selber, der stets mit Vogelunrat beschmutzt war und Daunen an dem zottigen Kopf und an der Kleidung hatte. Er aß viel, hastig, verzog das Gesicht, als wären die Speisen versalzen, sauer oder bitter, obwohl die taube Felizata sehr schmackhaft kochte. Gesättigt, blickte Besbedow Samgin auf den Mund und teilte ihm irgendwelche sonderbaren Neuigkeiten mit, es schien, als erfände er sie.

»Der Petersburger Vikar Sergij hat eine Seelenmesse für Leutnant

Schmidt gelesen, die Studenten der geistlichen Akademie zwangen ihn: Lies! Und da hat er gelesen.«

»Woher wissen Sie das?«

»Lidija Timofejewna Muromskaja hat es gesagt. Sie – weiß alles, sie hat Verbindungen in Petersburg.«

Er schürzte die Unterlippe und schwieg eine Weile fragend, als erwartete er etwas, dann sagte er im Ton eines Schuldigen: »Ich verwalte ihre Wälder. Kennen Sie sie?«

»Ja.«

»Sie ist langweilig. Macht es Ihnen nichts aus, daß ich so rede?«

»Bitte schön.«

»Sie ist keine Frau, sondern – eine rechtsverbindliche Verordnung der Stadtverwaltung. Fällt es Ihnen nicht auf, daß die Menschen immer langweiliger werden?«

»Der Mensch ist überhaupt ein mißmutiges Geschöpf«, sagte Samgin philosophisch. »Richtig!« bemerkte dazu Besbedow.

Von seinen politischen Neuigkeiten und kleinen städtischen Klatschgeschichten verging Samgin der Appetit. Aber sehr bald überzeugte er sich, daß dieser Mann aus Liebenswürdigkeit von Politik sprach, weil er es für seine Pflicht hielt, den Kostgänger zu unterhalten. Einmal beim Abendessen sagte er griesgrämig: »In Moskau haben die Revolutionäre eine Bank überfallen und annähernd eine Million Bargeld gegrapscht.« Dann sagte er keuchend, heiser, mit sichtlichem Verdruß: »Ich habe es verteufelt satt! Alle sprechen von Politik wie in der Fastnachtswoche von Plinsen.«

Samgin blickte ihn mißtrauisch an und sah, daß er mit gekränkt vorgeschobenen Lippen seine Pfeife stopfte. Nach zwei, drei solchen Klagen kam Samgin zu dem Schluß, der Hauswirt sei dumm und wisse das selber, sei aber über seine Dummheit nicht im geringsten verwirrt, sondern brüste sich mit ihr sogar noch.

Ein Dummkopf – echt russisch, großzügig, aus Dummheit etwas aufdringlich, aber kein Flegel und gutmütig, definierte Samgin und überzeugte sich beinahe täglich, daß seine Definition stimmte.

Einmal beim Mittagessen aß Besbedow erstaunlich viel von den schmackhaften Speisen, trank ein paar Gläschen Wacholderbeerschnaps, bekam einen roten Kopf, begann mit seiner deutschen Pfeife zu qualmen und rief plötzlich erbost: »Eine idiotische Zeit, der Teufel soll sie holen!« Er klatschte sich mit den Händen an die Ohren und schüttelte den zottigen Kopf. Samgin wartete ruhig auf eine politische Neuigkeit, aber Besbedow begann empört: »Es ist schon März, doch was geht vor, wie?«

»Wovon sprechen Sie denn?«

»Nun – vom Wetter! Meine Tauben haben Fett angesetzt«, krächzte er wehmütig und deutete mit dem mohrrübenfarbenen Finger zur Zimmerdecke. »Ich habe den besten Taubenschwarm der Stadt, schon zweimal preisgekrönt, habe damit den Moskauern eine Nase gedreht. Hier gibt es so einen Schuft, den Schankwirt Blinow, er ist mein Feind, hat meinen Cherub abgeschossen, den besten Tümmler in ganz Rußland. Diesen Schrot wird er, der Mörder, in die Schnauze bekommen ...«

Samgin sah, daß das Gesicht seines Hauswirts blutrot angelaufen war, das Weiße der Augen wölbte sich vor, die roten Finger knüllten wütend die Serviette zusammen, und ihn dünkte, das alles könnte mit einem Anfall trunkener Raserei, sogar mit einem Schlaganfall enden. Er stellte sich interessiert und fragte: »Das ist wohl eine sehr hinreißende Liebhaberei?«

Besbedow verschluckte sich an irgendeinem Fluch, schenkte sich mit zitternder Hand Kwaß ein, leerte das Glas in zwei Zügen und – stieß mit einem Strom von Luft aus: »Sie können sich nicht vorstellen, wie!«

Er sprang vom Tisch auf, als wollte er irgendwohin laufen, blieb am Fenster bei den Blumen stehen, wischte sich mit der Serviette den Schweiß vom Gesicht, schleuderte sie zu Boden und krächzte, die Arme weit von sich gebreitet: »Unvorstellbar!«

Die ausgebreiteten Arme wie Flügel schwingend, die Augen geschlossen, murmelte er kopfschüttelnd: »Verstehen Sie: Himmelsgewölbe! Tiefe, blaue Reinheit, Klarheit! Und – Sonne! Und da stehe ich nun – na, was bin ich denn? Ein Nichts, ein Tölpel! Und nun – lasse ich die Tauben heraus. Sie fliegen, kreisen, immer höher und höher, weiß in die Bläue. Und meine erbärmliche Seele fliegt ihnen nach – verstehen Sie? Die Seele! Und sie sind dort, ich sehe sie kaum. Eine Spannung ist das ... wie Ohnmacht. Und – Angst: Wie, wenn sie plötzlich nicht zurückkehrten? Aber – verstehen Sie – ich möchte ja gern, daß sie nicht wiederkehren, verstehen Sie?«

Besbedows großer, weicher Körper schüttelte sich, als lachte er lautlos, das Gesicht wurde schlaff, entstellte sich, triefte von Schweiß, und in seinen halbtrunkenen Augen gewahrte Samgin tatsächlich Angst und Freude. Da er an Besbedow etwas Komisches und Törichtes bemerkte, empfand er Sympathie für ihn. Des Armeschwingens müde, sank Besbedow keuchend und ächzend auf den Stuhl und murmelte, den Kwaß am Glas vorbeigießend: »Ein erhabener Moment! Und – eine redliche Sache, sie stört niemanden, hängt von niemandem ab – zum Teufel mit dem ganzen Unsinn! Bitte schön – trinken wir!«

Als Samgin mit ihm anstieß, dachte er: Ein Fall, in dem Dummheit sich ins Poetische steigert.

Besbedow goß den Wodka aus dem Likörgläschen in das Glas zu dem Kwaß und redete weiter. Er war jetzt noch zerzauster, zog den Rock aus, knöpfte den Kragen des blauen Satinhemds auf, befächelte sich mit der Serviette, und die leicht angegrauten Haarbüschel auf seinem Kopf bewegten sich spaßig. Es war angenehm, daß Besbedow so leicht zu verstehen war, daß man bei ihm nicht auf der Hut zu sein brauchte, bei ihm lag alles offen zutage, und er fragte einen nach nichts, wie das seine übermäßig interessierte Tante tat, die er nicht besonders zu mögen schien. Als Samgin ihn an diesem Abend verließ, um schlafen zu gehen, drückte er Besbedow besonders kräftig die Hand und glaubte sogar, daß er ihm gegenüber zurückhaltender gewesen war als notwendig. Er hätte ihm irgend etwas sagen, seine Teilnahme zum Ausdruck bringen sollen. Natürlich nicht, um ihn zum Schwatzen zu ermuntern. Ein einsamer und offenbar unglücklicher Bursche. Sein Geschwätz verpflichtete zu nichts.

Aber Besbedow brauchte keine Teilnahme und Ermunterung, er erzählte fast jeden Abend gern und unermüdlich von der Stadt und von sich selbst. Samgin hörte zu und wartete, wann er von Marina zu sprechen beginnen werde. Mitunter fand Samgin seine Erzählungen übermäßig, liederlich offenherzig, und es verwunderte sehr, daß in Besbedows Worten, obwohl er sich selbst nicht schonte, keine Spur von Bedauern über sein mißglücktes Leben zu bemerken war. Wenn er erzählte, beichtete er nicht, sondern sprach von sich selbst wie von einem Nachbarn, dessen er ein bißchen überdrüssig geworden, der aber bei all seinen Mängeln kein schlechter Mensch war. An einem traurigen, windigen und regnerischen Abend kam Besbedow einmal auf seine Frau zu sprechen.

»Ich habe sie wegen der Tauben verloren«, sagte er, die Ellenbogen auf den Tisch gestützt und die Finger in dem zerzausten Haar vergraben, wovon sein Kopf mißförmig groß und das Gesicht kleiner aussah. »Eine gute Frau, muß ich sagen, aber wissen Sie, ihr hatten es die gesellschaftlichen Instinkte und dergleichen mehr angetan, mich hingegen kann so etwas nicht berauschen . . .«

»Gesellschaftliche Instinkte« sprach er näselnd aus und verzog dabei das Gesicht, dann ließ er die Hände zum Nacken hinabgleiten und fragte entrüstet: »Was brauche ich, zum Teufel, dafür zu sorgen, daß Dummköpfe klüger oder in irgendeiner Hinsicht besser leben? Und Gescheite werden auch ohne mich mit dem Leben fertig. Sie sind ein Gescheiter und werden natürlich anderer Ansicht sein, doch meiner Meinung nach geht es den Dummköpfen ohnehin gut. Gerade hierüber wurde ich mit ihr nicht einig. Dann waren da noch die Tauben. Mit Hühnern hätte sie sich vielleicht noch abgefunden, aber – Tauben! Das kränkte sie bereits. Sie kam sich überhaupt betrogen vor. Nicht ich hatte ihr anscheinend gefallen, sondern mein Name – Walentin; sie hatte sich wahrscheinlich eingebildet, daß sich hinter meinem Namen etwas Ungewöhnliches verberge. Als Gymnasiastin hatte sie zuviel Romane und Gedichte gelesen, Buchfresserei und ... dergleichen mehr!«

Samgin hörte zu und lächelte. Ihm gefiel, daß Walentin ohne Trauer sprach, als erinnerte er sich einer fernen Vergangenheit, obwohl seine Frau ihn erst im Herbst des vergangenen Jahres verlassen hatte.

»Vielleicht hätte sie mich nicht verlassen, wenn ich daran gedacht hätte, sie für etwas Lebendiges zu interessieren – für Hühner, Kühe oder Hunde etwa!« sagte Besbedow, dann fuhr er energisch fort: »Sehen Sie, ich habe doch in der Taubenzucht zu mir selber gefunden, habe damit das Lied gefunden, das zu singen mir beschieden ist. Das Wesen des Lebens besteht ja gerade in solch einem Lied – und daß es von ganzer Seele gesungen wird. Puschkin, Tschaikowskij, Miklucho-Maklay – sie alle lebten, um ganz in ihrer Lieblingsbeschäftigung aufzugehen, nicht wahr?«

Samgin nickte und begann den heiseren Worten aufmerksamer zuzuhören, da er in Besbedows Erzählung neue Töne spürte.

»Sie begeistert die Anwaltstätigkeit, einen anderen das Kartenspiel, mich die Tauben! Wahrscheinlich werde ich auch einmal auf dem Dach sterben, werde vor Vergnügen ersticken und – vom Dach auf die Erde plumpsen«, sagte Besbedow und brach in ein feuchtes, unangenehm kluckerndes Gelächter aus. »Als Kind hatte ich gute Anlagen«, fuhr er fort und schüttelte die Asche aus der Pfeife ins Teeglas, obwohl ein Aschenbecher auf dem Tisch stand. »Genaugenommen – besaß ich gar keine Anlagen, sondern meine Mutter und mein Pate hatten mir eingeredet: Walentin, du hast gute Anlagen! Das verpflichtete mich natürlich, irgendwelche Kunststücke zu zeigen. Wenn etwas Außergewöhnliches erwartet wird, nun, so erdichtet man eben etwas, flunkert, was soll man machen? Das Vertrauen muß gerechtfertigt werden.«

Er zwinkerte Samgin zu und erweckte in ihm den Gedanken: Ich habe nie etwas erdichtet.

»Die Angewohnheit, zu flunkern, habe ich auch jetzt noch, ich denke mir etwas wenig Wahrscheinliches aus und erzähle es als Geheimnis; man braucht es nur einem zu erzählen, dann geht das Flunkern schon von selber weiter! Je unwahrscheinlicher etwas ist, desto leichter wird es geglaubt.«

Er lächelte und schwieg eine Weile mit fest geschlossenen Augen, dachte ein wenig nach und seufzte.

»Obwohl das Unwahrscheinliche in unseren Tagen zum Üblichen wird. Ich schneide nicht auf, um mich oder die Leute zu belustigen, sondern nur so, weiß der Teufel wozu! Es ist etwas langweilig auf der Erde, wenn man das Schönste auf dem Dach erlebt. Im Gymnasium galt ich als ein Bengel mit Anlagen, mein Pate hatte mich damit ausgeschmückt. Um die Erwartungen zu rechtfertigen, führte ich mich wie ein Rowdy auf. Aus der fünften Klasse jagte man mich davon. Ich begann in unglaublicher Aufmachung umherzustolzieren, trug irgendwelche verrückten Hüte. Den jungen Damen gefiel das. Ich bildete mir ein, vortrefflich Billard spielen zu können, spielte fünf Stunden hintereinander, natürlich – unbegabt. Ich bin überhaupt ein völlig unbegabter Mensch.«

Als Besbedow die letzten Worte mit sichtlichem Vergnügen gesagt hatte, seufzte er, und sein Gesicht verschwand in einer Wolke von Tabakrauch. Samgin rauchte auch und schwieg, wobei er dachte, er habe an diesem Mann anscheinend voreilig etwas Sympathisches gefunden.

Es sieht sehr danach aus, als spiele er nur den Einfaltspinsel, und ich – habe mich getäuscht.

Daß er sich getäuscht hatte, war ihm gleich zum Bewußtsein gekommen, als Besbedow von den Anlagen und Kunststücken gesprochen hatte. Überhaupt zeigte sich in Besbedows Worten unauffällig etwas Unangenehmes. Besonders beunruhigte Samgin, daß er von sich dachte: Ich habe nichts erdichtet.

Der Gedanke an die Möglichkeit irgendeiner Ähnlichkeit mit diesem Menschen war kränkend. Samgin blickte mißtrauisch durch die Brillengläser auf das flache, aufgedunsene Gesicht mit dem porzellanartigen Weiß der Augen und den blauen Perlen der Pupillen, auf die schlaffe, schwere Unterlippe und die weißlichen Härchen über der oberen – unter der breiten Nase. Ein recht dummes Gesicht.

Heftig qualmend, fragte Besbedow: »Wie steht's – haben Sie keinen Appetit auf junge Damen? Hier in der Nähe wohnen zwei Schwesterchen, sie sind sehr barmherzig und lustig – hätten Sie nicht Lust?«

Samgin lehnte trocken ab, dachte aber, daß er sich eigentlich mal ansehen sollte, wie dieser Dicke sich zwischen Frauen ausnähme. Dann sagte er, während er schluckweise von dem säuerlichen Rotwein trank: »Ich glaube Ihnen natürlich nicht, wenn Sie behaupten, Sie – hätten keinerlei Begabung ...«

»Das ist die heilige Wahrheit!« schrie Besbedow und hob die Hände vors Gesicht, als schützte er sich, als wollte er etwas von sich stoßen. »Ich bin ein mittelloser Mensch, ein armer Mensch, kann mit nichts helfen, keinem und in keiner Hinsicht!« Diese Worte schrie er heraus, indem er sich offenkundig als Hanswurst gebärdete und wie ein Clown die klägliche Grimasse eines geizigen Krämers aufsetzte.

Samgin fuhr beharrlich fort: »Aber es hört sich sehr sonderbar an, daß Sie das gleichsam mit Vergnügen sagen ...«

»Ja – natürlich, mit Vergnügen!« schrie Besbedow und fuchtelte albern mit den Händen. »Wie soll ich Ihnen das nur sagen? Ach, zum Teufel ...«

Die rauhe Stirn mit der Hand reibend, blickte er Samgin mit weit aufgerissenen Augen ein paar Sekunden lang an, und Samgin sah, wie seine dicken Lippen, seine schweißbedeckten Wangen in die Breite gingen und zu einem triumphierenden Lächeln zerrannen.

»Ich bin taubstumm!« sagte er nüchtern und laut. »Einen Taubstummen kann man nicht zum Predigen zwingen! Verstehen Sie?«

»Sie geben zu, simuliert zu haben«, bemerkte Samgin böse.

»Wieso simuliert? Nein, das ist meine Überzeugung. Sie sind überzeugt, wir brauchen eine Verfassung, eine Revolution und überhaupt Trubel, und ich will nichts von allem! Ich will es nicht! Aber darüber predigen, weshalb ich es nicht will, werde ich auch nicht, will ich nicht! Ich leugne nicht, daß eine Revolution nützlich, ja sogar notwendig ist, für die Arbeiter etwa! Notwendig? Na dann los, macht Revolution, aber ich brauche sie nicht, ich werde die Tauben ausschwärmen lassen. Ich bin taubstumm!« Er patschte sich mit der flachen Hand schwungvoll an seine breite fette Brust und brach triumphierend in ein heiseres, glucksendes Gelächter aus.

Rindvieh, beschimpfte ihn Samgin innerlich und prüfte in Gedanken rasch und zornig alle Einwände, die er Besbedow entgegenhalten könnte. Aber es war ganz klar, daß Einwände zwecklos waren, Besbedow würde jeden beliebigen von ihnen zurückweisen und »Ich will nicht!« sagen.

Möglicherweise verfügte er über die Kraft, nicht zu wollen. Dennoch brummte Samgin: »Anarchismus. Das ist alt.«

»Wie die Welt«, gab Besbedow lächelnd zu. »Wie die Zivilisation«, ergänzte er und zwinkerte mit seinem Porzellanauge. »Gerade die Zivilisation bringt ja die Anarchisten hervor. Die Führer der Zivilisation – oder wie nennt man sie? – betrachten die Menschen als eine Hammelherde, doch ich bin ein Hammel für mich allein und will nicht für die Zivilisation geschlachtet und in der Soße irgendeiner Philosophie geschmort werden.«

Als Samgin etwa zwei Minuten längst bekannte, platte Phrasen angehört hatte, sprach er unwillkürlich die Worte aus, die er lieber nicht laut gesagt hätte: »Das Stärkste, was Sie sagen können und gesagt haben, ist – ich will nicht!«

»Gewiß«, stimmte Besbedow zu und rieb sich die dicken, roten Hände. »Tausende denken, einer spricht«, fügte er zähnebleckend hinzu und murmelte wieder etwas von jungen Damen. Samgin hörte ihm noch eine Minute zu, dann ging er und kam sich wie vergiftet vor.

Im Arbeitszimmer zündete er die Lampe an, schlüpfte in die Pantoffeln und setzte sich an den Tisch, um zu arbeiten, aber nach einem Blick auf den blauen Umschlag der dicken »Sache der M. P. Sotowa gegen die Bauern des Kirchdorfes Poshoga« schloß er die Augen und saß lange da, als versänke er in Finsternis, sah in ihr einen feisten Körper mit zerzaustem grauem Kopf und Porzellanaugen und hörte ein heiseres, glucksendes Lachen.

Eine widerliche Bestie ...

Als er sich dann eine Zigarette angezündet hatte, ging er in das unbeleuchtete Nebenzimmer und begann, im Halbdunkel vor den zwei trübgrauen Fenstern umherschreitend, nachzudenken. Zweifellos war in Besbedows Reden etwas von Marina. Sie steht auch außerhalb des »Trubels«, selbst wenn sie sich physisch unter Leuten befindet, die vom Wirbel dieses »Trubels« erfaßt sind. Samgin rief sich das Bild der Versammlung eines Kreises von Menschen ins Gedächtnis, die »die künftige Stadt suchten«, zu einer Versammlung dieses Kreises hatte ihn Lidija Warawka eingeladen gehabt.

Einen Raum mit dem Schild »Modesalon« betreten vorsichtig und schweigsam Leute, die verschieden gekleidet, aber gleichmäßig sanft sind, sie legen ihre Garderobe auf die Ladentische oder verstauen sie in den leeren Regalen; dann gehen sie »im Gänsemarsch« über vier Stufen in ein großes, schmales und langes Zimmer hinunter, das zwei Fenster an der Rückseite, kahle Wände und in der Ecke am Eingang einen Ofen und Herd aufweist. Offensichtlich ist das eine Werkstatt gewesen. In dem Zimmer ist es dunkel, die Wände strömen den Geruch von Kleister und Feuchtigkeit aus. Auf schwarzen und gelben Wiener Stühlen sitzen stumm und reglos Leute, etwa dreißig bis vierzig Männer und Frauen, ihre Gesichter sind von der Dunkelheit verwischt. Einige haben sich zusammengekrümmt und die Ellenbogen auf die Knie gestützt, während einer sich so weit vorgebeugt hat, daß es unbegreiflich ist, wieso er nicht fällt. Viele sehen wie geköpft aus. Vorn, an der Wand zwischen den Fenstern, an einem mit grünem Wachstuch bedeckten Tisch, sitzt Lidija, schmal, flach, in einem weißen Kleid, ein Haarnetz auf dem krausen Kopf und mit einer blauen Brille. Vor ihr – eine Lampe mit weißem Schirm, zwei Stearinkerzen und ein dickes Buch in gelbem Einband; Lidijas Gesicht ist grünlich, auf ihm spiegelt sich die Farbe des Wachstuchs; auf den Brillengläsern zittern die Kerzenflammen; Lidija scheint erfunden, um den Leuten Angst zu machen. Ihre Erscheinung hat etwas Theatralisches, Abstoßendes. Sie blickt ab und zu in das Buch, wobei sie den Kopf vorneigt und wieder zurückwirft, und liest näselnd: »›Tadelt nicht den, der im Geiste redet, denn es predigt nicht das Fleisch, sondern der Geist, den Geist aber zu tadeln ist eine Todsünde. Jegliche Sünde wird vergeben, diese jedoch nie.‹«

Sie nimmt ein längliches Blatt aus dem Buch, nähert es der Lampe und bewegt stumm die Lippen. In der Ecke, nicht weit von ihr, sitzt Marina, die Arme auf der Brust gekreuzt, den Kopf zurückgeworfen; ihr markantes Gesicht hebt sich sehr vorteilhaft von dem aschgrauen Hintergrund der Wand ab.

»Beginn, Schwester Sofija, im Namen des Vaters, des Sohnes und des Heiligen Geistes«, sagt Lidija und rollt das Papier zu einer Röhre zusammen.

Neben Marina sitzt Kormilizyn, der sich als Schriftsteller mit Problemen des Sektenwesens befaßt, ein Mann mit großem, leicht angegrautem Bart in sanftem Frauengesicht, sein Gesicht hat ständig den trübsinnigen Ausdruck einer einsamen, unglücklichen Witwe; die Ähnlichkeit mit einer Frau wird durch seine vorgewölbte Brust gesteigert.

Samgin war ihm öfters in Moskau begegnet und hatte ihn seinerzeit sogar beneidet, weil er wußte, daß Kormilizyn das Ziel erreicht hatte, das auch ihn, Samgin, verlockt hatte. Der Schriftsteller hatte auch eine umfangreiche Sammlung illegaler Gedichte, Ansichtskarten und Artikel zusammengestellt, die von der Zensur verboten waren; er war dadurch rühmlich bekannt, daß er die Anekdoten aus dem Leben von Ministern, Bischöfen, Gouverneuren und Schriftstellern als erster erfuhr und überhaupt hartnäckig wie ein Untersuchungsrichter alles zusammentrug, was die Menschen als banal, dumm, grausam oder verbrecherisch kennzeichnete. Wenn Samgin seinen Anekdoten zuhörte, hatte er manchmal das Gefühl, dieser Mann sei auf seine Kenntnisse stolz wie ein gelehrter Forscher, erzähle aber stets mit Unruhe, mit dem sichtlichen Wunsch, sich durch ihre Übertragung auf seine Zuhörer von ihr zu befreien.

An Lidijas Tisch trat eine bejahrte Frau in schwarzem Kleid, dick, mit kleinem Kopf und spitznasigem Gesicht, nahm die gelbe Bibel in die Hand und rief mit unerwartet tiefer, düsterer Stimme: »Prophet Jesaja, Kapitel vierundzwanzig!«

Sie schlug das schwere Buch auf und steckte ihre spitze Nase hinein; Seiten raschelten, die »nach der künftigen Stadt Suchenden« rührten sich, es ertönten das Knarren von Stühlen, das Scharren von Füßen, vorsichtiges Husten, die Frau warf den Kopf in schwarzem Tuch hoch und las feierlich und rachsüchtig: »Siehe, der Herr wird das Land entvölkern und verwüsten, er wird sein Angesicht entstellen und seine Bewohner zerstreuen.«

In der Ecke am Herd knurrte jemand dumpf.

»Das Land wird verwesen und ausgeraubt werden«, las die Frau kraftvoller und immer rachsüchtiger. »Es trauert das Land...«

Der Lärm beim Ofen nahm zu; Marina beugte sich zu Lidija vor und sagte ihr etwas, darauf klopfte Lidija mit einem Schlüssel auf den Tisch und rief streng: »Ruhe!«

Durch die Stuhlreihen ging ein Mann und sagte laut und inständig: »Ich begreife doch nichts! Zuerst verwest es, dann entblößt es sein Angesicht... Und das alles – verzeihen Sie! – wissen wir; das Land weint schon, weil die Wirtschaftsmittel zerstört sind...«

Der Mann war klein, schmal, trug einen langschößigen Überrock und blankgeputzte Stiefel, über seiner niedrigen Stirn ragte eine Bürste kurzgeschnittenen schwarzen Haars, in seinem runden, rasierten Gesicht sträubte sich ein Schnurrbart, der für sein Gesicht zu groß war, er sprach sonor und eigensinnig. »Und es ist durchaus nicht zu begreifen, wer die Ausraubung der Arbeit zuläßt und warum der Zar sich weigert, das Volk zu lenken...«

Ein unnatürlich zusammengekrümmter Mann richtete sich auf, erhob sich, streckte den langen Arm aus und packte den kleinen Schwarzhaarigen an der Schulter, dieser schrie zornig: »Weshalb packen Sie mich?«

»Hier haben sich Menschen versammelt...«

»Ja – ich sehe, daß es Menschen sind...«

»... nicht, um von dem zu sprechen, wovon du, Bruder, redest...«

»Wieso denn nicht darüber?«

Jemand lachte, die Leute murrten ungehalten, Lidija schwang ein schwach tönendes Glöckchen; der Mann, der den schwarzhaarigen Eigensinnigen angehalten hatte, blickte in die Ecke auf Marina – sie saß immer noch ebenso reglos da.

Ein Götze, dachte Samgin.

In der vordersten Reihe erhob sich eine Frau und rief mit vergnügter Stimme: »Das ist Lukin, der Polizeischreiber – er verstellt sich, den Schnurrbart hat er sich angeklebt...«

»Führt ihn hinaus«, kreischte Lidija hysterisch.

Samgin kam es vor, als lachten Marinas Augen. Er merkte, daß viele Männer und Frauen sie ununterbrochen, demütig, ja anscheinend sogar entzückt anblickten. Die Männer mochte ihre majestätische Schönheit verlocken, wodurch aber fesselte sie die Frauen? Sie predigte doch nicht etwa hier? Samgin wartete ungeduldig. Der Feuchtigkeitsgeruch wurde schwüler, stärker. Der, der den Schreiber hinausgeführt hatte, kehrte zurück, trat an den Tisch und sagte über ihn gebeugt etwas zu Lidija; sie nickte zustimmend, und es schien, als strahlte ihre Brille blaue Flämmchen aus...

»Gut, Bruder Sacharij«, sagte sie. Sacharij richtete sich auf, er war hochgewachsen, schmalschultrig und hielt sich etwas krumm, sein Gesicht war reglos, sehr blaß – in einem dichten, schwarzen Bart.

»Bruder Wassilij«, rief Lidija.

Aus der Dunkelheit schoß ein kahlköpfiges Männchen mit rötlichem, schütterem Bärtchen heraus und lief zum Tisch, er zog an der Hand eine Frau hinter sich her in kariertem Rock und roter Bluse mit einem bunten Tuch auf den Schultern.

»Komm, komm, brauchst keine Angst zu haben!« sagte er, die Frau an der Hand ziehend, obwohl sie ebenso schnell ging wie er. »Hier, Brüder und Schwestern, das ist eine Neue!« warf er nach links und rechts zischende, lebhafte Worte. »Eine Märtyrerin des Fleisches, oh, und was für eine! Sie wird Schreckliches davon erzählen, wohin uns das Fleisch bringt, dieses Spielzeug des Satans...«

Als er die Frau zum Tisch geführt hatte, drohte er ihr mit dem Finger. »Sag alles ehrlich, wie es war, Taïssja, schäme dich nicht, diese Leute hier wollen Gott dienen, und vor Gott gibt es keine Scham!«

Er sprang zur Seite, sein Gesichtchen zuckte erregt und freudig, er schwang die Arme, stampfte, als wollte er tanzen, seine Rockschöße flatterten wie Gänseflügel, und sein trockenes Stimmchen schnatterte hastig: »Hier, Brüder und Schwestern, werden Dinge an den Tag kommen, die...«

Er konnte kein treffendes Wort finden und rief: »Nun, fang an, erzähle, sprich, Taïssja!«

Die Frau stand da, hielt die eine Hand auf den Tisch gestützt, strich sich mit der anderen über Kinn und Hals und zupfte sich an dem kurzen, dicken Zopf; sie hatte ein sonnengebräuntes, rundes Mädchengesicht mit runden Katzenaugen; ihre Lippen waren scharf umrissen. Sie wandte Lidija den Rücken zu, nahm die Hände hinter den Rücken und stützte sich mit ihnen auf den Tischrand, es schien, als fiele sie; ihre Brüste und ihr Leib waren herausfordernd vorgewölbt, und Samgin bemerkte, daß in dieser Haltung etwas Unnatürliches, Unbequemes und Beabsichtigtes lag.

»Mein Vater war Lotse auf der Wolga!« rief sie, und dieser schrille Ausruf verwirrte sie wahrscheinlich, sie schloß die Augen und begann rasch, undeutlich zu sprechen.

»Man hört nichts«, sagte streng die spitznasige Schwester Sofija, während der geschäftige Bruder Wassilij kummervoll rief: »Ach, Taïssja, du verdirbst die Sache! Du verdirbst sie!«

Kormilizyn stand auf und stellte behutsam einen Stuhl vor Taïssja hin, sie umfaßte mit beiden Händen die Stuhllehne und warf mit einer Kopfbewegung den Zopf hinter die Schulter.

»Mit zwölf Jahren gab mich meine Stiefmutter in ein Kloster, damit ich handarbeiten, lesen und schreiben lerne«, sagte sie langsam und laut. »Nach dem Leben mitten unter Trinkern kam es mir im Kloster schön vor, und ich verbrachte dort fünf Jahre.«

Ihr gebräuntes Gesicht war jetzt reglos, nur die kindlich molligen Lippen ihres schönen Mundes bewegten sich. Sie sprach zornig, mit brüchiger Stimme und überraschenden Ausrufen. Ihre Finger glitten krampfhaft über die geschwungene Stuhllehne, ihr Körper richtete sich auf, als wüchse sie.

»Mein Verlobter war unansehnlich, rothaarig und so frech . . . Ein gemeiner Kerl!« rief sie plötzlich aus.

»Je-etzt, jetzt kommt es!« rief mit sichtlichem Entzücken und voller Wonne Bruder Wassilij.

Alle anderen saßen ruhig, stumm da, Samgin schien es schon, als strömten auch seine Nachbarn leimigen Feuchtigkeitsgeruch aus. Aber die erregende Langeweile, die er vor Taïssjas Erzählung empfunden hatte, war verschwunden. Er fand, die Figur dieser Frau erinnere an Dunjascha: die war ebenso kräftig, bestimmt, hatte einen ebensolchen kleinen, schönen Mund. Als er einen Blick auf Marina warf, sah er, daß der Schriftsteller ihr etwas zuraunte, doch sie saß noch ebenso majestätisch da wie vorher.

Ein richtiger Götze, dachte er wieder und ärgerte sich, daß er nicht dahinterkommen konnte, wie Marina sich zu allem stellte, was hier vorging.

»Bald nach der Trauung begann er denn auch auf mich einzureden: Wenn der Herr des Hauses dich darum bittet, so verweigere es ihm nicht, ich werde es dir nicht verübeln, und für unser Leben wird es von Nutzen sein«, erzählte Taïssja, nicht klagend, sondern gleichsam höhnisch. »Aber sie belästigten mich beide – sowohl der Herr des Hauses, als auch der Schwager meines Mannes. Na, was ließ sich da machen?« rief sie, wobei sie den Kopf zurückwarf, und ihre Katzenaugen glühten wütend auf. »Mit dem Hausherrn lag ich auf Befehl meines Mannes herum und mit dem Schwager – um mich an meinem Mann zu rächen ...«

»Ei, ei!« ertönte es spöttisch aus der Dunkelheit, die Leute rührten sich, murrten. Lidija erhob sich und schwang die Hand mit dem Schlüssel hoch, der schwarzbärtige Sacharij ging auf die Stimme zu und begann zu zischen; jetzt schien es Samgin, als lächelte Marina. Aber der zaghafte Lärm ging unter in dem schnellen Strom der schrillen und schon fast hysterischen Rede Taïssjas.

»Mit ihm, mit dem Schwager, ertappte mich dessen Frau, die Tochter des Hausherrn, im Garten, in der Laube. Diese Teufel selber hatten mir die Scham genommen und verabredeten sich nun, mich mit Scham zu strafen.«

Sie bekam keine Luft, verstummte, bewegte den Stuhl und klopfte mit seinen Beinen auf den Boden, ihre Augen phosphoreszierten, sie öffnete zweimal den Mund, war aber offensichtlich außerstande, ein Wort zu sagen, sie zuckte mit dem Kopf und warf ihn so weit zurück, als habe ihr eine unsichtbare Hand gegen das Kinn geschlagen. Dann, als sie sich erholt hatte, fuhr sie mit heiserer Stimme und pfeifendem Ton fort, als spräche sie durch die Zähne: »Sie brachten mich in den Wald, zogen mich splitternackt aus, banden meine Arme und Beine an eine Birke, dicht bei einem Ameisenhaufen, bestrichen den ganzen Körper mit Sirup und setzten sich alle drei – mein Mann und der Hausherr mit dem Schwager – vor mich hin, sie tranken Wodka, rauchten und, oh, diese Scheusale, machten sich über meine Blöße lustig! Mich jedoch stachen Wespen und Bienen, Ameisen und Fliegen kitzelten mich, tranken mein Blut, tranken meine Tränen. Die Ameisen – stellen Sie sich das vor! – krochen mir doch in die Nasenlöcher und überallhin, dabei konnte ich die Beine nicht zusammenpressen, denn sie waren so angebunden, daß ich außerstande war, sie aneinanderzudrücken – das war es!«

In Samgins Nähe sagte jemand halblaut: »Oh, die Schamlose ...«

Samgin sah, daß Taïssjas Finger weiß, blutleer wurden und ihr Gesicht unnatürlich lang geworden war. In dem Zimmer war es sehr still, als wären alle eingeschlafen, und man mochte niemanden außer dieser Frau ansehen, obwohl es widerlich war, ihrer Erzählung zuzuhören, obwohl ihre pfeifenden Worte ein Ekelgefühl erweckten.

»Zu Anfang weinte ich nur still, ich wollte den Bösewichtern keine Freude bereiten, als aber all das Ungeziefer mir auf dem Gesicht, auf den Augen herumzukrabbeln begann ... tat es mir um meine Augen leid, sie werden mich blind machen, dachte ich, für ewig blind machen! Da schrie ich aus Leibeskräften, schrie alle Menschen, Gott den Herrn und die Schutzengel an – ich schrie, aber das Ungeziefer biß mich, versengte mir das Innere, es kitzelte mich und trank meine Tränen ... trank meine Tränen. Nicht vor Schmerz schrie ich, nicht vor Scham, was brauchte ich mich vor ihnen zu schämen? Sie lachten. Aus Kränkung schrie ich: Wie kann man einen Menschen so martern? Sie hatten mich ja selbst zu dem getrieben, was man nicht tun darf, und marterten mich ... Ich schrie, so daß ich nicht begreife, wie ich am Leben geblieben bin. Nun, da schrie auch mein Mann auf und stürzte, betrunken wie er war, auf mich zu, um mich loszubinden. Ich aber stand da – wie in einer feurigen Wolke ...«

Taïssja wankte, der Schwarzbärtige stützte sie noch rechtzeitig und setzte sie auf den Stuhl. Sie wischte sich mit ihrem Zopf den Mund ab, seufzte tief und laut und stieß den Schwarzbärtigen mit der Hand beiseite.

»Sie verprügelten ihn«, sagte sie, strich sich mit den Händen über die Wangen, blickte die Hände an und lächelte krampfhaft. »Am Morgen sagt er zu mir: ›Vergib mir, sie sind ein Gesindel, vergibst du mir nicht, so erhänge ich mich an der gleichen Birke.‹ – ›Nein‹, sage ich, ›unterstehe dich, diesen Baum zu entweihen, du Judas, denn an diesem Baum habe ich Qualen gelitten. Und niemandem, weder dir noch allen Menschen, noch Gott werde ich jemals meine Kränkung vergeben.‹ Ach, ich werde es nicht vergeben, nie und nimmer! Siebzehn Monate lang hat er mich bei sich gehalten und mir immerfort zugeredet, hat zu trinken angefangen, und dann – erkältete er sich im Winter ...«

Sie atmete erleichtert auf und sagte laut und hart: »Er ist verreckt.«

Die Leute schwiegen, rührten sich nicht. Die Stille dauerte wohl ein paar Sekunden lang und wurde mit jeder Sekunde tiefer, drückender.

Dann sprang Bruder Wassilij auf und schnatterte händefuchtelnd: »Habt ihr es gehört, Brüder und Schwestern? Sie hat kein reumütiges Geständnis abgelegt, sie hat uns belehrt! Wir alle sind hier versengt vom unreinen Feuer des Fleisches, vom Atem des Satans, wir alle haben sattsam gelitten ...«

Da erhob sich Lidija, klopfte mit dem Schlüssel, zog zornig die Brauen zusammen und sagte mit scharfer Stimme: »Warten Sie, Bruder Wassilij! Schwestern und Brüder – diese unglückliche Frau befindet sich zufällig in unserer Mitte, Bruder Wassilij hatte mir vorher nicht mitgeteilt, wovon sie sprechen werde ...«

Taïssja erhob sich auch, wankte aber, sank wieder auf den Stuhl und fiel von ihm sanft zu Boden. Zwei, drei Stimmen schrien gedämpft auf, viele der »nach der künftigen Stadt Suchenden« erhoben sich von den Stühlen. Sacharij beugte sich im rechten Winkel vor, nahm leicht wie ein Kissen Taïssja auf die Arme und trug sie zur Tür; ihm schallte der Ausruf entgegen: »Das Weib hat sich bis zu Tränen mit Branntwein besoffen«, und gleich darauf ließ sich jemand mürrisch vernehmen: »Also – treib keinen Unfug, mach dich nicht zum Diener der bösen Geister!«

Männer und Frauen traten auf Lidija zu, verneigten sich tief vor ihr und küßten ihr die Hand; sie sagte halblaut etwas zu ihnen und zuckte dabei mit den Schultern, ihre Wangen und Ohren röteten sich stark. Marina stand in einer Ecke und hörte Kormilizyn zu; er trat von einem Fuß auf den anderen und spielte mit dem Zigarettenetui; als Samgin auf ihn zuging, hörte er seine weichen und unentschlossenen Worte: »An den Agrarunruhen beteiligt sich das Sektierertum fast gar nicht.«

»Das weiß ich nicht«, sagte Marina. »Möchten Sie rauchen? Jetzt darf man es, denke ich. Kennen Sie sich?«

»Wir sind uns schon begegnet«, erinnerte Samgin. Der Literat blickte ihm ins Gesicht, dann auf die Füße und gab zu: »Ach, ja, natürlich!« Dann zündete er sich eine Zigarette an, wobei er sichtlich befürchtete, seinen Bart anzusengen, und sagte: »Ich bin der Auffassung, daß dies in der gleichen Linie liegt wie die Geißler.«

»Die Geißler sind eine Erfindung der Popen, eine solche Sekte gibt es nicht«, sagte Marina gleichmütig und fragte Lidija freundlich, mit teilnahmsvollem Lächeln: »Ist es dir heute nicht gelungen?«

»Dieser ... Terentjew!« flüsterte Lidija zornig, irgendein Wort verschluckend. »Und stets, stets denkt er sich irgend etwas Unerwartetes und Schmutziges aus.«

»Ein Halunke«, sagte Marina sanft und fügte ebenso sanft und freundlich hinzu: »Ein Schurke.«

»Aber – diese entsetzliche Frau!«

»Sie ist unsympathisch«, stimmte Marina zu und wehrte sich demonstrativ gegen den Zigarettenrauch, worauf der Literat sich entschuldigte und die Zigarette hinter seinen Rücken hielt.

Lidija bemerkte seufzend: »Erzählt hat sie gut.«

»Von entsetzlichen Dingen wird immer gut erzählt«, sagte träge Marina, die den Arm um ihre Schulter gelegt hatte und sie zur Tür führte.

»Das ist sehr richtig!« stimmte Kormilizyn bei und äußerte sein Bedauern darüber, daß die schöne Literatur an der Sektiererbewegung vorbeigehe, ohne sie zu berühren.

»Sie ist nicht ganz an ihr vorbeigegangen, einige berühren sie«, sagte Marina, wobei sie das Wort »berühren« mit sichtlicher Ironie aussprach, und Samgin kam der Gedanke, alles, was sie sagte, sei von ihr bis ins kleinste berechnet und erwogen. Sie zeigte Kormilizyn, daß sie in dieser Versammlung armseliger Menschen ebenso nur ein Gast sei wie er. Als der Schriftsteller und Lidija sich im Laden anzogen, sagte Marina zu Samgin, sie werde ihn in ihrem Wagen nach Hause bringen, dann flüsterte sie mit Sacharij, der sich dienstbereit zu ihr vorbeugte.

Auf der Straße sagte sie zum Kutscher: »Fahre hinter mir her.«

Man hätte sagen müssen: hinter uns her, bemerkte Samgin.

Sie gingen zu Fuß, und Marina sagte: »Ich kann diesen Schriftsteller nicht leiden. Er steckt überall seine Nase hinein, weiß alles, weiß aber nichts. Er schreibt Artikelchen in toter Sprache. Mein Mann war vertrauensselig, er schloß in seiner voreiligen Herzlichkeit mit jedermann Bekanntschaft . . . Nun, was sagst du zu den ›nach der künftigen Stadt Suchenden‹?«

Samgin sagte, er habe nichts begriffen.

»Ja, alles ein wenig verschwommen! Sie lesen die unheimlicheren unter den Propheten und hören sie sich an. Sie kratzen sich. Sie kratzen ihre Seelen. Bei vielen sitzt die Seele unter den Achseln.« Und lächelnd fügte sie, Klim mit dem Ellenbogen anstoßend, zynisch hinzu: »Und bei den Weibern – viel weiter unten.«

Er sagte mürrisch, daß er sie immer weniger verstehe.

»Aber Lidija hast du verstanden?« fragte sie.

»Natürlich nicht. Es ist schwer zu begreifen, wie die Tochter eines Projektemachers und einer Zigeunerin, die Frau eines degenerierten Adeligen sich in eine Frömmlerin englischer Art verwandeln kann.«

»Sieh mal an, wie böse«, sagte Marina mit fröhlicher Stimme. »Es gibt noch ganz andere Metamorphosen, lieber Freund! Lew Tichomirow beispielsweise trug eifrig zur Ermordung des Zarenpapachens bei, dann gestand er reumütig dem Söhnchen, das sei aus jugendlicher Verirrung geschehen, und das Söhnchen schenkte ihm ein goldenes Tintenfaß. Das hat mir Lidija erzählt.«

Als sie Klim bis zu seiner Wohnung begleitet hatte, machte sie einen Teebesuch bei Besbedow. Der Neffe umsorgte sie mit der stürmischen und ehrerbietigen Begeisterung eines Dieners, der in seine Herrin verliebt und darüber glücklich ist, daß sie ihn besucht. Diese geschäftige Begeisterung hatte für Samgin etwas Unechtes, während Marina den Neffen gutmütig verspottete, und es war sehr sonderbar, daß sie, die so klug war, seine Unaufrichtigkeit nicht merkte.

Da sie sehen wollte, wie Samgin sich eingerichtet hatte, machte sie einen Rundgang durch die Zimmer und sagte: »Na, was denn? Es ist alles da, nur eine Frau fehlt noch. Wird Walentin dir nicht lästig?«

»Nicht im geringsten.«

»Na also! Und wenn er dir lästig werden sollte, sage es mir, ich werde ihn schon zur Vernunft bringen. Langweilst du dich?«

Ihre fürsorglichen und freundlichen Fragen berührten Samgin angenehm; er sagte, daß er sich zwar langweile, sich aber noch nicht in die neue Umgebung eingelebt habe.

»Nun, natürlich«, sagte Marina kopfnickend. »Du hast lange in einer Umgebung gelebt, in der du an alles gewöhnt warst und die Dinge schon nicht mehr beachtetest, doch jetzt machen sich alle Dinge bemerkbar, fallen ins Auge und forschen dich aus: Welchen Platz wirst du uns zuweisen?«

»Ist das allegorisch zu verstehen?« fragte er lächelnd.

»Wie du willst«, antwortete sie ebenfalls mit einem Lächeln.

Ihr ruhiges Gesicht, ihre sichere Rede verdrängten und entfernten mit Leichtigkeit alles, was Samgin vor einer Stunde gesehen und gehört hatte.

»Überall, mein Freund, ist es ein bißchen dunkel und eng«, sagte sie seufzend, fügte aber sofort hinzu: »Nur in einem selber ist es hell und geräumig.«

Nun beklagte sich Samgin: Das Leben sei allzu reich an Episoden in der Art von Taïssjas Erzählung, wie man sie mißhandelt habe; jede von ihnen breche in die Seele, ins Gedächtnis ein und erwecke...

». . . Fragen, auf die wir keine anderen Antworten wissen außer solchen aus Büchern«, beendete Marina lässig seinen Satz. »Aber du – verzichte doch auf die Fragen, übergehe die Fragen mit Stillschweigen«, riet sie ihm lächelnd, mit zusammengekniffenen Augen. »Euresgleichen, die Intellektuellen, sind gewohnt, sich mit Fragen zu schmücken, um voreinander zu kokettieren, ihr spielt doch mit der Kompliziertheit: wer ist komplizierter als wer? Und ihr verwirrt einander. Die Fragen werden nicht vom Verstand entschieden, sondern durch den Willen . . . Die Franzosen beispielsweise lernen fliegen, das ist gut! Aber hier entscheidet der Wille, der Verstand hilft dabei nur. Auch uns frei auf der Erde zu bewegen, lehrt uns nur der Wille.« Sie lachte leise und sagte: »Ich hätte die Frage dieser Großmärtyrerin einfach gelöst: Ich hätte sie in ein weltentlegenes Kloster geschickt, in dem eine möglichst strenge Regel herrscht.«

»Hart, aber gerecht«, stimmte Samgin zu und fragte, als er sich der rachsüchtigen Stimme Schwester Sofijas erinnerte, wer sie sei.

»Die Tochter eines Mineralwasserfabrikanten. Sie kam wegen einer dunklen Angelegenheit vor Gericht: man hatte den Verdacht, sie habe ihren Mann und den Schwiegervater vergiftet. Sie hat fast ein Jahr im Gefängnis gesessen, wurde aber freigesprochen – als der Vergifter erwies sich der Bruder ihres Mannes, ein Trunkenbold.«

Sie saß an Samgins Arbeitstisch und erzählte noch die Geschichte irgendeines anderen, die ebenfalls dunkel war; Samgin, der sie mit Wohlgefallen betrachtete, hörte ihr unaufmerksam zu und war sehr unangenehm überrascht, als sie sich erhob und ganz sachlich sagte: »Die Zahlungsfrist läuft im Juni ab, du wirst also bis dahin diese Wechsel im Namen von Lidija Muromskaja ankaufen. Nicht wahr? Nun, und jetzt laß uns Abschied nehmen, denn morgen verreise ich für etwa anderthalb Wochen.«

Als er sich neigte, um ihre Hand zu küssen, küßte Marina ihn auf die Stirn und sagte dann, nachdem sie ihm auf die Schulter geklopft hatte, wie eine Ehefrau zu ihrem Mann: »Laß dir die Zeit nicht lang werden!«

Ihre Lippen waren irgendwie besonders zärtlich heiß, und er empfand ihre Berührung an der Stirnhaut noch lange.

Sich an all das erinnernd, schritt Samgin langsam im Zimmer umher und rauchte ungestüm. In die Fenster schien grell der Mond, auf der Straße taute es, an den Telegrafendrähten entlang glitten in gleichen Abständen große, goldschimmernde Tropfen, rissen sich los, sobald sie einen nicht weiter auffälligen Punkt erreicht hatten, und fielen herab. Samgin verfolgte sie lange, gedankenlos, zählte siebenundvierzig Tropfen und machte jemandem den Vorwurf: Immer wieder an derselben Stelle.

Er ging ins Schlafzimmer, zog sich aus, legte sich hin, wobei er die Lampe auszulöschen vergaß, und dachte, während er wie ein Kranker halb aufgerichtet unverwandt die goldene Schneide der Flamme betrachtete, daß Marina recht hatte, als sie von der Zügellosigkeit des Verstands sprach.

Die durch Literaten und Publizisten erzogene kritisch denkende Persönlichkeit »hat ihre Rolle schon ausgespielt«, sie ist überreif geworden, hat sich überlebt. Ihr Denken oxydiert alles und bedeckt es mit dem einförmigen Rost des Kritizismus. Aus ganz konkreten Tatsachen zieht sie keine direkten Folgerungen, sondern utopische, wie zum Beispiel die Hypothese der sozialen, das heißt, im Grunde sozialistischen Revolution in Rußland, einem Lande halbwilder Menschen, wie zum Beispiel dieser »nach der künftigen Stadt Suchenden«. Als er jedoch die Menschen als Halbwilde bezeichnet hatte, warf er sich vor: Ich verhalte mich zu anspruchsvoll und unhistorisch gegen die Menschen. Unzureichende Geschichtlichkeit im Urteil ist ein allgemeiner Fehler der Intelligenz. Sie spricht und schreibt über die Geschichte, ohne sie zu empfinden.

Dann dachte er, daß er sich Dunjascha gegenüber falsch verhalte, ihre Einfachheit unterschätze. Es war schlimm, daß er sich auch bei einer Frau nicht vergessen, die Fähigkeit nicht verlieren konnte, sie und sich selbst zu beobachten. Einer unter den französischen Schriftstellern hatte sich bitter beklagt über den Überschuß an professioneller Analyse ... Wer war das doch? Und Samgin schlief ein, ohne sich an den Namen des Schriftstellers erinnert zu haben.

Marina kehrte etwa drei Wochen lang nicht zurück, im Laden bediente der schwarzbärtige Sacharij, ein schweigsamer Mann mit unbeweglichem, mattbleichem Gesicht, seine dunklen Augen blickten traurig, auf Fragen antwortete er knapp und leise; sein dichtes, schweres Haar war von vorzeitig grauen Fäden durchsteppt. Samgin fand, dieser Sacharij habe viel Ähnlichkeit mit einem verkleideten Mönch und sei zu schlaff und blutleer, um Marina als Geliebter zu dienen.

Jawohl – zu dienen. Ihr Mann war sicherlich auch ihr Diener.

Hier fuhr ihm der Gedanke durch den Kopf, daß Marina vielleicht auch ihn zwingen werde, ihr nicht nur als Jurist zu dienen, aber er verwarf diesen Gedanken gleich wieder, da er sich nicht als Geliebten Marinas denken konnte. Obwohl sie in ihm die Neugier eines durch Alter und Erfahrung schon genügend abgekühlten Mannes erweckte, rief sie in ihm keine sexuellen Emotionen hervor. Auch empfand er keine dauerhafte Sympathie für sie, stellte aber fast nach jeder Begegnung fest, daß sie ihn immer mehr interessierte und daß sie eine sonderbare Kraft besaß; diese Kraft, die ihn anzog und abstieß, erweckte in ihm unklare Hoffnungen auf irgendeine ungewöhnliche Entdeckung.

Doch letzten Endes war er zufrieden, daß er dieser Frau begegnet war und daß sie ihn etwas von dem Durcheinander in sich selbst ablenkte, er war zufrieden, daß er sich reichlich bequem, unabhängig eingerichtet hatte und sich von dem Erlebten erholen konnte. Und immer öfter schien ihm, daß ihm gerade in diesem stillen Lebensabschnitt eine wichtige Entdeckung bevorstehe, die ihn von der inneren Unordnung heilen müsse und ihm helfen werde, auf etwas Dauerhaftem festen Fuß zu fassen.

Als Marina eintraf, begrüßte Samgin sie mit einer Freude, die ihn wunderte.

Sie war offenbar sehr ermüdet, unter ihren Augen lagen Schatten, die die Augen tiefer und noch schöner machten. Es war klar, daß irgend etwas sie beunruhigte, in ihrer sonoren Stimme machte sich ein neuer und scharfer Ton bemerkbar, ihre Augen lächelten schärfer und spöttischer.

»Nun, was für Neuigkeiten soll ich denn erzählen?« sagte sie lächelnd und leckte sich mit der Zungenspitze die Lippen. »Aus den Zeitungen weißt du, daß die Kadettchen Oberhand gewinnen, freue dich also und frohlocke! In der Reichsduma werden sich deine Kollegen, die Advokaten, festsetzen. Auch in Twer hat man den Gouverneur umgebracht, hast du es gelesen? Ich habe gehört, daß es die Verfügung gibt, keine Bauernabordnungen zum Zaren vorzulassen. Durnowo prägt den Gouverneuren ein, nicht zu viele zu erschießen. Was noch? Ich habe einen Bischof gesehen, der vor kurzem mit dem Zaren gesprochen hat, er sagt, der Zar sei der ruhigste Mensch in ganz Rußland. Der Bischof sagte das seufzend, traurig...«

Einen Augenblick wurde sie nachdenklich, machte ein mürrisches Gesicht, dann bat sie: »Gib mir mal eine Zigarette.«

Als sie eine angezündet hatte, fächelte sie mit dem Taschentuch den Rauch beiseite, kniff die Augen zusammen und sprach von neuem: »Die Altgläubigen sind sehr rührig geworden. Es sieht danach aus, daß wir zwei Kirchen bekommen werden: Die eine bellt, die andere heult! Wir sind unbegabte Menschen, was das religiöse Denken anbelangt, und haben auch so eine unglückselige Kirche...«

Samgin bemerkte vorsichtig: »Ich verstehe nicht, weshalb dich, die du so groß, so schön bist, diese Fragen interessieren...«

»Und du – denkst du denn, die Religion sei Sache der Schwindsüchtigen? Da denkst du verkehrt. Gerade das gesunde Fleisch verlangt nach Heiligkeit. Die Griechen haben das vortrefflich begriffen.«

Sie ertränkte die Zigarette in der Spülschale und fuhr mürrisch fort: »Meiner Ansicht nach ist die Religion Weibersache. Die Gottesmutter aller Religionen war eine Frau. Ja. Doch dann hat es sich so gefügt, daß fast alle Religionen die Frau zur Quelle der Sünde erklärten, sie in Verruf brachten, sie erniedrigten, und unsere Orthodoxie bewertet sogar die Kinderzeugung als unzüchtig und stößt die Wöchnerin für anderthalb Monate aus der Kirche aus. Hast du mal darüber nachgedacht, weshalb das so ist?«

»Nein«, antwortete Samgin und begann von Makarow zu erzählen. Marina nahm einen Schluck Madeira und spülte damit lange den Mund, dann spie sie den Wein in die Spülschüssel und entschuldigte sich: »Verzeih, ich habe schon seit zwei Tagen einen eigentümlichen Eisengeschmack im Mund.«

Sie wischte sich die Lippen mit dem Taschentuch ab, schwenkte es geringschätzig und sagte: »Feminismus, Suffragettentum – das alles, mein Lieber, sind Erfindungen der Armen im Geiste.«

Samgin verstummte wieder, während sie von ihren Rechtssachen und ihrem früheren Anwalt zu sprechen begann: »Ein aufgeblähter Dummkopf, möchte jedoch ein Gauner sein. Ein Liberaler, doch was suchen die Liberalen zu erreichen? Das Recht, konservativ zu sein. Sie meinen, man merkt ihnen das nicht an! Aber sie werden ihr Ziel doch erreichen, was meinst du?«

»Möglicherweise«, stimmte Samgin zu.

Marina lachte. Jedesmal, wenn er sich mit ihr unterhielt, beneidete er sie um ihre Fähigkeit, die Worte zu handhaben, die Gedanken zu formen, aber nach dem Gespräch hatte er stets das Gefühl, Marina sei ihm nicht verständlicher geworden und ihr zentraler Gedanke sei dennoch unfaßbar.

Ihren Gesprächen über Religion maß er keine Bedeutung bei, da er sie nur für ein »System von Sätzen« hielt; indem Marina sich mit diesen Sätzen schmücke, verberge sie hinter ihrer Ungewöhnlichkeit etwas Bedeutsameres, ihre wirkliche Waffe der Selbstverteidigung; sie glaube an die Macht dieser Waffe, und aus diesem Glauben erkläre sich ihr ruhiges Verhalten zur Wirklichkeit, ihr gebieterisches zu den Menschen. Doch was war das für eine Waffe?

Aus ihren Rechtssachen ersah er, daß ihr Mann ein kluger und unerbittlicher Gewinnsüchtiger gewesen war; er hatte Land, Wälder, Häuser aufgekauft und wieder weiterverkauft, hatte Geld in Gutshypotheken angelegt, und viele seiner Operationen waren offenkundig wucherisch gewesen.

Ein Hedonist! lächelte Samgin beim Lesen der Akten.

Marina war über diese Tätigkeit nicht nur nicht bestürzt, sondern setzte sie erfolgreich fort.

Wozu, zum Teufel, braucht sie das Geld? überlegte Samgin. Sie ist reich genug – lebt bescheiden. Für philanthropische Zwecke gibt sie gar nicht so viel aus ...

In seinen Händen befanden sich die Akten über die Hypothekenklage gegen einen Landeshauptmann, dessen Gutshof die Bauern zerstört und niedergebrannt hatten. Marina sagte: »Zahlen kann er nicht, er ist ein Spieler und Prasser; in Petersburg hat er irgendeinen Hilfszuschuß erhalten, aber den hat er bereits vergeudet. Das Land wird mir zufallen, dieselben Bauern werden es kaufen.«

Marina klopfte Samgin mit dem Finger auf die Schulter und lachte.

»Da siehst du es: Bauer und Gutsherr streiten sich, und die Kaufherrin profitiert davon! Und so ist es schon immer gewesen.«

Samgin bemerkte keinen Zynismus in diesen Worten, und das wunderte ihn sehr.

Davon, daß »der Kaufherr profitiere«, sprach sie oft und stets scherzend, als necke sie Klim.

»Wenn jedoch die Kaufleute und die Popen sich in die Duma setzen, wird es mit euch, den Intellektuellen, kein gutes Ende nehmen.«

»Es gibt auch Arbeiter«, erinnerte er sie.

»Gibt es welche? Es wird welche geben. Aber das liegt noch in weiter Ferne!«

Er merkte, daß Marina nach der Rückkehr von ihrer Reise sich ihm gegenüber zutunlicher, freundschaftlicher und ohne jene Ironie verhielt, die nicht selten seine Eigenliebe verletzt hatte. Und dieses neue Verhalten von ihr steigerte unbestimmte Hoffnungen, sein Interesse für sie.

In ein paar Tagen mußte er nach einer Stadt an der Wolga reisen, um Marinas Rechtsanspruch auf ein Vermögen geltend zu machen, das ihr von einer alten Jungfer testamentarisch vermacht worden war.

»Nebenbei bemerkt, Klim Iwanowitsch«, sagte sie, »vor etwa zehn Jahren ist dort der Kaufmann Potapow wegen Zugehörigkeit zu irgendeiner Sekte verurteilt worden. Vor Gericht wurden die Briefe einer Klawdija Swjagina verlesen, es hat eine Frau dieses Namens in Pensa gegeben, sie ist etwa zwei Jahre vor dem Prozeß gestorben. Und ein Manuskript eines gewissen Jakow Tobolskij. Beschaffe mir doch – ich bitte dich um diesen Freundschaftsdienst – diese Dokumente. Sie liegen natürlich im Archiv, und du mußt dich an den Registrator Serafim Ponomarjow wenden und dich ihm erkenntlich zeigen; du gibst ihm fünfzig Rubel, es kann auch mehr sein. Für diese Dokumente interessiere ich mich sehr, ich sammle allerhand und werde es dir einmal zeigen. Ich besitze Briefe von Wladimir Solowjow, von einem Starzen der Optina-Einsiedelei, von Süderheim, die Notizen irgendeines Popen über Sjutajew, über die ›Läufer‹ habe ich auch einiges; schon mein Mann hatte zu sammeln begonnen. Das ist alles sehr interessant. Sage diesem Serafim, du brauchtest diese Dokumente für eine wissenschaftliche Arbeit.«

Wie immer brachten es ihre leckere Stimme und ihr Sprechen von etwas ihm Unbekanntem mit sich, daß Samgin ihrem weiblichen Liebreiz erlag, und so dachte er nicht an die Bedeutung dieser Bitte, die im Ton eines Menschen vorgebracht worden war, der von etwas Spaßigem, von seiner Laune spricht. Erst an Ort und Stelle, in der fremden und unangenehmen Handelsstadt, begriff Samgin auf dem Wege zum Gericht, daß er sich bereit erklärt hatte, an einem Dokumentendiebstahl teilzunehmen. Das empörte ihn.

Zum Teufel! Welch eine Fahrlässigkeit!

Als er sich aber in dem unsauberen, halbdunklen Zimmer der Registratur befand, erblickte er vor sich einen rotwangigen kleinen Alten, der kleine Alte lächelte vergnügt, ging auf den Zehenspitzen umher und sprach sympathisch in weichem Tenor. Samgin hätte nicht erklären können, was ihn eigentlich veranlaßt hatte, die Standhaftigkeit des kleinen Alten auf die Probe zu stellen. Er befolgte Marinas Rat und sagte, daß er sich mit dem Studium des Sektenwesens befasse. Der kleine Alte machte keine Schwierigkeiten, er hörte den sachlichen Vorschlag aufmerksam an und sagte liebenswürdig: »Gewiß, das geht, da diese Dokumente keine Wertpapiere sind. Und falls die Popen sie sich nicht schon zunutze gemacht haben, kann ich nach ihnen suchen. Gewöhnlich werden Dokumente dieser Art an den Allerheiligsten Regierenden Synod weitergeleitet, für dessen Bibliothek.«

Zwei Tage später indessen sagte er, als er Samgin ein Päckchen Briefe und ein Heftchen mit einem Lederdeckel zeigte, wobei er ihm ziemlich unverfroren ins Gesicht blickte: »Schauen Sie, wie verführerisch das Titelchen des Werkes ist: ›Iakow‹ – nicht einfach Jakow, sondern Iakow, jawohl! ›Iakow Tobolskijs Betrachtung über den Geist, über das Fleisch und den Satanas‹ – den Satanas, nicht den Satan! Das muß interessant sein!«

Dann legte er das Heft auf den Tisch, drückte mit dem molligen rosa Händchen darauf und forderte unnachgiebig: »Legen Sie noch fünfundzwanzig zu.«

Samgin legte sie zu und beschloß auf der Stelle, Marina eine kleine Szene zu machen, um sich für künftige Zeiten vor Aufträgen solcher Art zu sichern. Dann aber dachte er ganz vernünftig: Berechtigt mich denn dieser Fall, zu meinen, daß solche Aufträge sich wiederholen werden?

Auf der Heimreise holte er im Wagen das Heft hervor und las auf seinen bläulichen Seiten die rostbraunen Worte:

»Und es ist ein Irrtum, zu denken, Gott der Herr habe, weil er den Menschen liebgewann, auch seine Geburt und sein Fleisch liebgewonnen, unser Herrgott ist Geist und umfaßt nicht die Liebe zum Fleische, sondern verwirft das Fleisch. Welche Beweise hierfür können wir anführen? Erstens: unser Fleisch ist unrein und garstig, es ist Krankheiten, dem Tod und der Verwesung ausgesetzt ...«

Er blätterte ein paar Seiten um, die mit einer runden, langweiligen

Schrift bedeckt waren, und erhaschte mit den Augen einen Satz, der sich von den dichten Zeilen abhob: »Also: der Geist ist an erste Stelle zu setzen, vor den Vater und den Sohn, denn Vater und Sohn sind vom Geiste geboren und nicht der Geist vom Vater.«

So ein Unsinn, dachte Samgin und steckte das Heft in die Aktentasche. Das kann doch Marina nicht ernsthaft interessieren. Und die juristische Bedeutung dieser Operation ist ihr einfach unverständlich.

Als er in der Stadt auf das Haus Besbedows zufuhr, erblickte er mitten auf der Straße eine spaßige Gruppe: ein Polizist mit einem Dienstbuch unter dem Arm, eine Alte in kariertem Rock und mit einem Stock in der Hand, ein bärtiger Mönch mit einer Sammelbüchse auf der Brust, drei zerlumpte Jungen und ein Pädagoge in weißer Uniformjacke schauten schweigend zum Dach des Seitenbaus hinauf: dort, neben dem Schornstein, ragte wankend die Gestalt Besbedows in blauer Bluse, ohne Gürtel, mit gestreifter Hose, seine bloßen Füße hafteten affenähnlich fest am Bretterbelag des Daches. Er schwang einen langen, biegsamen Besen aus schmutzigen Lappen, pfiff, brüllte und hustete, während über seinem zerzausten Kopf in der blauen, freundlich trüben Luft ein Taubenschwarm flog, als flatterten schneeweiße Blumen umher und fielen auf das Dach.

»Sie sind verteufelt träge geworden, sie haben Fett angesetzt!« brüllte Besbedow, als Samgin den Hof betrat. »Na, ich werde sie munter machen! Ich werde sie in die Höhe scheuchen! Das werden Sie sehen! Sie werden lachen . . .«

Samgin winkte ihm mit dem Hut zu und dachte: Man sagt von ihm mit Recht, er sei schrecklich komisch.

Vor dem Abendtee ging Besbedow an den Fluß, badete, und als er dann mit nassem Haar wie mit einer alten, zerknitterten Mütze am Tisch saß, murmelte er hustend, schwitzend und sich das Gesicht mit der Serviette abwischend: »Die Muromskaja ist eingetroffen. Sie erzählt, der Zar habe vor, nach London zu fliehen, er sei vor den Kadetten erschrocken, diese aber fürchteten die Linken und es werde überhaupt weiß der Teufel was kommen!«

Ein dröhnender Husten schüttelte ihn, sein Gesicht und sein Hals schwollen vom Blutandrang an, das gerötete Weiß der Augen quoll vor, die abstehenden Ohren zitterten. Noch nie hatte Samgin ihn so unheimlich erregt gesehen.

»Und der neue Minister, Stolypin, sagt sie, sei ein Feigling und ein Dummkopf.«

Samgin, der unaufmerksam zugehört hatte, fragte: »Zu wem sagt er das?«

»Zu niemandem sagt er das«, antwortete Besbedow zornig. »Nicht er sagt das, sondern die Muromskaja. Sie ist hysterisch, der Teufel soll sie holen ... Sie wirbelt Staub auf wie der Wind.«

Er räusperte sich, spie ins Taschentuch und legte es auf den Tisch, warf es aber gleich danach angewidert mit einem Finger auf den Boden und begann, indem er sich mit der Serviette von neuem krampfhaft Stirn und Schläfen wischte, erregt zu murmeln: »Sie schreit: verkaufen Sie den Wald, ich reise ins Ausland! Wem, zum Teufel, soll ich ihn denn verkaufen, wenn keiner etwas Genaues weiß, wenn die Bauern die Wälder niederbrennen und alle einen Schreck bekommen haben ... Und ich – habe vor Blinow Angst, er plant hier irgend etwas gegen mich, vielleicht will er den Taubenschlag in Brand stecken. Dieser Tage hat in der Reithalle eine Versammlung des ›Bundes des russischen Volkes‹ stattgefunden, er hat dort gebrüllt: ›Genug!‹ Sogar Nasenbluten bekam dieser Idiot ...«

Nachdem er seine Pfeife angezündet hatte, beruhigte er sich ein wenig und bleckte breit die ungleichmäßigen großen Zähne.

»Er schrie: ›Finnland will sich selbständig machen, die Schweden erklären uns den Krieg‹ – überhaupt: die Suppe kocht!«

Es war deutlich zu merken, daß er sich beeilte, die Neuigkeiten loszuwerden, die sein Gedächtnis belasteten. Samgin lächelte.

»Ja, es ist komisch«, sagte Besbedow. »Der Zar eröffnete die Duma im Prunkmantel, mit Krone, doch dort sind alle im Frack. Im Frack oder in Gehröcken, wissen Sie es nicht?«

»Ich weiß es nicht.«

»Zum Totlachen! Teufel, daß wir das noch erleben mußten, nicht? Wie in England. Er im Prunkmantel und die anderen im Frack! Ein Mann im Frack erinnert an eine Uferschwalbe. Man sollte sie mit Kaftans schmücken. Mit Posamenten. Überhaupt schmücken. Ein gutgekleideter Mann ähnelt weniger einem Narren.«

Samgin rückte die Brille zurecht und blickte ihn an; solche Aphorismen aus Besbedows Mund weckten Zweifel an der Dummheit dieses Mannes und steigerten seine Mißgunst gegen ihn. Den Neuigkeiten Besbedows hörte er mechanisch zu, wie dem Rauschen des Windes, darüber brauchte man nicht nachzudenken, wie man über die Bilder ein und desselben Malers nicht nachdenken kann, wenn es viele sind und sie durch Eintönigkeit der Farben, der Technik ermüden. Er stellte fest, daß diese anekdotischen Neuigkeiten nicht den Wunsch weckten, ihren Sinn abzuschätzen. Das war etwas sonderbar, aber er fand sofort eine Erklärung dafür: Besbedow spricht von der Höhe seines Taubenschlags herab, im Ton eines Menschen, der gezwungen ist, von Kleinigkeiten zu sprechen, die ihn nicht interessieren. Tausende von Menschen verderben sich mit diesen Fragen das Leben und die Karriere, während dieser Tölpel . . .

Samgin wurde zornig und ging. Marina war nicht in der Stadt, sie traf acht Tage später ein, und Samgin überraschte es unangenehm, daß er die Tage gezählt hatte. Als er ihr das Päckchen Briefe und das Heft mit den »Betrachtungen« übergab, warf sie beides nachlässig auf das Sofa und sagte in recht gleichgültigem Ton: »Danke.«

Das überzeugte Samgin davon, daß diese Geschäftsfrau die juristische Bedeutung der Tat, die er auf ihren Wunsch begangen hatte, tatsächlich nicht begriff. Er kam nicht dazu, ihr diese Bedeutung zu erklären, denn Marina, die in müder Haltung dasaß, die Hände in den Nacken gelegt, begann auch Neuigkeiten zu erzählen: »Na, mein Lieber, Petersburg ist vollständig von Sinnen. Lidija hat mich in verschiedene politische Salons geführt . . .«

»Wart ihr zusammen dort?«

»Na ja.«

Samgin stellte fest, daß Besbedow ihm nichts davon gesagt hatte.

Sie erzählte, mit den Brauen spielend und mit einem Lächeln in den Augen, daß der Zar seinen Launen freien Lauf lasse: Beim Empfang des Dumapräsidenten habe er sich ungebührlich benommen; als er erfahren habe, daß die Matrosen einen Admiral umgebracht hätten, habe er mit den Füßen gestampft und geschrien, die Liberalen dürften sich nicht unterstehen, eine Amnestie für die Politischen zu fordern, wenn sie nicht imstande seien, weitere Morde zu verhindern; der Kelezker Gouverneur habe seine Geliebte erschossen und sei straflos davongekommen. Mit Stolypin sei man unzufrieden, weil er sich nicht entschließen könne, die Duma aufzulösen, in den Versammlungen schlügen die Linken die Kadetten und diese schwenkten aus Kränkung nach rechts.

»Ich habe den berühmten Advokaten gesehen, den, der Gedichte schreibt, er hat eine hohe Meinung von Stolypin, nimmt ihn sehr in Schutz und sagt, Stolypin hetze die Linken absichtlich auf die Kadetten, er wolle sie einschüchtern, sie möglichst weit nach rechts treiben. Der Advokat ist ein angenehmer Mann, liebenswürdig wie ein Friseur, nur schon sehr daran gewöhnt, Schwerverbrecher zu verteidigen.«

Sie erzählte fast das gleiche wie ihr Neffe. Den Ton ihrer Erzählungen kennzeichnete Samgin als den eines Menschen, der, nachdem er sich in einem fremden Land aufgehalten hat, das Leben der Ausländer auch von der Höhe irgendeines Taubenschlags aus bewertet.

»Du sprichst wie von mutwilligen Kinderstreichen«, bemerkte er.

Marina lächelte. »So? Wie eine alte Frau? Eine alte Lehrerin?

Kühle ich dein flammendes Revolutionärsherz ab? Gib mir eine Zigarette.«

Als Samgin ihr das Zigarettenetui hinhielt, merkte er, daß seine Hand zitterte. In ihm verbreitete sich Empörung über diese unverständlich maskierte Frau. Gleich würde er ihr einiges bezüglich der idiotischen »Betrachtungen« und dieser Operation mit den Dokumenten sagen. Doch Marina kam seiner Absicht zuvor. Sie hatte sich eine Zigarette angezündet, blies einen Rauchstrahl zur Decke empor und begann, während sie ihn mit den Augen verfolgte, halblaut, langsam: »Du spielst dich mir gegenüber vergebens als Igel auf, Klim Iwanowitsch, deine Stachelchen sind nicht furchtbar, sie stechen nicht. Und du schürst in deinem Herzen umsonst das Feuer des Verstandes, dein Herz brennt nicht, sondern verdorrt, du hast dich zerrüttet, durch Analysen vielleicht oder ich weiß nicht, wodurch! Das eine aber weiß ich: Die kritisch denkende Persönlichkeit Dmitrij Pissarews ist schon längst überflüssig im Leben, sie ist außer Mode gekommen, die Kritik ist zu einer Zwangsgewohnheit des Verstandes entartet und sonst nichts weiter.«

So sprach sie zwei, drei Minuten lang. Samgin hörte geduldig zu, fast alle ihre Gedanken waren ihm schon bekannt, doch klangen sie diesmal tiefer und weicher als früher, freundschaftlicher. In ihrem langsamen Redestrom suchte er nach irgendwelchen überflüssigen Worten, er hätte sie gern gefunden, fand aber keine und sah, daß sie mit ihren Worten einigen seiner Gedanken Ausdruck gab. Er sagte sich, daß er selbst sie nicht so einfach und gewichtig hätte ausdrücken können.

In der Tat, wenn sie spricht, wirkt sie älter, als sie ist, dachte er, während er den Glanz ihrer rotbraunen Augen beobachtete; Marina hatte die Augen mit den Wimpern verdeckt und betrachtete ihre rechte Handfläche. Samgin fühlte, daß sie ihn entwaffnete, sie indes verschränkte die Arme über der Brust, streckte die Beine aus und sagte mit einem tiefen Seufzer: »Ich bin müde und spreche vielleicht ungeschliffen, verworren, aber ich spreche mit einem guten Gefühl für dich. Du bist für mich nicht der erste Mensch dieser Art, ich bin schon vielen solchen Menschen begegnet. Mein Mann verehrte Menschen, die bestrebt sind, das Leben umzugestalten, sehr, auch ich bin ihnen gegenüber nicht gleichgültig. Ich bin eine Frau, entsinnst du dich, wie ich sagte: die Gottesmutter aller Religionen? Gläubige Menschen sind mir angenehm, selbst wenn sie eine Religion ohne Gott haben.«

Samgin fühlte sich in einem Strom kleiner Gedanken, sie jagten vorüber, wie ein Staubwind durch ein Zimmer fegt, dessen Fenster und Türen geöffnet sind. Er dachte, Marinas Gesicht sei wenig beweglich, ihre leuchtenden Lippen lächelten stets herablassend und spöttisch; die Hauptsache in diesem Gesicht ist das Spiel der Brauen, sie hebt und senkt sie, bald beide zugleich, bald nur die rechte, und dann glänzt ihr linkes Auge verschmitzt. Was Marina sagte, war nicht so ansteckend wie das Motiv: Weshalb sprach sie so?

»Lieber Freund, ein Revolutionär haßt die Welt, aber er ist kein Misanthrop, er liebt die Menschen, für sie lebt er ja«, vernahm Samgin.

»Das ist Romantik«, sagte er.

»Wirklich?«

»Es ist Romantik. Und du – bist ihrer nicht fähig.«

Sie fragte erstaunt: »Habe ich mich denn als Revolutionärin bezeichnet?«

»Ich habe mich dir auch nicht als Revolutionär empfohlen«, sagte Samgin unbedacht und fühlte, daß er errötete.

»Das stimmt«, gab sie zu. »Du hast dich nicht als solchen bezeichnet, aber ... Nimm es mir nicht übel: Meiner Ansicht nach sind die meisten Intellektuellen Revolutionäre für bestimmte Zeit – bis zur Verfassung, bis zur Republik. Nimmst du mir das nicht übel?«

»Nein«, sagte Samgin und verstand dabei, daß er die Unwahrheit sagte, sein Denken war gekränkt und lief von ihren Worten fort, doch er fühlte, daß die Gereiztheit gegen sie schwand und daß er keine Lust hatte, ihren Worten zu widersprechen, wahrscheinlich, weil es interessanter war, ihr zuzuhören, als mit ihr zu streiten. Er erinnerte sich, daß Warwara und nach ihr Makarow Äußerungen gemacht hatten, die mit den Gedanken der Sotowa über die »Revolutionäre für bestimmte Zeit« verwandt waren. Das war das Unangenehme, das setzte die Bedeutung von Marinas Reden irgendwie herab.

»Weshalb sprichst du mit mir hierüber, und sprichst du so ... sonderbar? Weshalb verdächtigst du mich der Unaufrichtigkeit?« fragte er.

»Du hast mich nicht verstanden«, sagte sie seufzend. »Ich möchte, daß du über deinen Kopf hinwegsprängest. Du solltest dich an einem anderen Feuer wärmen, Klim Iwanowitsch, das ist es, was ich meine.«

»Ich müßte mich ausruhen«, sagte er.

»Das sage ich ja auch. Was hindert dich denn daran?« fragte sie, vor ihn hintretend, und ordnete ihre Frisur, glatt und geschmeidig wie ein großer Fisch.

Samgin konnte kaum an sich halten, um nicht zu sagen: Du hinderst mich!

Er ging in einer Stimmung weg, die ihm nicht ganz verständlich war. Dieses Gespräch hatte ihn weit mehr erregt als alle anderen Gespräche mit Marina; heute hatte sie ihm das Recht verliehen, sich durch sie gekränkt zu fühlen, aber er empfand keine Kränkung.

Sie ist klug, dachte er, als er auf der Schattenseite der Straße ging und ab und zu auf die Sonnenseite hinüberblickte, wo die Fensterscheiben irgendwelcher glücklicher Häuser strahlten und blinzelten. Klug und scharfsinnig. Mit ihr streiten? Das wäre zwecklos. Und worüber? Herz ist ein physiologischer Fachausdruck, die Volkssprache schreibt dem Herzen verschiedene Eigenschaften tragischer und lyrischer Art zu, in diesem Sinn ist sie wahrscheinlich herzlos.

Vor ihm, hinter einer Anhöhe, ragten frischgrüne Lindenwipfel hervor, zwischen denen sich der goldene, aber kahl gewordene Glockenturmkopf des Nonnenklosters erfolglos versteckte; weiter hinten versank alles jäh in eine blaue Mulde, auf ihrem grünen Grund verlief, von der Stadt weg in die Ferne, zu dunklen Wäldern hin der bläuliche Fluß. Alles war sehr weich, still und in abendliche Schwermut gehüllt.

Eigentlich hat sie mir nichts Kränkendes gesagt. Und ich bin gar nicht so, wie sie mich sieht.

Diese Gedanken umfaßten nicht den Haupteindruck des Gesprächs; Samgin beeilte sich auch nicht, diesen Eindruck zu bestimmen, mochte er von selbst erstarken und Gestalt annehmen. Aus dem Vorgarten eines schönen einstöckigen Hauses trat eine dicke, würdige Dame und hinter ihr ein hochgewachsener junger Mann, ganz neu gekleidet, vom Panamahut auf dem Kopf bis zu den rotbraunen amerikanischen Schuhen, er trug einen Spazierstock unter dem Arm und zog einen gelben Handschuh über die Rechte; er sah etwas komisch, aber glücklich aus und war offenbar über sein Glück verlegen. Samgin erinnerte sich, wie ungewohnt, aber doch wohl ihm selbst zumute gewesen war, als er den Gymnasiastenrock ausgezogen und einen nagelneuen hellgrauen Anzug angelegt hatte.

Ich gerate in lyrische Stimmung, stellte er fest und lächelte.

Auf dem Hof empfing ihn Besbedow mit einem doppelläufigen Jagdgewehr in den Händen, blickte ihn verdutzt an und keuchte: »Sie lachen? Sie haben es gut, mich aber hat soeben die Muromskaja in den Erzengel-Michael-Verband hineinzutreiben versucht, um Rußland zu retten, zum Teufel noch mal! Der Erzengel Michael ist der Schutzpatron der Polizei, wissen Sie das? Und mir erlegt die Polizei immer wieder Geldstrafen auf – wegen der Tauben, der sanitären Verhältnisse und überhaupt.«

Er klopfte mit dem Gewehrkolben auf die Eingangsstufen und ließ Samgin nicht ins Haus hinein, schüttelte den Kopf, der einem Besen glich, und keuchte: »Wenn die Tante nicht wäre, würde ich dieser Teufelspuppe mit ihrer Politik, ihren Verbänden und Erzengeln in die Hand spucken ...«

Er war der gleiche wie immer, erweckte aber in Samgin kein feindseliges Gefühl.

»Gegen wen haben Sie sich denn bewaffnet?«

»Ratten. Vielleicht ein Iltis«, sagte Besbedow und begab sich auf den Dachboden.

In den Zimmern umfing Samgin eine kühle und gleichsam auf ihn wartende Stille. Nicht einmal Fliegen waren da.

Das kommt daher, weil ich hier nicht esse, überlegte er. Er blieb eine Weile im Vorzimmer stehen, sah zu, wie ein Sonnenband seine staubigen Schuhe beleuchtete, und beschloß:

Ich muß mit Besbedow über Marina sprechen, unbedingt.

Vorsichtig, ohne schroffe Bewegungen, nahm Samgin das Zigarettenetui, dann eine Zigarette heraus, Streichhölzer fanden sich in der Tasche nicht vor, sie lagen auf dem Tisch. Darauf steckte er das Etui wieder ein, warf die Zigarette auf den Tisch und steckte die Hände in die Taschen. Mitten im Zimmer zu stehen war töricht, aber er mochte sich nicht rühren, er stand da und lauschte einem ungewohnten Gefühl wehmütiger, aber angenehmer Unbeschwertheit.

Habe ich mich schon jemals so sonderbar gefühlt? Anscheinend nicht.

Dann entsann er sich, etwas annähernd Ähnliches empfunden zu haben, als er den unangenehmen, im Auftrage seines Patrons geführten Zivilprozeß verloren hatte. Etwas Ähnlicheres fand sich nicht. Er trat an den Tisch, nahm die Zigarette und legte sich auf den Diwan, um zu warten, bis die alte Felizata zum Tee rufen werde.

Zwei Wochen etwa verbrachte er in dem ungewohnten Zustand heiterer Ruhe, und zuweilen wunderte ihn das nicht nur, sondern flößte ihm sogar den beunruhigenden Gedanken ein: Irgendwo sammeln sich Unannehmlichkeiten an. Beim Morgentee überflog er die zwei Lokalzeitungen, die eine von ihnen zeterte täglich hysterisch von der Gewaltherrschaft der Fremdstämmigen und dem Wahnsinn der Linksparteien und forderte Rußland auf, »zur nationalen Wahrheit zurückzukehren«, die andere riet, indem sie sich auf die Artikel der ersten berief, »die Duma, diesen Tempel des freien, vernünftigen Wortes, zu schonen«, und suchte zu beweisen, daß die

»Linken« in der Duma unvernünftig sprächen. Letzten Endes erweckten beide Zeitungen in Samgin den gleichen Eindruck, den eines sehr matten und langweiligen Echos der hauptstädtischen Presse; beide lebten von der Nachahmung und trugen in das stabile Dasein der sich in Wohlergehen wiegenden Stadt keine Unruhe hinein. Und solcher Städte gab es viele, mehr als ein halbes Hundert. Sonntags wurden in der liberalen Zeitung die »Eindrücke eines Provinzlers« abgedruckt, die mit dem Namen Idron unterzeichnet waren. Samgin glaubte Iwan Dronows Augen und las seine flotten Feuilletons ebenso aufmerksam, wie er im Gericht die Aussagen von Zeugen anhörte, die an einem Prozeß durch nichts anderes als durch den Wunsch interessiert waren, ihren Verstand, ihre Beobachtungsgabe ins Licht zu setzen. Dronow verhielt sich gegen die Rechten und die Linken in gleicher Weise ironisch und unterstrich den »Realismus« in der Politik der Kadetten.

Dronow muß doch fühlen, wer der Stärkere ist, dachte er lächelnd.

Überhaupt begann Samgin, ohne es selbst zu merken, die Tatsachen des politischen Lebens sehr sonderbar aufzunehmen: Ihm schien, daß alles, wovon die Zeitungen beunruhigt schrieben, bereits in der Vergangenheit geschehen sei. Er suchte nicht, sich zu erklären, weshalb das so war. Marina brachte diese Einstellung ins Wanken. Nach einem geschäftlichen Gespräch sagte sie einmal: »Höre mal, deine Menschenscheu ist bemerkt worden, und das könnte dir am Ende schaden. Weißt du, man hält dich für so etwas wie einen heimlich Tätigen, der, wenn er sich auch nicht versteckt, so doch den richtigen Moment abwartet. Es geht das Gerücht, du habest einige Heldentaten zu verzeichnen, du habest den Moskauer Aufstand geleitet und führest noch fort, irgend etwas zu leiten.«

Das war überraschend und unangenehm. Samgin sagte lächelnd: »So werden Helden geschaffen!«

Sie indes fuhr, mit den Handschuhen spielend, fort: »Du solltest deine Misanthropie mit irgend etwas verdünnen, Timon von Athen! Sieh dich vor, die Gendarmen erinnern sich sehr gut der Vergangenheit, und wie sollten sie Ruhe schaffen, wenn sie nicht ausmerzen? Du solltest dich öfter unter Menschen begeben.«

Sie sprach scherzhaft. Samgin fragte: »Beunruhigt dich das? Könnte ich dich kompromittieren?«

Sie zog verwundert die Brauen hoch. »Mich? Bin ich denn verantwortlich für die Gesinnung meines Anwalts? Ich sage dir das in deinem eigenen Interesse. Und dann noch etwas«, sagte sie, den Handschuh über die Finger der linken Hand ziehend, »nimm doch

Mischka zu dir, er wird dir sowohl die Zimmer aufräumen als auch die Bücher in Ordnung halten und wenn du nicht mit Walentin zu Mittag essen willst, wird er dir das Essen servieren. Du solltest ihn auch Papiere abschreiben lassen, er hat eine gute Handschrift. Zudem ist er ein bescheidener Junge, nur – ein Träumer.«

Sie schwebte majestätisch zum Zimmer hinaus, und auf dem Hof erklang ihre dunkle Stimme: »Walentin? Du solltest den Hof kehren lassen, was ist das für eine Unordnung! Die Muromskaja beklagt sich über dich, du ließest dich nicht blicken. Wie-ie? Was sie nicht sagen! Nein, laß mal bitte deine Launen aus dem Spiel. Jaja! Durch eigene Einsicht? Du? Ach, mach keine Witze . . .«

Sie ging und schlug das Pförtchen laut hinter sich zu.

Den Neffen kann sie nicht leiden, stellte Samgin fest. Übrigens ist er der Neffe ihres Mannes. Und nach kurzem Nachdenken sagte sich Samgin: Dabei hat sich doch nie jemand so fürsorglich um dich gekümmert, mein Freund, wie?

Und so verzieh er Marina, daß sie ihn an die Vergangenheit erinnert hatte. Dank ihrer Bemühungen lief seine Praxis an, er hatte bereits einige Zivilsachen und eine honorierte Verteidigung in einer Brandstiftungssache. Aber ein paar Tage später brachte sich die Vergangenheit von neuem und sehr unverfroren in Erinnerung. Spätabends erschienen bei ihm Leute, die er sehr liebenswürdig empfing, da er annahm, daß es Mandanten seien: eine hochgewachsene, rotwangige Frau mit dunklen Augen in einem etwas groben Gesicht, einfach und solide gekleidet, und mit ihr ein älterer, kahlköpfiger Mann mit Resten spröder, schwarzer Locken auf dem spitzen Schädel, mürrisch, mit rauchgrauer Brille, in einem zerknitterten und schmutzigen Segeltuchmantel.

Samgin taxierte: Arbeitgeberin und Angestellter. Wahrscheinlich eine Strafsache.

Aber die Frau holte, als sie am Tisch Platz genommen hatte, eine Schachtel Zigaretten aus der Tasche und sagte halblaut: »Ich heiße Murawjowa, auch Pascha. Tatjana Gogina hat mir mitgeteilt, daß ich mich im Notfall an Sie wenden könne.«

Samgin hatte gerade ein Streichholz anzünden wollen, tat es nun aber nicht, sondern schnippte mit dem Nagel an die Schachtel, reichte sie der Frau und fragte: »Womit kann ich dienen?«

Die dunklen Augen der Frau starrten ihn an, ihr Begleiter hatte auf dem Stuhl an der Wand im Halbdunkel Platz genommen und brummte dort etwas Unverständliches.

Ich glaube, ich habe ihn schon mal gesehen, dachte Samgin.

Die Murawjowa zündete sich die Zigarette gemächlich selbst an und sagte, die Menschewiki veranstalteten am kommenden Sonntag im Gewerbeamt einen Vortrag über die gegenwärtige Lage.

»Wir haben niemanden, um zu opponieren; der Genosse, der das gründlich genug hätte tun können, ist erkrankt.«

Sie sprach fordernd, mit hoher, brüchiger Stimme, ihr starrer Blick war unangenehm. Samgin sagte: »Die von Ihnen genannte Person hat mir nichts über eine Murawjowa mitgeteilt, und ich stehe mit ihr überhaupt nicht in Briefwechsel.«

»Sonderbar«, sagte die Frau achselzuckend, während ihr Begleiter mürrisch knurrte: »Gehn wir zu dem anderen.«

»Ich bin nie in Versammlungen aufgetreten«, fügte Samgin hinzu und empfand ein Vergnügen daran, die Wahrheit zu sagen.

»Nicht nötig, gehn wir zu dem anderen«, wiederholte der Mann, sich erhebend. Samgin kam es wieder vor, als hätte er ihn schon irgendwo gesehen, diese mürrische, schwere Stimme gehört. Die Frau erhob sich auch, steckte die Zigarette in den Aschenbecher und sagte laut: »Da hätten Sie es eben versuchen können.«

Beim Aufstehen stieß sie an den Tisch, der Lampenschirm klirrte. Samgin hielt ihn mit der Hand fest, die Frau sagte lässig: »Entschuldigen Sie« und ging, ohne sich zu verabschieden.

Das mit den Streichhölzern war unhöflich von mir, dachte Samgin. Diesem Mann bin ich schon begegnet.

Er seufzte und schüttelte den Zigarettenrest aus dem Aschenbecher in den Papierkorb. Zwei Tage später begab er sich »unter Menschen«, er saß im Klubsaal, in dem Dunjascha gesungen hatte, und hörte einem Vortrag des einheimischen Advokaten Dekapolitow zu, der Vorsitzender des »Zirkels zur Förderung des Heimgewerbes« war. Auf dem Podium stand einsam, das rote Porträt Zar Alexanders II. verdeckend, ein breitschultriger, aber flachbrüstiger, knochiger Mann mit langen Armen, grauhaarig, aber mit schwarzen Brauen, mit bürstenförmig geschnittenem Haar, dickem Schnurrbart unter einer Höckernase und spitzem französischem Kinnbärtchen. Er sah geschminkt aus wie irgendeine von der Geschichte gekennzeichnete Person und hatte die Brauen absichtlich schwarz gefärbt, damit die Leute nicht dächten, er lege Wert auf seine Ähnlichkeit mit einer geschichtlichen Gestalt. Er sprach in angenehmem, geschmeidigem Bariton, indem er die bedächtigen, langweiligen Worte ins Halbdunkel des karg erleuchteten Saals warf: »Die gegenwärtige Situation verlangt, daß die Persönlichkeit kategorisch erklärt, was sie will.«

»Daß Stolypin zu des Teufels Großmutter geschickt werde«, brummte ein dicker Mann vor Samgin seinem Nachbarn zu, der

Nachbar antwortete schläfrig: »Die Sonderländer sind ein geschickter Schachzug.«

In dem Saal saßen in allen Stuhlreihen verstreut annähernd sechzig Personen.

Der Sommerregen plätscherte laut gegen die Fensterscheiben, ein Donner krachte und dröhnte, Blitze zuckten und beleuchteten den gläsernen Staub des Regens; in dem Staub hüpfte ein schwarzes Dach mit zwei Steinguteessen, die Essen ähnelten zum Himmel erhobenen Armen ohne Hände. Im Saal herrschte eine unangenehm drückende Schwüle, hinter Samgin knurrte jemandem der Magen, der Nachbar zu seiner Linken bekreuzigte sich nach jedem Donnerschlag, streifte dabei Samgin mit dem Ellenbogen und flüsterte: »Pardon . . .«

»Wir haben die Programme einiger politischer Parteien vor uns«, erzählte der Redner.

Samgin suchte lange, wem der Redner ähneln mochte. Und als er niemanden fand, dachte er, daß er, wenn Dunjascha einträfe, sie freudig begrüßen würde.

Schräg vor ihm saß Marinas ehemaliger Anwalt und raunte seinem Nachbarn, einem dicken, bärtigen Mann mit feistem Nacken, unter tröstendem Lächeln irgend etwas zu.

»Es besteht die Ansicht, Politik und Moral seien unvereinbar«, sprach der Redner, holte dabei das Taschentuch heraus und schwang es hoch, »aber das ist absolut falsch, das ist die Ansicht von Feuilletonisten, die Politik baut auf den Normen des Rechts auf . . .«

Ein Donnerschlag ließ ihn zusammenfahren, er trat einen Schritt zur Seite und wischte blinzelnd seine Schläfen mit dem Taschentuch ab, der ganze Saal hallte laut wider, alle Fensterscheiben dröhnten dumpf, während Marinas Anwalt auf dem Stuhl hochschnellte und ziemlich deutlich murmelte: »Das ist kein Anlaß für eine Kassation . . .«

Der Redner begann wieder zu sprechen, aber bereits rascher und über irgend etwas erzürnt. Samgin erhaschte den sonderbaren Satz: »Nicht jeder junge Mann, der das Gymnasium absolviert hat, besucht die Universität, nicht alle Afrikareisenden streben dem Mittelpunkt des Kontinents zu . . .«

»Richtig«, sagte jemand hinter Samgin und hustete dumpf.

Samgin war außerstande, sich auf den Redner zu konzentrieren, seine Rede kam ihm längst bekannt vor. Und er war sehr zufrieden, als Dekapolitow sich vorneigte und sagte: »Wir sind endlich an den Grenzen des Möglichen angelangt und müssen haltmachen, um uns in den eroberten Stellungen zu verschanzen und das Mögliche zu verwirklichen, es zu realisieren, dann wird die Geschichte uns schon zeigen, wie und wohin wir weiterzugehen haben. Damit schließe ich.«

In der vordersten Reihe erhob sich ein Mann mit großem, kahlem Kopf und rief laut: »Eine Viertelstunde Pause! Ich bitte alle, die an der Diskussion teilzunehmen wünschen, sich in die Liste einzutragen.«

Und ebenso schrill sagte er zu irgendwem: »Warum haben Sie den Tisch vor das Podium gestellt, mein Lieber? Man hätte ihn auf das Podium stellen müssen, auf das Podium ...«

Samgin begab sich zum Büfett und hörte zu, was die gesetzten, schwerfälligen Städter sprachen, die gemächlich die Marmortreppe hinuntergingen.

»Dekapolitow hat nüchtern argumentiert ...«

»Tja! Das Bäuerlein wirkt auf sie wie Salmiakgeist auf einen Betrunkenen.«

»Sie haben ja selbst gerüttelt und geschüttelt, und jetzt, wo alles ins Wanken geraten ist ...«

»Au, Mama! Jag die Katze aus der Stube, denn sie packt mich ...«, sagte jemand auf ukrainisch.

Die Advokaten, mit denen Klim bekannt war, begrüßten ihn kühl, drückten ihm wortlos und hastig die Hand; Marinas ehemaliger Anwalt kam auf seinen kurzen Beinen mit kleinen Schritten auf ihn zugelaufen und fragte: »Nun, wie steht's? Was sagen Sie dazu?«

Doch gleich danach sagte er selbst: »Welch ein herrlicher Regen!« und rollte fort zu einem kleinen, schnurrbärtigen Mann, zu dem er zornig sagte: »Hören Sie mal, Herr Onufrijenko, nun sind schon zwei Wochen vergangen ...«

»Nun ja, sie sind vergangen, na und?«

Da Samgin nicht zur Diskussion über den Vortrag dazubleiben wünschte, ging er nach Haus. Auf der Straße war es wunderbar schön, duftig, am tiefblauen Himmel gleißte der silberne Mond, auf dem Pflaster blinkten Pfützen, vom dunklen Laub der Bäume fielen blaue Wassertropfen herab; an den Häusern öffneten sich die Fenster. Auf der anderen Straßenseite schritten zwei, und der eine von ihnen sagte: »Die alten Leutchen beunruhigen sich ...«

Aus einem offenen Fenster ergoß sich ölig in die Stille der Straße eine schöne Stimme:

> »Wie gern legte ich in ein einziges Wort,
> Was ich auf dem Herzen habe ...«

»Reaktion«, rief der eine von den zweien ins Fenster, sie lachten und gingen beschleunigt weiter.

Ein sehr provinzieller Scherz, dachte Samgin und atmete mit Genuß die frische Luft und die Blumendüfte ein.

Ein paar Tage später löste die Regierung die Duma auf, worauf die Kadetten in einer Proklamation die Bauern aufforderten, keine Rekruten zu stellen und die Steuerzahlung zu verweigern. Besbedow schwang die Zeitung und keuchte: »Weshalb, zum Teufel! Wenn schon Verfassung, dann Verfassung, sonst ist das genauso, als hätte man uns auf einen dreibeinigen Stuhl gesetzt. Diese Idioten! Jetzt kann man wieder auf einen Generalstreik warten ...«

»Und wie reagiert die Stadt?« fragte Samgin.

»Na, was soll schon die Stadt? Hammel gibt es viele, aber Böcke sind keine da, und so haben die Hammel niemanden, dem sie nachlaufen könnten.«

Samgin war überzeugt, daß Besbedows Stimmung von Hunderttausenden geteilt wurde, die klüger waren als dieser Taubenfreund, und begann ihn aus Antipathie, um sich nochmals von seiner Dummheit zu überzeugen, absichtlich auszufragen, was er denn denke. Aber Besbedow wurde knallrot, sein Gesicht schwoll an, die weißen Augen wölbten sich wütend vor; er rieb sich mit der Hand am Hals und fragte kopfschüttelnd: »Examinieren Sie mich etwa? Ich bin doch schließlich kein Idiot! Die Duma ist ein Senfpflaster im Nacken, ihre Aufgabe ist es, den Blutandrang vom Gehirn abzulenken, dazu ist sie ja unserem tollköpfigen Leben aufgeheftet worden! Die Kadetten indes haben es auf einen Aufruhr abgesehen. Keine Steuern zahlen! Soll ich denn keine Streichhölzer kaufen, soll ich etwa mit den Funken aus meinen Augen Feuer machen?«

Er schlug mit der Faust auf den Tisch und brüllte: »Ich zahle Steuern, damit man mir ein ruhiges Leben gewährleistet, ist es so oder nicht? Ist die Regierung verpflichtet, mein Leben zu schützen?«

Er schaukelte mit dem Stuhl, schob mit den Händen das Geschirr auf dem Tisch beiseite, der Stuhl knarrte, das Geschirr klirrte. Samgin sah ihn zum erstenmal in solch einem Wutanfall und glaubte nicht, daß diese Wut nur durch die Auflösung der Duma hervorgerufen sei.

»Mit der linken Hand kann man nicht kräftig zuschlagen! Wie Sie wollen – aber zuschlagen sollte man! Ich will nicht, daß mir irgendein Schuster den Bauch aufschlitzt. Auch daß man mir das Haus in Brand steckt, wünsche ich nicht! Da hat gestern das Handwerkervolk der Vorstadt einen angeblichen Ochrana-Agenten umgebracht und sein Häuschen niedergebrannt. Damit will ich nicht sagen, daß ich für die Schwarzhundertschaft, die Autokratie und überhaupt für den Unsinn bin. Aber wenn ihr es auf euch genommen habt, den

Staat zu lenken, so lenkt ihn, zum Teufel noch mal! Ich habe das Recht, Ruhe zu verlangen . . .«

Obwohl Samgin die Unfähigkeit zu heftigen Gefühlsausbrüchen für den Hauptvorzug eines Intellektuellen hielt, fühlte er dennoch, daß seine Antipathie gegen Besbedow sich bis zum Haß gegen ihn, bis zu dem heftigen Verlangen steigerte, ihm mit irgend etwas in das puterrote, schweißbedeckte Gesicht, in die wütend aufgerissenen Augen zu schlagen und ihn mit groben Worten anzubrüllen. Dies alles auszuführen, hinderte Samgin ein Gefühl der Verblüffung darüber, daß solch ein erniedrigendes, rohes Verlangen in ihm aufkommen konnte. Besbedow tobte unterdessen unermüdlich, keuchte und rang nach Atem.

»Und erzieht mich nicht zum Anarchisten, der Anarchismus wird gerade durch die Ohnmacht der Regierung großgezogen, jawohl! Nur Gymnasiasten glauben, Ideen seien erzieherisch. Unsinn! Die Kirche lehrt seit zwei Jahrtausenden: ›Liebet einander . . .‹, ›auf daß wir uns zur Einmütigkeit bekennen . . .‹ Wie war doch ihre Litanei? Zum Teufel noch mal – was soll mir die Einmütigkeit, wenn ich ein einstöckiges Haus habe und mein Nachbar ein dreistöckiges!« schloß er unerwartet.

»Es ist schädlich für Sie, sich so aufzuregen«, sagte Samgin mit gezwungenem Lächeln und ging in den Garten, in einen Winkel, der von der unverputzten Brandmauer des Nachbarhauses beschattet war. Dort erhob sich an einem in die Erde gerammten Tisch eine halbkreisförmige Rasenbank, der ganze Gartenwinkel war feucht, traurig und dunkel. Als Samgin sich eine Zigarette anzündete, sah er, daß seine Hände zitterten.

In welchem Maß doch dieser Idiot Denken und Fühlen verroht, dachte er und erinnerte sich, daß er nicht wenige Menschen dieses Typs gesehen hatte. Zum Beispiel: Tagilskij, Stratonow, Rjachin. Aber – keiner von ihnen erweckte solche Antipathie wie dieser.

Heute hatte Besbedow sogar ein Gefühl der Unruhe hervorgerufen, ein bedrückendes Gefühl. Ein paar Minuten kam Samgin darauf, daß es erniedrigend sei, über Besbedow nachzudenken. Das führe zu sonderbaren, ganz unzulässigen Gedanken. Das eigene Würdegefühl protestierte entschieden gegen diese Gedanken.

Marina verhielt sich dem Aufruf der Kadettenpartei gegenüber ironisch.

»Damit gehen sie zu weit«, sagte sie, wobei sie Wimpern und Brauen hochzog. »Das ist in der ersten Aufwallung geschehen. Sie greifen ›mit dem eigenen leeren Löffel in die fremde Breischüssel‹. Das hätten sie tun müssen, als der Zar erklärte, daß er die Ländereien der Gutsbesitzer unangetastet lassen werde. Dann hätte die Bauernschaft vielleicht die Arme zum Schlag erhoben ...«

Sie fächelte sich mit dem spitzenbesetzten Taschentüchelchen das Gesicht und sagte nachdenklich: »Lidija haben die Kadetten solch einen Schreck eingejagt, daß sie sogar den Wald verkaufen wollte, doch gestern beriet sie sich bereits mit mir, ob sie nicht das Turtschaninowsche ›Otradnoje‹ kaufen solle. Die Dame langweilt sich. Otradnoje ist ein schönes Gut! Ich habe eine Hypothek darauf ... Der alte Turtschaninow ist in Nizza gestorben, sein Erbe irrt irgendwo umher ...« Sie verstummte mit einem Seufzer und zog die Lippen zusammen, als wollte sie pfeifen. Dann sagte sie zur Bekräftigung irgendeines Entschlusses: »Ja.«

In Samgins Leben trat geräuschlos Mischa ein. Er erwies sich als verläßlicher Diener, schrieb Schriftstücke, wenn auch nicht schnell, so doch leserlich und fehlerfrei ab, war schweigsam und blickte Samgin ergeben, gleichsam sogar vergötternd mit seinen schönen Mädchenaugen ins Gesicht. Reinlich, glatt frisiert, saß er an einem kleinen Tisch in der Ecke des Wartezimmers am Hoffenster und besäte, die rechte Schulter hochgezogen, das Papier mit akkuraten, rundlichen Buchstaben. Er hatte um die Erlaubnis gebeten, Bücher zu lesen, und hatte, als er sie erhalten, leise gesagt: »Ich danke ergebenst!«

Mit Büchern wurde er noch unauffälliger. Er fragte nie nach etwas, das nicht seine Pflichten betraf, und erkundigte sich erst am zweiten oder dritten Tag, nachdem er sich in der Ecke eingerichtet, schüchtern: »Klim Iwanowitsch – gestatten Sie die Frage: Ist die Revolution beendet?«

Diese Frage kam so unerwartet, daß Samgin den jungen Burschen verwundert anblickte und das letzte Wort wiederholte: »Beendet?«

Dann jedoch fragte er: »Weshalb interessiert dich das?«

»So ... ganz einfach«, antwortete Mischa nach kurzem Zaudern und fügte gesenkten Kopfes als Rechtfertigung etwas leiser hinzu: »Alle interesssieren sich dafür.«

Samgin kam der Gedanke, der Bursche sei dumm, und er vergaß diesen Vorfall, der zu nichtig war, um sich seiner zu erinnern. Die Wirklichkeit erzog eifrig zu der Gewohnheit, unvergleichlich bedeutendere Tatsachen zu vergessen. Die Ereignisse, die sich wie die Glieder einer unendlichen Kette aneinanderreihten, trieben die Zeit immer stärker voran, und sie überlebte sich rasch, unmerklich, als rollte sie bergab.

Die Zeitungen berichteten fast täglich von Enteignungen, Verhaftungen, Standrecht und aufgehängten »Bankräubern«. Die Regierung unterband das Erscheinen von satirischen Zeitschriften und verbot Zeitungen; die monarchistischen Organisationen begannen sich immer deutlicher terroristisch zu betätigen, die Reaktion, die den Charakter rachsüchtigen, blinden Wütens annahm, rief einen nicht minder wütenden, aber bereits sichtlich nachlassenden Widerstand gegen sie hervor. Das alles sah und begriff Samgin, und in den Stunden, da er davon hörte oder las, bedrückte es ihn. Aber er gelangte unmerklich zu der Überzeugung, daß die Geschehnisse bereits ihren revolutionären Sinn verloren hatten und kraft der Trägheit entstanden. Sie hatten den Charakter eines »trockenen Gewitters« angenommen, es blitzte und donnerte sehr viel, gab aber keinen Regen. Zugleich überzeugte er sich, wenn er das Leben der Stadt beobachtete, daß der Prozeß der »Beruhigung« wie Nebel von unten, von der Erde aufstieg und daß dieser Nebel immer dichter, undurchdringlicher wurde. Besonders leicht ließ sich die Wirklichkeit während der Gespräche mit Marina vergessen. Als er sie fragte, wie sie über die Enteignungen denke, antwortete sie, ihre Fingernägel betrachtend: »Ich verstehe das nicht. Vielleicht sind sie ein Anzeichen, daß der Kampf schon beendet ist und Marodeure ihre Tätigkeit begonnen haben, es ist aber auch möglich, daß die Revolution noch nicht alle ihre Kräfte verbraucht hat. Du mußt das besser wissen«, schloß sie lächelnd.

»Du scheinst also zu bedauern, daß der Kampf beendet ist?« fragte Samgin; sie antwortete nicht, sondern begann von etwas anderem zu sprechen: »Höre mal, der junge Turtschaninow ist aufgetaucht, man muß ihm seine Erbrechte auf Otradnoje sichern und ihn in den Besitz einführen, merkst du was? Ich werde mich darum kümmern, daß die beim Gericht rasch machen. Lidija scheint sich entschlossen zu haben, das Gut zu kaufen.«

Sie schnitt lächelnd einen Niednagel am kleinen Finger weg und sagte ein wenig näselnd, indem sie Lidija nachahmte: »Sie hat eine neue Idee: Man müsse, siehst du wohl, die gepflegten landwirtschaftlichen Betriebe wiederherstellen, man müsse – in Übereinstimmung mit der Politik Stolypins – Farmer züchten.«

Marina klopfte sich mit dem Finger an die Stirn, wie man das tut, wenn man wortlos sagen möchte, daß jemand dumm sei, und fuhr träge mit ihrer dunklen Stimme fort: »Die Frauen, sagt sie, müßten sich als Hausfrauen und nicht als Revolutionärinnen am Leben des Landes beteiligen. Die russischen Frauen seien verpflichtet, besonders konservativ zu sein, weil in Rußland die Männer Phantasten, Träumer seien.«

Das war bei Marina daheim in ihrem kleinen, gemütlichen Zimmer. Die Tür zur Terrasse stand offen, ein warmer Wind bewegte sacht das Laub der Bäume im Garten; weiße Lämmerwölkchen weideten am Himmel und streichelten den Mond, der Nickel des Samowars sah himmelblau aus, graue Falter zuckten und verendeten über der Flamme, raschelten auf dem rosa Lampenschirm. Marina hatte ein sehr weites, weißes Hauskleid an, in seinen weiten Ärmeln leuchteten ihre bloßen, kräftigen Arme. Als er gekommen war, hatte sie sich entschuldigt: »Verzeih, daß ich so häuslich angezogen bin, mir ist heiß! Ich bin etwas dick . . .« Sie strich sich mit den Händen über Brust und Hüften, und diese unverhohlen kokette, stolze Geste veranlaßte Samgin, mit unwillkürlichem Entzücken zu sagen: »Wie schön du bist!«

»So? Paß auf, daß du dich nicht verliebst!«

»Darf ich das denn nicht?«

»Du darfst wohl, aber es ist nicht nötig«, sagte sie erstaunlich einfach und versetzte ihn dadurch in lyrische Stimmung, in dieser Stimmung hörte er ihr dann auch zu.

»Vor kurzem sage ich zu ihr: ›Weshalb verzehrst du dich innerlich, Lidija? Du solltest heiraten, Samgin zum Beispiel.‹ – ›Ich kann nur einen Adeligen heiraten‹, sagte sie, ›aber es gibt keinen geeigneten. Siehst du, geeignet wäre einer, der die historische Rolle des Adels nicht vergessen hat und der Triade Orthodoxie, Autokratie und Volkstum treu ist.‹ Nun, ich sage zu ihr: ›Meine Liebe, so einer müßte ja dann um hundert Jahre alt sein!‹ Da wurde sie böse.«

Samgin hätte sie gern vieles gefragt, fragte aber nur: »Was hat es mit Besbedow auf sich?«

Sie blickte ihn, während sie sich Gebäck aus einer Schale aussuchte, mit leicht zusammengekniffenen Augen an und antwortete langsam, ohne rechte Lust: »Du siehst es ja selbst: Der Welt will er nicht dienen, sich selbst zu dienen, versteht er nicht.« Gleich darauf fuhr sie, aber bereits eilig, als wollte sie diese Worte verwischen, fort: »Er ist komisch! Bildet sich ein, seine Tauben seien die besten in der Stadt; lügt, er habe irgendwelche Prämien für sie erhalten, dabei hat der Schankwirt Blinow die Prämien bekommen. Die alten Taubenliebhaber sagen, er sei ein schlechter Taubenzüchter und verderbe die Vögel nur. Er hält sich für einen freien Menschen. Das mag auch zutreffen, wenn man unter Freiheit Ziellosigkeit versteht. Im allgemeinen jedoch ist er nicht dumm. Aber ich glaube, daß es mit ihm ein schlimmes Ende nehmen wird . . .«

Wenn Samgin ihrer fließenden Rede zuhörte, empfand er gewöhnlich Neid, sie sprach gut, einfach, farbig. Seine Worte jedoch waren grau und unruhig, so wie die Falter über der Lampe. Unterdessen sprach sie, aber bereits kleinlich, nörglerisch, wieder von Lidija – davon, wie ungeschickt sie sich kleide, wie wenig sie die gelesenen Bücher verstehe, wie ungewandt sie den Zirkel der »nach der künftigen Stadt Suchenden« leite. Und plötzlich sagte sie: »Die Menschen, die zum Stand der Intelligenz gehören, lassen sich in zwei Typen einteilen: Die einen schwanken wie Pendel, die anderen kreisen wie Uhrzeiger, als zeigten sie Morgen, Mittag, Abend und Mitternacht an. Doch die Zeit ist ja nicht ihrem Willen unterworfen! Durch die Einbildungskraft kann man seine Vorstellung von der Welt ändern, jedoch ihr Wesen nicht.«

Den Zusammenhang zwischen diesen Worten und dem, was sie von Lidija gesagt hatte, erfaßte Samgin nicht, aber diese Worte stellten ihn gleichsam vor eine Tür, die er nicht zu öffnen wußte, und nun tat sie sich von selbst auf. Er schwieg in der Erwartung, daß Marina gleich von sich selbst, von ihrem Glauben, ihrer Weltauffassung zu sprechen beginnen werde.

»Die Arbeiter wollen von den Fabriken, die Bauern vom Land Besitz ergreifen, die Intellektuellen möchten gern die Macht innehaben«, sagte sie, an den Spitzen auf der Brust nestelnd. »Das alles ist natürlich notwendig und wird kommen, aber wird das denn solche Menschen wie dich zufriedenstellen?«

Samgin hüllte sich in Schweigen und betrachtete den Wein in dem altertümlichen Kristallglas gegen das Lampenlicht, der Wein schimmerte goldgelb wie ihre Augen. In Marinas Frage spürte er etwas für ihn Gefährliches und dachte: was mochte das sein? Und plötzlich begriff er, wenn er heute und hier von sich selbst zu sprechen begänne, so würde er etwas sagen, das mit ihren Worten über Besbedow Ähnlichkeit hätte. Das überraschte ihn sehr unangenehm, und er wiederholte innerlich, während er von dem Wein trank: Der Welt will er nicht dienen, sich selbst zu dienen, versteht er nicht; Freiheit ist Ziellosigkeit ... Er rückte die Brille zurecht und blickte Marina aufmerksam, mißtrauisch an, aber sie glättete immer noch die Spitzen, ihr Gesicht war ruhig, und die Augen betrachteten nachdenklich das Umherhuschen der Falter, dann begann sie sie mit der Serviette zu verscheuchen.

»Wie viele hereingeflattert sind, schließt man aber die Tür, wird es schwül!«

Samgins lyrische Stimmung war zerstört. Zu warten war zwecklos, diese Frau würde nichts über sich sagen. Er erhob sich. Als sie ihm zum Abschied die Hand reichte, öffnete sich das Hauskleid auf ihrer Brust, und für einen Augenblick wurden die durchsichtige, zartrosa Seide des Hemds und die irgendwie sonderbar, kriegerisch gestrafften Brüste sichtbar.

»Oh«, sagte sie, die Ränder des Hauskleids übereinanderschlagend, hierbei erblickte Samgin bis zum Knie hinauf ihr Bein in weißem Strumpf. Das blieb ihm in Erinnerung, ohne ihn zu erregen, es brachte ihn sogar dahin, gehässig zu denken: Sie ist wie aus Stein. Wahrscheinlich geizt sie auch mit ihrem Körper, ebenso wie mit dem Geld.

Aber ihm gegenüber geizte sie nicht mit Geld. Als sie einmal bei ihm saß und die mit der Post eingetroffenen Bücherpakete erblickte, hatte sie gesagt: »Du gibst ja viel für Bücher aus!« Dann hatte sie freundschaftlich gefragt: »Sollte man nicht dein Gehalt erhöhen?«

Er hatte abgelehnt, aber sie verdoppelte dennoch sein Gehalt. Als er sich jetzt hieran erinnerte, entsann er sich, daß eine Verwirrung, die eines erwachsenen Menschen unwürdig war, ihn zu dieser Ablehnung veranlaßt hatte: Er bezog und las hauptsächlich russische Belletristik und Übersetzungen aus fremden Sprachen und wünschte aus irgendeinem Grund nicht, daß Marina davon erführe. Aber ernste Bücher ermüdeten ihn, und die umfangreiche politische Literatur und Presse ärgerten ihn. Von der liberalen Presse hatte Marina gesagt: »Sie schreit wie eine Hysterikerin, die von ihrem Liebhaber verlassen worden ist, dabei aber den Liebhaber schon längst satt hat!«

Zwei Tage später saß Samgin im Garten, er hatte Besbedows Bitte nachgegeben, sich neue Tauben anzusehen. Besbedow stand hochaufgerichtet auf dem Dach, hielt sich mit der einen Hand am Schornstein fest und balancierte in der anderen mit dem Wischbesen; seine alberne Gestalt in gürtelloser Bluse und weiten Hosen ähnelte einer Flasche, die mit einem runden, kopfförmigen Pfropfen verschlossen ist. In der diesigen, heißen Luft flogen träge und in mäßiger Höhe wohl zehn Tauben herum. Besbedow brüllte und pfiff. Doch da beugte er sich vor, als machte er sich zum Sprung vom Dach herab bereit, fragte mißmutig: »Mich?« und rief: »Klim Iwanowitsch, es ist jemand zu Ihnen gekommen!«

Gekommen war Marina und mit ihr ein mittelgroßer, etwas gebückter Mann in weißem Anzug mit breitem Trauerflor am linken Ärmel, mit einem Spazierstock unter dem Arm, grauen Handschuhen und in den Nacken geschobenem Panamahut. Das Gesicht war sonnengebräunt, seine unbedeutenden Züge waren angenehm; die Höckernase, der helle Spitzbart und das hochgezwirbelte Schnurrbärtchen erinnerten Samgin an einen der »Drei Musketiere«.

»Darf ich bekannt machen«, sagte Marina. »Turtschaninow – Samgin.«

Turtschaninow streckte Samgin zerstreut seine lange kalte Hand hin, blickte ihn flüchtig mit seinen hellblauen Augen an und fragte halblaut und verwundert: »Was macht denn der Mann dort auf dem Dach?«

Marina erklärte ihm, womit Besbedow beschäftigt sei, und rief: »Walentin, ordne an, daß man uns Tee vorsetzt!«

In Samgins Sprechzimmer erklärte Marina, daß Wsewolod Pawlowitsch ihn auffordere, die Sicherung seines Erbrechts zu übernehmen.

»Ja, bitte, ich bitte Sie sehr darum«, sagte Turtschaninow übermäßig laut, und seine dicht anliegenden kleinen Ohren ohne Ohrläppchen röteten sich. »Ich habe das richtige Raumgefühl verloren«, sagte er verlegen zu Marina. »Hier kommt mir alles sehr weit entfernt vor, und darum möchte ich gern laut sprechen. Ich bin seit acht Jahren nicht mehr hier gewesen.«

Er zupfte die Flanellhose hoch, setzte die Füße unter den Stuhl und sagte mit behaglichem Lächeln: »Ich bin glücklich, daß ich wieder hier bin.«

Marina sagte: »Es wäre schön, Paris zu besuchen!«

»Das ist sehr einfach«, erklärte Turtschaninow. »Das ist tatsächlich die schönste Stadt der Welt, und Frankreich – das ist eben Paris.«

Alles, was Turtschaninow äußerte, sagte er ganz ernst, sehr nett und in dem Ton, in dem junge Lehrer sprechen, die sich zum erstenmal mit Schülern der Oberklassen unterhalten. Unter anderem teilte er mit, in Paris gebe es die besten Schneider und die lustigsten Theater.

»Ich habe in Berlin das Theater Stanislawskijs gesehen. Sehr originell! Aber wissen Sie, das ist zu ernst fürs Theater und ist bereits weniger Theater als . . .«, er zog die Schultern hoch, zuckte mit den Achseln und – fand das Wort: »Heilsarmee. Wissen Sie: General Booth und alte Jungfern singen Psalmen und fordern zum Sündenbekenntnis auf . . . Sage ich etwas Unpassendes?« wandte er sich wieder an Marina; sie antwortete lebhaft und gutmütig: »O nein, nein! Das ist sehr interessant.«

Samgin mißtraute ihrer Gutmütigkeit und ihrem freundlich ermunternden Lächeln, Turtschaninow indessen fuhr immer hingerissener und gleichsam sich beklagend mit einem nicht besonders starken, farblosen Tenorstimmchen fort: »Und diese Barfüßler, les vagabonds! Gewiß, ich bin Demokrat – in Frankreich sind alle Demokraten –, aber hier fühle ich mich als Volkstümler, obwohl meine

Mutter Französin ist. Doch – weshalb die Barfüßler? Ich denke, das ist sogar schädlich. Die Kunst sollte . . . ästhetisch sein. Stanislawskij in schmutzigen Lumpen, irgendein verschrobener Onkel Wanja schießt einem Professor in den Rücken – weswegen? Das ist nicht zu begreifen! Und – trifft nicht, auf zwei Schritte Entfernung! Ein trauriger Trunkenbold deklamiert Béranger, das ist schrecklich alt, Béranger! In Frankreich ist er vergessen. Die Franzosen werden das überhaupt nie begreifen. Sie wissen, daß alles schon gesagt ist und daß es sich nur darum handelt, das Bekannte in schöner Weise zu wiederholen. Die Form!« rief er aus, wobei er die Hand hob, mit dem Finger zur Zimmerdecke deutete und einen Blick auf Marinas Gesicht warf. »Die Gedanken – pardon! – sind wie die Frauen, sie sind nicht sehr verschiedenartig, und das Geheimnis ihres Reizes besteht darin, wie sie gekleidet sind . . .«

Er verstummte mit einem Seufzer der Erleichterung, sichtlich zufrieden, alles ausgesprochen zu haben, was ihn bedrückte.

Mischa rief zum Tee, Marina und der Pariser gingen, Samgin blieb da, schritt ein paar Minuten lang im Zimmer umher und ließ sich die leichten Worte des Parisers durch den Kopf gehen. Als er zu Besbedow kam, schenkte Marina gerade Tee ein, während Turtschaninow zu Walentin sagte: »Das Bündnis zwischen Moskau und Paris ist das größte Verdienst Alexanders III. vor der Welt, in Frankreich begreift man das besser als bei uns.«

»Wir haben keine Zeit zum Begreifen, wir machen immerzu Revolutionen«, entgegnete Besbedow kopfschüttelnd; seine weißen Augen schimmerten ölig, das mit irgend etwas eingefettete Haar glänzte, er hatte ein gelbes Hemd mit weichem Kragen an, vom Kinn tropfte ihm der Schweiß auf die karierte Krawatte herab.

»Die Revolution ist die große Vergangenheit der Franzosen«, sagte Turtschaninow und leckte seine blaßrosa Lippen ab, die wie die eines blutarmen Mädchens aussahen.

Marina teilte Samgin mit, man habe beschlossen, am Morgen des übernächsten Tages einen Ausflug nach Otradnoje zu machen – fahren würden: sie, Lidija, Wsewolod Pawlowitsch, und man lade ihn ein. Samgin verneigte sich stumm. Sie erhob sich, Turtschaninow wollte auch gehen, aber Walentin begann unerwartet hitzig auf ihn einzureden: »Die Stadt ist leer, zu besichtigen gibt es in ihr nichts, aber Sie könnten mir von Paris erzählen, bleiben Sie doch da! Wir trinken ein Gläschen Wein . . .«

Turtschaninow küßte Marina die Hand und blieb, während sie an der Außentreppe zu dem sie begleitenden Samgin sagte: »Welch ein spaßiger Bursche! Hör dir mal an, was er Walentin vorfaseln wird,

247

dann erzählst du es mir, und wir können darüber lachen! Nun, auf Wiedersehen, du mürrischer Mensch! Puh, puh, diese Hitze ...«

Sie ging. Samgin blieb eine Weile auf der Außentreppe stehen und lauschte; zum offenen Fenster hallte das hastige Tenorstimmchen des Gastes heraus, aber die Worte klangen undeutlich. Zu Besbedow zu gehen, hatte er keine Lust, nicht hinzugehen wäre unhöflich gewesen, und so zündete er sich eine Zigarette an und trat ein. Man beachtete ihn nicht. Turtschaninow saß mit dem Rücken zur Tür, Besbedow seitlich zu ihr. Die Ellenbogen auf den Tisch gestützt und die Finger der einen Hand in seiner zerzausten Mähne vergraben, steckte er mit der anderen Hand Feigen in den Mund, kaute sie langsam, trank schluckweise Madeira dazu und blickte mit einem schmalzigen Lächeln auf dem roten Gesicht Turtschaninow an, während dieser vorgebeugt und das Glas in der Hand sagte: »Diese heidnische Unbefangenheit! Ich sitze mit der Zeitung in der Hand in einem Restaurant, mir gegenüber an einem anderen Tisch ein sehr niedliches junges Mädchen. Plötzlich sagt sie: ›Sie scheinen weniger zu lesen, als meine Höschen zu bewundern‹, sie saß mit übergeschlagenem Bein da ...«

»Teufel«, murmelte Besbedow. »Das nennt man: Ohne Umschweife!«

»O nein, Sie irren sich!« rief Turtschaninow vergnügt aus. »Das war kein Freudenmädchen, sondern eine Studentin von der Sorbonne, die Tochter recht ehrbarer Bürger, ich habe später ihren Bruder kennengelernt, er ist Offizier.«

Besbedow stieß leise und verwundert einen Pfiff aus. Er schaukelte mit dem Stuhl, schnitt Grimassen, keuchte und schwitzte. Es war klar, daß es ihm schwerfiel, das Gespräch in Gang zu halten, daß er »keine Fragen hatte«, darüber sehr verlegen war und die Feigen aß, um nicht reden zu müssen. Turtschaninow indessen erzählte hingerissen: »Auf einem Boulevard gehen ein Herr und eine Dame, der Herr geht in eine Bedürfnisanstalt, und das stört die Dame nicht im geringsten, sie bleibt stehen und wartet.«

Besbedow prustete.

»Ja, nach russischen Begriffen ist das komisch und ein bißchen – eine Schweinerei, aber bei ihnen ist das nur natürlich. Den Franzosen ist überhaupt jegliche Heuchelei fremd.«

Vom Hof fielen die Strahlen der untergehenden Sonne zum Fenster herein, und alles auf dem Tisch war wie mit rötlichem Staub bedeckt, während das Grün der Pflanzen am Blumenstaket sich unangenehm schwarz verfärbt hatte. Auf dem Hausgebäck in der Kristallschale krochen Fliegen herum.

»Jaja, die Leute leben«, seufzte Besbedow heiser. »Aber bei uns hier ist bald Krieg, bald Revolution.«

»Das ist entsetzlich!« entgegnete teilnahmsvoll der Pariser. »Und alles nur deshalb, weil es an Geld fehlt. Doch Madame Muromskaja sagt, die Liberalen seien gegen eine Anleihe in Frankreich. Aber hören Sie mal, ist das denn Politik? Die Leute wollen arm bleiben ... In Frankreich haben die reichen Bürger Revolution gemacht, gegen die Adeligen, die schon ruiniert waren, aber den König in der Hand hatten, während bei Ihnen, das heißt bei uns, sehr schwer zu begreifen ist, wer eigentlich Revolution macht.«

Besbedow warf den Kopf zurück und lachte, schlug sich mit den Händen auf die Knie und keuchte: »Ja eben – wer?«

Turtschaninow wartete, bis Walentin sich satt gelacht hatte, und sagte anscheinend bereits gekränkt: »Ich bin der Ansicht, Revolutionen werden immer von den Reichen gemacht...«

»Klar!« schrie Besbedow.

Samgin verließ unauffällig das Zimmer und dachte erbost: Dieses fette Schwein verstellt sich! Er sieht sehr wohl, daß es dem jungen Mann gefällt, ihn zu belehren. Er ist nicht nur selber eine Karikatur, sondern macht auch den zur Karikatur, der sich neben ihn stellt.

Nach dem, was Marina von Besbedow gesagt hatte, fühlte Samgin, daß seine Antipathie gegen Besbedow sich zwar verschärft hatte, ihn aber nicht von dem Taubenfreund wegtrieb, sondern anscheinend zu ihm hinzog. Das war sowohl unangenehm als auch unverständlich.

Einen Tag später, am Morgen, wiegte er sich auf dem Weg nach Otradnoje in einem Korbwagen. Der Tau glitzerte noch an den Gräsern, aber es war bereits schwül; unter den Hufen der zwei dicken Schecken wirbelte warmer, ätzender Staub hoch, der starke Geruch von Pferdeschweiß vermengte sich mit berauschendem Heuduft und verursachte drückende Schläfrigkeit. Zu beiden Seiten des Landwegs, auf Äckern und Gemüsefeldern, regten sich Bauern und Bäuerinnen; in der Ferne flimmerte im Dunst das naive Spitzenmuster des Klosterhains. Der Wagen war unbequem und hatte harte Federn, Samgin wurde unangenehm gerüttelt, er war unausgeschlafen und ungehalten darüber, daß er allein fahren mußte, seinen Platz in Marinas Wagen hatte Besbedow eingenommen. Als Kutscher saß auf dem Bock der bärtige, unheimliche Hausknecht Marinas und sprach fast ununterbrochen mit den Pferden – er hatte eine Kehlstimme, in seinen Worten klang etwas, das dem kalten, trockenen Pfeifen des Herbstwinds glich. Zudem hatte er ein unnatürlich rotes Gesicht, als wäre an Stirn und Wangen die Haut abgeschunden. Der dichte, dunkle Bart sah aus wie aufgeklebt. Noch in der Stadt, als er im Wagen Platz nahm, hatte Samgin gedacht: Was für ein grimmiges Gesicht.

Und als sie aus der Stadt heraus waren, fragte er: »Von wo sind Sie gebürtig?«

»Aus Gurjew. Es gibt ein solches Städtchen am Uralfluß. Früher hieß es Jaïzk.«

»Sind Sie Kosak?«

»Ja. Nur habe ich das Heer schon seit langem verlassen.«

»Weshalb?«

»Nun ... so, es hat mir nicht gefallen.«

Samgin hatte keine Lust, noch nach etwas zu fragen, doch der Kosak murmelte nach kurzem Schweigen: »Allerdings, woran man auch immer Gefallen hat – es geht einem alles durch die Finger. Man kann es nicht festhalten.«

Das habe ich schon mal gehört oder gelesen, dachte Samgin, und ihn befiel Langeweile. Diesen Tag, die Hitze, die Felder, den Weg, die Pferde, den Kutscher und alles, alles ringsum hatte er vielmals gesehen, das alles war vielhundertmal von Literaten und Malern dargestellt worden. Abseits vom Weg schwelte ein riesengroßer Heuschober, graue Asche rieselte von ihm herab, goldrote Würmchen flammten, sich krampfhaft windend, für eine Sekunde auf, aus dem schwarz-grauen Haufen brachen überall gekräuselte, blaue Rauchsäulchen hervor, und über dem Schober stand der Rauch als weißliche Wolke.

»Brandstiftung?« fragte Samgin.

»Unbedingt Brandstiftung.«

»Ist hier im vergangenen Jahr viel rebelliert worden?«

Der Kosak antwortete erst nach einigem Zögern: »Der Bauer hier ist wohlhabend, es ist niemand da zum Rebellieren.«

Samgin lächelte, er erinnerte sich der Worte Turtschaninows: »Alles ist schon dagewesen, alles ist schon gesagt.« Und immer wird auf Erden der Mensch leben, dem es inmitten der endlosen Wiederholungen ein und desselben schwer und langweilig ist. Der Gedanke an die tragische Lage dieses Menschen barg in sich ebensoviel Trauer als Stolz, und Samgin dachte daran, daß Marina diesen Stolz wahrscheinlich kenne. Es war schon gegen Mittag, die Hitze wurde drückender, der Staub heißer, im Osten ballten sich dunkle Wolken, die an den brennenden Heuschober erinnerten.

»Da ist auch Otradnoje zu sehen«, sagte der Kutscher und deutete mit dem Peitschenstiel auf einen Hügel in der Ferne. Dort erhob sich, an einen kleinen Birkenhain geschmiegt, ein gelbes Haus mit Säulen, Samgin hatte nicht weniger als ein Dutzend solcher Häuser rings um Moskau gesehen, von Dutzenden solcher Häuser gelesen.

Eine Viertelstunde später gelangten die schweißbedeckten Pferde über einen vom Regen zerwaschenen Weg auf die Anhöhe hinauf in den warmen Schatten einer Birkenallee, dann hielten sie vor dem Aufgang eines nagelneuen, mit Schnitzwerk verzierten einstöckigen Holzhäuschens. Über dem Hausaufgang wölbte sich bogenförmig ein großes, drolliges Schild, darauf waren in weißem Feld mit roter und blauer Farbe dargestellt: Ein Bauer in sonderbarer Haltung – er stand auf einem Bein und hatte das andere zusammen mit dem Arm über einem Kummet ausgestreckt; hinter dem Kummet zwei Dreschflegel; hinter diesen ein großer Hammer, ferner etwas Unverständliches und – ein Mädchen mit einem Burschen; sie drückten einander die Hand und küßten sich. Unterhalb der Gestalten besagten kleine Buchstaben: »Kontor«, und Samgin erriet, daß die Gestalten ebenfalls Buchstaben darstellten.

Im Fenster des Kontors zeigte sich das blasse, schwarzbärtige Gesicht Sacharijs, es verschwand wieder; hinter einer Ecke kamen vier Bauern hervor, zwei von ihnen nahmen gemächlich die Mütze ab, der dritte – hochgewachsen und mit Schnurrbart – berührte bloß mit dem Finger den tief ins Gesicht gedrückten Strohhut, und der vierte – kahlköpfig und bärtig – sagte klangvoll mit glücklichem Lächeln: »Willkommen!«

Auch das ist schon dagewesen, stellte Samgin, während er die Bauern grüßte und den Staubmantel abnahm, mechanisch fest.

Vom Hausaufgang kam, das weiße Kittelhemd umgürtend, Sacharij heruntergelaufen und sagte vorwurfsvoll zu den Bauern: »Na, was wollt ihr denn gleich? Laßt einen doch erst zu Atem kommen!« Er stützte Samgin unter dem Ellenbogen. »Bemühen Sie sich bitte ins Haus, dort ist ein Mahl bereitet...« Und als er an dem Kosaken vorbeikam, sagte er zu ihm halblaut: »Paß auf, Danilo, ich schicke gleich Wassja her.« Dann rechtfertigte er mit leisen Worten seine Anordnung: »Ein ganz schreckliches Volk haben wir hier, Klim Iwanowitsch, ein verrücktes Volk!«

Ins Haus gingen sie durch die Küche, am Herd hantierte hastig eine kleine, dicke Alte mit flinken, sehr hellen Augen in einem dunklen Gesicht; dann betraten sie einen Saal, der feucht und düster war, obwohl er von zwei riesengroßen Fenstern und einer zur Terrasse geöffneten Tür erhellt wurde. Der große, ovale Tisch war mit Geschirr, Flaschen und Blumen beladen und von Stühlen in grauen Überzügen umgeben; in der Ecke stand ein Flügel, darauf ein ausgestopfter Uhu und ein Gitarrenkasten; in der anderen Ecke zwei breite Sofas und über ihnen schwarze Bilder in Goldrahmen. Den Saal betrat ein rankes, schlankes Mädchen mit dickem Zopf, es brachte eine Glaskanne mit Milch und verschwand wieder flink, auch Sacharij ging, nachdem er gesagt hatte: »Nun, ruhen Sie sich aus. Zum Waschraum geht es durch die Küche.«

Samgin trank mit Genuß ein Glas kalter unentrahmter Milch, ging in die Küche, kühlte Gesicht und Hals mit einem feuchten Handtuch, trat auf die Terrasse hinaus und begann, nachdem er sich eine Zigarette angezündet hatte, auf der Terrasse umherzugehen, wobei er in sich hineinlauschte, jedoch keinerlei Gedanken vernahm, aber er hatte das Gefühl, als erwartete ihn hier irgend etwas Neues, noch nie Erlebtes. Unter seinen Füßen knarrten die Dielenplanken, aus den Fugen zwischen ihnen stieg der Geruch feuchter Erde auf; es war sehr still. Die Terrassentreppe führte zu einem halbkreisförmigen kleinen Platz hinab, er war dicht mit Gras bewachsen, auf ihm ruhte der Schatten alter Linden und Faulbeerbäume; zwischen den Stämmen ragten Stümpfe abgeholzten Gesträuchs und lag eine zerbrochene gußeiserne Bank. Ein kleiner schmaler Weg verlief in die Tiefe des Parks. Samgin setzte sich auf die oberste Treppenstufe.

Aus einer Ecke kamen im Gänsemarsch, einer nach dem anderen, die Bauern; der Kahlköpfige setzte sich auf die Stufe unterhalb Samgins, lächelte ihn an und sagte klangvoll: »Den Städter erkennt man schon am Tabakgeruch.«

Er war mittleren Wuchses, aber so breitschultrig, daß er klein wirkte. Unter dem zerschlissenen Rock von unbestimmter Farbe trug er ein schmutziges Leinenhemd, an den Beinen – eine graue, karierte Hose mit Flicken und an den Füßen ausgetretene Gummiüberschuhe. Das breite Gesicht mit den starken Backenknochen, die kleinen, scharfen Augen und der zerzauste Bart verliehen ihm Ähnlichkeit mit Porträts von Lew Tolstoi.

Samgin bot ihm eine Zigarette an.

»As nje pyschem«, sagte er, und von dem breiten, selbstzufriedenen Lächeln wurden seine Augen klar wie die eines Kindes. Als er merkte, daß der Herr ihn fragend ansah, fragte er, ohne das Lächeln zu löschen: »Verstehen Sie nicht? Das ist Bulgarisch, die Zigeunersprache. Die Bulgaren sagen nicht ›ich‹, sie sagen ›as‹. Und rauchen heißt in ihrer Sprache ›pychatj‹.«

Der hochgewachsene Bauer mit dem Schnurrbart im rasierten Gesicht streckte die Hand aus und sagte: »Geben Sie mir eine, ich rauche!«

Samgin fragte: »Sind Sie mal in Bulgarien gewesen?«

»Wozu denn? Für uns hat es keinen Zweck, in fremde Länder zu gehen, wir kriechen im eigenen ja nur mit Mühe herum...«

»Als wir unsere Nase zu den Japanern steckten, haben sie uns die Schnauze blutig geschlagen«, fügte der Schnurrbärtige mürrisch ein.

»Nein, diese Sprache hat mich ein Zigeuner gelehrt, ein Pferdeheilkundiger.«

Nun setzten sich auch die übrigen zwei auf die Treppe, der eine dick, graubärtig, solide gekleidet, mit einem breiten, gelben und unbedeutenden Gesicht und langer weißer Nase; der andere klein, knochig, in kurzem Schafpelz, mit bloßen Füßen wie aus Gußeisen und einer so tief über die Augen geschobenen Mütze, daß nur die stumpfe, rote Nase, der schüttere Schnurrbart, eine dicke, schlaffe Lippe und das rostrote Kinnbärtchen zu sehen waren. Alle vier musterten Samgin so eindringlich, daß ihm unbehaglich wurde und er gern weggegangen wäre. Aber der Schnurrbärtige blies die Asche von der Zigarette und fragte streng: »Sagen Sie, Herr, ist es wahr, daß man beschlossen hat, von uns keine Steuern mehr zu erheben und unsresgleichen nicht in den Krieg zu schicken, damit allein die Kosaken Krieg führen, wir jedoch nur die Pflicht haben, Getreide anzubauen?«

Der Bauer mit den gußeisernen Füßen stocherte mit dem Finger in einer morschen Stufe und brummte: »Das wird man dir gerade sagen!«

Samgin erzählte knapp von dem Aufruf der Kadetten; die Bauern hörten ihm schweigend zu, und der Kahlköpfige rief befriedigt: »Ich habe es doch gesagt – eine Proklamation!«

»Also Betrug«, seufzte der Vollbärtige, während der mit dem Schnurrbart einen Seitenblick auf ihn warf und in weitem Bogen durch die Zähne ausspuckte.

»Wir haben kein Glück, Herr«, beklagte sich klangvoll der Kahlköpfige, »man bedrückt uns arme Sünder hier mit Steuern! Elend gibt es, soviel du willst, doch Ersparnisse kann man keine machen. Sparst du fünfzehn Kopeken zusammen, so greifen sie dir gleich in die Tasche – her damit! Und – lebt wohl, Moneten. Die Moneten sind hin und die Hose auch. Das ist dann das Semstwo, das ist dann alles andere...«

Er sprach mit Genuß und gewandt, wie nicht schlechte Schauspieler sprechen, wenn sie in »Früchte der Bildung« die Rolle jenes Bauern spielen, der sich immer wieder beklagt: »Man hat, sagen wir mal, nicht einmal Platz genug, ein Hühnchen hinauszulassen.« Als Samgin das feststellte, schien ihm, auch die anderen Bauern seien theatralisch und wollten Erniedrigte und Beleidigte spielen.

Zu seinem Vergnügen bewahrheitete der Bauer mit dem Schnurrbart diesen Eindruck. Nachdem er den Zigarettenrest mit Speichel aufrecht an den Nagel des linken Daumens geklebt hatte, sagte er, ihn betrachtend: »Glauben Sie ihm nicht, Herr, er ist wohlhabend, er hat fünf Pferde, drei Kühe, zwanzig Schafe und einen vortrefflichen Gemüsegarten. Sie sind alle drei reiche Leute, streben für sich Sonderländer an und wollen dieses Land käuflich erwerben.«

Er schnippte den Zigarettenrest weg, spuckte hinter ihm her und stampfte mit dem Fuß auf, während der Kahlköpfige das Gesicht verzog, die Augen verdrehte, bis sie unsichtbar wurden, den Kopf zurückwarf und dünn zum Himmel empor lachte.

»Na, was redet er da, Herrgott, was redet er! Wir sollen reich sein? Lie-ber Pjotr Wassiljew, leben denn Reiche jemals in Dörfern? Oh, oh, das gibt es nicht, daß einer im Dorf reich wird, das kann er in der Stadt, wo man sein Brot leicht verdient...«

Der schnurrbärtige Pjotr schaute ihn mit gerunzelten Brauen an, die Muskeln an seinen Kinnbacken traten hervor.

Da Samgin befürchtete, es könnte ein Streit ausbrechen, fragte er, ob es in ihrer Landgemeinde Aufstände gegeben habe.

»Das wissen wir nicht«, sagte der Bauer mit der weißen Nase, während der Schnurrbärtige mit tiefer Stimme sagte: »Hier haben sie rundherum ja so viele Tscherkessen hergeschickt, da kann man nicht rebellieren!«

»Mit Aufständen haben wir nichts zu tun, Herr!« begann hastig der Kahlköpfige. »Gewiß, auch wir hätten Grund, zu rebellieren, aber – es hat keinen Sinn!«

Er geriet in Begeisterung und erläuterte lange und unverständlich, indem er eilig Wort an Wort reihte und mit den Händen fuchtelte, den Unterschied zwischen Sinn und Ursache, seine scharfen Äugelchen wechselten unerwartet schnell den Ausdruck, funkelten bald anklagend und zornig, bald freundlich und listig. Der Graubärtige öffnete und schloß mit gerunzelter Nasenwurzel den Mund, er wollte etwas sagen, aber ihn hinderte daran eine Wespe, die vor seinem breiten Gesicht umherflog. Der dritte Bauer hatte von der Stufe ein großes morsches Stück weggebrochen und betrachtete es aufmerksam.

»Die Ursache wäre also die Faulheit, und sie ist es, die rebelliert! Der Sinn aber verlangt etwas anderes! Eine Laus kann man nicht vor den Pflug spannen, das wäre der Sinn...«

»Was für einen Unsinn du redest, Onkel Mitrij«, sagte der schnurrbärtige Pjotr und wandte sich an Samgin: »Das sagt er alles nur, um nichts zu sagen. Hören Sie ihm nicht zu, beachten Sie nicht seine zerlumpten Kleider, er hat sich absichtlich als armer Tropf zurechtgemacht ...«

»Ach, Pjotr, das ist nicht recht von dir«, sagte trübsinnig der Graubärtige, »wir sind alle wegen der gleichen Sache hergekommen, und du ...«

Der Kahlköpfige unterbrach ihn: »Wir kennen dich, Petruscha! Wir kennen dich sehr gut! Klöne nicht ...«

»Ich weiß auch, daß ihr ein abgekartetes Spiel treibt! Wartet nur – ihr werdet es noch bereuen«, er stieß einen unflätigen Fluch aus, erhob sich und ging, die Hände in den Taschen. Der Bauer mit den gußeisernen Füßen warf das morsche Holzstück beiseite und zischte: »Soldat ist er, dieser alberne Kerl, er ist hier einer der Hauptaufwiegler, der Hundsfott! Davon gibt's hier ein ganzes Nest voll! Sie tun weder was für Gott noch für den Teufel, alles nur für sich. Ihretwegen hat man auch die Tscherkessen zu uns geschickt.«

»Und der Tscherkesse – der untersucht nicht, wer woran schuld ist«, fügte der Kahlköpfige hinzu und schrie mit einemmal laut, wobei er mit den Händen auf die Flicken an seinen Knien schlug: »Es gibt und gibt bei uns keine Ordnung!«

Der Graubärtige blickte zum Himmel, der fast weiß glühte, und sagte: »Es wird ein Gewitter geben«, dann fragte er Samgin: »Was werden Sie wohl sein: Advokat oder einfach – ein Gast?«

Das brachte den Kahlköpfigen zum Lachen. »Du hast wunderlich gefragt, bei Gott!«

Samgin erhob sich und ging auf dem Weg tief in den Park hinein, wobei er dachte, daß um solcher Leute willen Idealisten und Romantiker jahrelang im Gefängnis saßen, in die Verbannung, ins Zuchthaus, in den Tod gingen ... Aber daran dachte er nur flüchtig und gleichsam nicht aus sich selbst heraus, ihn beunruhigte, warum Marina nicht eintraf. Es war heiß, wie im Dampfbad, eine drückende, unangenehme Trägheit schwächte den Körper. Am Ende des Weges befand sich im Gebüsch eine Laube; auf ihren Stufen lagen ein Schuh mit französischem Absatz und der Einbanddeckel eines Buches; in der Laube standen zwei Korbsessel, auf dem Boden lagen die Bruchstücke eines Schachtischchens umher. Von dem Hügel war durch das Buschwerk ein Feld zu sehen, das Quecksilber eines Flusses glitzerte, am Horizont quoll eine blaue Wolke empor, längs eines unsichtbaren Fahrwegs wirbelte Staub hoch. Und wieder war alles so bekannt, so begrenzt, gewohnt, langweilig war alles, langweilig ...

Hier erinnerte sich Samgin, daß ihm im Winter zuweilen der Gedanke gekommen war, Selbstmord zu begehen. Ein kränkender Gedanke.

Der Staub in der Ferne wurde dichter, wahrscheinlich kam Marina gefahren.

Samgin versank in Nachdenken darüber, wem Marina ähnelte. Und unter den Heldinnen der Romane, die er gelesen, fand er keine einzige Frau, die ihr ähnelte. Hinter ihm knarrten die Stufen, der schnurrbärtige Soldat Pjotr war gekommen. Er setzte sich unverfroren in einen Sessel und fragte, während er mit dem Messer die Rinde von einem Haselstecken herunterschnitt, nicht laut, aber streng: »Der Zar versteht also selber nicht zu regieren, läßt es aber andere auch nicht tun? Wozu sollen wir noch warten?«

»Im Januar wird die Duma wieder eröffnet«, sagte Samgin mit einem Seitenblick auf ihn.

»So. Welcher Partei gehören Sie denn an?«

Samgin zündete sich eine Zigarette an und antwortete nicht, der Soldat indessen wartete auch nicht erst auf Antwort, er schnitt die Rinde spiralförmig von dem Stock herunter und begann, ohne Samgin anzusehen, bekümmert zu reden: »Was sagen Sie: Soll man Land kaufen, sich Sonderland zuteilen lassen oder warten? Wartet man, so raffen die Dorfschmarotzer alles an sich. Hier geht ein Mann herum und redet uns zu: ›Jagt die Herren von ihrem Land herunter, zerstört ihre Gutshöfe! Ich bin Anarchist‹, sagt er. Zerstören ist einfach. In Maidan, bei den Tscherkassows, haben sie den Gutshof niedergebrannt, das Vieh abgeschlachtet und überhaupt sauberen Tisch gemacht! Dann kam Infanterie, etwa vierzig Mann eines Reservebataillons, sie erschossen drei Bauern und verdroschen vierzehn, auch ihre Weiber. Einen Sinn hat das nicht.«

Der Soldat sprach mit sich selbst, während Klim über die sonderbare Lage eines Menschen nachdachte, der aus unerfindlichem Grund alle Fragen beantworten soll.

»Ihr, in dem Haus, auf der Anhöhe, trinkt Tee, unterdessen tritt in den Gruben hinter der Ziegelei eine kleine Versammlung zusammen, und der fremde Mensch schwingt Reden. Man hat den Bauern aufgehetzt und hetzt ihn immer noch auf. Ordnung wird es noch la-ange keine geben«, sagte Pjotr mit sichtlichem Vergnügen und fuhr belehrend fort: »Sorgen Sie dafür, daß man dieses Gut an uns verkauft. Seine eigene Habe wird der Bauer nicht verwüsten. Verkauft ihr aber nicht, so werden wir Schaden anrichten, das sage ich Ihnen ohne Angst. Der Kahlköpfige und der mit dem Strohhut, die Brüder Tabakow, das sind Schlauköpfe! Die werden keinen Finger rühren und ihr Ziel dennoch erreichen. Sie sind im Kirchdorf die Gouverneure. Seelenhirten – Seelenpflaster.«

»Es kommt ein Gewitter«, sagte Samgin und verließ die Laube. Der Soldat entgegnete: »Mag es kommen!« und hieb, daß es pfiff, mit dem Stock durch die Luft. »Sie wollen sich nicht unterhalten? Dann lassen Sie es«, murmelte er, ohne gekränkt zu sein.

Als Samgin ins Haus zurückgekehrt war, aß er ein wenig, trank zwei Gläschen Wodka, legte sich auf das Sofa und schlief sofort ein. Geweckt wurde er von ohrenbetäubendem Donnerkrach, im Park blitzte es ununterbrochen, auf dem Tisch im Zimmer zitterte alles und hüllte sich in Finsternis, dichter Regen peitschte an die Fensterscheiben, das Geschirr auf dem Tisch schimmerte bläulich, der Wind heulte, und irgendwoher erklang Sacharijs brummige Stimme: »Olga, trag die Milch weg, sie wird sauer! Jetzt kommen sie nicht mehr. Ach, du mein Gott . . .«

Dann begann Hagel an die Scheiben zu trommeln. Samgin kehrte das Gesicht der Wand zu und versuchte wieder einzuschlafen, aber bald darauf ertönte irgendwo Marinas zorniges Rufen: »Ist hier jemand? Macht schnell Tee. Frag Olga, ob Damenwäsche und ein Kleid da ist. – Na, dann irgendein Schlafrock . . .«

Samgin trat gerade in dem Augenblick auf sie zu, als ein Blitz aufzuckte, die Dunkelheit in dem kleinen Zimmer zerstreute und so Marina, straff in Seide geschnürt, sichtbar wurde.

»Bin ich schön?« fragte sie. »Und das alles wegen Lidijas Launen – wir mußten unbedingt das Kloster besuchen, ach . . . Na, geh, ich will mich ausziehen!«

Ihre große Gestalt wankte, als wäre sie es, die die Dunkelheit verscheuchte. Samgin kehrte in den Saal zurück, er erinnerte sich, daß der stille Roman mit der Nikonowa an einem ebensolchen regnerischen Abend begonnen hatte; diese Erinnerung weckte in ihm sofort eine irgendwie feierliche Wehmut. In dem kleinen Zimmer klatschten nasse Lappen auf den Boden, dann ertönte der empörte Ausruf: »Langsam, Olga, du hast mich gestochen . . .«

Marina betrat den Saal in einem grauen Schlafrock, der mit Sicherheitsnadeln zugesteckt war, ein Handtuch um den Hals und das Haar aufgelöst auf dem Rücken, so glich sie der Fürstin Tarakanowa auf dem Bild von Flawitzkij und einer Strafgefangenen; sie setzte sich, die Füße in Samtstiefeln von sich gestreckt, an den Tisch und sagte zu Samgin: »Nun, spiel den Hausherrn, bewirte mich!«

Sacharij brachte mit freudigem und schuldbewußtem Lächeln einen großen Samowar herein, trat eine Weile neben dem Tisch von einem Fuß auf den anderen und verschwand wieder. Marina trank ein großes Likörglas Portwein, leckte sich die Lippen ab und sagte: »In diesem Haus hat ein kluger, ausschweifender alter Graukopf und großer Knauser gewohnt. Er war abscheulich geizig, überwies jedoch dreimal im Jahr tausend Rubel nach Frankreich, in ein bretonisches Städtchen – für die Witwe und die Tochter irgendeines Notars. Manchmal beauftragte er mich mit der Überweisung. Ich fragte ihn: ›Ein Roman?‹ – ›Nein‹, sagte er, ›nur Sympathie.‹ Es ist möglich, daß er nicht gelogen hat.«

Sie trocknete sich das nasse Haar mit dem Handtuch und fuhr fort: »Er philosophierte, schrieb an einem Werk ›Geschichte und Schicksal‹ – er schrieb sehr verworren und düster. Im vergangenen Sommer wohnte bei ihm so ein . . . Hühneresser, Tomilin, er ernährte sich ausschließlich von jungen Hühnchen und Gemüse. Ein dickes, böses, selbstverliebtes Tier. Er versuchte, ein Mädchen zu vergewaltigen, die Tochter der Köchin, ein kluges Mädchen übrigens und anscheinend eine Tochter dieses Turtschaninow. Der Alte schlug Krach und jagte Tomilin davon. Tomilin philosophierte ebenfalls.«

»Ich kenne ihn, er ist mein Repetitor gewesen«, bemerkte Samgin.

»So?«

Marina blickte ihn lächelnd an, wollte etwas sagen, aber da traten Besbedow und Turtschaninow ein; Besbedow hatte einen Adelsuniformrock mit den dazugehörigen Hosen an und trug Pantoffeln an den bloßen Füßen, ihm war es geglückt, sein zerzaustes Haar fast glatt zu kämmen, und er sah nicht mehr so albern wie sonst aus, sondern stattlich, würdig; Turtschaninow, der einen langschößigen Überrock und Gummiüberschuhe anhatte, sah jetzt kleiner und schmächtiger aus und machte ein unglückliches Gesicht. Er schlurfte mit den Gummiüberschuhen und sagte nicht sehr überzeugt: »Der Mensch soll sich hohe Ziele setzen . . .«

»Sehr richtig«, entgegnete Marina. »Aber welche denn?«

Er nahm neben ihr Platz und sagte: »Er soll überhaupt unter einem großen Banner leben . . . wie zum Beispiel die Kreuzritter, die Alchimisten.«

Besbedow füllte im Stehen Wein in ein Glas und murmelte: »Uns passen die alten Banner nicht, wir sind selbstgemachte Leute.«

»Was bedeutet das?« fragte Turtschaninow, der sich offenbar aufrichtig für das Wort interessierte.

»Nun – wie soll ich sagen?« brummte Besbedow, ins Glas blickend. »Die Intelligenz ist . . . selbstgemacht. Wir brauchen ein Kummet, einen Zaum und ein Büschel Heu vor den Augen, damit der Gaul vorwärts geht – unbedingt!«

Turtschaninow blickte ihn wortlos und fragend an – und fragte: »Ein Büschel Heu?«

»Na ja«, sagte Besbedow grob, »statt eines Banners.«

»Hör auf, Walentin«, riet Marina.

Der Regen wurde feiner, er klopfte ungestüm und immer hastiger an die Scheiben, als verlöre er die Kraft und beabsichtige aufzuhören. Der Wind heulte, die Bäume rauschten dumpf.

In der Tür erschien ein Mädchen und sagte aus unerfindlichem Grund mit zorniger Stimme: »Lidija Timofejewna wird nicht kommen, sie hat gebeten, ihr Tee zu bringen und ein Gläschen mit irgendeinem Wein.«

»Ein schönes Mädchen«, sagte Besbedow, der ihr nachblickte, als sie den Tee forttrug. »Ein Rattenschnäuzchen.«

Turtschaninow schlotterte, er verzog das Gesicht und trank hastig heißen Tee, wobei er Wein in das Glas zugoß. Samgin, der am Tisch den Hausherrn machte, fühlte sich unsichtbar unter diesen Menschen. Er sah nur Marina vor sich; sie spielte mit dem Teelöffel, indem sie ihn auf der Hand wog und von der einen Hand auf die andere legte, ihre Augen waren nachdenklich zusammengekniffen.

Der Löffel fiel herunter, Samgin bückte sich, um ihn aufzuheben, und erblickte unter dem Tisch Marinas Beine, bis zu den Knien entblößt. Besbedow ging zum Flügel, öffnete den Gitarrenkasten und erklärte: »Er ist leer. Übrigens kann ich gar nicht Gitarre spielen.«

»Ich will gehen und nachsehen, was mit ihr ist«, sagte Marina, sich erhebend. Besbedow fragte: »Mit der Gitarre?«

Turtschaninow blickte ihn verwundert an und begann wieder Tee mit Wein zu trinken, während Besbedow auf dem knarrenden Parkett umherschritt und unter lautem Schnaufen mit ungestümer Stimme zu deklamieren begann:

»Ich bin derselbe Khan Namyk,
Der hier zu herrschen hat das Glück!
Von groß bis klein kennt jedermann
Den Namyk, diesen Schreckenskhan!«

Er hielt inne, schwieg eine Weile und gestand: »Wie es weitergeht, habe ich vergessen.«

Samgin begriff plötzlich, daß Besbedow betrunken war, und das veranlaßte ihn aufzuhorchen. Besbedow schaute zur Decke und erinnerte sich langsam:

»Mein Harem ist ganz wundervoll,
Hundertvierzig Frauen – das ist toll!

> Doch dieser Tage sah ich ein,
> Das dürfte mir zu wenig sein.«

»Sehr spaßig«, sagte Turtschaninow und blickte Samgin fragend an. Samgin lächelte, während Besbedow an den Tisch trat und, hinter Samgin stehend, heiser fortfuhr:

> »Fängt einer wo zu meckern an,
> Laß pfählen ich den Untertan,
> Und das Volk ja, wie ihr seht,
> Herrlich und in Freuden lebt ...

Ich habe es wieder vergessen«, sagte er und griff nach der Lehne von Samgins Stuhl; Turtschaninow sagte nochmals, die Verse seien spaßig, rieb sich kräftig die Stirn und schaute sich nach allen Seiten um, während Besbedow an dem Stuhl rüttelte und fragte: »Und Sie – gefallen sie Ihnen?«

»Witzig«, sagte Samgin.

Besbedow ging wieder hustend im Zimmer umher und sagte: »Verfaßt hat sie Sawwa Mamontow, der Millionär, er hat Eisenbahnen gebaut, Maler durchgefüttert und Operetten geschrieben. Gibt es solche Franzosen? Es gibt keine solchen Franzosen. Es kann keine geben«, fügte er zornig hinzu. »So etwas gibt es nur bei uns. Bei uns, lieber Wsewolod, putzt sich jeder ... nicht seinem Stand entsprechend auf. Und – seinen Kräften. Alle laufen in fremden Hüten herum. Und nicht, weil der fremde schöner wäre, sondern ... weiß der Teufel, weshalb! Plötzlich ist man Revolutionär, doch – weshalb?« Er trat an den Tisch, ergriff die Flasche und murmelte, während er sich Wein einschenkte: »Trinken wir, Samgin, auf das Wohl von ...«

Das Zimmer füllte sich plötzlich mit blauem Licht, es donnerte kurz und scharf – Besbedow setzte sich auf einen Stuhl und machte eine wegwerfende Handbewegung. »Na, es geht wieder los ...«

Eine Minute lang schwiegen sie alle drei, dann erhob sich Turtschaninow, ging in die Ecke zu den Sofas und sagte von dort: »Sie reden ausgezeichnet ...«

»Ich? Ich rede wie ein Narr. Weil nichts Bestand hat in meiner Seele ... wie in einem luftleeren Raum. Ich sage alles, was mir gerade in den Sinn kommt, spiele vor mir selbst den Hanswurst«, schnob Besbedow erregt; sein Haar war trocken geworden und stand zu Berge, er vergaß, mit Klim anzustoßen, trank den Wein aus und sagte, in das leere Glas in seiner Hand blickend: »Und ich habe

Angst, es könnte sich von irgendwoher im nächsten Augenblick etwas Furchtbares wie ein Tier auf mich stürzen.«

»Das sind die Nerven, das kommt vom Gewitter«, beschwichtigte ihn Turtschaninow, der auf einem Sofa lag.

Besbedow beugte sich zu Samgin vor und fragte: »Was meinen denn Sie?«

Samgin war durch Besbedows Reden erregt und befürchtete, da er ihn immer betrunkener werden sah, einen unliebsamen Auftritt, da er aber außerstande war, seine Erregung zu zügeln, antwortete er trocken: »Ein Bekannter von mir sang Couplets folgender Art:

> ›Ja – eine hohle Seele
> Braucht den Ballast des Glaubens . . .‹«

Besbedow schaukelte mit dem Stuhl und sagte heiser:

> »Namyk erlitt genug der Not,
> Er ging freiwillig in den Tod.«

Marina trat ein, sie war bereits frisiert und hatte den Zopf wie einen Turban um den Kopf geschlungen, dadurch wirkte sie größer.

»Wsewolod Pawlowitsch, für Sie steht ein Zimmer bereit. – Walentin, führe ihn hin! Im Zwischenstock. – Für dich, Klim Iwanowitsch, wird man hier ein Nachtlager bereiten.«

An Turtschaninow hatte sie sich liebenswürdig gewandt, Besbedow hatte sie streng befohlen, in den an ihn gerichteten Worten spürte Samgin einen besonders freundlichen Ton.

»Lidija scheint sich erkältet zu haben«, sagte sie und machte eine mürrische Miene, als sie sah, wie sicher Besbedow davonschritt. »Was für eine unheimliche Nacht! Zum Schlafen dürfte es noch zu früh sein, aber – was soll man tun? Morgen werde ich bei der Besichtigung des Guts viel herumlaufen müssen. Schlaf gut . . .«

Samgin erhob sich, begleitete sie zur Tür, lauschte, wie sie eine ihm unsichtbare Treppe hinaufging, kehrte in den Saal zurück und trommelte, an der Terrassentür stehend, mit den Fingern an die Scheibe.

Die Baumwipfel wankten im Wind; die undurchdringliche Dunkelheit über ihnen schwebte irgendwohin, nun wurde sie von einem großen Stern durchbrochen, der Wind löschte den Stern wieder aus. Im Zimmer war es still, aber es schien, als wogte die Stille ebenso wie die Finsternis vor dem Fenster. Hinter Samgin tappten bloße Füße behutsam umher, raschelte Wäsche, lockerte jemand mit kräftigen Schlägen Kissen auf und klirrte Geschirr. Samgin sah zu, wie auf der Terrasse helle Regentropfen durch die Dunkelheit fielen, und erinnerte sich an Maupassants Roman »Unser Herz«, an die Szene, wie Madame de Burne nachts großmütig in Mariolles Zimmer kam. Er erinnerte sich auch der Lieblingsredensart des Malermeisters bei Tschechow: »Möglich ist alles . . .« In fremden Worten zu denken ist sehr bequem, man braucht nicht für sie einzustehen, wenn sie sich als falsch erweisen.

Madame de Burne war eine temperamentlose Frau und – dennoch . . . Sie schonte ihren Körper wie ein allzu kostbares Kleid. Das ist töricht. Marina ist weniger Spießerin. Im Grunde ist sie sogar kaum eine Spießerin. Eine Habgierige? Ja, natürlich. Das ist jedoch nicht das Wesentlichste an ihr . . .

Samgin empfand einen angenehmen Schwindel und drückte die Stirn an die Scheibe.

Ich habe zu viel getrunken. Sie trinkt mehr als ich . . . Das sind Sätze aus einer Schulgrammatik.

Dann kam ihm der Gedanke, daß es ringsum für einen Menschen bereits zu still sei. Es sollte ein Uhrpendel ticken, ein Holzwurm bohren, »des Lebens mausschnelles Hin und Her« spürbar sein. Er spannte das Gehör an, vernahm das Rascheln des Laubs an den Bäumen im Park und entsann sich, daß ein Literat dieses Rascheln auf die Bewegung der Erde im Weltraum zurückgeführt hatte.

Das ist albern. Aber sich erinnern bedeutet nicht erfinden. Die Literatur ist auch Wirklichkeit. Ein Buch ist eine Realität, man kann damit eine Fliege totschlagen, kann es dem Autor an den Kopf schmeißen. Es vermag zu berauschen wie Wein oder wie eine Frau.

Des Stehens müde, wandte er sich um, im Zimmer war es dunkel; in der Ecke beim Sofa brannte ein Nachtlämpchen, das Schlaflager auf dem einen Sofa war leer, von dem weißen Kissen des anderen ragte der schwarze Bart Sacharijs in die Luft. Samgin fühlte sich gekränkt, hatte sich denn für ihn wirklich kein Einzelzimmer gefunden? Er packte den Griff des Drehriegels und öffnete laut die Terrassentür, draußen in der Dunkelheit rührte sich jemand und hüstelte.

»Wer ist dort?«

Es antwortete – erst nach einer Weile – die bekannte Stimme des Kutschers:

»Wir halten Wache.«

Langsam richtete sich jemand sehr Großes auf.

»Ich und Wassja«, fügte der Kutscher hinzu. »Sehen Sie, so ist er, der Wassja!«

Samgin zündete ein Streichholz an, aus der Dunkelheit lächelte ihn ein gutmütiges, breites, bartloses Gesicht an. Nachdem er eine Weile dagestanden und die feuchte, kühle Luft eingeatmet hatte, ging Samgin zu seinem Schlaflager und ließ die Tür offen – wobei er merkte, daß Sacharij nicht schlief –, zog sich aus, legte sich hin und dachte, als er das Nachtlämpchen ausgelöscht hatte: Am Ende wird der auch noch zu reden anfangen.

Aber Sacharij schwieg und rührte sich nicht, als wäre er nicht da. Samgin dachte:

Er traut sich nicht, ein Gespräch anzufangen. Und es ist, als ob er mich belauschte.

Samgin wartete noch zwei, drei Minuten, dann fragte er halblaut: »Dienen Sie schon lange bei der Sotowa?«

»Das achte Jahr«, antwortete Sacharij leise.

»Und womit haben Sie sich früher befaßt?«

Sacharij antwortete nicht sofort, und das war unhöflich.

»Ich bin Mönch, ich lebte im Kloster. Neun Jahre. Von dort hat mich Marina Petrownas Gemahl genommen ...«

Genommen. Wie eine Sache, stellte Samgin fest; als er eine weitere Minute dagelegen hatte, zündete er sich eine Zigarette an und sah beim Licht des Streichholzes, daß Sacharij saß und sich die Bettdecke um die Schultern gelegt hatte. »Möchten Sie nicht schlafen?«

»Ich schlafe schlecht«, flüsterte Sacharij unschlüssig. »Ich bekomme Herzbeklemmungen, wenn ich liege; das Herz setzt dann aus. Das ist, als stürzte man irgendwohin ab. Darum sitze ich nachts meistens.«

»Hat man es schwer im Kloster?«

Sacharij hustete erst dumpf in die Decke hinein, bevor er sagte: »Die daran glauben, daß man sich vor der Welt retten kann ... nun, für die ist es erträglich, die haben es leicht! Die nicht tief nachdenken. Auch ich hatte es anfangs leicht und danach – auch ...«

»Wonach?«

»Ich hatte genug gesehen. Die Mönche sind auch Menschen. Sie geraten auf Abwege. Die einen können das Fleisch nicht bezwingen, die anderen leiden unter ihrer Ehrsucht. Na, und vom Nachdenken ...«

Es war sehr sonderbar, das Geflüster eines unsichtbaren Mannes zu hören; er sprach langsam, als tastete er im Dunkeln nach den Worten, und reihte sie falsch aneinander. Samgin fragte: »Sind Sie denn aus freien Stücken Mönch geworden?«

»Mir hatte es der Gefängnisgeistliche geraten. Als ich in Haft war, ging ich ihm in der Gefängniskirche zur Hand, ich gefiel ihm, und so sagte er: ›Wenn man dich freispricht, solltest du Mönch werden.‹ Man sprach mich frei. Und da legte er ein Wort für mich ein. Der

Abt war sein leiblicher Onkel. Ein dem Trunk ergebener, aber redlicher Mensch. Er las gern weltliche Bücher – die Märchen der Scheherazade, die ›Abenteuer des Gil Blas‹, das ›Dekameron‹. Ich war siebzehn Monate lang Zellendiener bei ihm.«

Samgin stellte fest: Marinas Hausknecht, der Kosak, glich einem geflüchteten Zuchthäusler, und dieser hier, der Verwalter, hatte im Gefängnis gesessen, er stellte das fest und lächelte innerlich. Die Geheimnisse verdichteten sich.

»Es wird Sie natürlich interessieren, weswegen man mich ins Gefängnis gesteckt hat«, hörte er ein nachdenkliches, gemächliches Flüstern. »Sehen Sie, ich bin Waise und habe vom elften Lebensjahr an bei meinem Taufpaten in der Gerberei gelebt. Zuerst als Laufbursche im Haus, dann saß ich im Kontor und schrieb; dann ärgerte sich der Taufpate über mich, degradierte mich zum Arbeiter, und mehr als drei Jahre lang gerbte ich Häute. Er war zum zweitenmal verheiratet, die Frau vergiftete ihn nach und nach mit Arsenik, sie hatte einen Liebhaber, der war Landmesser. Als der Taufpate starb, strengte seine Tochter Jewgenija einen Prozeß an, und da erwies ich mich auch als schuldig, weil ich von allem gewußt, es aber nicht gemeldet hatte. Jewgenija war ein bildschönes Mädchen und schrecklich klug, sie war dahintergekommen, daß ich dem Landmesser Briefe ihrer Stiefmutter überbracht hatte. Und ihr Briefe von ihm. Na also. Wir wurden alle drei verhaftet, und so saß ich acht Monate im Gefängnis. Den Landmesser sprach man frei und mich auch, während man Wassilissa Alexandrowna zur Kirchenbuße verurteilte: Man billigte ihr zu, daß sie sich geirrt hatte. Damals war ich siebzehn Jahre alt.«

Du bist auch jetzt nicht älter, dachte Samgin und wollte ihn nach Marina fragen. Aber Sacharij fragte selbst: »Verzeihen Sie, Klim Iwanowitsch, haben Sie das Buch ›Edward Youngs Klagen über Leben, Tod und Unsterblichkeit‹ gelesen?«

»Nein.«

»Ach, sehr schade«, seufzte Sacharij.

»Für mich?« fragte Samgin.

»Nein, ich meine für mich. Ein Buch voll erschütterndster Betrachtungen«, seufzte Sacharij wieder und diesmal schwerer. »Es bringt einen von Sinnen. Dort heißt es, die Zeit sei Gott und vollbringe Wunder für uns oder gegen uns. Wer Gott ist, das begreife ich nicht und werde es wahrscheinlich nie begreifen, aber wieso ist denn die Zeit Gott, und wieso ist es möglich, daß er Wunder gegen uns vollbringt? Es ergibt sich also, daß Gott gegen uns ist – weshalb denn?«

Welch ein Unsinn, dachte Samgin, der Sacharijs Gesicht als einen kleinen, formlosen und trüben Fleck in der Dunkelheit sah und sich vorstellte, daß dieses Gesicht vor Grauen verzerrt sein mußte. Ja, vor Grauen, Samgin fühlte, daß es nicht anders sein konnte. Unterdessen legten sich, schwammen in der Dunkelheit die unsinnigen Worte: »Auch heißt es dort, die menschliche Gestalt berge den Keim des Todes in sich und das Leben ernähre seinen eigenen Mörder, warum denn das, wenn man der Ansicht ist, das Leben sei vom unsterblichen Geist erschaffen?«

Das richtet sich gegen Marina, dachte sich Samgin.

»Der Tod verwundet, um zu heilen, doch manch einer wäre auch schon mit der irdischen Unsterblichkeit zufrieden. Demnach, Klim Iwanowitsch, wäre also das Leben irgendwessen Versehen und darum unvollkommen, dabei hat es der vollkommene Geist erschaffen, und wie könnte von einem Vollkommenen etwas Unvollkommenes herrühren?«

Samgin schleuderte den Zigarettenstummel weit von sich und verfolgte, wie das rote Glutpünktchen durch die Dunkelheit flog, auf dem Boden aufschlug und zu Funken zerstob, dann sagte er: »Da müssen Sie Marina Petrowna fragen.«

»Ich habe sie schon gefragt. Sie kennt alles, was Menschen gedacht haben, aber das Buch ›Klagen‹ verwirft sie, verspottet es sogar und bezeichnet es als Geschwätz. Und ich selbst kann zwar denken, verstehe es aber nicht, Betrachtungen anzustellen. Sagen Sie ihr bitte nicht, daß ich nach den ›Klagen‹ gefragt habe.«

»Gut«, versprach Samgin. »Ist sie ... sehr gescheit?«

»Oh!« seufzte Sacharij leise.

Dann flüsterte er überstürzt: »Von ungewöhnlicher Weisheit. Sie blendet die Seele. Von unerschütterlicher Furchtlosigkeit ...«

Er brach seine Rede plötzlich ab, begann unruhig zu rumoren, klopfte das Kissen auf und murmelte: »Verzeihen Sie, ich hindere Sie am Einschlafen« – und verstummte. Samgin dachte, er habe sich wahrscheinlich bis über den Kopf in die Decke eingewickelt. Die Stille verdichtete sich, es schien, man könne sie mit der Hand berühren, und lange war kein Laut zu hören, dann patschte im Park jemand wuchtig durch eine Pfütze. Samgin lauschte und erinnerte sich des Predigers Jakow, des Mannes mit den drei Fingern. »Der Stein ist dumm, der Baum ist dumm.« Er erinnerte sich Diomidows, des Diakons, des »nach der künftigen Stadt Suchenden«. Sektierer gibt es Millionen, Sozialisten – Tausende. Möglicherweise hat Marina recht, die Intelligenz kennt das wahre geistige Leben des Volkes nicht. Sie sucht im Volk nur nach Widerspiegelungen ihrer materialistischen Ansichten. Marina kann natürlich keine Sektiererin sein ...

Irgendwo sehr weit weg heulte hell wie ein Wolf ein Hund vor Hunger oder Angst. Solch eine Nacht konnte es wohl kaum in der kultivierten Staaten Europas geben, eine Nacht, in der sich ein Mensch vierzig Werst weit von einer Stadt entfernt wie mitten in der Wüste fühlte.

Er schlief bei Tagesanbruch ein, geweckt wurde er durch Sacharij und Olga, die den Frühstückstisch deckten. Sacharij war ebenso still und ehrerbietig wie immer, und sein weißes Gesicht war wie immer reglos, wie eine Maske. Die spitznasige, flinke Olga sprach mit ihm lässig und sogar etwas grob.

Als erste erschien zum Frühstück Marina; ihr Kleid war zerknittert, schlecht gebügelt, das Haar trug sie zum Zopf geflochten als schwere Krone auf dem Kopf; sie nickte Samgin freundlich zu und fragte: »Haben dich die Mäuse nicht aufgefressen? Es ist schrecklich wieviel Mäuse es hier gibt!«

Und zu Sacharij sagte sie streng: »Hier ist alles gestohlen worden.«

»Der Wassja!« antwortete er mit schuldbewußtem Achselzucken. »Er gibt alles her, um was auch immer man ihn bittet. Vorgestern hat er erlaubt, die jungen Linden abzubasten, dabei ist es gar nicht die richtige Zeit zum Abbasten, aber die Bauern nehmen ja hierauf keine Rücksicht ...«

»Ein netter Aufpasser ist das«, sagte Marina mit spöttischem Lächeln. »Du solltest Wassja mal näher kennenlernen, Klim Iwanowitsch, es gibt hier einen Riesen dieses Namens. Die Bauern halten ihn für schwachsinnig. Er ist ein untergeschobenes Kind, wahrscheinlich die Frucht herrschaftlichen Unfugs, vielleicht ein Verwandter dieses Parisers.«

Dann kam Lidija, ebenfalls zerknittert, mit saurem Gesicht und launisch schmollenden Lippen; sie wurde von Marina noch freundlicher als sonst begrüßt, und das rührte Lidija offenbar aufrichtig, sie schlang ihre Arme um Marinas Schultern, küßte sie auf den Kopf und sagte: »Mit dir ist es immer, überall schön!«

»Da siehst du, wie ich bin«, erwiderte Marina, ließ sie neben sich Platz nehmen und sagte: »Und ich habe schon einen Rundgang durch Haus und Park gemacht; es geht, das Haus ist in Ordnung, der Park ist von allerhand Zeug durchwuchert, aber – schön!«

Die schmale Lidija mit ihrem bräunlichen Gesicht, im grauen Kostüm und mit der Kappe krausen, schwarzen Haars sah neben Marina noch weniger russisch aus als sonst. Im Park zwitscherten die

Vögel, gurrte eine Waldtaube, in der Ferne erklang eine weiche Baßstimme, während Lidija die blechernen Worte sprach: »Er ist sehr naiv. Die Wissenschaft leugnet durchaus nicht, daß alles Sichtbare aus Unsichtbarem erschaffen sei. Wie geistreich hat doch Joseph de Maistre gesagt: ›Von allen Mängeln des Menschen ist die Jugend der angenehmste.‹«

Nun trat Besbedow ein, ganz in Weiß – wie ein Sanitäter, mit Sandalen an den bloßen Füßen; er setzte sich ans Tischende, damit Marina ihn hinter dem Samowar nicht sähe. Aber sie sah alles.

»Du solltest dir das Gesicht rasieren, Walentin, auf ihm wächst etwas«, sagte sie und fügte erbarmungslos hinzu: »Eine Art Schimmel!«

Dann lächelte sie Turtschaninow entgegen und überschüttete ihn mit Liebenswürdigkeiten. Er antwortete, daß er herrlich geschlafen habe und daß überhaupt alles entzückend sei, aber er verstellte sich schlecht, es war zu erkennen, daß er die Unwahrheit sagte. Samgin trank schweigend Tee, beobachtete Marina und bemerkte dabei ihre geschickte Schmiegsamkeit im Umgang mit Menschen, obwohl er mit ihr unzufrieden war. Ihn interessierte die düstere Stimmung Besbedows.

An ihm ist auch etwas Verbrecherisches, dachte er plötzlich.

Man frühstückte ermüdend lange, dann brach man zur Gutsbesichtigung auf.

Marina und Lidija gingen voraus. Besbedow begleitete sie, und das erinnerte Samgin an die Reproduktion eines englischen Bildes: Aus dem Tor einer mittelalterlichen normannischen Burg kommt majestätisch deren Besitzerin mit einem dünnbeinigen Windhund und einem dicken Narren heraus.

Es war ein bunter Morgen, über die feuchte Erde wehte ein warmer Wind und rüttelte an den Bäumen, von Osten schwebten kleine Wolken heran, die grau waren wie Schaffell; in den Lücken des blaßblauen Himmels gleißte und blinzelte die vorherbstliche Sonne; gelbes Laub fiel von den Birken; die Föhrennadeln raschelten trocken, und es war langweiliger als am vorhergehenden Tag.

Turtschaninow war im Haus geblieben, holte aber Samgin nach fünf Minuten ein und ging neben ihm her, schwang den Spazierstock, hielt Umschau und jammerte: »Nein, sagen Sie, was Sie wollen, aber hier könnte ich nicht leben!« Er deutete mit dem Spazierstock auf die kahlen Felder hinab, über die sich die Streifen bereits gepflügter Erde hinzogen, und auf die Bauernhütten an den Ufern des von Gesträuch umwucherten trüben Flusses.

»Ich habe etwa zwei Stunden lang am Fenster gesessen, dort oben, ich habe den Eindruck, dies alles sei mißglückt begonnen und werde nie zu Ende geführt werden, nie eine angemessene Form erlangen.«

Samgin fragte aufrichtig: »Ist es langweilig?«

»Mehr als langweilig. Diese Öde hat etwas Hoffnungsloses. Die Klagen der Bauern über Landmangel sind mir ganz unbegreiflich; nirgendwo in Frankreich, in Deutschland habe ich soviel leeren Raum gesehen.«

Er schwieg eine Weile, dann bot er Samgin eine Zigarette an, bemühte sich lange und linkisch, sich auch eine im Wind anzuzünden, und sagte, als sie brannte, mit einem Seufzer: »Mein Nachbar hat ... erschütternd geschnarcht! Ist er krank?«

»Ja – anscheinend.«

»Ein sonderbarer Typ! So ... ungebändigt. Und finster erbost. Bosheit sollte auch lustig sein. Die Franzosen verstehen es, sich lustig zu erbosen. Verzeihen Sie, daß ich von allem so spreche ... ich lasse mich sehr leicht beeindrucken. Aber sein Tantchen ist großartig! Welch eine Figur, welch ein Gang! Und diese goldenen Augen! Eine Walküre, eine Brünhild ...«

Das Tantchen war stehengeblieben und rief ihn, er lief rasch nach vorn, während Samgin, der sich überflüssig vorkam, in einen Seitenweg der Allee einbog, der Weg verlief zwischen jungen Föhren irgendwohin aufwärts. Samgin schritt langsam dahin, sah sich vor die Füße und dachte daran, was für sonderbare Menschen Marina um sich hatte: diesen Kutscher, Sacharij, Besbedow ...

»Gehst wohl spazieren?«

Samgin fuhr zusammen, zwischen den Föhren stand ein sehr hochgewachsener, breitschultriger Bursche ohne Mütze, mit langem Haar wie bei einem Diakon, sein rundes, bartloses Gesicht hatte Samgin schon in der Nacht gesehen. Jetzt lächelte dieses Gesicht breit, die schönen, dunklen Augen glänzten gutmütig, die Flügel der großen Nase bebten, und die dicken Lippen zitterten. Es war, als würde er gleich lachen.

Das ist Wassja, dachte sich Samgin.

»Geh nur ruhig spazieren«, sagte Wassja mit angenehmem weichem Baß. Seine breiten Schultern umspannte ein brauner Bauernrock, der mit einem Strick umgürtet war, um den Hals hatte er einen blauen Schal geschlungen, an den Füßen trug er rotbraune Soldatenstiefel; er stützte sich mit beiden Händen auf einen dicken, knorrigen Stock und sagte, von oben auf Samgin herabblickend: »Ich kenne dich, habe dich in der Nacht gesehen. Geh nur ruhig umher, hab keine Angst!«

»Sind Sie der Wächter?« fragte Samgin.

»Ich? Ein Wartender bin ich.«
»Sie sind alle dorthin gegangen – nach unten«, zeigte ihm Samgin.
»Ich weiß. Ich sehe alles, wer, wohin . . .«
Jetzt lächelte Wassja stolz, und von diesem Lächeln wurde sein Gesicht gröber, es straffte sich, die Augen leuchteten heller.
»Ich wohne hier oben. Habe da eine Hütte. Wenn es kalt wird, gehe ich in die Küche hinunter. Geh du nur spazieren. Sing Lieder.

> Ach, es flog eine weiße Taube
> Auf den heiligen Jordan herab . . .«

sang er, nahm den Stock unter den Arm und schüttelte mit der freien Hand den Stamm einer jungen Föhre. »Mach ein kleines Feuer an, nur gib acht, daß die Flamme nicht davonläuft. Verbrennt das Reisig, so gibt es Asche, bläst der Wind, so ist keine Asche mehr da! Alles ist Geist. Überall. Wandle im Geiste . . .«

Er schüttelte den Kopf und entfernte sich seitwärts, Samgin indessen rief sich in Erinnerung: Ein Schwachsinniger – machte kehrt, zum Haus zurück, spürte in dieser Begegnung etwas Irreales und dachte nochmals daran, daß Marina von sonderbaren Menschen umgeben sei. Unten, beim Kontor, empfingen ihn die Bauern von gestern, aber sowohl der Kahlköpfige als auch das Bäuerlein mit den gußeisernen Füßen trugen diesmal Röcke aus gutem Tuch und Schaftstiefel.

Der Kahlköpfige nahm die neue braune Mütze ab und wünschte Samgin höflich: »Guten Tag!«

Dann fragte er: »Der Erbe – werden Sie das sein?«

Aus dem Fenster schaute das bleiche Gesicht Sacharijs heraus, er schrie verzweifelt: »Aber nein doch! Ich habe es euch doch gesagt . . .«

Der Soldat spuckte den Strohhalm aus, an dem er gekaut hatte, und übertönte Sacharijs Geschrei mit seinem eigenen: »Du hast es gesagt, aber wir haben es nicht geglaubt! Und – versteck deine Schnauze!«

Sacharij verschwand. Die Bauern hörten schweigend Samgins Erklärung an, flüsterten miteinander, dann sagte der Kahlköpfige seufzend: »So. Nun, Ihnen kann man glauben, sonst aber ist hier . . .« Er fuhr hoffnungslos mit der Hand durch die Luft.

Der Soldat nahm einen Tabaksbeutel aus der Tasche, schüttelte ihn, steckte ihn wieder ein und wandte sich an Samgin: »Ob Sie mir wohl ein Zigarettchen geben?« Als er eine Zigarette bekommen hatte, musterte er streng Samgins Gestalt und sagte: »Sehen Sie, euch Herren sollte man auf drei Jahre unter die Bauern stecken, wie man unseresgleichen unter die Soldaten steckt. Erst die Schule besucht, wie es sich gehört, dann – hinaus in ein Dorf, arbeite dort mal als Knecht bei den Bauern, lerne ihr Leben am eigenen Leib bis aufs Letzte kennen.«

»Du sprichst unverständig«, mischte sich der Kahlköpfige ein, »ja überhaupt dummes Zeug! In den Dörfern gibt es auch ohne die Herren zuviel Volk, und man weiß nicht, wohin damit, doch sehen Sie, die Hofbesitzer haben in den Dörfern keine Freiheit! Das ist das Schlimme . . .«

»Schaut – sie kommen!« sagte leise der graubärtige Bauer; der Soldat blickte unter der Hand hervor nach unten und stieß, ebenfalls leise, einen Pfiff aus, dann murmelte er mürrisch: »Oha, die Sotowa ist hier!«

Die Bauern kehrten Samgin den Rücken, er trat hinter die Ecke des Kontors, setzte sich dort auf eine Bank, und ihm kam der Gedanke, daß die Bauern auch irreal, unergründlich seien: Gestern noch schienen sie Schauspieler, und heute sahen sie gar nicht wie Leute aus, die fähig wären, Gutshöfe niederzubrennen, das Vieh zugrunde zu richten. Nur der Soldat war offenbar sehr erbost. Das waren überhaupt fremde Menschen, und mit ihnen war es sehr unbequem, schwer. Hinter der Ecke ertönte die heisere Stimme Besbedows: »Was, zum Teufel, wollt ihr denn noch? Man hat euch doch gesagt, daß nicht verkauft wird, nun?«

Samgin, der eine Begegnung mit Besbedow nicht wünschte, ging in den Park, doch als er ein paar Minuten später sich der Hausterrasse näherte, hörte er Turtschaninow befremdet sagen: »Sie rebellieren und – kaufen Land! Sie haben also Geld? Weshalb rebellieren sie dann?«

»Wir fahren!« rief Marina, auf die Terrasse heraustretend.

Samgin nahm neben Turtschaninow im Wagen Platz; Besbedow stand mürrisch schnaufend vor Lidija, sie sagte zu ihm: »Ordnen Sie an, daß die Soldaten gut untergebracht werden. Auf Wiedersehen! Fahren wir, Pawel.«

Der Kutscher, ein würdiger, bärtiger Alter, der wie ein verkleideter General aussah, bewegte die Zügel, die stattlichen Pferde zogen den Wagen behutsam auf dem vom Regen aufgeweichten Fahrweg hinab; am Ende der Allee überholten sie die Bauern, diese gingen im Gänsemarsch einer hinter dem anderen, und keiner von ihnen nahm die Mütze ab, während der Soldat stehenblieb, den Tabaksbeutel öffnete und den Wagen mit zornigem Blick mürrisch verfolgte. Marina biß sich auf die Lippen, schaute sich mit zusammengekniffenen Augen nach allen Seiten um und maß die Felder; ihre rechte Braue war höher erhoben als die linke, es schien, als blickten auch ihre Augen verschieden.

Samgin dachte mit einer ihm unbegreiflichen Kränkung und Traurigkeit, daß ihr unbestreitbarer Verstand sich in Worten erschöpfe und unterwürfig im Dienst ihres leidenschaftlichen Bereicherungstriebs stehe. Turtschaninow rollte den Spazierstock mit den Handflächen auf den Knien hin und her und sagte zu den Damen: »In Paris fühlt man ganz besonders, daß der Mann der Frau preisgegeben ist . . .«

Lidija belehrte ihn, im Madonnenkult träten allzu deutlich heidnische Elemente zutage, der Katholizismus sei sinnlich, ästhetisch . . .

»Ihm fehlt die heilsame Angst vor einer höheren Macht . . .«

Samgin erinnerte sich der Worte Besbedows über die Angst und entschied, daß er die Wohnung wechseln müsse, die Nachbarschaft mit diesem Mann war ganz unerträglich.

Marina schlug ihm mit dem Handschuh aufs Knie und sagte: »Was für ein müdes und böses Gesicht du machst. Du solltest dich mal zwei Wochen in Otradnoje aufhalten, dich erholen . . .«

»Bei Gesprächen mit den Bauern über Politik und Sonderländer«, fügte Samgin mürrisch hinzu.

Sie lächelte. »Weshalb denn? Wenn du dich nicht unterhalten willst, so laß es bleiben und behalte deine Weisheit für dich. Die Bauern fühlen sich doch gekränkt! Lida handelt sehr umsichtig, wenn sie Soldaten kommen läßt.«

»Das tat ich auf deinen Rat«, erinnerte sie Lidija, aber die Sotowa leugnete: »Ach was, du hast deinen eigenen Verstand, du bist doch kein Kind!«

Die Pferde liefen schnell, aber der Weg zur Stadt kam Samgin ermüdend lang vor.

Gleich am nächsten Tag machte er sich daran, Turtschaninow das Erbrecht zu sichern; ihm halfen dabei irgendwelche geheimen Mächte, er brachte die Angelegenheit sehr rasch zum Abschluß und verdiente daran gut. Er, dem früher Geld fast gleichgültig gewesen war, empfing jetzt Geldscheine mit einem Gefühl der Befriedigung, sie verhießen ihm Unabhängigkeit, festigten seinen Wunsch, ins Ausland zu reisen. Sogar seine Stimmung wurde ruhiger, beständiger. Besbedow erregte ihn nicht mehr so, und die Absicht, die Wohnung zu wechseln, verschwand. Aber da brachen nacheinander zwei Episoden stürmisch in sein Leben ein.

An einem grauen Tag kam er vom Bezirksgericht; der Wind wirbelte sinnlos und zornig durch die Straße, als suche er nach einem

Platz, wo er sich verstecken könne, blies Samgin ins Gesicht, in die Ohren und in den Nacken, riß die letzten Blätter von den Bäumen, jagte sie zusammen mit kaltem Staub durch die Straße und versteckte sie unter den Toren. Dieses sinnlose Spiel rief unangenehme Vergleiche hervor, und Samgin schritt geneigten Kopfes rasch voran.

Die Einwohner hatten schon die Doppelfenster eingesetzt, und das machte wie immer die Stille in der Stadt tiefer, lautloser. Samgin bog in eine kurze Nebengasse ein, die zwei Straßen verband, staubfeiner Regen sprühte ihm ins Gesicht und zwang ihn stehenzubleiben, den Hut ins Gesicht zu drücken und den Mantelkragen hochzuklappen. Gleich danach rief jemand gellend hinter der Straßenecke: »Hilfe ...«

Dort war das eiserne Poltern einer Droschke zu hören; hinter der Ecke kam, schaukelnd, der Kopf eines Pferdes hervor, seine Vorderfüße tänzelten; der schrille Schrei wiederholte sich noch zweimal, ein Mann in grauem Mantel kam, die Mütze ins bärtige Gesicht gestülpt, herausgelaufen, in seiner einen Hand blinkte etwas Metallenes, in der anderen baumelte eine mäßig große Reisetasche aus Stoff; dieser Mann geriet unwahrscheinlich schnell in Samgins Nähe, stieß ihn an und sprang vom Bürgersteig in die Tür eines halb im Keller gelegenen Raums mit einem neuen Schild darüber: »Reparatur von Nähmaschinen und Fahrrädern.«

Inokow, kombinierte Samgin, als ihn unter dem Mützenschirm hervor sehr bekannte Augen anblitzten. Das ist Inokow. Mit einem Revolver. Eine Expropriation.

Hinter der Ecke herrschte Lärm, und obwohl der Lärm nicht stark war, wurde es Samgin davon schwindelig. Der Regen fiel dichter, und der tief gesenkte Pferdekopf, der hinter der Ecke hervorragte, pendelte hin und her.

Samgin suchte die Frage zu lösen: weitergehen oder umkehren? Aber da trat aus der Tür der Werkstatt für Nähmaschinenreparaturen gemächlich ein hochgewachsener Mann mit spärlichem Haar und mürrischem Gesicht, schmutzigem blauem Hend und vorgebundenem Schurz; die rechte Hand hielt er in der Tasche, mit der linken zog er die Tür fest zu und schloß sie ab, als schösse er mit dem Schlüssel. Samgin erkannte auch ihn, dieser Mann war mit der jungen Murawjowa bei ihm gewesen.

»Sie erkennen mich wohl nicht?« fragte der Mann nicht laut, aber sehr eindringlich und hielt Samgin, als dieser weiterschritt, am Mantelärmel fest. »Erinnern Sie sich noch an den Studenten Marakujew? Und an Dunajew? Ich bin Waraksin.«

»Ach ja, natürlich«, murmelte Samgin, der den rechten Arm Waraksins beobachtete, doch Waraksin fragte ihn: »Was haben Sie? Fühlen Sie sich nicht wohl?«

»Dort ist etwas passiert«, sagte Samgin und deutete nach vorn, Waraksin entgegnete ruhig: »Gehen wir hin, schauen wir mal nach.«

Er ging hinter Samgin her, wobei er mit den Schuhsohlen wuchtig über die Backsteine des Trottoirs schlurrte, während Samgin mit weichen Knien beklommen dahinschritt, schwermütig überzeugt davon, Waraksin könnte sich weiß der Teufel was einbilden und ihn erschießen.

Er blickte Waraksin über die Schulter an und sagte: »Sie haben sich so verändert, daß Sie nicht wiederzuerkennen sind...«

»Und Sie – nicht sehr«, hörte er eine gleichmütige Stimme.

Hinter der Ecke saß auf einem Prellstein ein kleiner, dicker alter Mann mit rötlichem Bärtchen und beschmutztem Mantel, zitterte am ganzen Leib, wankte und schluchzte leise; den kleinen Alten stützten zwei an den Seiten: der Polizeiposten und ein Mann mit steifem Hut, der in den Nacken geschoben war; das Gesicht dieses Mannes war aufgebläht, seine Augen verblüfft aufgerissen, er war gerade im Begriff, dem alten Mann die nasse, zerknüllte Mütze aufzusetzen, dabei zischte und kreischte er: »Z-zweiundvierzigtausend, sieh mal einer an! Am hellichten Tag! Auf einer belebten Straße!«

Es hatten sich schon etwa fünfundzwanzig Zuschauer – Männer und Frauen – versammelt; aus den Türen und Toren der Häuser stürzten neugierige Einwohner heraus und näherten sich vorsichtig. Auf dem Trittbrett der Droschke saß ein junger, flachsblonder Kutscher und jammerte mit hoher, stockender Stimme: »Er packte also den Gaul am Zaum und bog in die Gasse ein...«

»Na, da lügst du schon!« rief aus der Menge ein Mann, der einen Sessel auf dem Kopf trug.

»Bei Gott – ich lüge nicht! Ich wollte schon mit der Peitsche nach ihm schlagen, doch da zeigte er mir den Revolver...«

Irgendwer bemerkte beifällig: »Die haben geschickt die Zeit gewählt, die Mittagsstunde!«

Die Zuschauer fragten laut: »Wie viele waren es? Wohin sind sie gelaufen?«

Und neben Klim vermutete jemand halblaut: »Es sieht danach aus, als verstellte sich der Kutscher.«

Der Regen fiel immer dichter, der Raum verengte sich, die Leute lärmten weniger, ihnen sekundierte das weinerlieche Glucksen des Wassers in den Regenrinnen, und den ganzen Lärm übertönte der flotte und hastige Bericht des Mannes mit dem Sessel auf dem Kopf; die von der Last plattgedrückte obere Hälfte seines Gesichts war unsichtbar, zu sehen waren nur die Nase und das Kinn, an dem ein schwarzes, krauses Bärtchen zitterte.

»Ich ging dort drüben, und sie kamen mir zu zweit entgegen, der eine mit einer Mütze, der andere mit einem Hut, und beide im Mantel. Nun, der eine stürzte sich in den Wagen, riß das Köfferchen an sich ...«

»Die Handtasche, hat der Alte gesagt ...«

»Das ist einerlei! Er riß sie an sich und rannte in die Gasse, der andere packte das Pferd, und der Kutscher sprang ab und lief davon.«

»Ich? Vom Pferd weggelaufen ...«

»Ja, du – da sieht man, was für einer du bist! Angst hast du gekriegt, du Tölpel ...«

»In die Gasse ist er gelaufen, sagst du?« fragte plötzlich und sehr laut Waraksin. »Ich stand doch in der Gasse, und dieser Herr da ging durch die Gasse hierher, aber wir beide haben niemanden gesehen – wie ist denn das? Du schwatzt ins Blaue hinein, Onkelchen. Der Kassenbote dort sagt, eine Handtasche, und du sagst – ein Koffer! Dein Möbelstück leidet unter dem Regen ...«

Waraksin hatte eindringlich begonnen, er machte spöttisch Schluß. Sein Gesicht war knochig, ausgemergelt, die dunklen Augen blickten streng unter den buschigen Brauen hervor. Man hatte ihm aufmerksam zugehört, und eine bejahrte Frau sagte gleich danach: »Da sieht man, wie die Leute schwatzen und Unschuldige verleumden.«

Samgin stand an der Hausmauer, sah zu, hörte zu und bemühte sich ein paarmal wegzugehen, aber Waraksin hinderte ihn daran, indem er sich bald seitlich, bald mit dem Rücken vor ihn stellte und ihm ein paarmal mürrisch ins Gesicht blickte. Als Samgin jedoch eine entschlossenere Bewegung machte, sagte er laut: »Gehen Sie nicht weg, Herr, Sie sind Zeuge!« und begann den Kutscher ruhig auszufragen: »Wie viele waren es denn?«

»Zwei. Der eine machte sich bei dem Alten zu schaffen, und der andere – der packte das Pferd.«

Samgins Gefühle waren geteilt: Er hätte empört sein müssen, daß Waraksin ihm Gewalt antat, war es aber nicht. Die Vergangenheit hatte ihn von neuem grob mit ihrer griffigen, gefährlichen Hand berührt, aber auch das erregte ihn nicht.

Waraksin nahm die Hand aus der Tasche und verschränkte die Arme über der Brust, unter seinem Schurz lugte ein Mützenschirm hervor.

Samgin stellte gewohnheitsmäßig fest, daß die Zuschauer in drei

Gruppen zerfielen. Die einen waren empört und erschreckt, die anderen über irgend etwas befriedigt und schadenfroh, die Mehrheit schwieg vorsichtig, und viele gingen schon eilig weg, denn die Polizei war eingetroffen: ein kleiner Polizeioffizier mit spitzer Nase und schwarzem Schnurrbart in einem gelben ungesunden Gesicht, zwei Revieraufseher und ein Zivilist, dick, mit runder Brille und steifem Hut; vier berittene Polizisten galoppierten herbei, es kamen noch zwei Wagen, und der Polizeioffizier, der die Zuschauer beiseite drängte, rief bereits: »Wer ist Zeuge? Dieser da? Nehmt ihn fest.«

Der Zivilist fragte unterdessen hastig den Mann mit dem Sessel: »In die Gasse? Wie war er gekleidet?«

Es war sehr unangenehm zu sehen, daß Waraksin die Hand wieder gemächlich in die Tasche steckte.

»Dabei haben die Leute niemanden in der Gasse gesehen«, sagte jemand.

»Welche Leute?«

»Ich«, sagte Waraksin und schüttelte sein nasses Haar. »Und dieser Herr da.«

Er deutete mit der rechten Hand auf Samgin und strich sich mit der linken über das Bärtchen – es war grau meliert und vom Regen besprüht.

Wie ruhig er sich verhält, dachte Klim, und als der Polizeioffizier gemeinsam mit dem Zivilisten ihn auszufragen begann, sagte er ebenfalls ruhig, er habe den Pferdekopf an der Ecke gesehen, habe den Handwerker gesehen, der die Tür der Werkstatt abschloß, und sonst sei niemand in der Gasse gewesen. Der Polizeioffizier machte vor ihm die Ehrenbezeigung, und der Zivilist fragte nach dem Vor- und Familiennamen Waraksins.

»Nikolai Jeremejew«, antwortete Waraksin laut, holte die Mütze hinter dem Schurz hervor und stülpte sie sich gemächlich über den nassen Kopf.

»Auseinandergehen, auseinandergehen«, rief der Revieraufseher. Samgin warf einen Blick auf Waraksins strenges Gesicht und konnte sich nicht eines Lächelns enthalten, ihm kam es vor, als hätte ihn aus den tiefen Augenhöhlen des Schlossers ein beifälliges Lächeln als Antwort angeblinkt.

Er hätte mich erschießen können, dachte Samgin, als er durch den feinen, aber spärlichen und trägen Regen rasch heimwärts schritt. Das hätte ihn zwar nicht gerettet, aber ... er hätte es tun können!

Er war mit sich zufrieden und fühlte sich zugleich betreten.

So habe ich nun indirekt an einer Expropriation teilnehmen müssen, dachte er und lächelte innerlich. Aber – Inokow! Zweifellos war er es, der Waraksin hinter mir hergeschickt hat ... Und diese ... Tätigkeit entspricht aufs denkbar beste dem Chrakter Inokows.

Wie jeder, dem es geglückt ist, einer Gefahr zu entrinnen, fühlte Samgin sich gehoben und fügte zu Hause, als er Besbedow von dem Überfall erzählte, kleine humoristische Einzelheiten in seinen Bericht ein, sprach von der Unzuverlässigkeit der Aussagen von Augenzeugen und hörte selbst mit großem Interesse seiner Erzählung zu.

»Anarchisten«, murmelte Besbedow teilnahmslos, die Serviette zusammenrollend, und Samgin belehrte ihn: »Die zweifelhafte Zuverlässigkeit von Zeugenaussagen ist durch die juristische Praxis schon längst festgestellt worden, und sie enthüllt im Grunde am besten die Subjektivität unserer Urteile über alle Lebenserscheinungen ...«

»Der Teufel soll die Zeugen holen«, sagte Besbedow zornig. »Mir hat der Schuft Blinow zwei Tümmlerpaare weggefangen – die besten Flieger. Ich biete ihm Lösegeld an, er nimmt es nicht ...«

Am nächsten Tag las Samgin morgens im Lokalblatt: »Es bestehen Gründe für die Annahme, daß der Überfall zufällig, unvorbereitet erfolgte, daß es ein einfacher Raubüberfall war.« Die Zeitung der Monarchisten behauptete, dies sei »ein Akt politischer Zügellosigkeit«, und beide sagten, die Aussagen der Augenzeugen über die Zahl der Angreifer widersprächen sich scharf: die einen sagten, es seien zwei Angreifer gewesen, andere hätten nur einen gesehen, doch sei ein Zeuge vorhanden, der behaupte, daß der Kutscher an dem Raubüberfall beteiligt gewesen sei. Verhaftet seien außer dem Kutscher noch zwei Personen: der beraubte Kassenbote und ein Tischler – einer der Zeugen des Überfalls. Diese Zeitungsnotizen weckten in Samgin keinerlei besondere Gedanken. Von Expropriationen berichteten die Zeitungen immer öfter, und Samgin erinnerte sich gut der Worte Marinas: »Es sind Marodeure am Werk.« Diese Episode verlor für Samgin überhaupt ihre Schärfe und schwand bald, von einer anderen Episode verdrängt, fast gänzlich aus seinem Gedächtnis.

Eines Abends saß Samgin am Teetisch und blätterte im Heft einer Zeitschrift. Da wurde die Vorzimmertür hastig zugeschlagen, und mit schweren Schritten trat Besbedow herein, setzte sich wuchtig an den Tisch und bekam einen Anfall seines heiseren Hustens; sein rundes, aufgedunsenes Gesicht bewegte sich widerlich, als wäre das Fett unter der Haut geschmolzen und quölle über, die Augen blinzelten geblendet, die Hände zitterten, und es schien, als entferne er mit ihnen Spinnweben von Stirn und Wangen.

Samgin betrachtete ihn schweigend durch die Brille und – wartete.

»Nun also«, begann Besbedow, die Hände auf die Knie gestützt und sich hin und her wiegend. »Sie werden mich vor Gericht verteidigen müssen. Gegen die Anklage wegen versuchten Totschlags, Körperverletzung und ... überhaupt weiß der Teufel was allem. Geben Sie mir irgend etwas zu trinken ...«

Samgin begab sich in aller Ruhe ins Schlafzimmer, holte die Wasserkaraffe und stellte sie vor Besbedow hin; das alles tat er mit betonter Gleichgültigkeit und fragte gleichmütig: »Was ist vorgefallen?«

»Ich habe Blinow eine Ladung Schrot in die Schnauze gepfeffert, darum handelt es sich!« sagte Besbedow, nahm die Karaffe vom Tisch, stellte sie sich aufs Knie und fuhr unter Kopfschütteln mit pfeifender Stimme fort: »Er hat sich über mich lustig gemacht, der Schuft! ›Höre auf‹, sagt er, ›du verstehst nichts von Tauben.‹ Ich? Ich habe Mensbir gelesen! Und er, dieser Idiot, weist mich zurecht. ›Du hast dir‹, sagt er, ›die Tauben nicht aus Liebe angeschafft, sondern aus Neid, um mit mir zu konkurrieren, dabei solltest du mit deiner Faulheit konkurrieren, nicht mit mir ...‹«

Er sprach, als phantasierte er im Fieber, keuchte, pfiff die Worte heraus, hielt die Karaffe an ihrem Hals fest, schüttelte sie mit dem Knie und horchte, wie das Wasser gluckste.

Seine schweren Seufzer und seine Worte, an denen er zu ersticken drohte, hörten sich unheimlich an. Mit der rechten Hand knetete er die Wange, die roten Finger zupften an den Haaren, sein Gesicht schwoll an und sank wieder in sich zusammen, die blauen Pupillen waren gleichsam im milchigen Weiß der Augen zerronnen. Er sah jämmerlich, widerlich aus, aber – weit mehr noch – unheimlich.

Es dauerte eine ganze Weile, bis Samgin ergründen konnte, was eigentlich vorgefallen und wie es dazu gekommen war.

Besbedow antwortete nicht auf seine Fragen und ließ Klim dadurch im Lauf einiger Minuten den Wechsel verschiedenartiger Empfindungen erleben: Zuerst tat es ihm wohl, Besbedow erschreckt und bedauernswert zu sehen, dann schien es, dieser Mann sei nicht darüber betrübt, daß er geschossen, sondern darüber, daß er den anderen nicht getötet hatte, und hier kam Samgin der Gedanke, daß Besbedow in diesem Zustand zu noch irgendeinem tollen Streich fähig wäre. Da er sich gefährdet fühlte, begann er ihn streng und sachlich zu beschwichtigen.

»Wenn Sie möchten, daß ich Sie verteidige, müssen Sie alles der Reihe nach erzählen ...«

Besbedow stellte die Karaffe auf den Tisch, schwieg eine Weile und blickte sich um, dann sagte er: »Nun ... Wir begegneten uns vor der Stadt. Er war unterwegs, um sein neues Gewehr auszuprobieren. Wir gingen zusammen weiter. Ich fragte, warum er das Lösegeld für die Tauben nicht annehme. Er begann mich zurechtzuweisen und bekam eine Ohrfeige, da ritt ihn der Teufel, mit dem Gewehr gegen mich auszuholen, aber ich entriß es ihm und hätte ihm – mit dem Kolben – eins knallen sollen . . .«

Er verstummte, hob sogar die Hand, als wolle er sich den Mund zuhalten, und diese krampfhafte naive Geste berechtigte Samgin, im Ton der Behauptung zu sagen: »Sie haben gewußt, daß das Gewehr geladen war.«

»Ja. Er hatte es gesagt, als es sich in meinen Händen befand . . . als ich es besichtigte«, gestand Besbedow mürrisch, griff sich mit den Händen an den zerzausten Kopf und sagte heiser: »Ich hab's – die Tante! Wenn er mich verklagt, dann wird sie . . . Und er wird mich verklagen! Sie sind doch weichlich ihr gegenüber . . .«

»Reden Sie kein dummes Zeug«, warnte ihn Samgin und stellte die professionelle Frage: »Waren Zeugen zugegen?«

»Nein, niemand«, sagte Besbedow und blähte die Wangen so prall auf, daß ihm Ohren und Hals rot anliefen, dann atmete er heftig aus und fragte nachdrücklich und grob: »Haben Sie keinen Wein?«

Er stand auf und wankte, wie ein Greis mit den Füßen schlurrend, davon. Noch bevor er mit einer Flasche Wein zurückkehrte, hatte Samgin sich bereits eingeredet, daß er gleich etwas sehr Wichtiges über Marina zu hören bekommen werde. Besbedow füllte im Stehen ein Teeglas, trank die Hälfte aus und sagte nochmals hoffnungslos, mit mürrischem Ingrimm: »Er wird mich verklagen, der Idiot! Früher – hätte er sich vor der Tante gefürchtet, aber jetzt, da alle aus der Haut fahren wollen und jeden Tag Menschen aufgehängt werden, wird er mich verklagen . . .«

Er mußte nicht nur beschwichtigt, sondern auch günstig gestimmt werden, und danach waren einige Fragen über Marina an ihn zu richten. Als Samgin das erfaßt hatte, begann er in fachmännischem Ton davon zu sprechen, wie man die Verteidigung aufbauen könnte: »Offensichtlich haben Sie im Zustand der Unzurechnungsfähigkeit gehandelt, das Gesetz definiert ihn als Zustand des Jähzorns und der Erregung. Solch ein Zustand stellt sich nicht ohne Grund ein, er wird hervorgerufen durch Beleidigung oder ist die Folge leichter, nicht ganz normaler Erregbarkeit, die dem Täter eignet. In letzterem Fall ist ein ärztliches Gutachten erforderlich. Zeugen sind nicht vorhanden. Die Aussagen des Verletzten? Der Schuß wurde aus seinem Gewehr abgegeben. Er kann bei der Besichtigung des Gewehrs durch Zufall ausgelöst worden sein. Sie brauchen ja nicht gewußt zu haben, daß es geladen war. Endlich, wenn Sie sich fest entsinnen, daß der

Verletzte tatsächlich mit dem Gewehr gegen Sie ausgeholt hat, so konnten Sie den Kampf um das Gewehr gegen ihn aufgenommen haben, und dann erklärt sich der Schuß ebenfalls als ein Zufall. Nicht ausgeschlossen ist auch das Motiv der Notwehr. Überhaupt – die Verteidigung hat kein übles Material . . .«

Besbedow hörte sich die sachliche Rede des Advokaten an, wobei er ihm halb zugekehrt dastand, den Kopf zur Schulter geneigt, und das Glas mit dem Wein in Höhe seines Kinns hielt.

»Gut«, billigte er sie halblaut und offenbar sehr erfreut. »Sehr gut!« Dann warf er den Kopf zurück, schüttete sich den Wein in den Mund und krächzte: »Dennoch möchte ich keine Gerichtsverhandlung, helfen Sie mir, dies alles ohne viel Aufhebens beizulegen. Sehen Sie, ich habe Ihren Mischka ausgesandt, damit er ausschnüffelt, wie's dort steht. Und wenn's . . . nicht sehr schlimm steht, gehe ich morgen selbst zu Blinow hin, der Teufel soll ihn holen! Und Sie – sollten die Tante besänftigen, erzählen Sie ihr irgend etwas . . . dergleichen«, sagte er unverfroren und energisch, indem er auf Samgin zutrat und ihn mit seiner schweren, roten Hand sogar leicht an der Schulter berührte. Das war Klim etwas unangenehm – er sagte mit spöttischem Lächeln: »Sie fürchten sich ja sehr vor Marina Petrowna!«

»Ja«, sagte Besbedow, einen Schritt zurücktretend, verbarg die Hände auf dem Rücken und starrte Samgin aufmerksam und zornig mit seinen weißen Augen ins Gesicht, wodurch er ihn an Moskau, das grüne Häuschen, Ljubascha und die Szene des Rowdyüberfalls erinnerte. »Komisch, wie?« fragte Besbedow.

»Nicht komisch, sondern merkwürdig«, sagte Samgin achselzukkend und rückte die Brille zurecht.

Besbedow rollte seine hellblauen Pupillen ausweichend hin und her, sein Gesicht verzerrte sich und schwoll nach unten an; es war deutlich, daß er etwas sagen wollte, sich aber nicht dazu entschließen konnte. Samgin versuchte ihm zu helfen. »Sie scheint ein sehr herrischer Mensch zu sein . . .«

»Mensch?« wiederholte Besbedow verständnislos. »Ja, das stimmt . . . Na, danke schön!« sagte er unvermittelt und ging zur Tür, worauf Samgin, der ihn mit zornigem Blick verfolgte, der Gedanke kam: Ein ausgesprochener Verbrechertyp. Er fürchtet Marina nicht nur, sondern scheint sie auch zu hassen. Weshalb?

Am nächsten Tag indessen erweckte Besbedow in Samgin einen sonderbaren Verdacht. Die ganze Geschichte mit dem Schuß hatte er anscheinend nur erzählt, um sich interessant zu machen; die Ausmaße seiner Tat hatte er beträchtlich aufgebauscht, er hatte den Taubenliebhaber nicht ins Gesicht, sondern in den Leib geschossen, und kein einziges Schrotkörnchen hatte den dicken Mantel durchschlagen. Er strich sich in aller Seelenruhe über das rasierte Kinn und die Wangen und sagte: »Wir haben uns versöhnt; ich habe ihm zwei Tümmlerpaare und zwanzig Rubel gegeben, der Teufel soll ihn holen!«

Samgin schien es sogar, auch dies sei gelogen und es sei gar kein Schuß gefallen, alles sei erfunden. Aber er wollte Besbedow nicht sagen, daß er ihm nicht glaube, sondern bemerkte nur ironisch: »Sie haben sich ja rasiert.«

»Ich gehorche den Älteren«, erwiderte Besbedow, und über sein blasenförmiges Gesicht liefen kleine Runzeln, die das dicke, aufgeblähte Gesicht für ein paar Sekunden greisenhaft welk machten. Dieser unsinnige Vorfall, der Samgins Antipathie gegen Besbedow festigte, erschütterte nicht seine Überzeugung, daß Walentin sich vor der Tante fürchtete, und steigerte noch mehr sein Interesse dafür, worin außer der Leidenschaft des Geldanhäufens der Inhalt ihres Lebens bestehen mochte. Diese Leidenschaft bemäntelte sie mit nichts.

Zwei Tage später etwa begrüßte sie Samgin im Laden mit Worten, denen er weder Bedauern noch Groll anmerkte: »Otradnoje ist niedergebrannt! Sie haben es trotz der Soldaten in Brand gesteckt. Sacharij wurde ein wenig verprügelt, er konnte sich nur mit knapper Not aus dem Staub machen. Die ganze linke Seite des Hauses ist abgebrannt, auch das Kontor, der Schuppen und die Pferdeställe. Gut, daß ich das Getreide noch hatte verkaufen können.«

Sie sprach unnatürlich, entblößte dabei die Zähne und schwang den rechten Arm, als wolle sie Samgin schlagen.

»Lidija gefiel das Haus nicht, sie wollte es umbauen. Ich – verliere nichts, den Hypothekenbetrag habe ich erhalten. Dennoch muß man Lidija beruhigen, geh doch mal zu ihr hin und schau nach, wie es um sie steht. Ich bin bei ihr gewesen, habe sie aber nicht angetroffen, sie hat viel mit den Dumawahlen zu tun, in diesem ihrem ›Bund des russischen Volkes‹ . . . Handle!«

Samgin brach auf und kam unterwegs auf den Gedanken, er sichere das Erbrecht nicht Turtschaninow, einem jungen, naiven Ausländer, sondern der Witwe eines Kaufherrn erster Gilde, Marina Petrowna Sotowa.

Räuberin, dachte er. Sie wird immer offenherziger, sogar zynisch.

Aber er entrüstete sich über ihre grausame Leidenschaft nur kühl, verstandesmäßig, überzeugt, daß diese Leidenschaft noch nicht die ganze Marina kennzeichne. Zudem war es ihm unangenehm, sie zu vereinfachen – er fühlte, daß er, wenn er die Sotowa vereinfachte, sich selbst zum ergebenen Diener ihrer brutalen Ziele herabwürdigte. Aber ihr Verstand konnte sich nicht nur auf diese Ziele beschränken. Sie sparte sicherlich nicht nur um des Geldes willen, sondern – für irgendeinen Zweck. Doch für welchen? Er hätte nicht erklären können, wie diese Überzeugung in ihm entstanden war und sich gefestigt hatte, aber er war nun mal dieser festen Überzeugung. Schließlich und endlich war er sich selbst gegenüber verpflichtet, zu wissen, welcher Sache er diente.

Lidija empfing ihn in ihrem Arbeitszimmer, am Tisch. Eine rauchgraue Brille vor den Augen, in einem gelben, mit schwarzen Drachen bestickten chinesischen Schlafrock und das unvermeidliche Netz auf dem krausen Haar, machte sie mit der Schere Ausschnitte aus der Zeitung. Ihr bräunliches Gesicht sah enttäuscht und böse aus.

»Ach, ich weiß, ich weiß!« sagte sie mit wegwerfender Handbewegung. »Das alte, morsche Haus ist abgebrannt, nun – was ist schon dabei? Dafür wird bestraft werden. Man hat mir schon telefonisch mitgeteilt, daß dort irgendein Soldat und die Tochter der Köchin – wahrscheinlich diese spitznasige, dreiste Person – verhaftet worden seien.«

Sie schlug mit beiden Händen auf den Zeitungsstapel auf dem Tisch und fuhr rasch, erregt, mit hysterischen Ausrufen fort: »Was aber wird Rußland anfangen, das zerfällt, sag mir doch – was? Dem Zaren sei alles gleichgültig, schreibt man mir, und jemand anderes, der hohen Kreisen nahesteht, teilt mit: Der Zar hasse alles, was er selbst uns gegeben hat – diese Duma, die Verfassung und überhaupt alles. Man spricht von einer Diktatur, denk dir bloß! Von Diktatur bei der Selbstherrschaft! Hat es so etwas jemals gegeben?« Sie senkte den Kopf und sah Samgin finster an, ihre Brille war fast bis zur Nasenspitze herabgerutscht, und es schien, als hätte sie zwei verschiedenfarbige Augenpaare im Gesicht. »Allen Nachrichten zufolge werden wieder und in Massen Linke in die Duma gewählt werden. Das werden wir dem Abenteurer Stolypin zu verdanken haben, der sich mit der Absicht trägt, die Dorfgemeinde zunichte zu machen und die wirtschaftlich starken Bauern aus den Dörfern auf Einzelhöfe zu verteilen . . .«

Samgin sagte: »Du hast, wie mir scheint, mit dieser Reform sympathisiert?«

»Nein«, sagte sie schroff. »Das heißt – ja, ich habe mit ihr sympathisiert, als ich ihren revolutionären Sinn noch nicht erkannt hatte. Die Wohlhabenden aus den Dörfern aussiedeln bedeutet – das Dorf schwächen und die Einzelhofbauern ebenso schutzlos zu lassen wie die Gutsbesitzer.« Sie lehnte sich im Sessel zurück, nahm die Brille ab und blickte Samgin mit vorwurfsvollem Kopfschütteln aus ihren dunklen Augen an, die von entzündeten Lidern umrandet waren.

»Übrigens rede ich vergebens, ich weiß: Du bist gleichgültig gegen alles, was nicht Zerstörung ist. Marina hat von dir gesagt: »Ein unfreiwilliger Zuschauer . . .«

»So?« fragte Samgin, unangenehm überrascht. »Und was bedeutet das?«

»Das ist schrecklich, Klim!« rief sie, das Netz auf dem Kopf zurechtschiebend, und die schwarzen Drachen krochen von den Ärmeln des Schlafrocks auf ihre Schultern und Wangen. »Bedenke: Dein Heimatland geht zugrunde – und wir alle müssen es retten, um uns selbst zu retten. Stolypin ist ehrsüchtig und dumm. Ich habe diesen Mann gesehen – nein, er ist kein Führer! Und so ein dummer Mensch belehrt den Zaren. Den Zaren . . .«

Samgin hörte ihre Ausrufe, aber diese Frau im weiten, phantastischen Gewand existierte für ihn schon nicht mehr im Zimmer, und ihre Stimme kam aus der Ferne, als spräche sie durchs Telefon. Er überlegte: so also spricht Marina von mir . . .

Er vernahm: »In Petersburg haben Terroristen Oberst Min, den Unterdrücker des Moskauer Aufstandes, getötet; in Interlaken hat man auf irgendeinen Deutschen geschossen, den man für den Minister Durnowo hielt, das Standrecht vermag die Zahl der revolutionären Anarchistenakte nicht zu verringern . . .« Die Frau in Gelb schrie unermüdlich und aufdringlich, aber alles, worüber sie schrie, war in der Vergangenheit geschehen, bei einem anderen Samgin. Der hätte sich all diesen Tatsachen gegenüber wahrscheinlich anders verhalten, aber dieser hier war endgültig außerstande, an etwas anderes zu denken als an sich und Marina.

Ein unfreiwilliger Zuschauer? Das stimmt, ich habe mir das selbst gesagt.

Für einen Augenblick nur erinnerte er sich des Zaren, des zinngrauen Figürchens, des kleinen Männchens mit den blauen Augen und dem gleichgültig freundlichen Lächeln.

Er ist gleichgültig und haßt . . . Das ist unvereinbar. Richtiger wäre – er verachtet. Und ich – hasse oder verachte ich?

Er lächelte unwillkürlich und rief dadurch in Lidija einen Ausbruch von Entrüstung hervor.

»Bringt dich das alles wirklich zum Lachen? Aber überlege doch mal! Über allen im Lande stehen, über allen!« schrie sie, und ihre kranken Augen weiteten sich erschreckt. »Der doppelköpfige Adler, das ist doch das heilige Symbol übermenschlicher Macht . . .«

Samgin war es entgangen, wann und weshalb sie wieder vom Zaren zu sprechen begonnen hatte.

»Wir alle sind doppelköpfig«, sagte er und erhob sich. »Die Sotowa, du, ich ...«

»Was willst du damit sagen?« fragte Lidija und erhob sich ebenfalls.

Seinen eigenen Worten lauschend, sagte er, in der Hoffnung, Lidija zu kränken: »Der Zar ist wahrscheinlich müde von diesem Rummel und verachtet alle ...«

»Er? Der Gesalbte Gottes und – die Menschen verachten?« schrie Lidija entrüstet auf. »Besinne dich! So kann nur ein Atheist, ein Anarchist denken! Übrigens – das bist du ja auch von Natur.«

Sie schüttelte hoffnungslos den Kopf, doch dann, als Samgin ihr die Hand drückte, fragte sie: »Hier haben alle Leute schrecklich schweißige Hände, ist dir das nicht aufgefallen?«

Dumme Gans. Unfruchtbarer Feigenbaum, dachte Samgin gleichmütig, als machte er Überschriften. Um wieviel klüger, interessanter als sie ist doch Marina ...

Dann stellte er neben Marina das blaugraue Zarenfigürchen und lächelte.

Die Stadt war voller Unruhe, sie bereitete sich auf die Dumawahlen vor, durch die Straßen gingen und fuhren besorgte, mürrische Menschen, an den Zäunen prangten bunte Parteiaufrufe, die Mitglieder des »Bundes des russischen Volkes« rissen sie herunter oder überklebten sie mit den ihrigen.

Das alles berührte Samgin nicht, aber es war unangebracht, unangenehm, abseits zu stehen, und so besuchte er zwei-, dreimal Versammlungen ortsansässiger Politiker. Alles, was er hörte, alle Reden der Referenten waren ihm bekannt; er stellte fest, daß die Linken laut sprachen, aber ihre Worte waren farblos geworden, und man merkte, daß die Redner sich beim Sprechen allzusehr anstrengten, als böten sie ihre letzten Kräfte auf. Er erkannte an, daß das Vernünftigste in der Stadtduma gesagt wurde, in einer Versammlung der Kadetten, von einem Mitglied ihre Ortskomitees, Marinas ehemaligem Anwalt.

Das Bäuchlein auf den Rand des Tischs gestützt, der mit grünem Tuch bedeckt war, und mit der dünnen, goldenen Uhrkette spielend, während er mit den Fingern der anderen Hand gleichsam die Luft salzte, prägte dieses gelbgesichtige Männlein klingend kunstvoll abgerundete Sätze; in dem bläulichen Weiß seiner Augen flackerten die Kohlenstückchen der schwarzen Pupillen, von weitem schien es, als wäre sein rundes Gesicht gekränkt, erbost. Man hörte ihm aufmerksam, schweigend zu, und das Schweigen war so ehrerbietig gelangweilt, wie es bei Festsitzungen anläßlich des ersten oder zehnten Jahrestages nach dem Tod hochverehrter Männer der Öffentlichkeit zu sein pflegt.

Der Redner sprach davon, daß der Krieg die internationale Bedeutung Rußlands untergraben und es gezwungen habe, ungünstige, sogar schmachvolle Friedensbedingungen und einen für den Getreidehandel harten Vertrag mit Deutschland zu unterzeichnen. Die Revolution habe der Wirtschaft des Landes ungeheure Verluste zugefügt, habe aber immerhin um diesen hohen Preis der Selbstherrschaft Schranken auferlegt. Eine ruhige Tätigkeit der Reichsduma müsse die vom Volk erkämpften Rechte allmählich erweitern, müsse Rußland europäisieren und demokratisieren.

Er verstummte und führte das Wasserglas an die Lippen, machte aber vorher mit der rechten Hand eine Bewegung, als hätte er den Finger ins Wasser tauchen wollen, dann stellte er das Glas an seinen Platz zurück und fuhr angespannter, sogar gleichsam zornig, aber auch hoffnungslos fort: »Die Menschewiki, die realistischen Sozialisten, haben begriffen, daß eine Revolution an und für sich nicht schöpferisch sein kann, sie zerstört und beseitigt nur die Hindernisse, die der herangereiften sozialen Reform im Wege stehen. Sie haben begriffen, daß Kultur ohne Zusammenarbeit der Klassen nicht möglich ist. Die utopischen Sozialisten mit ihrem mystischen Glauben an die Macht der Arbeiterklasse sind zerschlagen, sie sind von der Bühne der Geschichte abgetreten. Jedermann begreift, daß das Land ruhige Alltagsarbeit auf den Gebieten der Politik und der Kultur braucht. Schließlich müssen sich alle von den gewaltigen Erschütterungen des überstandenen Sturms erholen. Vor uns erhebt sich eine grandiose Aufgabe: die viele Millionen zählende Bauernschaft auf die Beine zu stellen. Und – nochmals: Eine Evolution ist unmöglich ohne Zusammenarbeit der Klassen, diese Wahrheit wird durch die ganze Geschichte der kulturellen Entwicklung Europas bestätigt, und diese Wahrheit können nur Leute leugnen, denen jegliches Verantwortungsgefühl der Geschichte gegenüber fehlt...«

Um diesen Gedanken beizustimmen, brauchte Samgin sich nicht besonders anzustrengen. Sie waren ihm schon längst von selbst gekommen und lebten in ihm, ohne nach einer Formulierung in Worten zu verlangen. Samgin war über den Redner entrüstet, er hatte diese »von der Vernunft der Geschichte ausgearbeiteten« Gedanken roh entblößt und ihres Reizes beraubt.

Samgin spürte die Notwendigkeit, die Argumente der Geschichtsvernunft aufzufrischen und zu vertiefen, sie mit dem Material seiner eigenen, persönlichen Erfahrung zu unterbauen. Er hatte zu viel erlebt, und obwohl sein Verstand bereits sehr müde war, »Tatsachen und Systeme von Sätzen zu registrieren«, hatte er diese nun schon mechanische, hartnäckige und fruchtlose Angewohnheit dennoch nicht aufgegeben. Die Fruchtlosigkeit des Erfahrungsammelns bedrückte und beunruhigte ihn. Er wollte nicht zugeben, daß er sich Marinas skeptisches Verhalten zum Verstand angeeignet hatte, fühlte aber bereits, daß ihre Reden ihn mehr überzeugten als Bücher. Und schließlich gab es Augenblicke, in denen es Samgin mit unangenehmer Deutlichkeit zu Bewußtsein kam, daß das Gesicht der »gegenwärtigen Lage« zwar schon dicht mit dem Staub beruhigender Worte bedeckt war und immer mehr von ihm bedeckt wurde, daß aber dieses Gesicht dennoch rot und grimmig vor ihm erstand, wie das Gesicht von Marinas Hausknecht.

Er erinnerte sich seines Bruders: Vor kurzem war in einer der dicken Zeitschriften eine sehr lobende Besprechung des Buches von Dmitrij über die ethnographischen Verhältnisse im Nordgebiet erschienen.

Auch für mich wird es Zeit, aus meinen Beobachtungen Folgerungen zu ziehen, beschloß er und begann, in der Freizeit seine alten Aufzeichnungen nochmals durchzulesen. Freie Zeit hatte er genug, denn obwohl sich Marinas Angelegenheiten allmählich immer mehr ausweiteten, waren sie fast immer sonderbar einförmig: Es starben irgendwelche Witwen, alten Jungfern oder kinderlosen Händler, die ihr manchmal beträchtliches Vermögen Marina vermacht hatten.

»Das sind entfernte Verwandte meines Mannes«, pflegte sie zu erklären.

Die Zahl der Mandanten wuchs, zu Samgin kamen ehrwürdige bärtige Kaufleute aus den Landkreisen und sogar aus dem benachbarten Gouvernement.

»Marina Petrowna, die Soticha, hat uns an Sie verwiesen«, sagten sie, und es war zu spüren, daß Marina für diese Leute eine bedeutende Persönlichkeit war. Er erklärte sich das damit, daß diese unkultivierten Hinterwäldler Marinas sachlichen Verstand und ihre Lebenskenntnis schätzten.

An den Winterabenden saß er in der warmen Stille des Zimmers rauchend am Tisch und brachte ohne Übereilung Erlebtes und Gelesenes zu Papier, als Material für sein künftiges Buch. Zuerst betitelte er es: »Das russische Leben und die russische Literatur in ihrem Verhältnis zum Verstand«, aber dieser Titel erschien ihm zu schwerfällig, und so ersetzte er ihn durch einen anderen: »Kunst und Intellekt«; dann sah er ein, daß dies ein zu umfangreiches Thema war, ergänzte das Wort »Kunst« durch das Wort »Russische« und schränkte schließlich das Thema noch mehr ein: »Gogol, Dostojewskij und Tolstoi in ihrem Verhältnis zum Verstand.« Hierauf machte er sich daran, die drei Autoren mit dem Bleistift in der Hand nochmals zu lesen, und das war sehr angenehm, beruhigte ihn sehr und hob ihn gleichsam auf einer schrägen Linie irgendwohin über die sich wandelnde Wirklichkeit hinaus.

Gogol und Dostojewskij lieferten eine recht reichhaltige Menge von Tatsachen, die dem Hauptzug von Samgins Charakter chemisch verwandt waren, er empfand das deutlich, und auch das war angenehm. Die Widerlichkeit des Daseins und die launische Zügellosigkeit des Seelischen machten Samgin seinen Hader mit der Wirklichkeit verständlich, während das qualvolle Suchen der Helden Dostojewskijs nach unerschütterlicher Wahrheit und innerer Freiheit ihn von neuem erhob, aus der Menge der Alltagsmenschen herausführte und den unruhigen Helden Dostojewskijs nahebrachte.

Mitunter aber warf er den Bleistift auf den Tisch und sagte sich: Ich bin nicht so wie diese Menschen, bin gesünder als sie, verhalte mich dem Leben gegenüber ruhiger.

Jedoch die Wirklichkeit, gesetzmäßig ungehorsam gegen Theorien, die sie zu beruhigen suchten, indem sie sich als dichte Staubschicht von Worten auf ihrer Oberfläche ablagerten, die Wirklichkeit fuhr fort, ihn zu stoßen und zu beunruhigen.

Ende des Winters reiste er nach Moskau, gewann beim Obergerichtshof einen Prozeß, begab sich selbstzufrieden zum Essen ins Gasthaus und erinnerte sich, als er dort saß, daß noch keine zwei Jahre seit dem Tag vergangen waren, an dem er mit Ljutow und Alina in dem gleichen Saal gesessen und zugehört hatte, wie Schaljapin das »Knüppelchen-Lied« sang. Und es kam ihm nochmals unglaublich vor, daß eine solche Menge von Geschehnissen und Eindrücken in einem so geringen Zeitabschnitt Platz gefunden hatte.

»Und im abgrundtiefen Sack der Zeit kreist der Erdball«, erinnerte er sich eines vor kurzem gelesenen Satzes und meinte, daß er zu Dostojewskij und Gogol noch Leonid Andrejew und Sologub hinzufügen sollte. Dann, als er die Speisekarte durchsah, dem Stimmenlärm lauschte, kam ihm der Gedanke, daß wahrscheinlich nirgends so freundlich und geräuschvoll gegessen werde wie in Moskau. Besonders rücksichtslos laut benahm man sich an einem großen Tisch links von ihm an der Wand, dort saßen sieben Personen, und eine von ihnen, ein hochgewachsener, magerer Mann mit kleinem Kopf und spärlichem Schnurrbart im roten Gesicht, durchschnitt mit seinem Tenor übermütig das dichte Stimmengewirr mit den sarastischen Sätzen: »In Europa flößen die Industriellen den Ministern die Leitgedanken ein, bei uns ist es umgekehrt: Bei uns kam der Hinweis, daß die Fabrikanten sich organisatorisch zusammenschließen müßten, im vergangenen Jahr vom Minister Kokowzow.«

Unter einer Palme hinter Samgin unterhielten sich brummig zwei Männer, und die nicht mehr nüchterne Stimme des einen kam ihm bekannt vor.

»Unsinn! Soldaten machen keine Revolution.«
»Leiser!«
»Erschießen sollte man sie wie Neger . . .«
»Bedenke doch: Die Garde, die Preobrashenzen . . .«
»Um so mehr: Erschießen! Was bedeutet schon die Verschickung in irgend so ein blödsinniges Dorf Medwed? Vernich-ten, wie die Engländer die Spahis . . .«
»Das sagst du nicht im Ernst.«
»Ich weiß mehr als du«, schrie mit betrunkener Stimme der grimmige Mann, und Samgin entsann sich sofort: Das ist Tagilskij. Es wäre unangenehm, wenn er mich erkennen würde.

Er erhob sich ein wenig und schaute sich nach allen Seiten um, ob nicht irgendwo ein anderes Tischchen frei sei.

Es fand sich keins, hingegen schlug der kleinköpfige Tenor mit der Hand auf den Tisch und sagte scharf betont: »Niemals! Die Zumutung der Arbeiter, Tarife festzusetzen, ist nur unter der Bedingung annehmbar, daß sie auch die Verantwortung für die Verluste des Betriebs übernehmen!«

Er stand auf und drückte seinen Tischgenossen der Reihe nach rasch die Hand, wobei er jedem einförmig mit seinem glatten Köpfchen zunickte, dann warf er es weit zurück, legte die eine Hand auf den Rücken und ging, die Uhr in der anderen und den Blick auf das Zifferblatt gerichtet, mit weiten Schritten seiner langen Beine zur Tür wie einer, der vollkommen überzeugt ist, die Leute verstünden, wohin er ginge, und würden ihm vorsorglich den Weg freigeben.

Aus den Zeitungen wußte Samgin, daß in Petersburg ein »Verein der Werkbesitzer und Fabrikanten« organisiert worden war und daß auch die Industriellen Moskaus sich um das gleiche bemühten, sicherlich war dieser lange Mann einer solcher Organisatoren. Tagilskij murmelte deutlich hörbar: »Im Semjonowschen Regiment begann ein lockerer Vogel davon zu reden, daß das Regiment in Moskau nicht gegen die Richtigen losgeschlagen habe, verstehst du? Nicht gegen die Richtigen! Die Soldaten erstatteten sofort Meldung . . .«

Rechts von Samgin saßen drei würdig speisende Personen: eine breitschultrige Dame mit kurzem Hals in Speckfalten, ein vorzüg lich frisierter Student mit einem Zwicker und gezwirbelten Schnurrbärtchen, der sehr einem verkleideten Friseur glich, und ein rundgesichtiger Herr mit einem Halsbandorden und großen Augen mitten in bläulichen Säcken; er erzählte langsam und gekränkt: »Ich bin selbst Zeuge gewesen, ich fuhr neben Bompard. Und das waren tatsächlich Arbeiter. Begreifst du diese Frechheit? Den Wagen des französischen Gesandten anzuhalten und ihm ins Gesicht zu schreien: ›Warum gebt ihr unserem Zaren Geld, damit er uns schlägt? Er hat genug eigene Leute hierzu.‹«

»Schrecklich«, sagte mit Baßstimme und ruhig die Frau, während sie die dickbäuchigen Haselhühner auf die Teller verteilte, und fragte: »Stimmt es, daß man Launitz umgebracht hat, weil er Witte verhaften wollte?«

»Aber Mama«, begann mit gerunzelter Stirn der Student, »es steht doch fest, daß Sozialrevolutionäre Launitz umgebracht haben.«

Die Dame sagte mit der gleichen Baßstimme und ebenso ruhig: »Ich frage nicht, wer, ich frage, weswegen. Und ich hoffe, Boris, daß du nicht weißt, was Sozialrevolutionäre sind und in wessen Diensten sie stehen. Nimm dir noch Preiselbeeren, Matwej!«

Der Mann mit dem Orden nahm sich Preiselbeeren und erklärte mit tiefem Seufzer: »Der alte Suworin behauptet, Goremykin habe ihm gesagt: ›Das ist nicht übel, daß man die Gutshöfe in Brand steckt, man muß den Adel aufrütteln, damit er aufhört, für die Revolution zu arbeiten.‹ Aber, du mein Gott, wann haben wir denn für die Revolution gearbeitet?«

»Schrecklich«, sagte die Dame, die gerade Wein einschenkte. »Und obendrein ist Goremykin ein Päderast.«

Der Student sagte lächelnd: »Onkel, du hast die Dekabristen vergessen . . .«

Das sind Menschen für eine Komödie, dachte Samgin. Marina wird lachen, wenn ich ihr von ihnen erzähle.

Dieses Trio belustigte ihn sehr. Er beschloß, den Abend im Theater zu verbringen, sein Zug ging erst gegen Mitternacht. Aber da beugte sich plötzlich das schieläugige Gesicht Ljutows zu ihm herab, gerade diesen Menschen hätte Samgin am allerwenigsten sehen mögen. Doch Ljutow plapperte bereits: »Sieh da – ein unvorhergesehener Zufall! Albern: als ob man einen Zufall voraussehen könnte. Und doch pflegt man sich so auszudrücken! Man hat mir gesagt, du seist für drei Jahre an Wologda gebunden, stimmt das nicht?«

Er hatte einen ungewöhnlich bunten Anzug aus dickem, flauschigem Stoff an und sah kleiner, aber gleichsam noch zerfahrener aus.

»Obwohl – auch in Wologda trinkt man. Trinkst du noch nicht? Interessant, was für Federn dir gewachsen sein mögen.«

Er sprach halblaut, aber es war dennoch peinlich, daß er in Gegenwart des strohblonden, scharfäugigen Kellners in solch einem Ton redete. Jetzt tippte er dem Kellner mit dem Finger an die Schulter. »Ein Sonderzimmerchen, Wassja, geht das?«
»Zu Befehl. Eine kleine Vorspeise?«
»Unbedingt.«
»Und dann?«
»Überleg es dir selbst, mein Engel.«

Er täuscht altmodischen Moskauer Demokratismus vor, stellte Samgin fest und beobachtete hinter der Brille hervor das Publikum – manch einer warf schon ironische Blicke auf Ljutow. Samgin fühlte jedoch, daß Ljutow aufrichtig erfreut war, ihn zu sehen. Im Korridor, auf dem Weg zum Nebenzimmer, erkundigte sich Samgin, wo Alina sei. »Alina?«

»Alina?« fragte Ljutow unnötigerweise zurück. »Alina weilt in der französischen Hauptstadt Lutetia und schreibt mir lange, wütende Briefe von dort, die Franzosen gefallen ihr nicht. Kostja Makarow ist mit ihr hingereist, Dunjascha beabsichtigt auch, hinzufahren . . .«

Er schubste Samgin zur Tür ins Nebenzimmer hinein, setzte ihn auf das Sofa, sich selbst ihm gegenüber in einen Sessel, beugte sich vor und forderte ihn auf: »Nun, erzähle – wie geht es dir?«

Seine verschobenen Augen schienen ruhiger geworden zu sein, sie bemühten sich nicht mehr so sehr wie früher, sich zu verstecken. In dem aufgedunsenen Gesicht war ein Muster roter Äderchen scharf zutage getreten, das Anzeichen eines Leberleidens.

»Du bist dick geworden«, sagte er, Samgin musternd. »Na, und was denkst du so, wie?«

»Worüber?« fragte Samgin.

»Beispielsweise – über die Popen. Weshalb haben die Bauern so viele Popen ins Parlament hineingeschubst? Sind sie gute Herren? Haben sie sich den Anschein gegeben, Sozialrevolutionäre zu sein? Oder sonst noch was?«

Beim Sprechen verbrannte er sich gleichsam an den Worten, indem er sie bald herausblies, bald einsog.

Jetzt kommen seine Kunststücke, stellte Samgin fest, während Ljutow hastig sagte: »Der Bauer kann den Popen nicht leiden, er traut ihm nicht, der Pope ist genau so ein Schmarotzer, und plötzlich . . .«

»Ich glaube, in der Duma sitzen gar nicht so viele Popen. Und ich begreife überhaupt nicht recht, was dich so erregt?« fragte Samgin.

Ljutow blickte ihn mit halb zugekniffenen Augen an und schnippte mit den Fingern.

»Ich traue ihnen nicht, verstehst du? Über den Popen steht der Bischof, über dem Bischof – der Synod, dann kommt der Patriarch, so ein Isidor, weißt du, ein Unierter. Unsere Kirche organisiert sich nach römisch-katholischem Vorbild, sie wird den Bauern an der Gurgel packen wie in Spanien oder Italien, wie?«

»Ein seltsames Hirngespinst«, sagte Samgin achselzuckend.

»Hirngespinst?« wiederholte Ljutow fragend und gab zu: »Na, schon gut, mag sein! Nun, wenn es aber zutrifft? Die Popen sind Menschen reinsten russischen Blutes, in diesem Sinn ist die Geistlichkeit reiner als der Adel – stimmt's? Meinst du nicht, die Popen könnten sich etwas sehr Russisches, Überraschendes ausdenken?«

»Eine Inquisition etwa?« fragte Samgin ärgerlich. Ljutow sagte ernst: »Eine Inquisition, das versteht sich von selbst, aber außerdem noch etwas äußerst Finsteres – im Namen des allrussischen Bauern?«

»Vom Bauern wirst du . . . werden wir nichts zu hören bekommen außer: Gebt mir das Land zurück«, antwortete Samgin widerstrebend und brummig.

Ljutow verzog sein fleckiges Gesicht, wiegte sich hin und her, zuckte mit dem Kopf und bekam dadurch Ähnlichkeit mit jemandem, der im Wartezimmer eines Zahnarztes sitzt und von Zahnschmerzen geplagt wird.

»So«, sagte er. »Sehr einfach. Doch ich, mein Lieber, erwarte immerzu etwas Außergewöhnliches . . .«

Bist du des Außergewöhnlichen noch nicht überdrüssig? wollte Samgin fragen, aber da trat der strohblonde Kellner ein und mit ihm ein anderer, ein Halbwüchsiger, sie brachten auf Tabletts einen Imbiß; Ljutow fragte: »Was ist, Wassja, erkennen die Herren euren Verband nicht an?«

»Er ist ihnen unerwünscht«, antwortete Wassja lächelnd.

»Was gedenkt ihr nun zu tun?«

Der Kellner drehte die Serviette zu einem Strick, schlug sich damit auf die Hand und sagte seufzend: »Ich weiß nicht. Ein Streik hilft nichts, alle sind ausgehungert, müde. Die Petersburger Arbeiter verhindern den Abtransport der Waren aus den Fabriklagern, doch wir – was sollen wir tun? Alles Geschirr zerschlagen? Wünsche wohl zu speisen«, fügte er hinzu und ging hinaus.

Samgin definierte Ljutows Benehmen wieder als vorgetäuschten Demokratismus.

Der Kellner hatte ihm nicht gefallen, er sprach nachlässig, sein Schnurrbärtchen sträubte sich unangenehm, und die kurze Oberlippe entblößte, wenn sie sich hob, kleine, spitze Zähne.

»Der Bursche ist nicht dumm«, sagte Ljutow mit einem Kopfnikken hinter Wassilij her und goß Wodka in die Gläser. »Er hat das ›Kommunistische Manifest‹ eingeochst und überhaupt – er liest! Du weißt natürlich, in wieviel hunderttausend Exemplaren dieses Broschürchen verbreitet ist. Das kommt wieder hoch! – Trinken wir . . .«

Samgin stieß mit ihm an und fragte: »Du freust dich wohl, daß es hochkommen wird?«

»Gut gefragt!« schrie Ljutow entzückt. »Gleichgültig, wie nach einer fremden Angelegenheit! Spielst du immer noch den Gleichgültigen, Meister des Barrikadenbaus? Mit mir solltest du nicht Konspiration spielen.«

Samgin trank in einem Zug ein großes Likörglas kalten Pomeranzenwodkas und schielte, als er hinterher Lachs aß, mißtrauisch zu Ljutow hinüber, dieser band sich die Serviette um und sagte, sich an seinen Worten verbrennend: »Ich bin Kaufmann, aber ich habe keine Zehnkopekenstücke an Stelle der Augen. Ich bin ein weißer Rabe in meiner Klasse, mein Lieber, und ich sage dir geradeheraus: Ich fühle mich innerlich nicht mit meinem Stand verbunden, ich bedaure das manchmal . . . leide sogar darunter . . . Das ist es! Zuweilen meint man: lieber aufgehängt sein als im Leeren hängen. Aber – als Teil in meinem Stand aufgehen, das kann ich nicht, vielleicht deshalb, weil mir die Kräfte dazu fehlen, ich bin nicht animalisch genug. Siehst du, Tschetwerikow sagte neulich, in den Arbeiterverbänden versteckten sich Terroristen, Anarchisten und allerhand Scheusale, und die Herren müßten alle Maßnahmen zur Auflösung der Verbände ergreifen. Gewiß, er ist ein Herr, und das Geschäft verpflichtet ihn, gegen die Arbeiter zu kämpfen, aber du hättest sehen sollen, was für eine widerliche Fratze er machte, als er das sagte! Und überhaupt, mein Lieber, diese Leute haben eine solche Gesinnung, daß, wenn sie die Macht in die Hände nehmen . . .«

Wladimir Ljutows Gesicht war tiefrot geworden, seine Augen, die stillzustehen versuchten, zuckten, er stach blindlings mit der Gabel auf dem Teller herum, um einen schlüpfrigen Pilz zu erwischen, und erweckte in Samgin ein bedrückendes Gefühl von Peinlichkeit. Noch nie hatte Samgin gehört oder empfunden, daß dieser Mann so ernst, ohne Kunststücke und ohne unangenehme Verrenkungen reden konnte. Samgin schenkte sich schweigend nochmals Wodka ein, während Ljutow die Serviette herunterriß und fortfuhr: »Dir ist wohl kaum verständlich, wie . . . ich mir vorkomme, du bist mit einer Idee, mit konspirativer Arbeit gepanzert, lebst sozusagen hoch oben, in einem Turm, unnahbar. Ich hingegen habe mich schon längst daran gewöhnt, von mir als einem Menschen zu denken, der zu nichts taugt. Die Revolution hat mich endgültig hiervon überzeugt. Alina, Makarow und Tausende ihresgleichen sind auch alles Menschen, die zu nichts taugen und nirgends hinpassen – eine seltsame Rasse: nicht schlecht, aber unnütz. Entwurzelte Menschen. Es gibt sogar solche Revolutionäre, zum Beispiel Inokow, du kennst ihn doch«, sagte er. »Er kann ein Haus oder eine Kirche zerstören, ist aber unfähig, auch nur einen Hühnerstall zu bauen. Zu zerstören jedoch hat nur jener ein Recht, der weiß, wie gebaut werden muß, und zu bauen versteht.«

Samgin fühlte, daß diese unerwarteten Reden ihn empörten, er trank noch ein Gläschen und sagte: »So sprachen in den siebziger Jahren, mit Nekrassow an der Spitze, die reumütigen Adeligen. Gerade Nekrassow hatte ihnen diese Klagen eingeflüstert, und sie waren im Grunde nur eine Wiedergabe seiner Gedichte in Prosa.«

Der Kellner kam wieder herein, und als Samgin merkte, daß Wassjas scharfer Blick auf ihn gerichtet war, empfand er das Verlangen, etwas Scharfes zu sagen; er sagte: »Man darf nicht bloß deshalb Geschichte machen, weil man nichts anderes zu tun versteht.«

»Ganz recht«, stimmte Ljutow ihm bei, und Samgin sah ein, daß er nicht das Richtige gesagt, nur Worte Stepan Kutusows wiederholt hatte. Dennoch fuhr er fort: »Bei uns betätigen sich viele aus Langerweile, weil sie nichts zu tun haben.«

»Das ist ein Gedanke Tolstois«, bemerkte Ljutow, ein Brotkügelchen umherrollend, mit zustimmendem Nicken.

Samgin verstummte und wartete, bis der Kellner hinausgegangen war, dann begann er mit einem Gefühl der Erbitterung gegen Ljutow und sich selbst in einer ihm sonst nicht eigenen Art brummig und mühsam: »Die Intelligenz macht überhaupt keine Revolutionen, selbst wenn sie psychisch deklassiert ist. Der Intellektuelle ist kein Revolutionär, sondern ein Reformator in Wissenschaft, Kunst und Religion. Und in der Politik selbstverständlich. Es ist sinn- und zwecklos, sich selbst Gewalt anzutun, sich künstlich in heroische Stimmung zu versetzen . . .«

»Das begreife ich nicht«, sagte Ljutow, in den Suppenteller blickend.

Samgin begriff auch nicht ganz klar, zu welchem Zweck er sprach. Aber er sagte: »Du betrachtest die Revolution als dein persönliches Problem, als Problem eines Intellektuellen . . .«

»Ich?« wunderte sich Ljutow. »Woraus schließt du das?«
»Aus allem, was du gesagt hast.«

»Mir scheint, daß du nicht mich, sondern dich selbst von irgend etwas zu überzeugen suchst«, sagte Ljutow gedämpft und nachdenklich und fragte: »Bist du Bolschewik oder . . .«

»Ach, laß das«, entgegnete Samgin zornig. Ein bis zwei Minuten lang schwiegen beide und saßen einander regungslos gegenüber. Samgin rauchte und blickte zum Fenster hinaus, dort glänzte seidig der Himmel, der Mond schien auf die marmorweißen Dächer – ein sehr vertrautes Bild.

Er hat recht, dachte Samgin, ich habe tatsächlich mich zu überzeugen gesucht.

»Die Reaktion«, murmelte Ljutow, »Lenin scheint der einzige Mensch zu sein, den sie nicht durcheinanderbringt . . .«

Er schrumpfte zusammen, wurde grau und glich so noch weniger sich selbst, doch plötzlich – begann er zu schauspielern, verwandelte er sich wieder in den seit langem und gut bekannten Menschen; ab und zu einen kleinen Schluck Wein trinkend, fing er an, munter drauflozureden: »Ich habe gehört, daß die Fliegen ein hervorragend scharfes Sehvermögen haben, und doch können sie Glas nicht von Luft unterscheiden!«

»Wieso fallen dir denn im Winter die Fliegen ein?« fragte Samgin und blickte ihn argwöhnisch an.

»Ich weiß nicht. Doch essen wollen wir anscheinend nichts. Nun, dann trinken wir eben!«

Sie tranken. Ljutow schüttelte den Kopf, rieb sich mit dem Finger die Schläfe und stieß einen Seufzer aus, dann lächelte er.

»Unser Gespräch hat nicht recht geklappt, Samgin! Dabei hatte ich etwas erwartet. Ich warte immerzu auf etwas, mein Lieber. Nehmen wir beispielsweise die Popen, ich erwarte im Ernst, daß die Popen etwas sagen werden. Vielleicht werden sie sagen: Es soll noch schlimmer werden, aber in einer anderen Weise! Eine talentierte Rasse! Wieviel hervorragende Männer hat sie der Wissenschaft und Literatur geschenkt, solche wie Belinskij, Tschernyschewskij, Setschenow . . .«

Aber Ljutows Lebhaftigkeit erlosch, er verstummte, krümmte sich zusammen und begann wieder, ein Brotkügelchen auf dem Teller herumzurollen. Samgin fragte, wo die Streschnewa sei.

»Dunjascha? Irgendwo an der Wolga, sie singt dort. Ja, auch Dunjascha . . . ist nicht in Form, wie man von den Ringkämpfern zu sagen pflegt. Ein Ölmagnat hat ihr eine Wohnung und dreihundert Rubel monatlich angeboten, sie hat abgelehnt! Ja – die Frau ist nicht bei Sinnen. Ihr mißfällt alles. Das Singen, sagt sie, sei eine alberne Beschäftigung. Man hat sie aufgefordert, zur Operette zu gehen, sie hat es nicht getan.«

Er blickte zum Fenster hinaus und seufzte.

»Ich fürchte, sie wird in irgendeine dumme Geschichte hineingeraten, die sie an den Galgen bringen kann. Sie hat diesen Inokow kennengelernt, als er krank und verwundet bei uns lag. Als Mann geht er ja an, er ist interessant, wenn auch etwas wie ein Beil. Dann ist da noch einer, erinnerst du dich an den Burschen, der sich als Held gebärdete, als Turobojew beerdigt wurde? Rybakow ...«

»Sudakow«, verbesserte Samgin.

»Ein gutes Gedächtnis hast du ... Hm ... Na also, das sind ihre Freunde, sie versorgt sie mit Moneten, und sie erziehen sie. Beide sind Anarchisten.«

Ljutow nahm die Uhr heraus und ließ unter dem Tisch ihren Deckel aufschnappen; Samgin sah auch auf seine Uhr, wobei er sich sofort dachte, daß es höflicher gewesen wäre, Ljutow nach der Zeit zu fragen.

Ljutow verabschiedete sich sehr einfach, anscheinend sogar traurig, ohne geschnörkelte Wortspiele.

Er ist farblos geworden, dachte Samgin, als er aus dem Gasthaus in die bläuliche Kälte des Platzes hinaustrat. Der typische russische Nichtstuer. Das von den Popen hat er sich absichtlich für mich ausgedacht. Er verbirgt seine innere Leere hinter Verschrobenheit. Marina würde sagen: Ein Mensch von fruchtlosem Verstand.

Von Sättigung und Wodka empfand er einen angenehmen Schwindel, die köstlich frostige Luft forderte zu tiefen Atemzügen heraus und rief, indem sie die Lunge mit ihrer scharfen Frische füllte, ein munteres Gefühl hervor. In seinem Kopf summte das Motiv des dummen Liedchens:

»Der Zar gleich einst dem Mucio ...«

Ja, diese Dunjascha! Sie hat abgelehnt. Weshalb?

Samgin nahm eine Droschke und fuhr zur Operette. Dort sagte ihm der Kassierer, alle Karten seien verkauft, aber es seien noch zwei Logen frei und er könne einen Platz darin bekommen.

Von der Höhe des zweiten Ranges herab sah der Zuschauerraum des kleinen Theaters wie eine flache Grube aus, und dann bekam er Ähnlichkeit mit dem waagerecht umgekippten Schaufenster eines Obstladens: In dem Schaum von Holzwolle lagen reihenweise Apfelsinen, Äpfel und Zitronen. Samgin erinnerte sich, wie Turobojew bei Aumont den Anarchisten Ravachol gerechtfertigt hatte, und fragte sich: Könnte ich eine Bombe werfen? Unter keinen Umständen. Und Ljutow wäre dazu auch nicht imstande. Ich vermutete in ihm etwas ... Originelles. Es ist nichts davon vorhanden ... Anscheinend befürchtete ich sogar irgend etwas in diesem ... degenerierten Menschen. Und da er fühlte, daß er hätte laut loslachen können, gestand Samgin sich ein: Ich habe etwas zu viel getrunken.

Über dem Orchester krümmte sich krampfhaft, die kurzen Arme und die Frackschöße schwingend, ein schwarzer, großköpfiger und kahler Dirigent, an der Rampe tanzten wie toll die zwei Könige und der dürre, krummbeinige Priester Kalchas, der Pobedonoszew ähnelte.

Es war tatsächlich witzig von Offenbach, das Vorspiel zur »Ilias« in eine Komödie umzuwandeln. Man sollte alle größeren Ereignisse der Kulturgeschichte zu einer Serie leichter Komödien verarbeiten, damit die Menschen aufhören, sich ihrer Vergangenheit gegenüber kriecherisch zu verhalten – wie vor einer Exzellenz ...

Sein Denken ging sehr leicht und flott vonstatten, aber ihn schwindelte noch stärker, was wohl daher kam, daß die warme Luft stark mit Parfüm geschwängert war. Das Publikum applaudierte stürmisch, die Könige und der Priester verneigten sich zähneblekkend und dankbar in die Dunkelheit des Zuschauerraums hinein vor dem kompakten Körper der Menge, diese bewegte sich mühsam und brüllte: »Bravo, bravo!«

Das war weder amüsant noch komisch, und Samgin verzog das Gesicht, als er sich des Verses von irgendwem erinnerte: Ein Strudel, darin alles umkommt, was lebt.

Wo ist das her?

Als er eine Weile nachgedacht hatte, entsann er sich: Aus einem Buch des deutschen Demokraten Johannes Scherr. Gerade dieser Professor hatte geraten, die Weltgeschichte als Komödie zu betrachten, stimmte aber zugleich Goethe bei, Mensch sein, heiße Kämpfer sein.

Um der Komödie den Anstrich eines Dramas zu verleihen, ja? Ich bekomme einen Rausch, sah Samgin ein und rieb sich mit der Hand die Stirn. Er hätte sich so gern etwas Originelles ausgedacht und über sich selbst gelächelt, aber die Schauspieler auf der Bühne hinderten ihn daran. An der Rampe stand die breitschultrige, beleibte Tochter des Königs Priamus und zappelte mit dem Bein, das bis zur Hüfte entblößt war; es tänzelte der erstaunlich leichte, gleichsam hohle Kalchas; sie sangen:

>»Schaut bitte
Auf Witte,
Graf von Portsmouth heißt er hinfort,
Und Aufruhr ist sein Lieblingssport...«

Das ist albern, entschied Samgin, nachdem er zweimal in die Hände geklatscht hatte.

»Bravo!« wurde aus dem Strudel gerufen.

»Pardon!« sagte jemand, der sich neben Klim setzte, und schrie sofort gedämpft auf: Das war Bragin, wie zur Trauung gekleidet – im Frack mit weißer Binde; sein kleiner Kopf war glatt frisiert, eine Haarsträhne, die vom Oberteil der Schläfe zur Nasenwurzel hinab verlief, verdeckte kunstvoll – mehr als früher – die Beule auf der Stirn, das Haar war mit etwas stark Duftendem eingefettet, das Gesicht strahlte vor Freude. Er bezeichnete die Begegnung mit Recht als unerwartet und erzählte Samgin, bevor noch eine Minute verstrichen war, daß er ein »sociétaire« dieses Unternehmens sei.

»Ist Ihnen aufgefallen, daß wir in den alten Text einiges aus der Gegenwart einfügen? Das gefällt dem Publikum sehr. Ich fange auch an, ein klein wenig zu dichten, die Couplets des Kalchas sind von mir.« Er sprach im Stehen, drückte den Handschuh ans Herz und verneigte sich ehrerbietig vor jemandem in einer Loge. »Wir sind überhaupt bestrebt, dem Publikum eine lustige Erholung zu verschaffen, ohne es jedoch vom Tagesgeschehen abzulenken. Sie sehen – wir verspotten Witte und andere, das ist, meine ich, nützlicher als Bomben«, sagte er leise.

»Ja«, stimmte Samgin bei, »mögen alle... lächeln! Möge der Mensch über sich selbst lächeln.«

»Vortrefflich gesagt!« flüsterte Bragin entzückt. »Ja eben – über sich selbst!«

»Möge er lächeln!« wiederholte Samgin streng.

»Ich habe auch die Duma mit Couplets bedacht! Sind Sie in der Duma gewesen?«

»Nein. In der Duma nicht...«

»Das ist eine politische Versammlung, aber keine staatliche Institution! Sie werden sehen – sie wird wieder aufgelöst.«

»Gar nicht notwendig, mögen sie reden«, sagte Samgin.

»Ja, selbstverständlich, besser unter einem Dach als auf den Straßen! Aber die Zeitungen! Sie tragen alles auf die Straße.«

»Doch sie ist klug! Sie lacht«, sagte Samgin und erkannte mit dem Rest seines umnebelten Bewußtseins, daß er einen skandalösen Rausch bekam und dummes Zeug redete. Er lehnte sich im Sessel zurück, schloß die Augen, biß die Zähne zusammen und hörte ein bis zwei Minuten dem Dröhnen der Pauke, den dumpfen Tönen des Kontrabasses und dem belustigenden Wimmern der Geigen zu. Als er die Augenlider wieder hob, war Bragin nicht mehr da, vor ihm stand der Logendiener, bot ihm kaltes Sodawasser an und fragte in freundschaftlichem Flüstern: »Vielleicht ein Tröpfchen Salmiakgeist gefällig?«

Während der Pause blieb Samgin im Hintergrund der Loge sitzen, und als es dunkel wurde, ging er leise hinaus und fuhr zum Gasthof, um seine Sachen zu holen. Der Rausch verging, an seine Stelle trat langweiliges Mitleid mit sich selbst.

Im Grunde war das ein unbedeutender Zwischenfall, und die Sache war nur die, daß ich zu viel getrunken hatte, versuchte er sich zu trösten, aber das gelang ihm nicht.

Am Abend des nächsten Tages erzählte er Marina zornig: »Moskau hat auf mich den Eindruck von Banalität und Gehässigkeit gemacht. Die einen amüsieren sich hastig und banal, die anderen haben vor, sich für die überstandenen Aufregungen zu rächen ...«

»Haben vor!« rief Marina aus. »Sie tun es schon, sieh doch, wie eilig es Stolypin mit dem Aufhängen hat.«

Sie war sehr froh, daß der Prozeß gewonnen war, und sprach vergnügt. Samgin fand, daß es zumindest unschicklich sei, von Stolypins Tätigkeit in vergnügtem Ton zu sprechen und fragte spöttisch: »Du meinst also, man sollte mit Muße aufhängen?«

Marina lächtelte, strich sich mit der Zunge über die Lippen und blickte in eine dunkle Ecke.

»Die Maximalisten? Die hinge ich an seiner Stelle auch auf. Du hast ja gesehen, wie sie in der Fonarnyj-Gasse das Geld geklaut haben. Stolypin hat auch persönlich durch sie gelitten, seine Tochter wurde verwundet, sein Landhaus gesprengt.«

»Du hast eine grauenhaft ... einfache Einstellung zu all diesen Tragödien«, sagte Samgin und merkte, daß er verwundert sprach, obwohl er es mit Entrüstung hatte sagen wollen.

»Ich bin doch kein Minister und habe keine Lust, mich in diese Familienangelegenheiten zu vertiefen«, sagte Marina.

Samgin erinnerte sich, daß sie schon zum zweitenmal den Terror eine »Familienangelegenheit« nannte; das gleiche hatte sie anläßlich des Attentats von Tamara Prinz auf General Kaulbars in Odessa gesagt. Samgin hatte ihr die Zeitung gegeben, in der eine Notiz über das Attentat abgedruckt war.

»Ja – ich weiß«, hatte Marina gesagt, »Lidija sind die Einzelheiten bekannt.« Sie hatte die Zeitung geschüttelt, als hätte sich Staub auf ihr abgesetzt und langsam, mit Befremden geäußert: »Wie kindlich! Zu dem General kam eine Generalstochter und – brach in Tränen aus, das dumme Gänschen: Ach, ich soll Sie erschießen, bin aber dazu außerstande, denn Sie sind doch ein Freund meines Vaters. Tatjana Leontjewa, die statt des Ministers Durnowo irgendeinen deutschen Handelsreisenden angeschossen hat, ist doch, glaube ich, auch eine Generalstochter? Das sind doch schon Familienangelegenheiten . . .«

Ihre beharrlich ruhige Einstellung zur Wirklichkeit empörte Samgin, aber er schwieg, weil er einsah, daß er nicht nur aus Vernunftsgründen, sondern auch aus Neid empört war. Die Ereignisse zogen wie Wolken über Marina hinweg und berührten sie nur wie Wolkenschatten, ohne ihre Stimmung zu verdüstern. Nachdem sie ihm ruhig mitgeteilt hatte: »Lidija erzählt, man habe den Reichsrat sprengen wollen. Es sei mißglückt«, fragte sie nachdenklich: »Wie kommt es, daß ihnen manchmal etwas nicht glückt?«

Samgin lächelte, als er daran dachte, daß es ihr, wenn sie Terroristin wäre, sicherlich glücken würde, auch den Reichsrat zu sprengen.

Ihr ist alles fremd, dachte er. Als wäre sie eine Ausländerin. Oder ein Mensch, der unerschütterlich davon überzeugt ist, in dieser »besten der möglichen Welten« sei alles zum besten bestellt. Woher hat sie diesen . . . Optimismus . . . eines Tieres?

In der »besten der möglichen Welten« quälte sich fruchtlos ein gewisser Klim Samgin ab. Obwohl er die Fruchtlosigkeit seines Suchens, seiner Aufregungen und Beunruhigungen nicht mehr so scharf empfand wie früher, schien es ihm dennoch zuweilen, daß die Wirklichkeit ihm immer mehr feind werde und ihn von sich stoße, ihn irgendwo beiseite dränge, aus dem Leben streiche. Besonders verblüffte ihn ein unerwarteter und schroffer Ausfall Tomilins gegen die Intelligenz. Die liberale Lokalzeitung brachte einen ausführlichen Bericht über einen Vortrag, den Tomilin in Samgins Heimat gehalten hatte. Der Vortrag hatte den Titel »Intellekt und Schicksal«, in ihm wurde zu beweisen versucht, daß gerade der Intellekt den Willen des Schicksals zum Ausdruck bringe, während »das Schicksal selbst nichts anderes ist als eine Maske des Satan-Prometheus«. »Prometheus ist es, der als erster dem Menschen in dem Paradies des Nichtwissens die Leidenschaft zur Erkenntnis eingeflößt hat, und seitdem verbrennt die jungfräuliche, nach Glauben lechzende Seele des gottgleichen Menschen im prometheischen Feuer: der Materialismus ist ihre graue Asche.« Tomilin verspottete erbarmungslos, bissig die »fein organisierte Persönlichkeit, diesen Kristall, der angeblich imstande ist, die Spektren aller Lichter des Lebens widerzuspiegeln, und völlig der feurigen Kraft des Glaubens an die ganz einfache und einzige Weisheit der Welt entbehrt, die in dem geheimnisvollen Wort ›Gott‹ enthalten ist.«

Der Bericht schloß mit der Hoffnung seines Verfassers, daß »unser verehrter Mitarbeiter, der kühne und originelle Denker, unsere Stadt besuchen und in ihr diesen tief erregenden Vortrag halten werde. Für uns ist es sehr nützlich, sich auf die Höhe der uranfänglichen Ideen zu erheben, um von dort ruhig auf unsere tragischen Fehler herabzublicken.«

Eine solch schroffe Wendung der vertrauten Gedanken Tomilins empörte Samgin nicht nur dadurch, daß sie so unerwartet schroff war, sondern auch noch dadurch, daß Tomilin in scharfer Form einige Gedanken zum Ausdruck gebracht hatte, die Samgin noch nicht ganz klar gewesen waren und auf denen er sein Buch über den Verstand hatte aufbauen wollen. Es geschah nicht zum erstenmal, daß Samgins vorsichtige Gedanken vorweggenommen und ausgesprochen wurden, bevor er sich selbst dazu hatte entschließen können. Er fühlte sich von dem rothaarigen Philosophen bestohlen.

Marina wird Tomilins Philosophie wahrscheinlich gefallen, dachte er und fragte sie am Abend, als er in dem Zimmer hinter ihrem Laden saß, ob sie den Bericht über den Vortrag gelesen habe.

»Er ist ein Gauner«, sagte sie, Fruchtpaste essend. »Ich meine damit nicht den Philosophen, sondern den Verfasser des Berichts. Entsinnst du dich: In Dunjaschas Konzert führte doch ein Geck, das Söhnchen des Kreisadelsmarschalls, das große Wort? Das ist er. Er hat die Farbe gewechselt und ist Oktobrist geworden. Sie kaufen die Zeitung, haben sie, glaube ich, schon gekauft. Die Liberalen haben kein Geld. Jetzt werden sie die Stolypinsche Philosophie verfechten: Zuerst Beruhigung, dann Reformen.«

Ihre lässigen Worte berührten Samgin unangenehm; beim Sprechen von solchen Dingen hätte man nicht Fruchtpaste zu kauen brauchen. Er beherrschte sich nicht und fragte: »Die ›tragischen Fehler‹ beunruhigen dich offenbar nicht?«

Sie wischte sich die Finger mit der Teeserviette ab und sagte: »Ich beunruhige mich nicht gern. Ich bin nicht intelligent genug, um zu stöhnen und zu ächzen. Und wahrscheinlich nicht genug Weib.«

Samgin verstummte vorsorglich, denn er sah ein, daß sie hätte sagen können: Du beunruhigst dich ja auch nicht allzusehr, wenn du täglich liest, wie der Minister Leute mit der »Hanfkrawatte« erdrosselt.

Auf solche Worte hätte er nichts zu erwidern gewußt. Er las von den Hinrichtungen, ohne entrüstet zu sein, die Hinrichtungen waren ebenso gewohnt geworden wie die nichtigen Ereignisse der Stadtchronik oder wie seinerzeit die Judenpogrome: Der erste hatte ihn sehr empört, und danach hatte es ihm bereits an Kraft gefehlt, sich zu empören. Er beobachtete unablässig sich selbst und fragte sich, weshalb die Hinrichtungen ihn nicht empörten. Das Gefühl biologischen Abscheus vor dem Mord regte sich nicht in ihm. Er rechtfertigte das damit, daß er ein paarmal Zeuge vieler Morde gewesen war, und gedachte des tröstlichen Sprichworts: »Bei Raufereien schont man nicht die Haare.« Man schont auch nicht die Köpfe.

Marina trank gemächlich Tee und erzählte in aller Ruhe: »Diese Kaulquappe, Tomilin, hat vor etwa zwei Jahren auch hier einen Vortrag gehalten, ich hörte ihn. Damals argumentierte er etwas anders, aber es war bereits vorauszusehen, daß er auch noch soweit kommen würde. Jetzt wird er die russische Orthodoxie verherrlichen müssen. Unsere religiösen Denker aus der Intelligenz wollen unbedingt die Türen der offiziellen Kirche mit der Stirn einrennen, das einfache, urwüchsige Volk ist selbständiger, origineller.« Sie verkniff die Augen und sagte lächelnd: »Lesen und schreiben können ist auch nicht für jedermann von Nutzen.«

Samgin rauchte, hörte zu und erwog wie stets sein Verhältnis zu dieser Frau, die in ihm widersprüchliche Gefühle des Mißtrauens und der Verehrung, ihm unklare Verdächtigungen und vage Hoffnungen darauf erweckte, irgend etwas, irgendeine unbekannte Weisheit zu entdecken, zu begreifen. Als er an die Weisheit dachte, lächelte er skeptisch, dachte aber dennoch weiter. Und immer schärfer empfand er Neid wegen Marinas Selbstvertrauen.

Von welchem Standpunkt betrachtet sie das Leben? fragte er sich.

Zuweilen sprach sie mit ihm über Fragen der Religion, sie sprach darüber ebenso ruhig und selbstsicher wie über alles andere. Er wußte, daß ihr ketzerisches Verhalten zur russischen Orthodoxie sie nicht hinderte, die Kirche zu besuchen, und erklärte sich das damit, daß sie es nicht unterlassen durfte, in die Kirche zu gehen, wenn sie mit Kirchengerät handelte. Ihr religiöses Interesse schien ihm nicht höher und nicht tiefer als ihr Interesse für die Literatur, die sie aufmerksam verfolgte. Und stets begannen ihre Reden über Religion »nebenbei«, unvermittelt. Sie sprach von etwas Gewöhnlichem, Alltäglichem, dann plötzlich: »Weißt du, ich glaube, daß zwischen dem Ritus der Beschneidung und dem Skopzentum ein Zusammenhang besteht; wahrscheinlich ist dieser Ritus an die Stelle der Kastration getreten, ebenso wie man das lebendige Gottesopfer durch den ›Sündenbock‹ ersetzt hat.«

»Darüber habe ich nie nachgedacht und begreife nicht, weshalb das interessant ist«, sagte Samgin, worauf sie lächelte und mit sichtlichem und kränkendem Bedauern seufzte: »Ach, du . . .«

Ein andermal sprach sie lange und verschwommen von Isis, Seth und Osiris. Samgin dachte, die sexuellen Momente in der Religion interessierten sie anscheinend besonders und dies sei wahrscheinlich das physiologische Bedürfnis einer gesunden Frau, ein wenig über ein pikantes Thema zu plaudern. Im allgemeinen fand er, daß Marinas Betrachtungen über die Religion ihr nicht zur Zierde gereichten, sondern die Geschlossenheit ihres Bildes verletzten.

Weit mehr interessierten ihn ihre Gedanken über die Literatur.

»Sofern der Realismus revolutionär war, hat er bereits ausgespielt«, sagte sie. »Er hatte die Bedeutung von Wortspänen: Das Feuer flammte auf und – erlosch! Sturmvögel und andere Vögelchen brauchen wir nicht mehr. Man sieht, daß die Schriftsteller begreifen: Die Jahre langsamen Ansammelns und Entwickelns neuer kultureller Kräfte sind angebrochen. Die Tradition, von Erniedrigten und Beleidigten zu schreiben, ist überlebt, die Beleidigten haben sich als nicht sehr sympathisch erwiesen, sogar – etwas unheimlich. Und – wer weiß? Wie, wenn sie plötzlich das Leben nochmals durcheinanderrütteln? Der Schriftsteller befindet sich in einer schwierigen Lage: Er muß neue Helden verfassen, einfacher, sachlicher, und das ist nicht sehr angenehm, solange die alten Helden noch nicht alle ins Zuchthaus gesteckt oder aufgehängt wurden.«

Samgin hörte zu und überlegte, ob das Zynismus oder Ironie sein mochte.

Ein andermal sagte sie, mit den Fingern auf ein Zeitschriftenheft klopfend: »Arzybaschew hat zur rechten Zeit einen Ausweg für die ungenützte Energie der Jugend gezeigt. Ein sehr freimütiger Schriftsteller! Sein Sanin wird natürlich ein Abgott werden.«

Das war offenkundige Ironie, aber dann begann sie in ihrem gewohnten Ton zu reden: »Propheten – und zwar für lange! – werden zwei sein: Leonid Andrejew und Sologub, und auf sie werden noch andere folgen, du wirst sehen! Andrejew ist ein Schriftsteller von einer Kühnheit, wie wir noch keinen gehabt haben, und daß er etwas derb ist, das ist nicht weiter schlimm! Dadurch wird er nur verständlicher für jedermann. Du verziehst umsonst das Gesicht, Klim Iwanowitsch, Andrejew ist sehr originell und stark. Selbstverständlich ist er in seinen Gedanken etwas einfacher als Dostojewskij, aber das kommt vielleicht daher, weil er geschlossener ist. Es ist stets sehr interessant, ihn zu lesen, obwohl man von vornherein weiß, daß er nochmals nein sagen wird!« Sie zwinkerte lächelnd. »Du wirst immerhin zugeben müssen, daß es ein bissiges Scherzchen ist, Judas als den einzig wahren unter den zwölf Revolutionären darzustellen, der aufrichtig in Christus verliebt ist! Und es ist daran wohl etwas Wahres: Der Verräter wird tatsächlich zum Helden. Es geht das Gerücht, daß bei den Sozialrevolutionären ein Provokateur großen Formats tätig sei.«

Der Ton, in dem sie sprach, erregte stärker Samgins Aufmerksamkeit als ihre Gedanken.

Jetzt sprach sie fragend und forderte ihn sichtlich zu Einwendungen heraus. Er rauchte und reagierte vorsichtig mit Interjektionen und Fragen; ihm schien, Marina habe diesmal beschlossen, ihn zum Beichten zu bringen, ihn auszufragen, bis aufs letzte auszukundschaften, aber er wußte, daß das letzte ein Punkt war, an dem alle Gedanken zu dem festen Knoten der Überzeugung verknüpft waren. Gerade diesen Punkt schien sie in ihm zu suchen. Aber das Gefühl des Mißtrauens gegen sie hatte schon längst seinen Wunsch gelöscht, mit ihr offen über sich selbst zu sprechen, auch hatte er seine Versuche, von sich selbst zu erzählen, als mißlungen erkannt.

Er war sich bewußt, daß Marina in seinem Leben an erster Stelle stand, daß sein Interesse für sie wuchs, beharrlicher, tiefer wurde, während sie immer unverständlicher wurde. Unverständlich war ihm auch ihr Verhältnis zur Literatur. Weshalb schätzte sie Andrejew so sehr? Dieser Schriftsteller erregte Samgin unangenehm durch die aufdringliche Monotonie seiner Sprache, durch die offenkundige Absicht, den Leser mit einfarbigen Wörtern zu hypnotisieren; seine Erzählungen schienen mit allzu tiefschwarzer Tinte und solch großer Handschrift geschrieben, als wären sie für Leute mit schwachen Augen bestimmt. Samgin mißfiel der hysterische und verdächtige Pessimismus der Erzählung »Finsternis«; der Vorschlag des Helden, darauf zu trinken, daß »alle Lichter erlöschen mögen«, war empörend, und noch mehr empörte Samgin der Ausruf: »Es ist eine Schande, gut zu sein!« Im allgemeinen jedoch konnte man diese Erzählung als Satire auf den literarischen Humanismus auffassen. Manchmal schien es Samgin, Leonid Andrejew spreche voll und ganz einige seiner eigenen Gedanken aus, wobei er sie vergröbere und vereinfache, und dieser Schriftsteller sei in einer ironischen und rachsüchtigen Weise grob. Samgin war besonders verstimmt, als er »Der Gedanke« gelesen hatte, aus dieser Erzählung ersah er die bereits unverhohlen feindselige Einstellung des Verfassers zum Verstand und dachte mit Betrübnis, nun sei ihm auch Andrejew, ebenso wie Tomlin, zuvorgekommen. Aber er war ihm nicht nur zuvorgekommen, sondern hatte dazu noch ein sonderbares Gefühl entfacht, das einem Schreck verwandt war. Mit diesem Gefühl, das er jedoch verbarg, fragte Samgin Marina, was sie von der Erzählung »Der Gedanke« halte.

»Ja – was soll ich denn davon halten?« sagte sie lächelnd und biß sich auf die grellroten Lippen. »Er arbeitet wie immer mit der Axt, aber ich sagte dir ja schon, daß dies meiner Ansicht nach nicht weiter schlimm ist. Er sollte Bischof werden, dann würde er hervorragende Werke gegen den Satan schreiben!«

»Du scherzt immerfort«, warf Samgin ihr mürrisch vor. Sie war verwundert und zog die Brauen hoch. »Ich denke ganz im Ernst so! Er ist ein Prediger, wie die Mehrzahl unserer Schriftsteller, aber er ist vollkommener als viele, weil er nicht aus dem Verstand, sondern von Natur aus predigt. Und er ist ein Revolutionär, er fühlt, daß die Welt zerstört werden muß, angefangen bei ihren Grundlagen, Traditionen, Dogmen und Normen.«

Sie lachte leise und blickte Samgin mit zusammengekniffenen Augen ins Gesicht, dann sagte sie kopfschüttelnd: »Du glaubst mir nicht! Und hast vergessen, daß ich immerhin eine Schülerin Stepan Kutusows und keine Dienerin dieser Welt bin.«

»Das ist schon ganz unbegreiflich«, sagte Samgin ungehalten und zuckte mit den Achseln.

»Nun, was kann ich denn dafür, wenn du nicht begreifst?« entgegnete sie, anscheinend auch etwas ungehalten. »Ich meine, daß alles sehr einfach ist: Die Herren Intellektuellen fühlen, daß einige Lieblingstraditionen bereits unbequem, lästig sind und daß man nicht leben kann, wenn man den Staat ablehnt, doch der Staat kann ohne Kirche nicht bestehen, und die Kirche ist undenkbar ohne Gott, während Verstand und Glaube unvereinbar sind. Na, und so ergibt sich manchmal bei den hastigen Bemühungen um eine Restauration ein kleiner, widerspruchsvoller Unsinn.«

Sie nahm ein Buch vom Sofa und schlug es auf. »Hast du ›Der kleine Dämon‹ gelesen?«

»Noch nicht.«

»Nun, paß mal auf, wie streng realistisch da ein Symbolist spricht.«

»›Die Menschen haben es gern, wenn man sie liebt‹«, begann sie mit Vergnügen vorzulesen. »›Es gefällt ihnen, wenn die erhabenen und edlen Seiten der Seele dargestellt werden. Sie wollen es nicht recht glauben, wenn sie etwas Wahres, Exaktes, Finsteres und Böses vor sich haben. Sie möchten sagen: ›Da spricht er von sich selbst.‹ Nein, meine lieben Zeitgenossen, meinen Roman vom kleinen Dämon und seinem unheimlichen Begleiter habe ich über euch geschrieben. Über euch.«

Sie schlug sich mit dem Buch aufs Knie und sagte: »Es lohnt sich, hierüber nachzudenken! Hier handelt es sich nicht darum, daß Sologubs Dämonen bedeutend häßlicher und kleiner sind als die Dämonen Dostojewskijs, sondern – was meinst du wohl, warum? Ach ja, du hast das Buch nicht gelesen! Nimm es mit, es ist interessant.«

Samgin nahm das Buch, blätterte darin, ohne Marina anzublicken, und murmelte: »Dennoch bleibt mir unklar, was du hattest sagen wollen.«

Marina antwortete nicht. Er warf einen Blick auf sie, sie saß da, die Hände in den Nacken gelegt; die Sonne schien ihr auf den Kopf und vergoldete das feine Haar, das rosa Ohr und die rosige Wange; Marinas Augen waren von den Wimpern verdeckt, ihre Lippen fest zusammengepreßt, Samgin betrachtete unwillkürlich voller Wohlgefallen ihr Gesicht, ihre Gestalt. Und nochmals dachte er befremdet, fast erbost: Worin mag trotz allem der Inhalt ihres Lebens bestehen?

Er fühlte immer deutlicher in Marinas Leben etwas Geheimnisvolles oder zumindest Sonderbares. Das Sonderbare machte sich nicht nur in dem Widerspruch zwischen ihren politischen und religiösen Ansichten und ihrer geschäftlichen Tätigkeit bemerkbar, dieser Widerspruch befremdete ihn nicht, da er durch ihn in seinem skeptischen Verhalten zu den »Systemen von Sätzen« bestärkt wurde. Aber auch in ihren geschäftlichen Angelegenheiten gab es irgendwelche dunklen Punkte.

Im Winter hatte Samgin beim Obergerichtshof einen Prozeß gegen die Angehörigen des Kaufmanns Koptew – eines Wechslers und Wucherers – gewonnen; dieser Mann war gestorben, nachdem er Marina fünfunddreißigtausend Rubel, das Haus jedoch und das übrige Vermögen seiner Köchin und deren gelähmtem Sohn testamentarisch vermacht hatte. Koptew war Witwer und kinderlos, aber es fanden sich ferne Verwandte, und diese strengten einen Prozeß an, um den Erblasser nachträglich für geisteskrank zu erklären; sie behaupteten, Koptew habe keine Veranlassung gehabt, das Geld einer Frau zu schenken, die er ihres Wissens nur zweimal gesehen habe, und beschuldigten die Köchin, daß sie »Nachlaßgegenstände verheimlicht« habe. Marina sagte, Koptew sei ein guter Freund ihres Mannes gewesen und die Kläger lögen, wenn sie behaupteten, der Erblasser sei ihr nur zweimal begegnet.

»Wie albern!« sagte sie geringschätzig. »Haben sie denn seine Begegnungen mit Frauen überwacht?«

In diesen Worten spürte Samgin einen Unterton von Zynismus. Das Testament war vom Standpunkt des Gesetzes einwandfrei, vertrauenswürdige Zeugen hatten es unterzeichnet, und die Klage war unsinnig, trotzdem hatte dieser Prozeß bei Samgin den Eindruck von etwas Ungewöhnlichem hinterlassen. Vor kurzem hatte Marina ihm eine Schenkungsurkunde eingehändigt, die auf ihren Namen lautete: Die ledige Anna Oboïmowa schenkte ihr ein Haus in der benachbarten Gouvernementsstadt. Als Marina ihm die Urkunde überreichte, sagte sie in dem trägen Ton, der Samgin besonders gefiel: »In diesem Haus befindet sich, glaube ich, irgendeine Schule oder ein Progymnasium, erkundige dich, ob die Stadt das Haus nicht kaufen will, ich würde es billig hergeben!«

»Wie kommt es nur, daß man dir immerzu etwas schenkt oder vermacht?« fragte er im Scherz. Sie antwortete lässig: »Man hat mich eben gern.« Nach kurzem Nachdenken sagte sie: »Nein, kümmere dich nicht um den Verkauf, ich werde Sacharij hinschicken.«

Die ledige Anna Oboïmowa war, wie sich herausstellte, klein und rundlich, hatte ein gelbes Gesicht und war offenbar von irgend etwas bezaubert. In ihren farblosen Augen war unauslöschlich ein sanftes, freudiges Lächeln geronnen, die welken Lippen streckten sich einförmig und schrumpften danach zu einem Schleifchen, sie sprach von allem mit gedämpfter Stimme wie von etwas Geheimem und Angenehmem; das rührende Lächeln verschwand auch nicht von ihrem Gesicht, als sie Samgin mitteilte: »Wissen Sie, mein Bruder und Zögling, Sascha, ist als Freiwilliger in den Krieg gezogen und unterwegs aus dem Waggon gefallen, wobei er den Tod fand.«

Sie war vermutlich etwa fünfzig Jahre alt; in ein mausgraues Wollkleid gezwängt, glatt frisiert und in weichen Schuhen, bewegte sie sich behutsam, geräuschlos und machte auf Samgin ganz deutlich den Eindruck einer Schwachsinnigen.

Neben ihr ging und gurrte wie ein Täuber ein dürrer, kahlköpfiger Mann im Samtrock, auch freundlich und sanft, er hatte ein angenehmes Gesicht mit Kinderaugen und einem adretten, dunklen Kinnbärtchen.

»Und das ist mein Neffe«, sagte sie.

»Donat Jastrebow, Maler, ehemaliger Zeichenlehrer und jetzt Müßiggänger, Rentier, aber ich schäme mich dessen nicht!« sagte der Neffe vergnügt; er sah nur wenig jünger aus als seine Tante, in der Hand trug er einen dicken und offensichtlich schweren Stock mit einer Gummikappe am unteren Ende, aber er hatte einen leichten Gang. Solchen Menschen war Samgin noch nicht begegnet, der Umgang mit ihnen war ihm peinlich, und er glaubte nicht recht, daß sie so waren, wie sie schienen. Sie interessierten sich sehr für Marinas Befinden, fragten geheimnisvoll und verliebt nach ihr und blickten Samgin mit den Augen von Leuten an, die begreifen, daß er auch alles wisse und begreife. Sie wohnten in der Malaja Dworjanskaja, einer sehr öden Straße, in einem Privathaus, das hinter einem dichten Vorgarten versteckt lag, das große Zimmer, in dem sie Samgin empfingen, war dicht mit Möbeln gefüllt wie der Laden eines Altwarenhändlers.

Sacharij kam – bekümmert und schweißgebadet. Jastrebow lief auf ihn zu und fragte hastig: »Nun, was ist, was ist?«

»Man muß Schmiergeld geben«, sagte Sacharij müde.

»Ein wenig Schmiergeld, hören Sie, Annuschka? Man bittet um etwas Schmiergeld«, rief Jastrebow freudig aus. »Die Sache klappt also!« Er schnippte mit den Fingern und brach in ein verlegenes, ein wenig quiekendes Gelächter aus. Sacharij nahm ihn beim Arm und führte ihn irgendwohin zum Zimmer hinaus, während die Oboïmowa mit ihrem unwandelbaren Lächeln den Kopf schüttelte und zu Samgin sagte: »Alle sind so gierig, daß man sich richtig schämt, etwas zu besitzen ...«

Samgin hatte sie aufgesucht, um ihr einen Brief und ein Paket Marinas zu übergeben. Sie nahm den Brief in Empfang, küßte ihn und hielt den Brief, solange Samgin bei ihr saß, an der Brust, indem sie ihn mit der Hand ans Herz preßte.

Was mögen diese Geschenke von seiten irgendwelcher schwachsinnigen Menschen bedeuten? überlegte Samgin.

Er war nicht sehr von seiner beruflichen Gewandtheit und Beobachtungsgabe überzeugt, und nach dem Besuch bei der Oboïmowa befürchtete er, Marina könnte ihn kompromittieren, indem sie ihn in irgendeine dunkle Angelegenheit verwickelte. Er begann zu merken, daß Marina, die sich ihm gegenüber immer freundschaftlicher verhielt, ihn zugleich allmählich in die Lage eines Angestellten versetzte, da sie sich mit ihm nur selten über ihre Angelegenheiten beriet. Er beschloß, mit ihr über alles, was ihn befremdete, ernsthaft zu reden.

An diese unangenehme und für ihn nicht leichte Aufgabe machte er sich bei ihr zu Hause, in ihrem kleinen, gemütlichen Zimmer. Von den Straßenfernstern und der Terrassentür blickte düster ein Herbstabend herein; im Garten, unter rötlichem Himmel, standen reglos die Bäume, die schon von morgendlichen Frühfrösten verfärbt waren. Auf dem Tisch brodelte wie immer der Samowar, Marina, im spitzenbesetzten Morgenkleid, bereitete den Tee und sprach auch wie immer – ruhig und spöttisch: »Wenn das Stolypinsche Reförmchen im Jahre einundsechzig eingeleitet worden wäre, nun, dann wären wir natürlich weit über den Punkt hinaus, an dem wir stehen, was aber wird jetzt kommen? Dem wohlhabenden Bauern hat man freie Hand gegeben, er wird sich von der Dorfgemeinde absondern und von dort sogar mit größerer Bequemlichkeit anfangen, das Dorf auszusaugen, während das Dorf verarmen, verlottern wird. Also, lieber Freund, muß man in Anbetracht der Millionen billiger Arbeitskräfte den Fabrikkessel erweitern. Das ist es, was die Revolution uns lehrt! Ich stehe in Briefwechsel mit einem Engländer, er lebt in Kanada und ist der Sohn eines Freundes meines Mannes, er sieht sehr deutlich, was man bei uns tun muß ...«

»Er ist also weitsichtig«, sagte Samgin.

Marina rückte ihm ein Glas Tee hin und lachte genießerisch. »Lidija ist komisch! Sie hatte Stolypin verflucht, und jetzt – lobpreist sie ihn. Sie sagt: ›Wir werden uns nach englischem Vorbild umstellen; im Mittelpunkt steht der kultivierte Betrieb des Großgrundbesitzers und rundherum ein Ring von Farmern.‹ Ausgezeichnet! Sie ist nie in England gewesen, urteilt nach Romanen, nach Bildern.«

Samgin war es schon gewöhnt, sich auf ihr Wirklichkeitsempfinden zu verlassen, er hörte ihren Urteilen über Politik stets aufmerksam zu, aber in diesem Augenblick störte ihn die Politik.

»Verzeih, ich unterbreche dich«, sagte er.

»Was sollen diese Förmlichkeiten?«

»Wer ist diese kleine alte Oboïmowa?«

Marina zog die Brauen hoch, ihre Augen lachten.

»Wodurch hat sie dein Interesse erweckt?«

»Nein – im Ernst!« sagte Samgin. »Sie und dieser ihr ...«

»Jastrebow?«

»... machten mir den Eindruck von Schwachsinnigen.«

»Na, das ist übertrieben!« widersprach Marina mit halbgeschlossenen Augen. »Sie ist eine sentimentale alte Jungfer, sehr unglücklich und in mich verliebt, und er ist eine Null, ein Faulpelz. Zudem ist er ein Aufschneider – er hat sich ausgedacht, daß er Maler, Lehrer und reich gewesen sei, er war Taxator, wurde wegen Bestechlichkeit entlassen und gerichtlich belangt. Bildchen malt er, das stimmt.«

Sie verstummte plötzlich und warf den Kopf in den Nacken, fixierte Samgins Gesicht und sagte mit blitzenden Augen: »Übrigens fühle ich, daß du befremdet bist, und glaube zu begreifen, was dich befremdet.«

Ihre Wimpern zuckten, und aus ihren Pupillen schienen Funken zu sprühen, ihre Stimme hatte sich gesenkt, war eindringlicher geworden; mit dem Löffel im Tee rührend, lächelte sie lässig und unangenehm und sagte: »Nun ja! Offensichtlich ist die Stunde gekommen, den Schleier des Geheimnisses und Rätsels zu lüften.«

Sie blickte über Samgins Kopf hinweg und schwieg eine Weile, dann fragte sie: »Hast du die ›Betrachtungen Jakow Tobolskijs‹, anders gesagt des ›Uralez‹, nicht gelesen? Das ist die Handschrift, die du in Samara gekauft hast – entsinnst du dich? Du hast sie nicht gelesen? Na – dann allerdings. Lies sie doch mal. Der Uralez selbst kann schlecht denken, aber er hat die Lehre der Tatariowa dargelegt, es hat eine Montanistin dieses Namens gegeben, sie hat die Sekte der Cupidonen gegründet . . .«

»Ich begreife nicht, was das mit meiner Frage zu tun . . .«, begann Samgin ärgerlich, aber Marina sagte: »Gleich wirst du es begreifen.«

»Was?«

»Daß ich auch eine Montanistin bin.«

Samgin wählte sich lange, sorgfältig eine Zigarette aus und überlegte beim Anzünden, wie er das Gefühl benennen könnte, das er jetzt empfand. Marina fuhr immer noch ebenso lässig und ohne rechte Lust fort: »Montanist ist nicht ganz richtig, mit Montanus hat das nichts zu tun; die Leute mit meinen Ansichten nennen sich – die Geistigen . . .«

Eine Sektiererin? überlegte Samgin. Das scheint zu stimmen. Irgend etwas in dieser Art hatte ich ja von ihr erwarten müssen. Aber er begriff, daß er ein Gefühl des Ärgers, der Enttäuschung empfand und daß er von Marina durchaus nicht das erwartet hatte. Es kostete ihn einige Mühe zu fragen: »Du bist also . . . Mitglied einer Sektiererorganisation?«

»Ich bin die Steuerfrau des Schiffs.«

Sie sagte das sehr einfach und als brüstete sie sich nicht mit ihrem Rang, dann fuhr sie mit kränkender Gelassenheit fort: »Die Popen nennen in ihrer Unwissenheit die Steuermänner Christusse, die Steuerfrauen Mütter Gottes. Und die Organisation – wie du dich ausdrücktest – ist eine Kirche, und keine kleine, sie besteht in fast vierzig Gouvernements, zerstreut vorläufig, bis auf weiteres . . .«

Sie rückte Samgin die Schale mit Konfitüre hin, hielt mit der anderen Hand das Morgenkleid am Halsausschnitt zusammen und lächelte breit. »Oh, wie komisch du blinzelst! Und du machst ein langes Gesicht. Wunderst du dich? Aber – was hattest du denn von mir gedacht, lieber Freund?«

Ihr rechter Arm war bis zum Ellenbogen entblößt, der linke fast bis zur Schulter. Es war, als glitte das Morgenkleid von ihr herab, Samgin betrachtete das Rauchwölkchen der Zigarette und sagte, ohne sein Bedauern zu verhehlen: »Du wirst zugeben müssen, daß dies – unerwartet für mich ist. Und überhaupt – äußerst seltsam!«

»Nun, natürlich!« entgegnete sie. »Einfacher wäre es, wenn sich herausgestellt hätte, daß ich ein geheimes Rendezvoushaus unterhalte . . .«

»Verständlicher bist du mir nicht geworden«, murmelte Samgin ärgerlich, aber auch betrübt. »Eine so kluge, schöne Frau. Eine überwältigend schöne . . .«

Er sagte das, ohne sie anzuschauen, wußte aber, daß ihre Augen ironisch funkelten.

»Überwältige ich sogar?« fragte sie. »Meinst du . . .« Dann sagte sie eindringlich: »›Männer wie Sokrates, Zenon und Diogenes dürfen häßlich sein, aber den Dienern eines Kults geziemen Schönheit und Würde‹ – weißt du, wer das gesagt hat?«

»Nein«, antwortete Samgin und blickte um sich, alles rings um ihn schien sich verändert zu haben, dunkler geworden und dichter zusammengerückt zu sein, während Marina gewachsen war. Sie fragte ihn wie einen Schüler, was er über die Geschichte der mystischen Sekten, über die Kirchengeschichte gelesen habe. Seine verneinenden Antworten brachten sie zum Lachen.

»Vielleicht hast du wenigstens Melnikows Roman ›Auf den Bergen‹ gelesen?«

»›In den Wäldern‹ habe ich gelesen.«

»Nun, es ist gut, daß ›Auf den Bergen‹ nicht gelesen wird; der Autor hat darin über Dinge geschrieben, die er nicht gesehen hat, und daher dummes Zeug zusammengefaselt. Trotzdem – lies das mal.«

»Das dumme Zeug?« fragte Samgin.

»Man muß alles kennen, dann erkennt man vielleicht etwas«, sagte sie lachend.

Dieses Lachen, das überhaupt unangebracht war, verletzte Samgins Gefühl der eigenen Würde und erweckte in ihm das Verlangen, mit ihr zu streiten, sogar scharf zu streiten, aber der Wille zum Widerstand wurde durch traurige Gedanken gehemmt: Sie vertraut sich mir sehr freimütig an. Ich habe ihr nichts über mich sagen können, weil ich nichts bejahe. Sie bejaht etwas. Sie bejaht etwas Unsinniges. Möglicherweise macht sie sich bewußt etwas vor, um die Sinnlosigkeit nicht zu sehen. Aus Notwehr gegen den kleinen Dämon . . .

Ihre Frisur löste sich auf, eine Haarsträhne fiel ihr auf Schulter und Brust herab, Marina sagte halblaut: »Da lehnte sich Zebaoth in Gram und Verzweiflung auf gegen den Geist, wandte seinen Blick dem Schlamm der Materie zu und richtete seine böse Begierde auf ihn, wovon ihm ein Sohn geboren ward in Schlangengestalt. Das ist – der Verstand, er ist auch Lüge und Christus, von ihm kommt alles Böse der Welt und der Tod. So lehrten sie . . .«

Das ist natürlich mystischer Unsinn, dachte Samgin und musterte Marina mürrisch durch die Gläser seiner Brille. Es kann nicht sein, daß sie daran glaubt.

»Und die Freude – die Anrufung des Geistes – ward ertötet durch den Verstand . . .«

»Anrufung?« fragte Samgin. »Das scheint etwas Ähnliches zu sein wie die Athenischen Nächte oder die Schwarze Messe?«

»Eine schmutzige Erfindung der Popen«, antwortete Marina ruhig, begann aber sofort halbverächtlich und scharf zu sprechen: »Wie unwissend und leichtgläubig ihr Intellektuellen doch in allem seid, was den Geist des Volkes betrifft! Und wieviel klerikales Gift ihr in euch aufgenommen habt . . . auch du, Klim Iwanowitsch! Du beklagtest dich selbst, du lebest in fremden Gedanken, seist bedrückt von ihnen . . .«

Samgin sagte mit mürrischer Miene: »Ich entsinne mich nicht . . . ich bezweifle, mich beklagt zu haben! Aber selbst wenn es so wäre, so kannst du doch auch nicht behaupten, du lebtest gemäß deinen eigenen Gedanken . . .«

»Weshalb kann ich das nicht?« fragte sie lächelnd. »Was für Gründe hast du, zu behaupten, daß ich das nicht kann? Weißt du denn, was ich alles gelesen, was durchdacht habe? Außerdem: durchlesen bedeutet noch nicht glauben und übernehmen . . .«

Sie riß sich eigentümlich kampflustig zusammen, warf das Haar hinter die Schulter zurück und sagte sehr entschieden: »Na – genug! Ich habe dir gebeichtet, meine Sünden bekannt, jetzt weißt du, wer ich bin. Du gestattest mir doch, dich zu bitten, daß dies alles unter uns bleibt. Auf deine Diskretion und Vorsicht verlasse ich mich selbstverständlich, ich weiß, daß du ein Konspirator bist und sowohl über dich als auch über andere zu schweigen verstehst. Aber verplappere dich nicht zufällig Walentin oder Lidija gegenüber in irgendeiner Weise.«

Sie schwieg ein paar Sekunden lang mit geschlossenen Augen, Samgin konnte gerade noch murmeln: »Eine ganz überflüssige Warnung . . .«

»Sie ist für alle Fälle angebracht«, entgegnete sie trocken. »Jetzt – die Angelegenheiten Koptew und Oboïmowa. Ich mache dich darauf aufmerksam: Solche Angelegenheiten werden sich wiederholen. Jedes Mitglied unserer Glaubensgemeinschaft muß nach seinem Tod oder zu Lebzeiten – das steht in seinem Ermessen – sein Vermögen an die Gemeinschaft abtreten. Der Bruder der Oboïmowa war Mitglied unserer Gemeinschaft, sie gehörte einer anderen an, aber vor kurzem hat ihr Schiff sich mit dem meinen vereinigt. So, nun weißt du alles ...«

Samgin sagte nach kurzem Überlegen: »Es bleibt mir nur noch übrig, dir für dein Vertrauen zu danken.« Dann fügte er zu seiner eigenen Überraschung hinzu: »Ich hatte tatsächlich irgendwelche ... trüben Gedanken!«

»Wenn sie verschwunden sind, ist das gut«, bemerkte Marina.

»Ja, sie sind verschwunden«, bestätigte er, und da sie schweigend Tee trank, sagte er befremdet: »Du wirst es mir doch nicht übelnehmen, wenn ich sage ... wenn ich wiederhole, daß es trotz allem schwer zu begreifen ist, wieso du, eine so kluge Frau ...«

Marina ließ ihn nicht zu Ende sprechen, sie stellte die Tasse auf den Untersatz und preßte die Finger beider Hände zu einer Faust zusammen, ihr Gesicht wurde tiefrot, sie schüttelte die Faust und sagte mit dumpfer Stimme: »Ich hasse die rechtgläubige Lehre der Popen, mein Sinn ist auf eine Verschmelzung aller unserer Gemeinschaften – und der ihnen verwandten – zu einer einzigen gerichtet. Ich mag das Christentum nicht, das ist es! Wenn die Menschen deiner ... sagen wir mal, Kaste begreifen könnten, was das Christentum ist, seine Einwirkung auf die Willenskraft begreifen würden ...«

Samgin schaute, ohne auf ihre Worte achtzugeben, ihr Gesicht an, es war jetzt nicht weniger schön als sonst, aber es war in ihm etwas Fremdes und fast Unheimliches zutage getreten: Ihre Augen blitzten betörend, die Lippen bebten beim Ausstoßen der gedämpften Worte, und die weiß gewordenen Hände zitterten. Das dauerte ein paar Sekunden lang. Marina trennte die Hände und lächelte bereits, obwohl ihre Lippen noch bebten.

»Nun siehst du, wie du mich aufgewühlt hast!« sagte sie und ordnete die Spitzen auf ihrer Brust.

Samgin lächelte teilnahmsvoll, denn er wußte nicht, was er sagen sollte, und als er sich ein paar Minuten später von ihr verabschiedete, empfand er das Verlangen, ihr die Hand zu küssen, was er sonst nie zu tun pflegte. Er konnte sich nicht vorstellen, daß diese der Wirklichkeit gegenüber gleichgültige Frau fähig sei, irgend etwas zu hassen.

Da sieh mal einer an! dachte er betäubt, als er nach Hause ging und sich durch die dunkle, dürftig beleuchtete Straße von Laterne zu Laterne bewegte. Wenn sie aber haßt, dann glaubt sie auch, sie vertreibt sich nicht die Zeit mit Worten, betrügt sich nicht vorsätzlich. Ist mir an ihr etwas Gekünsteltes aufgefallen? fragte er sich und verneinte es.

Alles, was er zu hören bekommen, war ganz belanglos im Vergleich zu dem, was er gesehen hatte. Den Wert von Worten kannte er und konnte ihre Worte nicht höher bewerten als andere, aber ihr unheimliches Gesicht und das feurige, leidenschaftliche Funkeln der goldgelben Augen hatten sich seinem Gedächtnis tief eingeprägt.

Ja, sie hat sich selbst erklärt, ist aber nicht verständlicher geworden, nein! Sie hat ihr Verhalten erklärt, aber nicht den Widerspruch zwischen ihrem Verstand und ... ihrem Glauben.

Wohl zwei Wochen verbrachte er unter dem Eindruck dieser überraschenden Entdeckung. Es schien, daß Marina sich ihm gegenüber trockener, zurückhaltender verhalte, aber irgendwie noch besorgter als früher. Unaufdringlich, ganz nebenbei erkundigte sie sich, ob er mit Mischas Arbeit zufrieden sei, schenkte ihm einen wunderschönen Bücherschrank und fragte wieder, ob Besbedow ihn nicht störe.

Nein, Besbedow störte ihn nicht, er ließ aus irgendeinem Grund den Kopf hängen, war schweigsamer geworden, kam ihm seltener unter die Augen und ließ nicht mehr so oft die Tauben ausschwärmen. Blinow hatte wieder zwei Paare seiner Vögel eingefangen, und vor kurzem war in einer dunklen Nacht jemand vom Garten auf das Dach geklettert, um Tauben zu stehlen, und hatte das Schloß des Taubenschlags aufgebrochen. Das versetzte Besbedow in einen Zustand düsterer Wut; morgens lief er ungeachtet der Kälte in der Nachtwäsche auf dem Hof herum, schalt grimmig den Hausknecht, jagte das Dienstmädchen davon, dann kam er zu Samgin zum Kaffee und erklärte, gelb vor Zorn: »Ich werde den Seitenbau in Brand stecken, alles soll zum Teufel gehen!«

»Benachrichtigen Sie mich einen Tag vorher, damit ich rechtzeitig aus der Wohnung ausziehen kann«, sagte Samgin ernst und ohne ihn anzublicken, der Taubenfreund schwieg eine Weile und sagte dann ebenso ernst mit heiserer Stimme: »Gut.«

Gleich danach ging er hoch. »R-rußland, der Teufel soll es holen!« keuchte er heiser. »Überall Diebe und Beamte! Popen, Lakaien, Kutscher, Hofknechte, alles – Beamte! Angestellte. Bei wem sind sie angestellt? Beim Satan etwa? Der Satan ist auch Beamter.«

Samgin trank Kaffee, las dabei Zeitung und achtete nicht auf das dumme Gerede des unangenehmen Gastes, aber dieser begann auf einmal leiser und anscheinend vernünftiger zu reden: »Dieser Pariser Gimpel, Turtschaninow, hat mit Recht gesagt, der Mensch brauche einen Ablenkungspunkt. Gott vielleicht, die Musik, das Kartenspiel . . .«

Samgin blickte ihn über die Zeitung hinweg an und sagte: »Und – Tauben?«

»Den Tauben sollte man den Hals abdrehen. Sie braten. Nein, wahrhaftig«, fuhr Besbedow griesgrämig fort, »das kann einen zum Selbstmord treiben. Sie gehen durch den Wald oder – einerlei – über ein Feld, es ist Nacht, es ist dunkel, und auf dem Erdboden sind unter Ihren Füßen irgendwelche Knorren. Ringsum ist der Teufel am Werk: Revolutionen, Expropriationen, Galgen und . . . überhaupt – man weiß nicht, wohin! Sie müssen etwas Leuchtendes vor sich haben. Es brauchte nicht einmal zu leuchten, sondern nur zu existieren. Hol's der Teufel – mag es auch nicht existieren, sondern nur erfunden sein, die Teufel beispielsweise hat man erfunden, doch glaubt man, daß es sie gibt.«

Er stand geräuschvoll auf und ging. Sein Geschwätz hinterließ keinerlei Spur in Samgins Erinnerung.

Mischa wiederum erweckte in ihm nach und nach ein Gefühl der Abneigung. Der schweigsame, bescheidene junge Mann gab keine offenkundigen Anlässe dazu, er räumte rasch und sorgfältig die Zimmer auf, wischte nicht schlechter Staub als ein erfahrenes und reinliches Stubenmädchen, schrieb fast fehlerlos die Papiere ab, lief ins Gericht, in die Läden und zur Post und beantwortete Fragen mit äußerster Genauigkeit. In freien Minuten saß er, über ein Buch gebeugt, im Vorzimmer auf einem Stuhl am Fenster.

»Was liest du da?« fragte Samgin.

»Die Zeitschrift ›Die Welt von heute‹, Heft drei, Arzybaschews Roman ›Sanin‹.«

Samgin riet ihm: »Beim Antworten brauchst du nicht vor mir aufzustehen: Du bist kein Soldat, ich kein Offizier.«

»Gut«, sagte Mischa und stand nicht mehr auf, wodurch er Samgin der einzigen Möglichkeit beraubte, ihm Verweise zu geben, doch Verweise hätte er ihm gern gegeben, und – nicht selten. Samgin sah ein, daß sein Wunsch unbegründet war, aber das verringerte nicht die Beharrlichkeit des Wunsches. Er fragte sich: Was ist mir unangenehm an diesem Burschen?

Und er fand, daß ihm der gerade, eindringliche Blick der schönen, aber etwas leeren hellen Augen Mischas unangenehm war, ein Blick, der, wenn auch ehrerbietig, so doch herausfordernd nach etwas zu fragen schien. Es kam immer öfter vor, daß Samgin, wenn Mischa in der Ecke des Wartezimmers saß und Papiere abschrieb, den Eindruck hatte, die hellen, durchsichtigen Augen beobachteten ihn.

»Schließ die Tür meines Arbeitszimmers«, befahl er.

Noch unangenehmer war die Feststellung, daß sein Verhalten zu Mischa mit dem Verhalten Besbedows übereinstimmte, der den jungen Mann stets unverhohlen boshaft mit wild aufgerissenen Augen anblickte und mit ihm verächtlich, in knurrenden Worten sprach.

Es lohnt sich nicht, das zu beachten, suchte Samgin sich einzureden. Von diesen und überhaupt von allen kleinlichen Gedanken lenkten ihn mit Erfolg seine Betrachtungen über Marina ab. Er suchte festzustellen, ob seine Beziehung zu dieser Frau einfacher oder komplizierter geworden sei. Was ihm an ihr als gesunder Menschenverstand vorkam – ihre Sachlichkeit, ihre unabhängige und sogar einflußreiche Position in der Stadt, ihre Belesenheit –, das alles machte ihn vergessen, daß Marina eine Sektiererin war, eine »Steuerfrau«, eine »Mutter Gottes«. Er entschied sich dahin, daß dies wahrscheinlich ein Spiel des Machtwillens, ein Ausdruck des Verlangens, jemanden zu kommandieren, oder vielleicht entartete Wollust – das Spiel eines schönen Körpers – sei.

Ein Idol, brachte er sich in Erinnerung.

Dem widersprach jedoch der Zornesausbruch, durch den sie ihn so verblüfft hatte.

Sie ist hart und unbeweglich wie ein Stein mitten in einem Bach; die Aufregungen des Lebens umströmen sie, ohne sie zu erschüttern, aber – was haßt sie denn? Das Christentum, hat sie gesagt.

Immer öfter schien es ihm, daß die Bekanntschaft mit Marina eine sehr tiefe, entscheidende Bedeutung für ihn habe, aber er vermochte oder entschloß sich nicht festzustellen: welche eigentlich?

Ich denke zuviel über sie nach und scheine sie übertrieben wichtig zu nehmen, suchte er sich Einhalt zu gebieten, aber bereits ohne Erfolg.

Vor kurzem hatte sie zu ihm gesagt: »Sobald das leidige Leben sich beruhigt – will ich ins Ausland reisen, mal schauen, was dort los ist. Ich werde nach England fahren . . .«

Es war sehr schwer, sich die Stadt ohne sie vorzustellen. In der Dämmerstunde saß er einmal am Tisch, im Begriff, eine Appellationsklage in einer sehr komplizierten Sache aufzusetzen, zeichnete mit der Feder die mächtigen Umrisse eines weiblichen Körpers auf den Papierbogen und dachte: Wenn ich Romanschriftsteller wäre . . .

Er hatte die Gestalt Marinas erst klein gezeichnet, vergrößerte, erweiterte sie aber unwillkürlich nach und nach immer mehr, und als er den ganzen Bogen verdorben hatte, erblickte er vor sich eine Reihe weiblicher Körper, die gleichsam ineinandergefügt und in eine ungeheuerliche Figur mit mißratenen Formen eingeschlossen waren.

Ja, wenn ich Schriftsteller wäre, würde ich sie als einen Frauentyp der neuen Bourgeoisie darstellen.

Er drehte den verdorbenen Bogen um und zeichnete Marina von neuem, wie er sie sich vorstellte, gab ihr Merkurs geflügelten Stab in die Hand, fügte an den Füßen Flügelchen hinzu und erinnerte sich plötzlich der Worte Besbedows von dem »Ablenkungspunkt«. Er warf die Feder hin, nahm die Brille ab, machte einen Gang durchs Zimmer, zündete sich eine Zigarette an und legte sich auf den Diwan. Ja, Marina lenkte seine unruhigen Gedanken auf sich, sie – war das Wichtigste in seinem Leben, und wenn er früher irgendwohin gegangen war, war er jetzt vor oder neben ihr stehengeblieben. Er hätte es vorgezogen, diese Entdeckung nicht zu machen, nachdem er sie aber gemacht hatte, gab er zu, daß es stimmte: Er verhielt sich jetzt dem Leben gegenüber ruhiger und sich selbst gegenüber einfacher, duldsamer. Das war zweifellos ihr Einfluß. Samgin holte tief Atem und rückte das Kissen unter dem Kopf zurecht. Auf einem Stuhl an der Wand stand ein mittelgroßer, ovaler Spiegel mit patiniertem Goldrahmen, ein Geschenk Marinas, ein sehr einfaches und schönes Stück; Mischa war noch nicht dazugekommen, den Spiegel im Schlafzimmer aufzuhängen. Samgin sah in dem Spiegel durch das vorabendliche Halbdunkel das Dach des Seitenbaus mit den Sitzbrettern für die Tauben beim Schornstein und hinter dem Dach – die kahlen Zweige der Bäume.

Der Spiegel reflektierte auch ein längliches, spitzbärtiges Gesicht mit Brille und darüber – dünne, bläuliche Rauchbänder einer Zigarette; sie krochen sehr spaßig über das Dach und verwickelten sich in den schwarzen Baumzweigen.

Wodurch stört sie das Christentum? fuhr Samgin fort, über Marina nachzudenken. Nein, diese Worte kamen bei ihr nicht aus dem Verstand, sondern sie war erzürnt, wohl über mich ... Im kommenden Jahr werde ich auch mal ins Ausland reisen ...

Der Rauch im Spiegel wurde dichter, verfärbte sich grau, und es war unbegreiflich – warum? Die Zigarette schwelte kaum. Der Rauch wurde rot, und dann flammte unter einem der Sitzbretter ein scharfes, rotes Feuer auf, das konnte die Widerspiegelung der Sonnenstrahlen sein.

Aber Samgin wußte bereits: Es brach ein Brand aus, die Flammenbänder erfaßten mit gauklerischer Geschwindigkeit das Sitzbrett und liefen am Dachfirst entlang, wurden zahlreicher und größer; gelb, blutrot, spitzköpfig, durchdrangen sie das Dach, liefen auf seinem Grat immer weiter und verneigten sich lustig nach beiden Seiten. Samgin sah, daß das Gesicht im Spiegel sich verdüsterte, die Hand erhob sich zu dem Telefon über dem Kopf, sank aber, als sie den Hörer nicht erreichte, auf die Brust herab.

Ein Brand, ermahnte er sich streng. Dieser Halunke hat Feuer gelegt.

Obwohl Samgin unablässig das Spiel der Flammen verfolgte, empfand er nicht die in solch einem Fall natürliche Aufregung; das wunderte ihn und verlangte eine Erklärung.

Ich sehe zum erstenmal, wie ein Brand ausbricht, sagte er sich zur Erklärung. Ich muß anrufen.

Aber – er rührte sich nicht. Es tat ihm wohl, sich dessen bewußt zu sein, daß er die Feuerwehr anrufen, auf den Hof, auf die Straße laufen und schreien müßte, daß er dies tun müßte, es aber auch unterlassen konnte.

Das kann ich, sagte er sich und lächelte sein Spiegelbild an. Die Akten und Bücher werde ich noch zum Fenster hinauswerfen können.

Aber er rief trotzdem an; die Brandwache sagte ihm kurz und ärgerlich: »Das wissen wir.«

Der Spiegel wurde dunkelrot, als ob er schmelze, fast die Hälfte des Dachgrats war mit Flammen geschmückt, von denen sich rote Fetzen losrissen und in der Luft verschwanden.

Als Samgin auf den Hof hinauslief, hasteten dort bereits Leute umher, der Hausknecht Panfil und ein Polizist schleppten eine schwere Leiter herbei, auf dem Dach saß Besbedow neben dem Schornstein und zerhackte den Bretterbelag. Er hatte nur Socken an, eine schwarze Hose und ein Hemd mit gestärkter Brust und nicht zugeknöpften Manschetten; die Manschetten störten ihn, denn sie rutschten an den Armen zu den Ellenbogen hoch; er hieb die Axt ins Dach, riß die Manschetten herunter und brüllte: »Wasse-er!«

Dieser Idiot hat einen Schreck bekommen, dachte Samgin. Oder tut es ihm jetzt leid?

Zu Besbedow kletterte ein langer, dürrer Mann in rotbrauner Strickjacke hinauf, faßte irgendwie unnatürlich auf dem Dach Fuß und begann die Bretter, die er mit den Händen losriß, herabzuwerfen, wobei er durchdringend rief: »Vo-orsicht, Vorsi-icht!«

Neben Klim stand ein krausköpfiger Bursche mit einem Brecheisen in der Hand und – nieste; nach jedem Niesen lächelte er Samgin an, dann wartete er, indem er blinzelnd mit dem Brecheisen auf die Pflastersteine klopfte, auf das nächste Niesen. Auf den Hof, in den bläulichen Rauchschleier kamen Feuerwehrleute gelaufen, die eine lange Schlange mit kupferner Zunge hinter sich herzogen. Äxte hämmerten, die Bretter krachten, fielen schwelend herab und säten goldene Funken; der Reviervorstand Egge redete den Zuschauern zu: »Auseinandergehen, meine Herrschaften!«

Der silberne Wasserstrahl trieb dicke Wolken samtenen Rauchs unter dem Dach hervor, alles war ungewöhnlich lebhaft, amüsant, und Samgin fühlte sich ausgezeichnet. Als Besbedow, wasserüberströmt von Kopf bis Fuß und mit entblößtem Oberkörper auf ihn zutrat, fragte ihn Samgin: »Sind die Tauben umgekommen?«

Besbedow winkte mit der Hand ab.

»Zum Teufel sind sie! Ich wollte zu Besuch gehen, zu einer Namenstagsfeier, ziehe mich an und – da haben wir die Bescherung... Sie sind alle erstickt, keine einzige ist davongeflogen.«

Sein Gesicht war naß, es war, als sickerten aus der Haut überall schmutzige Tränen, er atmete schwer, mit weit geöffnetem Mund, so daß die Goldkronen auf den Zähnen zu sehen waren.

»Wie ist das passiert?« fragte Samgin zu seiner eigenen Überraschung in strengem Ton.

Besbedow, der wieder aufs Dach stieg, brummte: »Ich weiß nicht. Das Feuer ist ein Dieb.«

Es war zu spüren, daß Besbedow aufrichtig betrübt war und sich nicht verstellte. Eine halbe Stunde später war das Feuer gelöscht, der Hof leer geworden, und der Hausknecht schloß das Tor; als Erinnerung an den mißglückten Brand zurückgeblieben waren bitterer Rauchgeruch, Wasserlachen, verkohlte Bretter und, in einer Hofecke, eine weiße Manschette von Besbedows Hemd. Nach Verlauf einer weiteren halben Stunde saß Besbedow frisch gewaschen, mit nassem Haar und schmollendem, trübsinnigem Gesicht bei Samgin, trank gierig Bier, warf ab und zu einen Blick durchs Fenster auf die ersten Sterne am schwarzen Himmel und murmelte: »Sie werden sehen, morgen früh wird Blinow seine Tauben ausschwärmen lassen, um mich zu ärgern...«

Samgin hatte sich schon lange nicht mehr mit ihm unterhalten, und seine Antipathie gegen diesen Mann hatte sich schon etwas in Gleichgültigkeit verwandelt. An diesem Abend schien Besbedow lächerlich und bedauernswert, es war an ihm sogar etwas Kindliches. Dick, in blauer Bluse mit offenem Kragen, mit dem entblößten weißen, aufgedunsenen Hals und dem bartlosen Gesicht, erinnerte er sehr an Fonwisins »Landjunker« in der Darstellung eines unbegabten Schauspielers. In seinem trübsinnigen Gebrumm lag etwas Launisches.

Nein, er hat das Feuer nicht gelegt, er ist dazu nicht fähig, entschied Samgin, als er hörte: »Ich beneide Sie, bei Ihnen ist alles durchdacht, entschieden, und Sie leben ruhig, wie in Abrahams Schoß. Bei mir jedoch toben Stürme in der Seele ...«

Samgin lächelte, wobei er aus Höflichkeit dafür sorgte, daß das Lächeln nicht allzu kränkend aussähe. Besbedow seufzte: »Zu diesem Bier sollte man Krebse essen ... Ja, Stürme! Rauch und Staub. Sehen Sie, Sie verteidigen die Menschen, in der Zeitung ist Ihre Rede gelobt worden. Ich dagegen kann die Menschen nicht leiden. Alle sind sie Lumpen, und keiner braucht verteidigt zu werden.«

»Ach was!« sagte Samgin. »So grausam sind Sie gar nicht ...«

»Ich bin es!« wiederholte Besbedow und schlug mit der Hand auf das Fensterbrett, verzog das Gesicht und holte mit der Hand in der Luft aus, um sie abzukühlen. »Wissen Sie, ich sollte Terrorist oder Anarchist werden, aber ich bin zu träge, das ist es eben! Und dort, bei denen, herrscht Disziplin wie in einer Kaserne ...«

In sein Glas Bier stürzte sich eine Fliege, die es versäumt hatte, rechtzeitig zu sterben, er fischte sie mit dem kleinen Finger aus dem Schaum heraus und fuhr dabei erregt fort: »Gute Menschen habe ich nicht gesehen. Ich erwarte es auch nicht und will keine sehen. Ich glaube nicht, daß es welche gibt. Die guten Menschen werden erst nach ihrem Tod zu solchen gemacht. Täuschungshalber.«

»Der Verlust der Tauben hat Sie mißmutig gemacht, und darum nörgeln Sie«, bemerkte Samgin, denn er fühlte, daß dieser menschenscheue Mann ihn zu langweilen begann, doch Besbedow, der sein Bier ausgetrunken hatte, starrte ins leere Glas und redete eigensinnig weiter: »Markowitsch, der Juwelier und Wucherer, hat kleine billige Steinchen von verschiedener Farbe in sein Schaufenster gestreut und fünf große mitten unter sie geworfen. Die großen sind aber falsch, das weiß ich, sein Sohn Ljowka hat es mir gesagt. Da haben Sie die guten Menschen! Sie sind zu meiner Belehrung erfunden: Schäme dich, Walentin Besbedow! – Doch ich schäme mich nicht im geringsten.«

Er schüttelte den Kopf, starrte Samgin an und krächzte herausfordernd: »Ich schäme mich nicht.«

»Nun, wenn Sie sich nicht schämten, würden Sie nicht davon sprechen«, sagte Samgin. Und er fügte belehrend hinzu: »Der Mensch beunruhigt sich, weil er sich selbst sucht. Er möchte er selbst sein, möchte in jedem beliebigen Augenblick sich selbst treu bleiben. Er strebt nach innerer Harmonie.«

»Harmonie – Harmonium, und wer spielt darauf?« fragte Besbedow, breit und häßlich lachend.

Samgin antwortete mürrisch: »Ein schlechtes Wortspiel.«

»Wenn ich aber nicht ich selbst sein will?« fragte Besbedow und bekam die trockene Antwort: »Das steht in Ihrem Belieben.«

Besbedow schwieg ein paar Sekunden lang und musterte seinen Gesprächspartner, seine blauen, glasigen Pupillen schienen kleiner, schärfer geworden zu sein; dann verzog er seine dicken Lippen langsam zu einem breiten Lächeln und sagte: »Nun, Sie kann man nicht täuschen! Es stimmt, ich schäme mich, ich lebe wie ein Vieh. Meinen Sie, ich wüßte nicht, daß die Tauben Unsinn sind? Und die Mädchen sind auch Unsinn. Außer einer, aber die ist sicherlich nur zur Täuschung da! Weil sie hübsch ist! Und mich in die Hand nehmen könnte. Meine Frau war auch hübsch und – klug, aber – die Tante mag die Klugen nicht . . .«

Er brach seine Rede ab, indem er mit den Lippen schnalzte, als hätte er eine Flasche aufgekorkt, blickte Klim rasch an und murmelte, während er sich Bier einschenkte: »Sie stritten sich. Die Tante und meine Frau . . .«

Er wird betrunken, stellte Samgin fest und spitzte die Ohren, denn er erwartete, daß Besbedow auf Marina zu sprechen kommen werde. Aber Besbedow trank das Bier in einem Zug aus und begann, den Schaum von den Lippen spritzend, zu reden: »Doch vielleicht spreche ich nur obenhin, anstandshalber von Scham. Lesen Sie Arzybaschew? Sehen Sie, das ist ein ehrlicher Schriftsteller, ein unerhört ehrlicher! Er hat meiner Meinung nach dem Kellerlochmenschen – dem Menschen Dostojewskijs – endgültig zur Freiheit verholfen. Er sagt geradeheraus: Der Mensch hat das Recht, ein Schuft zu sein, das ist seine natürliche Bestimmung. Der Zweck des Lebens ist die Befriedigung aller Wünsche, mögen sie böse sein, schädlich für andere, wir pfeifen auf die anderen! Es wird eine Rauferei geben? Einerlei – wir raufen! Der aufrichtige Mensch, der starke Mensch ist immer ein Schuft, vom allgemeinen Hockpunkt aus gesehen. Diesen Hockpunkt haben schwächliche Dummköpfe als Standpunkt zur Selbstverteidigung erfunden. Sehen Sie, so spricht er.«

Das alles sagte er ungewohnt rasch, und Samgin erriet, daß Besbedow offenbar wegen der Worte über Marina einen Schreck bekommen hatte.

»Ich habe ›Sanin‹ nicht gelesen«, sagte er und blickte Besbedow streng an. »In Ihrer Darstellung ist Arzybaschews Roman eine grobe Ironie, eine Satire auf Nietzsches Individualismus . . .«

»Nun, weiß der Teufel, vielleicht ist er auch eine Satire!« gab Besbedow zu, sagte aber sofort: »Es gibt einen Roman ›Liebe‹ von Potapenko, darin zieht eine Frau auch einen Schuft diesen . . . ehrlichen Männern der Tat vor. Die Frau kennt meiner Ansicht nach besser als der Mann den Geschmack am Leben. Oder die Wahrheit des Lebens etwa ...«

Gleich – von Marina, machte Samgin sich aufmerksam und fühlte, daß Besbedows trunkenes Geschwätz in ihm die Antipathie gegen diesen Mann wiedererweckte. Aber es war schwierig, ihn sich vom Hals zu schaffen, und die Hoffnung, etwas über Marina zu hören, lockte.

Er erhob sich, schritt durch das Zimmer, blieb vor dem Bücherschrank stehen und steckte sich eine Zigarette an. Besbedow schaukelte mit dem Stuhl und murmelte: »Satire, Karikatur ... Hm? Na – meinetwegen, darum geht es nicht, sondern darum, daß ich mich selbst nicht begreifen kann. Begreifen bedeutet erwischen.« Er lachte heiser. »Ich habe die Gewohnheit, mich bald als solcher, bald als solcher zu erfinden, doch was für einer bin ich in Wirklichkeit? Wahrscheinlich eine Null, doch hiervon muß man sich überzeugen. Wenn es einen auch kränken mag, muß man sich doch fest einprägen: Du bist eine Null und – hast dich ruhig zu verhalten!«

Samgin biß unwillkürlich und fest auf seine Zigarettenspitze und warf einen Seitenblick auf die groteske Gestalt Besbedows, dann trommelte er mit den Fingern an die Schrankscheiben und beschimpfte ihn innerlich: Rindvieh.

»Man möchte sogar ein Verbrechen begehen, nur um bei irgend etwas haltzumachen – Ehrenwort!«

»Da sieh mal einer an«, sagte Samgin unbestimmt und halblaut und fühlte, daß er die Gegenwart dieses Menschen nicht länger ertragen konnte.

»Ich versichere Ihnen«, entgegnete Besbedow, »ich habe es sehr schwer, besonders jetzt ...«

»Weshalb denn jetzt?«

»Es liegt ein Grund vor. Ich lebe irgendwo im Hinterhof, in einer Sackgasse. Vor den Menschen – habe ich Angst, denn sie werden mich hervorzerren und mich zwingen, etwas ... Verantwortliches zu tun. Doch ich traue ihnen nicht, ich will nicht. Sehen Sie – sie tun etwas und haben Jahrtausende lang etwas getan. Na, und was kommt dabei heraus? Man hängt sie dafür auf. Da bleibt einem nur die Schererei mit sich selbst.«

Samgin räusperte sich und sagte, ohne vom Schrank wegzutreten: »Ich habe Kopfschmerzen bekommen ...«

»Vom Rauch«, erklärte Besbedow und schüttelte teilnahmsvoll den Kopf.

»Ich will einen Spaziergang machen.«

»Nur zu!« gestattete Besbedow, erhob sich vom Stuhl und

wankte. »Nun, ich werde auch gehen. Bei mir dort ist das Wasser durchgesickert... Das macht nichts, ich werde bei den Mädels übernachten...«

Er ging zur Tür, machte aber eine scharfe Wendung und sagte, während er auf Samgin zuschritt, mit einer Stimme, die bis zu heiserem Flüstern gesenkt war: »Sie, Klim Iwanowitsch, sind mit der Tante befreundet, und ich... empfinde... Ihnen gegenüber... ein Gefühl... innerer Verwandtschaft.«

Er war dicht an Samgin herangetreten und versuchte ihn zu umarmen, indem er ihn mit seinem ganzen Gewicht an den Schrank drückte, dabei fuhr er mit pfeifendem Nebengeräusch, als spräche er durch die Zähne, noch leiser fort: »Sie hält mit jedermann Freundschaft, sie ist eine höchst schlaue Schauspielerin, der Teufel soll sie... Sie preßt einen Menschen aus und – auf Wiedersehen! Sie wird auch Sie...«

»Ich bin anderer Meinung über sie«, sagte Samgin hastig und laut und wich dem Betrunkenen aus, worauf dieser die Arme senkte und verwundert und nüchtern fragte: »Weshalb schreien Sie? Ich habe keine Angst. – Anderer Meinung? Nun, gut...«

Dann ging er, blieb aber, die Hand am Türpfosten, stehen und sagte, mit der linken Hand fuchtelnd: »Und der hübsche Mischka ist ein kleiner Spion! Er ist beauftragt, mich zu überwachen. Und Sie. Das steht fest...«

Samgin blickte hinter ihm her und ließ sich verdutzt auf den Stuhl fallen.

Welch eine... Abgeschmacktheit!

Das Wort »Abgeschmacktheit« fand er nicht sofort, und mit diesem Wort war die Bedeutung der Szene, die sich soeben abgespielt hatte, nicht erschöpft. Die unerwartete, betrunkene Beichte Besbedows hatte etwas Zweideutiges, das verdächtig einer Parodie ähnelte, und diese Zweideutigkeit empörte, beunruhigte besonders. Er ging rasch ins Vorzimmer, zog sich an, lief fast in den Hof hinaus und sagte sich, als er in der Dunkelheit durch Pfützen und über angesengte Bretter schritt, entschlossen:

Ich muß die Wohnung wechseln.

Ein paar Minuten später jedoch verstand er plötzlich, daß die Empörung über die Redereien eines Betrunkenen im Grunde kränkend sei und ihn erniedrige.

Worüber bin ich eigentlich empört? Über das, was er von Marina gesagt hat? Das war eine idiotische Lüge. Marina ist nichts weniger als eine Schauspielerin.

Hier verlangsamte er unwillkürlich seine Schritte, in Besbedows

Worten war etwas, das sehr viel Ähnlichkeit mit dem hatte, was er, Samgin, über sich selbst zu Marina gesagt hatte.

Aber sie kann ihm doch nicht davon erzählt haben!

Er überprüfte rasch, aber sehr kritisch Marinas Verhalten zu ihm und zu Besbedow.

Möglicherweise, ja sogar sicherlich ist sie erbarmungslos gegen ihre Mitmenschen und treibt ein falsches Spiel. Sie ist ein Mensch mit einem bestimmten Ziel. Sie hat eine Rechtfertigung: ihr Sektierertum, den Wunsch, irgendeine neue Kirche zu schaffen. Aber es gibt nichts an ihr, was auf Unaufrichtigkeit in ihrem Verhalten zu mir hindeuten könnte. Sie ist in ihren Äußerungen häufig grob gegen mich, aber sie ist überhaupt etwas grob.

Er hatte das Gefühl, daß Marina gegen jeden Verdacht gerechtfertigt werden müsse, und fühlte, daß er es damit eilig hatte. Die Nacht war zum Spazierengehen nicht geeignet, hinter den Ecken wehte und stieß feuchter, kalter Wind hervor, schwarze Wolken wischten die Sterne vom Himmel, die Luft war mit traurigem Herbstgeräusch erfüllt.

Zu guter Letzt beschloß Samgin, mit Marina über Besbedow zu reden, und kehrte nach Hause zurück, wobei er sich zwang, sich mit Besbedows Worten über Mischa zu beschäftigen.

Dieser Entschluß hatte etwas Bequemes, und er war notwendig. Marina brauchte natürlich keinen Spion, aber es gab eine staatliche Institution, welche die Dienste von Spionen benötigte. Mischa war allzu neugierig. Der Papierbogen, auf den Samgin Marinas Gestalt gezeichnet und den er, nachdem er ihn zerrissen, in den Papierkorb geworfen hatte, fand sich wieder auf Mischas Tisch, unter den Konzepten.

»Weshalb hast du dir das genommen,« fragte Samgin.

»Es hat mir gefallen«, antwortete Mischa.

»Was hat dir denn daran gefallen?«

»Der Merkur. Sie haben ihn als Frau gezeichnet«, sagte Mischka und blickte ihm gerade in die Augen.

Der Blick ist ehrlich, stellte Samgin fest und fragte weiter: »Woher weißt du denn von Merkur?«

»Ich habe die griechische Mythologie gelesen.«

»Aha«, sagte Samgin und begann danach, ohne es selbst zu merken, den jungen Mann zu siezen. Aber obwohl die Mythologie einen jungen Mann natürlich interessieren konnte, war ihm dieser junge Mann hier dennoch unangenehm, und in der neuen Wohnung würde er sich darum einen anderen Sekretär nehmen müssen. An das, was Besbedow von Marina gesagt hatte, wollte Samgin sich nicht mehr erinnern, dachte aber dennoch daran. Er begann, sich ihr gegenüber vorsichtiger zu verhalten, hörte ihren ruhigen, spöttischen Reden mißtrauisch zu, erwog sie sorgfältiger und nahm die Ironie in ihren Urteilen über die gegenwärtige Wirklichkeit weniger verständnisvoll auf; an und für sich riefen ihre Urteile bei weitem nicht immer sein Verständnis hervor, sondern versetzten ihn meist in Verwunderung. Marina schien immer mehr von irgend etwas überzeugt zu sein, sich siegreicher, fröhlicher zu fühlen.

Die Wirklichkeit brachte sich Samgin zuweilen unangenehm in Erinnerung: In der Tagesliste der Aufgehängten las er den Namen Sudakows, und unter den in der Stadt verhafteten Anarchisten war Waraksin genannt, »der die Familiennamen Lossew und Jefremow geführt hatte«. Ja, es war unangenehm, das zu lesen, aber im Vergleich zu anderen Dingen waren das nur geringfügige Tatsachen, und sie blieben nicht lange im Gedächtnis haften. Marina sagte anläßlich der Hinrichtungen: »Wenn doch wenigstens jemand diesen Idioten andeuten wollte, daß sie Rächer großziehen.«

»Die Duma hält ihnen das oft vor Augen«, sagte Samgin, sie entgegnete schroff: »Unter Andeutung verstehe ich nicht bloß Worte . . .«

Ihre Augen glühten zornig auf. Gerade diese scharfen Äußerungen und Zornesausbrüche Marinas, die stets unerwartet kamen und mit seiner Vorstellung von Marina nicht übereinstimmten, verblüfften Samgin besonders.

Neben ihr war ein Mister Lionel Creighton aufgetaucht, ein Mann unbestimmten Alters, aber anscheinend nicht über vierzig, stämmig, wohlgebaut, rotwangig; das dichte, gewellte Haar auf seinem hochstirnigen Schädel war grau, als wäre es mit Wasserstoffsuperoxyd gebleicht, auch die Augen waren grau und blickten alles so angespannt an, wie das schwachsichtige Leute tun, wenn sie sich nicht entschließen können, die Brille aufzusetzen. Die Augen waren sanft, er lächelte gern und liebenswürdig, wobei er die ebenmäßigen, gelblichen Zähne entblößte, dieses zähnezeigende Lächeln machte sein glattrasiertes, angenehmes Gesicht noch angenehmer. Als Marina ihn Klim vorstellte, sagte sie: »Ingenieur und Geologe, ist in Kanada gewesen und hat dort unsere Duchoborzen gesehen.«

»O ja!« bestätigte Creighton. »Die Leute sind sehr – wie sagt man doch? – kraftig?«

»Kräftig!« half Samgin.

»Ja, danke! Aber die Jüngeren sind bereits Amerikaner.«

Russisch sprach er langsam, indem er die einen Silben verschluckte, die anderen singend vorbrachte, man merkte, daß er sich redlich bemühte, richtig zu sprechen. Fast alle Sätze kleidete er in die Form von Fragen: »So viele Kirchen, sind das alles orthodoxe? Und alle haben Lew Tolstoi ausgeschlossen? Fördern im Ural nur die Franzosen Smaragde?«

Aber er fragte wenig, meist hörte er Marina zu, wobei er sie irgendwie betont ehrerbietig anblickte. Durch die Straßen ging er in gleichmäßigem, leichtem Soldatenschritt, die Hände in den Taschen des schwarzen, flauschigen Mantels, er trug eine Schildmütze aus Biberfell, und seine Augen blickten gerade, reglos und ohne zu blinzeln unter dem Mützenschild hervor. Er besuchte oft die Kirche, war vom Gesang entzückt und sagte mit tiefem Bariton: »Ou! Heidnisch schön, nicht wahr?«

Ebenso entzückt war er vom Frost. »Das macht mich so«, sagte er und zeigte die fest geballte Faust.

Es war an ihm etwas beharrlich Langweiliges, Eigensinniges. Jedesmal, wenn Samgin Marina besuchte, traf er ihn bei ihr an, und das war nicht sehr angenehm, zudem merkte Samgin, daß der Engländer ihn ausfragte wie der Arzt einen Kranken. Nachdem Creighton etwa drei Wochen in der Stadt verbracht hatte, verschwand er wieder.

Auf Samgins Fragen über Creighton sagte Marina widerstrebend und unfreundlich: »Was ich von ihm weiß? Ich sehe ihn zum erstenmal, und er ist ungewandt im Reden. Sein Vater ist Quäker, ein Freund meines Mannes, er half den Duchoborzen, in Kanada Unterkunft zu finden. Dieser Lionel – der Name erinnert an eine Blume – interessiert sich auch für Dissidenten und Sektierer, er will ein Buch schreiben. Ich schätze solche Beobachter und Kundschafter nicht besonders. Auch ist nicht klar, was ihn mehr interessiert – das Sektierertum oder das Gold. Nun ist er nach Sibirien gereist. In seinen Briefen ist er interessanter als in Natur.«

Mit ihr über Besbedow zu reden, gelang Samgin nicht, obwohl er jedesmal ein Gespräch über ihn zu beginnen versuchte. Zudem war auch Besbedow selbst unsichtbar geworden, da er vom Morgen bis spät in die Nacht hinein irgendwohin verschwand. Eines Tages betrat Samgin bei einem Spaziergang ihren Laden und traf sie am Tisch, vor einem Stoß Rechnungen, mit einem dicken Kontobuch auf dem Schoß an.

»Das Geld liebe ich, aber das Rechnen nicht, es widert mich sogar an«, sagte sie zornig. »Ich sollte amerikanische Millionärin sein, die brauchen wahrscheinlich ihr Geld nicht nachzuzählen. Mein Sacharij ist auch kein Meister auf diesem Gebiet. Ich werde irgendeinen Handelsgehilfen anstellen müssen, einen alten Mann.«

»Weshalb denn einen alten Mann?« fragte Samgin im Scherz.

»Das ist sicherer«, antwortete sie, mit den Papieren raschelnd. »Er wird nicht rauben. Mich nicht umbringen.«

»Auf welchem Gebiet ist denn Sacharij ein Meister?«

»Sacharij? Auf keinem. Er ist der übliche Schwärmer und Herumtreiber an schwierigen Stellen, an schwierigen nicht auf Erden, sondern in Büchern.«

Sie warf nachlässig die Rechnungen auf das Sofa, stützte die Ellenbogen auf den Tisch, preßte die Hände ans Gesicht und sagte lächelnd: »Sacharij fühlt sich durch dich gekränkt, er hat sich beklagt, du seist hochmütig, in Otradnoje habest du ihm irgend etwas nicht erklären wollen und dich auch gegen die Bauern hochmütig benommen.«

Samgin antwortete achselzuckend: »Ich bin auch kein Meister im Erklären. Mir ist selbst vieles unklar. Und mit Bauern verstehe ich überhaupt nicht zu reden.«

Marina unterbrach ihn, indem sie fragte: »Hat Walentin sich bei dir über mich beklagt?«

Samgin zuckte sogar zusammen, denn es schien ihm verdächtig, daß sie ihm zuvorgekommen war.

Ihre Augen lächelten in der vertrauten Art, aber schärfer als sonst, und die Schärfe des Lächelns veranlaßte ihn, sich ihres Zornes über die Popen zu erinnern. Er begann vorsichtig: »Er beklagt sich gern über sich selbst. Er ist überhaupt redselig.«

»Er ist ein Schwätzer«, fügte Marina ein. »Aber er schimpft gelegentlich auch auf mich, ja?«

»Nein. Übrigens – er bezeichnete dich als schlau.«

»Sonst nichts weiter?«

Sie lachte etwas leise und unangenehm auf, wobei sie Samgin so anblickte, daß er begriff, sie glaubte ihm nicht. Daraufhin sagte er, ganz unerwartet für sich selbst, halblaut und während er die Brille mit dem Taschentuch putzte: »An dem Abend nach dem Brand hat er ... sonderbar gesprochen! Er schien es darauf abgesehen zu haben, mir zu suggerieren, du habest mich absichtlich neben ihm untergebracht, auf Grund einer gewissen Ähnlichkeit unserer Charaktere und damit wir uns gleichsam gegenseitig erzögen ...«

Als Samgin dies gesagt hatte, wurde er verlegen und fühlte, daß er sogar einen roten Kopf bekommen hatte. Noch nie war ihm bisher dieser Gedanke gekommen, und er war verblüfft, daß er ihm jetzt gekommen war. Er sah, daß Marina auch rot geworden war. Sie nahm die Arme langsam vom Tisch, lehnte sich im Sofa zurück und sagte streng mit zusammengezogenen Brauen: »Na, das hast du selbst erfunden!«

»Er war nicht mehr nüchtern!« murmelte Samgin, nachdem er die Brille auf den Teppich fallen gelassen hatte, und als er sich bückte, um sie aufzuheben, hörte er über seinem Kopf: »Du willst mich an das Sprichwort erinnern: ›Was dem Nüchternen im Sinn, liegt dem Betrunkenen auf der Zunge.‹ Nein, Walentin ist ein Phantast, aber das wäre zu spitzfindig für ihn. Das ist deine Vermutung, Klim Iwanowitsch. Ich sehe es auch deinem Gesicht an!«

Sie kreuzte die Arme auf der Brust, verdeckte mit den Wimpern die Augen und fuhr fort: »Ich weiß nicht, ob ich dir für eine so hohe Meinung von meiner Schlauheit danken oder dich ausschimpfen soll, damit du dich schämst. Aber du scheinst dich ja schon zu schämen.«

Samgin hatte ein abscheuliches Gefühl.

Ich benehme mich ihr gegenüber dumm wie ein kleiner Junge, dachte er.

Marina schwieg, biß sich auf die Lippen und wartete sichtlich, was er sagen werde.

Er sagte: »Siehst du, seine Redereien hatten eine gewisse Ähnlichkeit mit dem, was ich dir von mir erzählte ...«

»Das ist ja noch besser!« schrie Marina mit erhobenen Händen auf, dann begann sie zu lachen, wiegte sich hin und her und fragte unter Gelächter: »Überlege dir doch mal, was du da sagst! Ich mit ihm – mit so einem – über dich sprechen! Was hältst du eigentlich von dir selbst? Das ist alles deine Misanthropie. Na – da hast du mich schön in Erstaunen versetzt! Doch weißt du, das ist schlimm!«

Als Samgin sich etwas gefaßt hatte, begann er: »Ich konnte nicht umhin, eine gewisse, sozusagen parodistische Übereinstimmung zu merken ...«

»Laß das«, sagte Marina mit abwehrender Handbewegung. »Laß das – und vergiß es.« Dann fuhr sie unter Kopfschütteln leise und nachdenklich fort: »Was du doch für ein sonderbarer Mensch bist! Wodurch hast du dich so gegen dich selbst versündigt, wofür strafst du dich?«

Das war sehr gut gesagt, mit jener warmherzigen, aufrichtigen Verwunderung. Sie sagte dann noch etwas in dem gleichen Ton, und Samgin stellte dankbar fest: So hat noch niemand mit mir gesprochen. In seiner Erinnerung tauchte für einen Augenblick das scheckige Gesicht Dunjaschas mit seinen unsteten Augen auf, aber Dunjascha ließ sich doch nicht mit dieser Frau in eine Reihe stellen! Er fühlte sich verpflichtet, Marina irgendwelche besonderen, ebenfalls sehr aufrichtigen Worte zu sagen, fand aber keine rechten. Unterdessen hatte sie wieder die Ellenbogen auf den Tisch gesetzt, stützte das Kinn auf die Rückseite der schönen Hände und sagte bereits sachlich, wenn auch weich: »Ich habe dich aus folgendem Grund nach Walentin gefragt: Er hat von seiner Frau die Einwilligung zur Scheidung erlangt, er hat eine Liebschaft mit einem jungen Mädchen, und sie ist schon in anderen Umständen. Ob von ihm, ist noch fraglich. Sie ist ein pfiffiges Dingelchen, und diese ganze Geschichte war darauf angelegt, einen Dummen zu finden. Sie ist die Tochter eines Gutsbesitzers, es hat da so einen Mann von bewegtem Lebenswandel gegeben, Radomyslow: ein Jäger, Spieler und Bummler; brachte sein ganzes Vermögen durch und endete mit Selbstmord. Es hinterblieben zwei Töchter, solche ›demi-vierges‹, weißt du, wie bei Marcel Prévost, oder noch schlimmer: ›Freudenmädchen‹ – sie singen, spielen, na, und dergleichen mehr.«

Nachdem sie eine Pause gemacht hatte, um ein nervöses Gähnen zu verbergen, fuhr sie im gleichen leichten Ton fort: »Walentin besitzt einiges, und zwar nicht wenig, aber er steht unter Vormundschaft. In eurer Juristensprache nennt man das – wenn ich nicht irre: geschäftsunfähig. Er ist auf Grund des väterlichen Testaments wegen Verschwendungssucht unter Vormundschaft gestellt worden, Vormund ist sein Pate, der Glasfabrikant Loginow, ein alter, kranker Mann, faktisch liegt die Vormundschaft in meinen Händen. Als Walentin vor etwa drei Jahren zweiundzwanzig geworden war, reichte er auf allerhöchsten Namen hinter meinem Rücken ein Gesuch um Aufhebung der Vormundschaft ein, das wurde abgelehnt. Seine erste Ehe war rechtlich nicht ganz in Ordnung, aber seine Frau erwies sich als kluger Kopf und redlicher Mensch . . . das ist übrigens unwichtig.«

Marina seufzte müde, schaute sich um und senkte die Stimme.

»Jetzt hat Walentin einen neuen Schlamassel angezettelt, er läßt sich dabei von den Radomyslow-Mädchen und lustigen Leuten ihres Kreises lenken. Ihr Ziel ist klar: Sie wollen den Tölpel ausplündern, das habe ich schon gesagt. Da siehst du, was für eine Geschichte das ist. Hat er dir davon erzählt?«

»Niemals, kein Wort«, sagte Samgin, sehr zufrieden, daß er es so entschieden sagen konnte.

Sie kratzte sich mit dem kleinen Finger an der Nase und fragte: »Hat er den Seitenbau selbst in Brand gesteckt?«

»Nein, das glaube ich nicht.«

»Er hatte gedroht, ihn anzuzünden.«

»Gedroht? Wem?«

»Mir. Aber – weshalb fragtest du?«

»Ich habe das auch von ihm gehört«, gestand Samgin.

Marina seufzte: »Siehst du! Aber das ist natürlich ein Streich. Ich habe es satt, mich mit ihm herumzuplagen, doch – ich werde die Vormundschaft nicht aufheben, bevor er dreißig ist, ich habe mein Wort gegeben! Du wirst dich mit dieser Angelegenheit befassen müssen...«

Samgin neigte den Kopf, sie streckte sich müde und lächelte. »Er bildete sich ein, ein Billardvirtuose zu sein, und verspielte mehrmals an fünfhundert Rubel. Er wettete bei Pferderennen, bei Hahnenkämpfen und bemühte sich überhaupt, bettelarm zu werden. Übrigens siehst du ja selbst, wie er ist...«

»Ja«, sagte Samgin.

Er verließ Marina mit dem Gefühl, daß seine Beziehung zu ihr klarer geworden sei.

Wie albern ich mich doch manchmal benehmen kann, dachte er fast beschämt, dann fragte er sich: Hatte er wohl irgend jemandem so vertraut wie dieser Frau? Auf diese Frage fand er keine Antwort, und so versank er in Nachdenken über das, was ihn auch früher schon beunruhigt hatte: Da kannte er nun verschiedene Systeme von Sätzen, und unter ihnen war keins, das ihm innerlich verwandt war. Marinas System von Sätzen bewegte ihn auch nicht, interessierte ihn nicht, war ihm besonders fremd. Doch wovon auch immer Marina sprechen mochte, ihr energischer Ton, ihre Zuversicht auf etwas Ungreifbares wirkten heilsam auf ihn, das mußte er zugeben. Aber aus dem allein ließ sich das Anziehende an ihr nicht erklären. Er war nicht im geringsten von ihr, der Frau, abhängig, ihr schöner Körper erweckte in ihm keine natürlichen männlichen Emotionen, er war sogar nahe daran, darauf stolz zu sein. Und trotzdem: Worauf beruhte ihre Macht über ihn? Er begann nicht, nach einer Antwort auf diese Frage zu suchen, denn er hatte zum erstenmal offen ihre Macht zugegeben, und das verwirrte ihn. Die hinter ihm liegende Episode hatte ihn weich gestimmt, besonders zärtlich erregten ihn die leisen Worte: Wofür strafst du dich?

Der Eindruck wurde etwas verdüstert durch die Erzählung über Besbedow und durch die Notwendigkeit, sich mit der unangenehmen Vormundschaftsangelegenheit zu befassen.

Das ist eine sonderbare Angelegenheit, dachte Samgin und erinnerte sich zweier Zeilen aus einem Gedicht von irgendwem:

Zeit meines Lebens trank ich keinen Tropfen Glücks,
Der nicht mit Gift versetzt gewesen wäre!

Aber nach etwa zehn Tagen, die er unter sorgsamer Wahrung der neuen, lyrischen Stimmung verbrachte, erschien morgens Marina.
»Mischa, geh und sage dem Kutscher, er soll zu Lidija Timofejewna fahren und dort auf mich warten.«

Als der junge Mann gegangen war, rief sie lebhaft aus: »Kannst du dir das vorstellen – dieser Walentin! Er ist nach Petersburg ausgekniffen. Hat einen Wechsel über tausend Rubel ausgestellt, siebenhundertvierzig auf ihn erhalten und mir einen Brief geschickt: er bereue seine Sünden, mache mit seiner Liebschaft Schluß, wolle sich als Matrose anheuern lassen und zur See fahren. Das ist natürlich alles erlogen, er ist weggefahren, um sich um die Aufhebung der Vormundschaft zu bemühen, die Radomyslows haben ihn dazu angestiftet.«

»Was gedenkst du denn zu tun?« fragte Samgin.

»Gar nichts!« sagte sie. »Nun – ich werde den Wechsel einlösen und ordnungshalber Sacharij im Haus unterbringen. Ausgekniffen ist dieser Lump!« rief sie belustigt aus und fragte: »Hast du denn nicht gemerkt, daß er nicht mehr da ist?«

»Wir sehen uns selten«, sagte Samgin.

»Er ist schon vorgestern in Moskau gewesen, der Brief kam von dort.«

Sie ging in den Seitenbau und ließ Samgin zufrieden darüber zurück, daß die Vormundschaftsangelegenheit sich auf unbestimmte Zeit verschöbe. So war es dann auch – es verstrichen zwei Monate, und Marina erwähnte den Neffen mit keinem Wort.

Vor dem Frühling verschwand Mischa, gerade in den Tagen, als sich viel Arbeit für ihn angesammelt und Samgin sich mit seiner Anwesenheit schon fast abgefunden hatte. Erbost sagte sich Samgin, daß er hinreichend gewichtigen Anlaß habe, auf die Dienste des jungen Mannes zu verzichten. Aber am Morgen des vierten Tages rief ihn der Arzt des städtischen Krankenhauses an und teilte ihm mit, daß der Patient Michail Loktew Samgin bitte, ihn zu besuchen. Samgin kam nicht dazu, ihn zu fragen, woran Mischa erkrankt sei, der Arzt hatte schon eingehängt; doch als Klim im Krankenhaus eingetroffen war, ging er zuerst zum Arzt.

Der große, korpulente Mann im weißen Kittel, kahlköpfig und mit runden Augen im roten Gesicht sagte: »Er ist verprügelt worden, aber – nichts Gefährliches, die Knochen sind heil. Er verheimlicht, wer ihn geschlagen hat und wo, wahrscheinlich in einem öffentlichen Haus, bei Mädchen. Zwei Tage lang hat er nicht gesagt, wer er ist, aber gestern habe ich ihm gedroht, bei der Polizei Meldung zu erstatten, ich bin doch dazu verpflichtet! Kommt da ein

junger Mann her, fast bis zur Bewußtlosigkeit verprügelt, na und ...
Die heutige Zeit, wissen Sie, verlangt ... Klarheit!«

Noch zorniger gestimmt als vorher, betrat Samgin den großen, weißen Kasten, in dem einförmige Menschengestalten, Figuren in gelben Kitteln auf einförmigen Betten saßen und lagen; eine von ihnen kam Samgin entgegen und sagte, als sie sich ihm genähert hatte, mit der wohlbekannten, gleichmäßigen Stimme sehr leise: »Verzeihen Sie, Klim Iwanowitsch, daß ich Sie belästige, aber der Doktor will mich nicht gesund schreiben und droht, bei der Polizei Meldung zu erstatten, doch das ist nicht nötig!«

Er trug einen Verband um den Kopf und die eine Gesichtshälfte, blickte Samgin nur mit dem rechten, tief unter die Stirn eingesunkenen Auge ins Gesicht, die bleiche Wange zuckte, es zuckten auch die geschwollenen Lippen.

Er hat Angst vor mir, sagte sich Samgin.

»Glauben Sie mir, ich habe nichts Schlechtes getan, mein Lehrer wird es Ihnen bestätigen ...«

»Lehrer?« fragte Samgin.

»Ja, Wassilij Nikolajewitsch Samoilow, er bereitet mich für die Reifeprüfung vor. Ich bin vollkommen arbeitsfähig ...«

Kranke kamen, schlichen horchend heran, der Medikamentengeruch war beklemmend, irgendwer stöhnte so vieltönig und vorsichtig, als übte er sich darin; Mischas Auge blickte unverwandt und fordernd.

»Sie möchten gesund geschrieben werden? Gut!« sagte Samgin. Mischa trat vorsichtig einen Schritt zur Seite.

Er lernt. Er will auf die Universität, hat aber irgendwo randaliert, dachte Samgin, nachdem er mit dem Arzt Rücksprache genommen hatte und auf einem Weg des Krankenhausgartens zum Tor schritt. Im Torpförtchen stieß mit ihm ein Mann zusammen, der einen für die Jahreszeit zu leichten Mantel und eine Mütze mit Ohrenklappen trug.

»Herr Samgin, wie mir scheint?« fragte er und sagte, ohne eine Bestätigung abzuwarten: »Schenken Sie mir fünf Minuten Gehör.«

Samgin warf einen Blick auf den unordentlich grauen Bart in dem bleichen, aufgedunsenen Gesicht und sagte, er habe keine Zeit und bitte ihn, in seine Sprechstunde zu kommen. Der Mann berührte mit einem Finger die Mütze und ging auf die Tür des Krankenhauses zu, während Samgin sich nach Hause begab und der Meinung war, daß es sich bei diesem Mann wahrscheinlich um eine kleine Strafsache handle. Der Mann erschien Punkt vier Uhr bei ihm, so daß Samgin dachte: Die Pünktlichkeit eines Müßiggängers.

Er zog umständlich und behutsam den ziemlich alten Mantel von den breiten Schultern, stand dann in zerknittertem Rock mit Brusttaschen und breitem Stoffgürtel da, schneuzte sich, wischte den Bart sorgfältig mit dem Taschentuch ab, glättete mit den Fingern das spärliche, graumelierte Haar, ging schließlich in aller Ruhe ins Sprechzimmer, setzte sich an den Tisch und – kam zur Sache: »Ich heiße Samoilow. Ihr Sekretär, Loktew, ist mein Schüler und Mitglied meines Zirkels. Ich bin kein Parteimann, sondern sogenannter Kulturarbeiter, mein ganzes Leben lang habe ich mich mit der Jugend abgegeben, doch jetzt, da die revolutionäre Intelligenz samt und sonders ausgerottet wird, halte ich es für besonders dringend, die entstandenen Lücken aufzufüllen. Das ist, selbstverständlich, ganz natürlich und kann mir nicht als Verdienst angerechnet werden.«

Samgin hatte ihn bereits mit den Worten des lahmen Müllers definiert: Ein »erklärender Herr«.

Samoilow sprach gemächlich, mit müder, dumpfer Stimme und leicht, wie einer, der viel zu reden gewohnt ist. Er hatte dunkle, traurige Augen mit bläulichen Säcken darunter. Samgin trommelte, während er ihm zuhörte, mit den Fingern auf dem Tisch herum, als wollte er durch dieses Geräusch andeuten, daß er rascher sprechen solle. Er trommelte und dachte:

Ja, das eben ist so ein erklärender Herr, einer von denen, die soziale Pflichten auferlegen. Er erwartete von diesem Mann etwas Komisches, und in der nächsten Minute erfüllte sich seine Erwartung.

»Sie wissen natürlich, daß Loktew ein sehr befähigter junger Mann ist und eine Seele von seltener Reinheit hat. Aber der Wissensdurst hat ihn in einen Zirkel von Gymnasiasten und Gymnasiastinnen aus begüterten Familien getrieben; sie befassen sich dort unter dem Deckmantel des Studiums der Gegenwartsliteratur ... das ist mir auch eine Literatur, sage ich Ihnen!« schrie er fast auf und verzog voller Abscheu das Gesicht. »In Wirklichkeit sind das Strohköpfe und dumme Gänse mit vorzeitig entwickelter sexueller Neugier, sie befassen sich dort ...« Samoilow beschrieb mit der Hand rasch ein paar Kreise über seinem Kopf. »Überhaupt, sie entblößen sich dort, berühren sich und ... und tun weiß der Teufel was!«

Er hob ratlos die Hände, die bläulichen Säcke unter seinen Augen wurden plötzlich feucht; dann zog er das Schnupftuch aus der Hosentasche und sagte, während er die grauen Tränen wegwischte, mit bebender Stimme und als kratzten ihn die Worte in der Kehle: »Hätte man so etwas erwarten können, wie? Nein, sagen Sie: Hätte man das erwarten können? Gestern noch Barrikaden und heute solche Abscheulichkeiten, wie! Und all diese Dichter ... mit der Ziege dort. Und ›kühn will ich sein‹, wie war das doch? ›Ich will die Kleider dir vom Leibe reißen‹. Überhaupt – Onanie und Schweinerei!«

Er schimpfte ebenfalls sanft und bedauerte offenbar, daß er schimpfen mußte. Samgin machte ein mürrisches Gesicht, schwieg und wartete ab, was weiter kommen werde. Samoilow holte ein Kästchen aus karelischer Birke, ein Heftchen Zigarettenpapier, eine Zigarettenspitze aus Weichselkirschholz und einen Streichholzbehälter aus der Rocktasche hervor, legte das alles auf den Tischrand und fuhr, während er mit den Fingern, die wie bei einem Alkoholiker zitterten, eine Zigarette fabrizierte, fort: »Nun, kurz gesagt: Loktew ist zweimal dort gewesen und wurde beim erstenmal nur verlegen, während er beim zweitenmal protestierte, was von seiner Seite ganz natürlich war. Diese . . . Nudisten wurden wütend auf ihn, und als er nachts mit der jungen Kitajewa – auch einer Gymnasiastin – von mir wegging, verprügelten sie ihn. Die Kitajewa lief davon, denn sie meinte, man habe ihn erschlagen, und – auch das ist dumm! – erzählte mir von dem allen erst gestern abend. Tja. Da war natürlich der Schreck und die Befürchtung, daß man sie aus dem Gymnasium ausschließen könnte, aber . . . es ist trotzdem nicht löblich, nein!«

Er hatte sich eine Zigarette vom Umfang einer kleinen Zigarre gedreht und stieß nun reichlich viel starken, blauen Rauch von giftigem Geruch aus; es schien, als käme ihm der Rauch nicht nur aus Mund und Nase, sondern auch aus den Ohren. Samgin beobachtete ihn von der Seite und wartete ungeduldig. Dieser Mann erinnerte ihn an die ferne Vergangenheit, an Onkel Chrysanth, den kleinen »Onkel Mischa« von Ljubascha Somowa und noch irgendwelche vorsintflutlichen Leute. Aber er mußte zugeben, daß Samoilow schöne Augen hatte, mit jenem konzentrierten Ausdruck, wie ihn nur ein Mensch besitzt, der völlig in einer Idee aufgegangen ist.

»Sie verstehen natürlich, daß die Existenz eines solchen Zirkels gänzlich unzulässig ist, das ist ein Ansteckungsherd. Es handelt sich nicht darum, daß Michail Loktew verprügelt worden ist. Ich bin zu Ihnen gekommen, weil Mischas Urteile über Sie als einen kultivierten Mann . . . Na, und überhaupt, Sie imponieren ihm moralisch, intellektuell . . . Zur Zeit sind alle mit der kleinen Politik beschäftigt, da ist die Duma, aber es handelt sich übrigens nicht darum!« Er räusperte sich und sagte deutlich, eindringlich: »Es darf nicht zugelassen werden, daß diese skandalöse Organisation durch die Zeitungen publik gemacht und Gegenstand des Spießerklatsches wird, daß die Jugend aus dem Gymnasium ausgeschlossen wird und dergleichen mehr. Was soll man tun? Das ist meine Frage.«

»Vor allem muß festgestellt werden, wieweit Loktews Erzählung der Wahrheit entspricht«, antwortete Samgin nachdrücklich, aber Samoilow blickte ihn mürrisch an und fragte: »Was hat er Ihnen denn erzählt?«

»Er hat Ihnen erzählt und nicht mir«, bemerkte Samgin ärgerlich.

Samoilow schaute ihn sehr verwundert an und sagte: »Mir hat nicht er erzählt, sondern die Kitajewa, er hat sich geweigert, er habe Kopfschmerzen. Aber es handelt sich nicht darum. Ich denke es mir so: Sie müßten sich in die Geschichte einschalten, Begründung: Michail arbeitet bei Ihnen, Sie sind Rechtsanwalt, Sie fordern zwei bis drei Mitglieder dieses Zirkels auf, zu Ihnen zu kommen, und erklären ihnen, diesen Halunken, die soziale und physiologische Bedeutung ihres albernen Zeitvertreibs. So! Ich kann das nicht tun, ich bin für sie nicht autoritativ genug und werde polizeilich überwacht; wenn sie zu mir kämen, könnte sie das kompromittieren. Ich empfange in meiner Wohnung überhaupt keine jungen Leute.«

Da hat er ja schon eine Pflicht auferlegt, dachte Samgin mit innerlichem Lächeln; sein Ärger nahm zu, Samoilow wurde immer naiver, komischer, und Samgin hätte ihn gern hiervon überzeugt, aber das Wissen um die Gefahr herrschte vor: Er wird mich in diesen Skandal verwickeln, der Teufel soll ihn holen!

Samgin konnte sich überhaupt nicht vorstellen, wie das werden würde. Da würden irgendwelche Tölpel kommen, und er sollte ihnen Anstandsregeln einflößen. In gewisser Hinsicht könnte das interessant, sogar amüsant sein, aber – doch nicht so sehr, um sich in die lächerliche Lage eines Predigers sexueller Moral zu begeben.

»Darüber muß ich erst nachdenken«, sagte er gemessen. »Lassen Sie mir Zeit. Ich muß Loktew verhören. Er wird Ihnen dann meine Entscheidung mitteilen.«

»Gut«, willigte Samoilow, sich erhebend, ein und verstaute seine Rauchutensilien in der Rocktasche; er hatte eine einzige Zigarette geraucht, aber so viel Rauch gemacht, als hätten fünf Personen geraucht. »Also, ich warte. Erhalten wir unsere Bekanntschaft!«

Er drückte Samgin sanft die Hand und begab sich in der Gangart eines sehr müden Menschen ins Vorzimmer, zog behutsam den Mantel an, musterte aufmerksam die Mütze und sagte, als er sie aufgesetzt hatte, dumpf: »Welch eine niederträchtige Zeit, wie? Verfolgen Sie die Literatur? Wie finden Sie sie? Eine Zertrümmerung jahrhundertealter Traditionen . . .«

Dann kehrte er Samgin den breiten, aber gekrümmten Rücken eines Mannes zu, der über Bücher gebeugt lebt. Das war es; was Samgin von ihm dachte, als er die Ventilatoren am Fenster und am Ofen öffnete.

Ein verblendeter Bücherwurm. Kein Pharisäer, sondern ein sehr naiver Bücherwurm. Was soll ich nur tun?

Samgin war überzeugt, daß dieser Skandal der Aufmerksamkeit der Zeitungen nicht entgehen werde. Es wäre äußerst unangenehm, wenn sein Name im Zusammenhang damit genannt würde. Dieser Mischa war doch ein merkwürdig unbequemes Geschöpf. Da Mischa nach seiner Überlegung wahrscheinlich schon zu Hause war, schickte er den Hausknecht nach ihm. Der junge Mann kam unverzüglich und blieb an der Tür stehen, wobei er den verbundenen Kopf irgendwie besonders bewegungslos, hölzern hielt. Der unverwandt gerade Blick seines einsamen Auges war heute besonders unangenehm.

»Kommen Sie herein. Setzen Sie sich«, sagte Samgin nicht besonders liebenswürdig. »Nun, Samoilow ist bei mir gewesen und hat mich von Ihrem Abenteuer... von Ihren abenteuerlichen Erlebnissen unterrichtet. Aber ich muß ausführlich wissen, was in diesem Zirkel vorging. Wer sind diese Jungen?«

Mischa räusperte sich vorsichtig, verzog das Gesicht und begann gleichmütig, als läse er ein Schriftstück vor: »Sie versammelten sich im Haus des Juweliers Markowitsch, bei seinem Sohn Lew, Markowitsch selbst ist im Ausland. Löschten das Licht aus und trugen im Dunkeln... schamlose Gedichte vor, bei Licht hätte man sie nicht vortragen können. Sie saßen paarweise auf einer breiten Ottomane und einem Sofa und küßten sich. Als dann die Lampe angezündet wurde, stellte sich heraus, daß einige Mädchen fast ausgezogen waren. Nicht alle sind noch Jungen, Markowitsch ist fast zwanzig, Permjakow desgleichen...«

»Ist Permjakow der Sohn des Delikatessenladenbesitzers?«

»Ja«, sagte Mischa und nannte weitere Namen.

Es war sehr unangenehm zu erfahren, daß der Sohn eines Mandanten in diese Geschichte verwickelt war.

Samgin zündete sich nervös eine Zigarette an und dachte: Wenn man diesen jungen Mann einmal verhaftet, wird er dem Gendarmen mit gleicher Genauigkeit antworten.

»Wievielmal sind Sie dort gewesen?« fragte er.

»Dreimal.«

»Hat Ihnen dieser Zeitvertreib Spaß gemacht?«

»Nein.«

»Wirklich nicht?«

»Nein. Ich sage die Wahrheit.«

Samgin, der ein nicht besonders angenehmes Gefühl verspürte, gab zu: Ja, er lügt nicht.

Dann fragte er: »Das ist doch ein geheimer Zirkel? Hat man Sie denn sofort mit allen bekannt gemacht? Ihnen die Namen genannt?«

»Permjakow und Markowitsch kannte ich von den Kaufläden her, als ich noch bei Marina Petrowna in Diensten stand; die Gymnasiastinnen Kitajewa und Woronowa erteilten mir Unterricht, die eine in Algebra, die andere in Geschichte: Sie traten gleichzeitig mit mir in den Zirkel ein, sie hatten auch mich dazu aufgefordert, weil sie sich fürchteten. Sie sind zweimal dort gewesen und haben sich nicht ausgezogen, die Kitajewa hat den Markowitsch sogar, als er vor ihr kniete, ins Gesicht geschlagen und ihn mit dem Fuß gegen die Brust gestoßen.«

Die gleichmäßige Stimme, der sichere Ton und der unverwandt gerade Blick des Auges erregten Samgin, er hielt es nicht aus und sagte: »Sie antworten mir wie . . . einem Untersuchungsrichter. Geben Sie sich natürlicher!«

»Ich spreche immer so«, antwortete Mischa verwundert.

Er hat recht, gab Samgin zu, aber seine Gereiztheit steigerte sich, sogar seine Zähne schmerzten.

Es war sehr unangenehm, mit diesem Jungen zu sprechen. Und er hatte keine Lust, ihn noch mehr zu fragen. Aber Samgin fragte trotzdem: »Wer hat Sie geschlagen?«

»Permjakow und noch zwei Erwachsene, die ich nicht kenne, sie gehören dem Zirkel nicht an. Permjakow ist der gröbste und . . . der schmutzigste. Er sagte zu ihnen: ›Schlagt ihn tot!‹«

»Nun, ich glaube, Sie übertreiben«, sagte Samgin, der sich eine Zigarette anzündete.

Mischa antwortete mit Bestimmtheit: »Nein, die Kitajewa hat es auch gehört, das war am Tor des Hauses, in dem sie wohnt, sie stand hinter dem Tor. Sie erschrak sehr . . .«

»Warum haben Sie das alles nicht Ihrem Lehrer erzählt?« besann sich Samgin.

»Ich bin noch nicht dazugekommen.«

Mischa hatte nicht sofort geantwortet, und seine Wange hatte sich ein wenig gerötet. Samgin dachte: Er scheint zu lügen.

Aber Mischa fügte sogleich hinzu: »Wassilij Nikolajewitsch hat sehr . . . strenge Ansichten . . .«

Da sieh einer an, dachte Samgin, der in den Worten des jungen Mannes etwas Neues spürte. »Beabsichtigen Sie nun, Permjakow gerichtlich zu belangen, ja?«

»Nein!« rief Mischa rasch und beunruhigt aus. »Ich wollte es Ihnen nur erzählen, damit Sie nicht etwas . . . anderes denken. Ich bitte Sie sehr, niemandem etwas davon zu sagen! Mit Permjakow werde ich selber . . .« Sein Auge rötete sich, wurde sonderbar rund und wölbte sich vor, hastig und beharrlich fuhr er fort: »Wenn sich das herumspricht, werden die Kitajewa und die Woronowa aus dem Gymnasium ausgeschlossen, dabei sind sie beide sehr arm, die Woronowa ist die Tochter eines Pumpenhausmaschinisten, und die Kitajewa die Tochter einer Schneiderin, einer sehr guten Frau! Beide besuchen die siebte Klasse. Und dann ist dort noch ein Gymnasiast, ein Jude, er ist auch zufällig dazugeraten. Klim Iwanowitsch, ich bitte Sie sehr . . .«

»Ich verstehe«, sagte Samgin und atmete erleichtert auf. »Sie urteilen ganz richtig und . . . das macht Ihnen Ehre, ja! Die Mädchen dürfen nicht kompromittiert, ihre Karriere darf nicht verdorben werden. Sie selbst sind zu Schaden gekommen, aber . . .«

Da ihm nicht einfiel, wie er den Satz am passendsten beenden könnte, zuckte Samgin mit den Achseln, lächelte und erhob sich. »Nun, gehen Sie, ruhen Sie sich aus, lassen Sie sich ärztlich behandeln. Sie brauchen sicherlich Geld? Ich kann Ihnen für einen Monat oder zwei Vorschuß anbieten.«

»Ich danke Ihnen, für einen Monat genügt«, sagte Mischa und neigte vorsichtig den Kopf.

Samgin drückte ihm zum erstenmal die Hand, die Hand war heiß und hart.

Als Samgin ihn hinausbegleitet hatte, blieb er eine Weile an der Vorzimmertür stehen, versuchte über seinen Eindruck ins klare zu kommen und war sehr zufrieden, daß diese triviale Geschichte sich so einfach geregelt hatte.

Der junge Mann ist, wie sich herausstellt . . . nicht dumm! Er ist vorsichtig. Ich bin angenehm enttäuscht. Man muß ihm helfen, mag er sich weiterbilden. Aus ihm wird ein bescheidener, verläßlicher Beamter, ein Lehrer oder etwas Ähnliches werden. Mit dreißig bis fünfunddreißig Jahren wird er heiraten, mit Umsicht Kinder zeugen, nicht mehr als drei. Und bis an sein Lebensende wird er dienen, ergeben wie die Anfimjewna.

Er pfiff leise die Arie des Brahmanen aus »Lakmé« vor sich hin, setzte sich an den Tisch und schlug die nächstzubearbeitende Strafakte auf, schloß aber die Augen und versank im Strom der Erinnerungen an seine bunte Vergangenheit. Die Erinnerungen entfalteten sich, als gingen sie von den Worten aus: Wodurch habe ich mich gegen mich selbst versündigt, wofür strafe ich mich?

Es war ein wenig traurig, und wieder machte sich das freundliche

Verhalten zu sich selbst bemerkbar, das er nach dem Gespräch mit Marina über Besbedow empfunden hatte.

Als er einen Tag später bei Marina saß, erzählte er ihr von Mischa. Er traf sie über irgend etwas bekümmert an, doch als er sagte, daß der junge Mann sich auf die Reifeprüfung vorbereite, rief sie verwundert und gedehnt aus: »Ach, dieser Duckmäuser! Das ist mir ein schlauer Spitzbube! Und ich hatte bei ihm einen anderen Verdacht. Samoilow erteilt ihm Unterricht? Wassilij Nikolajewitsch ist eine hervorragende Persönlichkeit!« sagte sie warm. »Das ganze Leben in Gefängnissen, in der Verbannung, unter polizeilicher Überwachung, er ist überhaupt – ein Märtyrer. Mein Mann hat ihn sehr verehrt und nannte ihn im Scherz einen Revolutionärsfabrikanten. Mich hat er nicht recht gemocht, und nach dem Tod meines Mannes hat er seine Besuche eingestellt. Er ist Sohn eines Oberpriesters, sein Onkel ist Vikar . . .«

Weshalb erweckt ein Revolutionärsfabrikant ihre Sympathie? fragte Samgin sich, laut aber sagte er, lächelnd: »Du verstehst sehr gut, objektiv zu sein.«

Marina hüllte sich in Schweigen und trug mit dem Bleistift irgend etwas in ein kleines Notizbuch ein. Samgins Erzählung von Permjakows Zirkel interessierte sie nicht, sie hörte sie an und sagte dann gleichmütig: »Etwas Ähnliches hat es, glaube ich, im Jahre neunzehnhundertdrei in Petersburg gegeben. Auch von dem hiesigen habe ich etwas durch Lidija gehört.«

Dann sagte sie mit leisem Lachen: »Gerade zu ihr würde es gut passen, sich mit solchen Spielereien abzugeben, statt dessen plagt sie sich unnötig mit den ›nach der künftigen Stadt Suchenden‹ herum. Gauner und gemeine Menschen sind das rund um sie. Eine Schwester erwies sich als Wirtschafterin in einem Bordell, und sie hat die Versammlungen besucht, um dort Mädchen kennenzulernen. Nun, auf Wiedersehen, ich schließe den kleinen Laden!«

Samgin verließ sie, befriedigt über ihre Gleichgültigkeit gegen die Geschichte mit Permjakows Zirkel. Diese kleinen Aufregungen beunruhigten ihn nicht lange und nicht tief; der Strom, in dem er schwamm, wurde immer schmaler, aber ruhiger, die Ereignisse wurden immer einförmiger, die Wirklichkeit war es müde, durch Überraschungen zu verblüffen, sie wurde weniger tragisch, das einheimische Leben floß so gleichmäßig dahin, als wäre es nie und durch nichts getrübt worden.

Im Frühjahr tauchte wieder Lionel Creighton auf; es stellte sich heraus, daß er nicht in Sibirien, sondern in Transkaukasien gewesen war.

»Ein sehr reicher Landstrich, aber er hat keinen Herren«, antwortete er überzeugt auf Klims Frage, ob Transkaukasien ihm gefallen habe. Dann fragte er: »Sind Sie einmal dort gewesen?«

»Nein«, sagte Samgin.

»Ich glaube, das ist sehr russisch«, sagte Creighton mit zähneblekkendem Lächeln. »Wir Briten wissen gut, wo wir leben und was wir wollen. Dadurch unterscheiden wir uns von allen Europäern. Und darum war bei uns ein Cromwell möglich, hat es aber keinen Napoleon gegeben und wird es keinen geben, auch keinen Zar Peter wie bei Ihnen und überhaupt keine Leute, welche die Nation an der Gurgel packen und sie zwingen, aufsehenerregende Dummheiten zu machen.«

Marina, die gerade eine dicke Postsache mit der Schere aufschnitt, fragte: »Sind die Feldzüge gegen Indien keine Dummheiten?«

»Das auch«, gab Creighton zu. »Aber nicht nur das.«

Samgin fiel auf, daß der Engländer sich jetzt ungezwungener benahm, daß er freier, aber auch nachlässiger sprach, bereits ungeniert radebrechte. Als er gegangen war, teilte Samgin seinen Eindruck Marina mit.

»Ja, er scheint dreister geworden zu sein«, stimmte sie zu und glättete auf dem Tisch die der Postsache entnommenen Schriftstücke. Nach kurzem Schweigen sagte sie: »Er beklagt sich, daß bei uns niemand etwas wisse und daß es hier keine guten ›Reiseführer‹ gebe. Hör zu, Klim Iwanowitsch, er reist trotzdem in den Ural und braucht einen russischen Reisebegleiter, ich habe natürlich auf dich verwiesen. Du wirst fragen, warum? Nun, ich möchte sehr gern wissen, was er dort tun wird. Er sagt, die Reise werde etwa drei Wochen dauern, er bezahle die Fahrt, die Beköstigung und – hundert Rubel wöchentlich. Was sagst du dazu?«

»Er langweilt mich«, sagte Samgin.

»Ist das eine Absage?«

»Nein, ich muß es mir überlegen.«

»Überlege nicht, sondern entschließe dich dazu, dich eine Zeitlang zu langweilen.«

Samgin war nicht abgeneigt, ihr einen Gefallen zu erweisen, hielt das sogar für seine Pflicht.

Und so saß er zwei Tage später in einem Abteil erster Klasse Creighton gegenüber und hörte seinen langsamen Redereien zu.

»Sogar mit Freunden zankt man sich, wenn man in ihrer Nähe lebt. Deutschland ist kein Freund von ihnen, sondern ein sehr neidischer Nachbar, und sie werden mit ihm kämpfen. Zu uns Engländern verhalten sie sich nicht richtig. Sie könnten sich in Persien oder in der Türkei gut mit uns vertragen.«

Samgin hörte seinem etwas trockenen Bariton zu und bedauerte, daß der Engländer sich nicht für die Landschaft interessierte. Die Landschaft war übrigens auch langweilig – flache, frühlingsmäßig frischgrüne Samaraer Steppe mit schwarzen Streifen aufgepflügter Erde; auf der vorbeischwebenden Erde kreisten langsam kleine Bauern und Pferde und bewegten sich graue Dörfer mit den gelben Flecken neuer Hütten.

»Alexandrette, der Zugang zum Mittelmeer«, hörte Samgin durch das eintönige Dröhnen des Zuges hindurch. Creightons langer Finger zeichnete mit Sicherheit gerade und krumme Linien auf das Tischchen, seine Stimme klang auch sicher.

Er ist vollkommen überzeugt, daß ich sein System von Sätzen kennenlernen müsse. So denken sicherlich Zehntausende seinesgleichen. Er trägt bequeme Kleider und Schuhe, besitzt erstaunlich bequeme Koffer, und er fühlt sich überhaupt vollkommen bequem auf Erden, dachte Samgin mit einem gemischten Gefühl von Ärger und Herablassung.

»Sie widmen Abstraktionen sehr viel Kräfte und Zeit«, sagte Creighton und reinigte sich die Fingernägel mit einem spaßigen Bürstchen. »Alles, was wir wissen, beruht auf dem, was wir nie wissen werden. Man muß bei einer Abstraktion haltmachen. Nehmen Sie an, das sei Gott, und überlassen Sie es den farbigen Rassen, den Wilden, ihre Einbildungskraft auf verschiedene, mehr oder weniger naive Auslegungen seines Äußeren, seiner Eigenschaften und Absichten zu vergeuden. Für uns ist es Zeit, sich an den Gedanken zu gewöhnen, daß wir Christen sind, und wir sind tatsächlich Christen, selbst dann, wenn wir Atheisten sind.«

Er kann Marina nicht gefallen, entschied Samgin befriedigt und fragte: »Marina Petrowna sagte mir, Ihr Vater sei Quäker?«

»Ja«, antwortete Creighton, mit dem Kopf nickend. »Er ist gestorben. Aber er war vor allem Fabrikant . . . von diesen: Stricke, dicke, dünne? Jetzt macht das mein älterer Bruder.«

Creighton zeigte seine lustigen Zähne, knüpfte mit dem Finger in der Luft einen Knoten und sagte scherzend: »Das ist sehr nützlich, die Stricke!«

Letzten Endes ist der glückliche Mensch ein beschränkter Mensch, entschied Samgin herablassend, während Creighton ihn sehr liebenswürdig fragte: »Ermüde ich Sie?«

»O nein, was denken Sie!« entgegnete Samgin. »Ich schweige, weil ich aufmerksam zuhöre . . .«

339

»Sie sind wenig Russe, bei Ihnen sprechen alle sehr gern und viel.«

Nicht mehr als du, dachte Samgin. Er legte sich früher als der Engländer schlafen, obwohl er keine Lust zum Schlafen hatte. Zwischen den Augenlidern hindurch beobachtete er, wie sein Reisegefährte sich sorgfältig auszog, den Anzug aufhängte, jetzt einen Revolver aus der Hosentasche nahm, ihn besichtigte und unter dem Kopfkissen versteckte.

Samgin lächelte innerlich und dachte daran, daß sein Revolver in der Manteltasche steckte.

Mitten in der Nacht wachte er auf, wollte auf die Toilette gehen, als er aber aus dem Abteil in den Gang hinaustrat, stieß ihn jemand kräftig gegen die Brust und sagte leise: »Zurück, dumme Trine!«

Samgin prallte mit der Schulter an die Türkante und schrie auf: »Was ist denn?« Als Antwort sagte man ihm nochmals: »Weg da, dumme Trine!«

Das Licht im Gang war gelöscht, und Samgin sah in der Dunkelheit nicht, sondern spürte eher den Fleck einer Hand mit einem Revolver. Bevor er noch etwas tun konnte, drang durch einen nicht ganz dicht geschlossenen Vorhang ein schmaler Lichtstreif, der blendete, und ertönte das verblüffte Flüstern: »Oh, Teufel, schon wieder Sie!«

»Ich kenne Sie nicht«, sagte Samgin ziemlich laut – das erstbeste, was ihm einfiel, obwohl er bereits begriff, daß er zu Inokow sprach.

»Scheren Sie sich weg«, flüsterte Inokow, stieß ihn ins Abteil und schloß die Tür.

Samgin tastete nach dem Mantel, begann die Tasche zu suchen, riß den Revolver heraus, aber in diesem Augenblick machte der Zug einen heftigen Ruck, die Bremsen kreischten schrill, der Dampf zischte erbittert, Samgin wankte und setzte sich Creighton auf die Beine, dieser wachte auf und begann, während er seine Beine befreite und mit ihnen um sich schlug, englisch zu murmeln, dann schrie er wütend: »Wer ist das?«

»Leiser«, sagte Samgin, der sich schwerfällig auf seinen Platz hinüberwälzte, »hören Sie?«

Vorn, neben der Lokomotive, wurde geschossen, Samgin zählte mechanisch das bekannte Knacken: zwei, eins, drei, zwei, eins, eins. Gleich beim ersten Schuß zündete Creighton ein Streichholz an, leuchtete Samgin an, löschte das Flämmchen sofort wieder aus und sagte dann halblaut: »Halten Sie den Revolver mit der Mündung nach unten, Ihre Hände zittern.«

Samgin senkte die Hand und klemmte sie zusammen mit dem Revolver zwischen die Knie.

»Banditen?« mutmaßte Creighton und murmelte: »Das ist – Amerika!« Dann sagte er streng: »Wenn die Tür geöffnet wird, schießen wir beide gleichzeitig, nicht wahr?«

»Jaja«, antwortete Samgin, dem Lärm im Wagendurchgang und einer Stimme lauschend, die vor dem Fenster kommandierte: »Schaffner, lösch die Laterne aus! Wem sage ich das, du dumme Trine? Schwenk die Laterne nicht, sonst schieße ich.«

Inokow ... Das ist Inokow. Zum zweitenmal! dachte Samgin verdutzt.

»He, dumme Trine!«

Ein Schuß knallte, eine Scheibe klirrte, etwas Metallenes fiel auf den Schotter, und es ertönte ein heiseres Geschrei: »He, ihr dort! Die Schädel nicht aus den Fenstern stecken, die Wagen nicht verlassen!«

Es hörte sich sonderbar an, daß die Stimme nicht zornig, sondern verächtlich zu klingen schien. Im Wagen schnappten Schloßriegel, jemand klopfte an die Abteiltür.

»Nicht aufmachen!« sagte Creighton streng.

»Man hat den Zug überfallen!« schrie ein hysterisches Stimmchen im Durchgang. Samgin kam es vor, als würde immer noch geschossen. Er war dessen nicht sicher, aber in seiner Erinnerung wiederholten sich ununterbrochen die Schüsse, die wie das Schnappen von Schloßriegeln klangen.

Die Zeit schlich ungewöhnlich langsam dahin, obwohl der Verkehr im Wagen lauter, schneller wurde. Am Fenster rannte jemand vorbei, daß der Schotter knirschte, und rief laut: »Rasch!«

Samgin preßte die Knie so fest an den Revolver, daß ihm die Hand schmerzte; er schob die Waffe unter seinen Schenkel und drückte sie fest an den weichen Polstersitz.

»Sonderbar«, sagte Creighton. »Sie lassen sich Zeit, Ihre Banditen.«

Unter dem Wagen keuchte und zischte krampfhaft der Dampf, es kamen ein paar besonders lange Sekunden, in denen Samgin keinen Laut außer diesem Zischen hörte, doch dann begannen neben dem Wagen ein paar Stimmen zu sprechen, und eine sagte besonders laut: »Hier, in diesem!«

»Niemanden herauslassen!«

Der Wagen machte einen vorsichtigen Ruck, die Kupplungen klirrten, Creighton hob den Fenstervorhang ein wenig; die Bäume vor dem Fenster bewegten sich, als wischten sie die Finsternis von der Scheibe, der Fleck einer Schneise schwebte verschwommen vorüber wie ein Weg zum Licht.

»Was ist denn, hat man uns gefangengenommen?« fragte Creighton grob. »Wir fahren!«

Ja, der Zug fuhr fast mit gewohnter Geschwindigkeit, doch im Durchgang stampften die Schritte vieler Menschen. Samgin hob den Vorhang, während Creighton die Hand mit dem Revolver auf dem Rücken, die Abteiltür aufriß und fragte: »Was geht hier vor?«

Gegenüber der Tür stand mit einer Stearinkerze in der Hand der Schaffner, ferner ein hochgewachsener und dicker Mann mit weißem Schnurrbart, zwei Soldaten mit Gewehren und noch ein paar Personen, die in der Dunkelheit unsichtbar waren.

»Der Postwagen ist ausgeraubt worden«, sagte der Schaffner, die Kerze in Höhe seines Gesichtes haltend, und lächelte. »Der Zug wurde von hier gebremst, Sie sehen – die Plombe an der Notbremse ist heruntergerissen . . .«

»Wie viele waren es denn?« fragte mit tiefem Baß der dicke Mann.

»Vier, sagt man.«

»Wer sagt das?«

»Ein Kamerad.«

»Welcher denn, wessen Kamerad?«

»Einer von unserer Brigade.«

»Überall Kameraden!«

Eine Frauenstimme rief gespannt: »Wieviel Tote hat es denn gegeben, wieviel?«

Man antwortete ihr zornig: »Keinen Toten!«

»Ihr verheimlicht es! Die haben geschossen.«

»Einem Soldaten der Wache ist der Arm duchschossen worden, das ist alles«, sagte der Schaffner. Er lächelte immerzu, sein glattrasiertes Soldatengesicht schien im Licht der Kerze zu zerrinnen. »Den einen habe ich gesehen, der Zug hielt, ich springe auf den Bahndamm, und da kommt er mit einem Hut auf dem Kopf daher. ›Was ist los?‹ Doch er schreit: ›Lösch die Laterne aus, sonst erschieße ich dich!‹ Und – bauz in die Laterne! Na, da fiel ich hin . . .«

»Vier Mann?« brummte Creighton hinter Samgins Ohr. »Tapfere Burschen!«

Doch Samgin dachte: Welche Menschenverachtung muß man haben, um zu viert einen ganzen Zug zu überfallen.

Er erinnerte sich fortwährend Inokows, dachte nicht über ihn nach, sondern sah ihn einfach neben Ljubascha, neben sich selbst auf dem Feld, als die Kaserne einstürzte, und neben Jelisaweta Spiwak.

Gedichte hat er geschrieben.

Er hörte jemanden flüstern: »Ich mache Sie aufmerksam: Der Herr mit der Brille hat einen Revolver.«

Samgin warf mit unwillkürlicher Schnelligkeit den Revolver auf den Polstersitz, während das Flüstern die laute Antwort zur Folge hatte: »Na, was ist denn dabei? Einen Revolver habe ich auch, und sicherlich haben noch viele andere einen. Aber sehen Sie, daß es keine Toten gegeben hat, das ist verdächtig! Wissen Sie, das ist . . .«

»Ja, sonderbar . . .«

»Bei der Anwesenheit von Soldaten . . .«

»Ein Soldat ist kein Uhu, nachts schläft er auch. Die aber hatten eine Bombe. Da heißt es: Hände hoch und – aus ist's!« sagte trübsinnig einer der Soldaten.

»Ihr hättet trotzdem schießen sollen!«

»Mit erhobenen Händen? Hören Sie auf, Herr. Wir werden uns vor unseren Vorgesetzten verantworten, aber Sie sind für uns ein Mann, den wir nicht kennen.«

»Was er sagt, stimmt«, bemerkte Creighton.

Doch auf Samgin wirkten diese Stimmen der in der Finsternis unsichtbaren Leute wie ein Alptraum.

Inokow wird man natürlich fangen . . .

Er war mit sich selbst unzufrieden, es kam ihm vor, als habe er sich nicht mannhaft genug benommen und Creighton habe das gemerkt.

Inokow hätte mir nichts antun können, warf er sich vor. Aber da erhob sich die Frage: Und was hätte ich tun können?

Samgin beschloß, hierüber nicht nachzudenken, ging ins Abteil und lauschte dem lebhaften Gespräch im Durchgang.

»In zehn Minuten haben sie die Sache geschmissen!«

»In sieben.«

»Haben Sie die Minuten gezählt?«

»Der Soldat hat dreist gesprochen, das gehört sich nicht für einen Soldaten. Ich bin selbst Militär.«

»Schaffner, warum gibt es kein Licht?«

»Die Leitungen sind abgerissen, Euer Wohlgeboren.«

Da kam Creighton herein, setzte sich auf die Polsterbank und sagte kopfschüttelnd: »Ihre Landsleute sind Fatalisten.«

Samgin sagte nichts darauf und ordnete sein Schlaflager, im Durchgang sagte der Baß des hochgewachsenen Mannes beruhigt: »Nun, meine Herrschaften: Danken wir Gott, daß wir am Leben geblieben und wohlbehalten sind . . .«

»Bald kommt Ufa.«

Creighton sagte gähnend: »Es ist unbesonnen von Ihnen, den Revolver so hinzuwerfen. Die automatischen Revolver erfordern Vorsicht.«

»Ich habe ihn auf etwas Weiches geworfen«, entgegnete Samgin ärgerlich, legte sich hin und versank in Nachdenken über die Verachtung gewisser Leute gegen alle anderen. Zum Beispiel – Inokow. Was bedeuten ihm Recht, Moral und alles, was dem Leben der meisten Menschen einen Inhalt verleiht und worüber Staat und Kultur sie belehren? Der Klassenstaat setzt ein altes Haus mit morschem Holz instand, erinnerte er sich plötzlich an Worte Stepan Kutusows. Es war ebenso unangenehm, sich dessen zu erinnern, wie an einen wohlgelungenen Satz des Gegners in einem Zivilprozeß zu denken. Im Durchgang unterhielt man sich immer noch, der Baß suchte eindringlich zu beweisen: »Sie sehen es ja: Die Duma ist außerstande, das Land zu befrieden. Wir brauchen eine Diktatur, einer der Großfürsten müßte . . .«

»Geben Sie uns kleine, aber kluge Fürsten!«

»Meine Herrschaften! Alle haben so viele Aufregungen hinter sich, und wir hindern am Schlafen.«

»Sehr klug gesagt«, brummte Creighton und schloß das Abteil.

Samgin schlief ein und wurde geweckt, durch ein wütendes Geschrei Creightons. »Sie haben kein Recht, mich zu halten fest«, schrie er, wobei er nicht nur die Sprachrichtigkeit außer acht ließ, sondern gleichsam absichtlich die Wortentstellungen unterstrich; in der Abteiltür stand, wie festgewurzelt, ein junger Gendarm und sagte: »Es ist untersagt.«

»Aber ich muß geben ein paar Telegramme – verstehen Sie!«

»Es ist untersagt, jemanden herauszulassen«, wiederholte der Gendarm und wandte sich an Samgin: »Erklären Sie es dem Herrn: Der Zug ist vor dem Einfahrtssignal zum Stehen gebracht worden, der Bahnhof liegt weiter vorn.«

»Sie hören? Man erlaubt mir nicht, Telegramme zu geben! Ich lief, springte, zerbrach mir vielleicht den Fuß, sie packten mich, schleppten mich hier – verstopften die Tür mit diesem!«

Er schwang den Hut und wies damit auf den Gendarmen; sein Gesicht war grau. Schweiß war ihm auf die Schläfen getreten, der Unterkiefer zitterte, und die blutunterlaufenen Augen funkelten zornig. Er saß in unbequemer Haltung auf dem Schlaflager, hatte das eine Bein ausgestreckt, das andere auf den Boden gestützt und knurrte: »Sie müssen wissen, wann Sie verhaften! Das ist eine Roheit! Ich beschwere mich! Ich protestiere meinem Gesandten Petersburg!«

»Beruhigen Sie sich!« riet ihm Samgin. »Wir werden gleich klären, worum es sich handelt.«

Creighton rieb sich den Fuß und verstummte, worauf es im Wagen verdächtig still wurde. Samgin blickte unter dem Arm des Gendarmen hindurch in den Gang: Die Türen aller Abteile waren geschlossen, nur aus einer von ihnen streckte sich ein kriegerischer, kratzbürstiger Kopf mit grauem Schnurrbart heraus; der Kopf blickte Samgin feindselig an und verschwand.

Eine verteufelte Sache, dachte Samgin und fragte den Gendarmen, um was es sich handle.

»Ausweiskontrolle«, antwortete höflich und leise der Gendarm. »Der Zug ist von diesem Wagen aus mit der Notbremse zum Stehen gebracht worden. Ihr Herr Nachbar dachte, das sei schon der Bahnhof, sprang ab, verletzte sich den Fuß und – ist erzürnt.«

»Ich habe den Fuß zerbrochen!« knurrte Creighton wieder. »Das werde ich auch protestieren. Er war ein wenig zerbrochen, früher, aber das macht nichts aus!«

Der Gendarm trat zur Seite, an seiner Stelle erschien ein schwarzbärtiger Offizier in Begleitung eines krummnasigen Justizbeamten mit einem Kneifer und knochigem, ironischem Gesicht. Der Offizier verlangte die Ausweispapiere. Creighton riß die Brieftasche aus der Seitentasche des Jacketts, räusperte sich, knirschte mit den Zähnen und warf seinen Personalausweis Samgin auf den Schoß. Samgin übergab ihn zusammen mit seinem eigenen Ausweis dem Offizier, der sie durchlas und über die Schulter an den Justizbeamten weiterreichte. Das alles geschah unter Stillschweigen, nur Creighton, der sich mit dem Taschentuch den Schweiß vom Gesicht wischte, murmelte brummig heißzischende englische Worte. Samgin, der das Vorgefühl hatte, daß aus diesem Schweigen irgendwelche ernsthaften Unannehmlichkeiten für ihn erwuchsen, holte tief Atem und steckte sich eine Zigarette an. Der Justizbeamte las die Ausweispapiere durch, verzog das Gesicht, raunte dem Offizier etwas ins Ohr und sagte dann: »Gestatten Sie, meine Herren, unsere aufrichtigen Entschuldigungen wegen der Ihnen verursachten Beunruhigung auszusprechen ...«

Creighton schwang abweisend den Hut und knurrte durch die Zähne: »O nein! Das ... befriedigt mich nicht. Ich habe den Fuß gebrochen. Das wird ein materieller Verlust sein, ja! Und ich werde nicht weggehen hier. Ich verlange einen Arzt ...«

Der Offizier trat auf ihn zu und begann ihn zu beschwichtigen, während der Justizbeamte Samgin fragte, ob er nicht einen Menschen im Wagen bemerkt habe, der sich äußerlich durch irgend etwas von einem Reisenden erster Klasse unterschieden hätte.

»Nein«, sagte Samgin.

»Und haben Sie nachts, bevor der Zug zwischen den Stationen hielt, kein Geräusch neben Ihrer Tür gehört?«

»Ich erwachte, als der Zug bereits hielt«, antwortete Samgin, und Creighton rief: »Ich schlief auch, ja! Ich war ein gesunder Mensch und schlief gut. Jetzt haben Sie gemacht, daß ich schlecht schlafen werde. Ich verlange einen Arzt.«

Der Offizier sagte ihm sehr liebenswürdig, daß der Zug gleich zum Bahnhof fahren werde.

»Und der Bahnarzt steht zu Ihren Diensten.«

»Oh, danke! Aber ich würde vorziehen, daß Sie seiner Dienste bedürften. Gibt es hier einen Konsul von uns? Sie wissen es nicht? Aber Sie wissen hoffentlich, daß es überall Engländer gibt. Ich will, daß man einen Engländer ruft. Ich werde nicht weggehen hier.«

Der Justizbeamte richtete an Samgin immer noch irgendwelche müßigen Fragen, dann bat er ihn leise: »Beruhigen Sie doch Ihren Nachbarn, sonst wird er durch sein hysterisches Benehmen bei den Reisenden Aufsehen erregen, was ihm und Ihnen wohl kaum angenehm wäre.«

Samgin wollte sagen, darum brauche er sich nicht zu kümmern, nickte aber nur stumm. Der Beamte und der Offizier gingen in ein anderes Abteil, und das beruhigte Creighton ein wenig, er streckte sich aus, schloß die Augen und biß wahrscheinlich die Zähne fest zusammen, denn auf seinen Backenknochen traten Wülste hervor, die sein Gesicht entstellten.

Ein paar Minuten später fuhr der Zug im Bahnhof ein, es erschien ein ziemlich alter Arzt, schnitt Creighton den Schuh auf, stellte einen komplizierten Knochenbruch fest und tröstete Creighton, indem er ihm sagte, daß er in der Stadt zwei Engländer kenne: einen Ingenieur und einen Wolleaufkäufer. Creighton holte einen Notizblock hervor, schrieb zwei Zettel und bat, sie unverzüglich seinen Landsleuten zuzustellen. Dann kamen Sanitäter und brachten ihn in den Warteraum des Bahnhofs; dort schaute er sich voller Ekel um, schnupperte mit sichtlichem Abscheu die eigentümlich warme, dicke Luft und sagte zu Samgin: »Unsere angenehme Reise ist zerbrochen, ich bin darüber sehr traurig betrübt. Sie fahren nach Hause, ja? Sie erzählen das alles Marina Petrowna, mag sie lachen. Das ist immerhin komisch!«

Er seufzte und schloß philosophisch: »So endet sehr vieles im Leben. Ein Mann in Liverpool umarmte seine Braut und stach sich mit einer Haarnadel ein Auge aus, das betrübte ihn nicht besonders. ›Mich ernährt ein einziges Auge gut‹, sagte er, denn er war Uhrmacher. Aber die Braut fand, daß er mit einem Auge nur ihre eine Hälfte würdigen könne, und war nicht einverstanden, sich trauen zu lassen.« Er seufzte nochmals und schnalzte mit der Zunge. »Nach russischer Auffassung ist das anständig, aber scheinbar uninteressant . . .«

Samgin wartete noch, bis ein kleiner, dürrer, flinkäugiger Mann im Flanellanzug erschien und bis er und Creighton, einander anlächelnd, sich wie alte Bekannte zu unterhalten begannen. Dann verabschiedete sich Samgin und ging in die Bahnhofsrestauration, frühstückte mit Genuß, trank Kaffee und begab sich auf einen Spaziergang, wobei er dachte, daß sich in letzter Zeit alle Vorfälle seines Lebens rasch und leicht regelten.

Ihm kam sogar ein kühner Gedanke: Es wäre interessant, Inokow nochmals zu begegnen, aber natürlich nur zu einer Zeit, in der dieser nicht gerade beruflich beschäftigt wäre.

Ich habe ihn zweimal vor dem Galgen bewahrt, wie mag er das bewerten? Creighton wiederum ist sehr typisch. Ein Mann von aristokratischer Rasse. Er ist davon überzeugt, daß er allen Menschen überlegen sei.

Die Stadt war eigentümlich niedrig, als säße sie am Erdboden, statt auf ihm zu stehen. Aus der Steppe wehte in breiter Welle der Wind und wirbelte in den Straßen durchsichtige Wolken schwärzlichen warmen Staubes auf. Inmitten von Kirchenkuppeln unterschied Samgin zwei Minarette, und erst danach begann er in den Straßen Leute mit mongolischen Gesichtern zu bemerken. Der Fluß Belaja erwies sich als trübgelb, die Ufa hingegen bläulicher und klarer. An den schmutzigen Ufern lagerte sehr viel Flößholz und lagen fast ebensoviel sonnengeräucherte Baschkiren in Lumpen. Im allgemeinen war es irgendwie unerschütterlich, ewig langweilig, und es kam der Gedanke, daß Leute wie Inokow, Kutusow und andere dieses Typs vergeblich Freiheit und Leben aufs Spiel setzten, denn sie würden diese warme, staubige Langeweile nicht besiegen, nicht beseitigen. Die Trostlosigkeit war weniger bedrückend als beruhigend. Er entsann sich des Gedichts »Ozymandias« von Shelley:

Tote Wüste und über ihr der Himmel.

Zwei Tage später saß bei ihm abends Marina in einem Kleid von der Farbe oxydierten Silbers. Creighton hatte richtig geahnt: Sie lachte, als sie der Erzählung von dem Überfall auf den Zug, den Mißgeschicken und der Wut des Engländers zuhörte.

»Nein, du kannst sagen, was du willst, es sind immerhin tolle Burschen! Das war geschickt eingefädelt!«

Soll ich ihr etwas von Inokow sagen? fragte sich Samgin.

»Ach, der Lionel, dieser wunderliche Kauz!« Sie lachte fast bis zu Tränen und sagte auf einmal ernst, ohne ihre Befriedigung zu verhehlen: »Das geschieht ihm ganz recht! Mag er probieren, wonach das russische Leben riecht. Weißt du, er ist doch hergekommen, um auszuschnüffeln, wo was verkauft wird. Er selbst schweigt natürlich darüber. Aber ich – ich spüre es!«

Sie leckte sich die Lippen und schwieg eine Weile, dann zog sie die eine Braue hoch und fuhr lächelnd fort: »Jetzt ist der Kaufmann an der Macht, doch hat er keinen großen Vorrat an Kapital, und so beginnt er Ausländer herbeizurufen: ›Kauft Rußland!‹«

»Du scherzt, scherzt immerfort«, sagte Samgin, nur um etwas zu sagen; sie antwortete: »Ich sehe, daß du dich langweilst, darum scherze ich. Ja, was sollte ich auch tun? Ich bin satt, gesund . . .«

Sie verstummte, nahm ein Buch vom Tisch und blätterte lässig mit gerunzelter Stirn darin herum, als suchte sie etwas zu entscheiden. Samgin wartete eine Weile, was sie sagen würde, dann begann er von Inokow zu erzählen, von den zwei letzten Begegnungen mit ihm – er erzählte und dachte: Wie wird sie sich verhalten? Sie legte das Buch auf den Schoß, hörte stumm zu, wobei sie ab und zu über Samgins Schulter zum Fenster hinausblickte, und sagte, als er geendet hatte, halblaut: »Ein interessanter Mensch! Er wird natürlich an den Galgen kommen. Das wird er schon noch . . . Dich wird es vermutlich befremden, das zu hören, aber ich habe nun mal eine Vorliebe für solche Menschen.«

»Du weißt, daß ich vieles an dir nicht begreife«, sagte Samgin.

»Ich weiß es«, stimmte sie zu; diese Worte klangen sehr einfach.

»Doch ich würde es gern begreifen«, fügte Samgin hinzu. »Für mich hat sich ein Verhältnis zu dir ergeben, das . . . Klarheit verlangt . . .«

Sie fragte lachend: »Du willst doch nicht etwa um meine Hand anhalten?«

Gleich darauf sagte sie jedoch: »Jetzt scherze ich auch. Mir ist klar, daß du nicht die Absicht hast, um meine Hand anzuhalten. Doch dir alles von mir erzählen – das kann ich nicht, ich erzählte dir einiges, aber du glaubst es ja nicht.« Sie erhob sich, reichte ihm über den Tisch hinweg die Hand und sagte mit etwas gesenkter Stimme: »Hör zu, in ein paar Tagen wird in meinem Schiff die Feier der Anrufung des Geistes begangen – willst du, daß ich Sacharij sage, er solle dir dieses Fest zeigen? Durch eine Ritze«, fügte sie hinzu und lächelte.

Ihr Vorschlag wunderte und erfreute Samgin nicht, sondern verwirrte ihn wie etwas Unerwartetes, dessen Sinn unverständlich ist.

Er sah, daß Marinas Augen ungewöhnlich lächelten, als hätte sie gegen ihren Willen etwas Unüberlegtes, Gewagtes gesagt und wäre mit sich unzufrieden und ärgerte sich.

»Ich werde dir schrecklich dankbar sein«, sagte er hastig, und Marina wiederholte: »Durch eine Ritze, von weitem. Nun – leb wohl!«

Als Samgin sie hinausbegleitet hatte, lief er rasch ins Zimmer, trat ans Fenster und sah zu, wie leicht und würdig diese Frau ihren Körper auf der Sonnenseite der Straße dahintrug; über dem Kopf ein fliederblauer Sonnenschirm, das Kleid glänzte metallisch, und ausnehmend schön berührten die bronzefarbenen Halbschuhchen die Steinplatten des Gehsteiges.

Ein Idol. Ein goldäugiges Idol, dachte er mit einem Gefühl des Entzückens, aber dieses Gefühl verlor sich sofort, und Samgin bedauerte – sich selbst oder sie? Das war ihm nicht klar. Je weiter sie sich entfernte, desto mehr bemächtigte sich seiner eine dumpfe Unruhe. Er hatte sich selten daran erinnert, daß Marina Mitglied irgendeiner Sekte war. Sich jetzt dessen zu erinnern und daran zu denken war aus irgendeinem Grunde besonders unangenehm.

Nun öffnen sich endlich die Türen des Geheimnisses, sagte er sich und nahm auf einem Stuhl Platz, trommelte mit dem Finger gegen das Knie und drehte an seinem Kinnbärtchen. Der Scherz war ihm nicht geglückt.

Ihm kam die Befürchtung eines Verlusts. Hastig begann er seine Beziehung zu Marina zu überprüfen. Alles, was er von ihr wußte, deckte sich gar nicht mit seiner Vorstellung von einem religiösen Menschen, obwohl er nicht hätte sagen können, daß er eine ganz klare Vorstellung von einem solchen Menschen habe; auf jeden Fall war das ein Mensch, der durch Mystik, durch Metaphysik begrenzt ist.

Sie ist zu klug, um gläubig zu sein. Aber es kann doch nicht eine Sekte ohne Glauben an Gott oder den Teufel geben, überlegte er.

Was sie von dem Verstand gesagt hatte, widersprach entschieden ihrer Lebenspraxis. Ihre Worte vom Geist und überhaupt alles, was sie ihm zu verschiedener Zeit von ihren Ansichten über Religion und Kirche gesagt hatte, war unverständlich, uninteressant und blieb ihm nicht im Gedächtnis. In Erinnerung war ihm nur ihr Zornausbruch gegen die Popen, aber auch dies erklärte ihm nichts, er dachte sogar: Hier scheine ich irgend etwas überschätzt oder nicht verstanden zu haben. Ich habe mit ihr nie über diese Dinge gestritten, auch kann und will ich nicht mit ihr streiten, aber – weshalb scheine ich mich vor einem Zerwürfnis mit ihr zu fürchten?

Das Gefühl der Unruhe nahm zu. Und zu guter Letzt kam er darauf, daß er sich nicht vor einem Streit, sondern vor etwas Dummem und Banalem fürchtete, das seine jetzige Beziehung zu dieser Frau zerstören könnte. Das wäre sehr traurig, jedoch gerade diese Gefahr bereitete ihm Unruhe.

Aber das Problem ist doch im Grunde sehr einfach zu lösen: Ich werde nicht hingehen, dachte er.

Aber das war keine Lösung. An dem Tag nach dem Pfingstfest – am Tag der Anrufung des Heiligen Geistes – saß Samgin ebenso am Fenster und blickte hinter den Blumenstöcken hervor auf die Straße. Am Fenster vorbei bewegte sich schwerfällig eine Kirchenprozession: Die Einwohner der Stadt gingen, mit der Geistlichkeit aller Kirchen an der Spitze, auf das Feld vor der Stadt, um die Muttergottesikone nach dem fernen Kloster zu begleiten, in dem sie ihren Standort hatte und von wo man sie alljährlich am Karsamstag herbrachte, damit sie der Reihe nach in allen Kirchen der Stadt »gastiere«, und sie dann aus den Kirchen hastig und nicht besonders würdig in alle Häuser jeder Pfarrei trug, wobei man von den Hausbewohnern Zehntausende heiligen Tributs zugunsten des Klosters eintrieb.

Samgin blickte auf die dichte, festlich gekleidete Einwohnermenge, sie füllte die mit jungen Birken geschmückte Straße ebenso dichtgedrängt wie in Moskau, als sie dort mit roten Fahnen hinter Baumanns Sarg herging, der unter den vielen Schleifen und Blumen nicht zu sehen war. Ebenso malmend wie damals schlurrten Zehntausende von Schuhsohlen über die Pflastersteine. Das trockene Rascheln der Füße schliff die Steine glatt und wirbelte eine graue Staubwolke über die entblößten Köpfe empor, während das Gold vieler hundert Kirchenfahnen in dem Staub matt glänzte. Der Wind rüttelte an den Kirchenfahnen, bewegte das Haar auf den Köpfen der Menschen, der Wind jagte weiße Wolken dahin, ihre Schatten fielen auf die Menschen und wischten gleichsam Staub und Schweiß von den roten Glatzen weg. Vom Himmel herab dröhnte unaufhörlich in tiefem Baß das Kupfer der Glocken und übertönte den Gesang des vielköpfigen Sängerchors. Toll, grell funkelnd, bewegte sich an der Spitze der Menge das hoch über sie erhobene goldene Viereck der Ikone mit zwei schwarzen Flecken darauf, einem größeren und einem kleineren. Nach hinten geneigt, stolz schwankend, Pfeile goldener Strahlen um sich werfend, stand die Ikone auf langen Stangen, die Stangen ruhten auf den Schultern von Leuten, die fest aneinander hafteten, Samgin sah, daß sie ihre schwere Bürde leicht trugen.

Hinter der Ikone her bewegten sich langsam die schwergewichtigen, goldenen und beinlosen Gestalten der Popen, vornweg der graubärtige, hochgewachsene Bischof, auf dem Kopf trug er eine goldene Blase, die reich geschmückt war mit spitzen, kleinen Edelsteinstrahlen, in der Hand einen langen, ebenfalls goldenen Krummstab. Je weiter der Bischof und die Dutzende plumper Gestalten in Meßgewändern sich entfernten, desto dichter schien dieser lebendige Goldstrom zu werden, als risse er die ganze Kraft der Sonne, allen Glanz ihrer Strahlen mit sich. Das Strömen der Menge war gewaltig und alles in allem eigenartig schön, Samgin fühlte das.

Jedoch er hätte einen grauen Tag, stärkeren Wind, mehr Staub, Regen, Hagel vorgezogen – weniger Grellheit und dröhnendes Kupfergeläut, weniger Festlichkeit. Er sah nicht zum erstenmal eine Kirchenprozession, und immer verhielt er sich zu den Paraden der Geistlichkeit ebenso gleichgültig wie zu Truppenparaden. Doch diesmal suchte er in der endlos vorbeiströmenden Menge eifrig nach etwas Komischem, Dummem oder Banalem. Er entsann sich, daß Lew Tolstoi in dem Roman »Auferstehung« das Meßgewand eines Popen als goldene Bastmatte bezeichnet hatte, der armselige Literat Jassinskij hatte daraufhin in seiner Rezension gesagt, Tolstoi sei ein Gymnasiast. Es war ärgerlich, daß die Leute die in einem schweren Schrein untergebrachte Ikone so leicht trugen.

Marina wäre nicht schwerer, aber schöner, majestätischer ...

Am Morgen hatte er in dem Zeitungsbericht über den feierlichen Gottesdienst gestern in der Kathedrale die Worte des Oberpriesters gelesen: »Mit Freude und Jubel geleiten wir unsere Beschützerin.« Nun, das war dumm: Weshalb sollten sich die Menschen freuen, wenn sie das verließ, was – nach ihrer religiösen Überzeugung – Wunder zu vollbringen vermochte? Dann erinnerte er sich, wie bei der Beerdigung Baumanns die dicke Frau gefragt hatte: »Wer wird denn da beerdigt?«

»Die Revolution, Tantchen«, war ihr geantwortet worden.

Das entfachte Samgins Gedanken ein wenig, er dachte bereits mit Unwillen: Um dieser Herde, um deren Sattheit willen opfern die Abrahame in der Politik die Isaake, fabrizieren irgendwelche Samoilows aus jungen Revolutionären ...

Hier erinnerte er sich: Vielleicht war gar kein Junge da?

Er verhehlte sich bereits nicht, daß er seinen Unwillen künstlich entfachte und daß er dies tun mußte, damit das, was er heute zu sehen bekommen würde, ihm nicht noch dümmer erschiene als das, was er schon sah.

Das ist kindisch, warf er sich vor und lächelte, als er dachte: Offensichtlich bedeutet sie mir viel, wenn ich so befürchte, sie in einer dummen Situation zu erblicken.

Die Menge war vorübergezogen, aber auf der Straße war es noch lauter geworden, Wagen fuhren vorbei, Pferdehufe trappelten über das Pflaster, auf dem Gehsteig scharrten und klopften die Stöcke alter Männer und Frauen, Jungen rannten vorüber. Aber bald verschwand auch das, darauf kroch unter einem Haustor ein schwarzer Hund hervor und legte sich, nachdem er seinen roten Rachen aufgerissen und lange gegähnt hatte, in den Schatten. Und fast gleich danach lief munter am Fenster ein scheckiges, wohlgenährtes Pferd vorbei, das vor eine Kalesche mit geflochtener Karosserie gespannt war, auf dem Bock saß Sacharij in einem grauen, zerknitterten Staubmantel.

Mir steht also eine weite Fahrt bevor, überlegte Samgin, zog sich eilig an und ging zum Tor.

Sacharij nickt ihm stumm zu, wartete ab, bis er im Wagen Platz genommen hatte, und trieb dann rasch das Pferd an, wobei er wie ein Holzmännchen auf dem Bock hochhüpfte. Die Stadt war leer, und der Lärm hallte in ihr wie in einem Faß wider. Sie brauchten nicht lange zu fahren; auf den Gemüsefeldern außerhalb der Stadt bog Sacharij in einen schmalen Weg zwischen Latten- und Flechtzäunen ein und fuhr auf ein zweistöckiges Holzhaus zu; die Fenster des unteren Stockwerks waren teils mit Ziegeln vermauert, teils mit Brettern vernagelt, an den Fenstern des oberen war keine einzige Scheibe mehr heil, über dem Tor wölbte sich bogenförmig ein rostiges Schild, auf dem aber noch die Worte gut erhalten waren: »Fabrik künstlicher Mineralwässer«.

Samgin holte tief Atem und rückte die Brille zurecht. Sie fuhren in einen breiten Hof ein; er war dicht mit Steppengras zugewachsen, aus dem Gras ragten verkohlte Balken und ein halbzerfallener Ofen, überall in dem Unkraut glitzerten die Scherben. Samgin erinnerte sich, wie die Großmutter ihm ihr altes, halbzerstörtes Haus und einen ebensolchen, durch zerschlagene Flaschen verunreinigten Hof gezeigt hatte, er erinnerte sich und dachte: Ich kehre in die Kindheit zurück.

Das Pferd ging vorsichtig durch eine offene zweiflügelige Tür in einen großen Schuppen hinein, dort nahm es jemand im Halbdunkel am Zaum, während Sacharij über die hüpfenden Bodenplanken zur Rückwand des Schuppens lief, in ihr eine Tür öffnete und leise rief: »Kommen Sie bitte!«

Samgin trat blinzelnd in einen dichten, von Sträuchern überwucherten Garten hinaus; in dem dichten Gestrüpp erstreckte sich unter Lindenbäumen ein langes, einstöckiges Haus mit drei Säulen an der Front und einem dreifenstrigen Mezzanin, an ihm hafteten kleine Anbauten, sie stützten es von den Seiten und krochen auf das Dach hinauf. In diesem Haus wohnte jemand, auf den Fensterbrettern standen Blumen. Samgin und Sacharij gingen um eine Ecke des Hauses herum, und nun stellte sich heraus, daß das Haus auf einer Anhöhe stand und daß seine Rückfront zweistöckig war. Sacharij öffnete eine kleine Tür und riet: »Vorsicht!«

Unter den Füßen knarrten in der Dunkelheit Treppenstufen, es öffnete sich noch eine Tür, und Samgin wurde von einem grellen Sonnenstrahl geblendet.

»Warten Sie ein Momentchen, ich bin gleich wieder da!« sagte Sacharij leise, schloß die Tür und verschwand.

Samgin nahm den Hut ab, rückte die Brille zurecht und sah sich um: An dem von der Sonne glühendheißen Fenster – ein breiter Lederdiwan, davor auf dem Boden ein altes, abgetretenes Weißbärenfell, in der Ecke ein Kleiderschrank mit Spiegel in ganzer Türbreite; an der Wand zwei Ledersessel und ein kleiner, runder Tisch und darauf eine Karaffe mit Wasser und ein Glas. In dem Zimmer war es schwül, seine kahlen Wände hatten einen bläulichen Farbanstrich, und alles in ihm schien mit unsichtbarem, aber ätzendem Staub überpudert. Samgin setzte sich in einen Sessel, zündete sich eine Zigarette an, schenkte sich ein Glas Wasser ein, trank aber nicht: das Wasser war lau, muffig. Er lauschte, in dem Haus war es unnatürlich still, und diese Stille, wie auch alles, was ihn umgab, hatte für ihn etwas Kränkendes. Die Tür ging geräuschlos auf, Sacharij trat ein, es fiel auf, daß er doppelt soviel Haar auf dem Kopf hatte wie sonst immer und daß es welliger war, als hätte er es gewaschen und ein wenig gekräuselt.

»Kommen Sie bitte«, forderte er Samgin mit Flüsterstimme auf. »Aber – tun Sie die Zigarette weg und rauchen Sie dort nicht, zünden Sie keine Streichhölzer an! Halten Sie bitte auch Husten und Niesen zurück! Wenn Sie es aber nicht aushalten können, husten Sie ins Taschentuch.«

Er nahm Samgin am Ärmel, führte ihn sechs Treppenstufen hinab, schubste ihn vorsichtig irgendwo hinein auf etwas Weiches und flüsterte: »So, setzen Sie sich, von hier werden Sie alles sehen können. Nur seien Sie bitte leise! An der Wand ist ein Läppchen, Sie werden es schon finden...«

Samgin stieß im Dunkeln auf die Lehne irgendeines Möbelstücks, ertastete eine rauhe Sitzfläche und nahm vorsichtig Platz. Hier war es kühler als oben, herrschte aber auch starker Staubgeruch.

Nun wollen wir mal sehen, wie man in einer Fabrik künstlicher Mineralwässer Religion macht! Aber – wie soll ich es denn sehen? Als er den Fuß über das Weiche am Boden schob, stieß er gegen eine Wand, doch als er mit der Hand an der Wand herumscharrte, fand er das Läppchen, bewegte es, und seinen Augen bot sich ein länglicher, fingerbreiter, heller Streifen dar.

Samgin hielt seine Brille fest, blickte durch die Ritze und hatte das Gefühl, als fiele er in eine grenzenlose Dunkelheit, in der ein flacher, regelmäßig runder Fleck trüben Lichts schwebte. Er begriff nicht sogleich, daß das Licht sich an der Oberfläche des in ein Becken gefüllten Wassers spiegelte, das Becken war bis zum Rand mit Wasser gefüllt, das Licht ruhte als breiter Ring darauf; ein anderer, engerer, nicht so heller Ring ruhte am Boden, der schwarz war wie Erde. Im Mittelpunkt des Rings auf dem Wasser befand sich – wie eine Vertiefung darin – ein formloser Schatten, und es war ebenfalls schwer zu begreifen, woher er kam.

Irgendein Hokuspokus.

Er spannte die Sehkraft an und erkannte hoch oben unter der Decke eine Lampe mit schwarzem Schirm, unter der Lampe hing etwas Unbestimmtes, das wie ein Vogel mit ausgebreiteten Schwingen aussah, und es war der Schatten davon, der auf dem Wasser ruhte.

Nicht besonders geistreich, dachte Samgin schwer atmend und mit geschlossenen Augen. Er saß unbequem, die Stille war unangenehm, und ihm kam der Gedanke, daß all diese naiven Heimlichkeiten vielleicht absichtlich nur zu dem Zweck inszeniert worden seien, um ihn zu verblüffen.

Unter dem Boden, an der Stelle, wo er saß, knackte irgend etwas gedämpft, die Dunkelheit kam in Bewegung, sie lichtete sich, und indem sie wich und die Wände eines großen, länglichen Zimmers zutage traten, begannen Leute hereinzukommen – barfuß, mit brennenden Kerzen in den Händen, in weißen bis zu den Knöcheln herabreichenden Hemden, die mit etwas Unerkennbarem umgürtet waren. Sie kamen paarweise herein, je ein Mann und eine Frau, und hielten sich an den Händen. Kerzen trugen nur die Frauen; als Samgin elf Paare gezählt hatte, stellte er das Zählen ein. In den zwei letzten Paaren erkannte er den rotgesichtigen, grimmigen Hausknecht Marinas und den schwachsinnigen Wächter Wassja, den er in Otradnoje gesehen hatte. In dem langen Hemd wirkte Wassja riesengroß, und obwohl die meisten Männer hochgewachsen waren, überragte Wassja alle um Kopfeslänge. Die Leute stellten sich im Halbkreis vor dem Becken auf, mit dem Rücken zu Samgin; daraus, wie feierlich

Wassja einherschritt, schloß Samgin, daß er wahrscheinlich sein stolzes, dummes Lächeln lächelte.

Der Kerzenschein hatte das Zimmer erweitert, es war sehr groß und hatte vermutlich einmal als Lagerraum gedient, es hatte keine Fenster, war auch unmöbliert, nur in der einen Ecke stand ein Faß, und an seinem Rand hing eine Schöpfkelle. Dort, vorn, erhob sich ein kleines, etwa vier Quadratmeter messendes Podium, das mit einem dunklen Teppich bedeckt war, der Teppich war so breit, daß seine Enden auf den Boden herabhingen und sich dort noch zwei Meter erstreckten. In der Mitte des Podiums – ein schwarzdrapierter Stuhl oder Sessel. Ihr Thron, kombinierte Samgin und hatte immer noch das Gefühl, genasführt zu werden.

Er zählte die Kerzenflammen: es waren siebenundzwanzig. Vier Männer waren kahlköpfig, sieben grauhaarig. Die meisten von ihnen schienen, ebenso wie die Frauen, lauter Leute reifen Alters zu sein. Alle schwiegen, sie flüsterten nicht einmal miteinander. Er hatte nicht bemerkt, von wo Sacharij erschienen war und sich neben das Podium gestellt hatte; wie alle im Hemd bis zu den Knöcheln und barfuß, hielt er als einziger von allen Männern eine dicke Kerze in der Hand; zur anderen Ecke des Podiums lief behende – klein wie ein Backfisch – eine kurzhaarige, halbergraute Frau, die auch eine dicke Kerze in der Hand hatte.

Gleich wird sie erscheinen, alle Effekte sind fertig, entschied Samgin.

Marina erschien nicht sehr effektvoll: Zuerst zeigte sich an der Wand hinter dem Stuhl ihre Hand, die den schwarzen Vorhang zurückwarf, dann erschien die ganze Gestalt, aber – seitlich; ihre Frisur blieb an irgend etwas hängen, und sie zog mit der Hand so heftig an dem Stoff, daß sie ihn herunterriß und eine Ecke der Tür entblößte. Dann machte sie einen Schritt nach vorn, verneigte sich und sagte: »Seid gegrüßt, Schwestern und Brüder im Geiste!«

Das halbe Hundert Menschen antwortete mit einem ungeordneten Stimmengewirr, die Stimmen klangen dumpf wie in einem Keller, ebenso dumpf hatten auch Marinas Begrüßungsworte geklungen; in dem Antwortsgewirr unterschied Samgin die mehrfach wiederholten Worte: »Mütterchen, Teure, geistige Herrscherin ...«

Jeder von ihnen verneigte sich, nachdem er sich vor Marina verneigt hatte, vor allen Brüdern und von neuem vor ihr. Das Hemd an ihr war wohl aus Seide, es war weißer, heller. Wie Wassja kam auch sie Samgin größer vor als sonst. Sacharij hob die Kerze hoch empor, senkte sie und löschte sie – das gleiche machten die kleine Frau und alle übrigen. Ohne den Halbkreis aufzulösen, warfen sie die Kerzen hinter sich in die Ecke. Marina sagte laut und streng: »So wird das falsche Licht verschwinden! Lasset uns singen und lobpreisen den unsichtbaren Schöpfer alles Sichtbaren, den großen Geist!«

In der Dunkelheit fing der graue Menschenhalbkreis an, sich zu bewegen, und schloß sich zu einem Kreis. Sie begannen ungeordnet, disharmonisch und sogar düster nach einem kirchlichen Motiv zu singen:

> »Dem lichtvollen Urquell
> Jeglicher Zeugung,
> Dem einzigen Seienden,
> Das da ist und wird sein
> Ohnesgleichen in Ewigkeit,
> Laßt geistig uns schwören!
> Wir flehen um nichts
> Und bitten um nichts
> Als des Geistes Licht
> Für das Dunkel der Erdenseele ...«

Samgin sah Marinas Gestalt, bemühte sich angespannt, ihr Gesicht zu erblicken, aber es war von der Dunkelheit verwischt.

Wahrscheinlich hat sie das verfaßt, dachte er.

Der Menschenkreis bewegte sich langsam von rechts nach links, bewegte sich geschlossen und fast lautlos, das Geräusch der Fußsohlen auf dem Holz des Bodens war kaum noch zu hören. Als der Gesang beendet war, ergriff Marina das Wort: »Zündet an das Licht des Geistes!«

Sacharij stellte sich an das Wasserbecken, streckte die Arme in den weiten Ärmeln aus und begann nicht mit der ihm eigenen, gewohnten, sondern mit unnatürlich hoher, zitternder Stimme zu sprechen: »Schwestern und Brüder, zum viertenmal haben wir uns versammelt zur Anrufung des Heiligen Geistes, auf daß auf uns herabkomme und Fleisch werde das heilige Licht! In Finsternis und Greuel leben wir und lechzen nach der Herabkunft der Kraft aller Kräfte!«

Der Kreis drehte sich schneller, die Füße schlurrten vernehmlicher und übertönten die Stimme Sacharijs.

»Lasset uns entsagen den irdischen Gütern und uns reinigen«, schrie er. »Lasset uns entflammen die Herzen zu gegenseitiger Liebe!«

Der dichte, graue Menschenring drehte sich und schien die Dunkelheit zum Weichen zu bringen. Samgin sah Marina deutlicher, sie saß, die Arme auf der Brust gekreuzt, mit hoch erhobenem Kopf da. Samgin glaubte ihr Gesicht zu sehen, streng, reglos.

Die Augen haben sich gewöhnt. Sie sieht tatsächlich wie das Standbild eines Idols aus.

»Zu Asche werden wird das Fleisch – die Fessel des Satans – und wird freigeben unseren Geist aus der Gefangenschaft seiner Verführungen!« schrie Sacharij heraus, man packte ihn, zog ihn in den Reigen hinein, doch er schrie immer noch, und ihm sekundierte bereits eine dünne, hysterische Frauenstimme: »Oh – Geist! Oh – Heiliger ...«

»Zu früh!« brüllte ohrenbetäubend ein tiefer Baß. »Was drängst du dich vor, du Nichtsnutz!«

An Sacharijs Platz trat ein kahlköpfiger, bärtiger Mann und sagte dröhnend laut: »Hier sind Schwestern und Brüder zugegen, die zum erstenmal mit uns den Geist anrufen. Und einem Mann sind Zweifel gekommen, ob wir Christus mit Recht ablehnen! Vielleicht sind auch andere auf seiner Seite. Erlaube also, unsere weise Steuerfrau, daß ich zu ihnen spreche.«

Marina rührte sich nicht, der Kreis bewegte sich langsamer, aber der Kahlköpfige schwang die Arme hoch und sagte: »Gehet nur frei herum, geht nur! Meine Stimme ist weit zu hören!«

Er räusperte sich laut und fuhr noch kräftiger fort: »Wir leugnen den Gott in Christus, den Menschen hingegen erkennen wir an. Und er, Christus, war ein geistiger Mensch, jedoch – Satan verführte ihn, und er nannte sich Sohn Gottes und König der Wahrheit. Doch für uns gibt es keinen Gott außer dem Geist! Wir sind keine Weisen, wir sind einfache Menschen. Wir denken, daß der wahrhaftig weise ist, den die Leute für töricht halten, der allen Glauben verwirft außer dem Glauben an den Geist. Nur der Geist beruht auf sich selbst, während alle anderen Götter aus dem Verstand und dessen Schlichen kommen, hinter dem Namen Christi verbirgt sich jedoch die Vernunft, die Vernunft der Kirche und der Macht.«

Etwas Ähnliches hatte Samgin von Marina gehört, und die Worte des Alten fügten sich leicht dem Gedächtnis ein, aber der Alte sprach lange, mit feierlichem Grimm, und es war langweilig, ihm zuzuhören.

Wahrscheinlich ein Ladenbesitzer, irgendein Metzger, schätzte Samgin den kahlköpfigen Redner ein, als dieser sich der Kreiskette anschloß und mit Trompetenstimme rief: »Rascher! Oh – Geist, oh – Heiliger ...«

»O – Heiliger ... Oh – Geist«, wiederholten uneinig und nicht sehr laut Dutzende von Stimmen, die der Frauen klangen schrill, aufreizend. Als der Kahlköpfige sich in die Kette hineingedrängt hatte, schien er die Leute durch einen Ruck ins Taumeln zu bringen, vom Boden hochzuheben und verlieh den Drehungen des Kreises eine solche Geschwindigkeit, daß die einzelnen Gestalten nicht mehr zu unterscheiden waren und ein unförmiger Körper ohne Arme entstand, auf ihm, auf seinem Rückgrat, hüpften und wankten behaarte Köpfe; das weiche Stampfen der bloßen Füße wurde lauter; die Frauen schrien verzückter auf, diese ungeordneten Schreie wurden rhythmischer und übertönten den Lärm durch die Stoßseufzer: »Oh – Geist, oh – Geist!«

»Eist, eist«, erklangen mürrisch die dumpfen Seufzer der Männer. Samgin blickte blinzelnd über diesen tobenden Riesenleib und den grauen Wirbel des Reigens hinweg auf die Gestalt Marinas und wartete, wann und wie sie auftreten werde.

Er mochte es durchaus nicht, daß sie auftrete. So, abseits von dem unsinnigen Kreisen der Leute, die unzertrennlich zu einem schweren Ring verwachsen waren und in rasender Verwirrung kreisten, abseits von ihnen war sie an dem ihr gebührenden Platz. Ihm schien sogar, daß sie, je schneller die Leute sich bewegten und je stärker die Ausrufe wurden über ihnen, wüchse wie eine Wolke, wie ein Lichtfleck, daß sie wüchse und die Dunkelheit aufsöge. Das dauerte ermüdend lange. Samgin nahm die Brille ab und wischte sich mit dem Taschentuch die Augen aus, ohne Brille kam ihm alles dort unten noch unförmiger, toller und stürmischer vor. Er hatte das Gefühl, daß dieser tosende Wirbel ihn in sich hineinziehe, daß sein Körper unwillkürliche Bewegungen mache, die Beine zitterten, die Schultern zuckten, daß er sich hin und her wiege und die Federung des Sessels unter ihm knarre.

Das bilde ich mir ein, sagte er sich, und ihm kam es vor, als spräche er von irgendwo weit weg mit sich selbst. Unsinn!

Durch die Ritze schlug ihm die Luft in die Augen – widerlich warme, mit dem Geruch von Schweiß und Staub geschwängerte Luft, und raschelte mit einem Stück Tapete über Samgins Kopf. Seine Augen hefteten sich wie gebannt auf den hellen Wasserkreis in dem Becken, das Wasser kräuselte sich, der Lichtring, der sich in ihm spiegelte, zitterte, und der dunkle Fleck im Mittelpunkt schien reglos und schon nicht mehr vertieft, sondern gewölbt zu sein. Samgin blickte auf diesen Fleck, wartete auf etwas und überlegte: Das Wasser ist durch die Luftströmung ins Wallen gebracht, der dunkle Fleck ist der Schatten des Petroleumbehälters an der Lampe.

Das war das letzte, wovon er sich Rechenschaft gab, ihm kam es plötzlich vor, daß der dunkle Fleck angeschwollen sei und im Mittelpunkt des Beckens einen kleinen Wirbel gebildet habe. Das war nur einen kurzen Augenblick, zwei bis drei Sekunden lang zu sehen und fiel mit stärkerem Stampfen der Füße zusammen, die Dissonanz der Schreie hatte sich gesteigert, aus den schwer seufzenden Ausrufen brach ein hysterisch frohlockendes, aber auch gleichsam erschrockenes Geschrei hervor: »Er ist über mich geko-ommen, geko-ommen ...«

Irgendwer knurrte wie ein Bär.

»Eist, eist!«

Das ringförmige, gräuliche Gemenge brodelte immer wütender; die Leute hatten ihre menschlichen Formen vollständig verloren, sogar die Köpfe waren auf diesem verschwommenen Ring fast nicht mehr zu unterscheiden, und die wirbelnde Bewegung schien ihn bald zu dem trüben Licht in die Luft emporzuheben, bald an die dunkle Masse unter den Füßen der Leute zu drücken. Ihre Füße waren in den wehenden, langen Gewändern auch nicht zu sehen, und das, was unter ihnen war, schien wellenförmig hochzuquellen und sich wieder zu senken wie ein Schiffsdeck. Das Wasser in dem Becken kräuselte sich immer lebhafter und stärker, der Lichtfleck auf ihm wurde greller, verteilte sich; Samgin sah wieder einen kleinen Wirbel im Mittelpunkt des dunklen Kreises auf dem Wasser, ohne zu versuchen, sich davon zu überzeugen, daß er sich das einbilde, es aber nicht sehe. Er fühlte sich physisch verbunden mit dem kopf- und armlosen Wesen dort unten; er fühlte, daß der rasende Menschenwirbel in dem dunklen, begrenzten Raum ihn mit schwermütiger Beklommenheit vergiftete, aber er schaute und konnte die Augen nicht schließen.

»Schneller, Brüder und Schwestern, schneller!« heulte eine Frauenstimme, und noch durchdringender rief eine andere zweimal das unbekannte Wort: »Dharma! Dharma!«

In dem Menschenkreis brach Verwirrung aus, er geriet durcheinander, riß, ein paar Gestalten prallten von ihm weg, zwei oder drei fielen zu Boden; auf das Becken zu sprang die kleine, kurzhaarige Frau, die weiten Ärmel des Hemdes wie Flügel schwingend, rannte sie mit unglaublicher Geschwindigkeit rund um das Becken und rief mit einer Möwenstimme:

»O Aodahia!
O Unbesiegbarer!«

Sacharij ergriff die anderen an den Händen, stellte den Kreis wieder her und verlieh dem Kreisen von neuem seine rasende Geschwindigkeit, die Leute ächzten, stöhnten leiser; die kleine, halbergraue Frau sprang, schlug die Hände über dem Kopf zusammen und schlängelte sich, als tauchte sie unter Wasser, dann hüpfte sie wieder und kreischte:

> »Dharma! Dharma!
> O Cudāmani,
> Sonnenvogel,
> Ewige Flamme!«

Die Menschen krümmten sich krampfhaft, als suchten sie die Kette ihrer Arme zu zerreißen, es schien, als kreisten sie von Sekunde zu Sekunde schneller und als gäbe es keine Grenze für diese Geschwindigkeit; sie schrien von neuem verzückt und schufen einen Wolkenwirbel, er erweiterte und verengte sich, lichtete die Dunkelheit und machte sie dichter; einzelne Gestalten bogen sich kreischend und brüllend zurück, als wollten sie rücklings zu Boden fallen, aber die Wirbelbewegung des Kreises zog sie mit, richtete sie wieder auf, sie gingen dann von neuem in dem grauen Körper auf, und er schien wie eine Windhose immer höher und höher zu steigen. Das Schnauben, Brüllen, Heulen und Kreischen wurde durchbohrt und durchschnitten von dem scharfen, dünnen Schrei:

> »Dharma-i-i-a . . .«

Der Kreis riß immer öfter, die Leute fielen hin, schleiften am Boden, mitgeschleppt vom Kreisen der grauen Masse, rissen sich los und krochen zur Seite in die Dunkelheit; der Kreis verkleinerte sich, einige schöpften mit hohlen Händen das wallende Wasser aus dem Becken, besprengten damit einander das Gesicht, wurden umgestoßen und fielen hin. Es fiel auch diese kleine, unnatürlich leichte Alte, irgendwer hob sie auf die Arme, trug sie aus dem Kreis heraus und versenkte sie in die Dunkelheit wie in Wasser.

Samgin dachte bereits an nichts, spürte sich sogar irgendwie nicht mehr, aber er hatte das Gefühl, er sitze am Rand eines Abgrunds und es gelüste ihn, sich hinabzustürzen. Auf Marina blickte er nicht, seinem visuellen Gedächtnis hatte sich eingeprägt, daß sie reglos über allen saß. Seine Augen hatten sich an die Dunkelheit gewöhnt, er unterschied sogar die Gesichter jener Leute, die sich von dem Kreis losgerissen hatten, hingefallen waren und an das Wasserbecken gelehnt saßen. Er sah, wie Sacharij Wassja packte und aus dem Kreis hinausstieß; dieser riesengroße Mann breitete die Arme weit aus, als begegnete er jemandem und wollte ihn umarmen, sein Gesicht lächelte, strahlte, als er an dem Kreis entlangging, ein sehr schönes und stolzes Gesicht. Er schwang gleichmäßig die Arme und begann, den schwerfälligen Lärm übertönend, stockend und klangvoll zu sprechen, als erinnerte er sich an vergessene Worte: »Der Geist kommt geflogen ... Es schwebt der weißbeschwingte Adler. Der flammende. Er singt – hört ihr es? Er singt: Zu Asche werde ich ihn machen! Zu Staub soll er werden ... Zu Todesstaub. Es glüht die Sonne. Der himmlische Adler. Frohlocket! Werfet euch nieder. Wer ist der Herr der Hölle? Der Mensch.«

Zwei Stimmen begannen sehr harmonisch zu singen:

»Lasset mit Kraft uns wappnen,
In des Geistes Flammenring treten,
Das Schiff soll über der Erde schweben,
Der Himmel sein Segel sein ...«

Der Kreis bewegte sich langsamer, der Lärm ließ nach, aber die Leute fielen immer öfter zu Boden, es blieben nur etwa zwanzig auf den Beinen; ein greiser, hochgewachsener Mann sank wankend in die Knie, warf den zerzausten Kopf hoch und schrie wild und grimmig: »Göttin der Götter – erhöre uns, es ist an der Zeit! Das Menschengeschlecht geht zugrunde. Und – es wird zugrunde gehen! Du aber, die du bist ... Tröste uns – in dir liegt die Rettung! Komme herab ...«

Während er schrie, schöpfte er mit hohlen Händen Wasser und spritzte es erst in Richtung Marinas, dann sich selbst ins Gesicht und auf den greisen Kopf. Die Leute standen vom Boden auf, hoben einander an den Händen, unter den Achseln hoch und stellten sich wieder im Kreis auf, Sacharij stieß sie hastig, reihte sie ein, schrie irgend etwas und warf sich plötzlich, das Gesicht mit den Händen bedeckt, zu Boden, in den Kreis trat Marina, und die Leute begannen von neuem unter Kreischen, Heulen und Stöhnen rasend zu kreisen und zu hüpfen, als strebten sie danach, sich vom Boden loszulösen.

Samgin sah, wie Marina bei dem Becken stehenblieb, das Hemd auf der Brust aufschlug und, nachdem sie mit hohlen Händen Wasser geschöpft, zuerst die eine Brust, dann die andere mit Wasser übergoß.

Sacharij sprang auf, hob sie gemeinsam mit dem hochgewachsenen, greisen Mann sonderbar leicht hoch und stellte sie in das Becken hinein, das Wasser ergoß sich über die Ränder und verbrühte gleichsam die Füße der Leute, sie heulten auf, kreisten noch toller, fielen von neuem mit Gekreisch hin, schleppten sich am Boden weiter, Marina stand reglos im Wasser, ihr Gesicht war auch reglos, steinern. Samgin vermeinte ihre kupfernen Augen, ihre fest zusammengepreßten Lippen zu sehen, das Wasser reichte ihr bis über die Knie, die Arme hatte sie über den Kopf erhoben, und sie zitterten nicht.

Jetzt begann sie zu sprechen, aber ihre Stimme war bei dem Stampfen und dem Stimmenlärm nicht zu hören, der Kreis riß von neuem, die Leute flogen zur Seite, plumpsten mit einem weichen Geräusch, wie Kissen, auf den Boden und blieben reglos liegen; einige sprangen weg, drehten sich allein oder in Paaren, aber alle fielen einer nach dem andern hin oder traten, die Arme vorgestreckt wie Blinde, wankend beiseite und fielen dort auch entkräftet um wie gefällte Bäume. Eine Frau sprang mit aufgelöstem Haar um das Becken herum und rief: »Sei gepriesen! Sei gepriesen!«

Samgin fühlte, daß er das Bewußtsein verlor, mit den Händen an die Wand gestützt, stand er auf, machte einen Schritt, stieß an etwas, das wie ein leerer Schrank dröhnte. Weiße Wolken schwankten vor seinen Augen, und die Augen schmerzten, als hätte sich heißer Staub in ihnen festgesetzt. Er zündete ein Streichholz an, erblickte eine Tür, löschte das Flämmchen und vermochte, als er sich zur Tür hinausgeschoben hatte, kaum noch auf den Beinen zu stehen, alles ringsum wankte und rauschte, und seine Beine waren weich wie bei einem Betrunkenen.

Ein Alptraum, dachte er, als er, mit der Hand an die Wand gestützt, mit dem Fuß nach den Treppenstufen tastete. Er mußte wieder ein Streichholz anzünden. Auf die Gefahr hin, zu stürzen, lief er die Treppe hinunter und geriet in das Zimmer, aus dem Sacharij ihn anfangs hinaufgeführt hatte, trat an den Tisch und trank gierig ein Glas des widerlich lauen Wassers.

Weshalb hat sie mir das gezeigt? Denkt sie etwa, ich sei auch fähig, zu kreisen, zu hüpfen? Er begriff, daß er ebenso mechanisch dachte, wie ein Mensch sich abtastet, der nach einem drückenden Traum erwacht ist.

Irgendwo unten wurde noch immer gestampft und geschrien, in dem Zimmer war es schwül, vor dem Fenster, am blauen Himmel, glühten und zerrannen rote Wolken. Samgin beschloß, in den Garten hinauszugehen, sich dort zu verstecken, etwas Abendluft zu atmen; er ging die Treppe hinunter, aber die Tür zum Garten war abgeschlossen, er blieb eine Weile vor ihr stehen und stieg dann wieder in das Zimmer hinauf, dort stand vor dem Spiegel Marina, sie hielt in der einen Hand eine Kerze und streifte mit der anderen das Hemd von der Schulter. Er sah im Spiegel ihr gerötetes Gesicht, die weit geöffneten Augen und die Lippe, auf die sie sich biß, Marina wankte, schwankte. Samgin machte einen Schritt auf sie zu, sie warf die Hand hoch, bedeckte die Brust, die nasse Seide des Hemdes glitt zu ihren Füßen, sie warf die Kerze auf den Boden und stöhnte dumpf: »Oh – was willst du? Geh . . .«

Samgin machte noch einen Schritt, trat auf die brennende Kerze und erblickte im Spiegel neben einem weißen, wohlgeformten Frauenkörper einen Mann in grauem Anzug, mit Brille und spitzem Kinnbärtchen, mit einem Ausdruck des Schrecks in dem langen, gelben Gesicht und – mit offenem Mund.

»Geh«, wiederholte Marina, wandte ihm die Seite zu und schwang abweisend die Arme. Zum Weggehen fehlte es ihm an Kraft, auch vermochte er die Augen nicht loszureißen von der runden Schulter, der straff hohen Brust, von dem Rücken, über den die kastanienbraune Haarflut herabwallte, und von der flachen, unscheinbaren Gestalt des Mannes mit den Glasaugen. Er sah, daß Marinas Bernsteinaugen ebenfalls diese kümmerliche Gestalt anblickten, ihre Hände hatten sich zum Gesicht erhoben; das Gesicht mit den Händen bedeckt, schüttelte sie sonderbar ruckartig den Kopf, warf sich auf die Ottomane, stampfte mit den bloßen Füßen und rief mit trunkener Stimme: »Ach, wird es nun bald!«

Da ging Samgin, ohne die Augen von ihr, von ihren stampfenden Füßen zu wenden, rückwärts zur Tür hinaus, machte sie nicht ganz zu, lehnte sich mit dem Rücken dagegen und blieb mit geschlossenen Augen lange im Dunkeln stehen, sah aber vor sich klar und deutlich den mächtigen Frauenkörper, die straffen, gleichsam wunden Brüste, die breiten, rosigen Hüften und daneben sich selbst mit zerzauster Frisur und offenem Mund im grauen, schweißbedeckten Gesicht.

Ihn brachte ein Stoß gegen die Schulter zu sich und das Flüstern: »Mein Gott – wer ist das? Wie kommt das? Sacharij, Sacharij!«

In dieser Frau, an ihrem Totenschädelgesicht, erkannte Samgin das Stubenmädchen Marinas, sie leuchtete ihn mit einer Lampe an, ihre Hand zitterte, und die Augen zuckten erschreckt in ihren dunklen Höhlen. Sacharij kam herbeigelaufen, stieß sie beiseite und murmelte zornig, ganz außer Atem: »Wie können Sie denn ... herumgehen? Das dürfen Sie nicht! Und ich suche Sie, habe einen Schreck bekommen. Sind Sie ohnmächtig geworden?«

Er ergriff Samgin beim Arm, führte ihn rasch die Treppe hinunter, zog ihn fast im Laufschritt etwa dreißig Schritte weit hinter sich her und setzte ihn auf einen Reisighaufen im Garten, dann stellte er sich vor ihn hin und fächelte ihm mit dem schwarzen Schoß seines Überrocks ins Gesicht, wobei sein nasses Hemd und die bloßen Füße sichtbar wurden. Er sah jetzt schmaler, größer aus, sein blasses Gesicht hatte sich in die Länge gezogen und zeigte trunkene, trübe Augen, es schien, als hätte sich auch sein Bart verlängert. Das nasse Gesicht glänzte, verzog sich zu einem Lächeln und ließ die Zähne sehen, er sprach von irgend etwas, doch Samgin, der sich gleichsam gegen ihn wehrte, suchte sich einzureden: Ein Tänzer, ein Gaukler aus einer Schankwirtschaft.

Es war unangenehm, daß dieser schweigsame, stille Mann so viel redete.

»Alle waren der Ohnmacht nahe, als sie sich freudig um den Geist bemühten. Wenn man sich um den Geist bemüht, ist das ja eine Freude...«

»Ich werde gehen«, sagte Samgin und erhob sich; Sacharij stützte ihn unter dem Arm, führte ihn tief in den Garten hinein und sagte leise: »Ja, gehen Sie nur! Das Pferd können Sie nicht haben, das Pferd – ist für sie.«

Er führte ihn an eine Lücke im Zaun und sagte, indem er mit seinem langen Arm ausholte: »Nach links an den Gemüsefeldern vorbei bis zur Kapelle, dann sehen Sie schon.«

Samgin brach auf, hielt sich in der Nähe der Latten- und Flechtzäune und bedauerte, daß er keinen Stecken oder Spazierstock hatte. Er torkelte, und ihn schwindelte immer noch, ihn quälten bittere Trockenheit im Mund und ein scharfer Schmerz in den Augen.

Die Häuser der Gemüsegärtner standen weit voneinander entfernt, die ungepflasterte Straße war menschenleer, der Wind glättete ihren Staub, blies leichte, graue Wölkchen hoch, die Bäume rauschten, auf den Gemüsefeldern bellten und heulten die Hunde. Am anderen Ende der Stadt, dort, wohin man die Ikone getragen hatte, krochen träge Raketen in den leeren Himmel, zu dem silbernen Mondteller empor, die kaum hörbaren Explosionen klangen wie schwere Seufzer, goldene, bunte Funken rieselten herab.

Dort ist Jahrmarkt, erinnerte sich Samgin, der müde dahinschritt und seinen Schatten betrachtete, der Schatten glitt und zuckte über den ausgefahrenen Weg, als wäre er bestrebt, sich in den Staub einzuwühlen, und verwandelte sich behende in die kleine, graue Gestalt eines kläglichen und vor Bestürzung niedergedrückten Menschen. Samgin fühlte sich immer schlechter. In seinem Leben hatte es Augenblicke gegeben, in denen die Wirklichkeit ihn gedemütigt und ihn zu zermalmen versucht hatte, er gedachte der Nacht des 9. Januar in den dunklen Straßen Petersburgs, der ersten Tage des Moskauer Aufstands und jenes Abends, an dem man ihn und Ljubascha verprügelt hatte, in all diesen Fällen hatte er der Angst nachgegeben, die der natürliche Selbsterhaltungstrieb in ihm hatte durchkommen lassen, und heute war er natürlich auch von einem biologischen Trieb bedrückt, aber nicht nur von ihm. Heute war er auch erschreckt, aber wodurch? Das war ihm unverständlich.

Ihm schien, als wäre er ganz voller Staub und mit klebrigen Spinnweben beschmutzt; er schüttelte sich, betastete seinen Anzug, fing an ihm irgendwelche unsichtbaren Stäubchen, dann entsann er sich, daß nach dem Volksglauben Sterbende sich so absuchten, und steckte die Hände tief in die Hosentaschen, dadurch wurde er im Gehen behindert, als hätte er sich gefesselt. Auch war wahrscheinlich für einen Unbeteiligten ein Mann komisch, der einsam durch die menschenleere Vorstadt schritt, die Hände in den Hosentaschen hielt, das Zucken seines Schattens beobachtete, klein, flach und grau – mit Brille.

Er nahm die Brille ab, steckte sie in die Tasche, holte die Uhr hervor, blickte auf das Zifferblatt und überlegte: Dieses ... dieser Alptraum hat über zwei Stunden gedauert.

Die mechanische Gewohnheit, zu denken, und der unbestimmte Wunsch, alles Gesehene schlechtzumachen, zu vertuschen, flüsterten ihm ein: Man kann das als ein symbolisches Suchen nach dem Sinn des Lebens auffassen. Gipfel aller Eitelkeit. Metaphysik von Wilden. Möglicherweise ist es auch einfach die Langeweile satter Menschen.

Er erinnerte sich der tollen kleinen Alten mit ihren schrecklichen Worten.

Wahrscheinlich eine alte Jungfer, die ebenso schwachsinnig ist wie dieser Idiot Wassja.

Aber er wußte, daß er sich zwang, an diese Leute zu denken, um nicht an Marina zu denken. Ihre Beteiligung an diesem Wahnsinn – war ganz unbegreiflich.

Wenn es nicht mit dem unsinnigen Bad in dem Becken geendet hätte, wenn sie während der zwei Stunden des wilden Reigens dieser Idioten reglos wie ein Idol sitzen geblieben wäre, wäre es besser gewesen. Und wäre begreiflicher. Sicher begreiflicher.

Er schritt bereits durch eine belebte Straße, ihm kamen elegante Leute entgegen. Betrunkene schrien, Droschken fuhren vorbei und füllten die Luft mit Lärm und Geratter. Das alles ernüchterte ihn ein wenig.

Als er sich aber zu Hause gewaschen und umgezogen hatte und sich mit einer Zigarette zwischen den Zähnen an den Teetisch setzte, war es ihm, als ließe sich eine Wolke auf ihn herab, die ihn mit schwerer, beunruhigender Trauer umfing und ihm nicht einmal erlaubte, seine Gedanken in Worte zu fassen. Vor ihm standen zwei: er selbst und die nackte, herrliche Frau. Eine kluge Frau, das stand außer Zweifel. Eine kluge und gebieterische.

In dieser Unruhe verbrachte er ein paar Tage und fühlte, daß er stumpf wurde, in Melancholie verfiel und – sich vor einer Begegnung mit Marina fürchtete. Sie erschien nicht bei ihm und lud ihn nicht zu sich, selbst zu ihr zu gehen, konnte er sich nicht entschließen. Er schlief schlecht, hatte keinen Appetit mehr und lauschte ununterbrochen dem verlangsamten Dahinströmen zäh haftender Erinnerungen, dem zusammenhanglosen Wechsel eintöniger Gedanken und Gefühle.

Vor ihm erstand unerwartet – als hätte sie sich irgendwoher aus einem dunklen Winkel des Hirns herangeschlichen – die Frage: Was hatte Marina gewollt, als sie ihm zurief: »Ach, wird es nun bald!« Hatte sie gewollt, daß er gehe, oder, daß er bei ihr bleibe? Nach einer direkten Antwort auf diese Frage suchte er nicht, da er einsah, daß Marina ihn, wenn sie es wollte, zwingen würde, ihr Geliebter zu werden. Schon morgen würde sie ihn zwingen. Und nun sah er sich wieder in demütigender Weise neben ihr vor dem Spiegel.

Es verging über eine Woche, bevor Sacharij ihn anrief und aufforderte, in den Laden zu kommen. Samgin zog seinen neuen Flanellanzug an und ging zu Marina mit jener inneren Sammlung, mit der er sich zu einem sehr verwickelten Prozeß ins Gericht zu begeben pflegte. Im Laden lächelte ihn Sacharij verlegen und freundschaftlich an und erweckte den unangenehmen Verdacht: Dieser Narr scheint geneigt zu sein, mich auch für verrückt zu halten.

Marina empfing ihn wie immer, ruhig und wohlwollend. Sie saß am Tisch und schrieb etwas, vor ihr stand ein Glaskrug mit einer trübgelben Flüssigkeit und Eisstückchen darin. In dem schlichten, weißen Batistkleid schien sie nicht so hochgewachsen und üppig.

»Trink«, forderte sie ihn auf. »Das ist Apfelsinensaft, Wasser und etwas Weißwein. Es erfrischt sehr.«

Zuerst sprachen sie von geschäftlichen Angelegenheiten, dann sagte sie, den Nagel ihres kleinen Fingers betrachtend: »Nun, was sagst du zu der Feier?«

»Ich bin erstaunt«, antwortete Samgin vorsichtig.

»Sacharij sagte mir, du seist tief beeindruckt gewesen.«

»Ja, weißt du . . .«

»Was hat dich denn erstaunt?«

»Das ist doch – Irrsinn«, sagte er nach kurzem Zögern.

»Das ist – Glaube!«

Jetzt hatte Marina den Kopf hochgerissen und blickte ihn eindringlich, streng an, und Samgin fiel an ihren Augen etwas Fremdes, Kaltes und Vorwurfsvolles auf.

»Das ist mehr, dieser Glaube ist tiefer als alles, was die vergoldeten, theatralischen staatlichen Kirchen mit ihren Sängern, Orgeln, dem Sakrament der Eucharistie und allen ihren Kunststücken zeigen. Es ist der uralte, volkstümliche und weltumfassende Glaube an den Geist des Lebens ...«

»Mir ist das fremd«, sagte Samgin, wobei er darauf achtete, daß seine Worte nicht schuldbewußt klängen.

»Das ist dein Unglück und das von deinesgleichen«, entgegnete sie ruhig, den abgebrochenen Fingernagel beschneidend. Samgin beobachtete die Bewegungen ihrer Finger und sagte gedämpft: »Ich begreife gar nicht, wie kannst du ...«

Sie ließ ihn nicht zu Ende sprechen und blickte ihn wieder sehr streng an.

»Frage mich nach nichts, was du wissen mußt, werde ich selbst sagen. Nimm es mir nicht übel. Du darfst denken, ich spiele ... aus Langerweile, oder noch etwas anderes. Das ist dein gutes Recht.«

Er war verstummt und blickte ihren Busen an, der von dem Batist straff umspannt war; dann gestand er mit einem Seufzer: »Ich bedaure, daß ich ... dich dort gesehen habe ...«

Er sprach nicht davon, daß er sie unbekleidet gesehen hatte, aber Marina mußte es wohl so verstanden haben.

»Das ist unwesentlich«, sagte sie lässig. »Aber du hast gesehen, was seit alters her dem Leben von Millionen einfacher Menschen einen Inhalt verleiht.«

Sie erhob sich, schüttelte ihr Kleid, ging in die Ecke, und von dort vernahm Samgin ihre Frage: »Hast du Serafima Nechajewa erkannt?«

»Nechajewa?« wiederholte Samgin den längst vergessenen Namen. »Sie war dort?«

»Nun, ja! Sie führte sich wie eine Besessene auf, die Grauhaarige, Spitznasige, krächzte wie eine Krähe: ›Dharma, Dharma!‹ Dabei weiß sie wahrscheinlich gar nicht richtig, was Dharma und Aodahia ist.«

»Wie ... sonderbar«, sagte Samgin, während sie auf den Tisch zukam und geringschätzig fortfuhr: »Wie überall gibt es auch bei uns zufällig hinzugekommene und überflüssige Leute. Sie kommt von den transkaukasischen Springern und gehört unserer Sekte nicht an. Sie ist ganz verdreht. Schreibt ein Buch über die Yogis und kennt angeblich orientalische Rosenkreutzer. Sie ist reich. Ihr Mann ist Amerikaner, er hat Dampfer. Ja – da siehst du, was aus der Fimotschka geworden ist! Sie lag immerzu im Sterben und plötzlich – ist sie reich geworden ...«

Samgin hörte zu und dachte befriedigt: Nein, sie kann das Reigentanzen in der Fabrik künstlicher Mineralwässer nicht ernst nehmen! Das kann sie nicht!

Und da er etwas empfand, das sehr viel Ähnlichkeit mit Dankbarkeit ihr gegenüber hatte, lächelte Samgin, worauf sie, die gerade ein Eisstück mit dem Löffel aus dem Krug herausfischte, ihn mit einem Seitenblick fragte: »Worüber lachst du?«

Er schwieg, weil er sich nicht entschließen konnte, zu wiederholen, daß er ihr nicht glaube und – froh sei, daß er ihr nicht glaube.

»Du bist unheilbar gescheit, mein Freund Klim Iwanowitsch!« sagte sie nachdenklich und trank aus dem Glas einen Schluck des Getränks. »An solchen Menschen wie du – krankt die Welt!«

Sie stellte das Glas auf den Tisch und schlug Samgin leicht an die Stirn; die heiße Hand brannte angenehm an der Stirnhaut, Samgin fing die Hand und küßte sie, zum erstenmal in der ganzen Zeit ihrer Bekanntschaft.

»Unheilbar«, wiederholte sie und ließ den Arm am Körper herabhängen. »Du sehnst dich nach Glauben, fürchtest dich aber zu glauben.«

Samgin kam es vor, als wollte sie sich ihm auf den Schoß setzen, er bewegte sich im Sessel, setzte sich fester hin, aber da klirrte im Laden die Glocke. Marina verließ das Zimmer und kam eine Minute später mit Briefen in der Hand zurück; einen von ihnen, einen ziemlich dicken, wog sie auf der Hand, dann warf sie ihn nachlässig auf das Sofa und sagte: »Creighton übt sich immerzu in russischer Rechtschreibung. Er hat den Fuß gebrochen, aber das hat ihn am Kopf getroffen. Er hält um meine Hand an.«

»Was tut er? Er hält um dich an?« fragte Samgin verwundert, und da er sofort erfaßte, daß Verwunderung unangebracht sei, sagte er: »Das wundert mich nicht.«

»Ja«, sagte Marina, die lautlos auf dem Teppich herumschritt. »Man hält um meine Hand an. Nicht er allein. Sie freien um mich, und ich verstecke mich«, sagte sie etwas gelangweilt, nachdem sie stehengeblieben war, und fragte halblaut: »Du hast mich unbekleidet gesehen?«

Samgin kam nicht zum Antworten, sie wölbte die Brust vor, strich mit den Händen über die Hüften und sagte leise, aber streng: »Welch einen Mann brauchte ich, um von ihm Kinder zu bekommen! Das ist es eben!«

Dann schüttelte sie jäh den Kopf und sagte dumpf, mit leichter Heiserkeit: »Meinem Mann werde ich bis zum Tod dafür dankbar sein, daß er mich sowohl geliebt als auch gehätschelt und verwöhnt, meine Schönheit aber – geschont hat.«

Samgin schien es, ihre Augen seien feucht, er neigte tief den Kopf und konnte gerade noch denken: Sie redet wie ein Bauernweib ... Und gleich danach spürte er, daß er gehen müsse, und zwar sofort, durch ihre letzten Worte hatte sie gleichsam alle Gedanken und jegliche Wünsche in ihm verdrängt. Eine Minute später verabschiedete er sich hastig und entschuldigte seine Eile damit, daß er eine unaufschiebbare Angelegenheit vergessen habe.

Zynismus und Tränen, dachte er, als er rasch durch die Straße schritt, die von der Hitze glühend heiß war.

Es ist etwas Entartetes, Dunkles ... Ich muß mich von ihr fernhalten ...

Ein paar Tage später wußte er ganz bestimmt: Er strebte von ihr weg, weil sie ihn immer stärker anzog, und er mußte von ihr abrücken, vielleicht sogar aus der Stadt ausziehen.

Und Mitte des Sommers reiste er ins Ausland.

# INHALT

Drittes Buch .............................................. 5

Mit freundlicher Genehmigung des Eulenspiegel Verlages Berlin, DDR, wurde als Abbildung auf der Kassette das Plakat »Es lebe die Rote Armee« von Wladimir Fidman aus dem Band »Rußland wird rot« von Georg Piltz (1977) verwendet.